NORTHROP FRYE

ANATOMY OF CRITICISM

FOUR ESSAYS

批评的剖析

［加拿大］诺思罗普·弗莱 著

陈慧 译

著作权合同登记号　图字：01-2017-1838

图书在版编目（CIP）数据

批评的剖析 /（加）诺思罗普·弗莱 著；陈慧译 . —北京：北京大学出版社，2021.3

（雅努斯思想文库）

ISBN 978-7-301-29267-9

Ⅰ. ①批… Ⅱ. ①诺… ②陈… Ⅲ. ①文学评论 Ⅳ. ① I06

中国版本图书馆 CIP 数据核字（2018）第 034267 号

Anatomy of Criticism: Four Essays by Northrop Frye
Copyright © 2000 Princeton University Press.
Simplified Chinese edition copyright © 2021 Peking University Press.
All rights reserved. No part of this book may be reproduced or transmitted in any form or by any means, electronic or mechanical, including photocopying, recording or by any information storage and retrieval system, without permission in writing from the Publisher.

书　　　名	批评的剖析 PIPING DE POUXI
著作责任者	［加拿大］诺思罗普·弗莱 著　陈慧 译
责任编辑	于海冰
标准书号	ISBN 978-7-301-29267-9
出版发行	北京大学出版社
地　　　址	北京市海淀区成府路 205 号　100871
网　　　址	http://www.pup.cn　新浪微博:@北京大学出版社 @培文图书
电子信箱	pkupw@qq.com
电　　　话	邮购部 010-62752015　发行部 010-62750672 编辑部 010-62750112
印　刷　者	天津光之彩印刷有限公司
经　销　者	新华书店 660 毫米 ×960 毫米　16 开本　36.25 印张　510 千字 2021 年 3 月第 1 版　2021 年 11 月第 2 次印刷
定　　　价	90.00 元

未经许可，不得以任何方式复制或抄袭本书之部分或全部内容。
版权所有，侵权必究
举报电话：010-62752024　电子信箱：fd@pup.pku.edu.cn
图书如有印装质量问题，请与出版部联系，电话：010-62756370

目录

译序　一部眼界宽宏的文学批评专著 ...... 陈慧 003

序　追忆诺思罗普·弗莱 ...... 哈罗德·布鲁姆 015

自序 ...... 弗莱 026

论辩式的前言 001

039　**第一篇　历史批评：模式理论**

　　　虚构型模式：导论 041

　　　悲剧虚构型模式 046

　　　喜剧虚构型模式 059

　　　主题型模式 072

093　**第二篇　伦理批评：象征理论**

　　　导论 095

　　　文字和描述相位：作为母题和符号的象征 099

　　　形式相位：作为意象的象征 111

　　　神话相位：作为原型的象征 128

　　　总解相位：作为单体的象征 155

173 **第三篇　原型批评：神话理论**

　　导论 175

　　原型意义理论（一）：神启意象 189

　　原型意义理论（二）：魔怪意象 198

　　原型意义理论（三）：类比意象 205

　　叙述结构理论：导论 215

　　春天的叙述结构：喜剧 222

　　夏天的叙述结构：浪漫传奇 255

　　秋天的叙述结构：悲剧 283

　　冬天的叙述结构：反讽与讽刺 307

331 **第四篇　修辞批评：文类理论**

　　导论 333

　　复叠节奏：口述史诗 345

　　连续节奏：散文 368

　　合式节奏：戏剧 378

　　联想节奏：抒情诗 382

　　戏剧的特定形式 401

　　特定的主题形式（抒情诗和口述作品）......418

　　特定的连续形式（散文虚构作品）......433

　　特定的百科全书型形式 452

　　非文学性散文的修辞 469

权宜的结论 484

术语表 503

索引 509

译序
一部眼界宽宏的文学批评专著

诺思罗普·弗莱（Northrop Frye，1912—1991）于 20 世纪 90 年代初去世，这是欧美当代文学批评界一颗巨星的陨落。可以毫不夸张地说，弗莱不但是加拿大文学理论界的骄傲，也是整个英语世界有史以来最重要的文学批评家之一。在他生前，据不完全统计，已有评述他的文章和著述数百种，仅关于他的传记就有三种；他逝世以后，西方学术界又掀起了一个研究他的热潮。这种情况，对于一位全然从事文学理论著述的学者来说，确实是比较少见的。

弗莱一生著作甚丰，共二十六种。其中影响最大的是研究布莱克的《威严的对称》（1947）、文学批评专著《批评的剖析》（1957）和研究《圣经》的纪念碑式的论著《伟大的代码》（1982）。其中，《批评的剖析》是第二次世界大战以后西方最有影响的文学批评和文学理论著作之一，已被欧美学术界公认为"当代经典著作"，其影响十分深远。

---

* 本书除原注外（已标注），其他未标注的注释皆为译注。

一

　　20世纪被称为批评的世纪。但是在西方，真正把文学批评当作一门独立的学科，对其自身进行比较系统的探讨的，应当说是从《批评的剖析》开始的。弗莱在这本书的"前言"中明确指出，他是"试图从宏观的角度探索一下关于文学批评的范围、理论、原则和技巧等种种问题"。他把"文学批评"界定为"与文学有关的全部学术研究和鉴赏活动"。他认为文学批评不但是整个文化的"基础部分"之一，而且是一个独立的学科，它既不是哲学、美学、语言学以及任何文学以外的特定理论系统的附庸，也不是文学本身的派生形式。《批评的剖析》反复地抨击了那种认为文学批评是"寄生"于文学身上的、是第二性模仿的传统观念，强调批评也是一种创造艺术，具有"从它所接触的艺术中独立出来的特性"；它研究艺术，其作用却是艺术自身所无法取代的，因为艺术是"沉默的"，而批评却可以而且必须"讲话"。作者又强调批评还是一门科学，它必须"基于整个文学的实际"，人们需要采用"一种特殊的概念框架来论述文学"。尽管他所设计的理论框架本来就是试探性的，且有不少地方尚暧昧不明，但他这种努力仍是难能可贵的，在具体论述中也有甚多的真知灼见。可以说，《批评的剖析》是西方20世纪批评史上文学批评理论觉醒和自我认识的一座丰碑。

　　《批评的剖析》一书，以相当开阔的眼界剖析和总结了西方现存各种批评流派的是非得失，极大地突破了从20世纪20年代起即统治英美批评界的"新批评"派的眼光狭窄、观念僵化的局限，这样，就打开了第二次世界大战后西方文艺批评的新局面。这本书是一个标志，从此结束了"新批评"主导文坛的局面，而出现了多种文学批评流派共存共荣的势态；也结束了各批评流派绝对地互相排斥的情况，而开创了在把已有的经验作为共同财富的基础上互相渗透互相融合的新格局。《批评的剖析》既是50年代以前西方文艺批评的系统总结，又是50年代以后西方文学批评新动向的明确宣言。所以，这是一部划时代的批评专著。正像西方有的学者指出的，这部书"无论对于文学艺术之整体还是对许多具体作品的评价，都提出了富有独创性而且深切的见解，作者具有惊人的观察力和理解力"。

从批评流派说，《批评的剖析》的问世，标志着"原型批评"的崛起。原型批评在战前已有所发展，但影响还不大。弗莱吸收了心理学、人类学的成果，融汇了"新批评""精神分析批评"等各家之长处以及荣格的"集体无意识"理论，系统地论述了原型批评的基本观点和方法。从此，弗莱成为原型批评的重要代表。所谓"原型批评"，也叫"神话批评"，它要求从整体上把握文学类型的共性及演变规律。原型，就是"典型的即反复出现的意象"，最基本的文学原型就是神话，神话是一种形式结构的模型，各种文学类型无不是神话的延续和演变。弗莱强调对各类文学作品的分析研究，都应着眼于其中互相关联的因素，它们体现了人类集体的文学想象，它们又往往表现为一些相当有限而且不断重复的模式或程式。为此，就不能把每部作品孤立起来看，而要把它置于整个文学关系中，从宏观上把文学视为一体。好比看一幅油画，不仅要站到跟前研究其各种细节，也要"向后站"从大处着眼，从更广的角度去考察文学作品的构成，突破某一两种文学作品的界限，达到对文学总体轮廓的清晰把握。显然，这种原型批评以其宏观性，为西方文学批评开拓出新的思维空间。

《批评的剖析》主要是一部原型批评的代表作，但其内容又不局限于单一的批评模式。从另外一个角度看，它也是西方最早的一部结构主义文学批评著作，因为这本书着重研究西方整个文学系统的结构形式，并对这些结构形式进行了多层面的精细分析。正因如此，作者自己最初曾想把此书题为《结构主义诗学》。这本书还强调读者必须创造性地阅读，而批评家也必须创造性地进行批评；批评的任务不只是为了追求一部文学作品原初的意义，更重要的是要创造性地去研究它在不同的关联域中的意义，而这种意义是无限地发展的，从而为批评的创造活动提供了广阔的天地。在这方面，这部著作又开战后"接受美学"之先河。至于此书反复论证语辞结构的多义性、含混性、矛盾性，并由此否认文学与非文学有绝对明确的界限等等，则又含有解构主义之萌芽。更不必说此书继承和吸收了传统的历史批评、伦理批评、诠释学、"新批评"、修辞批评、文类批评以及中世纪的四层面批评等等的许多因素。可以这样说，弗莱不但明确地提出了必须打破门户之见的要求，而且在批评实践中力图融汇诸家之长，试图建立一种多角度、全方位的完整的批评体系。

二

《批评的剖析》最有价值的地方，一是眼界宽宏，把研究的视界指向整个西方的文学经验和批评实践，并力图从宏观上把握其演变轨迹。二是以原型理论为基础，以结构主义方法为手段对整个西方的文学经验和批评实践作出了独特的、富有启迪性的分类。在弗莱看来，正像对生物进行分类是生物学基础一样，文学批评也必须从对文学作品进行分类着手。

此书共由四篇文章加上一个前言和一个结论构成的。其中的第一篇《历史批评：模式理论》，就是从历史演变的角度对西方文学作品进行分类的。弗莱首先把文学作品分为两大类：虚构型和主题型，前者以叙述人物及其故事为主，后者则以作者向读者传达某种寓意为主。两者的区别是相对的，在两个极端之间存在许多过渡性的类型。作者着重研究了虚构型作品。他根据亚里斯多德所提出的书中人物与普通人的水平是可以作比较的，以此为标准，又把虚构型文学作品划分为五种基本模式：一、神话，其中人物的行动力量绝对地高于普通人，并能超越自然规律；二、浪漫传奇，其中人物的行动力量相对地高于普通人，但得服从于自然规律；三、高模仿，即模仿现实生活中其水平略高于普通人的文学作品，如领袖故事之类；四、低模仿，即模仿现实生活中的普通人的作品，如现实主义小说；五、反讽或讽刺，其中人物的水平低于普通人。他分别研究了悲剧和喜剧中的这五种模式，认为在西方文学中，这五种模式是顺序而下进行演变的，而演变到反讽模式则又向神话回流，形成循环。他还认为，主题型文学作品也存在类似于上述五种模式，并且也有相似的演变周期。

在这里，弗莱之视野的宽广表现在，他看到了文学作品之整体是一个复杂的系统，具有各种各样的"两极"。例如，主旨甚为鲜明的主题型为一极，而主旨较为隐晦的虚构型为另一极；精确模仿现实生活的低模仿为一极，而想象高扬、远离自然规律的神话则为另一极；以抒发孤立的个人的情怀为主的"插曲型"作品为一极，而作者以社会代言人面目出现的"百科全书型"作品又为另一极。在诸"极"之间都有许多过渡性的类型，构成一个复杂的网络。各"极"及各种各样的过渡类型本身皆无优劣之分，或者说得更确切一点，各自都有所长亦有所短，而且在诸"极"之间，在各种模式和类型之间，还会相互渗透，多重组合。因此，他反对像"新批评"等流派所持的褊狭观念，反对把某种或某几种模式、类型捧上了天，而把另一些模式、类型贬得一钱不值。他明确地说："任何一套只从一种模式中抽象出来的批评标准都无法包容关于诗歌的全部真理。"

第二篇《伦理批评：象征理论》，则是从意义和叙述这两个互相联系的方面来对文学作品进行层次分析。弗莱把文学艺术称为"假设性的语辞结构"，它是由许多可以加以分离的单位——象征所构成的。文学作品的一个基本特点是多义性，即在不同的关联域内便会有不同的意义。他认为有五种关联域，因此也有五个层次的意义和叙述。他把这种层次称为"相位"。[1] 第一个层次是文字相位，第二个层次是描述相位。所谓文字相位，即文学作品内部各词语和各象征间的关系；所谓描述相位，即文学作品对外部世界的描述、论断或教诲作用。前者的意义是内向的、含混的，后者的意义是外向的、明晰的。所有的文学作品都兼有这两个方面，但象征主义和反讽型作品偏重于前者，而现实主义和低模仿型作品则侧重于后者。第三个层次为形式相位，即文学作品作为一种假设性的语辞结构对它所模仿的自然和真实命题的关系。这种关系是多种多样的：从模仿自然而言，有侧重于接近真实的事实的一极，又有强调假设和虚构的一极；从模仿真实的命题而言，有素朴的寓意明确的作品，又有与之相对的最隐晦最闪烁其词的反讽作品；在各极之间，还有一系列程度不同的过渡形式。第四个层次是神话相位，即文学自身的继承关系。弗莱从研究文学的程式和文类着

---

[1] 在弗莱看来，这五个层次合起来刚好成为一个可循环的整圆。好比月亮有相位一样，这每一层次也是该整圆的一部分、一方面，或一个相位。详见正文第二篇和书末所附"术语表"。

手,在这里提出了文学原型的概念。他说,原型是文学的社会方面,是可交流的单位,是构成人类整体文学经验的一些最基本的因素,它们在文学中总是反复出现的。借助于研究原型,就可以把个别的作品纳入作为整体的文学体系,避免把每部文学作品孤立起来把它看成仅仅同作家个人有关的东西。第五个层次为总解相位,指文学作品同人类全部文学经验的关系;实际上,这就是原型比较集中的阶段,多种原型密集地形成一个"原型中心",反映了人类最普遍的经验和梦想。

在这里,弗莱的眼界之宽阔表现在他力图多角度、多方位、多关系、多层面地考察文学现象,努力摆脱"新批评"只见树木不见森林的小家子气。他认为与文学作品自身的层次性相应,文学批评也应该是分层次的,要层层深化,对文学进行多方面的考察,防止孤立地只看到某一层面;他主张把宏观批评和微观批评结合起来,让各种批评角度、批评方法和批评技巧互为补充,形成一种"总体形式"的批评,对文学现象展开全方位的研究。在论述这些问题的时候,弗莱提出了许多具有辩证色彩的思想。像对继承性和"独创性"的关系,即文学程式化和变异性的关系,他的看法就比较全面、辩证。他认为,就一般而言,任何文学作品都既有程式化的方面,又有独创性的方面,只是程度甚有不同;有明显的程式化的作品,也有隐匿其程式化的继承性以至于看起来似乎全然变异的另一极端,而在两者之间则有无数过渡类型。这种较为全面的看法,显然比狂热地鼓吹文学全属个人独创、蔑视一切传统和继承性的人,如某些浪漫主义者或某些现代主义流派,要高出数筹;也比彻底否认个人独创、高唱"非个人化",甚至认为不是诗人创作诗而是诗造就了诗人的人,如荣格等学者,更为明智。

第三篇《原型批评:神话理论》则是集中阐述原型批评理论的。在第一篇文章中,弗莱认为在五种模式中最基本的是神话,神话是所有其他模式的原型，其他诸模式不过是"移位的神话"，即神话的种种变异。在第二篇文章中，弗莱又把原型置于五个"相位"的中心，从整体上论述了原型批评的地位。在这第三篇文章中，则进一步具体地论述了原型和原型批评的原则。他认为神话体现了最基本的文学程式和结构原则，应该从神话着手进行原型研究。原型研究是一种宏观的文学研究，要从大处着眼，从总体上把握文学的组织结构。

弗莱这第三篇文章是全书的理论主体，又明显地可分为两个部分。第一部分论述原型的意义。他综合了战前原型批评的各种成果，把西方文学中的原型就其意义而言分为三大类型：第一类叫神启意象，即展现天堂景象和人类的其他理想；第二类是魔怪意象，即表现地狱及其他与人的愿望相反的否定世界；第三类曰类比意象，即介于天堂与地狱之间的与人类现实世界相类似的种种意象结构。神启意象和魔怪意象都属于原始的，即"非移用"的神话，但在其他文学模式中也存在种种变形。类比意象在神话中也有萌芽，但主要属于浪漫主义和现实主义的文学结构。第二部分讨论原型的叙述结构。弗莱认为西方文学的叙述结构，从总体上看，都是对自然界循环运动的模仿。自然界的循环周期大体可分为四个阶段，即晨、午、晚、夜，或者是春、夏、秋、冬等等。与此相应，文学叙述的结构也可以分为四种基本类型：喜剧，即春天的叙述结构；浪漫传奇，即夏天的叙述结构；悲剧，即秋天的叙述结构；反讽和讽刺，即冬天的叙述结构。神话体现了文学总的结构原则，它包括了这四种叙述结构的全部雏形；而所有其他文学的基本类型，则一般只以某一种叙述结构为主。他认为西方文学的发展，是从神话发端的，然后相继转化为喜剧、浪漫传奇、悲剧，最后演变为反讽和讽刺。到这最后阶段，则又出现返回神话的趋势。所以现代文学表现出向神话"回流"的苗头，像卡夫卡的小说、乔伊斯的

《尤利西斯》等，都同古希腊古罗马的神话有一定的联系。

在这部分中，作者眼光之宽宏，主要表现在他对喜剧、浪漫传奇、悲剧和反讽作品都分别做了比较全面而深入的研究。拿喜剧来说，他对喜剧的冲突的性质和形式，喜剧情节的展开、发展和结局，喜剧的各种人物类型，喜剧总体结构的程式和套式，喜剧的幽默因素、感情因素和社会功能等，都做了周详的剖析。他还把喜剧的程式看成一种动态的过程，而不是凝固的框架。在他看来，喜剧处于反讽和浪漫传奇这两极之间，正如春天是处于冬天和夏天之间一样。如果说，每季都可以分为若干节气，那么喜剧也就可以分为若干类型。他认为喜剧一般有六种类型，前三种程度不同地接近于反讽，后三种则程度不同地与浪漫传奇的某些类型相对应。正如二月是春季最适中的月份一样，第三种类型也就是喜剧最标准的类型，属于此类型的典型的喜剧，总是表现新生的社会力量已充分成熟并且战胜了衰朽的社会力量。对于浪漫传奇、悲剧和反讽作品，弗莱也做了类似的全面分析。其中的不少看法，是颇有参考价值的。

第四篇《修辞批评：文类理论》是从修辞的角度剖析文学的各个文类以至非文学的某些文体的特点的。所谓文类，也就是文体，如文学作品可以分为散文、戏剧、抒情诗、史诗等；从修辞的角度去剖析，也就是研究文学作品的"文字"层面，研究文学作品的用词、造句、比喻运用、韵律、节奏等方面的特点。在这方面，弗莱吸收了"新批评"的很多观点和方法。弗莱批评了"新批评"，但又并不拒绝借鉴对方合理的东西，这也是他眼界开阔的表现。至于此篇所涉及面之广、所提供的知识之丰富，以及分析之深入细致，读者只要耐心读下去便自能领会，在这里就不一一赘述了。

三

《批评的剖析》基本上不涉及文学的社会历史内容和审美评价等问题，另外，因弗莱热衷于整圆形的循环论，难免有牵强附会之处。但瑕不掩瑜，它在探讨文学的形式、结构、模式、程式等方面，却以眼光宽宏、研究深入、见解独到见长。在该书的第三篇论文的《导论》的结尾，有一段十分精彩的画龙点睛式的文字，常常被中外各种文艺论著所引用，这便是弗莱著名的"向后站"才能看清绘画的结构和原型的理论。他所举的例子是一幅荷兰画家的名画。到底是一幅什么画？从字面看，是一幅圣母像。原文为 Madonna；但这个出自意大利语的词又会叫人联想起百合花，此花叫 Madonnalily。而在 1967 年纽约出版的原版书的封面上，也赫然印着这样一朵硕大的百合花，真像书中所描述的是"一大片蓝色对比鲜明地烘托着引人瞩目的中心形象"，显然这也是点题的。看来，在弗莱心目中，圣母就是百合花，百合花象征着圣母；好比东方文化观念中的观音与荷花，两者密不可分。在这里，弗莱自己就在运用他在书中反复论述的"A"即是"B"式的文学隐喻，也即运用一种艺术原型。在中外古今的文艺作品中，甚至在人们日常生活里，凡是人们心目中美好的事物，珍贵的东西，或比之为奇葩，或等之为宝贝，如此等等，举世皆然。这也就是弗莱所说的人们有意无意地会运用一些由传统程式所规定的"原型"的表现吧！

确实，不仅对文艺作品，就是对学术著作，也要"向后站"，离开一定距离，才能看得更加清楚。距离太近，虽看得细，但往往眼花缭乱、难分良莠。离开一定距离，才能看清全貌，判断优劣。"向后站"，既指空间，也指时间。现在 20 世纪早已过去，弗莱也已作古。我们回过头去隔着相当的时间距离再去看看弗莱的学术成就和贡献，就会更加客观和准确。时间是最有效的筛子，会公正地把泥沙过滤去，只留下包含真有价值的黄金和钻石的著作。如今完全可以有把握地说，弗莱确实是一位大师级的人物，是20世纪整个西方最杰出的思想家和理论家之一，其成就在国际文化界独树一帜，其学术影响无疑是世界性的。而弗莱的一生，其最有代表性和影响力的著作就是《批评的剖析》，这是一本具有长远价值的奠基性的学术著作，是一部百科全书般的丰碑。有重要报刊评论说，"如果只有文艺批评领域的读者阅读弗莱的书，那就太遗憾了。《批评的剖析》这本皇皇巨著，不仅在20世纪文学理论的历史中占有不可取代的位置，也是探索西方观念与思想方式的原型的精深之作。自出版以来，这本书的影响就早已波及历史学、人类学与社会科学诸领域。"这评价恰如其分，只要看看这部著作的英语原版一而再、再而三地不断重版，世界各主要语种几乎都有了译本，国际上一浪高一浪地掀起研究其书其人的热潮，而我们国内也早就成立了全国性的"弗莱研究学会"等，展开了系统的全面的专门的研究工作，就可见上述评价，是言之不虚了。

就我们译者而言，则深感责任重大，若没有精益求精的精神来从事翻译和校正，既对不起读者，也对不起这样一本有价值的著作。然而这本书所涉及的学科颇多，知识十分广博，语言又相当艰深，除现代英语外，还涉及古英语以及德、法、西、意、拉丁、古希腊等语种。这样一部学术内容丰富无比的经典性著作，做翻译首先是一种艰苦的研究工作，是不可能毕其功于一役的。北京大学出版社这次出版的译本，是经过再次修订后的新版。我们从20世纪80年代就开始研究并初译。1998年出版了第一版，那是由我主译，袁宪军教授参与第三篇的初译，吴伟仁教授也帮过忙。2005年又出了经过首次修订的第二版，该版是请国内知名的弗莱研究专家吴持哲教授校阅过的。吴教授把弗莱的近百条原注全部译出,并补充许多译注,对引文出处、历史典故、时代背景等,凡比较生僻的,皆作了说明,极大地便于读者阅读,为提高译本质量做出了重要贡献。在此后十几年里,又将初版本和再版修订本先后分送有关专家和学者过目,他们有的提出过宝贵意见,有的帮助修改了某些部分。对上述人士所做的默默贡献,在这里一并表示感谢。这次新版的再修订本,就是在广纳众善的基础上,在反复对照原文、努力吃透全书精神的前提下,最后由我对全书统一定稿。之所以要经过多人多年的反复译校、译改和增补,是希望确保译文的质量,使这部经过两次修订的版本,能成为目前较为完善的经得起时间考验的译本。纵然如此,对这样一部内涵极深、知识面又极广的巨作,上面已经讲过,研究透是翻译好的前提,而有关的研究,无论在国外,还是在国内,都还在进行之中。所以今后改进的任务总还是有的,恳望专家和读者继续斧正。我想,只要看准了其中确实有金子或钻石,就不要吝惜精力和时间去挖掘并精工打磨,功夫越到,就越能显示出其本有的光彩。

陈　慧
2020 年 8 月

序
追忆诺思罗普·弗莱[1]

诺思罗普·弗莱的几部札记的出版，令包括我自己在内的他的一些老崇拜者们相当困惑。其中有一段叫人遗憾的文字竟告诉我们，弗莱认定他是所有现代批评家中唯一的天才。我想，难道肯尼思·勃克和威廉·燕卜荪其才华全逊于弗莱？[2]或者乔治·奈特和恩斯特·罗伯

---

[1] 这是布鲁姆于弗莱过世近十年后（2000）为其《批评的剖析》第十五次重印的新版写的序。哈罗德·布鲁姆（Harold Bloom, 1930—2019），早年深受弗莱影响，后另辟蹊径，成为美国耶鲁解构批评学派的主要代表之一，与保罗·德·曼（Paul De Man）齐名。他的著作包括诗歌批评、文学理论和宗教批评等方面。他独创了"影响焦虑""文本修正"等批评理论，虽然他讨厌别人称他为解构主义者，但他的理论确实带有解构式阅读的色彩。在这篇序言中，布鲁姆从自己独特的理论立场出发，对弗莱的著作和其结构主义主张做了别开生面的评论。从中我们可以看到结构主义批评和解构主义批评之间的联系和区别以及相互撞击。

[2] 肯尼思·勃克（Kenneth Burke, 1897—1993），美国批评家、文学理论家，社会学家。威廉·燕卜荪（William Empson, 1906—1984），英国批评家、诗人，新批评的主要代表之一。

特·科迪厄斯其独创性和创造力都不如这位加拿大的大师？[3] 当然，弗莱认为是当代流行的"文化"批评的主张者们剥夺了"浪漫主义关于天才的观念"，对此我是抱有同感的。按照那种浪漫主义的观念，存在一种我们难以接近的超验的领域。所谓天才就是多少能开放地直面超验领域的人，而我们大多数人是做不到这点的。

历史学家认为，天才仅仅是18世纪的观念，在那时候，正如歌德所说，圣人和英雄的声誉，广泛地被"幸福和令人惊异的天才"所取代。早期的天才概念至少有三种意义：神灵凭附，或天赋才华，或雄心勃发。弗莱自称天才，倒叫我想起一句俏皮的古语：难道这北国的贤人术士真有神灵相佑？弗莱是一位可怕的讽刺家，看来所谓天才最可能是指他雄心勃发，而不是指他天赋超群。

我曾深爱弗莱出版于1947年的《威严的对称》一书，那是他研究威廉·布莱克的，当时我还是康奈尔大学的新生。我曾买下此书，反复拜读，直至烂熟于心。十年以后，《批评的剖析》出版，我又成为该著作的首批书评者之一。如今四十多年过去了，我已经不像以往那样对《批评的剖析》挚爱有加，但出于某种我无法理解的原因却仍然被该书深深地吸引。在随后的那些年月里，每当我到多伦多去做学术演讲，弗莱总会向我介绍一些他所喜爱的能引起争议的重大问题，由此显现他所坚持的卫理公会－柏拉图主义，同我所信奉的犹太－诺斯替主义是非常不同的。[4] 我在这里公开申明这一点，是为了说明当我在这篇序

---

[3] 乔治·奈特（George Wilson Knight, 1897—1985），英国批评家，莎士比亚学研究者。科迪厄斯（Ernst Robert Curtius, 1886—1956），德国语文学家、文学批评家。

[4] 卫理公会（Methodist），基督教派之一，以保守性和维护传统著称。柏拉图（Plato, 前427—前348），古希腊著名哲学家，提倡"理念"即"神"的第一性说。后经新柏拉图主义发展推广，成为基督教正统神学的哲学基础。诺斯替主义（转下页）

言里褒扬弗莱的同时,为什么会带有某种好恶交集的感情。弗莱不喜欢"影响焦虑"[5]这种说法,他告诉我,任何后代作家若经受这种焦虑,必定同该作家本人的气质和当时环境的影响有关。我则回答说,影响焦虑并不是对某一个人的作用,而是指一部作品同另一部作品的关系,它是导致重大误读的结果,而不是其原因。我的那位英雄式的前辈却不肯再听下去。他已形成一种"关系的神话"[6]的理论,那是雪莱观点的弗莱版本,认为想象性的文学就是众多作家所创造的一种总体的诗歌,其批评理论就构建于此。博尔赫斯[7]比雪莱走得更远,他认为所有的作家都可以归结为一位作家,其名字就叫莎士比亚。与其叫我去欣赏弗莱的"关系的神话",我宁可去接受(有些时候)这种极端的文学理想主义的极其过分的说法。

(接上页)(Gnosticism),古希腊哲学晚期的一种思潮,也是早期基督教的一个派别,曾活跃于2—4世纪。主张肉体是痛苦的,只有认知神秘直观的"灵知",才能获得拯救。该派后来被基督教主流派打压成邪教,但到现代,又被哲学界视为存在主义的古代远祖。诺斯替意识也影响过其他宗教的某些派别。布鲁姆在这里说明,弗莱和他自己的理论都有浓厚的宗教色彩,但两人的宗教背景完全不同。

[5] "影响焦虑"(anxiety of influence),布鲁姆的批评理论的核心内容之一。他认为正如子与父之间会产生"忌父情结"一样,前代大作家的强势对后代作家也会有消极作用,后代有抱负的作家必须用对前代作品有意的误读、误解和"文本修正"等方式突破"影响焦虑",才能创作出具有独创性的优秀作品来。这种带有解构阅读色彩的主张,显然为崇尚结构主义方法的弗莱难于接受。

[6] "关系的神话"(Myth of Concern),弗莱在《批评的剖析》和其他论著中,用结构主义的方法,把整个欧美文学看成系统的大结构,细致地剖析其中诸模式之间、诸领域之间、诸文类之间、诸作品之间的种种复杂关系。但在布鲁姆看来,所有这些关系可以被解构。Myth of Concern 又被译成"关怀的神话",这样译就与布鲁姆在这里的理解有所不同了。

[7] 博尔赫斯(Jorge Luis Borges, 1899—1986),阿根廷杰出的现代主义诗人、小说家。

在 20 世纪四五十年代，面对当时在英美学术界占主导地位的诸种形式主义批评学派，弗莱是以叛逆的姿态起家的。那时，芝加哥学派在亚里斯多德影响下的理论家们，还有更为实际的以 T. S. 艾略特为代表的新批评派的各式各样的主张，包括其"高教会派"的"新基督教义"主张[8]，都大行其道。在 20 世纪 50 年代中叶，作为一名在耶鲁大学刚开始任教的年轻学者，我把弗莱当成圣者加以崇敬，他全然不像耶鲁的大多数从事文学研究的教员，从不相信艾略特是基督在人世间的代理人。但如今所有的事已变得如此诡异：弗莱及其对手们，已被各种各样反文化的潮流搅成一锅粥，犹如古旧的现代主义已被泛滥成灾的女权主义、古怪可疑的理论家、半瓶醋的马克思主义者、符号学派，还有福柯、拉康、德里达，以及其他巴黎预言家们的野心勃勃的门徒们所发起的反文化潮流所淹没。审美评价和其他认知价值毫无疑问依然存在，但是在大学里却没有它们的位置，在那里，审美评价被形形色色的新多元文化批评者宣布为殖民主义和家长制的面具。诗歌被剥夺了神圣性，其价值被拉平。讲授伊丽莎白·巴雷特·勃朗宁远多于罗伯特·勃朗宁，而夏洛特·阿姆斯特朗竟然使威廉·华兹华斯黯然失色[9]。到了这新世纪之交，如果弗莱能再生，问他还能不能坚持认为在文学批评中不可能有外在的评判标准的地位，我不知他会如何

---

[8] "高教会派"（High Church）及后文提及之"低教会派"（Low Church），皆为英国国教内的两个派别。前者重视教会权威和仪典，主张在教义、规章等方面保持天主教传统；后者则反之，主张仪典、规章从简，不强调教会权威，近似清教。

[9] 伊丽莎白·巴勒特·勃朗宁（Elizabeth Barrett Browning, 1806—1861），英国女诗人；罗伯特·勃朗宁（Robert Browning, 1812—1889），英国诗人、剧作家，前者之夫。布鲁姆认为，后者的艺术成就，总体上要高于其妻，而非相反。夏洛特·阿姆斯特朗（Charlotte Armstrong, 1905—1969），美国女作家，以出版多部神秘小说著称。

回答。如果告诉他，马格丽特·卡文迪什，即纽卡斯尔公爵夫人，和玛丽·查德利夫人已经篡夺了约翰·弥尔顿和安德鲁·马维尔的优势地位，不知他会有何感想？[10] 由于弗莱具有浓厚的反讽意识，即使有人告诉他说，莎士比亚的戏剧并不是出自作家个人的高度想象力，而是由"社会能量"决定其成型，这同一能量也造就了乔治·查普曼和菲利普·马辛杰的剧作，我看他无疑也能承受得住。[11] 所有这些言论终将过去（不会很快），而对天才的研究又将回潮，虽然这种未来天才论的模式无论对于弗莱还是对于我，都将是不熟悉的。到如今的这2000年，《批评的剖析》已不再成为观察我们现行的芜杂的滔滔潮流的指南书。那么它到底是什么呢？

且把他的天才问题放在一边，弗莱最能使我动心的是他把新教的反叛精神和柏拉图主义交融起来，而这正是我们的诗歌传统依然保持强有力的根基。但所有能引起异议的诗人，当处于众说纷纭、难以协调的困局时，我深知"我们"这个术语是相当脆弱的。布莱克的《耶路撒冷》，就如弥尔顿的《失乐园》，还有莎士比亚的悲剧《李尔王》，都被女权主义的信徒们视为是"性别歧视主义"的。弗莱曾解释过布莱克视野中的"女性意志"，而如今对于许多自称为这种"意志"的传道者

---

[10] 马格丽特·卡文迪什，即纽卡斯尔公爵夫人（Margaret Cavendish, Duchess of Newcastle，1623—1673），英国贵族女诗人、小说家、哲学家。玛丽·查德利夫人（Lady Mary Chudleigh，1656—1710），英国女诗人、散文家，其作品具有早期的女权主义意识。以上两人，都是被当代女权主义批评家从历史的封尘中重新发掘出来的17世纪的女作家。安德鲁·马维尔（Andrew Marvell，1621—1678），英国共和政体和王政复辟时期的重要的玄学派诗人，代表作有《花园》。

[11] 乔治·查普曼（George Chapman，1559—1634），英国剧作家。菲利普·马辛杰（Philip Massinger，1583—1640），英国剧作家。两人的艺术成就当然同莎士比亚是不可同日而语的。

们，则已经不再是可接受的合适的阐释人了。

所谓"美好的往昔时光"，其实也并不那样美好：当我年轻时，诸多大学里充斥着不学无术的顽固派、学术骗子、糟糕的狂热诗文撰写者，以及见风使舵的两面派，而当时的"新基督教义"意识形态，也不比现在流行的"文化研究"的委员们高明多少。纵然如此，我准备把这时期称为"弗莱的时代"，因为当时文学研究繁荣了起来。大学生们被教导去进行细读，而他们所读的也确实是写得最好的作品。我曾不满于有人常常把《失乐园》降格到克·斯·刘易斯[12]的勉强够格的基督教义水平；而 T. S. 艾略特起初疏远弥尔顿（及浪漫派和维多利亚时期的诗人们），到后来又去恢复《失乐园》和其后续作品的地位，对这种做法，我更为之恼怒。叫我着迷的有弗莱对艾略特派的艾伦·退特[13]的评论，他说艾略特的那种批评理论，不过是把基督教的奶油团，加上古典主义奶油，再添加保皇主义的奶油，混在一起加以融化，然后凝结成"一大条西方的黄油块"；《荒原》便是这样浇铸而成的。我还很欣赏弗莱对艾略特和庞德的看法，他认定这两位来自密苏里州和爱达荷州的人，宣称真正的英语诗歌的传统是源于中世纪的普罗旺斯和意大利，后来又在法国得以发展。[14]

---

[12] 克·斯·刘易斯（Clive Staples Lewis，1898—1963），英国作家、批评家。是现代重要的基督教作家之一。写过不少童话，以"纳尼亚王国"系列最有名。
[13] 艾伦·退特（Allen Tate，1888—1979），美国现代诗人、批评家，"新批评"和"南方批评派"的主将之一，发展了艾略特的批评理论。
[14] 艾略特（T. S. Eliot，1888—1965），出生于美国的密苏里州。庞德（Ezra Pound，1885—1972），出生于美国爱达荷州。两人都是现代主义大诗人，"新批评"派的宗师。长诗《荒原》是艾略特的名作。

从弗莱那里人们得知，要警惕那些过于极端的诗学派别，特别是认为其现代主义的基础就是反对浪漫主义的那种狭隘的主张。而弗莱的本性却是相当和平的；当1958年我在伦敦首次与他会面时，曾建议他要对"高教会派"的现代主义者展开猛烈的斗争，但毫无效果。作为一位"低教会派"（加拿大联合教会）的牧师，他持有布莱克式的信念，即错误会自我暴露，然后自我毁灭。因为在他眼里，我明显是一个想将布莱克说成是犹太教化了的人，他要让我相信，布莱克诗作的种种对称性，是远比布莱克式的启示录重要的。我不想过于强调弗莱的虔诚，当我问他作为一位牧师做过什么事时，他干巴巴地回答道，他为其学生们主持过婚礼和葬仪。

在《批评的剖析》中论述过的诸种对称理论，到了他研究《圣经》的巨作《伟大的代码》和《权力词语》，则到了登峰造极的地步。我比弗莱更热衷于炼金术式的密宗传统，我曾在已出版的书中将他比为新柏拉图主义者普罗克鲁斯和伊安布利霍斯。[15] 虽然我这样做是相当友好温和的，仍听到他从多伦多发过来的断喝声，说那两位先哲既非基督教徒，也不是第一流的。后来我只好作些修正，把他比为普罗提诺[16]，此人虽然也不是基督教徒，但总归不是第二流的。弗莱的先行者与其说是柏拉图，不如说是几位诗人：弥尔顿和布莱克为他打下了基础，把他缠住不放。但他没有成为诗人而成了一位文学批评家，也

---

[15] 《伟大的代码》(*The Great Code: The Bible and Literature*)，弗莱出版于1982年的著作。《权力词语》(*Words with Power: Being Second Study of The Bible and Literature*)，弗莱发表于1990年的著作。普罗克鲁斯（Proclus Lycaeus，421—485）、伊安布利霍斯（Iamblichus of Apamea，245—325），两人都是希腊新柏拉图主义哲学家。

[16] 普罗提诺（Plotinus，204—270），古罗马时期的希腊哲学家，新柏拉图主义的创始人，对后世的基督教神学体系产生过重大影响。其代表作为《九章集》。

许因为在那"批评的时代"他深信会成为弥尔顿的阐释者。在密教的大学者中本来就存在这样的人：汉斯·约纳斯、盖尔洪·肖勒姆、亨利·科尔宾和莫舍·艾德尔等。[17] 我觉得，想象性的文学和它最杰出的批评家之间的关系是多种多样的。我完全不同意博学的克里斯托弗·里克斯这样的观念，即认定英国的批评家们大多是诗歌批评家：如本·琼生、塞缪尔·约翰逊、约翰·德莱顿、柯勒律治、阿诺德，艾略特等即是。[18] 但你把赫兹里特、罗斯金、佩特、乔治·塞恩茨伯里，还有被人忽视的丘顿·柯林斯往哪里放呢？[19] 在英国之外，又把我们时代的肯尼思·勃克和恩·罗·科迪厄斯往哪里放？但我也发现，里克斯的论断对诺思罗普·弗莱的立场也是个支持。可能弗莱也在响应艾略特，他也想作为一个诗人批评家那样进行写作。其实罗斯金也有那样的想法，其他稍逊的维多利亚时代的预言家们，包括卡莱尔，

---

[17] 汉斯·约纳斯（Hans Jonas, 1903—1993），德裔美国哲学家、神学家、宗教研究家，着重研究诺斯替教。盖尔洪·肖勒姆（Gerhon Scholem, 1897—1987），以色列哲学家、历史学家，研究犹太教神秘主义。亨利·科尔宾（Henry Corbin, 1903—1978），以色列罗马尼亚裔历史学家、哲学家，研究犹太教神秘主义。莫舍·艾德尔（Moshe Idel, 1947— ），法国哲学家、神学家，伊斯兰学者。

[18] 克里斯托弗·里克斯（Christopher Ricks, 1933— ），英国文学批评家、诗歌学教授，长居美国。本·琼生（Ben Jonson, 1573—1637），英国剧作家、诗人。约翰·德莱顿（John Dryden, 1631—1700），英国剧作家、诗人、批评家。阿诺德（Matthew Arnold, 1822—1888），英国诗人、批评家。

[19] 赫兹里特（William Hazlitt, 1778—1830），英国文艺批评家。罗斯金（John Ruskin, 1819—1900），英国著名美学家、艺术理论家、文学批评家，其艺术评论广及绘画、建筑等领域。佩特（Walter Pater, 1839—1894），英国文艺批评家、美学家。乔治·塞恩茨伯里（George Edward Bateman Saintsbury, 1845—1933），英国文学史家、批评家。丘顿·柯林斯（John Churton Collins, 1848—1908），英国文学批评家、散文家。

也是如此。[20] 弗莱敬重罗斯金甚于他之敬重《圣经》，这有点怪；可能把他看作一个世纪之后的罗斯金最为合适，虽然他专注于对整个文学现象的研究，这点与罗斯金不同。有时候其《批评的剖析》可能会叫人感到很像罗斯金的《空中皇后》[21]，这是又一部其狂放性高于其明确性的著作，虽然其狂热程度比罗斯金要柔和许多。

到了这渐进老境的时刻，我最喜爱的是弗莱的浪漫主义文集《同一性寓言》，而不太喜欢其在《世俗经典》中那种把文学作品的价值大力摇均平衡的做法，后一本书是《批评的剖析》更为极端的副产品。[22] 把众多的文学作品构建成完整的系统，这种论述是同弗莱想成为天才的雄心相契合的，这种努力到其信徒们那里就变得更糟。因为他的"关系的神话"把文学视为一家和协美满、合作无间的企业，弗莱就看不到西方传统中还存在好斗的因素，后一种传统从朗吉努斯经雅可布·布克哈特，到尼采，一直延续至今。[23] 弗莱明明看到布莱克是想要"纠正"弥尔顿，而不是仅仅想"超越"他的先行者，所谓"超越"不过是布莱克不断重复的自我欺骗的幻想而已。仅仅靠阅读《批

---

[20] 卡莱尔（Thomas Carlyle，1795—1881），英国历史学家、散文作家、文学批评家。
[21] 《空中皇后》（*The Queen of the Air*，1869），是罗斯金论述古希腊神话的一部重要论著，其中把神话定义为带有寓意的故事。
[22] 《同一性寓言》（*Fables of Identity: Studies in Poetic Mythology*），弗莱出版于1963年的著作。《世俗经典》（*The Secular Scripture: A Study of Structure of Romance*），弗莱出版于1976年的著作。
[23] 朗吉努斯（Longinus，生活于约1世纪末），古希腊后期的著名美学家、文艺理论家。其代表著作《论崇高》对后世的文艺思潮特别是对浪漫主义有重要影响。布克哈特（Cart Jocob Christoph Burckhardt，1818—1897），瑞士艺术和文学史家，以研究文艺复兴时期的文化著名。

评的剖析》，人们是不会知道那种追求完美崇高的努力，是可以被强暴，甚至被弄得片甲不留的。但不管我自己主张如何，每当读到弗莱所写的，好像我们所有的人都会被那"伟大的艺术代码"所永远地吸引时，我还是被感动了。还有，遵循燕卜荪和肯尼思·勃克，我觉得也有义务写点实用些的批评文字。现在有什么可以让我反复拜读的？那些"愤激的学派"[24]，把过去和现在那种种写不出像样货色来的人奉为神圣，撇开那些且不说，我每日里都要遭受无数书刊、校样、文稿和信件如潮水般的冲击，而这些东西良莠不齐、鱼龙混杂。如今文学中此类作品数量之多，其泛滥成灾已远超过马尔萨斯所估计的水平，很快只能用全世界的电脑才能容得下如诺亚方舟时期的大洪水似的产品。如果我能长命百岁，完全可以看到我的个人电脑自己就能拥有个性和天才，并用人工智能创造大批史诗和传奇来让我应接不暇。在这种大泛滥中，我很难指望能从弗莱那里得到安慰和帮助。但是，此外我又能转而向谁去求助呢？

弗莱的批评理论，其所以能长盛不衰，并不是因其体系完整和自命天才，而因为它是严肃的、富有灵性的，具有全面深刻的理解力。如果《批评的剖析》被看成是出现于一个特定时代的著作，那么艾略特的《圣林》也是。文学批评理论，若要长盛不衰，是不能指望于几所大学的，在那里，所谓的"文化批评"已独霸一方，难于摆脱。学院派所搞的种种"解析"，无非是关注什么维多利亚时代女性内衣的复杂秘密，

---

[24] "愤激的学派"（The School of Resentment），布鲁姆专门用来指称一些从20世纪70年代以来背离西方文学正统的文艺思潮，如女权主义、文化批评学派、新历史主义批评、后结构主义等，以及拉康、福柯等人的文艺理论。布鲁姆认为这些学派，只重视文学作品中政治的、社会的或哲学的观念，却忽视其审美价值。对这些派别全盘否定，似乎有欠公允而显偏激，但强调审美评价的重要性，则是必要的。

以及关于女子胸脯的叙述史之类而已。文学批评,是关于如何阅读和为何阅读的原理,其发展长盛只能靠那些处于大学之外的有独见的学者们,他们的引领作用是爱默生所预言过的,也是华莱士·史蒂文斯所赞扬过的[25]。翻翻弗莱的篇什,就会发现那里有丰富的告诫和范例,是十分有助于那些独树一帜的学者去坚持其独特性的。

哈罗德·布鲁姆

---

[25] 华莱士·史蒂文斯(Wallace Stevens,1879—1955),美国现代诗人、剧作家。

自　序

当笔者试图撰写其他论著时，这本书自身就在逼迫我写下去，以致已写成的大部分也许还残留着笔不由己的痕迹。自从我完成了对威廉·布莱克的研究后（《威严的对称》[*Fearful Symmetry*] 于 1947 年出版），我决心采用文学的象征体系和《圣经》预示学[1]的种种原理。我是从布莱克那里学到如何运用此种原理的，而不是从另一位本应优选的诗人那里学到手的，虽然那位诗人从当时的批评理论中已采用过这些原理，但还不像布莱克那样运用得独到成熟。然后我开始研究斯宾塞的《仙后》，只是很快发现自己对斯宾塞的研究的开始便是终结。因为我对斯宾塞的评介实际上写成了对"寓意"[2]理论的评介，而那种理论确

---

[1] 预示学（typology），基督教教义中对"预示"（types）的研究，该学派认为《圣经》中的事件是种种预示，它们在后世的历史（或经书和文学作品）中会重演。弗莱在本书中把该学说演绎成为文学的"象征论"或"类型说"。详见本书"论辩式的前言"中相关的论述及注释。

[2] "寓意"（allegory），本是中世纪欧洲文学最常用的一种艺术方法，后代作家也多有采用，典型的如英国作家班扬（John Bunyan, 1628—1687）的《天路历程》。弗莱在本书中则把 allegory 看作文学象征体系的一种较普遍的结构因素，其寓意之存在往往只是多少、深浅、显隐的问题；这样看就不仅仅是一种艺术手法或特定文体。allegory 通常译为"寓言"或"讽喻"，但在本书中，特译为"寓意"或"有寓意"，以便同表示特定体裁的同义词 fable（寓言）和 parable（喻世故事）等相区别。详见本书第二篇及第四篇论文对上述三个名词的论述及有关注释。

定无疑地是从属于远为宏大的理论构架的。以此为基础的论述越来越离开原先的主旨，其中有关历史的和斯宾塞本人的因素越来越少。我很快发现自己纠缠进同"神话""象征""仪式"和"原型"等这样一些词语有关的那些批评理论之中，为了弄清楚上述那些术语的意义，我发表了各色各样的文章，居然也引起读者的兴趣，这又进一步鼓励我照那条路子走下去。最后我将批评的理论部分同对具体作家作品的实践批评，作为不同的任务完全分开。我在这里向读者提供的是纯粹的文学批评理论，而略去了所有具体的批评，本书四篇论文中的三篇引经据典，这样做都是有意而为的。如今这部书在我看来是论述文学象征体系的一种结构形态学，就我现在的判断而言，还应该补充上同实践批评有关的一卷文字。

我十分感谢古根海姆纪念基金会给我提供了研究基金（1950—1951），让我可以拥有我极其需要的闲暇和自由，以便我在那时候去从事我那变化无常的课题。

我也要感谢普林斯顿大学于1932年开办的讲习班，以及普林斯顿人文学科部的专门项目委员会，是他们为我提供了动因，极大地激发了我去进行这一项工作，在这一过程中本书大部得以最终成形。1954年3月我在普林斯顿所作的四次公开演讲，构成了本书的主要内容。

《论辩式的前言》是《当代批评的功能》一文的修订版，原文发表于《多伦多大学季刊》（1949年10月）；又再刊于马尔科姆·罗斯主编之《我们的同一性观念》一书，多伦多1954年版。本书中的第一篇论文是对《朝向文化批评史理论》一文加以修正并扩展的文本，原文发表于《多伦多大学季刊》（1953年7月）。第二篇论文是将多篇文章的材料合并起来写成的，包括：《文学意义的诸层次》，发表于《肯庸评论》（1952年春）；《象征体系的三种意义》，发表于《耶鲁法国研究》（第9

期,1952年);《诗歌的语言》,发表于《考察》(第4期,多伦多,1955年);《文学原型》,发表于《肯庸评论》(1951年冬)。第三篇论文也是多篇文章材料的综合:《关于喜剧的论争》,发表于《英语学会1948年论文集》,哥伦比亚大学出版社,1949;《莎士比亚喜剧的个性化》发表于《莎士比亚季刊》,1953年7月;《莎士比亚的喜剧神话》发表于《加拿大皇家学会学报》(第二部分),1952年6月;《讽刺的性质》发表于《多伦多大学季刊》,1944年10月。第四篇论文采用了以下文章中的资料:《诗歌的音乐》发表于《多伦多大学季刊》,1942年1月;《戏剧文类概览》发表于《肯庸评论》,1951年秋;《散文虚构作品的四种形态》发表于《赫德森评论》,1950年冬;《知识的神话》发表于《赫德森评论》,1954年夏。我非常感激上述诸期刊的编辑们的好意,感谢哥伦比亚大学出版社和加拿大皇家学会获准我重新使用这些资料。我也从我所写的并刊于上述期刊中其他文章和评论中挪用了一些语句,只要它们于本书现时的语境相吻合。

  为了表示深深的感谢,我在这里说了这些话,绝非简单的走走过场,而确实是因为本书的许多有价值的地方,是来源于他人;而本书中有关事实的错误,以及有关鉴赏的、逻辑的、比例的等方面的纰漏,这些糟糕的东西则全由我自己负责。

弗莱

于多伦多大学维多利亚学院

论辩式的前言

本书由几篇"探索性的随笔"组成——"随笔"（essay）[1]这个词的本意就是试验性或未得出定论的尝试的意思——这几篇随笔试图从宏观的角度探索一下关于文学批评的范围、理论、原则和技巧等种种问题。其目的首先是要阐述我们何以确信必须以这样一种从宏观角度去看问题的理由；其次是要为这些理由提供一种探讨性的表述，以便使读者信服我所勾画出的这种见解是可行的。这一课题中的空白点过大，因而读者不能认为这本书所提出的是我的体系或我的理论。最好把它看作是一些互有联系的提示，笔者希望它们或许对文学批评家和学者有点实际的用处。凡是没有实用价值的地方，尽可以将它们弃而不顾。我的探索以马修·阿诺德[2]的格言为根基，即让思想在一个为之百般努力而前景仍不明朗的课题周围自由驰骋。书中所有文章都涉及批评，我所指的批评是与文学有关的全部学术研究和艺术鉴赏活动，它属于名称各异的如文科知识（liberal education）、文化或人文研究（study of

---

[1] 本为法语词，动词 essayer 作"尝试"解。
[2] 马修·阿诺德主张，诗应成为"生活的批判"，必须具有道德意义和教育意义。此句格言见其《当今文学批评的功能》（1864）一文。

the humanities）的一部分。我从这样一个原则开始讲起，这就是，批评不仅仅是这个更大的活动的一部分，而且是它的一个基础的部分。

文学批评的对象是一种艺术，批评显而易见地也是一种艺术。这听起来好像批评是文学表现的一种派生的形式，一种依附于本已存在的艺术的艺术，是一种对创造力的第二手模仿。依照这种理论，批评家是一些具有一定艺术鉴赏力的知识分子，但是他们既缺乏创造艺术的能力又缺乏赞助艺术的金钱，因而构成了一个文化经纪人的阶层。这些人一方面把文化销售给社会并从中获利，一方面剥削艺术家并加重公众的负担。这种把批评家视为寄生虫或不成功的艺术家的观念仍然非常流行，特别是在艺术家中间。批评家没有创造功能只有生育般地复制功能，这种令人可疑的类比给这种观念火上加油，从而我们便听到了关于批评家的"无能""乏味"和他们对真正具有创造力的人们的仇恨等等的说法。反批评的批评的黄金时代是19世纪的后半叶，但是其中的一些偏见至今依旧可见。

然而，企图摆脱批评的艺术的命运却是发人深省的。有人试图直接通过"通俗"艺术诉诸公众，他们认为批评是不自然的，而大众趣味倒是自然的。这背后还有一个关于自然趣味的进一步的设想，这就是通过托尔斯泰而一直追溯到浪漫主义关于"民间"具有自发创造力的理论。这些理论经受了公平的考验，文学史和经验的事实的验证对它们甚为不利。现在该是超越这种观念的时候了。还出现过一种同上述倾向原初质朴艺术的观点截然相反的另一端，即一种与"为艺术而艺术"的口号有关的看法，此种看法用正好相反的措辞来解释艺术，把艺术看成是神秘的、会把人引向一种奥秘的高雅领域。按照此种观念，批评沦为帮派的仪式和姿态，限于扬眉举目等隐秘的评论以及其他的一些难以解释的玄妙莫测的表达上。这两种态度共同的错误在于：它们在艺术的价值和公众的反应程度之间粗略地画了等号,第一种态度认为等号两边是成正比的,而第二种态度则相反,认为是成反比的。

人们可能找到一些看起来支持这两种观点的例证,但是这样一个简单的真理是确凿无疑的,即不管以哪种方式,在艺术的价值与其公众的反应之间都不存在一种实际的对应关系。莎士比亚比韦伯斯特[3]更知名一些,但不是因为他是一个更为伟大的戏剧家;济慈不如蒙哥马利[4]那么知名,也并非因为他是一位更为优秀的诗人。因此,无论怎样也无法阻止批评家成为知识的开拓者和文化传统的铸造者。今天,无论莎士比亚和济慈有怎样的名声都是同等的批评宣传的结果。某些公众试图抛弃批评,断言他们自己就知道想要什么,喜欢什么,那是对艺术的肆虐,他们忘掉了文化传统。为艺术而艺术则是在退出批评,必将导致其文明生活自身枯竭。唯一排斥批评工作的办法是通过审查制度,它与批评的关系如同私刑与公正执法的关系一般无二。

批评为什么必须存在还有另一个理由。批评可以讲话,而所有艺术都是沉默的。在绘画、雕塑或音乐中,很容易看到艺术在显示什么,但它们却不能说出任何东西。说诗人是沉默或无言的,其中有一个最为重要的意思,就是说诗歌像雕塑一样地静默。诗歌是对词语的无功利性的运用:它不直接对读者说话。而当诗歌直接对读者说话的时候,我们通常会觉得诗人对读者和批评家的能力有某种不信任,认为他们没有作者帮助便无法理解其意义,因此把自己降到了写蹩脚的说教诗的水平(如"韵文"或"打油诗"),而这种诗是任何人都可以学会写出

---

[3] 韦伯斯特(John Webster, 1580—1625),英国剧作家,代表作有《白魔》《马尔菲公爵夫人》等,其声誉仅次于莎士比亚。

[4] 蒙哥马利(Robert Montgomery, 1807—1855),英国的一位平庸诗人,其宗教诗《上帝无所不在》等当时大受吹捧,但遭史学家麦考利的批评。

的。不仅仅是传统在驱使诗人乞灵于诗神缪斯,并断言他所说的是不由自主的。麦克利什先生[5]在他著名的《诗艺》中用"缄默的""沉默的"和"无言的"等词语形容诗歌也绝非卖弄才智。正如约翰·斯图亚特·密尔在一段精彩的具有洞察力的评论中所说的那样,艺术家不是被人聆听,而是被人偷听的。[6]批评的要义是,诗人不是不知道他要说什么,而是他不能说他所知道的。因此,为了从根本上维护批评的存在权,就要假定批评是一种思想和知识的结构,自有其存在的理由,就其所讨论的艺术而言有某种程度的独立性。

诗人当然可以有他自己的某种批评能力,因而可以谈论他自己的作品。但是但丁为自己的《天堂》的第一章写评论的时候,他只不过是许多但丁批评家中的一员。但丁的评论自然有其特别的价值,但却没有特别的权威性。人们普遍接受的一个说法是,对于确定一首诗的价值,批评家是比诗的创造者更好的法官。但是仍然有一种残存的观念,认为把批评家看作诗歌意义的最终评定者是有些荒唐可笑的,尽管批评家实际上必须如此。这种观念的产生是因为不能把文学同描述性的或论断性的文字区别开来,后两者来源于活跃的意志和有意识的头脑,其关心的基本问题是"说出"点什么。

一部分批评家感到诗人只有在死后才能得到公允的评价,其原因

---

[5] 麦克利什(Archibald Macleish,1892—1982),美国现代诗人、剧作家。其《诗艺》(*Ars Poetica*)出版于1926年。
[6] 见《关于诗歌及其种种形式的思考》("Thoughts on Poetry and its Varieties")一文,刊于《论述与探讨》(*Dissertations and Discussions*)第1辑。——原注
约翰·斯图亚特·密尔(John Stuart Mill,1806—1873),也可译为"约翰·斯图亚特·穆勒",英国哲学家、逻辑学家、经济学家,是英国实证主义和经验主义的代表性人物。——译注

之一就是，诗人们死后就不能滥用他们作为诗人的荣誉以暗示诗中的内在的知识来取笑批评家了。当易卜生坚持认为《皇帝和伽利利人》(*Emperor and Galilean*)是他最伟大的剧作，又说《培尔·金特》(*Peer Gynt*)中的某些插曲没有寓意的时候，人们只能说易卜生是易卜生的无关紧要的批评家。华兹华斯的《抒情歌谣》的序言是一篇引人注目的文献，但是作为一篇对华兹华斯的批评，人们至多给它评个二等。人们常常这样嘲弄莎士比亚的批评家，说如果莎士比亚死而复生，他将不能欣赏、甚至不能理解他们的批评。这当然是很可能的，因为我们几乎没有关于莎士比亚对批评有兴趣的证据，无论是对他本人的，还是对其他人的批评。即便有这样的证据，他关于他自己对《哈姆雷特》一剧的意图的说明，充其量也不过是关于这个剧本的一种批评，而不是最终的定评，它不能一劳永逸地清除剧中所有的疑团，就像在他导演下的演出只是一场演出而不是最终的演出一样。诗人对自己作品的看法的可靠程度不过同他对其他诗人的看法的可靠性相当。诗人从事批评，就难免不把与其个人实践密切相关的他自己的趣味扩展为文学的普遍规律。但是批评必须基于整个文学的实际：从这种观点看，任何受人推崇的作家所认为的文学一般应该做些什么，这些话都反映出其自身的视角。诗人作为批评家所说的话并不是批评，而只是可供批评家审阅的文献。它们很可能是有价值的文献，但若一旦它们被视为批评的指南，就有可能让人误入歧途。

关于诗人有必要或应该做他自己的作品或文学理论的一锤定音的阐释者的观点派生于批评家是寄生虫或拾人牙慧者的观念。一旦我们承认批评家拥有他自己的活动领域，他在那个领域内享有自主权，我们便不得不认定批评是按照一种特殊的概念框架来论述文学的。这个框架不是文学自身，但也不是某种文学之外的东西。如果认为它是文学自身，那不过是批评寄生理论的再版；如果认为它是文学之外的东西，那么批评自主权也将消失，而且批评这整个学科将被同化到别的什么东西中去了。

正是这后一种观念导致了批评中的一种谬误，即在历史学中称为决定论的谬误。在这种情形下，一位对地理或经济有着特殊兴趣的学者会把他最感兴趣的研究视为与他不那么感兴趣的事情有一种因果关系，而且用修辞技巧来表现他的这种兴趣。这样一种方法给人一种假象，以为人们在研究一种课题时就同时对它作出解释，不需浪费时间。不难列出文学批评中的这种决定论的长长的目录，所有这些决定论，不管是马克思主义的、托马斯主义[7]的、自由人文主义的（Liberal-Humanist）、新古典主义的、弗洛伊德的、荣格的，或存在主义的，都是用一种批评的态度取代了批评，都不是到文学内部去为批评找到一个概念框架，而是将批评附加到文学之外的形形色色的某种框架上。然而，批评的公理和基本原理不能不从它所论及的艺术中生长出来。文学批评家必须做的第一件事情是阅读文学，对他自己的领域做一个归纳性的概览，并从他关于那个领域的知识中自行产生出他的那些批评原则来。批评原则不能从神学、哲学、政治学、科学或任何这些学科的合成中现成地照搬过来。

让批评服从一种从外部获得的批评态度是夸大文学中与外部根源有关的价值，不管这根源是什么。把一种文学之外的系统强加给文学是很容易的，这种外部系统往往是一种宗教－政治的滤色镜，它可以使一些诗人崭露头角，使另一些诗人黯然失色。对于这类滤色镜，无

---

[7] 圣·托马斯·阿奎那（Thomas Aquinas, St., 约1225—1274），意大利神学家、哲学家，是欧洲中世纪经院哲学的主要代表。托马斯主义，又可称为托马斯阿奎那学说，即指其所代表的正统经院哲学体系和相关流派。

偏见的批评家只能是有礼貌地说，它用一种新的光线来显示事物，的确是对批评的一种最富有启发性的贡献。当然此类使用滤色镜的批评家通常暗示，并经常相信，他们是让他们的文学经验自己在说话，而他们的其他态度则尽量加以克制，他们的文学批评的结论和其宗教或政治的观点之间的巧合是一种水到渠成的回报，绝无公然强加给读者的意思。然而，即使对于那些最能理解批评的人，批评的这种独立于偏见的情况也非常罕见。至于那些略逊一筹的人，自然可说是越少提及越好。

如果坚持认为只有当我们掌握了重心不在文学系统之内的某种生活哲学体系之时，我们才能评论文学，那么，作为独立的学科而存在的批评就仍然提不上日程。但是还有另一种可能。如果批评存在的话，它一定是依照从得自对文学领域的归纳性考察的概念框架来考察文学。"归纳性"这个词暗示了某种科学的程序。如果批评既是一门科学又是一门艺术又如何呢？它当然不是一门"纯粹的"或"精确的"科学，但是这些措辞自身就属于19世纪的宇宙论，而我们已不再相信这种宇宙论了。历史写作是一门艺术，但是没有人怀疑，科学的原则包含在历史学家对证据的处理上，这一科学因素就将历史和传说区分了开来。可能也正是批评中的科学因素一方面将批评同文学寄生状态相区别，另一方面又同外在强加的批评态度相区别。在任何学科中科学的存在都会改变其性质，从偶然的变为必然的，从任意的和直觉的变为系统的，并保证那个学科的完整性不受到外部的侵犯。然而，如果有读者感到"科学的"（scientific）这个词含有缺乏想象力的武断的感情色彩的话，那么他们不妨用"系统的"（systematic）或"循序渐进的"（progressive）等词语取而代之。

既然已经有数以十计的学术刊物把批评中存在科学因素的设想作为

自己立论的根基,并有数以百计的学者参与了与文学批评有关的科学程序,那么,再说什么批评中可能有科学的因素就会显得荒诞。证据是经过科学的检验的;以前的权威得到了科学的运用;诸有关领域经过了科学的调查;各种文本经过科学的编校。诗体学在结构上是科学的,语音学和语义学也是如此。文学批评要么也是科学的,要么所有这些训练有素、聪明绝顶的学者们就是把他们的时间浪费在某种与颅相学相似的伪科学上。纵然如此,人们仍然不得不怀疑,学者们是否意识到他们的工作是科学的这一事实的含义。在第二手资料日益繁杂的情况下,人们丧失了那种为科学所特具的进展扎实的感觉。研究始于被认为是"背景"的东西,可以预料,随着研究的继续,也将顺利地开始进入"前景"。告诉我们与文学相关的知识,本应该在告诉我们文学究竟是什么的过程中完成的。但是一旦走向这一点,学术研究似乎就被某种障碍所阻挡,甚至被冲回来而卷入需要进一步研究的课题中了。

因此为了"欣赏"文学并且直接地与文学接触,我们求助于公共批评家(public critic)如兰姆[8],或赫兹里特,或阿诺德,或圣伯夫[9],他们代表了读书界的最内行的、最有见识的水平。举例说明一个带有某种艺术趣味的人是如何应用和评价文学的,从而表明文学是如何被社会吸收的,这便是这些公共批评家的任务。但是在这里,我们不再有一种非个人化的坚实的知识整体的感觉。公共批评家注意像讲演和随笔这样的插曲式的形式,他的工作不是一门科学,而是另一类文学艺术。他从对文学的实用研究中获得其观感,并不试图去创造或进入一个理论结构。在对莎士比亚评论中,我们就拥有一大笔优秀的遗产,

---

[8] 查尔斯·兰姆(Charles Lamb,1775—1834),英国随笔作家,也写文学评论。
[9] 圣伯夫(Charles Augustin Sainte-Beuve,1804—1869),法国著名文学批评家。

如约翰逊的奥古斯都式的古雅趣味，柯勒律治的浪漫主义趣味，布拉德雷的维多利亚时代的趣味等。[10] 我们认为，理想的莎士比亚评论家，应该避免奥古斯都式、浪漫主义以及和维多利亚时代的局限性和偏见，而琼生、柯勒律治和布拉德雷恰是这些偏失的代表。然而我们却对莎士比亚的批评如何取得进展，尚缺乏明确的认识；也不清楚某位批评家因为阅读了所有的前辈著述后如何就能高于他同时代的艺术趣味，高于该时代的全部局限和偏见。

换言之，没有什么方法可以区分什么是真正的批评和什么是只属于艺术趣味变迁历史的东西。前者向着使整个文学成为明白易懂的方向进展，而后者却服从时髦的偏见的摇摆。我举一个这两者之间区别的例子，也可以说是一个两者迎头撞击的例子。约翰·罗斯金[11]在他的一段对《一得之见》古怪而机智又轻率的脚注中说：

> 关于莎士比亚作品中的人名我将在后面更详细地谈到；它们奇怪地——经常是不规范的——和各式各样的传统和语言混搅在一起。三个在意思上最清楚的人名已经被注意到了。苔丝德梦娜——不幸的命运——是足够明白的。奥赛罗，我相信，是"小心的人"；这个悲剧的所有灾祸都源于他所具有的宏伟魄力的大将性格中的一个过失和错误。奥菲丽娅，"钟情不渝的"，她实际上是哈姆雷特失去的妻子，由于她的哥哥雷欧提斯有一个希腊名字而引人注目；她

---

[10] "奥古斯都式"（Augustan），指英国 1650—1750 年间，诗界追求古罗马奥古斯都时代的端庄典雅的风格。柯勒律治（Coleridge，1772—1834），英国诗人。布拉德雷（A. C. Bradley，1851—1935），英国莎学家。

[11] 《一得之见》（*Munera Pulveris*，1872）为罗斯金的一部未完成的论政治经济学的著作。

的名字的含义曾在她哥哥最后提到她的话中被微妙地暗示过,在这些话中,她文雅的高贵与那个粗暴的牧师的无用形成了对比——"当你号叫着躺下的时候,愿我的妹妹成为为神献身的天使。"

关于这段文字,马修·阿诺德做过如下评论:[12]

> 真的,那是一篇多么华丽的文字啊!我不准备去谈莎士比亚作品中人名的含义(我把对罗斯金先生的词源学研究的正确性的疑问搁置一边)是没有任何影响的,或许它完全被忽略了;但是把它们放在那样一种显眼的程度是在放纵一个人的狂想,是忘掉所有的节制和分寸,是失去了一个人的心灵的整个平衡。这是在其文学评论中所表现出来的最极端的褊狭的标志。

不管罗斯金正确与否,他是在尝试真正的批评。他在试图用一种概念框架的语言来解释莎士比亚,这一框架只属于批评家所有,只与剧本相关。阿诺德认为这不是公共批评家能直接使用的那种材料是完全正确的。然而看上去他甚至没有怀疑还存在着一种与艺术趣味的历史变迁不同的系统批评。这里,倒是阿诺德孤陋寡闻了。罗斯金是从宏大的圣象学传统(iconological tradition)那里学来的方法,这一传统通过对古希腊古罗马文化和圣经的学术研究流传到但丁和斯宾塞。罗斯金对但丁和斯宾塞都进行过认真的研究,并同他对一些中世纪大教堂的研究结合了起来,对后者他曾细致入微地考察过。阿诺德设想批

---

[12] 见其《学院的文学影响》("The Literary Influence of Academies")一文,刊于《批评文选》(*Essays in Crticism*)第一辑。——原注

评的公理就是某种"明白的意思",好像这是大自然的普遍规律,然而此类说法在德莱顿时代以前几乎没有听说过,并可以肯定地说也难以流传到弗洛伊德、荣格、弗雷泽和卡西勒时代以后。[13]

目前我们在"文学研究"中所看到的,一个方面是学者力图使文学研究成为可能;另一方面是公共批评家也认为"文学研究"是存在的。在两者之间是文学本身,是两者皆不涉足的一块禁猎地,在那里,学子只能凭其天生的智力盲目游荡。看来可以这样设想,学者和公共批评家只是由于对文学的共同兴趣才联系起来的,学者们把他的材料留在文学之门的外边,正像为看不见的神祇奉上的供品一样。大量的这种学术研究似乎是一种令人感动的信念的产物,有时只是出于这样一种希望,只有将来出现某个具有综合批评之神力的救世主的时候,它们才会派得上用场。公共批评家,或者是强加于批评界态度的代言人,则倾向于草率地和任意地使用一下这种材料,事实上经常像哈姆雷特对待掘墓人那样对待学者,忽视了从墓穴中扔出来所有的东西,唯独捡起一个古怪的头骨并借题大加发挥。

有些问题经常被提到那些关心艺术的人的面前,而且这些问题并不总是怀有好意的,即关于他们所做的事有何用处和价值的问题。直接回答这些问题大概是不可能的,或者要在任何程度上回敬提问者也

---

[13] 约翰·德莱顿(John Dryden,1631—1700)是当时的桂冠诗人,尤以颂诗和讽刺诗著称于世;他写了近30部喜剧、悲剧、悲喜剧和歌剧,作品丰富,是英国古典主义戏剧的主要代表之一;他又是英国文学批评的创始人,对乔叟、斯宾塞、莎士比亚、琼生等做过恰当的评价。由于他在文学上多方面的杰出贡献,文学史家通常把他所处的时代称为"德莱顿时代"。弗雷泽(James Frazer,1854—1941),英国人,哲学家,也是著名的神话学家,他的十二卷的巨著《金枝》是现代神话学的奠基之作。恩内斯特·卡西勒(Ernst Cassirer,1874—1945),德国哲学家,也是文论家和神话学家。

是不可能的。大部分回答，如纽曼[14]的"文科知识自身便是目的"，只诉诸那些业已获得正确经验者的经验。同理，大部分"诗辩"也只对那些身在辩护者中的人来说是明白易懂的。因此，批评的辩护的基础必须是艺术的实际经验，对那些关心文学的人，要回答的第一个问题不是"研究文学的用处何在？"而是"文学研究若有可能那该怎么办？"

每一个认真地研究过文学的人都知道其中所包含的认知过程如同研究科学所包含的一样，是连贯和循序渐进的。两者对人的智力训练的功效是完全相似的，使人确立学科应具有的完整统一性的信念也是相似的。如果这种统一来源于文学本身，那么文学本身必须像一门科学那样被塑造，这种科学与我们文学经验却相矛盾；或者它一定是从内心一个不可名状的神秘物那里得到某种获得知识的力量，这一力量看起来却模糊不清；或者从那里获得的认知好处被认为不过是想象出来的，而实际上它们是从曾经偶然研究过的相关科目获得的。

学者和艺术趣味的代言人只是因对文学的共同兴趣才联系在一起的，关于这样的设想我们就说到这里。如果这一设想是对的，那么所有的批评中占很大比例的全然无益部分，就应该老实地加以正视，因为这个比例只能随着其主体的增长而增长，直到批评成为一种为获得益处的机械方法，就像喇嘛教徒转经轮一样。对于大学教师来说尤其如此。但是，这只是一个不自觉的假定，至少我从来没有看见它像一个信条一样被陈述出来。要想证明这种假定不过是废话，那肯定也是很容易的。可供选择的还有另一个假定，是学者和公共批评家由一个中间的批评形式直接地联系起来，这便是逻辑地和科学地被组织起来的一种前后连贯的和全面的文学理论，这类文学理论虽然学子在求学过程中不自觉

---

[14] 纽曼（John Henry Cardinal Newman，1801—1890），英国诗人、散文作家。

地学了一些，但是它的主要原则对我们来说却依然是未知的。把这样一种批评纳入一个统一的知识结构使其研究中的系统的和循序渐进的因素日益完备，就像其他的科学所做的那样，这样批评便能发展。同时在批评内也将为公共批评家和艺术趣味的代表建立起一种权威。

我们应当认真地理解这一居间的批评意味着什么样的可能性。它意味着绝不存在对文学自身的直接的学习。物理学是关于自然知识的有组织的学科，一位学习物理学的学生说他在学习物理学，而不是学习自然。艺术，如同自然一样，必须同对它的系统的研究分别开来，这一系统的研究便是批评。因此，"学文学"是不可能的——人们通过学习以某种方式涉及它，而人们所学的，是经过转移的，是对文学的批评。同理，"教文学"经常感到的困难产生于这样一个事实，即文学是不能够教授的，文学批评才是能直接教授的东西。文学不是一种研究的学科（subject），而是供研究的客体（object）——文学由词语所组成这一事实，如我们所看到的，使人们把它与能够言说的语辞学科[15]混淆起来。图书馆把批评归类为文学的一个分支，这反映了我们认识上的混乱。批评之于艺术恰如史学之于行动和哲学之于智慧——文学是以语辞对人类创造力的模仿，而这种创造力自身却是不说话的。正如没有什么哲学家不能哲学地考虑的东西，没有什么历史学家不能历史地考虑的东西，批评家也能够构造并居住在一个他自己概念的宇宙中。这一批评的宇宙仿佛便是阿诺德的文化概念所暗示的一种东西。

然而我并不是说，目前的文学批评肯定做错了事，而应该另起炉灶。我是说，批评界应该能够对它实际做的事情有一个全面的看法。

---

[15] "能够言说的语辞学科"指用词语表达的各门理论性学科，如哲学、物理学等。在原著者看来，文学艺术不是一门理论性学科，它是不能"言说"的。

学者们和公共批评家们继续对批评做出贡献，自然是必要的。但是，他们为之贡献的东西却不应该是看不见的，就像珊瑚虫是看不见整个珊瑚岛那样。在学习关于文学的学术著作时，学子们会发现一个将他从文学那里拖走的回头浪。他会发现文学是人文科学的中央分水岭，它的一侧是历史，另一侧是哲学。鉴于文学自身不是一个有组织的知识结构，批评家必须在史实上求助于历史学家的概念框架，而在观点上则求助于哲学家的概念框架。当问及他在研究什么的时候，批评家总是说他在研究邓恩[16]或雪莱的思想，或1640—1660时期的文学，或给予其他的回答，暗示历史、哲学或文学本身是他批评的概念基础。当批评家发现自己的研究已不再涉及文学批评理论的情况下，他通常说他在研究一个"一般性的"题目。有一点是清楚的，即由于缺乏成系统的批评而产生了一种动力真空，使所有相邻的学科都涌了出来。因此上面提到的阿基米德的谬误就凸显了出来，即这样一种观念突出起来：如果我们把脚跟足够牢固地置于基督教的或民主的或马克思主义的价值观上，我们将能够用一个辩证的撬棍立刻把整个文学批评提起来。然而，如果批评家们各不相同的兴趣都可以同一个系统理解的中心的扩展模式相联系的话，那么上述的回头浪就会消失，人们将看到他们汇集在批评那里，而不是从那里散开。

　　系统的理解一个实际存在的课题的一个明证是有能力写出阐明其基本原理的基础课本。看到这样一本关于批评的书包括什么是有趣的。它的开篇不会去清楚地回答一个首要的问题，即"什么是文学？"我们没有区别文学的语辞结构和非文学的语辞结构的实际标准，对许多很难归类的书籍也并不抱有明确的看法，这些书籍常常被当成文学，因

---

[16] 约翰·邓恩（John Donne，1572—1631），或译为"多恩"，英国"玄学派"诗人的主要代表。

为这些书籍是用"风格"写成，或当作"背景"是有用的，或只是很简单地进入了大学的"伟大著作"的课程里。我们还会发现我们没有用来形容作为艺术的文学作品的恰当的词，相当于诗歌中的诗（"Poem" in poetry）或戏剧中的剧作（"Play" in drama）。布莱克说过，只有傻瓜才会去概括，这话也自有道理。但是当我们发现自己处在野蛮人的文化状况中时（这些野蛮人只有桉树和柳树这样的词而没有"树"这样一个统称），难道不应该怀疑一下我们的概括能力是否不太充分吗？

我们的手册的第一页不过如此。第二页就会去解释看来是最广泛的文学事实，即诗歌与散文之间在节奏上的分别。但是这样一个看起来任何人在实际中都能做到的区分却不能由任何批评家的理论做出。让我们继续一张张地翻开那些空白的页面。下面要做的一件事是去勾画一下文学的基本分类的蓝图，如戏剧、史诗、散文虚构作品等。不管怎么说，这分明是亚里斯多德所设想的文学批评的第一步。我们发现正好是亚里斯多德留下的文类批评理论遭到了重大的打击。"文类"（genre）[17]这个外来词难于发音，它在英语句子里显得格格不入。大多数批评家对处理像"史诗"和"小说"这样的文类语汇的努力可以说是道听途说心理的十分有趣的例子。感谢希腊人，我们能够区分戏剧中的悲剧和喜剧，以至于至今我们仍假定戏剧的这一半不是另一半。当我们接触如歌舞剧、歌剧、电影、芭蕾、木偶剧、神秘剧、道德剧、旅行剧）[18]、童话魔幻剧[19]这样的一些形式时，我们发现自己处在文艺

---

[17] genre 原为法语词，作类型、体裁讲。弗莱在《哈帕文学手册》中解释，该词通常指文学较大的形式类别，好比生物学中的"物种"。

[18] 旅行剧（commedia dell'arte），流行于16世纪意大利的一种戏剧，通常由旅行剧团演出。

[19] 童话魔幻剧（zauberspied），德国的一种儿童剧。

复兴时期医生们的地位,他们拒绝治疗梅毒病,因为盖伦[20]对这病没有说过什么。

希腊人几乎不需要对散文形式的分类做进一步的研讨。我们则需要这样,但从未做成过。通常,我们没有用来称谓散文虚构作品的词,这样"小说"(novel)这个词承担起了概括所有作品的义务,因此失去了它作为一种文类的名称的唯一真实的含义。一般的图书馆关于虚构作品与非虚构作品的分类,关于承认所写的并非实事的书和其他各种写实事的书的分类,显然叫批评家们相当费神。即使有些批评家能对"梅尼普斯式"讽刺[21]作出解答,但如果问到《格列佛游记》是属于散文虚构作品的哪种形式,那么,很少有批评家会认为这一点对研究这本书来说是至关重要的知识,虽然对小说到底是什么的某些观念肯定是研究一位严肃小说家的先决条件。其他的散文形式甚至更糟。西方文学受《圣经》的影响胜于受其他著作的影响,但是虽然批评家很尊重"来源",他对于这一影响的了解大多限于知道这一影响是存在的这一事实。《圣经》的象征预示学(Biblical typology)[22]现在已是死亡的语言,大多数读者,包括学者,都不能解释任何一首运用了这种象征方式的诗歌的表面意思。如此等等。如果批评被设想一种连贯的、系统的研究的话,那么批评的基本原理便可对任何一个有理解力的十八九

---

[20] 盖伦(Galen,约130—200),古罗马时期的希腊医师、生理学家。

[21] 梅尼普斯式讽刺(Menippean satire)指由古希腊犬儒派的梅尼普斯开创的一种讽刺文体,又叫"剖析式文体",其特点和影响等等详见本书第四篇中的"特定的连续形式(散文虚构作品)"这一节。

[22] 弗莱在《哈帕文学手册》中指出,预示学是对"预示"(types)的研究,产生于古代神学、史学或文学的一种学说,认为事件会在以后的时间里重演。《圣经》或其他早期文学作品中的一些事件通常预示着后来的经书、历史或文学中发生的事。

岁的年轻人讲解。从这样一种观点来看问题，就会发现现在没有批评家知道关于批评的首要问题到底是什么。批评家现在所有的是一种没有信条的神秘宗教，而他们则是一些只能在相互之间交流或争论的各行其是的人。

一种批评的理论，其原则适用于整个文学，并在批评过程中足以有效地说明其各种类型的，我认为就是亚里斯多德所指的诗学。在我看来，亚里斯多德就像一个生物学家解释有机体的体系一样来解释诗，区别出它的属与类，系统地阐释文学经验的主要规律，简言之，他似乎相信存在一种可获得的关于诗歌的完全明了的知识结构；它不是诗歌自身，或诗歌的经验，而是诗学。人们会想象出，在经历了亚里斯多德以后两千年的文学活动之后，他关于诗学的观点，就像他关于动物生殖的观点一样，应当可以根据新鲜的证据重新加以考察。纵然如此，《诗学》的开场白，根据拜沃特（Bywater）的翻译，却永远是对这一课题的卓越的介绍，它描述了正是我自己试图记住的那种入门之途：

> 关于诗的艺术本身、它的种类、各种类的特殊功能，各种类有多少成分，这些成分是什么性质，诗要写得好，情节应如何安排，以及这门研究所有的其他问题，我们都要讨论，现在就依自然的顺序，先从首要的原理开头。[23]

当然，文学只是许多艺术中的一种，但是本书不得不回避诗学之外的美学问题。每一门艺术，当然需要它自己的批评组织。一旦美学

---

[23] 译文依据罗念生译的《诗学》，人民文学出版社，1962年，第3页。

不再像现在这样不伦不类，[24] 而能成为所有艺术的统一的批评，那么，诗学就将成为美学的一个组成部分。

科学在正常的情况下始于一种朴素的归纳状态：[25]它们首先注意把它们想要解释的现象看成是资料。这样，物理学就肇始于经验的直接的感觉，对诸如热、冷、湿、干等加以分门别类，以此作为基本的原则。后来，物理学来了个大翻个，发现自己真正的功能应该是去解释热和湿是什么。历史学源于编年史；但是古代的编年史家和现代的历史学家之间的区别在于：编年史家所记载的事件也就是他的历史的结构，而历史学家则视这些事件为历史现象，并将这些现象在一个更加广大、而且形态全然不同的概念框架内联系起来。同理，每一种现代科学必须采用培根所说的（虽然是在另一种情况下）归纳飞跃（inductive leap），占据一个新的有利的地位，借此把这门科学以前的资料看成是要解释的新东西。只要天文学家把天体的运动看成是天文学的结构，他们很自然地会把自己的观点视为固定不变的。一旦他们认为运动自身是可解释的，一个关于运动的数学理论就成为概念框架，这样，通向日心说的太阳系理论和万有引力定律的道路就铺平了。只要生物学

---

[24] "不伦不类"一语并非出于对美学的蔑视，倒是表达了一种信念，即时至今日，美学应如心理学一样，也从哲学中解脱出来。大多数哲学家在探讨美学问题时，仅仅按照自己的逻辑的、抽象的观点进行推理，因此很难在采纳康德或黑格尔论艺术的观点时而不陷入其"立场"中。据我所知，亚里斯多德才是唯一能关注更广泛的美学问题的情况下特地谈论诗歌的哲学家，不仅如此，他还设想诗学会成为一门独立学科的治学途径。因此，批评家可以放心地引用《诗学》的观点而不至于陷入亚里斯多德主义（尽管亚氏派的批评家并不认同）。——原注

[25] "朴素的归纳状态"一语引自苏珊·朗格（Susanne Langer）的《哲学的实践》（*The Practice of Philosophy*，1930）一书。——原注

认为动物和植物的生命形式组成了它的研究课题，生物学不同分支的大部分工作就放在分类上；一旦生物学必须解释的是生命形式自身的存在，进化的理论和原生质及细胞的概念就冲进了生物学并使它面貌焕然一新。

我想，文学批评现在也正处于这样一种我们所发现的早期科学的朴素归纳状态。它的材料——文学名著，尚没有被视为要根据只有为批评所拥有的概念框架来解释的现象。人们尚不知如何去构成批评的框架或结构。我认为，该是批评跳跃到一个新的领域的时候了，从那里，批评就可以发现其概念框架有组织的或有内容的形式是什么。批评看起来急需一个坐标系的原则，一个中心的假说，它就像生物学中的进化理论一样，将视它所研究的现象为整体的一部分。

像任何科学一样，这种归纳飞跃的首要条件是对全部的连贯性(coherence)的认知。这一认知看起来虽然很简单，但每门科学都要花很长时间才能发现它事实上是一个完全清晰可见的知识体系。在它达到这一发现之前，它还不成其为一门独立的科学，而仍旧是其他某个学科躯体中内孕的一个胚胎。物理学是从"自然哲学"中产生出来的，社会学是从"道德哲学"中产生出来的，便说明了这样一种发展过程。几乎同样正确的是，现代各门科学是在与数学有密切关系的状况中得以发展的。物理学和天文学在文艺复兴时期开始形成其现代的形式，化学是在18世纪，生物学是在19世纪，各门社会科学是在20世纪。如果文学批评是一门科学，它明显地是一门社会科学；如果它只是在我们的时代才得以充分发展，这一事实至少不是一个时代错误。与此同时，只见树木不见森林的近视症仍然是朴素归纳法的一个无法避免的毛病。在这种近视眼看来，"一般性"的问题是合乎人情地不可能处理的，因为它们"包含了"一个大得吓人的领域。批评家与数学家处于同一地位，后者面对源源不断而来的庞大数字，即使仅仅用传统的整数形式来写，直写到下一个冰河期，也不一定写得完。批评家和数学家一样，将在某种程度上不得不发明一种不那么笨重的概念。

朴素归纳法完全是按照罗列文学的目录学观点来看待文学的，即它认为文学是一堆聚集在一起的或混杂的彼此无关的"作品"。很显然，如果文学果真如此，任何以它为根据的系统的脑力训练都将是不可能的。目前，在文学中只有一个组织原则被发现，即年谱的原则。年谱补充了那个魔术般的字眼"传统"，它意味着当我们看到那一堆混杂的东西按照编年史的顺序排列起来时，这纯粹的顺序就赋予了它某种连贯性。但是甚至传统也不能回答我们所有的问题。全部文学史给了我们一丝希望，让我们有可能看到文学不过是相当有限和简单的一组套式的复合，这组套式（formulas）可以通过对原始文化的研究而获得。随后我们又意识到后来的文学与这些原始套式的关系并非仅仅是单纯的一种复合，即如我们看到的那样，这类原始的套式在最伟大的经典作品中不断重现，而且在事实上，这些伟大的经典作品似乎本来就存有一种回复到这些原始套式去的基本倾向。这与我们全都有的一种感觉相吻合，即对平庸艺术品的研究仍然是一种随意的和无足轻重的批评经验，而深刻的名篇杰作却吸引我们，让我们能够看到有数量巨大的且有重要意义的定式（patterns）聚集于其中。我们开始想我们是否应该认识到，文学不但随着时间的演进日益复杂化，而且可以就中找出某种中心点，批评就可以在这个中心点立足，并由此展开其概念的空间。

明显的是，正是文学的系统性决定批评成为一种系统的研究，若文学无此性质，批评也做不到这样。我们不得不采用这样一种假设，即正如在自然科学背后存在着自然秩序一样，文学也不是一堆"作品"的堆积，而是词语的一种秩序。然而对于自然秩序的信念是从自然科学的可理解性那里推出的必然结论；如果自然科学能完全揭示自然秩序，它们大概会穷尽其课题。批评如果是一门科学的话，同样它必须完全明白易懂，但是文学，作为使这一科学成为可能的这种词语秩序，就我们所知，却是批评新发现的取之不尽的源泉，即使新的文学作品不再写出来也是如此。如果是这样的话，那么为了阻止批评的发展而在文学中寻求一个限制性的原则就是一种错误。断言批评家应该把自己局限于准确地"弄出"一首诗的内涵的东西，这些东西被模糊地认为是有意识地"塞入"的，这种荒谬的批评定量俗套是由于缺少系统的批评而滋生出的许多浮皮潦草的无知现象之一。这种定量理论是那种可以叫作不成熟的目的论的谬见（fallacy of premature teleology）在文学中的表现。它与自然科学中的一种观念遥相呼应。这种观念断言一种现象之所以如此是因为上帝以它不可思议的智慧使然。按照这种理论，批评家被认定为没有概念框架的——他的工作只是简单地把一首诗拿过来，然后自得其乐地把诗人辛勤地塞进此诗里的一定数量的美感或效果一个一个地抽出来，小杰克·霍纳[26]就是此类批评家的实例。

发展一门真正的诗学的第一步是认出并放弃无意义的批评，摈弃那种无益于建立一个系统的知识结构的谈论文学的做法。这里包括所有那些我们常常在批评通论、杂感式评论、意识形态的夸夸其谈中发现的响亮的废话，包括其他一些对凌乱的课题大而无当的考察的结果。它包括所有那些关于"最优秀"小说或诗歌或作家的排名次记录，不管

---

[26] 小杰克·霍纳（Little Jack Horner），北美儿歌中一个孩子，他在吃圣诞节馅饼时，用手指从中掏出一根铅条，并自称是好孩子。

它们独特的优点是面向精英的，还是面向大众的。它包括所有轻率的、滥用感情的和偏颇的价值判断，包括使诗人的声誉在想象的证券交易所中涨落的所有的文学闲聊。那位富有的投资者艾略特先生，在市场上抛售了弥尔顿之后，现在又开始收购他；邓恩大概达到了他的顶峰，并将开始逐渐回落；丁尼生（Tennyson）可能难免要经受一场轻微的波动，但是雪莱股票仍然直线下跌。诸如此类的做法不会是任何系统研究的一部分，因为一种系统的研究只能循序渐进——种种恐慌，种种犹豫，种种反复，都不过是有闲阶级的闲聊。艺术趣味的历史只不过是批评构架中的一部分，如同赫胥黎与威尔伯福斯的争论只不过是生物科学构架的一部分一样。[27]

我相信，如果坚持这一区分并应用于过去的批评家，他们关于真正的批评家所说的话将显示出多得惊人的一致性，在这当中，一个连贯的和系统的研究的轮廓开始出现。在艺术趣味的发展史中是见不到客观事实的，其全部真理都以黑格尔的方式割裂为半个真理，目的是为了使各自的刀刃更加锋利，由此我们可能感到文学研究的相对性、主观性太大，以至从来不可能有始终如一的道理。但是这种趣味的发展史与批评没有有机的联系，可以很容易把它们分离开。艾略特先生的文章《批评的功能》开始就规定这样的原则，即现存的许多文学丰碑其自身就构成了一个理想的秩序，而不只是个人的作品的汇集。这就是批评，非常基本的批评。本书的大部分便是试图对它进行注解的。其可靠性已为各个时代的众多优秀的批评家们异口同声地说过的上百

---

[27] 指1860年著名的生物学家、达尔文学派的主要代表托马斯·赫胥黎（Thomas Henry Huxley, 1825—1895）和威尔伯福斯主教（Samuel Wilberforce, 1805—1873）在牛津大学展开的一场大辩论，结果坚持进化论的赫胥黎大获全胜。

种言论所证明。[28] 随之而来的是一场口舌之争，传统及其对立面在论战中被人格化了，并成为互相竞争的力量，前者因天主教的和古典的称号而显得高贵，后者因"辉格党原则"的称号而受到嘲笑。正是诸如此类的事造成了混乱，直到我们意识到把它们剪掉抛弃是相当容易的以后才不再如此。还有坚持反对米德尔顿·默里先生[29]的论战，有些论者则赞同他，因为，"他意识到有许多明确的立场可以采取，一个人必须不时地拒绝某种事，同时选择别的事。"在化学和语言学中，并没有可采取的明确的立场，如果在批评中有的话，那么批评也就不是一种真正学问的领域。因为在任何真正学问的领域中，对"立场"（stand）挑战的唯一可能理解的反应是福斯塔夫的"我这样做，是违抗我的意志的"[30]。"明确的立场"是一个人的弱点，是一个人容易犯错误和偏见的根源，谁支持他拥有一种明确态度，谁就是在加重其弱点，而且自己也必传染上这种弱点。

第二步是要认识到批评有许多形形色色的相邻学科，批评家必须在保证自己的独立性的前提下与它们发生联系。他可能想知道关于自然科学的某些方面，但他不需要浪费时间去竭力仿效它们的方法。我读过一位哲学博士的一篇论文，他按哈代小说中所具有的阴郁悲观色

---

[28] 例如，雪莱在其《诗辩》（*A Defence of Poetry*）中提到"那首有史以来所有诗人共同谱写成的伟大诗篇"，而"这些诗人宛如反映了从同一个脑子里闪射出来的彼此协调的思想"。——原注

[29] 米德尔顿·默里（Middleton Murry，1889—1957），英国现代文学评论家、编辑，为著名女作家曼斯菲尔德之夫，曾编写有关她的著作多种。

[30] 福斯塔夫是莎士比亚历史剧《亨利四世》中的一个人物，他是个酒色之徒。好吹牛以至招摇撞骗，是封建关系解体时期的破落骑士的典型。弗莱引用该角色的话以说明任何"立场"都违背本人的意志。

彩的多少按顺序拉了一张单子,但是人们并不觉得那种程序应该受到鼓励。批评家可能想知道关于社会科学的某些内容,但是并不存在像对文学进行社会学的"探讨"这样的东西。没有理由不让社会学家去研究文学资料,不过他即使去研究的话,往往也不会去注意文学的价值。在他自己的领域里,霍雷肖·阿尔杰[31]和埃尔希的书[32]的作者们很可能比霍桑和麦尔维尔更重要;单单一期《妇女之家杂志》[33]就与亨利·詹姆斯的全部作品等值。批评家同样没有义务屈从于社会学的价值,就像对产生伟大艺术品有利的社会条件不一定是社会学所致力于研究的东西一样。批评家可能需要知道关于宗教的某些知识,但是依据神学的标准,一首正统的宗教诗歌比起一首异教诗歌来,在所表达的内容上自然更令人满意;然而在文学批评中,这样做简直是荒唐的,将两个不同学科的标准混淆了起来就会一无所获。

文学一直被认为是可销售的产品,它的生产者是创造性的作家,它的消费者是有教养的读者,以批评家作为他们的向导。从这个观点看,就像我们在开场白中所比喻的,批评家是经纪人。他享有某种批发商的特权,如可获得免费的供评论用的书之类。但是他的作用与书商不同,基本上是消费者研究的一种形式。我认识到文学劳动中的第二种分工,它像其他智力结构的形式一样,既有理论方面又有实践方面。文学的实践者和文学的生产者并非全然一样,虽然它们在很多地

---

[31] 霍雷肖·阿尔杰(Horatio Alger,1834—1899),美国通俗小说家,写过一百多部少年读物,大多宣扬穷孩子赤手空拳闯天下最终成为百万富翁的"美国梦"。

[32] 埃尔希(Elsie)为英国小说家阿诺德·本涅特(Arnold Bennett,1867—1931)的长篇小说《赖斯曼阶梯》(1923)中的一个角色,埃尔希是位能干的女佣,她拥有的书都是烹饪之类的通俗读物。

[33] 《妇女之家》(*Ladies' Home Journal*),一种美国畅销杂志,主张美化城市生活。

方是重合的；文学的理论家和文学的消费者则根本就不同，即使同一人往往一身二任。本书倾向于认为文学理论如同文学实践一样，首要的是一种对人文主义的和自由思想的追求。因此，尽管它视某种由批评经验所确立的文学价值为理所当然，但它并不直接与价值判断有关。对这一事实需要做些解释，因为就我所知，对人文主义和自由思想的追求这样一种鲜明的特征，常常也被当成了价值判断。

价值判断可以被间接地而不是直接地交流，从这个意义上来讲，它们是主观的。当它们已成为时髦或被普遍接受的时候，它们看上去是客观的，但仅此而已。要文学批评去展现价值判断，这是无法兑现的诺言，而每一种新的批评流行风气，例如当前流行的精细的修辞分析等是以这样一种信念为伴，即认为批评终于发明了一种用以区分优秀作品与欠优秀作品的确定的技术。但是，结果总是证明这不过是艺术趣味的变异史所造成的幻觉。价值判断是在文学研究的基础上建立起来的，而文学研究却从来不能建立在价值判断的基础上。我们说莎士比亚是在17世纪进行创作的一批英国剧作家中的一个，也是世界上最伟大的诗人之一。前一分句是一个事实的陈述，后一分句则是一个价值判断，它被如此普遍地接受，以至于也被看作事实的陈述。但其实这并不是一个事实的陈述，它仍然是一个价值判断，而系统批评绝不能成为它的附庸。

价值判断有两种类型：即比较的和肯定的。建立在比较价值上的批评又根据艺术品是被看作一个产品还是一个所属品而分为两个主要部分。前者发展了传记式批评（biographical criticism），使艺术品主要与写作它的人发生联系。后者我们可称之为转义性批评（tropical

21　criticism)[34] 主要涉及当代的读者。传记式批评主要涉及把伟大性和个人权威作比较问题。它把诗看作创作者的雄辩术，当它发现在诗作背后有一个明确的，最好是英雄式的人格时，它就具有最大的安全感。如果它找不到这样一个人格，它可以试着从修辞的斗篷中变出一个来，就像卡莱尔[35]在他的文章中把莎士比亚设计成一个"英雄"诗人那样。与此相比，转义性批评多涉及对风格和技巧的比较，涉及意义的复杂性和比喻象征的采纳运用。它倾向于嫌弃和贬低雄辩的诗人，而几乎根本不涉及英雄的人格。以上两种基本上是批评的修辞形式，一个是涉及说服性演说的修辞，另一个是涉及语辞装饰性的修辞，可是每一种都不信任另一种类的修辞。

　　修辞的价值判断与种种社会价值密切相联，而且通常通过道德隐喻的关卡而变得更为清晰，如诚挚、简洁、微妙、朴实，如此等等。但是由于诗学尚不发达，把修辞不合逻辑地扩展到文学理论中就造成了一种错误。那种精选的传统[36]就是这种错误的一贯的印记，它非常明显地表现在阿诺德的"试金石"理论[37]中，根据这种理论我们由以试金石为代表的出于直觉的价值标准出发，把诗人按等级排列成一种系统。传记式批评家和转义性批评家在实践上都是通过掂量诗行的分量来比较诗人（这不是什么新的发明，阿里斯托芬在《蛙》中就嘲笑过这种做法），其目的主要在于否认那些自己所不喜欢的诗人具有第一流的资格并把自己喜欢的作家吹捧上去。

---

[34]　trope 一词出自古希腊语，作转动解，指词语由本义转变为另一种含义。
[35]　托马斯·卡莱尔写有《论英雄与英雄崇拜》（1841）等著作。
[36]　指精选某些作品或作家为典范，以此评判其他作品或作家的那种批评。
[37]　试金石理论见《阿诺德〈诗歌研究〉》（"The Study of Peotry"）一文，刊于《批评文选》（*Essays in Criticism*）第二辑。——原注

然而当我们观察阿诺德的试金石技术的时候，对于他动机的某种疑问就出现了。《暴风雨》中的诗行"在幽暗得犹如深渊的已逝岁月中"，可以作为很好的试金石的诗行。但是人们会觉得"连一个裁缝也可以替她浑身搔痒，哪里痒就往哪里挠"这行诗就成不了试金石，虽然它同样是莎士比亚写的，而且在同一剧作中也是同样重要的。（此类批评的一个极端形式甚至会否定这行诗，坚持认为这行诗是被一个粗俗的雇用文人篡改过的。）这是在推行一些严格的筛选原则，它比纯粹的有关剧作的批评经验更具有高度的精选倾向性。

阿诺德所提出的"高雅庄重"（high seriousness）论明显地与认为史诗和悲剧是许多文学形式中的贵族这一观点紧密相关的，因为它们涉及统治阶级的人物并要求高雅得体的风格。他心目中的所有的第一流（Class One）试金石皆来自史诗和悲剧，或需由史诗和悲剧的标准来加以判断。他把乔叟和彭斯贬到二流水平，这似乎是受这样一种感情的影响，即喜剧和讽刺应该各得其所，就像它们所象征的道德标准和社会阶层一样。我们不能不开始怀疑，这种文学的价值判断不过就是社会价值判断的投射。阿诺德为什么想给诗人排队？他说，我们提高了能跻身于第一流水平作家的标准，相应地我们对那些处在一流水平的诗人的敬佩也增加了。这显然是废话，我们且看他下一步怎么讲。他说，"在诗歌中，优秀和低劣的分别……具有最高的重要性……因为它决定诗歌的重要的命运"。当我们读到这些话的时候，便开始得到一个线索。我们看到阿诺德试图从诗歌中创造出一种新的宗教经典教义，希望从宗教领域中把这些准则搬到文化中来用它作为推行社会准则的先导。

把文学批评当作一种社会态度的应用的做法是我们称为批评领域中权力真空所造成的一个相当自然的结果。一个系统的研究应交替于归纳的经验与演绎的原则之间。在文学批评中，修辞分析提供了一些归纳，而诗学，批评理论，相应地应该是演绎。如果没有什么诗学，批评家则退回到他作为一个社会的人的存在而形成的偏见中去了。因为偏见只是不适当的演绎推理，而头脑中的偏见其大前提往往像冰山一样是大部分浸在水里的。

要发现阿诺德的偏见是不困难的，因为他的观点标有日期。而当"高雅庄重"变成了"成熟"的时候，或者变为其他某种最近的批评修辞的强有力的论据的时候，就比较困难了。当一个人到荒岛去带什么书这个老问题出现在客厅内打桥牌的时候，当然不足为怪，但若把这个话题搬到豪华图书馆里去谈论，且声称这种图书馆已构成民主价值的宗教经典教义的时候，就更加困难了。修辞价值判断通常转化为合式得体（decorum）的问题，而合式的中心概念是区分高雅、中庸和低劣的风格之间的不同。这些风格由社会的阶级结构所暗示，而文学批评，如果不想摈弃文学经验的一半事实的话，显然不得不从一个理想的无阶级的社会的立场来看待艺术。当阿诺德说"文化寻求摆脱阶级"时，也就是指出了这一点。在文学中每一种有意确立起来的价值等级，就我所知是以一种隐藏的社会、道德或智力的对比为基础的。不论这种类比是保守的还是浪漫的——是像阿诺德那样的，还是激进的，拼命地把喜剧、讽刺和散文及理性的价值抬高——像萧伯纳那样的，都是如此。轻视某些作家的表达力量的各种借口，诸如说他们晦涩或猥亵或虚无或反动或别的什么，可以看出基本上是那些特有的合式得体观念的占优势的社会或知识阶级的感情的伪装，而这些观念或者被坚持或者受到挑战。这些社会的固执观念在不断变化，好像在一盏灯面前不断晃动的电扇；这种变化鼓舞了一种信念：后人最终必能发现关于文学艺术的全部真理。

因此，在传统的精选的方法中总是或此或彼地有某种超批评的伏线隐藏其间。此种方法不是把整个文学看成是研究的基础，而是把某一种传统（或者，当然是"这个"传统）从其间抽象出来，并将其附着在当代的社会价值上，然后常常当作文献用来证明那些价值。对此点尚心存犹豫的读者不妨尝试一下如下的练习。随便挑出三个伟大名字，列出可能提升和降格的八种组合（在一个简化了的，或两个等级的基础上）并依次为每一个辩护。如果挑拣出的三个名字是莎士比亚、弥尔顿和雪莱，那么议论的顺序将是：

一、贬低雪莱，其根据是与他人相比，他在技巧和思想深度上不成熟。

二、贬低弥尔顿，其根据是，他的宗教蒙昧主义和沉重的教条内容损伤了他言谈的自然流畅。

三、贬低莎士比亚，其根据是，他超脱于思想，这使他的戏剧成为生活的一种反映，而不是改善生活的一种创造性尝试。

四、抬高莎士比亚，其根据是，他保留了诗的想象的完整性，这种完整性在别人那里被说教方式弄得黯然失色。

五、抬高弥尔顿，其根据是，他对信仰的最高神秘性的洞察使他高于莎士比亚的不变的世俗味和雪莱的缺乏经验。

六、抬高雪莱，其根据是，他对自由的热爱，比起接受陈腐的社会或宗教价值的诗人们来，他更直接地说出了现代人的心声。

七、抬高所有这三个人（为此我们应采用演说家结束演讲时那种慷慨、宽宏的器量）。

八、贬低所有的三个人，根据在于若按法国的或古希腊古罗马的或中国的标准来衡量，这些英国的天才们总显得杂乱无章。

读者可能会同情这些可以称为"立场"中的某几个，而不太同情另外几个，并被诱导到认为其中之一必定是正确的，或者认为决定哪一个正确的这是十分重要的。但是在完成他的作业之前，他将会认识到整个过程是由一位道德检察官所怂恿的一种焦虑神经病，是完全缺乏内容的。当然，除了道德家们，还有些诗人只把其他某些看来像他们自己的诗人看作是真正的诗人，有些批评家则喜欢对标为"弥尔顿"或"雪莱"的玩具士兵发起宗教的、反宗教的或政治的战役，胜过喜欢研究诗歌；还有些学子则自有种种急迫的理由来认定把文学当作教诲来阅读是纯属多余。但是即使所有这些加在一起仍然构不成批评。

所以，那些从外部应用于批评的社会辩证法，就批评内部（within criticism）而言，就是伪辩证法，或伪修辞。纵然如此，仍有必要来尝试一下界定批评的真正的辩证法。在这一层面上，传记式批评家应变为历史批评家。他要从英雄崇拜进而发展为对文学经验的全面的、一视同仁的接受，"在他的领域内"他应有兴趣去阅读所有一切作品。然而，从一种纯粹的历史观点出发，文化现象应在没有当代观念的干扰下按照它们自己的来龙去脉去阅读。我们研究文化现象如同我们研究星星，观察它们的相互关系，但并不向它们走近。因此，历史批评家还需要由来自转义性批评的相应的活动来补充。

我们可称此种转义性批评为伦理批评，但我们不把伦理道德解释成社会事实与先定的价值观之间的修辞比较，而解释成社会实存的意识。作为一种批评的类型，这种批评应是文化在社会中的实际存在的感官。这样，伦理批评把艺术当成从过去到现在的交流工具，并以对过去文化的全部的和共时的把握的观念为基础。若忽视历史的批评而独尊伦理批评，将导致把所有的文化现象（不顾它们原有的特征）天真地翻译成我们今天的术语。作为与历史批评相对应的一方，伦理批评应被设计用来表达所有艺术在当代的影响，而不是仅去选择某一种传统。每一种新的批评风尚增强了对某些诗人的欣赏程度，而同时又贬低了其他一些诗人，例如近二十五年来对玄学派诗人兴趣的增强的同时却贬低了浪漫派。在伦理批评的层面上，我们可以看到欣赏程度的每一步提高都是正确的，而减退则都是错误的——反对某些事物并不是批评的任务，文学批评应显示出稳步地向着一视同仁的宽宏大度进展。奥斯卡·王尔德[38]说，只有拍卖商可以同等地欣赏所有种类的艺术——他说这话时当然是心里想着公共批评家的，但是把文化宝藏交给需要它们的人的手中，这本来就是公共批评家的任务，在很大程度上也是拍卖商的任务。对公共批评家来说是如此，对学者式的批评家来说何尝不是如此。

那么，批评的辩证的轴心，其一极是全面地接受文学资料，另一极是全面地接受那些资料的潜在价值。这是文化和文科教育的实际层面，这是通过学习以丰富生活，在其间学术的系统地进步与艺术趣味和理解力的系统地提高相应相成。在这一层面上，没有故作惊人判决的野心，也没有因缺乏明断而造成有害的结果，因此也不会让批评家这个词成为一个有知识的泼妇的同义语。这种对于价值的比较性评估真正是合逻辑的推理，这逻辑并不过分张扬却十分有效，因为它来自批评的实践，而不是为表现一些原则在指导着实践。批评家会很快地发现，并且经常发现，弥尔顿是一位较布莱克莫尔[39]更值得研究的和更富于内蕴的诗人。然而此类事实越明显，批评家便越不想浪费时间去赘述。因为赘述此类事无非只会说明，任何想要确定或证明某种批

---

[38] 奥斯卡·王尔德（Oscar Wilde，1854—1900），英国唯美主义作家、诗人。
[39] 指理查德·布莱克莫尔爵士（Sir Richard Blackmore，？—1729），英国诗人，写过几部平庸的长诗。

评主张的欲望，只不过是艺术趣味变迁史中的又一个旁证。在过去的文化中无疑有很多这样的文献，它们对现在常常只有微不足道的价值。但是，即使以全部批评经验为基础，值得重新加以发掘的艺术和不值得再去发掘的艺术之间的区别，还是不能从理论上阐述清楚。诗人中有不少的灰姑娘，有不少是从一栋时髦的楼房中被摈弃的石头，但它们却已成为相邻墙角的奠基石。

就被观察到的现象总是具有种种定式这一意义上讲，也许在批评程序中的种种规则，文学实践的种种规律，诸如此类的事是存在的。然而批评家在道德训诫的意义上发现规则或规律的所有努力——告诉艺术家他应该做什么，或做了什么，或如何做一个真正的艺术家——都失败了。雪莱说，"诗歌，与那类申明要管制和限制其力量的那类艺术不能共存"。这种艺术本不存在，它从来没有出现过。用服从和价值判断来取代平等协调和如实描述，用"所有的诗人应该如何"来取代"一些诗人做了些什么"，只是所有有关的事实尚未被充分考虑到的一个标志。在批评的陈述中，在谓语中加"必须"或"应该"之类字眼不是卖弄学问，就是同义反复，其区别只在于它们是否被认真对待。一个戏剧批评家可能会说，"所有剧作必须行动一致"[40]。如果他是一个学究，他就会试着以特殊的术语来给行动一致下定义。但是文学创作是变化万千的，他迟早会发现他自己又在断言，某个完全值得尊敬的剧作家，其剧作的舞台效果已被反复证明甚佳，却没有显示出他所界定的那种行动一致，归根结蒂就是该作家根本就没有写他所认为的那种剧本。

---

[40] 指"三一律"，即认为戏剧应遵守时间、场景及行动的一致。亚里斯多德初有此意，但未做硬性规定。到16—17世纪，新古典主义批评家才强调必须遵循，其代表人物是让·梅勒（Jean Mairet，1604—1686）。

企图以较为自由的或较为谨慎的精神应用这些原则的批评家，将不得不很快地在这一点上拓宽他的概念，于是那句话就变成："所有具有行动一致的剧本必须行动一致"，或者，更简单和更普通地说，"一切优秀剧作必定是优秀的"。当然他不会说得那么露骨，也许他还要千方百计掩盖他所要说的事实。

简言之，文学批评和美学，一般地说，必须学习做伦理学已经做过的事。有一段时间，伦理学采用简单的形式，比较人们实际所做的和他们应该做的，后者便是众所周知的善。所谓"善"（good）不可避免地会显示出就是书的作者所习惯的那些事和他所处的社会所认可赞许的那些事。现在的伦理作家，虽然他们仍然坚持种种价值，却倾向于用一种全然不同的态度看待其问题。但是在伦理学中完全过时了的这一程序在关于美学问题的著作家中间仍然流行。把他偶尔喜欢的什么断定为真正的艺术，并据此把他所不喜欢的排除在真正艺术之外，这种事批评家依然是做得出来的。此类论断像所有的循环论证一样具有不容置辩的大便利，但可惜它只是影子，而不是实体。

让我们把关于谁比谁伟大的令人生厌的比较放到一边去吧，因为甚至在我们感到有义务去支持它的时候，它们仍然只是没有结果的老生常谈。进行这样估价的此类批评家的真正关心的是诗歌的肯定价值，诗歌的完美，或者只能是诗歌的真实性，而不是去关心其作者是否伟大。这样的批评能对明达高尚的艺术趣味进行直接的判断，能捕捉艺术的脉搏，能用极其系统而缜密的意识对诗歌的作用做出颇具素养的反应。没有清醒的批评家会试图贬低这种批评的重要性；然而，甚至在这里也存在一些需要提醒人们注意的暗礁。首先，相信高尚艺术趣味这样一种快捷的直觉肯定是迷信。高尚的趣味来自并发展于对文学的研究；其精确性产生于知识，但它本身并不生产知识。因此，任何批评家的高尚趣味即使准确入微也不能保证它在文学经验中的归纳推理的基础是恰当的。甚至在批评家学会把他的判断建立在文学经验之上，而不是建立在社会的、道德的、宗教的或个人的焦虑的基础上之后，也许仍然如此。真诚的批评家总是不断地在他们的趣味中发现盲点——他们发现在自己尚不能领悟到的情况下认可一种诗歌经验的有效的形式是可能的。

其次，肯定的价值判断基于一种直接的经验，这种经验对批评而言虽甚为重要，但却永远要从批评中予以排除。[41] 批评只有用批评的术语才能说明它，而那些术语却永远不能重获或包容原初的经验。原初的经验就像对颜色的直接视觉，或对热或冷的直接感觉，从经验本身的观点来看，物理学是以完全无关的方式来"解释"的。然而，由于在艺术趣味和技巧的精心培育下，文学的经验，就像文学本身，是不能言传的。"如果我真的感到我的头顶被拿掉，"艾米莉·狄金森[42]说，"我知道这就是诗。"这种说法是完全健全的，但它只与作为经验的批评有关。文学阅读，就像《福音书》中的祈祷者一样，应该走出批评的说话的世界，进入隐私的和秘密的文学存在之中。否则，阅读将不是一次真正的文学体验，而只不过是批评程式、记忆和偏见的反映而已。批评中心存在着不可传达的文学经验的感受，这将永远使批评保持为一门艺术，只要批评家认识到批评来自文学经验之存在却不能把它建筑于其上。

这样，尽管批评家趣味的正常发展是趋向更多的大度和宽容，但

---

[41] 原话如此。其意思大体上是说，文学批评自然出之于直接经验，但又必须超越于直接经验。

[42] 艾米莉·狄金森（Emily Dickinson, 1830—1886），一译为狄更生，美国著名女诗人，其诗多写诗人在隐居中复杂的内心感受，艺术上富有独创性。

批评仍然作为知识是一回事，作为由艺术趣味所传达的价值判断则是另一回事。把直接的文学经验带进文学批评结构中的企图导致艺术趣味的发展史偏离正道，这是已经提到过的。相反，把批评带进直接的经验的企图则将破坏这两者的完整性。直接的经验，即使它所关心的作品已经被千百次地阅读过，仍然力图使每一次都能成为一种新鲜的经验；但如果诗歌自身已由对诗歌的批评观点所取代，那么要达到此种程度显然是不可能的。在我看来，作为知识的批评应该不断有所进展，并且应该不拒绝任何东西；但若把此观点引入直接的经验，就意味着将后者曲解为一种糊里糊涂的、读到所有已写出的作品都感到心满意足的状态，这其实并非我的本意。

最后，从直接的文学经验的不断的实践中发展而来的技巧是一种像弹钢琴似的特殊的技巧，它不像在洗淋浴时欢唱那样的是对生活的基本态度的表达。批评家有一个主观的经验背景，这是由他的气质和他所接触的词语所构成的，这些词语包括报纸、广告、对话、电影和他在八九岁时所读到的任何东西。他在对文学做出反应时有一种特别的技巧，然而这种技巧却不像这种以私人的记忆、联想和武断的偏见为特征的主观背景，就像读出温度计的度数不等于在打哆嗦一样。再者，没有任何一个具有批评能力的人没有经历过在读某些作品时所产生的强烈的和深刻的快感，但同时对导致这种效果的作品本身却给予较低的评价。当然把主观的快感和对艺术的独特反应设想为一回事，或者认为两者是从同一回事中发展起来的，或最终会变成一回事，以这种设想为基础的批评理论和美学理论一定是存在的，且数以十计。然而，任何一个没有遭受晚期偏执狂影响的有教养的人都懂得它们总是有所区别的。或者说，理想的价值可能与实际的价值是很不一样的。一个批评家或许会花上写一篇论文、一本书，或甚至一生的时间来研究某种他坦率地承认是三流水平的东西，只是因为它是与他认为值得去劳神的其他一些事联系在一起的。我所知道的任何批评理论都没有对由最普通的批评实践所显示的不同的评价系统做过切合实际的描述。

现在我们已经以法则的精神扰动了我们评论界的客厅，掀起了灰尘，今后只要有揭示问题的办法我们仍将这么做。指出我的论辩是以第一人称复数写的几乎是没有必要的，同样没有必要指出它既是论辩也是自白。也很清楚，这类书只能提供给这样的读者，即他对书的意旨怀有足够多的同情心以至能够不计较（不是忽略而是高抬贵手的意思）给他留下的任何不适当的或干脆就是错误的印象。我相信，如果我们要等一位完全合格的批评家来对付这里这几篇文论的所从事的课题，我们将会等待很长时间。为了使这本书保持在可能写出和发表的限度内，我是按照演绎推理进行工作的，并对例证和说明进行了严格的挑选。虽说是演绎却又保持了相当的动机性方式，就我所知，本书中没有任何原则可称为完美的大前提以致能够排除例外和反面的例证。这类表达语如"正常地""通常地""经常地"或"一般来讲"在本书中随处可见。"这个怎么解释呢？"这类反对的理由，读者可以经常提出，但不一定能破坏基于集合的观察的陈述，还有许多如"你把这个摆在什么位置"之类的问题，目前的作者还是无法回答的。

还有，此书所具有的图表性质是有意为之的，是它的一个经过长期深思熟虑的、我不能为之道歉的特征。如同任何其他学科一样，文学批评中应有分类法的一个位置，它比把作家分等级排队这种看似斯文的做法更重要。许多批评家之所以对诗学中任何图表化的形式强烈地反感，是因为不能对作为一种知识体系的文学批评和直接的文学经验加以区别,在直接的文学经验中,每一个行动都是独一无二的,在其间是没有分类法的位置的。在本书以后的章节中,不论何时出现图表化现象,并非图表形式本身有什么重要性,它可能只是我自己缺乏灵巧心机的结果。我预料并确实希望其中的大部分可能只是脚手架,在楼房成形后就将移走。所留下的楼房部分就是属于对文学艺术的形式诸因素的系统研究。

第一篇 历史批评：模式理论

原文为《第一篇随笔》("First Essay")。本书正文结构独特,不分章,而由四篇相对独立又有紧密联系的文学批评随笔组成。参见原作者的"前言"。

虚构型模式：导论

在《诗学》的第二段，亚里斯多德谈到虚构作品（fiction）的种种区别，这些区别是由作品中人物的不同水准造成的。他说，在一些虚构作品中，人物比我们好，在另一些作品中，人物比我们坏，还有些作品中的人物则与我们处于同一水平。这段话没有引起现代批评家们足够的注意，因为亚里斯多德强调好与坏的重要性似乎暗含着某种关于文学的狭隘的道德观念。然而亚里斯多德所用的"好"与"坏"这两个词是 *spoudaios* 和 *phaulos*，它们还含有重与轻这样的比喻意义。在文学虚构作品中，由什么人物做什么事便构成了情节。这人物，如果是一个有个性的人的话，便是主人公（hero），他所做的什么事，或他能够做或应该做成却未完成的事，总是处于一定的水平上的，这水平是作者为他所假设的，也是读者合乎逻辑地所预期的。因此虚构作品可以分成若干类，不是从道德上，而是按主人公行动的力量，他的力量可能比我们的大或小，或大致相同。具体如下述：

一、如果在性质上既比凡人优越，也比凡人的环境优越，则主人公是神，关于他的故事是神话（myth），即在通常意义上关于神祇的故事。这种故事在文学中具有重要的地位，但一般却被置于通常文学范畴之外。

二、如果在一定程度上比其他人和他所处的环境优越，则主人公是浪漫传奇（romance）[1]中的典型主人公，他的行动是出类拔萃的，但是仍被视为是人类一员。浪漫传奇的主人公进入这样一种世界里：日常的自然规律多少被搁置一边，对我们常人来讲是不可思议的超凡的勇气和忍耐力，对浪漫英雄来说却是自然的，而那些具有魔力的武器，会说话的动物，吓人的妖魔和巫婆，具有奇特力量的护身符等，一旦浪漫传奇的种种假设确定下来，它们就不会违反任何可能性的规律。在这里，我们从所谓神话移到了传说、民间故事、民间童话[2]以及它们的文学的分支和派生物的领域。

三、如果在一定程度上比其他人优越，但无法超越他所处的自然环境，则主人公是一位领袖。他具有的权威、激情以及远比我们更强的表达力量，但他的所作所为既得服从于社会评判，也得服从于自然规律。这是"高模仿"（high mimetic）模式的主人公，是大多数史诗和悲剧的主人公，基本上是亚里斯多德心目中的那种主人公。

四、如果既不比其他人优越，也不比他所处的环境优越，主人公就是我们中的一员，我们会对他的普通人性产生共鸣，并要求诗人同样具有我们在自己的经验中发现的种种可能性原则。我们这样做便得到了"低模仿"（low mimetic）模式的主人公，即大多数喜剧和现实主义小说的主人公。在这里"高"和"低"并没有价值比较的含义，而只

---

[1] romance 一词通译为"传奇"，但原著者在本书中特别强调该词同 romantic（浪漫的、浪漫派）、romantism（浪漫主义）等派生词在意义上的紧密联系，故凡作为一种文学模式或文学叙事结构时，姑且译为"浪漫传奇"，而仅指散文虚构作品中的一种文体时，则译为"传奇"。

[2] 民间童话（marchen）原为德文，指德国格林兄弟所收集的并整理的那类民间童话。

是纯粹是为了便于图解,恰如《圣经》派批评家和英国圣公会所做的那样。在这一"低"水平上,要继续保持"主人公"(hero)[3]这个词原有的含义就相当困难,而在前面几种模式中它的意义本来是比较确定的,这种变化往往使作家为难。于是萨克雷不得不称《名利场》是一部没有主人公的小说。

五、如果某人比我们自己在能力和智力上低劣,从而使我们对其受奴役、遭挫折或处于荒唐可笑的境况有一种轻蔑的感觉,这样的主人公便属于"反讽的"模式。即使当读者感到自己处在或可能处在同一境况中的时候,也依然如此,因为读者是从一种有更多自由的标准去判断这种境况的。

从上述数项,我们可以看出,欧洲的虚构作品在过去的一千五百年间,其重点一直沿着上述五项的顺序下移。在中世纪以前,文学紧紧地依附于基督教的、古希腊古罗马后期的、凯尔特人的或条顿族的神话。如果基督教不是一种引进的神话,也不曾吸收许多异教的神话的话,那么西方文学的这一阶段就会更易于区分。在我们已知的此类形式的作品中,大部分已可归入浪漫传奇的范畴。浪漫传奇分为两种主要的形式:世俗的形式,涉及骑士制度和骑士游侠行为;宗教的形式,专写圣徒的传说。两者都极大地依赖于对自然规律的不可思议的违抗,目的是提高故事的趣味性。直到文艺复兴时期对王子和朝臣的崇拜使高模仿模式突出起来,浪漫传奇这种虚构作品统治文学的地位才得以告终。高模仿模式的特征在戏剧体裁中,特别是悲剧和民族史诗中表现得最清楚。接着,一种新的中产阶级类型的文化把低模仿引

---

[3] hero 一词原义是英雄,而且特指男性英维;作"主人公"解时,一般是指男性的正面主角。所以文中提到若主角正面性不强,或主角为妇女或小孩时,使用 hero 一词即有困难。该词原出自希腊语,本指具有超自然能力的神人。

进文学,它主宰了从笛福时期到19世纪末的英国文学。在法国文学中,它的开端和结束都比英国大约早五十年。在过去的一百年间,则大部分严肃虚构作品与日俱增地倾向于采用反讽的模式。

某种同样的进程也可以在古希腊罗马等古典时代的文学中发现,只是表现为一种压缩了的形式。凡是在信仰一种具有神话性质的和多神论的宗教的地方,在那里被神化了的英雄们和具有神的血统的国王们有各式各样的化身,在那里"像神一样"这样一个形容词既能指宙斯也能用以指阿喀琉斯,凡是在这种地方就难以把神话、浪漫传奇和高模仿截然区别开来。而在宗教变为神学的地方,就把神性和人性区分得一清二楚,则浪漫传奇就能较为明确地划分出来,例如有关基督教骑士和圣徒们的传说,阿拉伯人的《天方夜谭》,以色列的关于法官和魔术预言家的故事等。与此类似,在古希腊古罗马世界的后期,无力摆脱带有神性的领袖这一现象与低模仿和反讽模式的发育不全有很大关系,而这后两者的胚芽到古罗马的讽刺作品中才开始出现。同时高模仿模式的建立,那种始终注意自然法则的文学传统的发展,则是希腊文明的伟大功绩之一。而东方的虚构作品,就我所知,也是与神话的和浪漫传奇的套式相去不远的。

我们在这里主要研究在西方文学中上述五个时代,而对古希腊古罗马时代的文学则只作为类比偶尔提到。在每一种模式中,对素朴文学与成熟文学加以区分将是有用的。"素朴"(naive)这个词我是从席勒论述素朴的诗和感伤的诗一文中借用的,不过我用它意指初始的或通俗的文学,而在席勒那里,它的意思更像指古典文学。[4] 感伤的

---

[4] 见席勒的著名论文《论素朴的诗和感伤的诗》(1796)。席勒认为,素朴诗人反映现实,如歌德;而感伤诗人则表现理想,如他本人就属于后一类型。

（sentimental）这个词在英语中本来也是指别的东西，但是我们在这里不得不另外赋予其他意义，是因为缺乏足够的真正的批评术语。我们把"感伤的"加上引号，用它来指后期对早期模式的再创造。这样，浪漫主义是浪漫传奇的"感伤的"形式，而童话，总的来讲，是民间故事的"感伤的"形式。虚构作品还可以基本上划分为两类，即主人公与社会隔膜的一类和主人公与社会和谐的一类。这两类分别由"悲剧的"（tragic）和"喜剧的"（comic）这两个词来表达，它们一般地是指情节的形态而言，而非单指两种戏剧形式。

悲剧虚构型模式

悲剧故事，当它们应用于神的时候，可称为狄俄尼索斯的（Dionysiac）故事，即希腊神话中的酒神故事。这些故事讲的是神的死亡的事，像穿着涂了毒的锦袍，被柴堆烧死的赫拉克勒斯；被酒神巴克科斯的狂女撕成碎片的俄耳甫斯；被火神洛基的背叛行为所杀死的和平与光明之神巴尔德；还有在十字架上死去的基督，他临终前说："你为什么遗弃了我？"这话表现了他身为一位神却被排拒于三位一体的神的社会之外的心情。[1]

把神的死亡同秋天或黄昏联系起来的那种联想，在文学中并不必定意味着那位神就是植物神或太阳神，而只意味着这是一位会死的神，不管他属于哪一种类型。但是，由于神优于凡人和自然，一个神的死

---

[1] 赫拉克勒斯（Hercules），古希腊传说中的大力神，因中计穿上浸透毒液的锦袍，痛苦难当，跳进火堆自焚。巴克科斯，即酒神狄俄尼索斯（Dionysos）的另一名称。酒神的狂女（Bacchantes）即崇拜酒神参加酒神节游行狂欢的女人们。俄耳甫斯（Orpheus）为希腊神话中的著名歌手，因拒绝参加酒神狂欢节的祭礼而激怒狂女们，被撕碎致死。事见奥维德的《变形记》。巴尔德（Balder）、洛基（Loki）皆为北欧神话中之神，前者为光明之神，后者为火神亦为制造祸害之神。

亡理所当然地包含着莎士比亚在长诗《维纳斯与阿多尼斯》(*Venus and Adonis*)中所说的对自然的"庄严的同情",在这里,"庄严"[2]一词在语源上同仪式一词的含义有联系。罗斯金所说的"感情误置"(pathetic fallacy)[3]情况若出现在由一位神充当情节的主人公的时候,就很难说是一种误置,例如《十字架之梦》(*The Dream of the Rood*)一诗的作者对我们说所有的生灵都在为基督之死而哭泣。当然,把人与自然在纯粹的想象中联系起来,永远不会是什么实际的误置,但是若在一部比较现实的虚构作品中使用"庄严的同情",则表明作者试图赋予他的主人公以某种神话般的色彩。罗斯金所举的关于感情误置的例子是"悲惨的泡沫徐徐爬来",出自金斯利所作的关于一个女孩在潮水中被淹死的歌谣。如此这般形容泡沫给金斯利笔下的玛利带上一种淡淡的类似安德洛墨达[4]神话的色调。

在浪漫传奇中,存在着同样的对黄昏和落叶的联想,而其中的主人公仍然是位半神。在浪漫传奇中,自然规律被搁置在一边,主人公的功绩具有个性鲜明的特点,这使自然在很大程度上局限于动物和植

---

[2] 英语词 solemn,意为"庄严、肃穆",该词在中世纪作"伴随以礼仪"解。其拉丁词源 *sollemnis*,指在固定的日子里用仪式纪念。

[3] 英国作家罗斯金于 1856 年创用的一个批评术语,指那种把人类的感情赋予无生命事物的写作手法。在罗斯金笔下,"感情误置"是个贬义词,因为他不赞成作家在强烈感情的影响下向读者歪曲"事物的真实面貌"。但实际上拟人化是自古以来就普遍采用的文学手法,现在也依然在用,所以"感情误置"如今已成为一个不带贬义的中性词组。《十字架之梦》为一首古英语诗,其作者身份不详。

[4] 安德洛墨达(Andromeda)是希腊神话中的一位埃塞俄比亚公主,其母说她比海中女神还美,由此得罪海神,派海怪去报复。珀耳修斯杀死海怪,救出了安德洛墨达并与她结婚。安德洛墨达死后化为天上的仙女座。查尔斯·金斯利(Charles Kingsley,1819—1875),英国作家。

物的世界。主人公的大部分生活是与动物一起度过的,或者至少是与那些总是具有浪漫色彩的动物,如马、狗和猎鹰朝夕相处的,而森林则是浪漫传奇的典型背景。主人公的死亡或被孤立因此具有一种出于自然的精灵的效果,激起一种最好称之为哀歌式的情绪。哀歌(elegiac)展示了一种尚未被反讽所损害的英雄主义。贝奥武甫之死是不可避免的,罗兰之死出于背叛,[5]备受煎熬的圣徒之死则由于周围的恶意,这都具有极大的感情重要性,远甚于任何因过于自信或判断错误而造成的悲剧中所可能有的反讽的复合因素。因此,哀歌经常伴有广泛的、听天由命的、忧郁的情绪,或感于时光流逝,或为旧秩序之易位于新秩序而哀伤:不妨想一想贝奥武甫,他在临死时看着他面前的巨大石碑,那石碑所代表的历史时代已经消逝。[6]在丁尼生的《亚瑟王之死》中,这同一种情绪得到了很好的把握,但采用的是一种后期的"感伤"形式。

就中心模仿或高模仿意义来讲,悲剧,也就是关于一位领袖的没落的虚构故事(他不得不没落,因为那是唯一使领袖从其社会中被孤立出来的方法),是将英雄格调和反讽混在一起。在哀歌式的浪漫传奇中,主人公的必死性基本上是一个自然的事实,是他作为人的标志。在高模仿悲剧中,它也是一个社会的和道德的事实。悲剧主人公必须具有适当的英雄身份,他的没落既是就他同社会的关系而言的,也意味着自然规律的至高无上、不可违抗,在这两种意义上的互相对照而

---

[5] 贝奥武甫(Beowulf),为古英格兰英雄史诗《贝奥武甫》(以8世纪的古英语写定)的主人公,罗兰(Roland),为古法国英雄史诗《罗兰之歌》(现存12世纪的手抄本)中的主人公。

[6] 史诗《贝奥武甫》第2717行中的 enta geweorc 一语究作何解并不影响此处的说明。——原注
enta geweorc 可译为"巨人般的结构",当指贝奥武甫所见之带有拱门和石柱之墙。——译注

形成反讽。公元前 5 世纪雅典的悲剧,从莎士比亚到拉辛 17 世纪欧洲的悲剧,是悲剧发展的两种主要形式。两者都出现于一种特定的社会历史时期,在那时,贵族的权势正在迅速消失,但在意识形态上仍保有很大的影响。

高模仿悲剧在五种悲剧模式中处于中心地位。[7] 它处于近似神的英雄主义和过于常人化的反讽这两者之正中间,传统的净化(catharsis)这个概念正显示出这类悲剧的特点。怜悯和恐惧这两个词可以看作这种悲剧的感情活动的两个总的方向,这种感情活动或朝向一个对象,或背向一个对象。素朴的浪漫传奇,较接近如愿以偿的梦,趋向于吸引同情并对读者而言是在内部交流感情[8]。由此浪漫传奇的特征,是把怜悯和恐惧当成快感的一种形式来加以接受,而这两种感情在日常生活中本来是与痛苦相联系的。它使在一定距离之外的恐惧或恐怖变成了冒险;使近在身边的恐惧或恐怖变成了离奇(marvellous);它把没有对象的恐惧或惊怕苦恼变成了默默的忧郁。它把在一定距离之外的怜悯或忧虑转变成骑士般救援的主题;它把近在身旁的怜悯或温柔变成温馨轻松的魅力;它把没有对象的怜悯(它不可名状,只是一种泛灵论,把大自然中的一切都视为有人情)变成创造性的梦幻。在成熟的浪漫传奇中,形式方面的特征不太明显,特别是在悲剧性的浪漫传

---

[7] 参阅路易斯·马茨(Louis Martz)的《圣徒成为悲剧主角》("The Saint as Tragic Hero"),刊于《西方文学中的悲剧主题》(*Tragic Themes in Western Literature*, 1955)一书,第 176 页。——原注
[8] 原文如此。原著者认为,文学作品的主人公及其周围的社会的关系为"内部"关系;作者与读者的关系则为"外部"关系。在这里是说,浪漫传奇中的主人公都是出类拔萃的人,其水平远高于常人,故普通读者的感情只能"朝向"这个对象(被吸引),只能在故事内部交流感情,而无法联系读者自己的身世遭际做"外部交流"。

奇中，不是离奇而是不可避免的死亡的主题在起作用，离奇则被迫退入背景之中。例如，在《罗密欧与朱丽叶》中，离奇只是在茂丘西奥（Mercutio）关于仙姑麦布女王的讲话中得以保存下来。[9] 但是该剧的特色与其说接近于后来的悲剧，不如说它更接近于浪漫传奇，因为其相反方向的净化[10] 作用的影响减弱，可以说对主要人物们的反讽极少。

　　在高模仿的悲剧中，怜悯和恐惧各自变成了正面和负面的道德判断，此种道德判断与悲剧有关，却并非它的中心。我们怜悯苔丝德梦娜，害怕伊阿古，但悲剧中心人物是奥赛罗，我们对他的感情是复杂的。在悲剧主人公身上所发生的称为悲剧的那种特定的事件与其道德状况并无多大关系。如果这种悲剧确实与他之所作所为有因果联系的话，那么在一般情况下，这也是由于其行动的必然结果，而并非由这一行动的道德内涵所决定的。因此，悲剧中的相悖之处在于它既调动怜悯和恐惧，同时又排除它们。亚里斯多德所说的悲剧错误（hamartia）或"缺陷"，不一定是行恶犯罪，更不是道德败坏，可能只是一个坚强的人物处于一种难以防卫的地位上而已，如莎剧《李尔王》中的考地利亚（Cordelia）。这种不易防卫的地位通常是领袖所处的位置，在这个位置上，人物是非凡的，但同时也是孤立的，它给我们提供了那种悲剧所特有的不可避免性并夹杂无辜受屈的奇怪感受。这种在领袖身上所出现悲剧错误的原则在素朴的高模仿悲剧中表现得更为清楚，例如以命运轮回为主题的《官吏之鉴戒》[11] 以及类似的其他故事集。

---

[9]　见莎剧《罗密欧与朱丽叶》第一幕第四景。仙姑麦布女王是小仙子们的女王，她小如戒指上的宝石，专为人引入梦境。

[10]　原文如此。"相反方向"的净化指读者的同情"背向"作品中的主要人物，即"反讽"。

[11]　《官吏之鉴戒》(*The Mirror for Magistrate*)，由 G. 费勒斯等主编的诗集（1559），共收有英国历史上的名人没落史 20 篇。

在低模仿悲剧中，怜悯和恐惧既没有被清除，也没有被吸引从而转化为快感，而是像动人心魄的作品那样在外部交流[12]。事实上，"动人心魄的"（sensational）一词如果不让它带有价值判断方面的贬义，则在文学批评中是很有用处的。用以描述低模仿悲剧或家庭悲剧的最好的词也许是哀婉剧（pathos），哀婉与含泪的哀伤反应有着紧密的联系。哀婉剧所表现的主人公由于有一种能引起我们同情的弱点而遭到孤立，其所以能引起同情是因为与我们的经验处在同一水平上。虽说是主人公（hero），但哀婉剧的中心人物却经常是一位妇女或一个孩子（或两者，如在小爱娃和小耐尔死去时的场景中）[13]；我们可以在英语低模仿小说中开列出一长串悲惨的女性牺牲者的名单，从克莱丽莎·哈劳[14]到哈代的苔丝和詹姆斯的黛西·米勒。我们注意到，悲剧中可能有一大群人死亡，而哀婉剧通常集中在一个人物身上，这部分原因是低模仿社会的个性化强度较大。

还有，与高模仿悲剧形成对比的是，哀婉剧因牺牲者的默默无言得到了加强。一只动物的死亡通常是悲惨的，在现代美国文学中频繁出现的有缺陷的智力灾难也是悲惨的。华兹华斯，作为一个低模仿艺术家是我们的哀婉艺术大师之一，他让他作品中的水手的母亲以一种死气沉沉、怏怏不欢而且荒唐不经的风格谈她如何多方求人从海上捞

---

[12] 原文如此。因低模仿悲剧中的主人公是平常人，故能激起普通读者联想到自己的遭际身世，这便是感情的"外部交流"。

[13] 爱娃（Eva）为斯托夫人《汤姆大伯的小屋》中的女孩，耐尔（Nell）为狄更斯《老古玩店》中的女主人公。英文中的"hero"一词一般只指男性正面主人公，通常不包括女性和孩子。

[14] 克莱丽莎·哈劳（Clarissa Harlowe）是英国小说家理查生（Samuel Richardson, 1689—1761）的同名代表作中的悲剧女主人公，为善良弱女，先被迫嫁富人，后又落入花花公子之手，终被折磨而死。

取她儿子的衣服和"其他财物"——或者在那些糟糕的评论逼着他把他的诗给糟蹋了之前是这样写的。[15]哀婉是一种阴森森的感情,某些表达上的失误,不管是真实的还是有意模拟的,正是其别具一格之处。它将永远留下一首凄切动人的葬礼般的哀歌,任其四处飘荡,犹如斯威夫特之追忆斯苔拉[16]。严格意义上的哀婉剧常常人为地唤起自怜,或激起眼泪。低模仿中恐怖戏也动人心魄,但它与哀婉剧相反。在这一传统中的可怕的人物,例如希斯克利夫、西蒙·莱格里以及狄更斯笔下的恶棍们一般是残忍的人物,[17]与柔弱而具有德性的某些人物形成强烈对比,后者一般是前者淫威下的无望的牺牲品。

哀婉艺术的基本思想是将与我们处在同一水平上的个体从一个社会团体中排除出去,而这个个体则努力想使自己属于这个社会团体。因此,成熟的哀婉艺术的主要传统是研究被孤立的心灵,是讲这样一种故事,即一个像我们自己一样的人怎样被内心和外部世界之间的冲突、被想象的现实和由社会舆论所建立的那种现实之间的冲突所分裂。这种悲剧可能同追求在世界上飞黄腾达的狂热或着迷有关,巴尔扎克的作品便往往如此,这是低模仿中心模式,正好同关于领袖没落的虚构作品相对应。或者,它可能谈到内心和外界生活的冲突,如《包法利夫人》和《吉姆爷》[18],或写到不可动摇的道德对个人经历的影响,如麦

---

[15] 指华兹华斯的《负疚与哀伤》(1842),该诗经过多次修改。弗莱在此指的是其早期文本。
[16] 斯苔拉(Stella),为斯威夫特在其许多书信中怀念的女友。
[17] 希斯克利夫(Heathcliff)为《呼啸山庄》中的主人公。西蒙·莱格里(Simon Legree),为《汤姆大伯的小屋》中残暴的种植园主。
[18] 《吉姆爷》(*Lord Jim*),是英国小说家约瑟夫·康拉德(Joseph Conrad,1857—1924)出版于1900年的小说。

尔维尔的《皮埃尔》和易卜生的《布兰德》。这里面所涉及的那类人物，我们可用希腊词阿拉松（alazon）来称呼，意思是自欺欺人者，即装作或竭力想做远远超过他本身的某种人。这种自欺欺人者最流行的类型是吹牛的士兵（miles gloriosus）和乖戾的学究或迷了心窍的哲学家。

　　我们最熟悉的此类角色是出现在喜剧中的，我们只能从外部去观察他们，我们看到的仅是他们在社会中戴上的面具。但是自欺欺人也可能是悲剧主人公的一个方面：在帖木儿[19]身上，甚至奥赛罗身上都有吹牛士兵的痕迹，这是不会错的，正如在浮士德和哈姆雷特身上也有迷了心窍的哲学家的痕迹一样。在戏剧这种媒介中想要从内心着手来研究迷了心窍的人，或者即使是研究伪君子，都是非常困难的；即使是答尔丢夫[20]，就其戏剧功能而言，与其说是对其伪善的一种研究，不如说是在揭示其寄生性。要去分析鬼迷心窍这样的事，最自然莫过于运用散文小说体裁，或一种半戏剧方式，如勃朗宁式的独白等。康拉德的吉姆爷是吹牛的士兵的直系后裔，萧伯纳的塞吉厄斯或辛格式的花花公子也属于同一家族，[21]他们是戏剧或喜剧环境中的相似类型，纵然就其技巧和态度而言还是各有区别的。当然，也很可能有自己把自己估价为自欺欺人者的：例如哥特式恐怖小说的创作者笔下的不可思议的阴郁的主人公，他们眼神狂野而锐利，以及暗示他们热衷于犯罪的阴沉等。其结果，此类作品与其说是悲剧，不如说通常是一种情

---

[19] 帖木儿（Tamburlaine），是克里斯托弗·马洛（Christopher Marlowe，1564—1593）的悲剧《帖木儿大帝》中的主人公。

[20] 答尔丢夫（Tartuffe），莫里哀《伪君子》中的伪君子的名字。

[21] 塞吉厄斯（Sergius）为萧伯纳剧作《武器与人》（1894）中的人物。花花公子指约翰·米林顿·辛格（John Millington Synge，1871—1909）的剧作《西方的花花公子》（1907）中的人物。

悲剧虚构型模式

节剧，可以把它界定为没有幽默的喜剧。在此种情况下，人们在观察那种鬼迷心窍的情形时，用恐惧代替怜悯，因为鬼迷心窍采取了一种肆无忌惮的任性的形式，它驱使在它控制下的人超出正常的人性限度。最明白的例子之一是希斯克利夫，他迷恋死亡以至变成了贪婪的吸血鬼。还有许多别的人物，从康拉德的库尔茨[22]到流行小说中的疯狂的科学家们也都属于此种类型。

我们在亚里斯多德的《伦理学》中遇到了反讽（irony）的概念。在那里，反讽者（*eiron*）的意思是自己贬斥自己的人，与自欺欺人者相对。这种自贬的人都能使自己无懈可击，虽然亚里斯多德并不赞成这种人，但这种人无疑是命中注定的艺术家[23]，正像自欺欺人者是他的一个命中注定的牺牲品一样。这样，反讽这个词就意味着一种揭示人表里不一、表不如里的技巧，这是文学中最普通的技巧，以尽量少的话包含尽可能多的意思，或者从更为一般的意义来讲，是一种回避直接陈述或防止意义直露的用词造句的程式。（我没有在任何生僻的意义上使用反讽的这个词，我是在探究它的某些内涵。）

因此，反讽虚构作品的作者贬斥自己，就像苏格拉底，假装一无所知，自然他是采取讽刺调子的。此种方法的基础是完全客观和避开所有的明确的道德判断。因此，反讽艺术并不产生怜悯和恐惧，它们只是读者从艺术中所获得的一种反应。当我们试图这样把反讽剥离出来的时候，我们发现它似乎不外就是诗人的这样的态度，即一种不带感情的文学形式结构，排除一切武断的因素，不管是暗示出来的还是直接表达出来的。反讽作为一种模式出自低模仿；它发现生活是什么

---

[22]　库尔茨（Kurtz）为康拉德小说《黑暗的心》中之人物。
[23]　这里说的"艺术家"（artist），有长袖善舞的大能人之意。

样子便把它表现为什么样子。反讽家在不做道德判断的情况下讲故事，且所讲的不是客体而是其主体[24]。反讽一般是一种成熟的艺术模式，但也有素朴的反讽，两者的主要区别在于，素朴的反讽者把注意力引到了他正在讽刺的事实上，而成熟的反讽只是陈述，让读者自己加上讽刺的调子。柯勒律治注意到笛福的一种讽刺性的评论，他指出，笛福善于把一些普通的词语转变成精微的反讽，办法只是简单地使用一点斜体字、破折号、惊叹号以及其他一些符号，就足以使人意识到其中辛辣而明显的反讽意味。[25]

这样，悲剧的反讽就成了只是对悲剧性的孤独的研究，这样说当然是排除了在某种程度上也在所有其他模式中都存在的特殊情况。其主人公不一定有什么悲剧错误或不幸的鬼迷心窍，他只是某种从社会中被孤立出来的人。这样，悲剧反讽的中心原则是，主人公不管遇到什么样不寻常的事都应该在结果上与他的性格不协调。悲剧是可以理解的，这意思并不是指它投合某种合宜的道德，而是指亚里斯多德在讲到悲剧情节的基本要素是发现（discovery）或承认（recognition）时他所想的那种意思。悲剧是可以理解的，因为其灾难表面上是同其情境有密切关系的。反讽将武断任性、牺牲者的不幸、被偶然性或被命运所捉弄，以及罪不当罚等感觉从造成悲剧的情境中剥离出去。如果存在一个原因足以挑选他去遭受灾难，那也是一个不充分的原因，这

---

[24] "客体"（object）和"主体"（subject）皆指作品中的人物。人物是客体，即人物要受作者支配，带有作者的感情色彩；人物是主体，即人物是自己在主动地行动，作者不去支配他，不带有作者的感情色彩。要注意这里的"主体"概念，与我国一般文艺批评论著中同一词的内涵（我们一般用以指作者自己）很不相同。

[25] 见 T. M. 雷泽（T. M. Raysor）编的《柯勒律治文学杂评集》（*Coleridge's Miscellaneous Criticism*, 1936）第 294 页。在此处我将其原话引申以说明这一批评原理。——原注

与其说是答案还不如说它只会引起更多的非议。

这样,一个典型的或偶然成为牺牲品的形象,正如他在反讽的调子中被深化一样,他在家庭悲剧中则开始被定型。我们可以称这种典型的牺牲者为替罪羊(*pharmakos* 或 scapegoat)。我们所遇到的替罪羊式的人物,有霍桑的海斯特·白兰,麦尔维尔的比利·巴德,[26]哈代的苔丝,《达洛维夫人》中的塞普蒂默斯,[27]还有,在被迫害的犹太人和黑人的故事中,以及在因其天才而被像以实玛利那样[28]被资产阶级社会所摈弃的艺术家的故事中也有这类人。替罪羊既不是无辜的,也不是有罪的。说他无辜是指他所得到的报应远远超过他所做过的任何过失,好比登山运动员,他的喊声竟引来了一场雪崩。说他有罪则指他是有罪恶的社会的一个成员,或者他生活在一个不公正已成为存在本身无法回避的一部分的世界上。这两个事实并不是一起到来的,它们具有讽刺意味地保持着距离。简言之,替罪羊处在约伯(Job)的情境中。约伯能为自己辩护,反对控告他做了某种造成他的灾难的事,这种灾难在道德上是可以理解的;然而只要他的辩护获得了成功,那么这种灾难却变得在道德上不可理解的了。[29]

这样,在悲剧中不协调和不可避免性是结合在一起的,把它们分

---

[26] 海斯特·白兰(Hester Prynne)为霍桑小说《红字》(1850)中的女主人公。比利·巴德(Billy Budd)为麦尔维尔同名小说中的青年水手。

[27] 《达洛维夫人》(*Mrs. Dalloway*)是英国女作家弗吉尼亚·伍尔芙(Virginia Woolf, 1882—1941)于1925年出版的一部著名小说,塞普蒂默斯(Septimus)即其中人物,此人在战争中被炮弹震伤后精神失常,以致跳楼自尽。

[28] 以实玛利为亚伯拉罕与使女所生之子,被逐出家门。事见《旧约·创世记》第21章。

[29] 故事见《旧约·约伯记》。约伯富有且乐善好施,忠于上帝。撒旦对上帝说,约伯若穷困遭祸,必不再为善和尽忠。上帝为考验约伯,果然叫他遭受种种苦难,甚至家破人亡。约伯哭诉自己受罚甚冤,然终不变心。

割开来就成了反讽的对立两极。在一极上是对人类生活的不可避免性的反讽。比如，在卡夫卡的《审判》中，主人公身上所发生的并不是他所做的事的结果，而是因为他是一个"过于人性化"的人的结果。不可避免性反讽的原型是亚当，人性处于死刑判决之下。在另一极是对人类生活的不协调性的反讽，在这种生活中，所有把罪过转嫁给一位牺牲者的企图反而令人感到那位牺牲者是无辜的，给他留下一点体面。不协调性反讽的原型是基督，他是一个从人类社会中被排挤出去的完全无辜的牺牲者。在这两者之间是悲剧的中心人物，他是人，但具有英雄身份，这身份常暗含有神性。他的原型是普罗米修斯，他是个不朽的巨人，因为与人类友善被众神所摈弃。《约伯记》并不是普罗米修斯类型的悲剧，而是一个悲剧性的反讽，其中表现出神性和人性互相作用的辩证法。通过证明他自己是上帝的牺牲品，约伯努力使自己成为普罗米修斯式的悲剧人物，但他没有成功。

这些实例可以帮助我们解释某些在现代文学中令人迷惑的事实。反讽本来起源于低模仿，它始于现实主义和不动感情的观察。但从这点出发，它在照直地走向神话，而且其中已经隐约地重新显现出牺牲仪式和将死的神的轮廓。我们的上述五个模式的演进明显地构成了一个圆圈。在反讽中神话的重现，这在卡夫卡和乔伊斯那里表现得特别明显。从某种观点看，卡夫卡的作品可以说构成了对《约伯记》的一系列评论，其中当代的悲剧反讽的一般类型，犹太人、艺术家、普通人和卓别林式的忧郁的丑角，都可以找到，而在乔伊斯的谢姆[30]身上，上述因素的大多数则交汇在一起，并以喜剧的形式出现。反讽神话在

---

[30] 谢姆（Shem），乔伊斯的《芬尼根的守灵夜》（1939）中的主要人物 HCE（平常人）与其妻安娜所生之子。

别的场合也随处可见，反讽文学的许多特征如果没有反讽神话便变得不易理解。亨利·詹姆斯主要是从 19 世纪的现实主义者和自然主义者那里学到技艺的，如果我们纯粹用低模仿标准来判断，他写的故事，如《死者的祭坛》（*The Altar of the Dead*）我们便不得不认为是由一连串不可能的巧合、不合适的动机和没有结果的决心构成的。当我们把它看作反讽的神话，看作是关于一个人的神祇怎样变成另一个人的替罪羊的故事的时候，其结构就成为简单和有逻辑的了。

喜剧虚构型模式

喜剧的主题是社会的整体化，它通常采取社会接纳一个中心人物的形式。与狄俄尼索斯酒神的死亡相对应的神话喜剧是阿波罗，这是关于一个英雄怎样被一个神的社会所接纳的故事。在古希腊古罗马文学中，接纳的主题构成赫拉克勒斯、墨丘利（Mercury）和其他要经过考验才准入门的神的故事的部分内容；而在基督教文学中，这便是拯救的主题，或者以一种更为集中的形式所表现的升天主题，即但丁《神曲》结尾处的喜剧。与哀歌相应的浪漫喜剧的模式最好称之为田园诗，其主要载体是牧歌。由于喜剧的特定社会趣味，牧歌不等于翻了个的哀歌，但它仍保留着逃离社会的主题，把农村或边疆的简朴生活理想化（现代通俗文学的田园生活是西部故事）。我们所看到的在哀歌中对动植物界的密切关系重新出现在牧歌里的羊群和愉快的牧场之中（或是牛群和农场之中），同时与神话的自然的联系也重新出现，神话意象犹如在《圣经》中那样，经常服务于拯救的主题。

阿里斯托芬的旧喜剧[1]是高模仿喜剧最明显的例子。米南德的新喜

---

[1] 古希腊的喜剧发展分三个时期：旧喜剧（前489—前404）、中期喜剧（前404—前338）、新喜剧（前338—前120）。

剧则与低模仿较为接近,这种低模仿的套式[2],经过普劳图斯和泰伦斯,下传到文艺复兴时期,于是就一直存在着一种把社会喜剧当成最低的低模仿的偏见。在阿里斯托芬那里,通常有一个中心人物,在强大的对立面的利齿下建立起他(或她)自己的社会,把所有妨害他或剥削他的人一个接一个地赶走,最后以英雄的凯旋告终,还赢得几个情妇,有时他竟获得复活了的神的荣誉。我们注意到,正像在悲剧中有怜悯和恐惧的净化一样,在旧喜剧中也有相应的喜剧感情的净化,即同情和嘲笑。喜剧英雄将得到他的胜利,不管他之所作所为是明智还是愚蠢,是诚实还是恶劣。这样,旧喜剧就像其同时代的悲剧一样,是英雄的和反讽的因素混合。在阿里斯托芬的某些剧中,这一事实被剧作者竭力想把自己对主人公的看法写出来的强烈愿望部分地掩藏了,但是他最伟大的喜剧《鸟》却在喜剧英雄主义和喜剧反讽之间保持了一种精确的平衡。

新喜剧一般表现一对年轻男女之间的风流艳事,他们被某种反对力量,通常为父亲所阻挠,却由情节意想不到的转折而如愿以偿,这种转折就是亚里斯多德所谓的"发现"(discovery)的喜剧形式,比其相对应的悲剧斧凿之痕较多。在戏剧的开始,使主人公受到挫折的那种力量控制着剧中的社会,但是经过一场"发现"之后,男主人公变为富翁或女主人公变为可尊敬的淑女,舞台上的一个新的社会在男主人公和他的新娘周围形成了。喜剧的情节的发展就这样朝向把主人公接纳到对他本应归属的社会中去的。主人公自身很少是一个很有趣的人物:为了遵守低模仿的要求使之合宜得体,他在德性方面当属一般,

---

[2] 原文为 formula,原义为公式、常套,在本书中也是"模式"的意思,但因我们已把 mode 译为模式,为加以区别故将此词译为"套式"。在本书中还有若干与 mode 同义或近义的词,也做相似的处理,如 pattern 译为"定式",convention 译为"程式"。

却需具有社交的吸引力。在莎士比亚戏剧中,还有在与莎剧极其相似的那些浪漫喜剧中,这些套式向着接近于高模仿的方向有所发展。在普洛斯珀罗[3]这个人物身上,我们看到有点近似阿里斯托芬的一种技巧,即让中心人物来设计整个喜剧情节。莎士比亚通常让压迫人的社会和理想的社会之间的斗争变成两种生存水准之间的斗争,他运用这种方法达到了他的高模仿模式,所谓压迫的社会指同我们自己的世界一样的或更糟的世界,而理想社会则是诱人的和牧歌式的。这一点以后我们将做更充分的探讨。

由于以上原因,如家庭喜剧一类的较后期的虚构作品保留了在文艺复兴时期所使用的完全相同的种种程式(conventions)。家庭喜剧通常以灰姑娘的原型为基础,当帕米拉[4]的德性得到奖赏时,就发生了这样的事情,把一个同读者一样的个人接纳到两者都追求的社会中去,那是一个带着欢乐的结婚礼服和钞票的窸窣声走进去的社会。在这里,莎士比亚喜剧可以让八个或十个人(他们在戏剧中同样有趣)都结了婚,正像一个高模仿悲剧可能杀死相同数量的人一样。但在家庭喜剧中,那种关于性的力量的冗长描写则较为稀少。高模仿喜剧和低模仿喜剧之间的主要区别在于,后者的结局较多地同社会上的向上爬有关。较为成熟的低模仿喜剧作家也同样采用成功故事的套式,但道德上经常暧昧不明,阿里斯托芬即是如此。在巴尔扎克或司汤达那里,一个聪明的和无情的恶棍可能获得像塞缪尔·斯迈尔斯和霍雷肖·阿尔杰

---

[3] 普洛斯珀罗(Prospero),莎士比亚戏剧《暴风雨》中的中心人物,为米兰公爵,全剧情节环绕此人物的祸福得失展开。

[4] 帕米拉(Pamela),英国小说家塞缪尔·理查生的书信体小说《帕米拉》中的女主人公,是乡绅家的女仆,因坚持贞操和女德为人所尊重。

笔下的有德性的主人公所获得的同等的成功。[5] 这样，与自欺欺人者相对应的喜剧角色似乎是聪明的、可爱的、没有道德心的流浪汉小说（picaresque）中的流浪汉（picaro）。

研究反讽喜剧，我们必须从下列主题着手，从社会的立场把替罪羊驱赶出去。当我们看到本·琼生的伏尔蓬[6] 沦为奴隶船上划桨之囚犯，夏洛克被剥夺了财富，答尔丢夫被送到监狱时，会唤起一种我们所期望感到的欣慰感。由于与上面提到过的反讽悲剧同样的原因，这样一种主题让人信服是很困难的，除非仅是几笔带过没有引起人们的注意。执著于对某位个人进行社会报复的主题（不管他可能是多么大的一个恶棍）只会使此人显得罪过较轻，而社会显得罪过较重。这对于那些力图同时取悦实际的观众和剧内的观众的人物来说尤其如此，他们是同"艺术家"这种悲剧主人公相对应的喜剧人物。拒不接纳令人逗笑的人物，不管他们是愚人、小丑、滑稽人还是白痴，可能是艺术中最厉害的反讽之一，犹如拒不接纳福斯塔夫，还有在卓别林的某些场景中也是那样。

在某些宗教的诗歌中，例如《天堂篇》的结尾，我们可以看到文学有个上限，在这点上，对永恒世界的想象写得犹如亲临其境。在反讽喜剧中，我们又能看到艺术还有一个在实际生活中的下限。这是野蛮状态，这是这样一个世界，其中的喜剧是由把痛苦加在一个无依无助的牺牲者之上构成的，而悲剧则是由延长的痛苦构成的。反讽喜剧把我们带到替罪羊这种牺牲仪式中的人物那里，带到噩梦中，带到了那

---

[5] 塞缪尔·斯迈尔斯（Samuel Smiles，1812—1904），苏格兰新闻记者、传记作家。阿尔杰，见本书"前言"中的注释。

[6] 伏尔蓬（Volpone），本·琼生的同名剧作（1606）中的人物，"伏尔蓬"此词在意大利语中做大狐狸讲，反映此人之贪婪和残暴。

种汇集了我们的种种人间的恐惧和仇恨的象征那里。如果我们处于艺术之外，这种象征就会成为实际存在，就像对黑人施以私刑，对犹太人实行大屠杀，把老妇人打成巫婆，或一群暴民把一个什么人随意糟蹋，例如莎剧《裘力斯·凯撒》中的诗人辛纳（Cinna）便是这样的受害人。在阿里斯托芬笔下，反讽有时很接近民众的暴力，因为攻击的是个人：想一想人们被一出又一出戏所引起的那种轻松的笑，不外是嘲笑克里斯蒂尼（Cleisthenes）的好男色，或克里米缪斯（Cleonymus）的胆怯之类。在阿里斯托芬那里，替罪羊这个词干脆利落地是单指恶棍。在《云》的结尾处，诗人几乎在召唤一个私刑团体，去烧掉苏格拉底的房子，这可以说是文学中同悲剧反讽的最伟大的杰作之一、柏拉图的《申辩篇》（The Apology）相对应的喜剧。

但是正是戏剧中的"游戏"因素把艺术和野蛮分隔开来，反讽喜剧的重要主题似乎是玩味用人做牺牲。甚至在笑的本身之中，某种不愉快感以至恐怖感的释放看来是非常重要的。[7]我们在所有有大量听众在场的艺术形式中都能发现这种情形，戏剧是如此，游戏则更明显。我们还注意到玩味牺牲与牺牲仪式的任何历史遗迹都无关系，旧喜剧已说明了这一点。[8]此类牺牲仪式的所有特征，如需有国王之子、装死、刽子手、替换牺牲品等，在吉尔伯特和沙利文的《日本天皇》中要比在阿里斯托芬笔下远为明显。[9]当然，没有证据表明垒球是古代以人做牺

---

[7] 参阅马克斯·伊斯特曼（Max Eastman）的《笑的享受》（Enjoyment of Laughter, 1936），该书对反讽者和自欺欺人者作了不少有启发性的评论。——原注

[8] 旧喜剧提到牺牲献祭仪式一节，可参见 F. M. 康福德（F. M. Cornford）的《雅典喜剧之起源》（The Origin of Attic Comedy, 1934）。——原注

[9] 威廉·吉尔伯特（William Gilbert, 1836—1911），英国幽默诗人及喜剧作家，亚瑟·沙利文（Arthur Sullivan, 1842—1900），英国作曲家。《日本天皇》（Mikado）为上述两位艺术家合作创作之喜剧性歌剧。

牲的仪式的遗迹，但假设是这样的话，那么裁判员就同替罪羊处于同一地位，他是一个被抛弃的恶棍，一个比巴拉巴[10]更大的强盗；他有邪恶的眼睛，败队的支持者们尖叫着让他死。可以说在比赛中民众的感情在一个敞开的容器中沸腾，而在私刑中，施暴的民众却被密封在布莱克称之为道义美德的锅炉中。古代格斗场中的搏斗，观众有主宰那些叫他们开心的人的生死实权，戏剧就是对格斗场的模仿，它可能是最集中地体现其野蛮或恐怖的。

现在我们处在文学的反讽阶段，这一事实在很大程度上说明了侦探小说的流行，此类作品的套式是一个猎手怎样搜一个替罪羊并将其清除。侦探小说作为一种突出的低模仿，始于夏洛克·福尔摩斯时期，这种作品特别注意细节，使最单调的和最被忽视的日常生活琐事获得了神秘的和重大的意义。但是，我们若从这里再往前面走，我们就走向围绕着一具尸体的仪式性戏剧，在这种戏剧中，社会的判决犹豫不决，因为有一群嫌疑分子，到最后才把判决定在一个人身上。选择牺牲者是由命运所决定的，这种感觉非常强烈，因为于他不利的案情是有意安排的，只是看起来有理而已。如果案情真是不可避免的，就成为反讽悲剧，如《罪与罚》[11]，拉斯柯尔尼科夫的罪行与他的性格如此交织在一起以致不存在任何"谁是凶手"的神秘问题。随着犯罪故事的残酷性日益增长（这种残酷性为形式的程式所支持，这种程式决定猎手在确信其嫌疑分子之一是凶手时是决不会失误的），侦探小说就开始和恐怖小说融合在一起了，而恐怖小说是情节剧的一种形式。在情节剧

---

[10] 巴拉巴（Barabbas），《圣经》所载犹太一死囚之名，曾参与作乱杀人；后经祭司长等怂恿，民众要求赦免此人而处死耶稣。事见《新约·马可福音》第15章。

[11] 《罪与罚》（*Crime and Punishment*），俄国作家陀斯妥耶夫斯基（Feodor Dostoievsky, 1821—1881）的长篇小说，其主人公为拉斯柯尔尼科夫。

中，两个主题是重要的：一是德性对邪恶的胜利，二是把假定为观众所持有的道德观念理想化。在十分恐怖的情节剧中，我们已接近于正在搞私刑的暴民那样全然自以为是公正的，而就艺术而言，这种样子是通常的。

我们不得不说，所有形式的情节剧，特别是侦探小说，就其表现民众的暴力的合法化而言，可以说是警察国家的高明宣传（如果可能严肃地看待它们的话）。但是这似乎是不可能的。戏剧的保护墙仍然存在。严肃的情节剧很快与它自己的怜悯和恐惧纠缠在一起，它越是严肃，它就越可能被读者讽刺地看待，其怜悯被视为感伤的胡言乱语，而恐惧则被看成故作聪明的庄严阴森。反讽喜剧的一极是承认素朴情节剧的荒诞性，或者至少，是承认素朴情节剧企图把社会的敌人确定为置身社会之外的人的荒诞性。与之相对立的另一极，则是真正的反讽喜剧或讽刺，它把社会的敌人确定为社会之内的人物。让我们从这个观点出发来排列一下反讽喜剧的诸形式。

有教养的人去看一场情节剧，以一种屈尊俯就的姿态用嘘声反对邪恶的人，他们是在强调这样一个事实，即他们不能严肃地对待人物的邪恶。我们在这里所看到的是这样一类反讽，它正好与反讽时期另外两种主要的艺术——广告和宣传相一致。这些艺术假装严肃地向潜在的白痴听众谈话，而这种听众可能是根本不存在的，他们被假定为头脑非常简单，以至于只会接受关于一块肥皂的纯洁性或一个政府的动机的表面价值的陈述。我们中其余的人，由于意识到反讽从不直说它想说的意思，便反讽地对待这些艺术，或者，至少把它们看作一种反讽的游戏。同理，我们阅读各种谋杀故事时，对其中涉及的邪恶也持有极强烈的不真实的感觉。谋杀无疑是一桩严重的罪行，但如果私人的谋杀对我们的文明真的是一种重大的威胁的话，那么阅读它的时候就不会是轻松的。我们可以比较一下在罗马喜剧中大量地加在拉皮条的人身上的辱骂，这同样是基于认定妓院是不道德的这样一个无可争议的根据。

接下来便是这样一类反讽的喜剧，它们是专门给这样一些人看的，这些人意识到谋杀的暴力与其说是恶意的个人对有德行的社会的攻击，不如说它是那个社会自身罪恶的症状。此类喜剧，是对那种由格雷厄姆·格林的小说所代表的情节剧套式的理智化的嘲仿[12]。再下一类是指向情节剧精神本身的反讽喜剧，这是所有喜剧中的一个惊人地持久的传统，其中混杂着大量的各种各样的反讽。人们注意到反讽喜剧有一个反复出现的倾向，即嘲笑和斥责观众，此类观众被假定是在追求多情善感、庄严、忠贞和认可了的道德标准的胜利。琼生和康格里夫[13]的傲岸气度，哥尔斯密对资产阶级多情善感的嘲弄，王尔德和萧伯纳对情节剧情境的嘲仿作品，都属于这一缕缕不绝的传统。莫里哀不得不取悦他的国王，是迫于形势而并不是由于特殊的气质。从菲尔丁到乔伊斯等一批小说家，人们都可以把他们对情节剧式浪漫传奇的嘲弄归到喜剧中去。

最后一类是世态喜剧，它描写一个热衷于势利和诽谤的、由会说话的猴子组成的社会。在这种反讽中，与这种虚构社会相对立的或被这社会排斥的人物得到观众的同情。在这里，我们在向一种反讽悲剧的嘲仿作品靠近，就像我们可以在伊夫林·沃[14]的《一把尘土》（*A Handful of Dust*）中的无害于他人的主人公的令人震惊的命运中看到

---

[12] 原文为 parody，意思是"嘲讽式的模仿""戏弄式的模拟"，或可译为"戏仿""戏拟"，但在本书中因所强调的是严肃的嘲讽而非随意的游戏，故一律译成"嘲仿"。

[13] 威廉·康格里夫（William Congreve，1670—1729），英国戏剧作家。

[14] 伊夫林·沃（Evelyn Waugh，1903—1966），英国现代小说家。

的那样。或者，我们可以有这样一个人物，他为作者和观众所同情，与社会决裂直至毅然出走，因而成了一种逆向的替罪羊。例如阿道斯·赫胥黎（Aldous Huxley）的《枯叶零落》（*Those Barren Leaves*）的结尾便是如此。然而，更为通常的是由艺术家来描写一种反讽的僵局，在其中，主人公被虚构的社会视为一个傻子或更糟的人，但却给实际上的观众留下了这样的印象，即他比他的社会更有价值。此类作品中明显的例子是陀思妥耶夫斯基的《白痴》，当然还有其他许多类似的作品，但《白痴》无疑是其中最伟大的一部。《好兵帅克》《天堂是我的归宿》和《马嘴》也属于同一类主题范围的例子。[15]

我们在前面说过的关于悲剧模式中反讽会向神话的回归的话，这对喜剧模式同样适用。甚至通俗文学看来也在慢慢地将其重心从谋杀故事转向科幻作品——不管怎么样说，科幻作品的迅速增长确实是当代通俗文学的一个事实。科学幻想作品总是想象出一种生活远高于我们的实际生活，就像我们高于野蛮时代那样，其背景经常是一些在我们看来是不可思议的技术上的奇迹。这就是浪漫传奇的一种模式，带有强烈的趋向于神话的内在倾向。

让我们希望，上述一连串虚构型模式（fictional mode）的概念应该有助于为我们的某些文学术语提供一种较为灵活的意义。例如"浪漫的"（romantic）和"现实的"（realistic）这些词，如通常所使用的那样，是相对的或比较的术语，它们说明虚构作品中的倾向，不能简单地作

---

[15] 《好兵帅克》（*The Good Soldier Schweik*，1923），捷克作家哈谢克（Jaroslav Hasek，1883—1923）的长篇小说。《天堂是我的归宿》（*Heaven's My Destination*，1935），美国作家桑顿·怀尔德（Thornton Wilder，1897—1975）的小说。《马嘴》（*The Horse's Mouth*，1944），英国作家乔伊斯·卡里（Joyce Cary，1888—1957）的小说。

为带有某种精确含义的描述性的形容词来使用。如果我们依次列出《普罗塞尔皮娜被劫》[16]《律师的故事》[17]《无事生非》《傲慢与偏见》《美国的悲剧》，很清楚，每一部作品与它的后继者相比都是"浪漫的"，而与它的先行者相比都是"现实的"。另一方面，从一种恰当的观点看来，"自然主义"这个术语作为虚构作品一种门类，是很像侦探小说的，尽管以一种非常不同的方式，它是以地道的低模仿开始的，即力图按生活的本来面目来描绘生活，这种企图的必然逻辑是，它必以纯粹的反讽作为结束。这样，左拉对反讽诸套式的执著使他赢得了作为人世百态超然的记录者的名声。

反讽"语调"（ironic tone）（我们可以在低模仿或更早期的模式中发现）和反讽模式本身的反讽"结构"（ironic structure）之间的区别，在实践中是不难感觉到的。例如，当狄更斯使用反讽时，读者被邀请来分享反讽，因为某种对作者和读者来说是共同的正常状态的标准是被假定了的。这种假定是比较通俗的模式的标志，如狄更斯的例子所指出的那样，严肃作品和通俗作品之间的鸿沟在低模仿中要比在反讽写作中窄小些。与反讽虚构作品相比较，在文学中承认相对稳定的社会准则是与低模仿的"节制"（reticense）紧密相关的。在低模仿模式中，人物通常按在别人眼中的样子来表现，他们是包裹得严严实实的，小心地删去了他们的世俗生活和内心独白的大部分。这样一种态度与其所包含的其他程式是完全一致的。

如果我们要使这个特征成为比较性的价值判断的基础，它当然是

---

[16] 《普罗塞尔皮娜被劫》（*De Raptu Proserpinae*），罗马诗人克劳狄安（Claudian，约370—约404）所作的一部神话诗。

[17] 《律师的故事》（*The Man of Law's Tale*），乔叟的《坎特伯雷故事集》中的第五个故事。

以文学批评的价值判断面目出现而实际上却是隐秘的道德价值判断。在这种价值判断的驱使之下，我们不得不去攻击种种低模仿的程式，因为它们过分拘谨、伪善和远离实际生活；或者去攻击种种反讽的程式，因为它们欠有益、欠健康、欠通俗，难于叫人置信和不够诚实，就像狄更斯的诸多程式那样。只要我们注意一下各类程式的区别，我们便会发现低模仿比起反讽来要多一点英雄色彩，在一般情况下，低模仿的节制具有这样的效果，即使其人物比反讽作品中的人物更显得英雄些，或者至少更尊贵些。

我们的上述图谱还可以应用于虚构作品的作家如何进行选择的原则。顺便举个虚构作品中运用鬼魂的例子。在真正的神话中，鬼魂与活人之间没有明确的区别。在浪漫传奇中，则出现现实的人，鬼魂往往属于与活人不同的异类，但是按照浪漫传奇的一般规则，一个鬼魂也不过只是一个角色，他引不起什么惊诧，他的出现并不比其他事件更离奇。在高模仿作品中，我们处在自然秩序之内，但因为就经验的水平而言是高于我们自己的，所以相对而言引进鬼魂还是比较容易的，但他是作为显然从另一个世界来的可怕和神秘的生灵。在低模仿作品中，自从笛福以来，几乎完全限于在"鬼怪故事"的独立的一类作品中才会出现鬼魂。在普通的低模仿作品中，鬼魂是不可以进入的，就像菲尔丁阐述的那样，"为了迎合读者的怀疑主义"，这种怀疑主义仅仅涉及低模仿的程式。有不多的几个例外，如《呼啸山庄》，经历了很长时间才证明这个规律——即我们认出《呼啸山庄》受到浪漫传奇的强烈影响。在反讽作品的某种形式中，如亨利·詹姆斯的后期作品，鬼魂又开始作为分裂的人格一个方面回归到作品之中。

然而，一旦我们学会区分各种模式，我们就必须学习重新组合它们。因为，当一种模式构成一部虚构作品的基调时，其他四种的之一或所有的四种可能同时存在。我们对伟大文学的精微之处的大部分体会就来自这诸种模式的相反相成的搭配。乔叟是一位中世纪诗人,主要精通宗教的或世俗的浪漫传奇。他的香客、骑士和教区牧师明确地代表了社会的准则,他自己则在这社会中起着诗人的作用,同时《坎特伯雷故事集》中还有两类人物,由他们来开始并结束那一系列故事。但若无视乔叟同样精通于低模仿和反讽技巧那就不对了,就会误认为他是一个现代小说家而误进入中世纪。《安东尼与克利奥佩特拉》的基调是高模仿,是关于一位伟大领袖没落的故事,但却不难看出对马克·安东尼是采取反讽态度的,把他看成一位被感情俘虏的人;同样容易看出,他同我们自己有共同的人性,他是一位具有惊人勇气和耐力的浪漫的冒险家,只是被巫婆出卖;其中甚至有超人的暗示,这超人举腿横跨大洋,他的失败只是由于命运的捉弄,只有预言才能加以解释。丢掉其中任何一个因素就会使作品显得过于简单化,使剧作降格。通过上述分析,我们可以认识到,一部艺术品有两个基本的事实,即一方面它与自己的时代有相通之处,另一方面它又与我们的时代有相通之处,这两方面绝不是对立的,而是相互补充的。

我们关于虚构型诸模式的考察还显示了模仿倾向本身,即惟妙惟肖和精确无误的描绘的倾向是文学的两极之一。另一极则是某种似乎既与亚里斯多德所说的"密托斯"[18]有关,又与神话的通常意思有关的东西。也即是说,人们讲故事起初是倾向于讲关于无所不能的人物的故事,逐渐地被吸引到倾向于讲似乎可信的或相当可信的故事。关

---

[18] 密托斯(*mythos*),古希腊词,原意是神话故事(myth)。此词在本书下文多次出现,其意义却引申为文学作品的叙述结构或情节模式。两义之间有联系,因为在作者看来,神话正是各种叙述结构之原型。

于神祇的神话消融到关于英雄的传说之中；关于英雄的传说消融到悲剧和喜剧的情节之中；悲剧和喜剧的情节消融到或多或少是现实主义的作品的情节之中。但是，这些变异与其说是文学形式的变化，不如说是社会有关环境的变化，而讲故事的结构原则通过它们仍保持不变，当然，这些原则是要与它们相适应的。汤姆·琼斯和奥立弗·退斯特是非常典型的低模仿人物，但是有关他们的出生秘密的情节采用的是虚构型作品中似乎可信套式的翻版。这些小说套式可追溯到米南德[19]，再从米南德上溯到欧里庇得斯的《伊翁》，再上溯至像珀耳修斯[20]和摩西那样的传说。附带我们还注意到虚构作品中模仿的性质，模仿所产生的并不是真实或现实，而是似乎可信性（plausibility），这种似乎可信性分量各有不同，从神话或民间故事的草率牵强到自然主义小说的一种经得起检验的原则。顺着历史的顺序阅读作品，我们会发现可以把浪漫的、高模仿的和低模仿的模式看作一系列移位的神话，或者说是一系列情节套式（*mythoi* 或 plot-formulas）相继向与神话相对立的一极，即真实转移，一直变为当代反讽样式，然后再开始往神话回流。

---

[19] 米南德（Menander，前342—前292），雅典喜剧作家。
[20] 珀耳修斯（Perseus），又译作帕尔修斯，古希腊神话中主神宙斯与黛内伊（Danae）的儿子，为杀死女妖墨杜萨的英雄。

主题型模式

亚里斯多德列举了诗歌的六个方面：其中三个，韵律（melody）、辞藻（diction）和场景（spectacle）[1]自成一组，我们将在适当的时候考虑它们。其他三个方面是：密托斯（*mythos*）或情节（plot），依托斯（*ethos*），[2]包括人物（characters）和背景（setting），以及思想（*dianoia* 或 thought）。至目前为止，我们所说的文学作品指的是虚构的作品，其中，情节，如亚里斯多德所说的那样，是"灵魂"或者是形成作品的根本，人物基本上是作为情节的功能而存在的。但是除了描写英雄及其社会的内向虚构作品之外，还存在一种外向虚构作品，它勾划的是作者和作者的社会之间的关系。有些诗歌可能像在莎士比亚或荷马的作品那样，完全沉浸在其内部人物之中，在那里，诗人本人只是指出他

---

[1] spectacle，即 opsis，《诗学》中译本译为"形象"，在本书中多作"场景"解。

[2] mythos 作为文学理论术语通常译为"情节"，ethos 则通译为"性格"。但本书著者认为这两个古希腊词的原义要比这样的解释更为复杂一些，而他本人也是在更宽泛的意义上来使用这两个词的。*mythos* 一般指文学作品的叙述、情节或叙事结构。*ethos* 则指虚构型作品中的人物和背景，在主题型作品中则包括作者与读者或观众的关系。由于汉语中没有相当的词，我们在这里只好音译"密托斯"和"依托斯"，详见书末所附术语表中之有关条目。

的故事，接着就消失了，《奥德赛》的第二个字，我（moi），是我们在那篇诗作中所得到的关于作者的仅有的东西。但是一旦诗人作为个人出现在地平线上，他与读者的关系就建立起来了，这个关系贯穿整个故事，并逐渐增强，直到读者的注意中心从故事转到了作者所传达的意思为止。

在像小说和剧作这样的文类（genre）中，内向虚构通常是兴趣之所在；在散文和抒情诗中，则主要兴趣是在思想（dianoia）中，即读者从作者那里得到的观念或诗的思想（当然，这种思想与其他种类的思想是有非常不同的地方的）。dianoia 最好译为"主题"（theme），着力于表现这种理想或观念的文学可称为主题型的（thematic）文学。当一部小说的读者问，"这个故事将怎样展开？"他是在问一个关于情节的问题，特别是在问关于那个亚里斯多德称之为"发现"（discovery）或"承认"（anagnorisis）的情节的关键方面的问题。但是他同样可能问，"这个故事的要点是什么？"这个问题与思想（dianoia）有关，指明主题正像情节那样具有其"发现"因素。

说某些文学作品侧重虚构，另一些文学作品则强调主题，这当然是容易的。但是实际上并不存在单纯虚构型的或单纯主题型的文学作品，因为所有四种伦理的因素（指人际关系意义上的伦理），即主人公、主人公的社会、诗人和诗人的读者，在文学作品中总是潜在地在场的。几乎不存在什么没有创作者和读者之间关系的文学作品，只不过有些关系隐蔽些，有些显豁点而已。当诗人心中的读者被后代所取代时，关系变了，但关系仍然存在。甚至在抒情诗和散文中，作者在某种程度上自身就是一个虚构主人公，他还虚构了一个读者，如果这些虚构设计的因素完全消失了，那么写作就成了直接称呼，成了直白无章的涂鸦，就不像文学了。一位诗人向他的心上人寄一首情诗，抱怨她的残酷,这只是把四个伦理因素硬压成两个,原来的四个因素事实上仍然存在。

因而,每一部文学作品都有一个虚构的方面和一个主题的方面,至于哪一个更重要的问题往往只是看法不同或在解释时强调的侧重点不同。我们已经引证了荷马是非个人化(impersonal)的虚构型作品的作者的典型,但至少在大约 1750 年以前,关于荷马的评论一直是强调主题的占着上风,认为他的两部史诗都隐含着关于领袖地位的理想和思想。《弃儿汤姆·琼斯的历史》是一部以情节命名的小说[3];《理智与情感》是以主题命名的小说。但是菲尔丁对表现主题同样怀有强烈的兴趣(他在许多作品的引子中就明显地表现出这一点),正如简·奥斯汀也能讲好的故事一样。这两部小说同《汤姆大伯的小屋》或《愤怒的葡萄》相比,则又都侧重于有较强的虚构性。在后两部作品中,情节主要是为了各自说明奴隶和移民劳苦的主题而存在的。它们若同《天路历程》相比,则虚构性显得比后者较强;《天路历程》若与蒙田的散文相比,则虚构性又强于蒙田。随着我们的强调点从虚构移动到主题,我们会发现"密托斯"(mythos)这个术语其意义逐步趋向于强调"叙述"(narrative)而不再强调"情节"(plot)。

当一部虚构作品为表现主题而写,或单从主题加以解释时,它就成了一篇喻世故事(parable)或解释性的寓言(fable)。所有正式的有寓意(allegory)之作都有主旨(ipso facto),即一种明确的主题,当然不能得出这样的结论,只要对一部虚构作品的主题加以评论,便会像

---

[3] 见 R. S. 克兰(R. S. Crane)《情节观与汤姆·琼斯的情节》("The Concept of Plot and the Plot of Tom Jones")刊于《批评家与文学批评》(Critics and Criticism, 1952),第 616 页。——原注

人们常说的那样，会把它变成有寓意之作（尽管批评时而会运用赋予寓意的手段，下文将有说明）。真正的寓意是文学中一个结构的因素：它本身就存在着，而不是由批评的解释所硬加的。

再者，几乎每一种文明在其传统的神话的主干上，都有一些特别的部分，被认为比其他部分更严肃，更有权威，更带教诲性，更接近事实和真相。对既使用《圣经》又使用古希腊古罗马文学的基督时代的大多数诗人来说，后者并不像前者那样具有同样的权威，虽然就文学批评而言，它们同样是与神话学有关的。这种正经神话和旁经神话的区别（甚至在原始社会中就可发现这种区别），使得正经神话在主题上有特别的重要性。

我们现在来看看前述关于模式的系列是怎样表现在文学的主题型作品方面的。在论述这个问题时，我们不得不把自己更严格地限定在西方文学范围之内。因为我们会发现古希腊古罗马的虚构作品的演变进程是压缩了的，在主题型作品方面这一特点表现得更为显著。

在虚构作品中，我们发现两个主要的倾向，一个是让主人公和其社会结合的"喜剧"倾向；一个是把主人公孤立起来的"悲剧"倾向。在主题型文学中，诗人可像一个个体那样来写作，强调他人格的独立性和他观念的明确性。总的来说，这种态度造就了大多数的抒情诗和散文，大量讽刺、警句和"对唱牧歌"（eclogues）或其他特定的作品。这些作品中抗议、抱怨、嘲笑和孤独的（不管是苦涩的还是宁静的）情绪的频率或许与悲剧虚构型模式的大致相似。或者，诗人可以专注于做自己社会的代言人，这就是说诗人不是在同异己的另一个社会说话。关于诗的知识和表现能力本是潜在的，但其社会需要却促使他发出了声音。

这样一种态度促成了最广义的教诲诗歌，经过文人加工的史诗或主题突出的史诗,诲人的诗歌和散文,像奥维德和斯诺里[4]的把神话、民歌、传说合编在一起的百科全书型作品,在那里,虽然故事本身是虚构型的,但对它们的安排和收集它们的动机都是有主题的。在此种意义上的教诲诗歌中,诗人的社会功能明显地表现在主题上。如果我们把孤立的个人的诗歌称为"抒情诗",把充作社会代言人的诗歌称为有"史诗"倾向(与有内在人物的较为"戏剧化的"虚构作品相比较),我们就有可能获得某种关于它们的初步的概念。但是明显的是,我们在这里没有从文类的意义上使用这些术语。如果想从文类的角度来使用,那么最好不用这两个词,而用"插曲型"(epiodic)和"百科全书型"(encylopaedic)来代替。这就是说,当诗人作为一个个体去倾诉时,他倾向于选择不太连贯的形式;而当他作为一个专门替社会讲话的人而发言时,他倾向于求助较为宽广的定式。

在神话层面上,传奇性多于确证性,但清楚的是,歌颂神的诗人常被认为是在作为一个神或一个神的替身在歌唱。他的社会功能是作为一个被赋予灵感的预言者,他常常是一个心醉神迷的人,我们听到关于他本领非凡的故事。俄耳甫斯的琴声使树木折腰倾听;行吟诗人和凯尔特人用讽刺制敌于死地;以色列的先知们则预言未来。在这种神话的层面上,诗人想象的功能,他作为诗人的适当工作,是展现他为之讲话的神。这通常指他揭示神在某种特定场合下的意志,在这种时候,他是作为一个神谕的传达者处于"热情"的或被神控制的状态之中。神在他身上不但及时地显示神的意志,也展现了神的本性和历史,

---

[4] 斯诺里·斯图鲁松(Snorri Sturluson,1179—1241),冰岛史学家、诗人。下文提到的冰岛古代文集《埃达》(*Prose Edda*),其中的诗即《老埃达》(*Elder Edda*)成书较早,而其中的散文部分则由斯诺里整理改写而成。

这样，一个关于神话和仪式的较大的文学定式就通过一系列神谕的宣告而建立起来。从希伯来先知神谕中涌现出犹太救世主的神话就清楚地表明了这一点。《古兰经》是演进中的西方的神话模式开端时期的一个清楚的历史例证。一些地道的神谕诗歌代表作很大程度上是前文学和超文学的，以至于把它从宗教仪式中区别开来是困难的。可以举出的更近期的例子，是被看作北美平原印第安人（Plain Indians）文化的一个重要方面的那种处于狂迷状态的神谕，对此的研究我们不得不依靠人类学家。

　　在我们上述的论点中，已经隐含着两条比较重要的原则。一条原则是：认为存在一种想象的总体，它是具体表现在一种百科全书型的形式之中，这种想象的总体托付给整个神话诗人的阶层去操作，而这种形式可以由一个有充分学识和灵感的诗人来尝试，也可以为一种具有充分的文化共同性的诗派或传统所采用。我们注意到，传统的故事、神话和历史具有混合起来并构成百科全书型的集合体的倾向，特别是当它们像通常那样用一种程式化的韵律来表现的时候。荷马的史诗便有此种趋向。在古冰岛散文集《埃达》中，把古冰岛诗集《老埃达》的片断的抒情短歌的主题组织到了一个联系紧密的散文序列中。《圣经》的发展史也很明显地采取类似的方式。在印度，演变的进程较为松弛，两部传统的史诗《摩诃婆罗多》和《罗摩衍那》，在若干世纪中像吞羊的大蟒一样明显地不断扩张。中世纪的一个例子，是《玫瑰传奇》（*The Romaunt of the Rose*），它被它的第二位作家扩展成为百科全书型的讽刺作品。芬兰的史诗《卡勒瓦拉》，则是19世纪的再加工使它形成统一或连贯的长诗。由此不能认为《卡勒瓦拉》这部独一无二的史诗是伪造的；相反，应当认为《卡勒瓦拉》的素材本身就有利于后人进行再加工。对于神话模式而言，百科全书型的形式使它成为神圣的经文般的东西。在别的文学模式中,我们也应该去发现种种百科全书型的形式,它们同神话式或圣经式的启示录相比,有许多类似之处,只是在一步步地更加接近于人间。

另一个原则是:在任何一种模式中,都可能有大量的各种各样的插曲型形式存在,在每一种模式中,我们可对特定的插曲型形式加上特殊的意义,这种插曲型似乎是从百科全书型的形式那里派出来的。在神话模式中,中心的或典型的插曲型产物是神谕。从神谕又演化出许多次生的形式,如人所熟知的圣诫、喻世故事、警言和预言之类。由此构成了经书或圣书,有的像《古兰经》那样比较松散地组合在一起,有的像《圣经》那样经过认真的编辑和安排。例如,《以赛亚书》,可以分析成大量独立的神谕,依次有三个主要的中心,一是放逐前的,二是放逐中的,三是放逐后的。[5] 文学批评家并不是《圣经》的"较有权威的批评家",我们不得不靠自己得出这样的看法:《以赛亚书》在传统上被认为是统一的,但事实上它不是写作者身份的统一而是主题上的统一,它作为以色列人的失落、被俘和得救的喻世故事,其主题就是整部《圣经》的主题的一个缩影。

到了浪漫传奇时期,诗人,就像相应的主人公一样,成了一个人,神退到了天上。他的功能现在主要是回忆。按照其历史时期的最初阶段的希腊神话的说法,"记忆"是缪斯姐妹之母,诗神缪斯赋予诗人以灵感,但已经不再像神祇赋予预言家以神谕的那种程度了[6]——当然,诗人们总是力求同缪斯的关系更贴近一点的。在荷马那里,也许在更原始的赫西俄德[7]的诗篇里,在北欧英雄时期的诗人中,我们可以看到

---

[5] 指以色列人遭到亚述、巴比伦的入侵后,纷纷被俘,流落异邦,后来逐渐迁回故土。

[6] 按照古希腊神话,缪斯九姐妹主宰文艺和科学,其生母为"记忆"女神摩涅莫绪涅(Mnemosyne)。

[7] 赫西俄德(Hesiod),公元前8世纪古希腊诗人,有长诗《神谱》。

诗人必须回忆许多种类的事——国王们和异族部落的名单，神话和神祇的家谱，历史上种种传统，关于常识的谚语、禁忌，幸运和不幸运的日子，各种咒语，部落英雄的事迹等等，这些就是在诗人打开话匣子时蜂拥而出的一部分东西。属于这同一类的，还有中世纪游吟诗人，他们搜集了许多记忆中的故事；有教士诗人，他们力图把自己所知之一切写进一首长诗或圣约诗中，像高厄或《巡游世界》的作者。[8]这种诗中的百科知识被神圣地认为是同神的知识相类似的关于世人的知识。

浪漫英雄的时期在很大程度上就是游牧的时期，其诗人常常是浪游者。盲行吟诗人是希腊和凯尔特文学的传统；古代英国诗歌用古英语表达某种最凄凉的孤独。歌谣吟唱者和街头说唱讽刺诗人在中世纪漫游欧洲，但丁自己也是个被流放的人。或者，如果诗人不动地方，那么旅行的就是诗歌：民歌沿着商业的路线前进，民谣和浪漫传奇在大集市上巡回；或在英国写作的马洛礼（Malory）却告诉读者，他手边的"法语书"在说些什么。在所有的虚构作品中，离奇的旅行是一个永不枯竭的套式，正是这种虚构作品被当作喻世故事以确定的百科全书型的诗歌模式表现出来，如但丁的《神曲》。这种模式的诗歌异常普遍，海伦时代有，罗马基督教时代也有。

其典型的插曲型主题也许最好被描述为圈定意识边缘的主题，诗中诗人的遐思从一个世界驰骋到另一个世界，或同时意识到两者。流放者的诗歌，《威狄斯》[9]短抒情诗，或可能是行吟诗人的诗作，这种诗

---

[8] 约翰·高厄（John Gower, 约1325—1408），英国早期诗人，与乔叟同时。《巡游世界》（*Cursor Mundi*）则为三千行之长诗，作者已无从考查。内容涉及《圣经》及圣徒的传说等。

[9] 《威狄斯》（*Widsith*）是一本古英语诗集，作者不明，内容是描述一个游子作客于日耳曼族国王之宫廷。

人可以是游子、被遗弃的情人，或游牧的讽刺诗人，一般都将追忆中的世界和现实经验中的世界作为对比。幻想的诗，习惯上把日期标在五月的早晨，使经验的世界和梦幻的世界形成对比。歌唱女性或神祇的优雅的启示诗则把新生活（vita nuova）同旧戒律加以对照。在《地狱篇》的开端，博大的百科全书型的诗，同流放的诗和幻想的诗的联系清楚地显示出来。

高模仿时期出现了这样一个社会，它强有力地建立在宫廷和首都周围，而且，一种向心的景象取代了浪漫传奇中的离心景象。那种对遥远的目标如圣杯或上帝之城的追求，被改造成集权的象征，改造成君主、国家和国家信仰的图徽。这个时期百科全书型的诗，如《仙后》《路西亚特》[10]《被解放的耶路撒冷》[11]《失乐园》，是由爱国的和宗教的观念联结起来的民族史诗。在《失乐园》中政治因素的作用分外强烈，其原因是人们所熟知的，把它看作民族史诗不会有什么真正的困难。这部书同《天路历程》一样，是英语文学中低模仿的开端，写的是普通人的故事的一个重要方面。一般地说，这种强调主题的史诗在侧重点上与主要兴趣在讲故事的叙事诗有明显的不同。后者诸如大多数英雄时代的史诗，大多数冰岛传说，即"萨迦"和凯尔特浪漫传奇，以及文艺复兴时期的《疯狂的奥尔兰多》的大部分，虽然文艺复兴时期的批评认为可以把阿里奥斯托[12]解释成主题型的。

高模仿的中心的插曲型主题是众目之的或向心凝视的主题，或心

---

[10] 《路西亚特》（*Lusiad*），葡萄牙作家卡默恩斯（Luis de Camoens，1524—1580）的诗作。

[11] 《被解放的耶路撒冷》（*Jerusalem Delivered*，1580），意大利人塔索（Torquato Tasso，1544—1595）写十字军东征的史诗。

[12] 阿里奥斯托（Ariosto，1474—1533），意大利人文主义诗人，其代表作是传奇体叙事长诗《疯狂的奥尔兰多》。

向情人、朋友，或敬奉神祇，犹如朝臣在宫廷里翘望君主，听众在法庭里注目演讲者，或如观众眼不离演员。因为高模仿诗人是一位卓越的廷臣，是一位法律顾问，是一位牧师，是一位向公众讲演的人，或是一位能做到合式得体（decoum）的大师。高模仿出现在这样一个时期，当时固定的剧院已成为艺术虚构形式的主要媒介。在莎士比亚那里，合式得体的控制如此之强以至于他本人的个性在其背后全然消失，但这情况是不太可能在像本·琼生那样的对主题有强烈兴趣的戏剧家那里发生的。一般而言，高模仿诗人倾向于从与社会的关系上或与神的领袖地位的关系上来考虑自己的功能，领袖地位的主题一般处在他的虚构型作品模式的中心。宫廷诗人把他的学问贡献给了朝廷，把他的生命贡献给了繁文缛节，他的教育功能是服侍他的君主，其高潮是奉承的爱，他把自己与王室的和谐看作是美而予以专注。宗教诗人可能将这种意象转变成精神的生活，就像英国的玄学派常常做的那样；或者，他可能在礼拜仪式中找到他的向心意象。17世纪的耶稣会的诗歌，以及英国诗人克拉肖的相应的诗作，具有一种独一无二的强烈的崇拜偶像的性质。赫伯特也把他的读者一步一步地吸引到了一个可见的"庙宇"里。[13]

这一时期的文学柏拉图主义同这种高模仿模式是相适应的。大多数文艺复兴时期的人文主义者都十分重视杂谈录（symposium）和对话体的（dialogue）重要性，杂谈录体现了文化精英的社会侧面，而对话体则表现其教育侧面。还有一种流传广泛的假设，即诗歌的思想（dianoia）在性质上代表了一种形式，一种定式，一种理想，或一种典范。锡德尼（Sidney）说："自然世界是黄铜制的，而诗人却只传递黄

---

[13] 理查德·克拉肖（Richard Crashaw，约1612—1649）和乔治·赫伯特（George Herbert，1593—1633）都是受邓恩影响的英国"玄学派"诗人。

金。"他很清楚这金子的世界不是某种与自然相隔离的东西,而是"事实上的第二自然";是事实或实例,与典范或箴诫的结合。在艺术和批评中通常被称作"新古典主义"的东西,用我们的话来说,主要要认识到,诗歌的思想(dianoia)即其各种含义,是反映自然的真正形式,而这真正的形式则被假设为理想的。

说到低模仿,则这种虚构型形式要同一个强烈地个体化的社会打交道,与神话相类比,它只有一个类似点,即这是一种会创造的个体的行为。由此而导致的典型的结果是"浪漫主义",就主题型的发展而言,它在相当程度上背离同时代的虚构型作品形式,并把自己变为后者的对立面。为创作《许佩里翁》[14]所必要的品质,同为创作《傲慢与偏见》所必需的品质,虽然是同时代的,看起来却奇怪地互相对立,好像低模仿比起其他模式来,虚构型的和主题型的之间的区别更为鲜明。在某种程度上这是对的,因为对主观和客观的反差,对精神状态和外部状况的反差,以及对个体情况和社会状况或物质条件之间的反差的感受是低模仿的特征。在这个时代,强调主题的诗人变得同浪漫传奇的时代的作品中的主人公一样,成为一个非凡的人,生活在比自然更高、更富于想象的经验秩序之中。他创造了他自己的世界,再造了一个其许多特征已被虚构型浪漫传奇所接触过的世界。浪漫主义诗人的头脑一般同关于自然的泛神论的观念有关系,他们无懈可击地细心地攻击真正的邪恶。把痛苦和恐惧变形为快感形式的倾向(在早期虚构型浪漫传奇中也同样存在)反映在"浪漫痛苦"(romantic agany)的残暴和恶魔般的意象中。这个时期百科全书型的倾向是建构神话的史诗,

---

[14]《许佩里翁》(Hyperion)为英国浪漫主义诗人济慈(John Keats,1795—1821)所写的未完成的史诗,写一个神族为另一个神族所取代的故事。

其中的神话反映了心理的或主观的精神状态。《浮士德》，特别是它的第二部，是最为明确的例子；布莱克的预言、济慈和雪莱的神话诗则是英语文学中最为著名的代表。

这一时期的强调主题的诗人，其兴趣在自身，没有必要超出自我中心主义。他写诗的技巧的基础要有个性色彩，因而也必是重视遗传和心理的。他常用生理方面的东西来做暗喻；他将有机体同无生命的或机械的东西做对比；他从社会的角度来思考天才与普通人之间的生理区别，把天才看作是鹤立鸡群。他作为个人去直接面对自然，与其大多数前辈不同，他倾向于认为文学传统同个人经验比起来，不过是次一等的东西。像低模仿喜剧的主人公一样，浪漫主义诗人常常具有社会的好战性，具有创造性的天才才能赋予权威性，其对社会的影响是革命性的。浪漫主义的批评家常常把诗歌理论加以发展使之成为颂扬个人伟大的修辞学。这一模式的中心插曲型的主题是对主观精神状态的分析或表现，这种主题在同卢梭和拜伦有关的那种类型的文学运动中是经常出现的。浪漫主义诗人发现比他的前辈们更容易做到在内容和态度上是个性化的，在形式上是连续的。华兹华斯如此众多的短诗可统统收入《序曲》中（与原始的短抒情诗组织起来构成史诗的方式很相似），这一事实标志着具有某种意义的技巧上的革新。

继承浪漫主义的诗人们，例如，法国象征主义的诗人们，以鄙弃唯利是图的交易世界的反讽姿态开始创作，其诗作的声音是朦胧的，含义是不明确的，他们抛弃了修辞、道德判断和部族的其他偶像，把他们的全部精力贡献给了诗人仅为诗歌创造者的文学功能。我们说反讽的虚构型作品的作者，除了技艺，不为任何考虑所影响，而反讽时代的主题型的诗人认为自己与其说是创造者或"未被承认的立法者"，不如说是一个工匠。这就是说，他对其个性的要求是最低限度的，而

61

对其艺术的要求却是最大限度的——同叶芝认为诗是面具的理论恰成对比。叶芝充其量是一个忠诚的灵魂,一位诗界的圣人或隐士。福楼拜、里尔克、马拉美、普鲁斯特,尽管方式非常不同,但都是"纯粹"的艺术家。因而,这种模式的中心插曲型主题是纯粹的、稍纵即逝的幻象,是美感的或永恒的片刻,是兰波的灵光(*illumination*),是乔伊斯的顿悟(epiphany),是现代德国思想的"瞬间"(*augenblick*)[15]和以象征主义和意象主义这样的术语所暗示的那种非训诫式的启示录。

用这种顷刻瞬间去同由往昔历史(*thmps perdu*)所展示的广大的全景做比较是百科全书型倾向的主要主题。在普鲁斯特那里,在广泛分散的间歇中对某种经验的重复把一般时间改造成这些永恒的片刻;在《芬尼根的守灵夜》(*Finnegans Wake*)中,整个历史被表现为一种同神灵显现截然相反的庞大噩梦。在一个较小的但仍然是百科全书型的规模内,艾略特的《荒原》和弗吉尼亚·伍尔芙的最后也是最深刻的一部书《幕间》具有一种共同的(令人吃惊的事实是,两者在其他方面却没有任何共同之处)对照鲜明的感觉,即在整个文明进程和展现其意义的意味深长的时刻的微小的闪现之间形成对照。恰如浪漫主义诗人发现作为个人以连续的形式进行写作是可能的一样,反讽的模式则被关于诗歌基本上是非连续性的批评理论证明为合理的。那种既是百科全书型又是非连续性诗歌的自相矛盾的技巧,《荒原》和埃兹拉·庞德的《诗章》(*Cantos*)的技巧,是一个预示新模式的技巧革新,就像直接与之相反的技巧在华兹华斯手中那样。

一些类似技巧的细节也适合于主题型反讽的一般定式。言在此而

---

[15] 里尔克(Rilke)《致俄耳甫斯的十四行诗》(*Sonnets to Orpheus*)中提到"认识"(*erkennung*)是个清楚的例子,说明了关于主题发现或认识的观点。——原注

意在彼，这种反讽的方式同马拉美的关于避免直接陈述的教义相吻合。避免直接下判断的做法，只是并置意象而对它们的关系不做任何说明的做法，是与避免演说般地夸夸其谈的努力相一致的。摈弃顿呼法[16]，摈弃直白呼叫以及诸如此类的技巧也起着同样的作用。一种研究甚至证明在反讽模式中实际上增加了对定冠词的使用，据说这是与一些含蓄的意义有关，旨在使同一圈子内的人隐约地意识到反讽的令人困惑的外表之内部有真正的意义。[17]

我们注意到在虚构作品中由反讽向神话的回流与反讽的技巧向神谕回流的倾向是并列的。这种倾向常常与历史循环理论同时发生，这些理论使回流的观念理性化，它们的出现是反讽模式的典型现象。韩波和他的"全部感官错轨"（*dérèglment de tows les sens*）使他自己成为普罗米修斯的再生（普罗米修斯把圣火带给了人类），而且把躁狂状态和预言占卜之间的古老神秘联系恢复了。里尔克的一生是在紧张地聆听在其自身之内的神谕的声音中度过的。尼采宣布在人身上的新的神力已经来临，在某种程度上这种看法与人神同源再生的理论相混淆。叶芝告诉我们西方的历史循环即将告一段落，一个新的古典时代就要开始（丽达和天鹅取代了圣女玛丽和鸽子）[18]，乔伊斯则提出了维柯式

---

[16] 指在叙述中对不在场的人和物直呼其名，如莎剧："脆弱呵，你的名字就是女人！"
[17] 见 G. R. 汉密尔顿（Georg Rostrevor Hamilton）的《泄露隐情的冠词》（*The Tell-Tale Article*，1949）一书。——原注
在英语中，在名字前面加上定冠词"the"，含有指出或强调此为特殊的、甚至是独一无二的人或物之意，在一定的上下文中能增强反讽意味。——译注
[18] 见爱尔兰大诗人叶芝（William Butler Yeats, 1856—1939）所写之名诗《丽达与天鹅》。按照叶芝的历史循环观念，历史每两千年做一循环，且每一循环皆由一位少女和一只鸟儿的结合开端。公元前的古典时代，是由丽达和天鹅的结合引出的（据古希腊神话, 宙斯变形为天鹅, 使丽达怀孕产下两蛋, 从此开始了古典时（转下页）

的历史理论[19]，把我们自己的时代看成充满失望的启示录，正在急迫地向着特里斯坦[20]以前的时期的回归。

从以上的考察中可以得出的推断之一，是许多流行的批评假说都是在一定有限的历史背景中的产物。在我们的时代，一种反讽的褊狭风气，如强调文学的全然客观性，将道德判断搁置起来，专注于纯粹语言技巧，以及诸如此类的特点正方兴未艾。而浪漫主义也有褊狭倾向，如强调天才和显示突出的个性等，虽已逐渐过时，但仍然存在。也有拘泥于高模仿模式的学究，他们仍然企图照搬18和19世纪的理想形式的准则。由此可见，任何一套只从一种模式中抽象出来的批评标准都无法包容关于诗歌的全部真理。

我们还要注意存在这样一种普遍的倾向：一种后来的模式最强烈地反对紧挨着的父辈的模式，但却在较小的程度上回归到祖辈的模式的某些标准上去。这样，高模仿时代的人文主义者基本上蔑视那些制作中世纪浪漫传奇的人，例如斯宾塞的E.K[21]就把那些人称为"胡编乱造者"。但是，就像我们在锡德尼那里看到的那样，他们从不疲于证

（接上页）期的历史）；而从公元起这两千年则由圣女玛丽和白鸽相结合（即圣灵怀孕说）而引出的。叶芝认为现时已到了丽达和天鹅再次结合的时期，他在诗中是把这一结合作为新的古典时代的开端来写的。

[19] 维柯（Giovanni Vico，1668—1744），意大利哲学家、历史学家，他提出一种历史循环论，认为人类社会必然盛极而衰，兴亡轮回。代表作是《新科学》（1725）。

[20] 中世纪欧洲的一个传说中的英雄。特里斯坦（Tristam）护送美女伊索尔德去与国王马克成婚，途中两人误食魔药而导致相爱，结果双双死亡。该传说最早出自苏格兰，而以12世纪时于法国流行的版本最有名，后来英、德诸国文人皆以此为写作素材，最有名的是瓦格纳于1859年所著的歌剧《特里斯坦与伊索尔德》。

[21] E.K是为斯宾塞的诗篇《牧人月历》写序言的人，是诗中主要人物柯林·克劳特（诗人之代表）的朋友。

明诗歌利用原始神话阶段的东西是正当的,是对于社会有重要作用的。他们认为自己是自然秩序的世俗预言家,在特定的社会和自然法则的环境内,像预言诗人那样对公众的事务做出反应。那些浪漫主义者,即低模仿时期的主题型诗人们,则使自己背向他们前辈所遵循的顺乎自然的方法而返回到浪漫传奇的模式。

在英国文学中,浪漫主义的标准主要由于维多利亚时代的人们所坚持,得以保持了这种模式的连续性;始于1900年左右的长时期的反对浪漫主义的反叛(在法国文学中要早几十年)标志着向反讽的转变。这类新模式的特点是热衷于微言大义,喜欢玄奥的意味,并对贵族情趣恋恋不舍,这种贵族情趣导致艾略特的保皇主义、庞德的法西斯主义和叶芝的崇拜骑士精神等这样一些各色各样的现象。所有这些,都是向高模仿标准复归的一部分。诗人犹如朝臣,诗歌侍候君主,认为文人雅士或精英人士有至高无上的重要性,如此之类的观念,都属于反映在20世纪文学中的高模仿观念,而在从马拉美到乔治[22]和里尔克的象征主义传统的诗歌中尤为明显。这种倾向虽有例外但也往往并不像粗看起来那样太特殊。费边社,当萧伯纳最初加入时,是一个相当玄奥的集团,这使叶芝感到满意。后来费边社会主义成为一种群众运动,萧伯纳则最终不容置疑地变为一位饱受挫折的保皇主义者。

再者,我们会发现西方文化的每一个时期都明显地使用了最接近于它的古希腊古罗马文学的模式。中世纪的诸译本把荷马浪漫化了;高模仿则效法维吉尔的史诗、柏拉图的会饮和奥维德的典雅爱情;低模仿中的罗马式讽刺文学;在反讽阶段的于斯曼的《逆流》中,则可能

---

[22] 乔治,指德国诗人斯蒂芬·乔治(Stefan George,1868—1933)。

是借用了拉丁时期晚期的种种作品。[23]

通过考察各种虚构型模式，我们可以看到，诗人从不模仿超出他作品的内容这个意义上的"生活"。在每一个模式中，他把同样的神话形式强加在他的内容上，只是加以适当的变更。同样在主题型模式中，诗人从不模仿思想，除非是在给他的思想以文学形式这样的意义上。由于不能理解这种道理而产生的错误，我们可以用一个一般的术语"存在投影"（existenial projection）来称呼它。假设一个作家发现他写得最成功的是悲剧，他的作品将不可避免地充满阴郁和灾难，而在他的最后一场中，必让若干角色发表关于严峻的必然性、运气的变迁和命运的不可避免性的议论。这种情绪是悲剧的思想（dianoia）的一部分；但精于写悲剧的作家很可能感到他们是为最深刻的哲学而讲话的。若问及他自己的生活哲学是什么的时候，就会说出一些相似的意见来。另一方面，一个精于写喜剧和大团圆结尾的作家定会让他的角色在结尾时谈论上帝的仁慈、出乎意料的奇迹，以及我们都应该因生活的恩惠而感激和欢乐等。

悲剧和喜剧在哲学中的投影分别是宿命哲学和天佑哲学，这是很自然的。托马斯·哈代和萧伯纳都是在1900年左右进入创作盛期，并且都对进化论感兴趣。哈代以悲剧见长，他用坚忍克己的社会改善论观念，用叔本华的内在意志以及"偶然"或"意外"的活动来看待进化，在其间任何一个个体的生活都可能被牺牲掉。萧伯纳写喜剧，则把进化看成创造性的，导向革命的政治，导致超人的来临，并通向某种"元生物学"[24]。但是明显的是，哈代和萧伯纳并不是真正的哲学家，他们

---

[23] 于斯曼（Joris Karl Huysmans，1848—1907），法国小说家、艺术批评家，《逆流》（*A Rebours*，1884）是他后期小说创作中的代表作，已具有明显的现代派特点。

[24] "元生物学"，指建立在生物学基础上的一种认识论。

的升降荣辱决定于他们在诗歌、小说和戏剧上的成就。

同理，文学的每一种模式在其发展中都有自己存在的投影。神话把自己投射为神学，即神话诗人通常把某些神话看成"真的"，并相应地形成他的诗的结构。浪漫传奇让世界充满奇异的、一般是看不见的人物或力量，天使、魔鬼、仙女、鬼魂、具有魔力的动物，像在《暴风雨》和《科玛斯》[25]中的那些自然力的精灵。但丁以这种模式写作，是不需经过思索的，他接受由基督教信条所认可的精灵的存在，而不会去想其他什么的。但是于一个对浪漫传奇的技巧感兴趣的近期诗人——比如叶芝——来说，关于这些神秘的生灵哪一个是"真的存在"的问题便可能向自身之外投射。高模仿主要投射于半柏拉图式的理想形式哲学，就像斯宾塞的赞美诗的爱和美，或《仙后》的德性；低模仿主要投射于发生哲学和生物哲学，像歌德的哲学，这种哲学在万事万物中发现统一性和发展过程。反讽的存在投射也许是存在主义本身；从反讽向神话的回复不仅伴随有上面提到的历史循环论，而且，到了后期，还伴随有对神圣哲学和教理神学的广泛兴趣。

艾略特先生把为自己创造哲学的诗人同接受现成观念的诗人加以区别，并进而认为对大多数诗人来说以后者为好，至少后者比较安全。这一区别基本上就是低模仿强调主题的诗人的实践和反讽模式的强调主题的诗人的实践之间的区别。像布莱克、雪莱、歌德和维克多·雨果这样的诗人由他们的模式的程规所驱使，他们的意象在观念方面的表现不能不是自创的；而上一世纪的诗人们则有着不同的程规，他们要接受不同的强制力。如果这里所采取的关于诗歌中形式对内容的关系的观点是可取的话，那么，不管诗人做什么，他仍将面对非常相同

---

[25]《科玛斯》（*Comus*）是英国大诗人弥尔顿（John Milton，1608—1674）早期创作的一部假面剧，写一个少女在妖巫的诱惑下坚持美德、保住贞操的故事。

的技术问题。

自从亚里斯多德以来的批评都倾向于认为文学基本上是模仿，并将关于统治阶级人物的史诗和悲剧的"高级"形式同限于更多地涉及像我们自己一样的人物的喜剧和讽刺的"低级"形式加以区别。希望在这一章中所描述的这种较大的图谱将会提供一个有用的背景，在这背景上我们可以把柏拉图关于诗歌的种种不同的而且明显矛盾的评语联系起来加以考虑。《斐德罗篇》主要把诗歌当成神话，由此形成柏拉图关于神话的方法的评论；《伊安篇》集中论述游吟诗人或叙事诗的人物，由此确立关于诗歌既是百科全书型的又是纪念碑式的概念，这是典型的浪漫模式。《会饮篇》介绍了阿里斯托芬，采用了大概最接近柏拉图自己观点的高模仿信条。《理想国》结尾处著名的讨论则是反对诗歌中低模仿因素的论辩；在《克拉底鲁篇》中，则向我们介绍了反讽的技巧，如含混、字面联想、双关语，现在这些手法已被批评所恢复，用它们处理反讽模式的诗歌——通过对反讽的进一步的细致的改进，这种批评被称为"新"批评。[26]

再者，我们所指出的侧重于虚构的和侧重于主题的这两者之不同，是与批评史中始终存在的两种文学观之不同相对应的。这两种观点即美学的和创造的，亚里斯多德的和朗吉努斯的，把文学看成产品的观点和把文学看成过程的观点。对亚里斯多德来说，诗是一种工艺（techne）或审美的人工制品；他作为一个批评家主要对较为客观的虚构型形式感兴趣，他的核心概念是净化。净化暗示着观众的超脱，既

---

[26] 柏拉图的主要著作是三十余篇对话录，《斐德罗篇》（Phaedrus）及以下的《伊安篇》（Ion）、《会饮篇》（Symposium）、《理想国》（Republic）及《克拉底鲁篇》（Cratylus）皆属于其中。克拉底鲁是与苏格拉底同时代的一位相对主义哲学家。

超脱于艺术品本身，也超脱于作者。"审美距离"这个词组现在在批评中是被普遍接受的，但它几乎是一个同义反复：不论在哪儿有审美的领悟，哪里就有感情的和理智的超脱。除了悲剧之外的其他虚构型形式，如喜剧或讽刺作品，对其中之净化原则亚里斯多德没有归纳出来，此后也一直没有人把它们制定出来。

至于那种侧重于主题方面的文学，则作者和读者之间的外部关系变得突出了，当它的确如此时，怜悯和恐惧的感情是郁结于或充塞于读者内心，而不是被净化了的。在净化中，感情由于与对象联结起来得到净化；但当读者做出反应时心中充塞着上述两种感情，他们在思想上便始终处于一种期待的状态中。我们注意到那种没有对象的恐惧，这是一种还不知究竟需要怕什么具体事物的心理状态，而今却被想象为痛苦（angst）或焦虑（anxiety），这两个本是含义狭窄的术语现在都用来表示从《幽思的人》[27]的快感直到《恶之花》（Fleurs du Mal）的痛苦感情。在一般的快感的领域，出现了崇高（sublime）的概念，其中严肃、阴郁、宏大、忧郁，甚至是恶意，都是浪漫或幽思（penseroso）感情的来源。

同理，我们把没有对象的怜悯界定为想象中的泛灵论，它在自然的任何地方都发现人的品质，包括"美丽的"这个术语，传统上是与崇高的相对应的。美丽的与小的关系，同崇高的与大的关系是相同的，美丽是紧紧地与复杂感和精美感相连的。英国民间传说中的仙女成了莎士比亚的芥末子（Mustard-Seed）和德雷顿的匹克威根，[28]而叶芝的

---

[27] 《幽思的人》（Il Penseroso），弥尔顿写于1623年的一首短诗。

[28] 德雷顿（Michael Drayton，1563—1631），英国诗人，主要作品有长诗《男爵的战争》《多福之邦》等，匹克威根（Pigwiggen）是他写的童话诗《宁菲尔达》中的仙子。这个德雷顿同前面提到过的约翰·德莱顿（John Dryden，1631—1700）非同一人，约翰·德莱顿的影响要更大些。

泛灵论是与他对"许多灵巧的可爱的东西"的感觉和他在《驶向拜占庭》中的玩具鸟的意象联系着的。

正像净化是亚里斯多德研究文学的核心概念一样，狂喜（ecstasis）或心荡神驰（absorption）是朗吉努斯研究文学的中心概念。后一种是处于为自居作用所控制的心有灵犀一点通的状态中，在其间读者、诗作，有时，至少是理想地，还有诗人，都被卷了进去交融为一体。我们说读者，因为朗吉努斯的概念主要着眼于主题型的或个体化的反应，它对抒情诗更为有用，正像亚里斯多德的概念对剧作更为有用一样。然而有时，一般的研究分类并不总是正确的。如艾略特先生所指出的，在《哈姆雷特》中，由主人公所发出的感情数量对于观众来说是太巨大了；艾略特这个见解甚为精彩，由此得出的正确结论应当是：《哈姆雷特》最好被解释为是表现痛苦的或忧郁这种情绪本身的悲剧，而不纯粹是亚里斯多德所指的对于行动的模仿。在另一方面，在《利西达斯》中感情的卷入不多，以至被有些人，包括塞缪尔·约翰逊，认为是那首诗的失败，但正确的结论应当是《利西达斯》同《力士参孙》一样，[29] 要按照净化的观念，即让所有的激情都静息的观念去阅读。

---

[29] 《利西达斯》（*Lycidas*）为弥尔顿缅怀英年早逝的好友的悼诗；《力士参孙》（*Samson Agonistes*，1671）是弥尔顿创作的悲剧。

第二篇 伦理批评：象征理论

弗莱在此篇中所说的"伦理批评"中的"伦理"（ethical），不限于通常所指的伦理道德（人与人的关系准则），也是特指文学象征体系的诸层面之间及相应的各种批评之间的相互关系。

导　论

由于诗学缺少技术性词汇[1]而出现了不少问题，其中有两点需要特别加以注意。前面已经提到过这样的事实，即没有一个术语可用来称呼一部文学艺术作品，我发现这是一个特别令人困惑的问题。人们可以求助于亚里斯多德的权威而在文学这个意义上使用"诗"（poem）这个词，但是日常的用法表明诗是有韵律的文字，而说《汤姆·琼斯》是一首诗，简直是在糟蹋普通语言。人们可以讨论伟大的散文作品是否在某种比较宽泛的意义上应该被称为诗的问题，但是回答就要看以什么趣味来对待定义。把价值判断引进关于诗的定义中的企图（例如，"总之，我们说的一首诗是指什么呢？是指某种配得上诗的这个名称的东西"），只能增加混乱。这样当然就会导致自古以来的那种庸俗的见解，以为韵律高于一切，从这种标准出发便判定"散文的"（prosy）含有单调乏味之意，而"散文化的"（prosaic）则意味着平淡呆板。如我

---

[1] 恢复使用修辞学的技术语言会向我们提供有用的术语，在许多情况下这样还能使那些连同其名称一并被世人遗忘的观念重获生机。诚然，如塞缪尔·巴特勒（Samuel Butler）所言，"修辞学家的全部规则仅仅教会人们去命名其工具"，但倘使批评家无力命名自己的工具，那就无人会承认其有权威性。——原注

经常所能做的那样，我借助于"提喻法"[2]来使用"诗"以及同它有关的词，因为它们都是很简短的词。但是，以部分代全体也会把人搞糊涂，读者只好不得不忍受像"假设性的语辞结构"（hypothetical verbel structure）诸如此类的发音不和谐的生僻术语。

另一点则关系到对"象征"（symbol）这个词的应用。此词在这篇文章中指的是任何可以被分离出来而为批评所注意的文学结构的单位。以某种特殊的参照方式加以运用的单词、短语或意象都是象征（参照就是象征通常所指的意思），它们是批评分析可以加以剖析的因素。甚至作家用以拼写他的单词所使用的字母在这个意义上也是构成他的象征系统的组成部分，它们只是在特殊的情况下被分离，如头韵或方言拼写，但我们仍然意识到它们象征着声音。按照这个定义，批评从总体上看将始于文学象征的系统化，而且很大程度上也由把这种文学象征加以系统化的工作所构成的。由此可见，其他词语必须被用来为不同类型的象征系统分类。

因为一定存在不同的类型，文学批评很难成为简单的或单层面上的活动。对一部伟大的文学作品越是熟悉，人们对作品本身的理解也就越深。人们理解上的加深，是对于作品本身，而不是给作品外加许多东西。一部文学艺术作品蕴涵着多种多样的或一连串的意义，这样的结论是必然要得出的。然而，自从中世纪以来，批评很少公正地面对这个结论。在中世纪，一个有着文字的、有寓意的、道德的和天谕总解意义的精确的系统从神学那里被接收过来，并应用到文学中。今天，更出现一种倾向，认为文学意义的问题是象征逻辑和语义问题的附属物。在下面，我将尽可能努力地把文学从后两种学科中独立出来

---

[2] "提喻法"（synecdoche），在这里特指用部分代全体的一种修辞法。

加以处理，其基础是认为要寻找关于文学意义的理论，其最明显的地方便是在文学自身之中。

多重的或如但丁所说"有多种解释的"意义之原则不再是一种理论，更不是被破除了的迷信，而是一个既定的事实。若干不同的现代批评流派是在同时发展着，这就确证了这样一个事实。每一流派都在分析时选择了一些独特的象征。研究批评理论的现代学者面对着一群修辞家，他们在谈论肌质（texture）和正面抨击；面对研究传统和根源的种种历史学家；面对使用选自心理学和人类学的材料的各位批评家；面对亚里斯多德学派、柯勒律治学派、托马斯主义者、弗洛伊德主义者、荣格学派、马克思主义者；面对研究神话、仪式、原型、隐喻、含混和有意味的形式等的各类学者。学者们要么承认多义原则，要么选择这些流派中的一个，然后努力去证明其他的流派是不大合理的。前者是学术之路，导致学识的进展；后者则是迂腐文人的办法，只给人们提供一些可供选择的目标，其中今天最显赫的有幻想的学识，或曰神话批评；好争论的学识，或曰历史批评；微妙的学识，或曰"新"批评。

我们一旦承认了多义的原则，我们要么停留在一个纯粹相对的和多元论的立场上，要么进一步考虑存在这样一种可能性，即若干数量有限的有效的批评方法可以被一种单一的理论所容纳。这并不就是说，所有的意义都可以被安排在一个等级的序列中，就像中世纪的四层面批评的图谱那样。在这种等级制度中，最低一级是比较基本的，接着，人们拾级而上，理解就变得越来越细微，越来越精粹。"层面"（level）这个词在这里只是为方便而使用的，不要认为这表明我相信在批评这门学问内有什么等级的系列。还有，对于多义的概念需要有一个基本的保留，一部文学作品的意义构成了一个更大整体的一部分。在前面的文章中，我们看到意义（meaning）或思想（*dianoia*）是三种成分之一，其他两个是密托斯（*mythos*）或曰叙述（narrative），以及依托斯（*ethos*）或曰人物塑造（charaterization）。因此，最好不要单单只考虑一系列的意义，而且要考虑整个文学艺术作品可被置放于其中的一系列关联域或关系，每一个关联域（context）[3]既有其自己的意义或思想，也有其独特的密托斯和依托斯。我称这些关联域或关系为"相位"（phase）。

---

[3] context 通译为"语境"，但在本书中其意义远比"语境"宽泛，原著者常把它作为 relationship 的同义词，故译为"关联域"。

文字和描述相位：作为母题和符号的象征

不管什么时候我们阅读什么东西，我们发现我们的注意力同时向两个方向移动。一个方向是外部的或离心的，顺着这个方向，我们在走向阅读之外，从单个的词走到它们所指的东西，或者在实践上，走到我们按照约定俗成的程式把它们联系起来的记忆。另一个方向则是内部的或向心的，顺着这个方向，我们努力从词语中引申出一种由它们造成的较大的语辞布局（verbal pattern）的意思。在两种情况下，我们接触的都是象征，但是当我们赋予一个单词以一种外部意义的时候，那么在语辞象征之上还得加上它所再现的或它所象征的东西。实际上是存在这样一种再现的系列，语辞象征"猫"是写在一页纸上的一组黑色记号，它们先再现一连串噪音，进而再现一个意象或记忆，再进而再现一种感觉的经验，而且还再现一只喵喵叫的动物。如此理解的象征在这里可叫作符号，是约定俗成地和人为地代表并指出其所在处之外的事物的语辞单位。然而，当我们试图把握同单词有关联的方方面面时，"猫"这个词成了一个较大的意义的组成因素。它基本上不是"属于"任何东西的象征，因为在这个方面，它不是在再现什么，而是把什么同什么关联起来。我们甚至难以说，它表现了作者把它放在这里的部分意图，因为作家一旦定稿，其意图就不再作为独立的因素而存在。被内在地或向心地理解的语辞因素，作为语言结构的一部分，作为象征，是简单的和不折不扣按文字理解的语言因素，或语辞结构（verbal structure）的单位（请留意"文字"一词）。我们可以从音乐中借用一个术语，把这种因素叫作"母题"（motif）。[1]

这两种理解的模式在所有的阅读中同时发生。在一定的语境中读"猫"这个词，而没有以此为名的动物的表象在脑中闪现是不可能的；只看到"猫"这样一个空洞的符号而不想知道它在上下文中同什么有关联是不可能的。但是语辞结构可根据意义的"最终"方向是向外的还是向内的来分类。在描述的或论断性的文字中，其最终的方向是向外的。这里，语辞结构意在再现对它来说是外在的东西，它的价值是由它再现外在事物的精确性来确定的。外在现象和语辞符号之间相一致是真实的；不相一致便是虚假的；两者若缺乏联系便成了废话，即成了不能从自身产生意义的纯粹语辞结构了。

而在所有文学的语辞结构中，意义的最终方向是向内的。在文学中，向外的意义的标准是第二位的，因为文学作品并不佯装去描述或论断，所以无所谓真，也无所谓假，也不是在讲无谓重复的废话，或至少不是像"好的比坏的更好"这一陈述的同义反复。也许最好将文学意义说成是假设性的（hypothetical），一种假设的或设想的与外部世界的关系是"想象的"（imaginative）这个词通常所指的意思的一部分。这个词应该与"虚幻的"（imaginary）区分开，后者通常指没能使它的断言成立的武断的语辞结构。在文学中，关于事实和真实的问题是从属

---

[1] "母题"（motif）一般指那些反复出现的构成主题的成分，如词语、形象、象征、旋律等。但弗莱在本书中用它来特指"象征"的另一方面，即作为整个词语结构中互相关联的一个组成部分时，称之为"母题"。详见书后"术语表"。

于为自己创造一个词语的结构这一基本的文学目标，象征的符号价值从属于它们作为一个相互关联的母题的结构的重要性。无论在哪里，只要我们遇见这样一种自足的语辞结构，我们就遇见了文学。无论在哪里，若没碰到这种自足的结构，我们所面对的便只是日常语言，也就是被当作工具来使用的帮助人的意识去做或去理解某些事情的词语。文学是语言的一种特殊形式，就像语言是交际的一种特殊形式一样。

为什么要创造文学这种特殊结构？其原因显然在于：向内的意义和能自我包容的语辞布局，是与快感、美、兴趣相关的反应领域。对一种超然的布局的沉思，不管是不是语辞的布局，显然是美感和随之而来的快感的主要来源。兴趣最容易被这样一种布局唤起，这一事实对每一位同语辞打交道的人来说都是熟悉的，从诗人到茶余饭后的聊闲人群，都远离那种论断性的高谈阔论的本题，他们讲的是笑话，即那种能自我包容的语言关系的结构。常常发生的是，一篇原本为描述性的文字，像福勒和吉本的历史著作，[2] 在其作为对事实的表现的价值消失以后，由于其"风格"或有趣的语言布局而延存下来。

那种认为诗歌就是用来娱乐和教导的古老观念，粗看起来似乎难于成立，因为我们通常觉察不到一首诗对我们做了两种不同的事情；但是我们若把象征系统的这两个方面联系起来就能够理解这一点。在文学中，乐先于教，或者我们可以说，现实原则从属于快乐原则。在论断性的语言结构中，轻重点则颠倒过来。当然，任何种类的文章都不可能全然排除这两个因素中的任何一个。

文学最熟悉和最重要的特征之一是它没有做精确的描绘这一既定

---

[2] 托马斯·福勒（Thomas Fuller，1878—1966），英国军事史学家。爱德华·吉本（Edward Gibbon，1737—1794），英国历史学家。

的目标。我们也许愿意认为历史剧的作者知道关于他所写的历史事实是什么，他们不会毫无理由地去篡改历史事实。但是，这种需要改变历史事实的原因在文学中是存在的，这一点不会被任何人所否认。这些原因是明摆着的：历史学家要选择事实，但是他若为使结构更加匀称而表现出想去控制操纵事实，那便成了对历史的诽谤。某些其他种类的语辞结构，如神学和玄学（metaphysics），被某些人宣布为在最终的意义上是向心的，因此同外部事物缺乏联系（"纯粹的语辞"）。我对此没有什么可说的，只是我认为从文学批评的观点看，必定把神学和玄学当成论断性的，因为它们在文学之外，而任何从外部影响文学的东西都会在文学中创造一种离心的运动，不管它是追求绝对存在的性质，还是怂恿你胡说八道。同样清楚的是，在不同形式的文学中，教与乐的比例，或娱乐与清醒地面对现实的感觉的比例，是有所不同的。例如，悲剧比喜剧的现实感远为浓烈，因为在喜剧中，事件的逻辑往往让位于观众对大团圆结尾的渴望。

  诗人具有明显不顾事实的独一无二的特权，于是在传统上诗人被称作得到许可的说谎者，由此也说明了为什么表示文学结构的这些词，像"寓言""虚构""神话"等，[3] 有不真实这样一种派生的意思，像挪威字 *digter*，据说既指诗人也指说谎者。但是，正像菲立普·锡德尼爵士（Sir Philip Sidney）所说的那样："诗人从不断言"，因此，也就不能说诗人说了什么谎，就像他也没讲什么真话一样。诗人，像纯粹的数学家一样，其立足点不是去描绘真实，而是与他的假设的条件相一致。在《哈姆雷特》中，鬼魂的出现提出了这样的假设，即"让《哈姆雷特》

---

[3] "寓言"（fable）的拉丁词源 *fabula* 本作"街谈巷议"讲；"虚构"（fiction）的拉丁词源 *fictio* 作"捏造""假装"讲；"神话"（myth）的希腊词源 *mothos* 作"虚构故事"讲。

中有鬼魂"。它与鬼魂是否存在、莎士比亚或他的观众是否认为它们存在毫无关系。一个读者不赞成这种假设，因为他不相信有鬼魂，或不相信人们会用五音步诗说话，由此就不喜欢《哈姆雷特》，这样的读者显然与文学无涉。他不能区分虚构与事实，与那些给电台寄支票以抚慰连续剧中的受难的女主人公的人属于同一类别。我们在这里要指出，那种能够被接受的假设的条件，那种在读者开始阅读之前便已同意了的协约，是属于约定俗成的程式（convention）一类的东西，明白这一点在后面会显得十分重要。

经过引导也不能理解文学程式的人，经常被说成是"迷信文字的"（literal-minded）。但是由于"literal"（文字的）这个词肯定应该与文字有某种关联，因此用"literal-minded"这个词组来形容缺乏想象力（imaginative illiterates）看起来是奇怪的。这一反常现象的原因是有趣的，并对我们的论点来说是重要的。从英语传统上看，"literal meaning"（文字意义）[4]这个词组是指毫不模棱两可地描述事实的意思。我们通常说猫这个词"实际上指"（means literally）一只猫，即是指它是一只猫的恰当的符号，它与喵喵叫的动物之间的关系是一种简单的再现的关系。Literal这个词的意思是从中世纪流传下来的，出自根源于神学的那类批评。在神学中，《圣经》的"literal meaning"通常是历史的意义，它精确到如同对事实和真相的记录一样。但丁对《圣经》的《诗篇》中的诗评论道："'以色列人走出埃及'这句话只需按文字理解，对于我们，它意味着摩西时代以色列人正向巴勒斯坦涌进。"其中"意味着"这个词表明，它在这里的实际意思是最简单的那种描述的或再现的

---

[4]　在英语中，"literal meaning"既有"文字的字面意义"又有"实际的意义"这样两种含义。本书著者认为做"实际意义"解虽不乏先例，但用之于文学批评却不妥；他在本书只用它的"字面意义"一义。

意思，就像一个对《圣经》做事实考证的人所理解的那样。[5]

但是这种关于"literal meaning"是简单的描述的意思的观念对文学批评来说根本就不合适。一个历史事件就是历史事件，此外无他；一篇描述历史事件的散文故事不过是一篇文章，不会是任何实际的事件。但丁自己的《神曲》的"literal meaning"并不是历史的，根本不是对但丁"真的发生"的事情的简单描述。如果一首诗除了是一首诗外不能指任何实际的事情，那么诗歌中意义的实际基础仅仅在于它的文字，在于它的由若干母题连锁起来的内部结构。我们说"这首诗实际指"——然后用散文对它进行释义，这从文学批评的角度看，我们总是错的。所有的释义都抽取了一个从属的或外部的意义。照文字理解一首诗的意思是理解它作为一首诗和它所代表的全部。这种理解总体上始于让大脑和感官全然服从于作品作为一个整体的影响，继而把诸象征统一起来，以获得对结构统一性的共时的感知。（这是批评元素的逻辑的序列，是乔伊斯的《画像》[6]中斯蒂芬所说的艺术感受的阶段：*integritas* [完整], *consonantia* [和谐] 和 *claritas* [光彩]。我不知道心理的序列是什么，或是否有一个序列——我认为在格式塔理论中没有这么一个序列。）在文学批评中，照文字解释在科学方法上处于同观察和大脑直接反映自然一样的地位。"每一首诗一定必须是一个完美的统一体"，布莱克说这句话，如用词所暗示的那样，不是指所有现存的诗歌都存在这样的事实，而是指每一位读者在第一次试图理解一首诗，即使是一首写得最混乱的诗时所做的假设。

复现的某些原则看起来对所有的艺术品来说都是基本的，这种复

---

[5] 见但丁致坎·格兰德（Can Grande）的信，刊于穆尔（Moore）和托因比（Toynbee）合编的《文集》（*Epistola*）第 4 版第 416 页第 10 封信。——原注

[6] 这里《画像》指《一个青年艺术家的画像》。

现当按时间移动的时候通常被说成是节奏（rhythm），当在空间展开的时候被说成是布局（pattern）。这样，我们就谈到了音乐的节奏和绘画的布局。但是，只要稍微再开动一下脑筋，我们也能很快开始谈论音乐的布局和绘画的节奏。理由是，所有的艺术既有时间的也有空间的特征，其区别不过在于哪一种特征作为主导而被表现出来罢了。交响乐的乐谱作为一种展开了的布局，可以同时整个地加以研究；一幅绘画可作为眼睛的复杂的舞动的轨迹被研究。文学作品也像音乐一样在时间中移动，像绘画一样以形象来展开。词的叙述和密托斯（*mythos*）传达被耳朵所听到的运动的感觉，词义或思想（*dianoia*）则传达——或至少是保存——被眼睛所看到的共时感。当诗从头至尾移动的时候，我们在听诗；但是，当它一旦作为整体进入我们头脑中时，我们便立即"看到"了它的意思。更准确地说，所反应的不只是整首诗，而是诗中所包含的整体性。只要共时的理解是可能的，我们就可以确立起关于意义或思想（*dianoia*）的观念。

一首诗就是一首诗，它在其文字的关联域（literal context）中属于被称作诗的那类东西；反过来，它还构成被视作艺术品的较大类别中的一部分。从这个观点上看，诗一方面呈现出接近音乐的声响，另一方面又呈现出接近绘画的完整的形象布局。这样照文字上讲，一首诗的叙述是它的词的节奏或运动。如果一位戏剧家用散文写一段话，然后用无韵诗重写，他是在节奏上做了一个战略性的改变，也就是做了文字叙述上的改变。即使他把"来了一天"（came a day）改成"一天来了"（a day came），他仍然是在对顺序做小小的改变，因此，实际上，是对他的节奏和叙述做小小的改变。同理，一首诗的意义实际上在于它作为语辞结构的布局或完整性。它的诸词语不能分别被孤立起来再加上符号价值，或者说，每一个词所可能具有的符号价值已被容纳进一个语辞关系的复合体之中。

因此，词义从向心的或内向意义的观点看，是可变的，或者是"含混的"（ambiguous），后者是现在在批评中常见的一个术语，一个意味深长的、当应用于论断性的文章时含有贬义的术语。"机趣"（wit）这个词语，据说在蒲柏的《论批评》中以九种不同的意思被使用。[7] 在论断的文章中，这样一种变异不居的语义的主题除了引起无望的混乱外不能产生任何东西。在诗歌中，这种含混却指示出一个词所可能有的意义和其关联域的范围。诗人并不把一个词和一个意义等同起来，他在确立词的多种功能或多种力量。但是，当我们作为语辞符号来看待诗的象征时，诗便整个地在不同的关联域中出现，其叙述和意思也是如此。从描述上看，一首诗主要不是一件艺术品，而主要是一个语辞结构或一套再现性的词，和其他语辞结构，如关于园艺的书可归为一类。在这种关联域中，叙述指词语的序列和事件之间的关系，这些事件与外部生活中的事件相类似；意义指其布局和一个论断性的陈述体之间的关系，所涉及的象征系统的观念不是文学与艺术，而是文学与语词的其他结构所共同具有的观念。

在这个阶段，一种数量可观的抽象登场了。当我们把诗的叙述作为事件的描绘来考虑的时候，我们不再把叙述只看成是文字方面所包容了的每一个词和字母。我们宁可认为是一系列的显著的事件，是体现在词语的序列中的明显的和外在地引人注目的因素。同理，我们认为，意义是对诗进行散文释义时可以再生的那种论述性的意义。因此，一个平行的抽象就进入象征系统的概念之中。在文字的层面上，那些

---

[7] Wit 一词可作智力、神志、领悟、精辟、风趣、机智、妙语、才子等多种解释。《论批评》（*Essay or Criticism*）是英国诗人蒲柏（Alexander Pope，1688—1744）于1711年发表的一首诗体评论。

象征是一些母题，无论什么单位，直到字母，都可能与我们的理解有关系。但是，只有大的和引人注目的象征才可能作为符号被文学批评所注意：名词和动词，以及用重要的词构建起来的词组。介词和连词几乎是纯粹的起连接作用的词。一本字典，它主要是一个传统的符号价值表，关于这些词它什么也告诉不了我们，除非我们已经理解了它们。

因此，文学在其描述的关联域（descriptive context）中就是一个假设性的语辞结构体，它介于描述或安排实际事件的语辞结构或历史，和描述或安排实际观念或再现物体的语辞结构，如哲学和科学的语辞结构之间。空间与概念世界的关系是我们在这里显然不能观察的关系；但从文学批评的观点看，描述的文章和教导的文章，自然物体的再现和观念的再现，只是离心意义的两个不同分支。我们可用"情节"或"故事"（story）这些词表达一连串显著的事件，而故事与历史有联系这一点是已被词源学所指明了的。[8] 但是用"思想"甚或是"思想内容"（thought-content）来表达布局的再现的方面或总的意义，是比较困难的，因为"思想"也描述我们在这里试图把它从那里区分出来的东西。这就是诗学的种种词汇问题之一。

当然，象征系统的文字相位和描述相位，是存在于每一部文学作品之中的。但是，我们发现（如我们还将在其他诸相位所发现的那样）每一个相位与某种批评程序以及某种文学有一个特别紧密的关系。被象征系统的描述方面所深深影响的文学在其叙述上倾向于现实主义，而在其意义上倾向于教诲的或描述的。其主导的节奏将是直接引语的散文，其主要努力将是作为一种假设性结构尽可能地提供关于外部现

---

[8] 英国于13世纪从古法语中引进"histoire"（历史）一词，后因词首音节脱落变成"story"（故事）。

实的清楚而诚实的印象。在文献性的自然主义（它的基本代表人物是左拉和德莱塞这样的作家）中，文学走得相当远，成了生活的再现，与其用词语的结构的完整性还不如用描写的精确性为标准来评价它。纵然它走得如此之远却依然是文学。若再超过这一点，文学中假设的或虚构的因素就会开始消失。当然，这种类型的文学表达的界限是宽广的，几乎所有现实主义诗歌、戏剧和小说的领域都在其中。但是我们注意到，文献性自然主义的伟大时代，即19世纪，也是浪漫主义诗歌的时代，后者强调富于想象的创造进程。这表明在文学的假设性因素和论断性因素之间，存在一种张力（tension）。

这张力最后在被总称为象征主义的运动中中断了。象征主义这个术语我们在这里是扩展开来使用的，它代表整个这样一种传统，即通过法国的马拉美和兰波到瓦雷里、德国的里尔克、英国的庞德和艾略特而形成一种广泛的一致性而发展起来的传统。象征主义的理论补充了极端自然主义的不足之处，它强调文字方面的意义，把文学视作向心的语言布局，其中直接的或可证实的陈述因素从属于该布局的完整性。而提出"纯"诗歌的概念或认为论断性的意义可以损坏富于暗示的语言结构，则是这一运动的次要的副产品。象征主义的伟大力量在于它成功地把文学的假设的萌芽剥离出来，虽然在其早期阶段它曾被把这种分离工作与整个创作过程相等的倾向所限制。象征主义的所有特征是稳固地建立在诗歌是与意义的向心方面相联系的这样一个观念的基础上的。这样，批评之所以能形成一种可为人们所接受的关于文字意义的理论，是借助于相对近期的文学的发展。

如马拉美所表达的那样，象征主义坚持认为，在读诗时，不应该强迫人去具体回答"这是什么意思"这个问题，因为诗中的象征的基本含义存在于它与整首诗的关系之中。因此，一首诗的统一性最好作为情绪的统一性来理解，情绪是感情的一个阶段，而感情则是用来表达趋向于快感体验或美的沉思的精神状态的普通字眼。而且对象征主义而言，鉴于情绪不能持久，文学基本上表现为不连贯的片断；而较长的诗只是通过使用语法结构而连结在一起的，这种结构对描述性的文字则更为合宜。诗的意象不是在陈述或指出什么，而是通过互相映衬、暗示或唤起诗所要表达的情绪。这就是说，它们表现或清晰地表达特定的情绪。感情不是混乱的或不清晰的：如果感情没有变成一首诗，那么它仍不过只是感情而已，一旦它变成了诗，那么它就是诗，而不再是在其背后的某种东西了。不管怎样，暗示和唤起这两个词是合适的，因为在象征主义中，词不同事物相应和，而同其他词相呼应，因此，象征主义给读者的直接印象是咒语般的不知所云、声音的和谐，和一种为词的外延所不能限制的、不断丰富起来的意义的感觉。

一些认为所有的意义都是描述的意义的哲学家告诉我们，鉴于一首诗不是理性地描述事物，那么它一定是对一种感情的描绘。根据此理，诗的文字核心，用句文雅的话来说是"心灵的呼喊"（cri de coeur），即是一个精神紧张的生物的直白的呼号，此生物遭遇到某种需要做出感情反应的事情，如一只狗对月狂吠。根据这个理论，《欢快的人》（l'Allegro）和《幽思的人》将分别是对"我感到幸福"和"我感到悲哀"的说明。然而，我们发现诗歌的真正核心是微妙的和闪烁其词的语辞布局，它回避而不是去促成这种赤裸裸的陈述。我们还注意到，在文学史中，谜语、神谕、咒符和隐喻比主观感情的显示更为原始。批评家们告诉我们诗的表达的基础是反讽，或是背离明显的（即描述的）意义的一种词的布局，他们比较接近文学经验的事实，至少在文字的层面上。文学结构是反讽的，因为"它所说的"总是在种类上或程度上与"它所指的"不一样。而在论述性的文字中，则其所说的趋向于与所指的相接近，最理想的是两者能完全一致。

文学创作和文学批评一样，反映出象征系统有文字和描述这两个方面的区别。同研究性和学术性的刊物有联系的那类批评，把诗看作语辞的文献，尽可能完全地把它与历史和它所反映的观念联系起来。对这种批评来说，最有价值的诗是最明确的和描述的诗，是其想象的假设核心可以被轻而易举地分辨出来的诗。（注意我所说的是一种批评，而不是一种批评家。）而另一方面，现在有一种被称为"新批评"的批评，则在很大程度上是基于把一首诗在文字上看成是一首诗这样的概念。[9] 它把一首诗的象征系统当作互相紧密关联的诸母题的含混结构来研究。它把诗的意义的布局看作自我包容"肌质"（texture）[10]，它把一首诗的外部关系看作与其他艺术一样，只根据贺拉斯的"三缄其口"（favete linguis）的劝告来处理，而不考虑其历史的或训诲的方面。对此种研究来说，词的肌质连同其复杂的表层下的多种弦外之音是最富于表现力的。批评的这两个方面常常被认为是对立的，就像在19世纪中相应的两个对立的作家群一样。它们当然是互相补充的，而不是对立的，但在我们继续努力去解决象征系统的第三个相位中的对立之前，把握它们之间侧重点不同仍然是很重要的。

---

[9] 我在这里介绍现今所谓"新批评"所说的文字意义，是援引以下学者对有关术语的解释：瑞恰慈（I. A. Richards, 1893—1979）、布莱克墨尔（Richard Blackmur, 1904—1965）、燕卜荪（William Empson, 1906—　）之论词义"含混"，布鲁克斯（Cleanth Brooks, 1906—　）之论"反讽"，兰色姆（John Crowe Ransom, 1888—1974）之论"肌质"。——原注

[10] "肌质"（texture）是新批评主要代表之一兰色姆提出的一个概念，与"构架"（structure）相对。"构架"是诗中能用散文加以转述的东西；而"肌质"则是诗所独具的无法用散文加以转述的部分，是具体的"世界的肉体"。兰色姆认为诗的本质、精华，诗的特异性和表现力，都在肌质而非构架。——译注

形式相位：作为意象的象征

我们现在为文学批评给"文字意义"这个术语确立了一个新的意思，还给文学指定了普通的描述意义——这是文学意义的一个从属方面，这个普通的描述意义是文学作品与所有其他词语结构共有的意义。但是仅仅停留于承认在乐与教之间，在反讽式的与现实保持距离和与现实有明显关系这两者之间有这种奇怪的对立存在，这样似乎还是不能令人满意的。当然，人们会说，我们忽略了由最普通的批评术语所表达的文学作品中的基本统一性，这个术语就是词语形式。[1] 因为"形式"（form）的常用含义似乎将这些明显对立的方面联结了起来。一方面，形式包含了我们称之为文字意义或结构的统一性的东西；另一方面，它又意指像内容和事件这样的补充性的术语，用以表达它与外部自然共享的东西。诗在形式上不是自然的，但它自身却自然地与自然联系起来，因此，再引用锡德尼的话来说，它"实际上成了第二自然"。

这里，我们获得了一个叙述和意义的比较统一的概念。亚里斯多

---

[1] 我在形式相位的理论上，较多引用 R. S. 克兰的《批评的语言和诗歌的结构》（*The Languages of Criticism and the Structure of Poetry*，1953）及其主编的《批评家与文学批评》（*Critics and Criticism*，1952）中的观点。——原注

德谈到"模仿行动"（*mimesis praxeos*），即一种对行动的模仿，他似乎把这种行动的模仿和密托斯（*mythos*）即叙事结构看成一回事。对亚里斯多德这种极其简短的说明需要进行一些补充。人的行动（*praxis*）主要为历史著作所模仿，或为描述一些具体的和特定的行动的语辞结构所模仿。一个密托斯即一种叙事结构是对一种行动的第二性的模仿，这意味着，不是它与现实隔着两个阶段，而是它描绘了典型的行动，比历史更富有哲学意味。人的思维（*theoria*）主要被论述性的文字所模仿，它做出一些具体的和特定的断言。思想（*dianoia*）是对思维的第二性模仿，是"模仿理念"（*mimesis logou*），即同典型的思维有关，同意象、隐喻、图式和产生具体思想观念的语言的含混性有关。诗歌因此比哲学更富于历史性，更多地包含意象和事例。所有具有意义的语辞结构都是对那个被称为思维的难以捉摸的心理和生理过程的语言模仿，这一点是很清楚的。这是一个跌跌绊绊的过程，经过了同感情的纠缠、突然的非理性的确信、不自主的洞察的闪光、理性化的偏见、慌乱和惰性的阻塞，最后抵达一种全然不可名状的直觉。有人认为哲学不是对这个过程的语辞模仿，而就是这过程本身，这看法显然是没有经过很多思考的。

　　一首诗的形式（每一个细节都与它有关），不管是当作固定的客体被考察，还是把它看作是从头至尾都在作品中运动，都是一样的，就像一首乐曲，它在我们看着乐谱的时候，同人们在演奏它的时候，都具有同样的形式一样。密托斯（*mythos*）即叙事结构是运动中的思想（*dianoia*）；而思想则是停滞的密托斯即停顿下来的叙事情节。我们倾向于单单只在意义方面考虑文学象征系统的一个原因是，一般来说，我们没有词语来表达一部文学作品中意象的"运动着"的主干。形式这个词一般有两个补充性的术语：事件和内容，它可能造成一些区别——

我们是把形式看作一个成形的原则还是看作一个包容的原则。作为成形的原则，它可能被看作叙述，按照时间把弥尔顿称作（在一个术语较为准确的时代）他的歌曲的"事件"的东西组织起来。作为包容的原则，它可能被认为是意义，在一个共时的结构中把诗汇成一个整体。

通常称为"古典的"或"新古典的"文学标准（盛行于16—18世纪的西欧），与这个形式相位有着最亲近的姻缘。它们特别强调秩序和明晰：秩序（order）是因为深感抓住一个中心形式的重要性；明晰（clarity）是因为认为此形式一定不能分解或退入含混之中，而一定要保持一种与自然（自然即其自身内容）的持续的关系。在历史的意义上，它的态度具有"人文主义"的特征，这种态度的特点一方面在于忠实于修辞和语辞的技巧，另一方面则深深地依附于历史的和伦理的种种事件。

典型的这种形式相位（formal phase）的作家，例如本·琼生，确信它们与现实相接触，顺应自然，但是他们所产生的效果与19世纪的描述性的现实主义完全不同，其区别在很大程度上出自所涉及的模仿概念。在形式模仿、或亚里斯多德的模仿说中，艺术品并不反映外部的事件与观念，而是存在于事例和训诫之间。事件和观念现在是其内容的两个方面，而不是供观察的外部领域。构思历史小说不是用来洞察一段历史，而是当作一个范例（exemplary），它们说明行动，在表明人类行动的普遍形式的意义上是理想的。（语言的难以预测的变化使"exemplary"既是example［事例］的形容词又是precept［训诫］的形容词。）莎士比亚和琼生对历史有着强烈的兴趣，然而他们的剧本似乎是没有时间限制的；简·奥斯汀没有写历史小说，然而因为她的表现方法是较为近代的、较为注意外在地模仿自然，她为摄政时期（1810—1820）的社会提供的图画具有特殊的历史价值。

哈姆雷特在说戏时，按照传统的文艺复兴时期的诗学方法曾说，诗是展示自然的镜子。我们应该小心注意这话意味着：诗自身不是一面镜子。它不只是指再创自然的一个影子，而是说它使自然反映在其具有包容性的形式之中。因此，当形式批评家在同那些象征打交道时，他所注意的单位是那些表明诗和它所模仿的自然有成比例地类似之处。在这方面的象征最好叫作意象（image）[2]。我们习惯于把"自然"主要与外部物质世界联系起来，因而我们倾向于认为意象主要是一个自然物体的复制品。但是意象和自然这两个词都远为宽泛：自然既表现为空间的秩序，也表现为概念的或智性的秩序，而通常被称作"观念"（idea）的东西可能也是一个诗的意象。

文学作品中的事件不是真事而是假设性的事件，人们很难找到比这个事实更为基本的批评原则了。文学的观念不是真实的命题，而是模仿真实的命题的语辞套式，由于某种原因，这一点却从没有始终如一地被理解过。《人论》[3] 没有解释以生命繁衍不息为基础的形而上的乐观主义的体系；它把这样一个体系当作模型来使用，在它上面去构建一系列假设的陈述，这些陈述作为命题或多或少是无用的，但是，当在适当的关联域中作为隽语阅读时，却是取之不尽地丰富和意味深长的。作为隽语（epigrams），作为牢固的、共鸣的、向心的语辞结构，它们可以极为恰当地应用于与形而上的乐观主义毫无关系的成千上万的人类状况。华兹华斯的泛神论，但丁的托马斯主义，卢克莱修的享乐主义，都必须以同样的方式去阅读，就像吉本或麦考利或休谟，读

---

[2] image 也可译为"形象"。

[3] 《人论》(*The Essay on Man*, 1734), 指英国诗人蒲柏的一部双韵体哲理诗, "凡存在的都是合理的"这句名言即出自《人论》。

他们是为了欣赏其风格，而不是为了就事论事。[4]

形式批评始于对诗的意象的考察，始于对其有特色的布局进行周详的观察。例如，反复出现的或最频繁重复的意象构成了基调，而一些变异不居的、插曲性的和孤立的意象则从属于这个基调，它们共同组成了一个等级结构，批评所发现的这样一个等级结构是同诗歌本身各部分的实际关系相近似的。每一首诗都有其特殊的意象系列，它犹如光谱，是由其文类的要求、其作者的偏爱和无数其他因素所决定的。例如，在《麦克白》中，血和失眠的意象具有涉及主题的重要性，这对于一出写暗杀和悔恨的悲剧来说是非常自然的。因此，在"把绿的变红的"这一诗行中，颜色具有不同的主题强度。绿色是偶然运用的，是为了做对比；而红色，总的来说，则比较接近整部戏的关键，好比音乐中主调和弦的重复。马维尔的《花园》中红色与绿色之间的对比则正好相反。

诗的形式不管是作为叙述，还是作为意义来研究都是一样的，因此，《麦克白》中的意象结构可以作为文本中抽出来的布局来研究，或作为落到观众耳中的重复的节奏来研究。那种认为后一种方法会产生一种较简单的结果，因此可用来矫正文本研究中的琐屑烦细的观念，其实是一种模糊的观念。用音乐做类比在这里还是很有帮助的。普通的听众听交响乐时对奏鸣曲的形式知之甚少，通过分析乐谱而能发现的所有精微之处实际上全被他们忽略了；然而那些精微之处是实际存在的。鉴于听众能听到了演奏出来的一切东西，所以作为一种前后相

---

[4] 卢克莱修（Lucretius，前99？—前55？），古罗马哲学家及诗人。托马斯·巴宾顿·麦考利（Thomas Babington Macaulay，1800—1859），英国政治哲学家、散文家。大卫·休谟（David Hume，1711—1776），苏格兰哲学家。

承的经验的组成部分,听众还是听到了这一切精微之处的。这种认知并不是那么自觉的,但却并不是不真实的。对高度集中的诗剧的意象的反应也是如此。

对反复出现的意象的分析当然也是修辞的或"新"批评的主要技巧之一,不同之处在于:形式批评在把意象附加到诗的中心形式上之后,把形式的一个方面转释为论述性的文字的命题。换句话说,形式批评是评注(commentary),评注就是把诗中隐晦的语言转释成明晰的或论述的语言的过程。好的评注实际上不是把观念硬加进诗中,而是如实地解释并翻译诗中本来具有的东西,其有关的证据可以从对意象结构的研究中获得,而好的评注正是从这里入手的。至于怎样才能做到评注得恰如其分,即不要把解释的论断推向"极端",则需要着眼于这样一个事实,即批评所强调的诸部分之间的比例关系应该与诗本身的诸部分之间的比例关系大体相称。

在实践中没能区分文学中最基本的界限,即虚构和事实、假设和论断、想象的文字和论述的文字之间的界限,会导致在批评中所说的"意图谬见"(intentional fallacy)[5]。这是这样一种观念,即认为诗人具有对读者传达意义的基本意图,而批评家的首要任务就是去重新把握那个意图。意图这个词可以这样解释:它暗示两个东西之间的关系,通常是一个概念和一个行动。有些相关的术语更清楚地表明了这种二重性:"瞄准"某物意味着一个目标和一个发射物正处于一条直线上。因此,这类术语只有运于论述性的文字时才是恰当的,在那里,语辞布局

---

[5] 见维姆萨特(W. K. Wimsatt, Jr)与比尔兹利(Monroe Beardsley)合著的《文学的偶象》(*The Verbar Icon*, 1954)第1章。我在本书后面所用的"整体论"(holism)一词也出自该书第238页。——原注

与它所描绘的东西的一致具有基本的重要性。但是一位诗人所主要考虑的是创造一件艺术品，因而他的意向只能用某种同义反复（tautology）一样的东西来表现。

　　换言之，诗人的意图是朝向心方向的。它指向把词和词放在一起，而不是把词同意义排成一条直线。如果我们有子虚乌有的特权去传讯像莎士比亚这样的作家，问他鬼神之类的东西，问他如此这般的一段话是什么意思，我们只能得到使人恼火的同样的回答："我的意思是让它组成剧本的一部分。"对向心意图的探究可以一直深究到文类上，如去追究诗人为什么不只是写一首诗，而是要写某一类诗。例如，在阅读《朱莱卡·多布森》[6]对牛津生活的描写时，我们竟被反复劝告去捉摸什么反讽意向。作品就是作家意向的明确记录，这种说法已经成为诠释学的座右铭。一个没有经验的批评家认为他发现了许多缺陷，对此只要回答"它本来就被设想为那样"就足够了。对所有其他关于意图的说法，不管有怎样完全的文献记载，都是可以怀疑的。诗人的想法或情绪可能改变；他可能意在此事却做了另一件事，然后把他所做的理性化了。（几年以前的一期《纽约客》里有一幅非常好的漫画就是针对后面这个问题的：它画了一个雕塑家，凝视着他刚刚制作的一尊塑像，对一位朋友说："是的，脑袋太大了。我拿它去展览时，我会叫它《大脑袋的女人》。"）如果意向仍然被认为明显地存在于诗本身中，此诗就被视为不完全的，就像新生写一篇作文，读者总会去想作者脑子里可能装的东西。如果作者已过世很久，这样的思索不会进行得很久，不管它可能怎样不可抗拒地让我们思索下去。

---

[6]　《朱莱卡·多布森》（*Zuleika Dobson*，1911）是英国诗人、讽刺作家比尔博姆（Max Beerbohm，1872—1956）的作品。

从文字方面而言，诗人有意要说的就是诗自身；他的意思就在所写的任何段落中，在诗歌各组成部分的文字意义中说了出来。但是我们已经看到，文字意义是变化的和模糊的。读者可能对莎士比亚鬼神的回答不满意：他可能觉得莎士比亚是他可信任的诗人，不像如马拉美那样不可信，觉得他还意在使他的段落成为不言自明的（例如具有描述的和可重新释义的意思）。他无疑这样做了，但是此段落与剧的其他部分的关系为剧本创造了无数的新意义。一位优秀的素描家画一只猫，一张栩栩如生的素描画，干净利落的寥寥数笔就表现出所有看这张画的人对猫的感觉。同理，我们所知道的《哈姆雷特》这一由词语有力地构建的布局可能包含大量的意义，即使大量的、不断增长的关于此剧的批评书籍也不能穷尽。评注，即将隐晦的转译为明白的，只能分析意义的特定方面，不管是大的或小的意义，这个意义方面只对某些读者在某个时间内是合适的或有趣的。这样一种转译是同诗人自己很少有关系的活动。评注与圣书，如《圣经》或《吠陀》的赞美诗之间的大量关系甚至更为令人震惊，它说明当一首诗的结构达到某种程度的集中或得到社会承认时，它所招致的评注量是无限的。科学家说明一种规律，这一规律所能阐明的现象远比他所能观察到或计算到的现象多得多，这并非不可思议，上述文学上的这种事实也是如此，因此也没有根据加以怀疑，没有必要像哥尔斯密中的乡巴佬一样，怀疑一个诗人的小脑袋怎样能够承载着莎士比亚和但丁提供给世界的那么多的机智、智慧、教诲和意义。[7]

艺术中仍然有一种真正的神秘（mystery），真有一种叫人不可思议

---

[7] 指哥尔斯密（Oliver Goldsmith，1730—1774）的书信体小说《世界公民》（*The Citizen of the World*）中的一个穷汉蒂布斯。

的地方。在《旧衣新裁》[8]中，卡莱尔把外部的象征（像十字架或国旗，它们自身并无价值，但却是某种存在的事物的符号或指示物）和内部的象征加以区别，后者包括艺术品。在这个基础上，我们可以把两种神秘加以区别。（此外第三种神秘是谜语或难题，这是一种需要解决和破译的问题，它属于推断性的思维，除技巧的问题外都与艺术无涉。）未知的或不可知的实体的神秘是外部的神秘，它只是在艺术在阐明其他什么事物的时候才包含在艺术之中，如对人而言宗教艺术主要关心的是崇拜。但是内部的神秘是在其自身中就保持神秘的东西，不管它是不是已经充分地被了解，所以这并不是一种因为无所知而产生的神秘。存在于《李尔王》或《麦克白》的伟大之中的神秘，不是来自隐藏，而是来自启示，不是来自作品中某种未知或不可知的东西，而是来自其中无限的东西。

当然可以说，诗歌是产品，不仅像论述性作品那样是关于意识的有意和自主的动作的产品，而且还是下意识的或前意识的或半意识的或无意识的（不管人们倾向于哪个心理学的比喻）过程的产品。写诗要耗费大量的意志力，但这种意志力的一部分必须被用来努力使意志得到松弛，这样便使一个人作品的大部分成了不由自主的。这无疑是正确的。诗歌的技巧就像所有的技巧一样是习惯性的，因此其无意识是不断增强的，是一种熟练的技艺，这样说也是正确的。但我觉得此类文学的事实根据只是从长远的观点看在文学批评内是可以解释的，我不情愿用心理学的陈词滥调来解释文学的事实。还有，当谈论艺术的时候，避免"创造的"这个术语以及它所包含的以生物做类比的意义，现在看起来几乎是不可能的。而且创造，不管是上帝的、人的还是自然

---

[8] 《旧衣新裁》(*Sartor Resartus*, 1836) 是英国作家托马斯·卡莱尔的著名散文集。

的，似乎成了一种这样的活动，其唯一的意向是废除意向、清除对其他事物的最终依赖或关系、消灭介于它自己和它的概念之间的阴影。

人们希望文学批评有一个塞缪尔·巴特勒[9]来系统地揭示在艺术品和有机体之间的这种类比的某些矛盾。我们可以客观地描述当郁金香在春天开放、菊花在秋天开放时所发生的事情，但是我们不能从植物内部来描绘它，除非借助一些隐喻，这些隐喻出自人的意识，求助于某种像上帝、或自然、或环境、或"生命冲动"（*élan vital*）[10]、或植物本身那样的媒介。说一朵花"知道"它什么时候开放是拟人化的比喻，当然，说"自然知道"，只能是把一个褪了色的女神崇拜引进生物学。我很能理解，生物学家在他们自己的领域会发现这种目的论的比喻既不必要又会造成混乱，是一种具象错置的谬误（fallacy of misplaced concreteness）。当批评不得不面对无法估量的事情，而不是面对意识或逻辑地引导的意志的时候，情况也会这样。如果一个批评家说另一个批评家在一个诗人身上发现了大量的精微之处，而这个诗人大概并没有意识到，此类话就恰好是以生物做类比。一朵雪花并没有意识到构成了一个晶体，但是这现象却是值得研究的，即使我们愿意丢开它的内部精神过程不管。

人们并没有经常意识到所有的评注都是对寓意的阐释，是把观念加到了诗的意象的结构上。任何批评家在允许自己对一首诗做出真正的评论的时候（例如，"在《哈姆雷特》中，莎士比亚写的似乎是一出

---

[9] 塞缪尔·巴特勒（Sammuel Butler, 1835—1902），英国著名讽刺小说家、科普作家。有《乌有乡》《众生之路》等作品，借用斯威夫特的手法，嘲讽当时社会的种种自相矛盾的不合理现象。他的文学批评也有独到见解。

[10] 法国哲学家柏格森（Henri Bergson）的用语。

优柔寡断的悲剧"),他就开始阐释其寓意了。这样在其形式相位,评注把文学看成含有关于事件和观念的潜在的寓意。这种评注与诗歌本身的关系被几个浪漫主义时期的批评家发展成为"象征系统"和"寓意"之间的对比关系,象征系统在这里是在具有主题意味的意象意义上使用的。这是对诸象征的"具体"研究方法和"抽象"的研究方法之间的对照。具体的方法是从实际事物的意象开始,并向外部的观念和命题发展;抽象的方法是从观念开始,然后努力去找到一个具体的意象来表现它。这种区分自身是足够有效的,但是它在现代批评中埋下了一大块造成混乱的障碍物,这在很大程度上是因为寓意(allegory)[11]这个术语被非常宽泛地用来形容大量各式各样的文学现象。

真正的寓意是出现在当诗人明确地指出他的意象同事例及训诫的关系,并因此试图指出关于他的评注应该怎样进行的时候。不管什么时候,作者明显在说:"此言另(allos)有所指",他就是说有寓意。如果如此这般连续不断地写下去,我们则可谨慎地说,他所写的"是"一部有寓意的作品。例如在《仙后》中,除了在诗中其历史和道德另有其自身的作用之外,其叙述还系统地涉及历史的事例,而其意义则涉及道德训诫。因此,有寓意是一种对位的技巧,[12]就像音乐中对圣歌的摹仿,但丁、斯宾塞、塔索和班扬到处运用它;他们的作品是文学的弥

---

[11] allegory 本作讽喻、寓言解,即借他事或故事以达训诲之目的;但也可以笼统地泛指文学艺术中的一切象征,其希腊词源为 *allos*,做"另一说法"讲。弗莱则把该词用来指代文学象征体系的多义现象中的一个重要方面,它既不局限于特定的文体和风格,也不完全等同于"象征"这一概念。故特译为"寓意"或"有寓意",以便同在本书中反复出现的仅表示文体的 fable(寓言)和 parable(喻世故事)等同义词相区别。

[12] 对位法,指复调音乐中,各声部既独立,又保持彼此和谐,形成统一整体。

撒和圣乐。阿里奥斯托、歌德、易卜生、霍桑用随心所欲的态度进行写作,其作品有的有寓意,有的则把讽喻手法抛开不用。但是,甚至自始至终有寓意之作仍然是一个意象的结构,而不是隐藏的观念的结构。评注不得不像着手研究所有其他的文学一样来对待它,努力发现由意象在总体上所暗示的训诫和事例是什么。

进行评论的批评家常常在不知道真正原因的情况下对有寓意抱有偏见,因为自始至终有寓意之作规定了他评注的方向,所以限制了批评的自由。因此他经常要求我们只当作故事去阅读斯宾塞和班扬等人的作品,不必理会其寓意,这意思是,他认为自己那种类型的评注更有意思。或者他将为寓意下定义,而他所喜欢的诗歌则不包含在此类有寓意之作之内。这样的批评家经常倾向于把所有的有寓意之作都看成是素朴的寓意,或是把它视为将观念变成意象的转译。

素朴的寓意是论述性文字的隐蔽形式,主要属于初级水平的教育性的文字:学校中的品德教育、忠诚的楷模、地方的庆典等。它的宗旨是由教育和仪式来培育习惯的或风俗的观念,其一般的形式是短暂的表演场景。人们在一种特定场合下处于兴奋之中,熟悉的观念突然成了感观经验,而时过境迁,一切也同时消失。政局稳定、贸易繁荣、国泰民安这一类主题对一场庆典来说是最合适的,此类庆典只是为半小时的招待来访的君主而设计的。"大众媒介"和"声像辅助"的设备在当代教育中都含有寓意的功能。由于其基础场景,素朴的寓意的中心是在绘画之中,而它作为艺术,最成功的是一种应景即兴的形式得到公认,如在政治漫画中就是如此。在官方壁画和雕塑中含有比较庄严和永久的素朴的寓意,直到今日还是一种明显的倾向。

这样,在评注的一端,是这种素朴的寓意,它急于用有寓意的方式提出自己的论点,以至于它没有真正文学的或假设性的中心。当我说素朴的寓意已"时过境迁"的时候,我是指任何对其意象体系无法做基本分析的那种寓意——即只带有一两个解说性的意象的论述性文字——与其把它们看作文学,不如看作思想史中的一个文件。例如,第二部《埃斯拉记》(Il Esdras)[13]的作者引进一只鹰的比喻的形象,并说:"看,在右边升起一团羽毛,它统治所有的土地",很清楚,他无意把他的鹰作为诗的意象保留在文学表达的正常范围之内。诗的表达的基础是隐喻,素朴的寓意的基础则是混杂的隐喻。

在文学的领域内,有一个摆动着的天平,其一端是有最明确的寓意;而另一端则是最闪烁其词的、隐晦的和反对有寓意的。从整个文学的这一端走向另一端,首先我们遇到的是自始至终有寓意之作,像《天路历程》和《仙后》,然后是刚刚提到过的自由风格的,其寓意可有可无。其次是一个有着很大的和显著的对教诲有兴趣的诗歌结构,其中内在的种种虚构实则为事例,像弥尔顿的史诗。接着,在正中央,则有这样的作品,其中意象的结构,不管怎样具有暗示性,只与诸事件和诸观念有隐晦的关系,它包括莎士比亚的大部分著作。在这之后,诗的意象开始从事例和训诫那里后退,而反讽和悖论[14]的成分则相应增强。现代批评家在这里感到如鱼得水,原因是这种类型与现代对艺术的实际观点更为一致,与认为诗歌需背离明确的陈述的意见更为一致。

有几种这样反讽的和反对有寓意的意象人们是熟悉的。一种是巴洛克时期的玄学诗派的典型象征,"曲喻"(conceit)或有意把毫无联系的事物强拉在一起。玄学诗歌的悖论技巧(paradoxical techniques)是基于这样一种意识,即艺术与自然的内部关系崩溃,由此转化为一

---

[13] 指在1582—1610年间从拉丁文译出并在法国杜埃出版的《圣经》中的《埃斯拉记》(第二部),相当于其他版本中的《旧约·尼希米记》。

[14] 悖论(paradox)或译为"佯谬""矛盾语""似非而是",本书中一律译为"悖论"。

种外部关系。另一种是象征主义的替换意象，是用暗示或招来一些事物却回避直白地称谓它们的技巧。还有一种是被艾略特先生形容为客观对应物（objective correlative）的意象，是在诗歌中确立一个内在的感情焦点，同时用一个意象来取代一种观念。还有一种是图徽象征（heraldic symbol），是当我们想起现代文学中的"象征"这个词时最现成地出现在脑海中的处于中心地位的图徽式的意象，这类意象即便不是同客观对应物完全同一，也与它密切相关。例如，我们想起霍桑的红字、麦尔维尔的白鲸、詹姆斯的金碗，或弗吉尼亚·伍尔芙的灯塔。这种意象与形式相位有寓意的意象的不同点在于：在这里，艺术与自然之间没有连续的关系。例如，与斯宾塞的有寓意的象征形成对照的是，图徽象征的意象同叙述和意义这两者都处于一种悖论的和反讽的关系中。作为意义的单位，它阻碍叙述；而作为叙述的单位，它又使意义混乱。它把卡莱尔的意义在其自身的内在象征的性质同令人不解地指向别的事物的外在象征结合起来。这是象征主义的一种技巧，它基于强烈地感觉到象征的文字方面与描述方面之间存在潜在的对立，这种对立使19世纪文学中的马拉美和左拉成为如此极端的一种对照。

  下面我们遇到了更为间接的技巧，像私人联想，如象征主义的本意就在不能被完全理解，如达达主义的有意的骗局，以及另一类与文学表达的领域相近似的符号。我们应该清楚地记住可能进行评论的这整个范围就是如此宽广，这样便可以纠正中世纪和文艺复兴时期批评家的偏颇，他们认定所有主要的诗歌应该尽可能地当做自始至终都有寓意的作品来看；也可以克服现代批评家的片面性，他们坚持认为诗歌从根本上讲是没有任何寓意的并是自相矛盾的。

我们现在有了这样的概念，即文学是一种假设的创造实体，它没有必要陷进真实和事实的世界里，也没有必要同其背离，而是可以进入同它们的任何一种关系之中，从最清晰的到最不清晰的。这不由得使我们想起数学同自然科学的关系。数学像文学一样，是假设地和借助内在的一致性进行的，而不是描述地并借助于对自然的外在忠实。当它被应用于外部事实时，被证实的不是它的真实性，而是它的应用性。我已经在这篇文章中用猫来作为我的语义学标志，我注意到这一点早在叶芝和斯特奇·穆尔（Sturge Moore）之间关于罗斯金的猫的问题的讨论中就鲜明地表现出来了。[15] 这只猫被罗斯金抓起来并扔出了窗外，虽然它并没有在那儿。任何拿他的思想与外部现实作衡量的人不得不求助于一种信念的公理。经验的事实和幻想之间的区别不是一种理性的区别，它不能被逻辑地证明。它只能假定这一区别为实践上的和感情上的必然性所"证明"。对诗人，作为诗人，这一必然性是不存在的。在诗学中找不出理由来说明为什么他应该肯定或否定猫的存在（不管是真的猫，还是罗斯金的猫）。

作为与现实有关系的艺术的概念（这一现实既不是直接的，也不是否定的，而是潜在的）最后使乐与教、风格与寓意之间的二分法分解了。"乐"（delight）是不容易与快感（pleasure）相区分的，因而打开了通往那个我们在序言中略加提及的审美上的享乐主义的道路。"乐"也没有在价值上对个人化和非个人化的方面加以区别。传统的净化理论意味着对艺术的感情反应并不是一种实际感情的高扬，而是由其他

---

[15] 见《W. B. 叶芝与斯特奇·穆尔 1901—1937 年间书信》(*W. B. Yeats and T. Sturge Moore; Their Correspondence, 1901—1937*)，1953 年出版。——原注

罗斯金形容自己神志错乱，犹如同大黑猫（恶魔）搏斗，见《罗斯金全集》英文版第 38 卷第 172 页。——译注

什么事物的波动而造成的实际感情的时涨时灭。我们也许可以把这种"其他什么事物"称之为兴奋（exhilaration）或兴致（exuberance）：从经验中解脱出来的对某事物的幻象，通过把经验变成模仿，把生活变成艺术，把日常事物变成戏剧而在读者那里唤起的反应。在文科知识的这个中心，某些事物当然应该得到解脱。创造的隐喻暗示了与之相似的诞生的意象，暗示了出现新生的有机体并变为独立的生命。创造的狂迷和其反应在创造性的努力的一个层面上，导致了母鸡的咯咯叫；在另一个层面上，导致了这样的性质，即伴随着完美的规律而产生的轻松或解脱的感觉，在这种时候，我们已分不清舞蹈和舞蹈者；此种性质意大利批评家称之为"忘情"（spezzatura），而霍比（Hoby）则将卡斯蒂廖内[16]的此言译为"不顾一切"。

要理解弥尔顿称为"辉煌的悲剧"（gorgeous tragedy）的效果，即产生真正阴郁的或悲伤的感情，是不可能的。埃斯库罗斯的《波斯人》和莎士比亚的《麦克白》当然是悲剧，但是它们分别与在萨拉米[17]的胜利和詹姆斯一世的登基相连，而这两个场合都是国家的欢庆时刻。有一些批评家将真正感情的理论加到莎士比亚身上，并谈到有一个"悲剧时期"，即从1600年到1608年，在这个时期内，莎士比亚被认为处于忧郁的状态中。大多数人如果刚刚完成一出像《李尔王》一样的优秀剧本，都会处在兴奋的情绪中，我们没有权利把这种情况派给莎士比亚，但可以肯定的是，如此来描绘我们对此剧本的反应，其方法是正确的。另一方面，格洛斯特[18]瞎了眼，却主要给观众的是娱乐，当我们所获

---

[16] 卡斯蒂廖内（Baldassare Castiglione，1478—1529），意大利外交官、侍臣，著有《侍臣论》，是一部用对话体描述文艺复兴时期贵族和侍臣的礼仪的书。

[17] 萨拉米（Salamis）为爱琴海中一小岛，公元前480年希腊人在此海域大败波斯军。

[18] 格洛斯特（Gloucester），疑指莎士比亚悲剧《李尔王》中之人物格洛斯特（转下页）

得的快感显然与虐待狂无关时，我们便享受到更多的娱乐，要承认这一点是会叫人震惊的。如果有什么文学作品在感情上是"压抑的"，那么不是作品就是读者的反应出了错。艺术似乎总是导致一种轻松愉快（buoyancy），尽管它经常被称为快感（pleasure），华兹华斯便这样称呼它，但它所包含的却远比快感更为广阔。布莱克说，"兴致即美"。我看这是实际的明确的解决办法，不仅对解答美是什么这一次要问题有用，而且也对解答净化和狂迷的概念究竟是什么意思这一远为重要的问题有益。

当然，这种兴致是感情的又是理智的：布莱克本人乐于这样来给诗歌下定义："针对智性力量的讽喻。"我们生活在有三重外部压力的世界里：对行动的压力，或曰法律；对思想的压力，或曰事实；对感情的冲击力，它是所有快乐的特征，不管这种快乐是来自阅读《天堂》还是饮用冰镇奶油饮料。但是在想象的世界里，第四种力量（包括真、善、美，但从不从属于前三种强制力）却摆脱了所有的压力而兴起。想象的作品呈现给我们一种景象，不是关于诗人的个人如何伟大，而是关于某种非个人化的和远为伟大的景象：它反映了精神的自由的决定性行动，反映了人的再创造的巨大力量。

（接上页）（Gloster）伯爵，此人同李尔王一样，皆因未能认清不孝子女之真面目而被逐出家门，备受虐待。格洛斯特在双目失明后才看清儿子是如何忘恩负义的。

神话相位：作为原型的象征

95　　在形式相位，诗既不属于"艺术"类别，也不属于"语辞的"类别：它代表了它自己的类别。这样对它的形式来说有两个方面：首先，它是独一无二的，一种工艺品（techne）或人工制品，有它自己的特殊意象群结构，在没有其他类似它的参照物的情况下由它自己来加以检验。在这里，批评家是从诗本身着手的，不是从先在的概念或诗的定义着手的。其次，诗是许多相类似的形式之一。亚里斯多德知道，《俄狄浦斯王》在一种意义上来说与其他悲剧不同，但是他也知道它属于被称作悲剧的类别。我们已经有了莎士比亚和拉辛的经验，则可以进而得出这样的推论，即悲剧是某种比希腊戏剧的一个方面更大的东西。我们还可以发现非戏剧的文学作品中的悲剧。因此，为了理解悲剧是什么，我们必须超越历史的范围去探究这样一个问题，即从总体上看文学的一个方面是什么。由于考虑到一首诗与其他诗的外部关系，那么批评中的两个值得思虑之点，即程式和文类首次变成重要的了。[1]

---

[1] 在艺术中，形式具有独立性，这在安德烈·马洛（André Malraus）的《沉默的声音》（*The Voices of Silence*，斯图尔特·吉尔伯特［Stuart Gilbert］英译本，1953）一书中是个根本性的观点。现代英语国家的文学批评在理论和实践两方面都大大（转下页）

文类（genre）的研究基于形式上的类似。文献批评和历史批评的特征便是无视此种类似之处。此类批评影响深远且似乎有理（且不管它是否存在），但是面对一部莎士比亚的悲剧和一部索福克勒斯的悲剧（只是因为它们都是悲剧才得以比较），历史批评家不得不把自己局限在关于生活的严肃性的一般考虑上。同理，在修辞批评中竟不考虑文类，没有比这更令人震惊的了：修辞批评家只对面前的东西加以分析，不大关心是一出剧、一首诗还是一部小说。事实上，他甚至认定在文学中完全没有文类可分。这是因为他只是把它作为一部艺术作品而关心其结构，而不是当作带有一种可能的功能的人工制品。即使文学中有许多完全撇开其来源和影响的相类似的情况（当然，它们中也有许多是根本不相类似的），专注于这种类似也构成了我们实际的文学经验的一个大的部分，无论它在批评中起的是什么作用。

形式相位的主要原则是认为一首诗是对自然的模仿，这是一条非常健全的原则，依然是把个别的诗区别出来的原则。清楚的是，任何诗不仅作为对自然的模仿被观察，而且作为对其他诗的模仿被观察。按照蒲柏的说法，维吉尔发现，遵循自然跟遵循荷马基本是同一种事。一旦我们把一首诗当作整个诗歌中的一个单位来考虑它和其他诗的关系时，我们可以看到对文类的研究必定建立在对程式（convention）的研究之上。可以处理这种事情的批评，必须基于象征系统的使诗歌互相发生关系的方面，这种批评将选择把诗联结在一起的那些象征，以此作为自己工作的主要领域。它最终的目标不是简单地把一首诗当作自然的

（接上页）发展了原型方法。在理论方面，如莫德·博德金（Maud Bodkin）、肯尼思·伯克（Kenneth Burke）等人都写过非常有用的著作。参阅韦勒克（René Wellek）和沃伦（Austin Warren）合著的《文学理论》（*Theory of Literature*，1942）一书的第15章所开列的参考书目。——原注

模仿，而是要考虑从整体来看被相应的词序所模仿的自然秩序。

所有的艺术都是同样程式化了的，但是我们通常没有注意到这个事实，除非我们对于程式很不习惯。在我们的时代，文学中程式的因素被版权法煞费苦心地掩盖了，这种版权法声称每一部艺术品都是一个创造，这种创造鲜明得足以被当成专利。因此，现代文学的程式化的力量——例如，编辑的政策和读者的期待结合起来怎样使杂志上出现的东西程式化——经常没有被承认。如果甲已过世，说明乙借助于甲，这仅仅是学术问题；但假如甲尚活着，则成了道德过失的证据。这种情况使评价文学成为困难的，包括乔叟在内，他的许多诗歌是从别人那里翻译过来和演化过来的；莎士比亚，他的剧本有时几乎逐字逐句地模仿其来源；还有弥尔顿，他最想要的就是从《圣经》中剽窃尽可能多的东西。在这些作品中寻找所剩无几的创造性的人不限于缺少经验的读者。我们大多数人都趋向于认为一首诗的真正成就是不同于，或甚至是相反于他所剽窃的现存的成就，这样，我们便常常把注意集中到边缘的而不是中心的批评事实。例如，《复乐园》作为一首诗的伟大之处不是弥尔顿加到他的原材料上的修辞的装饰成分，而在于史诗主题本身的非同凡响，弥尔顿将这伟大从他的原材料转递给了读者。关于伟大诗人必定会关注重大的主题的观念，这对于弥尔顿说来是有充分理由的，但却违反了低模仿关于创作的大部分偏见，而我们大多数人都是由这些偏见哺育出来的。

低估程式似乎是下面这种倾向的结果，也是它的一部分。这一倾向从浪漫主义时期开始便显露出来了，认为个人理想地优于他的社会。与此相反的观点，即新生婴儿是由遗传和已经存在的环境与社会的亲密关系所决定的，这种观点最初的优点便是比较接近于事实，暂且不管从那里能推出什么样的教条。第二种观点的文学结论是，新诗，就像新生婴儿一样，诞生于已经存在的词语序列之中，是它所依赖的诗歌结构的典型。新生儿不过是再次以个人为单位表现出来的他所属的社会群体，新诗与其诗的社会有相似的关系。

要接受下列这种批评观点几乎是不可能的，这种观点混淆了有独创性和原有的东西，并想象一个有"创造性"的诗人拿着一支铅笔和几张白纸坐下来，最后以一种特别的无中生有（ex nihilo）的本领写出一首新诗。人类并不是以那种方式创作的。就像一种新的科学发现表明了某种已经潜伏在自然秩序中的事物，并同时与现存科学的总的结构有着逻辑的联系一样，新诗表明了某种已经潜伏在词语序列之中的东西。文学可具有生活、现实、经验、自然、想象的真理、各种社会条件，或你愿意加进内容中的任何东西；但是文学本身不是由这些事情所构成的。诗歌只能产生于其他诗篇；小说产生于其他小说。文学形成自身，不是从外部形成：文学的形式不能存在于文学之外，就像奏鸣曲、赋格曲、回旋曲的形式不能存在于音乐之外一样。

把文学全然看成个人的事业，这样便掩盖了许多批评的事实，这是非常清楚的。当弥尔顿坐下来写一首关于爱德华王的诗时，他并不会问自己："我能找到什么来谈论国王呢？"而是问："诗歌会怎样要求来处理这样一个题材？"那种认为程式表明了缺乏感情，诗人借助无视程式而获得真诚（这通常指表达力强的感情）的观念是与文学经验的事实和历史相对立的。这个观念的根源是这样一种观点，即诗歌是对感情的描绘，它的"真正"意义是关于个体诗人所特有的感情的表露。但是任何对文学的严肃研究很快表明，有独创性的诗人和模仿的诗人之间的真正区别只是前者是比较深刻的模仿。独创性回到文学的本源，如同激进主义回到其根基。[2] 艾略特先生关于一位优秀的诗人更可能窃

---

[2] 激进主义（radicalism）的拉丁词根为 radix（根）。

取而不是模仿的评语是一个比较公允的关于程式的观点，[3] 这话意味着诗与其他诗独特地纠缠在一起，而不是含糊地与像程式和文类这样的抽象物纠缠在一起。版权法和与之相连的习俗使现代小说家很难从其他文学那里窃取任何东西，除了他的书名：因而常常只是在这种像《丧钟为谁而鸣》《愤怒的葡萄》或《喧嚣与骚动》等书名中我们可以清楚地看到一位作家从程式的共同财富中可以获得多少非个人化的尊严和丰富的联想。[4]

如同神奇的活动的其他产品一样，一首诗的父亲比它的母亲更难验明。没有严肃的批评可以否认，母亲永远是自然，自然是客观的领域，被认为是交流的领地。但是只要将一首诗的父亲假定为诗人自己，我们便又一次无从对文学和论述性语辞结构加以区别。论述性的作者的写作是在自觉意志支配下的一种行动，那个自觉意志连同作家为之采用的象征系统，与他所描绘的事物的实体相对。但是诗人却是创造性地写，而不是有意地写，他并不是他的诗作的父亲；他充其量是助产婆，或更确切地说，是自然母亲的子宫；可以说，她以他为自己的私处。修正是可能的这个事实（也就是诗人可以修改一首诗，不是因为他比较喜欢这种修改，而是它们确实好一些）清楚地表明诗人在诗经过他的头脑时不得不给诗以生命。他的责任在于尽可能地在未受伤害的状态中为诗接生。如果诗是活的，它同等焦急地摆脱诗人，哭喊着割断诗人自我的输送养料的脐带。

---

[3] 见 T. S. 艾略特论菲利普·马辛格（Philip Massinger）的文章。——原注

[4] 海明威的《丧钟为谁而鸣》，其题中语出自约翰·邓恩的诗篇《危急时刻的信心》。斯坦贝克的《愤怒的葡萄》，其题出自朱莉亚·沃德·豪（Julia Ward Howe, 1819—1910）的诗作《共和国战歌》。福克纳的《喧嚣与骚动》出自莎士比亚悲剧《麦克白》第 5 幕第 5 场。

诗的真正父亲或使之成形的精灵是诗本身的形式，这个形式是诗歌的普遍精神的宣言；莎士比亚十四行诗的"生身之父"，既不是莎士比亚本人，更不是那个令人沮丧的鬼神 W. H 先生，而是莎士比亚的题材，是他的感情的主人兼情妇（master-mistress）。[5] 当一位诗人谈及使诗歌得以成形的内在精灵时，他倾向于丢掉传统的对诗歌女神的哀恳求助，而认为自己处于一个女性的地位，与某个神或君主有关系，或至少这是一种承恩得宠的关系，不管这神或君是阿波罗、狄俄尼索斯、厄洛斯、基督，还是（像在弥尔顿那里的）圣灵。奥维德说："神灵驻于我心"（*Est deus in nobis*）；在现代，我们可以比较尼采在《瞧！这个人》（*Ecce Homo*）中的关于灵感的议论。

程式的问题是艺术如何能交流的问题，因为文学显然像论断性的语辞结构一样是一种交流的技术。诗歌，作为整体不再只是模仿自然的人工制品的总集，而是作为整体的人类技巧活动之一。如果我们能用"文明"这一词来形容这种活动，我们可以说我们的这第四个相位是把诗歌看成文明的技巧之一。因此，它涉及诗歌的社会方面，涉及诗歌作为社会共有的焦点。在这个相位中的象征是可交流的单位，我给它取个名字叫原型（archetype）：它是一种典型的或重复出现的意象。我用原型指一种象征，它把一首诗和别的诗联系起来，从而有助于统一和整合我们的文学经验。而且鉴于原型是可交流的象征，原型批评主要关注作为社会事实和交流模式的文学。通过研究程式和文类，这种批评试图把个别的诗篇纳入作为整体的诗歌体。

在大量的诗篇中，某些自然界的普遍意象，如海或森林的重复，

---

[5] 1609 年，在英国出版莎士比亚十四行诗时，书商在书上印有"献给'生身之父'W. H 先生"字样，而 W. H 为谁，历来众说纷纭。

这本身甚至不能被称作"巧合"（coincidence），巧合这个词是当我们无法为一件设计品找到一种用法的时候给它起的名字。但是这种重复确实指示出诗歌所模仿的自然中的某种统一，以及诗歌是其组成部分的交流活动中的某种统一。由于知识的更大的交流背景，一个关于海的故事成为原型是可能的，它给从未走出过萨斯喀彻温省[6]的读者造成一个深刻的想象的影响是可能的。例如，在《利西达斯》中有意地使用了田园的意象，只因为它们是程式化的，我们就此可以发现，田园的程式促使我们把这些意象和文学经验的其他部分联系起来。

我们首先想到忒奥克里托斯[7]的田园的传统，在他那里，田园的哀歌首先表现为对美男阿多尼斯（Adonis）的哀悼仪式进行文学改编。这整个田园传统从忒奥克里托斯到维吉尔再到《牧人月历》[8]，经过《利西达斯》往下流传。接着我们想到复杂的田园象征系统，有《圣经》和基督教会的，有亚伯、第二十三篇圣诗和圣牧基督，有关于"牧师"和"羊群"的宗教暗示，有维吉尔在其救世主牧歌中的古典的传统和基督教传统之间的一脉相承。然后，我们想到田园诗的象征系统扩展到锡德尼的《阿卡狄亚》（Arcadia）、《仙后》、莎士比亚的森林喜剧，诸如此类；然后想到弥尔顿之后的雪莱、阿诺德、惠特曼、狄兰·托马斯[9]对田园哀歌的发展；也许还想到绘画和音乐中田园的程式。简言之，我们只要抓住一首程式化的诗篇，然后追究其伸展进文学的其他部分中的原型，就可以把握一种整个的文科知识。一首如《利西达斯》之类的

---

[6] 萨斯喀彻温省（Saskatchewan），加拿大中部内陆的一个省。

[7] 忒奥克里托斯（Theocritus，约前310—前250），古希腊田园诗人。

[8] 《牧人月历》（*The Shepheardes Calender*，1579），英国诗人埃德蒙·斯宾塞（1552—1599）的代表作。

[9] 狄兰·托马斯（Dylan Thomas，1914—1953），英国现代主义诗人。

诗具有公认的程式，它急切地要求批评把程式纳入对文学的总体研究中，而且可以期望有教养的读者立即展开这样的研究活动。在这里，我们看到文学中的这种情况很像数学或科学，天才的工作如此迅速地融合于整个学科之中，以至于人们几乎难以注意创作和批评活动之间的区别。

如果我们不承认把诗与诗联系起来的意象中的原型的或程式的因素，那么要通过阅读文学作品而获得任何系统的脑力训练是不可能的。但是如果我们不仅有要了解文学的愿望，而且有想了解我们怎样了解文学的愿望，我们就将发现，把种种意象扩展为程式化的文学原型的过程是在我们阅读时无意识地发生的。像大海或石楠丛生的荒原（heath）这样的象征，不会仅仅存在于康拉德或哈代的作品之中：它必定要通过许多作品扩展成作为文学整体的一种原型象征。莫比·迪克不会局限在麦尔维尔的小说中：这条白鲸可以归入从《旧约》以来我们关于深海中的怪兽和龙的想象的经验之中。诗人很快就懂得只有通过研究种种本来壮丽的纪念碑来加以表现，否则他的灵魂就缺乏媒介而不可能传之于人，这对读者来说是真理，对诗人来说尤其是真理。

在象征系统的每个相位中都有这样一种地方，在此点上，批评家不得不从诗人自己的知识范围内摆脱出来。这样，历史的或文献的批评家不得不或迟或早称但丁为"中世纪"诗人，纵然但丁全然不知道和不理解这种观念。在原型批评中，诗人的自觉知识只被认为是诗人可能暗示或模仿其他诗人（"来源"），或者是有意地使用一种程式。超于此，诗人便难于用其诗歌知识来控制其诗作。只有原型的批评家可以考虑一首诗与其余的文学的关系。但是在这里，我们又不得不对明确程式化了的文学和隐匿或忽略了其程式连续性的文学加以区别，前者如《利西达斯》（在那里，诗人用提及忒奥克里托斯、维吉尔、文艺复兴时期的田园诗人和《圣经》的办法而开了程式化的先河)。由于版权的观念和低模仿的创作观点的革命性质，在强调版权时代的作者们竟发展到基本上不情愿让他们的意象被当作程式加以研究的程度。为了对付这样一个时代，大多数原型不得不单独地由文学批评的观察确立起来。

随便举个例子。19 世纪小说的一个很普通的程式是使用两位女主人公，一位是阴郁的而另一位则是欢快的。阴郁的那位通常是多愁善感的、傲慢不逊的、相貌平平的、异国或犹太情调的，并在某种程度上与不受欢迎的东西或某种像乱伦一样的禁果相联系。当这两人同一位男主人公有瓜葛时，情节通常必须摆脱阴郁的那位，或叫她们变成姐妹，假如故事以喜剧收场的话。这种例子包括《艾凡赫》《最后一个莫希干人》《白衣女人》《莉盖娅》《皮埃尔》(这是一个悲剧，因为男主人公选择了阴郁的那位，而且她还是他的姐妹)，《玉石雕像》，以及无数不重要的作品。[10] 一位阴郁的男子构成了《呼啸山庄》的象征基础，此法是一种程式，就像弥尔顿用维吉尔的《牧歌》中的名字来称呼国王爱德华一样，但它表现了混乱地，或如我们说"不自觉地"向诸种程式的接近。还有《失乐园》第九卷中的男人、女人和蛇的意象，毫无疑问同《创世记》中同类人物在程式上是一脉相承的。在哈德逊[11]的《绿屋》中，男主人公和女主人公是在一个半天堂式的场景中在一条蛇

---

[10] 《艾凡赫》(*Ivanhoe*, 1819)，司各特的历史小说。《最后一个莫希干人》(*The Last of the Mohicans*, 1826)，库柏的"皮袜子"五部曲之一。《白衣女人》(*The Woman in White*, 1860)，英国作家柯林斯(Wilkie Collins, 1824—1889)的小说。《莉盖娅》(*Ligeia*, 1838)，爱伦·坡的小说。《皮埃尔》(*Pierre*, 1852)，麦尔维尔的小说。《玉石雕像》(*The Marble Faun*, 1860)，霍桑的小说。

[11] 哈德逊(W. H. Hudson, 1841—1922)，英国博物学家、作家，小说《绿屋》(*Green Mansions*)是他的代表作。

的上面第一次相遇的：在这里，意象的程式化性质显然是存在的，但作家对此却没有给读者提供任何帮助。当一个批评家在斯宾塞那里遇到红十字勋章骑士圣乔治时（白底色上佩着红色十字勋章），他是知道该怎样理解这个人物的。但当他在亨利·詹姆斯的《别的屋》（*The Other House*）中遇到一个叫作罗斯·阿米格的女人，身着白色衣服手拿红色阳伞时，用一个流行的俚语说，"他就找不到头绪了"[12]。显然，在当前教育中经常被抱怨的不足之处，是共同文化背景消失了，以致使现代诗人引用《圣经》或古典神话的分量变轻，这些情况都与拒绝明确使用原型有很大关系。

众所周知，惠特曼是反原型文化观的代言人，他要求诗神忘掉特洛伊战争并发展新的主题。这是低模仿的偏见，就惠特曼而言，这样说是非常合适的，他既正确也有错误。他错就错在特洛伊战争在可预见的将来将永远是西方文化遗产的不可分割的一部分，由此，叶芝的《丽达》或艾略特的《夜莺中的司温尼》都提到阿伽门农，这对受过适当教育的读者来说是永远具有感染力的，这种力度还是与时俱增的。但是他认为诗歌的内容总是直接和当代的环境有关，他的这种感觉自然是正确的。他作为那种类型的诗人，把自己的哀歌《当紫丁香最近在庭院中开放的时候》的内容写成对林肯的悲悼，而不是程式化的对阿多尼斯的哀悼，他这样做是正确的。然而，他的哀歌在其形式上像《利西达斯》一样是程式化的，有扔在棺枢上的紫花，有在西方陨落的巨星，还有"常回归的春天"的意象如此等等。在诗人眼前掠过的世界构成了诗歌的内容，但是，那个被组织起来的内容所采用的形式却出自诗歌结

---

[12] "找不到头绪"，我的用意是，罗斯·阿米格（Rose Armiger）是几头龙的妹妹而不是游侠骑士的随从，这里可能含有些微嘲仿色彩的象征主义手法。——原注

构自身。

原型是联合的群体（clusters），它与符号之不同在于复杂的可变性。在这种复合体中常常有大量特殊的、靠学习而得的联想，它们是可交流的，因为在特定的文化中，好些人都很熟悉它们。当我们谈及日常生活中的"象征系统"时，我们通常想到的是这类习而得之的文化原型，如十字架或皇冠，或程式化的联想，如从白色想到纯洁，从绿色想到嫉妒。[13]作为原型，绿色同象征嫉妒一样还可以象征希望或植物界，或在交通中标志着通行，或象征爱尔兰爱国主义。但是绿色这个词作为语言符号却永远是指某种颜色。某些原型如此深深地植根于程式化的联想，以至于它们几乎无法避免暗示那个联想，就像十字架的几何图形不可避免地暗示基督之死一样。一种彻底程式化了的艺术是这样一门艺术，其中原型或可交流的单位，基本上是一组玄妙的符号。这个可发生在艺术中，例如在印度的一些圣舞中，但是它却没有发生在西方文学中。现代作家拒绝使他们的原型被"认出"，可以说是因为他们急于使它们尽可能地保持变易不居，不要让一种解释就把它钉死。一个诗人如果特别指出一种联想，可能就会表现出一种玄妙的倾向，如叶芝在为他的一些早期诗歌写的脚注中所做的那样。没有必然的联想，有一些诗歌中的特别明显的联想，如从黑暗联想到恐惧或神秘，但是其间没有必须不可避免存在的内在的或固有的一致。我们将在后面看到，在有一种关联域中"普遍象征"（univeral symbol）这个词组是有意义的，然而那不是在这种关联域中。不过，文学的溪流像其他溪流一样，首先寻找最容易的通道：诗人使用预料得到的联想有利于迅速地进行交流。

---

[13] 西方人说"绿眼"隐喻妒忌，相当于汉语中的"红眼"。

在文学的一端，我们有纯粹的程式，一位诗人使用这种程式只是因为它从前以同样的方式常常使用过。这最常见于素朴的诗中，和中世纪浪漫传奇及歌谣的固定的形容词和成语中，还有在素朴戏剧的不变的情节和人物类型中，在较小的程度上，在"辞采"[14]或修辞的陈词滥调中，这种修辞的陈词滥调像文学中的其他观念一样，当作为见解被陈述时非常乏味，当作为结构的原则在文学中被使用时却又非常丰富和多变。在文学的另一端，我们则有全然的变异，在这里有对新颖或新奇的有意尝试，结果产生隐蔽的或复杂的原型。这样的技巧几乎等于对交流本身的不信任，而交流则是文学的一种功能。然而，如柯勒律治所说，两极相通，反程式的诗歌反过来很快变成了程式，很快被在文学荒原上辛勤耕作的学者们探察出来。在这两种极端之间，从有最明确的程式到最间接的程式，是变化多端的，包括从并置的范围到有寓意和悖论的范围，这些我们已经研究过了。上述两类范围可能经常被混淆或视为同一，但是把意象翻译成事例和训诫，其过程与追随意象进入其他诗歌是非常不同的。

接近纯粹程式的一端是翻译、释义，如乔叟在《特罗伊罗斯》和《骑士的故事》中对薄伽丘的做法。其次，我们接近有意的和明确的程式，如我们在《利西达斯》中所注意到的。下一个是悖论或反讽的程式，包括嘲仿作品（parody）——这常常是所用那些程式中的某种风格正在消退的迹象。随后是通过抛弃明确的程式以求独创的企图，一个我们在惠特曼那里发现的那种造成隐晦的程式的企图。接着是强调独

---

[14] 关于"辞采"（*topoi*），见恩斯特·R. 库尔提乌斯（E. R. Curtius）的《欧洲文学与拉丁中世纪》（*European Literature and the Latin Middle Ages*，威·特拉斯克 [Willard Trask] 1953 年英译）第 79 页。书中所举之例为弥尔顿在序中说的"白昼是否比黑夜优越"一语与《欢快的人》《幽思的人》的关系。——原注

创性同"实验性"写作结合的倾向，其根据在我们时代中是与科学发现相类比，人们常常把这种倾向议论为"打破程式"。当然，在文学的每一个阶段，包括这最后阶段，存在一种大量的表面的和无生机的程式，由此产生那种大多数文学学者倾向于对它持不即不离态度的作品：伊丽莎白时代平庸的十四行诗和情诗、普劳图斯公式化的喜剧、18 世纪的田园诗、19 世纪的大团圆小说、各种追随者和门徒的作品以及各种一般化的流派和趋向。

从所有这些可以清楚地看到，最容易研究的是在高度程式化的文学中的原型：即绝大部分素朴的、原始的和通俗的文学中的原型。原型批评有其广阔的天地，我这是指把那种如今只限于在民间故事和民谣领域内进行的比较的和形态学的研究扩展到其余的文学中去的可能性。把通俗的和原始的文学从普通的文学中截然地划分出去，如我们曾经做的那样，已经不再是时髦的了，这一点如今应该是不难想象的。还有，我们将发现那种肤浅的文学，即刚刚谈及的那种，对原型批评来说具有很大的价值，只是因为它是程式化的。如果在本书中从头到尾，我提到通俗小说像提到最伟大的小说和史诗那样频繁的话：那是出于以下原因，即一位音乐家若打算解释关于对位法的基本事实的话，他比较可能，至少首先可能是从"三只瞎老鼠"[15]着手，而不会专用一首复杂的巴赫赋格曲来开始做说明的。

象征系统的每一个相位都以独特的方法趋向叙述和意义。在文字相位，叙述是有意义的声音的流动，意义是含混的和复杂的语言布局。在描述相位，叙述是对真实事件的模仿，意义是对实际对象或命题的

---

[15] "三只瞎老鼠"，是英、美的一首儿歌。

模仿。在形式相位，诗歌存在于事例和训诫之间。在示范性的事件中，有一种复现的因素；在训诫或关于应该做什么的陈述中，有一种意愿（desire，或称为"向往"）的强烈因素。在原型批评中，将把这些复现的因素和意愿放在前列，它把个别诗篇当作诗歌整体的组成单位来加以研究，把象征作为交流的单位来加以研究。

从这样一种观点看，文学的叙述方面是象征交流的一种重复进行的行为，换言之，是一种仪式。原型批评家把叙述看作仪式，或当作对作为整体的人类行为的模仿来研究，而不只是作为一个"模仿行动"（mimesis praxeos）或对一种个别行动的模仿来研究。同理，在原型批评中，有意义的内容是意愿和现实的冲突，此种冲突是梦的工作的基础。[16]因此在文学的原型方面，仪式是文学的叙述，而梦则是其有意义的内容。对一部小说或一个剧本的情节进行原型分析，就要同与仪式相似的普通的、复现的或程式化的行动打交道，如婚礼、葬礼、智力启蒙或步入社会、死刑或模拟死刑，驱逐替罪羊式的歹徒等等。对这样一部作品的意义或隐含的意味的原型的分析，则要研究为其情绪基调和解决矛盾的方式所规定的文类，研究其复现的或程式化的形式，不管是悲剧的、喜剧的、反讽的或别的什么，在其间意愿和经验的关系被表达了出来。

复现和意愿相互渗透，并且两者在仪式和梦中是同等重要的。在其原型相位中，诗篇模仿自然，不是（像在形式相位那样）作为结构或系统的自然，而是作为循环过程的自然。艺术节奏中的复现原则似乎是从自然界的重复中汲取的，由于这种自然的节律使时间对我们来

---

[16] 我在本书中，一直按广义使用"梦"一词，不仅指梦境中的离奇幻想，也指形成思想过程中意愿和嫌恶彼此渗透的整个活动。——原注

说变成可以把握的。因太阳、月亮、季节和人的生命的循环运动而出现一连串的仪式。在生活经验中的每一个关键周期：黎明、黄昏、月相变化、播种期和收获期，春分、秋分、夏至、冬至，出生、步入社会、结婚、死亡，都有仪式与它们相联系。仪式的牵引力指向纯粹循环的叙述，如果有这样一种叙述的话，它将是自动的和无意识的重复。然而，在所有这些复现的中心是睡和醒的生活的循环圈，是白天的自我的挫伤、夜晚的自我巨人的复苏的循环图。

原型批评家把诗篇作为诗歌的组成部分，把诗歌作为我们称为文明的对自然的全部人类模仿的组成部分来研究。文明不只是对自然的模仿，而是从自然中产生全部人类形式的过程，它是由我们刚刚称为意愿的力量所驱动的。寻求食物和蔽体的意愿不满足于树根和岩洞：它产生了我们称为农业和建筑的自然的人类形式。这样，意愿不是对需要的简单反应，因为动物可以在不耕作的情况下需要食物并获得它；也不是对匮乏或特别渴望的某种事物的简单反应。它既不局限于对象，也不满足于对象，而是引导人类社会去发展其自己的形式的能源。在这个意义上，意愿作为感情是我们在文字层面上遇到的社会方面。它是一种指向表达的动力，诗篇只有通过提供表现的形式才能使这种表达的动力释放出来，否则它将停留在无定形的状态。同理，意愿的形式被文明解放出来并使之成为显而易见的。工作是文明的有效原因，而诗歌作为一种语辞的假设，作为对工作目标的一种幻想和意愿的形式在其社会方面具有表达的功能。

然而，在意愿中存在一种道德的对立统一。花园的概念发展了"杂草"的概念，建起一个羊圈使人们意识到狼成为更凶恶的敌人。因而诗歌在社会的或原型的方面，不仅试图说明意愿的达成；而且为它界定了障碍。仪式不仅是复现的行为，而且是表达意愿和嫌恶的矛盾对立的行为：渴望丰产或胜利，厌恶干旱或敌人。我们具有社会统一的仪式，我们有驱逐、处死、惩罚的仪式。在梦幻中，有一种相似的对立统一，即既有愿望达成的梦，也有焦虑的梦或噩梦这种叫人嫌恶的梦。因此原型批评依赖于两种有机的节律或布局，一个是循环的，另一个是矛盾对立的。

神话是仪式和梦幻在语辞交流形式中的统一。这是神话这个术语的一种意义，与前篇文章中使用的略有不同。但是，首先，这个意义同样是人们熟悉的，其含混性不是出自我而是出自字典；其次，这两个意义之间有实际的联系，我们论述下去，这便愈加明显。神话说明仪式和梦幻，并使两者成为可以交流的。仪式自己不能说明自己，它是前逻辑的，前语言的，而且在一定意义上是前人类的。它对日历的依赖似乎把人的生活连接在生物对自然循环的依赖上，植物以及某种程度上的动物仍然如此。自然中所有我们认为具有某种可以与艺术作品相类比的东西，像花开或鸟鸣，产生于有机体和其自然环境的节律之间的同步，特别是与太阳的年周期同步。动物的某种同步的表现，像鸟求偶时的舞蹈，几乎可以被叫作仪式。神话很明显是属于人类的，因为即使最聪明的鹦鹉也无法讲出甚至是最为荒诞的故事来解释为什么它在发情季节要发出击鼓般的声响。同理，梦自身是对梦者自己生活的隐晦的暗示系统，他自己不可能完全理解，就我们所知，梦对梦者也没有任何真正的用处。但是在所有梦里，存在一种具有独立交流力量的神话因素，不仅明显地存在于现成的俄狄浦斯的例子中，而且存在于任何一种民间故事的集子中。神话因此不仅为仪式提供了意义，为梦提供了叙述，它还是仪式和梦的同一性的体现，在其中前者被看成是运动中的后者。两者之所以有此可能，只是因为存在一种对仪式和梦来说是共同的因素，它使一方成为另一方的社会表达。对于这种共同因素的考察,我们留到以后再去做。在这里我们需要说的一切便是,仪式是密托斯(*mythos*)即情节的原型方面,而梦则是思想(*dianoia*)的原型方面。

我们在第一篇文章中已注意到的虚构型的和主题型的文学之间在侧重点上的区别至此重新出现了。有一些文学形式,如戏剧,特别明显地与仪式相似,因为文学中的戏剧,像宗教中的仪式一样,主要是一种社会的或团体的表演。其他的如浪漫传奇,意味着与梦的类似。最容易看到与仪式相类似的,不是在有着有教养的观众和固定剧院的戏剧中,而是在素朴戏剧或场景戏剧中:在民间剧、木偶戏、哑剧、笑剧、古装演出以及它们在化妆舞会、喜歌剧、商业电影和时事讽刺剧中的遗风。在素朴的浪漫传奇中与梦的相似之处已得到充分的研究,包括民间故事和童话故事,它们与美好的愿望变成事实的梦,与吃人的妖魔及巫婆的噩梦紧密相关。当然,素朴的戏剧和素朴的浪漫传奇也相互浸透。素朴的戏剧通常是把某种浪漫传奇戏剧化,浪漫传奇与仪式的紧密关系可在许多中世纪的浪漫传奇中看到,这些浪漫传奇与冬至、五月之晨,或圣诞节前夕等日历上的某一部分相联系;或者还与像马上比试这样的仪式相关联。原型主要是一种可交流的象征这个事实在很大程度上说明了何以它随着歌谣、民间故事和笑剧如此轻易地走遍整个世界,像许多它们的主人公那样,跨过所有语言和文化的障碍。我们在这里回到这样一种事实,即被象征系统的原型相位最深刻地影响了的文学是原始的和通俗的文学,这给我们留下很深的印象。

我说这些话是指分别在时间和空间中把握交流的能力。否则,它们很大程度上是指同样的事。通俗艺术通常被其同时代的高雅之士贬为粗俗的;接着,随着新一代的成长,它失去其原来听众的宠爱;随后它开始并入较柔和的"古雅的"舞台灯光中,高雅之士开始对它感到兴趣，最后，它终于显示出原始艺术的古色古香的尊严。无论何时我们发现伟大的艺术使用了通俗的形式，古色古香的这种感觉便会重新出现，就像莎士比亚在他的后期所做的那样，或像《圣经》里在讲述那些关于一位落难的少女的故事里，会出现一位杀死龙的英雄、一个邪恶的巫婆、还会出现一座洒满珠宝的奇妙的城市，就如童话的结尾那样。拟古主义是所有社会使用原型的一种常见的特色。俄国对其拖拉机的生产非常骄傲，但是要用拖拉机来取代苏维埃国旗上的镰刀则尚需待以时日。

在这一点上，我们必须注意并避免神话学契约的理论的谬误。这就是，在政治理论中可能存在社会契约这种事物，如果我们考虑到所观察的关于现行社会结构的事实的话。但当这些事实与这样一种寓言连接起来的时候（这个寓言说的是关于非常遥远的过去的事情，以至于没有任何证据来打扰寓言家的断言），当有人告诉我们在很久很久以前，人们被屈服，或被指派或被欺骗，以便叫他们放弃权力的时候，那么政治理论只不过是柏拉图所灌输的谎言之一。由于这种遥远事件的唯一证据是它的与目前事实的相似，所以目前事实正在与它们自己的影子做比较。在有关神话的文学批评中正好也出现过一个相类似的杜撰过程，它几乎很难从其历史的契约阶段脱颖而出。

鉴于原型批评家关心仪式和梦，他们很可能会对当代人类学关于仪式的研究成果和当代心理学关于梦的研究成果感兴趣。特别是，弗雷泽在《金枝》中以素朴戏剧的仪式为基础所做的研究，荣格和荣格学派以朴素浪漫传奇的梦为基础所做的研究，对原型批评家具有最直接的价值。但是人们对于人类学、心理学和文学批评的三门学科还没有清楚地加以区分，因此不得不小心地注意决定论的危险。对文学批评家来说，仪式是戏剧行动的内容，不是它的来源或根源。从文学批评的观点看，

《金枝》是关于素朴戏剧的仪式性内容的论著；它重构了原型的仪式，从中可以逻辑地、而不是编年史般地得出戏剧的结构的和普遍的原则。对文学批评家来说，这样一种仪式是否在历史上存在是没有关系的。很可能的是，弗雷泽假设的仪式与实际的仪式具有许多惊人的类似之处，收集这种类似点是他论述的一部分。但是一种类似物不见得是一种来源，一种影响，一种原因，或是一种胚胎的形式，更不是全然一致。仪式与戏剧的文学关系，像人的行动的任何其他方面与戏剧的关系一样，只是内容与形式的关系，不是来源与派生的关系。

批评家因此只关心他所实际研究的仪式和梦的定式，而不管它们何以至此。追随弗雷泽的古典派的学者们，他们提出了一种关于希腊戏剧壮观的或仪式的内容的基本理论。《金枝》意在成为一部人类学的著作，但它对文学批评比对自己声称的领域具有更多的影响，它可能被证明是一部真正的文学批评著作。如果在剧作中有那种仪式的定式——这是事实，不是意见，例如《伊菲革涅亚在陶里斯》[17]的主题之一是人祭——批评家不需要在关于希腊戏剧的仪式本源这个非常不相干的历史争议中采取某种立场。因而仪式，作为行动的内容，更为特别的是作为戏剧行动的内容，是某种在词语序列中继续潜在的东西，是独立于直接影响之外的。甚至在19世纪，我们发现像《日本天皇》这样的即兴戏剧也变成原始的和通俗的，它又回到了我们重复地举过的那些例子，回到弗雷泽所列举的东西，如国王的儿子、戏拟的牺牲，与撒卡亚的节日[18]的类似场面和许多其他吉尔伯特知道的但毫不关心

---

[17] 古希腊悲剧诗人欧里庇得斯创作的一出悲剧。
[18] 撒卡亚节（Sacaea），古巴比伦每年一度的节日，为期五天，其间主仆易位，让一死囚坐上王位，随意吃喝；五日后即剥下皇袍处死。见《金枝》第24章。

的事情。它又回来是因为它仍然是抓住观众注意力的最好方法，有经验的戏剧家知道这一点。

文献批评的声望（它完全研究来源和历史的变迁）误使一些原型批评家认为，应该直接地追踪所有这些仪式的因素，好像追踪皇家的血统一样，直至疑窦冰消瓦解。人们通常用某些种族记忆的理论或某种关于历史难免遭到篡改的观念来解释由此导致的编年史上的巨大偏差，这后一种观念认为，历史秘密被若干世纪以来神秘的崇拜或许多传统严加掩盖。奇怪的是，当原型批评家们紧紧抓住历史的框架时，他们几乎总是提出这样一些假设，即从失落在远古的黄金时代起历史便一直在连续不断地退化。这样，托马斯·曼的约瑟系列作品的序言把我们的几个主要的神话追溯到大西洋岛。[19] 大西洋神岛很明显作为原型观念比作为历史观念更有用。当19世纪原型批评同对太阳神话的崇尚一起复活时，人们做了一个尝试，用半真半假地证明拿破仑是一个太阳神话来嘲弄它。这种嘲弄只是在反对歪曲历史的方法上有效。根据原型，无论何时当我们谈论拿破仑生涯的兴盛、他声名的顶点，或他幸运的丧失时，我们就把他变成一个太阳神话。

社会的和文化的历史（它们在广义上是人类学）将总是批评关联域的一部分，而且，把人类学的对仪式的研究和批评对它的研究区分得越清楚，它们相互间的影响也将越有益处。心理学与批评的关系也同样如此。大于单篇诗歌的诗歌单位首先是、而且引人注目的是诗人的全部作品。传记将总是批评的一部分，传记作者很自然地对作为个

---

[19] 托马斯·曼（Thomas Mann，1875—1955），德国现代小说家、散文家。"约瑟系列作品"是指曼根据《旧约·创世记》中关于约瑟的故事创作的长篇巨著《约瑟和他的兄弟们》四部曲。"大西洋岛"（Atlantis）又音译为"亚特兰蒂斯"，西方传说中一个处于大西洋中的岛屿，后沉于海底。

人纪实材料的传主的诗歌感兴趣，这些材料记录了他私人的梦、联想、野心、表达出来的或被压抑的愿望。对这种问题的研究构成了批评的基础部分。我当然不是在说那些愚蠢的传记——它们只是以理性化的冷静的伪装把作者自己的性欲投射在被写的人身上——而只是在说严肃的研究，这种严肃的研究在技术上不管是就心理学还是就批评而言都是能胜任的，它们意识到其中涉及许多推测的东西，并意识到所有的结论在多大程度上必须是试验性的。

这种解释对我们称作低模仿的主题型作家来说是最容易接受并是最有益的——即，我主要是指浪漫主义诗人，这诗人自己的心理过程经常是主题的一部分。对另一些作家来说，比如说，对那些从写第一个词就意识到"为乐而生活必为生而乐"[20]的剧作家，存在一种把诗人从其文学群体中不真实地抽象出去的危险。假设一位批评家在莎士比亚的剧本中发现某种定式多次反复出现，而莎士比亚使用这种定式则是独一无二或不规则的，甚至是例外的，那么其所以如此，原因可能部分是心理上的。如果有任何证据能说明在这种定式已不能取悦观众时他还坚持使用下去，那么个人心理因素的可能会非常大的。但是如果我们能在他同时代的许多人那里发现这同一定式，我们显然不得不考虑到程式问题。如果我们在不同时代和文化中更多的剧作家那里发现这种定式，我们不得不考虑到文类问题，和对戏剧自身的结构要求。事实上，我们现在确实在莎士比亚的喜剧中发现那同一技巧的反复使用，文学批评家的工作就是将这些技巧与其他戏剧家的技巧进行比较，对喜剧形式做形态学的研究。否则，我们将剥夺我们自己对莎士比亚的学者素质的完全合理的欣赏，使我们看不出在他的喜剧的重复技巧

---

[20] 此语引自塞缪尔·约翰逊的《为德鲁里剧院街开放致辞》，但与弗莱引文略有出入。

中有一种喜剧的旋律回旋的艺术。

心理学家观察一首诗，倾向于探究他在梦中看到的东西，即隐意和显梦的内容的混合。对文学批评家来说，诗的显在的内容是它的形式，因而它深隐的内容就是实际的内容，即它的"思想"（*dianoia*）[21]或主题。在原型层面上的思想是一个梦，是愿望或现实之间冲突的表现。我们似乎是绕着一个圆圈转，但也并非全然如此。对批评家来说，他所面临的问题不是作为纯粹的心理分析而存在的，它涉及诸如可交流的深隐的内容的问题，可理解的梦的问题，柏拉图的关于艺术对清醒的头脑来说是梦的概念等。对心理学家来说，所有梦的象征都是私人的，可由梦者的私人生活来解释。对于批评家来说，不存在私人的象征系统这种事，或者，如果有的话，那么他的任务就是要弄清楚它将不会继续是私人的。

弗洛伊德对《俄狄浦斯王》的研究中已经提出了这个问题。作为一出剧，《俄狄浦斯王》的大部分力量来自它使俄狄浦斯情结（Oedipus complex）戏剧化了这样的事实。其戏剧的和心理的因素没有任何参考材料证明能同索福克勒斯的个人生活联系起来。而关于他的个人生活，我们几乎一无所知。这种对非个人化的内容的强调被荣格及其学派所发展，在那里，原型的可交流性被集体无意识的理论所说明——就我个人看来，集体无意识在文学批评中是一个不必要的假设。

关于作家的意图我们发现是正确的东西，对观众的注意力来说也是正确的。两者都是指向向心的方向，而且其暗示存在于对艺术的反应之中，就像它们存在于对艺术的创造中一样，这些暗示是观众没有明确意识到的。即使周全的自觉的意识也只能把握很少的、复杂的、

---

[21]　此处"实际的内容即思想"的提法是未经思考的，因思想涉及形式。——原注

反应的细节。这种情况使如丁尼生这样的人，得以由于他语言的纯净而被称赞，由于他强力的情欲感而被阅读。它还使一位当代的批评家在并不真正害怕时代错误的情况下吸取最充分的现代知识来源来解释艺术作品成为可能。

例如，《无病呻吟》[22]是写一位叫亚根的男子的剧本，他——用17世纪的术语（无疑也包括莫里哀自己的术语）来说——没有真病，只是觉得自己有病。一位现代批评家可能会反对说，生活并不如此简单：让一种想象的病成为一种真正的病是完全可能的，而亚根的问题明显地在于他不愿看到自己的孩子们长大，这是一种返童退化现象，他的妻子——恰巧是他的第二位妻子——通过对他的溺爱和悄悄说出"可怜的小孩子"这样的话表明她完全理解他。亚根在与小女孩路易森的一场戏后说出这样毫无防备的话："这下子不再装小孩了"，有一位批评家在这里发现亚根全部行为的线索（批评家也会注意到那情欲的性质）。不管此类读书法是正确的还是错误的，它并不背离莫里哀的文本，然而关于莫里哀本人，它则什么也没有告诉我们。这个剧基本上是一出喜剧；因此结尾也是大团圆，由此亚根后来看来也有了点理智，他的妻子在戏剧中的作用是促使他继续着魔，因此是作为他的敌人而被"暴露"的。这个情节是趋向替罪羊被抛弃的仪式，随后是一场婚姻，其主题是与现实冲突的非理性的愿望的梦的定式。

这本书中的另一篇文章将涉及原型批评的细节和实践，在这里，我们只从整体上论及它在批评的关联域中的地位。在其原型方面，艺术是文明的一部分，而我们把文明定义为赋予自然以人文的形式的过

---

[22]《无病呻吟》(*La Malade Imaginaire*, 1673)，莫里哀的一出喜剧。

程。这种人文的形式模型随着文明的发展由文明自身所揭示：其主要组成部分是城市、花园、农场、羊圈等等，当然还有人类社会本身。一个原型象征通常是带有人所赋予的意义的自然物体，它构成把艺术看成是一种文明的产品，看作一种反映人类工作目标这样一种批评观的组成部分。

这样一个艺术批评观必然使文明的一些方面理想化，同时嘲笑或忽视其他方面，换言之，艺术的社会关联域也是道德关联域。所有的艺术家不得不屈从于他们的社会：许多艺术家，还有许多伟大的艺术家，满足于做社会的代言人。但是在他的道德意义方面，诗人反映并在一定距离内追随他的社会通过其工作所真正得到的成就。因而，艺术家的道德观便总是他应该协助其社会的工作，办法是通过构想可行的假设，通过模仿人的行为和思想，而模仿的方式是暗示两者都是可以实现的模式。如果他不这么做，他的假设至少就会被明白地说成是开玩笑的或异想天开的。马克思主义或多或少地持有这种艺术观，也就是在重复《理想国》结尾处所得出的论点。如果我们简单地遵照这种论点，我们就会得知根据正义或所做的适当的社会工作，画家的床是对工匠的床的外在模仿。艺术家因此局限于不是反映便是逃离真正的工人正在实现的世界。[23]

我们在这篇文章中采取了这样的原则，即诗歌的事件和思想分别是对历史和论述性文章的假设性的模仿，历史和论述性文章反过来

---

[23] 古希腊哲学家柏拉图（前427—前348）在其《理想国》中说，诗（文艺）并不能叫人认识真理，因为画家画床只是模仿木匠造的床，而木匠造床又是模仿床之所以为床的道理（理念），所以文艺只是"模仿的模仿""影子的影子""和真理隔着两层"。弗莱认为马克思主义主张文艺要反映社会生活，这便是在重复柏拉图的观点，这显然是一种曲解。

又是对行动和思想的语辞模仿。这一原则使我们接近诗歌是现实的第二性模仿这种观点。然而，我们不把模仿解释成柏拉图式的"回忆"（recollection），而看成把外界释放并使之形成意象，把自然释放以构成艺术。从这个观点出发，艺术品必须是它自身的目的[24]：它不能最终是对某些事情的描绘，永远不能最终是与任何其他的现象、标准、价值或最终原因等体系有联系。所有这些外部的关系构成了"意图谬见"的一部分。诗歌是表达善、真、美的媒介，但诗人却不以这些东西作为目标，而只是以内在的语辞力量作为目标。作为诗人的诗人只是意在写一首诗，通常情况是，并非艺术家，而是艺术家的自我，是他背离其合适的工作，去追逐这些有诱惑力的沼泽灯光。

批评的基本定理，从道德上来看，是狮子与羊羔安然相处。班扬和罗切斯特，萨德和简·奥斯汀，《磨坊主的故事》和《第二个修女的故事》同样都是文科知识的基本因素，适用于它们唯一的道德标准是得体合式（decorum）的标准。[25] 同理，诗人在其作品中所采取的道德态度大部分出之于那部作品的结构。这样，《无病呻吟》是一部喜剧这一事实是使亚根的妻子成了伪君子的唯一原因——为使剧本以喜剧收场，必须摆脱她。

追求美比追求真或善是更为危险的愚蠢行为，因为它为自我提供了一种更为强烈的诱惑。美像真和善一样，在一种意义上是所有伟大艺术的可被断言必有的一种性质，但是有意地去美化本身只能削弱创作精力。艺术中的美就像道德中的幸福：它可以伴随行动，但它却不

---

[24] "自身的目的"一语，引用自雅克·马里丹（Jacques Maritain）先生的演讲。——原注
[25] 罗切斯特（Rochester，1648—1680），与班扬同时代的英国讽刺作家。萨德（Sade，1740—1814），法国作家，其作品多涉及色情。《磨坊主的故事》等两篇故事均见乔叟的《坎特伯雷故事集》。

是行动的目标,正像一个人不能"追求幸福"一样,而只能追求其他某种能给予幸福的东西。以美为目标,至多产生有吸引力的东西:由可爱这个词所代表的美的性质,是依赖于对主题和技巧都进行谨慎的、受限制的选择。例如宗教画家只有在教堂坚持要画圣母像的情况下才能去创造这种性质;如果一个教堂要耶稣在十字架上钉死的画像,他就必须画残酷和恐怖。

当我们说人体是"美的"时候,我们通常指处在十八到三十岁左右的某人的身体处于良好的状态。举个例子说,如果德加[26]向我们展示了蹲在浴盆中臀部肥硕的主妇的画,这会给我们视为审美判断的得体和适度的规范带来严重的冲击。无论什么时候只要美这个词是指可爱和迷人,同样它无论什么时候只要追求美当成艺术的必然意图,它就成了艺术创作的阻力:它力图限制艺术家对主题的选择,或者限制他选择处理这个主题的方法。它集一切拘谨的力量于一身,以防止艺术家把其眼界扩展到枯燥乏味的伪古典主义以外的地方。罗斯金在此处的失误毁掉了他的许多批评的真知灼见;丁尼生因此而经常使他诗歌的活力难以充分流溢;而在同一时期还有一些次要的美容师,我们可以清楚地看到他们那种想美化一切的神经质的冲动导致了什么结果。它导致了一种对风格的过度崇拜,导致千篇一律,戏剧则千本一面,都像其作者,像给人印象最深时候的作者。还是在这里,自我的虚荣取代了艺匠的诚实的荣耀。

到了叙述和意义的第三个相位即形式阶段(尽管它包括文学与事件及思想的外部关系),最终把我们带回到把艺术品看成是沉思对象这样的美学观点,把它看成是为装饰和快感而设计,不是为使用而设计

---

[26] 德加(Edger Dégas,1834—1917),法国画家。

的技艺。这种观点鼓励我们把审美对象从其他种类的人工制品中分离出来，并要求有一种与其他经验不同的审美经验。从图书管理学的角度看文学，就把文学看成是所有已经出版的成堆的书籍，包括剧本、小说和诗歌等。与之相一致，我们发现文学批评的美学观是一系列各不关联的、特殊的（有时似乎是神圣的）理解。没有理由不承认这种文学经验的观点有其功效；人们只是在它排斥其他研究途径时才反对它。

原型的文学观点向我们表明文学是一种整体的形式，并表明文学经验是生活的连续统一体的一部分，在这里面，诗人的功能是使人类工作的目标形象化。一旦我们把这种解释加到其他三种方法上去，文学就成了伦理的工具，而且我们超越了美学的偶像崇拜和道德自由之间的克尔凯郭尔的"非此即彼"的困境，而没有任何必须在这两者之间去对待艺术的诱惑。[27] 因此，在接受了这种文学观的有效性之后，弃绝善、美、真的外在目标就显得很重要。它们是外在的这一事实使它们成了偶像崇拜的对象，而且崇拜得如此过分。但是如果没有社会的、道德的或美学的标准（从长远的观点看它们是从外部决定艺术的价值的），那么就一定会得出原型相位（艺术在这里是文明的一部分）并不是最后的一个相位的结论。我们还需要另一个相位，在那里我们可以从文明过渡到文化，在文明中诗歌仍然是有用和有功能的，而在文化那里则是无偏见的、自由的、而且是自立的。

---

[27] "三种方法"指本书第一、二、四篇所论的历史批评、伦理批评及修辞批评。克尔凯郭尔（Søren Kierkegaard，1813—1855），丹麦神学家，存在主义哲学主要创始人之一。

总解相位：作为单体的象征

在追溯文学象征系统的不同相位时，我们已经登上了一个与中世纪批评的层面逐级相当的梯级。确实，我们为"文字的"（literal）这个词规定了一个不同的意思。我们的第二个层面或曰描述层面，与中世纪系统的历史的或文字的层面相一致，或者，无论如何是与但丁对它的说法相一致。我们的第三层面，即评注的和解释的层面，是中世纪第二层面或寓意的层面。我们的第四层面，即对神话的研究，对作为社会交流技巧的诗歌的研究，是中世纪的第三层面，是道德和隐喻的意思，同时涉及意义的社会和象征的方面。在中世纪，对人们所相信的寓意和人们所实践的道德是加以区别的，这也反映在我们关于作为美学的或沉思的形式相位和作为作品的连续体的组成部分和社会的原型相位的概念之中。我们现在必须注意，我们能否建立起一种与中世纪总解[1]或普遍的意义的观念相对应的现代概念。

---

[1] "总解"（anagogy）这原是个宗教术语，原义是对《圣经》的神秘解释，可勉强译为"天喻"。本书作者借此词而别赋他意，用以指把文学作品同整个词语秩序联系起来的释义，也即是把文学同人类全部文学经验和最普遍的艺术想象联系起来的释义，故在此译为"总解"。详见书末"术语表"。

还有，读者可能已经注意到，我们在第一篇文章中提到的五种模式同这篇文章中的象征系统的各个相位之间逐渐形成了对应关系。文字意义，如我们阐述的那样，同象征主义所引进的主题型反讽的技巧很有关系，同许多"新"批评家认为诗歌主要（即字面上）是一种反讽的结构的观点很有关系。描述的象征系统（这在19世纪纪实的自然主义中得到最彻底的表现）似乎与低模仿有紧密的关系；而形式的象征系统（这在文艺复兴时期和新古典主义作家那里得到最充分的研究）似乎与高模仿有着紧密的联系。原型的批评似乎在浪漫传奇的模式中找到了它的引力中心，在此阶段，歌谣、民间故事和通俗故事在轻易交替轮换。如果这种相对应的情况成立，那么，如前所述，象征系统的最后相位仍将涉及文学的神话创造的方面，但是在这里神话是在其较狭窄的和较技术性的意义上讲的，是与神或半神的人和力量有关的虚构故事和主题。

我们已经把原型和神话，与原始的和通俗的文学特别地联系起来。事实上，我们几乎可以把通俗文学界定为最直接地提供了原型观念的文学，我们承认这是兜了一个相当大的圈子。我们可在文学的每一个层面发现这个性质：在童话故事和民间故事中，在莎士比亚的作品中（在大多数喜剧中），在《圣经》中（即使不考虑它是一本圣书的话，它也仍然会是一本通俗书），在班扬的作品中，在理查逊的作品中，在狄更斯的作品中，在爱伦·坡的作品中，当然，也在大量的转瞬即逝的无聊作品中。我们在这本书的开端就说过，我们无法把通俗性和价值联系起来。但是仍然存在着简单化的危险，或断定文学基本上是原始的和通俗的危险。这种观点在19世纪大为流行过，而且绝没有烟消云散；但是如果我们采取这种观点，我们就会割断原型批评的第三个和最重要的供应来源。

我们注意到许多博学的和深奥的作家（他们的作品需要耐心地研读）是明确的创造神话的作家。这包括但丁和斯宾塞，在 20 世纪包括诗歌和散文中几乎所有"难解"的作家。这类作品，如果是虚构型的，常常建立在素朴戏剧（《浮士德》《培尔·金特》）或素朴浪漫传奇的基础上（霍桑、麦尔维尔；人们可比较当代的查尔斯·威廉斯的精致的讽喻和克·斯·刘易斯的作品，它们大部分基于"儿童园地"的套式）。[2] 博学的神话创造，如我们在亨利·詹姆斯的最后时期和詹姆斯·乔伊斯那里所看到的，可以变得令人迷惑的复杂；但是这种复杂性是被设计用来揭示而不是用来隐匿神话的。我们不能假定一种原始的和通俗的神话像木乃伊一样用精制的措辞缠裹着，这种假定出之于简单化的错误。看来，我们的推断似乎应是这样的，博学的微妙的，像原始的和通俗的一样，趋向于想象的经验的中心。

由于知道《维洛那二绅士》是莎士比亚的早期喜剧和《冬天的故事》是他后期的喜剧，学者会预料后期的剧作要更微妙和复杂一些；他可能预料不到剧作会变得更古香古色和原始，更多地显示了古代神话和仪式。后期剧作也更通俗一些，虽然不是那种在投合中下层观众所好的意义上的通俗。以日益强烈的力量和紧张来表达戏剧诸内在形式，其结果导致莎士比亚在他的最后时期找到了戏剧的基石，这是一种浪漫的壮丽场景，所有比较特殊的戏剧形式如悲剧和社会喜剧都由此产生，而且它们经常向那里复归。在但丁和莎士比亚最伟大的时刻，在比如《暴风雨》或《炼狱篇》的高潮中，我们得到一种意义汇集点的感

---

[2] 《培尔·金特》，易卜生写于 1867 年的诗剧。查尔斯·威廉斯（Charles Williams，1886—1945）、克·斯·刘易斯（C. S. Lewis，1898—1963），皆为英国作家。《儿童园地》（*Boy's Own Paper*），英国儿童刊物。

觉，得到一种在这里即将领悟到我们全部的文学经验的感觉，得到一种我们已经走进了词语秩序的静止中心的感觉。作为知识的批评，也就是那种需要不断论及这个课题的批评，认出了这样一个事实，即存在一个词语的秩序的中心（center of the order of words）。

除非存在这样一个中心，没有什么能防止由程式和文类所提供的各种类似点激起人们无休止的一系列自由联想，这可能是富于暗示性的，甚至可能是可望而不可及的，但是绝没有形成一个真正的结构。对原型的研究是从整体上对文学象征的研究。如果存在像原型这样的东西的话，我们就必须采取另一个步骤，同时构想一个自我包容的文学宇宙（self contained literary universe）的可能性。要么原型批评是迷惑人的事物，一个没有出口的无尽头的迷宫；要么我们必须假定，文学是一个总的形式，而不是简单地把现存的文学作品堆积起来起个名称。我们以前谈到过文学的神话观点，由这种观点引导出这样的概念，即自然秩序作为一种整体的存在，是被相应的词语的秩序所模仿的。

如果原型是一些可交流的象征，而且存在一个原型的中心，我们应该期望去发现，在那个中心处，有一组普遍的象征。我用这个词组不是指存在任何原型密码书籍，这些书籍被所有人类社会无一例外地记住了。我是指一些象征，它们对所有人都是很普通的事物的意象，因此潜在地看具有无限的交流力量。这些象征包括食物和饮料，追求或旅行，亮的和暗的，以及性的满足——它通常采取婚姻的形式。若假设阿多尼斯或俄狄浦斯神话是普遍的，或如长有阴茎的蛇等某种联想是普遍的，则是不可取的，因为当我们发现一批人对这些事物一无所知时，我们必定设想他们曾经知道，只是现在忘记了，或者他们知道，但不愿说出，或者他们不是人类的成员。从另一方面说，如果他们连食物的概念也不能理解的话，那倒真是应该被排除于人类之外了；

这样任何建立在食物上的象征系统在具有一种无限广泛的范围这个意义上是普遍的。这就是说，它的可理解性是没有限制的。

在原型相位上，文学艺术作品是一种神话，它使仪式和梦联合起来。对社会的清醒意识使它力求做到看似有理的和可接受的，用这种办法使梦受到制约。这样，作为文明中的一种道德事实，文学是梦中被称为检查官的那些精神的体现。但是检查官阻碍了梦的冲力。当我们从总体上看待梦时，我们注意到三点：首先，它的限制不是真的，而是可想象的。其次，可想象的东西的界限是从一切焦虑和挫败中解脱出来的、圆成了的梦的世界。最后，梦的宇宙全部在梦者的头脑中。

在总解相位上，文学则模仿人的全部梦，也就是模仿处在其现实的整个周围，而不是处于现实中心的人的思想。我们在这里看到开始于我们从象征系统的描述相位过渡到形式相位时的想象革命的完成。在描述相位，对自然的模仿从对外部自然的反映转变到形式的组织，自然是这个组织的内容。但是在形式相位，诗篇仍然被自然所包容；在原型相位，整个诗歌仍然被包容在自然的界限之内，或似乎可能的界限内。当我们进入总解相位时，自然不是成为包容者，而是成为被包容的东西。而原型的普遍象征，城市、花园、追求、婚姻不再是人在自然中建造的、反映人的意愿人的形式，而是它们自己成了自然的形式。自然现在在一个无限的人的头脑中，这个无限的人在银河中建造他的城市。这不是现实，而是所愿望的可想象的或想象中的境界，它是无限的、永恒的，因而是神启式的。我用"神启"（apocalypse）主要指关于整个自然的富于想象力的观念，它把自然视为一个无限的永恒的活生生的实体，这个实体，如果不是人的，也是比较接近人的而不是无生命的。"人的意愿是无限的"，布莱克说，"占有是无限的，他自己是无限的。"如果布莱克在这一点上被认为是一个有偏见的证人，那么我们可引证胡克[3]的话:"存在着某种程度上高于这两者(肉体的完美和智力的完美)的东西,其证据不需要往别处找,只需看看人的意愿这个过程就可以了。这种意愿是自然的因而会遭到挫伤;如果在其中没有某种很遥远的东西它本来是可能最终得到满足的,但由于有了这种遥远的东西所以就不能如此了。"

如果我们转向仪式,我们在那里看到对自然的一种模仿,这其中具有一种我们称为巫术的强烈的因素。巫术(magic)似乎是以某种为重新获得已失去了与自然循环的和谐而做的自愿的努力为发端的。这种有意地重新获得某种不再占有的东西的感觉是人类仪式的鲜明标志。仪式构建一种日历,并努力模仿天体运动的高度精确性和植物对它们的反应。一个农夫必须在一年的某个时候收获他的庄稼,但是因为他必须这么做,收获本身就不再是一个仪式了。是那种希望人和自然的力量在那个时候同步的意愿表达(这种表达创造了收获歌曲、收获祭献和收获的民间习俗),我们把它和仪式联系起来。但是,仪式中巫术因素的原动力显然指向一个宇宙,在那里,愚蠢的和漠不关心的自然不再是人的社会的包容者,而是被那个社会所包容,而且必须按照人的意愿降雨和转晴。我们还注意到仪式不仅成为循环的,而且具有百科全书式的倾向,这在上文已经说过。在其总解相位上,诗歌把人的行动作为全部仪式来模仿,也就是在模仿全能的人的社会的行动,这个社会把所有的自然力量包括在其自身之中。

这样,从总解的观点看,诗歌把总体的仪式,或不受限制的社会行动,和总体的梦,或不受限制的个体思想,联合在一起。它的领域是无限无际的假设:它不能被包容在任何实际的文明或成套的道德

---

[3] 胡克(Richard Hooker,1554—1600),英国著名散文家。

价值中，由于同样的原因没有任何意象的结构可被限制在一种寓意的解释上。这里，艺术的思想（*dianoia*）不再是"模仿理念"（*mimesis logou*），而是逻各斯[4]，这个其意义仍在不断丰富起来的词既指理性，又像歌德的浮士德所思考的那样，指行动（*praxis*）或创造行动。艺术的依托斯（*ethos*）即人物刻画不再是一个自然背景中的一组人物，而是一个普遍的人，他还是一位神，或是一个用人神同形同性观念想象出来的神。

受总解相位影响最深的文学形式是经文（scripture）或启示录（apocalyptic revelation）。上帝，不管是传统的神、被美化的英雄还是被神化的诗人，是诗歌用来试图以人化的形式传达不受限制的力量观念的中心意象。许多这样的经文还是宗教文献，因而是想象的和实在的混合。当它们失去了实在的内容时，它们变成纯粹想象的，如基督教兴起之后的古典神话。当然，它们基本上属于神话的或神谱的模式。我们还可以在诗歌那广大的百科全书型的结构中看到与总解的关系，这个结构似乎自成一个完整的世界，作为取之不竭的想象性的联想的仓库处于其文化之中，像物理领域中的万有引力和相对论的理论一样，似乎可以应用于文学宇宙的每一个部分，或与这些部分有类似的联系。这种作品是明确的神话，或完整的原型组织。它们包括我们在前面的文章中称作类似启示录的东西：但丁和弥尔顿的史诗和它们在其他模式中的对应物。

但总解眼界不能只是局限于看起来可以接纳一切的作品，因为总解的原则不只是简单地把一切都看成诗歌的题材，而只是认为任何东西都可能是一首诗的题材。我们对无限变化的诗歌统一体的感觉可能不仅明显地来自一部启示录式的史诗，而且不太分明地来自任何诗篇。

---

[4] 逻各斯（logos）本为古希腊词，意为"理念"或"普遍规律"。

我们说过，我们可通过抓住一首程式化的诗篇，比如《利西达斯》，并遵循其原型穿过文学而获得完整的知识。这样，文学宇宙的中心是我们偶然读到的一首诗。进一步说，一首诗似乎是所有文学的缩影，是一个整体的词语秩序的单个展现。那么从总解的意义上看，象征就是一个单体[5]，所有的象征都被联合在一个单独的、无限的和永恒的词语象征之中，这个象征作为思想（dianoia）是逻各斯（logos），作为密托斯（mythos）即叙事情节，是总体的创作活动。根据题材，这个概念被乔伊斯表达为"顿悟"（epiphany）[6]；根据形式，被霍普金斯表达为"内景"（inscape）。

举例来说，如果我们以总解的观点来看《利西达斯》，我们看到这首哀歌的主人公已经被等同于一个神，这个神同时把夜间落入西部海洋的太阳和在秋天死亡的植物人格化了。在后一个方面，利西达斯是阿多尼斯或塔姆兹[7]，其"一年一度的伤害"（annual wound），如弥尔顿在别的地方称作的那样，是地中海宗教中的哀悼仪式的题材，而且从忒奥克里托斯以来被并入了田园哀歌，如雪莱的《阿多尼斯》较为清楚地表明的那样。作为一个诗人，利西达斯的原型是俄耳甫斯，他同阿多尼斯这个角色一样也死得很早，是被抛进水中的。作为牧师，他的原型是彼得[8]，他若是没有基督的帮助会淹死在"伽利利湖"中。《利西达斯》的每一个方面都提出了过早亡故的问题，它与人的生命、诗歌

---

[5] 单体（monad），又可译为"单元"或"终极体"，指一部文学作品的象征系统构成所有文学作品的缩影，成为普遍的、万有的、整体的词序秩序的单个展现。详见书末"术语表"。

[6] 顿悟（epiphany），或译为"显灵""神显"。

[7] 塔姆兹（Tammuz），巴比伦神话中农耕之神，一年一度死而复生，象征季节循环。

[8] 彼得为耶稣十二门徒之一，事见《新约》。

的生命和教会的生命有关。但是所有这些方面都被包容在基督这个人物之中,这是位早亡的但永远活着的神,这是包容着所有诗歌的"道"(Word)[9],这是教会的头颅和身躯,这是善良的牧羊人(他的田园中没有冬日),这是一个永远不落的正义的太阳(他的力量可把利西达斯,像举起彼得一样,从浪涛中举起,就像他从底层的地狱赎回许多灵魂一样,而这些事俄耳甫斯却没能做成)。基督不是作为一个角色进入诗中,但他却如此彻底地渗透在诗的字里行间,以至于可以这样说,是诗进入了他。

总解批评通常表现出与宗教有直接的关系,主要在诗人自己比较不受约束的谈吐中可以发现这一点。艾略特的四重奏中的那些段落即是如此,在那里,诗人所用词语置放在人格化了的"道"的前后关系中。在里尔克的一封信中有一个更为清楚的陈述,在那里,他谈到诗人的功能是揭示现实的前景,好比天使,虽然是盲目的只能看到自己的内心,却包容了所有的时间和空间[10]。里尔克的天使是对较常见的神或基督的修正,由于他的陈述明确地不是基督教的,并阐明了总解的观察方法的独立性,运用这种方法的诗人不是从现实的中心,也不是从接受任何特殊宗教的立场,而是从现实的整个周围去观察世界,因此他的这种说法也就有更大的价值。在瓦雷里关于总体智性的概念中也表达了或暗含了类似的观点。这种总体智性在他的台斯特先生

---

[9] 首字母用大写的 Word,此词按基督教义通译为"道",指"上帝之道",即上帝的言辞,故下文说"道"等同于基督,等同于《圣经》或教会信条。但该词的日常意义指词语、言辞。弗莱在本书中把该词的首字母用大写,专用来指万有的、无限的、普遍的、总体的"词"。因为义带双关,翻译时只能根据上下文的侧重点,有时译为"道",有时则译为"总体的词"或"普遍的词"。

[10] 见里尔克于 1915 年 10 月 27 日致艾伦·德尔普(Ellen Delp)的信。——原注

(M.Teste)这个人物身上有富于幻想的表现。[11]还有在叶芝的关于永恒的人工制品的玄秘言谈中,在《塔》和别的作品关于人类才是大千世界的造物者和赋有生死大权的言谈中;在乔伊斯的以非神学的用法来使用神学的词语"顿悟"中;在狄兰·托马斯的对一个普遍的人体的狂欢的赞歌中,都表现了类似的观点。[12]在论述这些情况时我们可以注意一下:我们愈是鲜明地区分诗的和批评的功能,我们愈是容易严肃地对待伟大的作家们对他们的作品所说的话。

总解的批评观导向了这样的观念,即文学存在于自己的宇宙中,不再是对生活或现实的评论,而是在一个语辞关系的系统中包含生活和现实。从这种观点出发,批评家不再认为文学是一个微小的艺术宫殿,在那里朝一个不可想象的巨大的"生活"眺望。"生活"对于他已成为文学的温床,一大群的潜在的文学形式,它们之中只有很少一些将成长进入文学领域的大宇宙。所有的艺术门类中都有这样的宇宙存在。"我们对自己画事实的图画",维特根斯坦[13]说,不过他的图画是指再现性的说明,它们不是画。作为画的画本身这个事实,只存在于画的宇宙中。马拉美说,"整个宇宙存在于一部书中"。

到目前为止,我们一直在探讨作为可分离的单位的象征,但是很清楚,在两个象征之间的关系的单位,与音乐中的乐句相应,这具有

---

[11] 瓦雷里(Paul Valéy,1871—1945)所写的系列文章中的主人公,为一个知识分子。这些系列文章中最著名的为《与台斯特先生促膝夜谈》(1896)。

[12] 除上述数种外,还应补充《失而复得的时间》(Le Temps Retrouvé)(下编)关于时间的绝妙沉思。我们不禁要问,除了一些可疑的双关语外,还有什么能把文学的总解观念与康德的"超验美学"(他视此为关于时空的先验意识)相互联系起来呢?——原注

[13] 维特根斯坦(Ludwig Wittgenstein,1889—1951),英国哲学家,数理逻辑家。

同等的重要性。从亚里斯多德以来的批评家的陈述似乎相当一致，即这个关系的单位是隐喻（metaphor），这种隐喻的基本形式是声明"A是B"认同的类型，或把它放入适当的假设的形式中，即"让X成为Y"类型（只为了悦耳而改换了字母）。这样，隐喻就背离了其普通的描述意义，而且呈现了一种实际是反讽的和悖论的结构。在普通的描述意义中，如果A是B，那么B就是A，我们实际所说的一切不过是A是它自己。在隐喻中，两件事在各自保持其自己的形式的同时互相认同了。这样，如果我们说"这个英雄是一头狮子"，我们把英雄认同为狮子，与此同时，英雄和狮子两者都被认同为他们自己。一件文学艺术作品的统一性应归功于这种认同（identification）的过程，同样文学作品的多样性、明晰性和强烈性则由来于如实识别其中还有不同点。

在意义的文字层面上，表现隐喻的文字的形式，就是简单的并置。埃兹拉·庞德在解释隐喻的这个方面时，使用了象形的汉字，它不加论断地抛出一组因素而表达一个复合的意象。庞德自己所采用的这样的隐喻的著名例子（课堂上常以此为例）是《在地铁车站》[14]这首只有两行的诗，在诗中人群中的面孔的意象和黑色树枝上的花瓣的意象在没有任何联接它们的谓词的情况下被并置在一起。有谓语就属于认定和描述的意义，它不是属于诗的文字结构。

在描述的层面上，我们有语辞结构和同此种结构有关联的现象的双重的观察方法。这里，意义在常识上是"文字上的"，但对批评来说我们这样解释是不合适的，因为文字上的意味着词语清楚明白地和事实的联系起来。那么从描述层面上来看，所有的隐喻都是明喻。当我

---

[14] 庞德的《在地铁车站》的两行诗是：人群里这些面孔的幽灵；/湿淋淋黑枝上片片残英。

们写普通的论述性散文并使用一个隐喻时,我们不是在认定 A 是 B;我们"真正地"在说 A 在某些方面与 B 是可比较的;我们在摘取一首诗的描述的或可释义的意义时也是如此。"这位英雄是一头狮子",在描述的层面上,是一个明喻,为了更大的生动性而省略了"像"这个词,并且更加清楚地表明,类比只是一个假设的类似。在惠特曼的诗《从永远摇着的摇篮里往外望》,我们发现"弯曲缠绕的影子,仿佛它们是活的",月亮膨胀了,"仿佛带着眼泪"。鉴于在诗歌上没有为什么影子不应该是活的或月亮应是满含热泪的原因,我们在其谨慎地用"仿佛"等字眼中可以看出有一个低模仿的论述性散文的良心在起作用。

在形式的层面上,在那里,象征是意象或者成为事件或内容的自然的现象,隐喻是自然比例的类似。从文字层面上看,隐喻是并置;我们只说"A;B"。从描述层面上看,我们说"A 是(像)B"。但是从形式层面上看,我们说"A 即同 B"。以比例的类似来要求四个词,其中两个具有共同的因素。这样"这个英雄是头狮子",作为自然为其隐含的内容的表达形式,就是指英雄对人的勇气就像狮子对动物的勇气,勇气就第三和第四个词而言是共同的因素。

从原型上来看,象征是能激起联想的一串事物,隐喻联合了两个单独的意象,其中的每一个都是一个种类或门类的特殊代表。但丁的《天堂篇》中的玫瑰和叶芝的早期抒情诗中的玫瑰都是把不同的东西加以认同,但两者都是代表所有的玫瑰——所有诗的玫瑰,当然不是所有植物的玫瑰。原型隐喻因此包含了人们称之为具体共相(concrete universal)的运用,即把个体认同于它所属的种类,是华兹华斯的"许多树的树"("tree of many one")。当然,诗歌中没有真正的普遍概念,只有诗的普遍概念。隐喻的所有这四个方面在亚里斯多德的《诗学》关于隐喻的探讨中已得到承认,尽管有时是非常简短的和省略的。

在意义的总解方面，隐喻的基本形式是"A 是 B"，成为其自身。这里，我们研究的是全部的诗歌，其中公式"A 是 B"可被假设地应用于所有的事物，因为没有什么隐喻，甚至像"黑是白"这样的，是读者有权事先可以与之争论的。文学的宇宙因此是一个在其中任何事都是潜在地与别的事认同的领域。这并不意味着其中任何两件事是分离的和很相似的，就像一个豆荚中的两粒豆子，或像在俚语中的和错误的意义上我们所说的全然相同的双胞胎这样的话的意思。假如双胞胎真的一样的话，他们就是同一个人。另一方面，一个成年人感到与他七岁时的自己一样，尽管成人和孩子这两者的这种认同在相似性或相近点方面很少表现出有共同之处。在形式上、实质上，在人格上，在时间和空间上，男人和孩子都很不一样。这是唯一的我可想出的典型意象，用来说明认同两个独立的形式的过程。这样，所有的诗歌都是这样出发的，仿佛所有诗的意象都被包容在一个单独的普遍实体之中。同一性（identity）是相似性或相近性的对立物，总体的同一性不是一致性，更不是单调性，而是不同事物的统一体。

最后，认同不仅属于诗歌的结构，而且也属于批评的结构，至少是评注的结构。解释要从隐喻着手，同样要从创造着手，靠创造会解释得更加明晰。当圣保罗解释《创世记》中的亚伯拉罕的妻妾的故事时，他说夏甲"是"阿拉伯的西奈山。柯勒律治说，诗歌是知识的认同。[15]

然而，诗歌的宇宙是一个文学的宇宙，而不是一个独立的外在的宇宙。神启意味着启发，当艺术成为启示录的时候，它便具有启导作

---

[15] 见 T. M. 雷泽（T. M. Raysor）编的《柯勒律治文学杂评集》(*Coleridge's Miscellaneous Criticism*, 1936) 第 343 页。——原注
夏甲（Hagr）为古埃及人，原为亚伯拉罕的正妻撒荣的使女，后为亚氏妻，生子以实玛利。——译注

用。但是它只根据自己的主张和以自己的形式启示，它不描述也不表现一个单独的启示内容。当诗人和批评家从原型相位向总解相位过渡时，他们便进入只有宗教的相位，在此相位只有宗教，或某种在范围上像宗教一样的无限的东西，才可能构成一个外在目标。诗的想象当只被容许谈论人性和次人性的时候，是容易得幽闭恐怖症的，除非它以一种特殊的方法受到过训练，哈代和豪斯曼[16]的想象就受到过这种方法的训练。诗人做宗教的奴仆要比做政治的奴仆幸福些，因为宗教的先验的和启示的观点对想象的头脑是一种极大的解放。如果人们被迫在无神论和迷信之间做令人不快的选择的话，那么科学家，如培根很早以前指出的那样，将被迫选择无神论，但诗人将被迫选择迷信，因为即使是迷信，恰恰借助于它的价值混乱，能给他的想象以更广的天地，而教条却否定了想象的无限性。[17]但是最高的宗教，并不逊色于最浓厚的迷信，它奔向诗人和有诗人资格的人，为其诗歌提供众多的隐喻，正像众多的精灵奔向叶芝一样。

对文学的研究把我们带向这个方向，即把诗歌看成对无限的社会行动和无限的人的思想的模仿，是代表所有人的人，是代表所有词语普遍的创造性的词语。关于这个人和这个词语，我们作为批评家只能从本体论上说出一件事，我们没有理由假设它们存在或不存在。我们

---

[16] 豪斯曼（A. E. Housman，1859—1936），英国学者、诗人。

[17] 这些话暴露出弗莱在迷信、宗教、科学和政治等问题上的价值观的混乱。弗莱作为有僧侣身份的学者，对宗教甚至迷信有所偏爱，这是不奇怪的，但他说科学会限制艺术想象力，这显然不符合事实，现代科学的发展大大开拓了人类的想象力，各类科幻作品的大爆发就说明了这一点。本书的价值在于精细地分析了西方文学艺术中的原型和模式，而不在于原作者有意无意暴露出来的他所持的特定价值观（虽然他又口口声声反对一切价值观）。

称它们为神的，如果我们用神来指不受限制的或突出的人。但是批评家，或有批评家资格的人，对赞成或反对这个断言，即是否断定从这些概念中会产生一种宗教，是没有什么要说的。如果基督教希望把文学宇宙的无限的词和人等同于上帝之道，看成是基督这个人，看成是历史上的耶稣，看成是《圣经》或教会信条，那么这些认同可以被任何诗人或批评家在不损害他们的作品的情况下所接受——这种接受依据他的气质和处境甚至可能有助于使其作品变得明朗和强有力。但是它们决不会被作为总体的诗歌来接受，或被这样的批评所全盘接受。文学批评家，像历史学家一样，只能以各种宗教相互对待的同样的方式去看待每一种宗教，即看成是一种人类的假设，不管在其他的场合人们如何评价宗教。在《圣徒格耶奥义书》[18]的开场白中对普遍词的探讨（由神圣的词"奥姆"所象征），对文学批评来说正像第四福音[19]的开场白论"道"一样有关和无关。柯勒律治认为"逻各斯"是他作为批评家的工作目标，这是正确的，但认为他的诗的逻各斯将不可避免地被吸收进基督教义中，以至于使文学批评成为一种自然神学则是不正确的。

文学批评的总的逻各斯自身绝不会成为信仰的对象或本体论的人格，总体的词的概念是假设存在词语秩序这样一种东西，研究词秩序的批评完全有意义，或可能有意义。亚里斯多德的《物理学》提出了这样一个观点，即宇宙中凡不动的物体要运动起来必有第一个推动者。这本身基本上意味着物理学有一个自己的宇宙。对运动系统的研究将是不可能的，除非运动的所有现象能够同统一的原理有关，而反过

---

[18] 《圣徒格耶奥义书》（*Chhandogya Upanishad*）为古印度解释吠陀教义的思辨作品，《奥义书》现存100多部，此为其一，"奥姆"原文为"AUM"。

[19] 指《新约》中的《约翰福音》。

来又同运动的总体统一的原理有关，这种原理自身不能仅仅是运动的另外一种现象。如果神学把亚里斯多德的不动物的推动者与创造的上帝看成是一回事，那是神学的事；物理学作为物理学将不受其影响。基督教批评家把他们的总体的词即"道"看成是基督的比拟，就像中世纪批评家所做的那样，当然可以；但由于文学本身在文化中可由以任何宗教陪伴，文学批评就必须相应地超脱于各种宗教。总之，对文学的研究属于"人文学科"，而人文学科，就像它们的名字所指明的，只能对超人采取人的观点。

总解的批评概念与宗教概念之间的近似使许多人假定它们之间的关系只能是一个为主导的，而另一个则为从属的。那些选择宗教的人，像柯勒律治一样努力使批评成为一种自然神学；那些选择文化的人，则像阿诺德一样，将努力把宗教降低为具象化了的文化神话。但是为了各自的纯洁性，各方的独立自足权（autonomy）必须得到保证。文化在普通生活和宗教生活之间插入了一个展现种种可能性的完整景象，并坚持它的完整性——无论什么被宗教或国家从文化中排除出去，总会在某种程度上遭到报复。这样，文化对宗教的基本帮助是破坏智性的偶像，即破坏宗教中用其目前的理解和处理式来取代其崇拜的目标的这种一再复现的倾向。正像没有任何支持宗教的或政治的信条的论点具有任何价值一样，除非它是在理智上是健全的，并在逻辑上能自圆其说，也没有宗教的或政治的神话是具有价值的或有效的，除非它能保证文化的独立自主的"自足权"，文化则可被暂时地界定为一个社会和其传统中的想象的假设的总的实体。这个意义上为文化自足权辩护在我看来是现代世界中"知识分子"的社会任务；如果是这样的话，认为它应该依附于任何种类的、宗教的或政治的总的综合体的那种言论将是"文人变节"的名副其实的表现。

另外，富于想象力的文化其本质既超越了自然方面的可能性的界限，也超越了道德方面的可接受的界限。在任何不重视想象文化的人类社会中，诗人是没有地位的，这种论点甚至在这个社会是上帝的子民的时候仍然是无法辩驳的。因为宗教也是一个社会机构，就它是这样一个社会机构而言，它会把限制强加给艺术，就像一个马克思主义的或柏拉图的理想国会做的那样。基督教神学并不缺少革命的辩证法，其理论和社会实践是不可分解的结合的。宗教，即使它们的眼界已经扩大了，它作为社会机构也不可能包容一个没有限制的假设性的艺术。艺术在力图消除各种挡路的现存障碍时，它反过来也不能不释放讽刺、现实主义、下流猥亵以及幻想的种种强烈的侵蚀剂。艺术家常常不得不发现，如上帝在《浮士德》中说的，他"要作为魔鬼来刺激人努力向前"，这话我以为不只是指他必须像魔鬼一样工作。[20] 在宗教的"这是"和诗歌的"假设这是"之间，一定总会有某种张力，直到可能有的东西和实在的事物在无限遥远的地方相遇。没有人想让一个诗人处在完美的人的状态，甚至连诗人们自己也告诉我们，除了上帝自己没人能在上帝之城中容忍一个捉弄人的鬼。

---

[20] 这里引文根据郭沫若的歌德诗剧《浮士德》中译本，若从德文字面直译，是"要像魔鬼一样去创造"之意。

第三篇

原型批评：神话理论

导 论

在绘画艺术中，结构的因素和再现的因素均显而易见。一幅画，往往是"关于"什么的画：它描写或显现由事物构成的"主题"，这主题与感觉经验中的"对象"相类似。同时，也有某些构图方面的成分出现于画上：一幅画所表现的，是被组织成绘画所特有的结构定式或程式的。"内容"和"形式"两词常常被用来表示绘画的这些必要成分。"现实主义"意在强调画面的再现性质；而风格化——无论是质朴的还是精细成熟的——则着重于画面的结构。画面形象逼真或追求惟妙惟肖效果的极端现实主义，是画家强调表现方面走得最远的；而抽象绘画，更严格地说，非客观画——则是画家相反走向另一极端所致。（在我看来，"非再现绘画"一语不合逻辑，绘画本身就是一种再现。）然而，追求逼真的画家并不能脱离绘画的种种程式，而非客观绘画也仍属于亚里斯多德意义上的模仿艺术。因此，我们不必过多地顾虑自相矛盾，完全可以说整个绘画艺术存在于绘画"形式"或结构与绘画"内容"或主题的结合之中。

由于某种原因，西方绘画的实践与理论的传统一直强调艺术的模仿和再现的目的。我们甚至从古典的绘画中继承了一些令人哭笑不得的故事，诸如飞鸟啄食画面上的葡萄等，这说明古希腊的画家以自己的画能够做到逼真为最高荣耀。文艺复兴时期透视法绘画的发展，进一步赋予了这类追求逼真的技巧以威望：在两维空间中表现三维空间从本质上说是一种追求逼真的技法。潜心地观赏现代画廊的人会很容易体味到一种感觉，这种感觉总是萦绕在他的心头，这就是想认出所画之物像不像，并将此视作绘画之首要标准，视为画家的道德职责。前半个世纪里发生在绘画实验运动中的许多现象之所以被视为荒唐怪异，完全是由于实验绘画致力于反叛再现谬见的专制所致。

诚然，一位有独创性的画家很明白，当公众要求绘画酷似一个物体时，公众所需要的往往是物体的对立物，即酷似公众所熟悉的绘画程式。因此，当画家打破这些程式时，他常常声称只不过是用自己的眼光来看待事物而已，他仅仅是在描绘他所看到的，等等。他奢谈这类无聊之语的动机是显而易见的；他希望表明绘画并不是轻而易举的装饰，其间包含着要解决一些非常实际的空间问题，而要做到这点是相当困难的。我们可以毫无顾虑地承认这一点，无需认为一幅画的形式来由是在画之外部，因为这种断言如果认真对待将会毁坏整个艺术。一位画家所做的无非是遵从自己一种朦胧但深刻的冲动，反抗他的时代所确立的程式，以便重新发现在一种更深层次上的程式。马奈通过打破巴比松画派的传统而形成了与戈雅以及委拉斯开兹有密切关系的绘画风格；塞尚凭借与印象画派分道扬镳而发展了与夏尔丹以及马萨乔有密切关系的绘画技巧。[1] 具有独创性并不能说明一个画家是非程

---

[1] 马奈（E. Manet, 1832—1883），法国画家。巴比松画派（Barbizon School），法国19世纪画派。戈雅（F. Goya, 1746—1828），西班牙画家。委拉斯开兹（D. Velazquez, 1599—1660），西班牙画家。塞尚（P. Cézanne, 1839—1906）、夏尔丹（J. S. Chardin, 1699—1779），法国画家。马萨乔（Masaccio, 1401—1428），意大利画家。

式化的；独创性也会驱使画家走向程式，因为它所遵循的是艺术规律，而艺术规律本身所追求的是从自身的深层出发来不断地重新塑造自身，并通过一些艺术天才来实现形态和结构的变异，而通过许多二流的人才来实现突变。

在其批评理论中，音乐与绘画构成一种新鲜的对比。当绘画的透视法被发现时，音乐也许在朝同样的方向发展着，但实际上，再现性音乐或"标题音乐"的发展一直受到极大的限制。听众听到音乐里对自然音响的惟妙惟肖的模仿，会获得极大的乐趣，但是倘若一位作曲家没有模仿外界的声音，那么也不会有人说这位作曲家是一位颓废派或庸才。而且也没有人认为模仿比音乐形式本身更重要，更不会认为是它们构成音乐形式了。其结果是音乐的种种结构原则是清楚明白的，甚至是可以教授给儿童的。

假定我们这部书是介绍音乐理论而不是诗学的，那么，我们就从区别可听见的声音范围内的八音度开始，说明在理论上八音度可以划分为十二个相等的半音，从而形成一个由十二音符构成的音阶，而这一音阶包含着本书读者通常会听到的所有旋律及和声。然后，我们可以在这一音阶中抽象出两个和谐之点，即大调和弦与小调和弦，并解释二十四个相关联的音调体系以及要求曲子在同一个调上开始和结束的调性程式。我们可以把节奏的基本原理描述为每隔两个或三个拍子加一重音符号，而且音乐的所有其他基本要素亦复如此。

可以用这样一个轮廓合理地勾画从 1600 年到 1900 年之间西方音乐的结构，并且以一种合理的且更为灵活又无本质差别的形式，描述本书读者习惯上称为音乐的各个方面。如果我们乐意，可以把西方传统以外所有音乐付之于一个序言式的章节里单独讨论，然后我们才开始着手于我们所关心的问题。有人会提出异议，说 C# 和 Db 属于同样的音符，其相等平均律（temperament）体系是随意虚构的。又有人会说，一位作曲家不应该被一套严格的程式化的音乐要素所束缚，而且音乐表现的方式应该像空气一样自由狂放。第三位则可能会说，我们根本不是在讨论音乐：莫扎特的《朱庇特交响曲》为 C 大调，而贝多芬的《第五交响曲》为 C 小调，对两调之间的差别做一番解释并不能告诉任何人两首交响曲之间的不同。我们可以不去理睬这些持异议者。我们的这一手册不会给读者一个完整的音乐教育，也不会对存在于上帝的脑海里或存在于天使的实践中的音乐做一番描述，但它有其本来的目的。

我们在本书里企图为文学表现的一些基本规则做提纲式的论述，我们所讨论的要素与诸如调性、简单和复杂节奏、经典作品的模仿等类的音乐要素相对应。目的是对处于古希腊古罗马的和基督教的文学遗产关联域中的西方文学的结构原则做一番合乎理性的描述。我们假定，语辞表现的方式受到犹如音乐中的节奏和调的文学对等物的限制（假如"限制"就是我们所需要的词的话），尽管这并不意味着其艺术方式是可穷尽的，在音乐中亦复如此。毫无疑问，我们会有我们刚才为音乐所设想的同样的反对者。他们会说，我们的范围是人为的，它们并不能公正地对待文学的多样性，或者它们与他们在阅读文学作品时的感受毫无关系。然而不管怎样说，"文学的结构原则到底是什么"这一问题是非常重要的，值得我们讨论一番；而且，既然文学是词语的艺术，那么寻找一些词语来描述文学结构原则，至少不应该同寻找如奏鸣曲和赋格曲这样一些词语来描写音乐更为困难。

在文学中，同在绘画中一样，实践和理论上传统的着重点一直是放在再现或"酷似生活"上。例如，当我们拿起狄更斯的一部小说时，我们直接的反应——由我们所知道的批评在我们身上所养成的习惯——是拿这部小说与"生活"做一番比较：要么与我们周围的生活相比较，要么与狄更斯的同时代人的生活相比较。接着，我们遇见诸如希普[2]或奎尔普[3]之类的人物，可是不但我们并没有发现与这些奇特的怪物相"酷似"的人们，就连维多利亚时代的人也未必不与我们有同感，这种比较法便随即失灵。一些读者会抱怨说，狄更斯"仅仅"是回归到漫画中去了（好像画漫画易如反掌）；其他的读者则更为明智些，干脆把"酷似生活"这一准则抛至九霄云外去玩味创造的乐趣。

人们往往用平面几何或者立体几何概念来描述绘画的种种结构原则，绘画与之有相似之处。塞尚有一封广为人知的信，谈论到绘画形式与球体和立体的近似性，而且抽象画家的实践似乎肯定了这一点。几何形状仅仅与绘画形式类似，但绝不是与之等同；绘画的真正结构原则，并不是来自与艺术以外的其他事物的外部相似性，而只能来源于艺术自身的内在类似性。同样，文学的结构原则要得自原型批评和总解批评，因为这两者为整体的文学提供了范围更广阔的关联域。然而，正如我们在本书的第一篇文章中所看出的，随着虚构作品的模式从神话转向低模仿和反讽，它们便接近极端的"现实主义"或再现性地酷似生活。因此，神话的模式——即有关神祇的故事，其中人物具有行动的最大力量——是一切文学模式中最抽象、最程式化的模式，正如其他艺术形式中相应的模式一样——例如富有宗教色彩的拜占庭绘画——展示出本身结构方面类型化的最高程度。所以，文学的结构原则同神话和比较宗教有着千丝万缕的联系，正如绘画的结构原则同几何学的联系一样。在这篇文章中，我们将运用《圣经》中的象征系统，

135

---

[2] 希普（Heep），英国小说家狄更斯的小说《大卫·科波菲尔》中的人物。

[3] 奎尔普（Quilp），狄更斯的小说《老古玩店》中的人物。

并且在较小的程度上运用古典神话,借以说明文学原型的基本规则。

在埃及故事《兄弟俩》(这个故事被认为是约瑟传奇中波提乏[4]的妻子的故事的来源)中,哥哥的妻子试图勾引与他们生活在一起的未婚弟弟。当弟弟拒绝她时,她就告他企图强奸她。弟弟被迫出逃,暴怒的哥哥去追赶他。就此而言,这个故事重新创造了一些可信的生活事实。[5]尔后,弟弟向太阳神祷告乞援,恳求伸张正义,太阳神随即在弟弟与哥哥之间安置了一个大湖,且以无边的神功在湖水中放入了无数的鳄鱼。这个情节与前边的情节相比并不显得虚构性更强,而与其他的情节相比,它与整个故事情节的联系也并不缺乏逻辑性。但它已经完全背离了与"生活"的外部类比:我们说这种事情只能发生在故事里。这样,这个埃及故事由于其神话情节而获得了一个抽象的文学性质。这位故事讲述者本来可以轻易地用更为"写实"的方式解决这个小问题,可见埃及艺术像其他艺术一样,似乎体现了一定程度上的风格类型化。

同样,头顶饰有光环的中世纪圣者看起来可能像一位老人,但是神话的特征——光环——既赋予画面一种更为抽象的结构,又赋予圣者一种只能在绘画中才能看到的外部特征。在原始社会,神话和民间故事的繁荣常常是伴随着对造型艺术中几何装饰的鉴赏力的发展而出现的。而在我们的传统中,我们为逼真地、惟妙惟肖地、连贯一致地模仿的人生经验留一席之地。在一些偶尔拿来用之的恶作剧中,虚构的东西被表现为事实,甚至以事实接受,例如笛福的《大疫年日记》或塞缪尔·巴特勒的《纯净的港口》等。这类恶作剧与绘画中追求逼真的手法遥相呼应。在另一个极端,我们有神话,或者称为抽象的虚构故

---

[4] 波提乏(Potiphar),据《旧约·创世记》第39章,波提乏为埃及法老之内臣,其妻诱约瑟遭拒,诬陷约瑟使之下狱。

[5] 哥哥的一头牛还告诫弟弟处境危险,不过在此我略去未提。——原注

事，其中，诸神以及其他此类的生灵可以为所欲为，实际上表明神话作者的随心所欲。在反讽中神话的回归（我们在第一篇文章中业已论述过），与绘画方面的抽象风格、表现主义、立体主义等强调绘画结构的自足性的类似追求同时并存，彼此相应。六十年前，萧伯纳曾着重指出易卜生戏剧以及他自己的戏剧中主题的社会意义。今天，艾略特先生在《鸡尾酒会》中把我们的注意力引向阿尔克提斯[6]这一原型上去，在《心腹职员》中又把我们的注意力引向伊翁[7]这一原型上去。前者属于马奈和德加时代；后者属于布拉克和格雷厄姆·萨瑟兰时代。[8]

那么，我们就从神话世界着手开始我们对原型的研究吧。这是一个既有虚构型又有主题型构思的抽象的或纯文学的世界，这个世界丝毫不受以我们所熟悉的经验为根据，按近似真实的要求进行改编这一规则的制约。就叙事而言，神话是对以愿望为限度的行动，或近乎愿望的可想象的限度的行动之模仿。诸神喜欢美丽的女性，他们用奇异的力量你争我夺，而且安慰并帮助人类，或者站在他们永生的自由之高度观看人类受苦受难。神话基于人类愿望的最高层次这一事实，并不意味着神话必须表现人类所达到的或可以达到的世界。就意义或思想（dianoia）而言，神话世界同样可看作一个充满活动的场所或领域，只需记住我们的原则：诗歌的意义或定式只不过是具有概念内涵的意象结构。神话意象的世界，通常是用宗教中天堂或乐园的概念表现出来的，而且这个世界是神启式的（这只是在我们对该词已经做过

---

[6] 阿尔克提斯（Alcestis），古希腊神话中阿德墨托斯（Admetus）的妻子，她为救其丈夫献出了自己的生命，后被赫拉克勒斯（Hercules）从冥界救回。

[7] 伊翁（Ion），这里指欧里庇得斯的同名悲剧作品中的主人公。

[8] 布拉克（Georges Braque，1882—1963），法国立体主义画家。萨瑟兰（Graham Suthenland，1903—1980），英国画家。

的那种解释的意义上），即一个完全隐喻的世界，在这个隐喻的世界里，每一件事物都意指其他的事物，似乎一切都是处于一个单一的无限本体之中。

现实主义——或者说逼真的艺术——唤起的反应是："它与我们所知晓的是多么相似！"当所写下的与所知晓的相似时，我们有了一种所谓扩展的或含蓄的明喻的艺术。正如现实主义是一门含蓄的明喻艺术，神话则是一门含蓄的通过隐喻表现同一的艺术。在庞德的术语中，"太阳－神"（这个词中间用一个连字符而不是谓语）是一个纯粹的表意符号，或在我们术语中，是文学隐喻。在神话中，我们看到文学的种种结构原则被分离出来；在现实主义中，我们看到同样的结构原则（不是相似的）被放置在一个近似真实的关联域中。（在音乐中亦然，普塞尔的一首乐曲与本杰明·布里顿的一首乐曲彼此之间或许根本不相似，但是假如它们都是 D 大调的话，那么它们的调性是同样的。）[9]然而，现实主义的虚构作品中存在的神话结构，要使人信以为真则会涉及某些技巧问题。而且解决这些问题所用的手段皆可以划归"移用"（displacement）这个一般性的名称之下。

由此看来，神话可谓文学构思的一个极端，自然主义则是另一个极端，而在两者之间是浪漫传奇的广大区域。我们这里的"浪漫传奇"（romance）一词，并不是指我们在第一篇文章中所说的历史模式，而是指按照凡人的意向"移用"的神话，并且朝着理想化了的方向使内容程式化，以形成与"现实主义"相反的那种倾向，我们在第一篇文章中的后部也已对此做了讨论。移用的基本原则，是在神话中可以通过隐喻来表明具有同一性的，在浪漫传奇中却只能通过明喻的某些方式联系起

---

[9] 亨利·普塞尔（Henry Purcell，1659—1695），英国作曲家。本杰明·布里顿（Benjamin Britten，1913—1976），英国作曲家。

来：类比、有意义的联想、偶然相伴出现的意象等。在神话中，我们可以有太阳神或森林之神；在浪漫传奇里，我们只能有一个与太阳或森林有意义联系的人物。在更为现实主义的模式中，联想的意义减少了，毋宁说它是属于伴随的甚至属于共生的或偶然的意象。在圣乔治和珀耳修斯家族的杀龙传说中，在一位年老软弱的国王治下的国家处于一条龙的威胁之下，这条龙所要的是国王的女儿，但它被一位英雄杀死。[10] 这个故事似乎是由丰收之神使荒原恢复生机的神话在浪漫风格的传说中的类似物（或者说是这一神话的衍生物）。在神话中，龙与老国王可被视为同一体。我们还可以进一步把这一神话浓缩为俄狄浦斯的幻想故事：英雄不是老国王的女婿而是他的儿子，而被救出的女性却是英雄的母亲。倘若这个故事是一个私人的梦，那么如此之类的同一化是理所当然的。[11] 但是，要使这个梦成为一个似乎真实的、合乎逻辑的、在道德上也能被人接受的故事，大量的移用是必不可少的。而且只有在对此种故事类型进行一番比较研究之后，故事中的隐喻结构才能浮现出来。

在霍桑的小说《玉石雕像》中，赋予小说名称的那尊雕像总是与小说中名为多纳特罗的人物联系在一起，以至于只有非常不敏感或非常疏忽的读者才会没有注意到多纳特罗"就是"那尊雕像。而后我们遇到一位名叫希尔塔的姑娘，她纯洁无邪、温柔善良，居住在周围全是鸽子的小阁楼里。那些鸽子非常喜欢她；另一个人物称她为他的"小鸽子"，而且作者和人物都说了些暗示她与鸽子有某些特殊关系的话语。假如我们把希尔塔与鸽子视为一体，说她就是鸽子女神，像维纳斯一样，那么我们没有严格地把这个故事按它自己的模式去读解，而是把

---

[10] 圣乔治（St. George），为英格兰的守护神。
[11] 原作者在这里宣扬弗洛伊德的观念，即认为凡人都有俄狄浦斯情结，即恋母情结，由此在做梦时往往梦见把母亲和情人一体化的乱伦的事。

它迻译为神话了。然而,承认霍桑在这里是多么接近神话也并非不公正。这也就是说,我们承认《玉石雕像》并不是一种典型的低模仿的虚构作品:这部作品完全被一种激起读者兴趣的力量统辖着,它向后复归于过去的虚构的浪漫传奇,而向前又趋向于20世纪富有反讽色彩的神话作家,例如卡夫卡和让·科克托[12]。这种激起读者兴趣的力量常常称为寓意性(allegory),但是或许霍桑本人称它为浪漫性颇为有理。我们可以看到,这一力量在以后的人物刻画中逐渐变得抽象。假如我们除了模仿的规则外别无所知,那么我们就会对此牢骚满腹。

在神话中我们还有普罗塞庇娜[13]的故事。普罗塞庇娜每年回到冥界六个月。这一纯粹的神话显然是死亡和再生的神话;我们所讲的故事是已经稍微移用了的故事,但神话的定式显而易见。同样的结构因素常常出现在莎士比亚的喜剧中,只是它已经过改编,以适合确实可信的高模仿层面之用。《无事生非》的主人公毫无生气,足使人为之唱一首葬歌,而且似乎真实可信的解释一直被拖延下去,直到全剧的结尾。《辛白林》中的女主人公伊莫琴,不但有一个化名而且还有一个空坟墓,并且还为她举行了葬礼。然而赫耳弥奥涅和珀尔蒂塔的故事与得墨忒耳和普罗塞庇娜的神话如此相似,因此无需进行任何叫人感到真实可信的解释。[14]赫耳弥奥涅在消失之后,在梦中以鬼魂的形象又

---

[12] 让·科克托(Jean Cocteau,1889—1963),法国诗人兼小说家、剧作家。

[13] 普罗塞庇娜(Proserpine)又名珀耳塞福涅(Persephone),为希腊神话中主神宙斯与得墨忒耳(Demeter)之女,被冥王普路托(Pluto)掠到冥界并娶其为妻,她每年春天和秋天可返回阳界。

[14] 赫耳弥奥涅(Hermione),莎士比亚的喜剧《冬天的故事》中的女主人公;珀尔蒂塔(Perdita),莎士比亚的喜剧《冬天的故事》中另一位女主人公,赫耳弥奥涅之女。得墨忒耳(Demeter)为希腊神话中的谷物女神,其女儿普罗塞庇娜为冥王劫走之后,她悲痛异常,以致土地荒芜,到处饥馑,主神宙斯乃许母女每年春天团聚,秋天离开,以致谷物繁茂。

回来了。而她从雕像中复生——这是皮格玛利翁[15]神话的移用——据说是为了唤醒人们的信仰，尽管在合乎情理这一层面上讲，她根本就未曾是雕像，而除了一次无害的欺骗之外什么事也没有发生过。我们可以注意到，一位主题型作品的作者与一位虚构型作品的作者相比，前者要更接近玄虚的神话——斯宾塞笔下的弗洛里梅尔隐藏在海下过冬而没有给我们造成任何疑问，她只是在她的位置上留下了一位"白雪夫人"，而她在第四卷结尾时回来了，带来的是汹涌澎湃的春水。

在低模仿作品中，我们可以识别出女主人公死亡和再生的同样的结构定式，如艾瑟·萨默森[16]患了天花，或洛娜·杜恩[17]在她结婚的圣坛前被枪杀。然而，我们离现实主义的种种程式越来越接近了。尽管洛娜的眼睛发出"死亡的昏暗之光"，我们仍然明白，如果作者计划使她复活，那么他就没有真心让她死去。我们把它与《玉石雕像》比较一下会很有意思。在《玉石雕像》中，对雕刻家以及雕像与活人的关系谈论如此之多，以致我们几乎预感到会有像《冬天的故事》的结尾一样的结尾。希尔塔神秘地失踪了，正当其时，她的情人雕刻家凯尼恩从地下挖出一尊雕像，他就把这尊雕像与希尔塔联系起来。尔后不久，希尔塔回来了，并且为她失踪提供了一个似乎讲得过去的理由，但是其中也掺杂着霍桑本人一些颇为尖锐和粗暴的话，以此来给人这样的印象：他并没有存心杜撰似乎合情合理的解释，而且他希望读者会给他更多的自由。然而霍桑的这种节制似乎是自己做出的，至少在一定

---

[15] 皮格玛利翁（Pygmalion），希腊神话中塞浦路斯国王，擅雕刻，热恋自己所雕之少女像。爱神阿芙洛狄忒见他感情真挚，就给雕像以生命，使两人结为夫妻。

[16] 艾瑟·萨默森（Esther Summerson），英国狄更斯的小说《荒凉山庄》的中心人物。

[17] 洛娜·杜恩（Lorna Doone），英国小说家布莱克莫尔（R. D. Blackmore, 1825—1900）的同名小说中的女主人公。

程度上如此。我们若转而再看看爱伦·坡的《莉盖娅》，就会对此一目了然。在坡的《莉盖娅》[18]中，直截了当的神话中的死亡和再生定式毫无隐晦地表现出来。坡与霍桑相比，显然是一位更激进的抽象主义者。这就是为什么他对我们这个世纪的影响更为直接的原因之一。

神话的文学性与抽象的文学性之间的姻亲关系，说明了虚构作品的许多方面，尤其是那些逼真得在情节上合情合理又浪漫得足以踏入"好故事"之列的那些更为通俗的作品。所谓"好故事"是指构思清晰的作品。对一个预兆或前兆的引示，或者说在故事开始时就预言整个故事如何展开这一手法，就是一个很好的例子。这样的手法若作为人类生存境况的投射而言，是暗示出不可避免的命运或潜藏的全能的意志这一概念的。实际上，它只是一个纯粹的文学结构，使故事的开头与结尾有一种对称关系，而唯一的不可避免的意志正是作者的意志。因此，我们发现，甚至那些在气质上并不怎么喜欢用凶兆的作家也运用这一手法。例如在《安娜·卡列尼娜》中，故事开始时铁路搬运工之死被安娜认为是她自己的一个不祥之兆。同样地，假如我们在索福克勒斯的作品中发现预兆和不祥征兆，那么它们本来就是存在的，因为它们与他的悲剧类型的结构相适应，而且它们丝毫不能说明剧作家或观众所持有的关于命运的信念。

那么，我得到了文学中神话和原型象征的三种组织形式。首先，文学中存在着非移用的神话，这种神话通常是关于神祇或魔鬼的，而且往往呈现为两个相对立的、完全用隐喻表现同一性[19]的世界，一个

---

[18] 《莉盖娅》(*Ligeia*)，美国作家爱伦·坡写于1838年的小说，写莉盖娅病故，丈夫再娶，后妻又猝死，忽见后妻从裹尸布中站起来，他误以为莉盖娅复活了。

[19] 同一性，原文为identification，指神祇与天堂及人们的理想为同一体，魔鬼则与地狱及人们所厌恶的世界为同一体，详见下几节著者所做的阐述。该词根据上下文也可译为"认同""等同""同一化"。

是人们所向往的世界，另一个则是令人厌恶的世界。这两种世界常常被看作与此类文学同时并存的宗教中的天堂和地狱。我们把这两种形式的隐喻结构分别称为神启式的和魔怪式的。其次，是我们称为浪漫性的一般的结构倾向，它所暗示的含蓄的神话定式是处于与人类经验更接近的世界里。最后，我们有"现实主义"结构倾向（我本人对"现实主义"这一不太恰当的术语感到厌恶，故将它置于引号之间），它强调故事的内容和表现，而忽视故事的形式。富于反讽色彩的文学始于现实主义，然后转向神话，其神话定式尽管有时继承了浪漫文学那种风格化的传统，但是通常表现为魔怪式的结构而不是神启式的结构。霍桑、坡、康拉德、哈代及弗吉尼亚·伍尔芙都为我们提供了有力的证据。

观赏一幅画时，我们可以站在近处，对其笔触和调色的细节进行分析。这大体上与文学中的新批评的修辞分析相同。如果离开画面一段距离，那么我们就可以更清楚地看到整个构图，从而更着重于研究画面所表现的内容——这一距离最适用于观赏例如荷兰现实主义绘画之类，这就是说，在一定意义上我们在读画。我们越往后站，我们就越能意识到它的组织结构。如果我们在相当远的距离观赏一幅圣母画，映入我们眼帘的则仅仅是圣母的原型，一片很大的富有向心感的蓝色块对比鲜明地把人们的兴趣引向中心焦点。在文学批评中，我们也时常需要从诗歌"向后站"，以便清楚地看到它的原型组织。倘若我们从斯宾塞的诗篇《无常诗章》"向后站"，我们就会看到一个由秩序井然的环形光线形成的背景，以及一块不祥的黑色伸入较低的前景之中——同我们在《约伯记》的开篇所看到的原型形状一般无二。假如我们离开《哈姆雷特》第五幕的开头"向后站"，我们将会看到一座坟墓在舞台上打开，接着看到主人公、他的敌人以及女主人公进入坟墓，然后是上层世界你死我活的搏斗。[20]如果我们离开诸如托尔斯泰的《复活》或者左拉的《萌芽》之类的现实主义小说"向后站",我们则可以看到这些标题所暗示的神话时代的图案。下面我们将列举更多的例子。

我们首先论述两种非移用的世界——神启式和魔怪式的——中意象或曰"思想"的结构。我们的论述主要依据《圣经》——我们的传统里非移用的神话的主要来源。然后我们讨论意象的两种居间结构。最后我们将讨论一般的叙事体或曰"密托侬"(mythoi)的结构,即运动中的意象结构。

---

[20] 剧中关于哈姆雷特跳入墓坑的说明不必多加追究,倒是这一场景所表现的哈姆雷特心情的前后对照,说明了他一生中某种值得大书特书的事件。——原注

原型意义理论（一）：神启意象

让我们根据二十个问题[1]这一游戏的一般程式开始我们的讨论吧，或者——假如我们乐意——依照"生存"（Being）的巨大链条的程式，即从划分感官材料的传统程式开始。

神启式的世界——宗教中所谓的天堂——首先为我们展现人类所向往的种种现实，在人类文明的创造所呈现的各种形式中对此已有所揭示。例如，人类创造和理想所施加于这个植物世界的形式，是花园、农场、丛林、公园等。动物世界里人化的形式，是经过驯养的种种动物，其中，羊在古典的和基督教的隐喻传统中均居首位。矿物世界的人化形式是城市，即人类通过劳动将石块转变的形式。城市、花园和羊舍是《圣经》以及最富于基督教色彩的象征作品的有组织的隐喻。它们在一部书中被视为完全相同的隐喻，这部书毫不隐晦地取名为《启示录》。它构思精巧、结构严密，从而为整个《圣经》构成一个非移用性的神话结论。依我们之见，这就是说，《圣经》中的启示录就意味着神启意象（apocalyptic imagery）的基本规则。

---

[1] 西方猜谜游戏。以一事物为谜底，一谜只许提二十个问题，可以给出"植物""动物"等提示，回答问题也可以用"是"与"否"，猜中者为胜。

这三种范畴中的每一种——城市、花园、羊舍——均已在前一篇文章中根据原型隐喻的原则进行了讨论。而且我们尚能记得，每一种范畴都是具体共相（concrete universal），与其他范畴以及范畴内每一个独体相同一。因此，神的世界和人的世界可以与羊舍、城市、花园视为一体，其各自的社会属性以及个体属性也是同一的。由此可见，在《圣经》中神启式的世界再现了下列定式：

神的世界　＝　神的社会　　＝　一位神

人的世界　＝　人的社会　　＝　一个人

动物世界　＝　羊舍　　　　＝　一只羊

植物世界　＝　花园或公园　＝　一棵（生命之）树

矿物世界　＝　城市　　　　＝　一幢建筑物、一座庙、一块石块

"基督"这一概念把所有这些范畴结为一体。基督既是一位神又是一个人；还是神的绵羊、生命之树，或者说是藤蔓，而我们是其枝梢，还是建筑者所抛弃的石块；还有重建的庙宇，而这座庙宇与他升入天堂的躯体是被视为一体的。宗教中的同一化与诗歌中的同一化仅在意图上有所区别，前者是存在的，后者是隐喻的。在中世纪的批评中，这种区别本来无关紧要，"神像"（figura）一词用来与基督的象征等同时，通常既是存在的又是隐喻的。[2]

现在让我们对这个定式稍加阐述。在基督教中，具体共相被用于神的世界，其形式是三位一体。基督教教义认为：习惯上的思维过程

---

[2] 见埃里克·奥尔巴赫（Erich Auerbach）的《模仿》（*Mimesis*）一书，威拉德·特拉斯克（Willard Trask）英译本第73页，1953年版。——原注

无论会产生什么样的纷乱，神是三个人却又是一个上帝。人和实体的种种概念，在把隐喻扩延为逻辑时造成一些困难。在纯粹的隐喻中，统一的神可以用于五个或十七个或百万个具有神性的人，其简单容易丝毫不亚于用于三个人。而且我们可以在处于三位一体的轨道之外的诗歌里发现富有神性的具体共相。在《伊利亚特》的第八卷开头部分，宙斯说道，只要他乐意，他就可以把整个生存的链条拉到他身边。从这里我们可以看到，对于荷马来说，奥林匹斯山中有一个双重视角（double perspective）的概念。在奥林匹斯山上争吵不休的诸神，任何时候都可以骤然间构成一个单独的神性意志的形式。在维吉尔的作品中，我们第一次遇到了一位不怀好意而又恣意妄为的朱诺，但在几行诗句之后伊尼亚斯对他手下的人所做的评语"神赋予每人以局限"向我们暗示，一个同样的双重视角对于他来说也照样存在。[3] 或许我们可以拿《约伯记》进行比较，在此章中约伯和他的朋友太虔诚了，因此他们不会相信约伯的种种苦难是由于上帝与撒旦之间滑稽的打赌所致。在某种程度上，他们是对的，而读者所得到的有关撒旦在天堂的信息却是错误的。撒旦在诗的结尾时从天堂坠落下来，而且，无论改写本对此应负多少责任，我们仍不易弄明白对约伯最后的启蒙教化怎么能够从唯一的神的意志这一概念完全返回到开场时那种场面的情调中去。

至于人类社会，我们皆为一体之成员这一隐喻，构成了从柏拉图到我们当代大多数的政治理论。弥尔顿所谓的"共和政体应该像伟大的基督一样，像一个巨大的生长物，像一位诚实之人的躯体一样"，是属于这一隐喻的基督教翻版，在此，如同在三位一体的教义中一样，"基

---

[3] 维吉尔的作品是指其史诗《埃涅阿斯纪》（Aeneid）。

督是上帝和人"这一全然的隐喻性陈述是正统的,而阿里乌斯教[4]以及基督幻影教派[5]中明喻式的或谁像谁的说法却被斥责为异端邪说。霍布斯的名著《利维坦》,也与同一类型的同一化有联系,在它的最初版本的扉页插图里,描绘了一个庞然大物的躯体内有几个侏儒。[6]柏拉图的《理想国》同样是建立在这个隐喻之上:在这个理想之国中,个人的理性、意志和愿望是以国家的国王兼哲学家的面目、以卫士和手工艺者面目出现的,而且,当我们把形成一个集团或一个社团的人员说成一个"整体"(body)时,我们实际上仍然在运用这个隐喻。[7]

在有关两性的象征中,用"同一个肉体"这一隐喻表示两个躯体因爱情结合为一个躯体则更为常见。邓恩的《出神》一诗就是许许多多用这种意象组织起来的诗歌之一;莎士比亚的《凤凰与乌龟》一诗,尽情戏弄了此类同一化对"理性"的暴行。效忠皇室、英雄崇拜、侠肝义胆等之类的主题,也同样运用这种隐喻。

动物世界与植物世界,在基督教的变体说中被认为是彼此相同的,而且也与神的和人的世界一致。根据这种变体说,植物世界中人化的基本形式:食物和饮水、粮食和葡萄、面包和酒,是"绵羊"的躯体和血液,而绵羊也就是人和上帝。我们生活在上帝的躯体里,犹如生活在城市里或寺院里。在这里正统的教义又坚持了隐喻说而反对明喻说,

---

[4] 阿里乌斯教(Arianism),起源于4世纪初的异教,它否认基督的神性。

[5] 基督幻影教(Docetism),早期异教之一,只承认基督的人性并认为基督受难只是一种虚幻现象。

[6] 托马斯·霍布斯(Thomas Hobbes,1588—1679),英国哲学家。《利维坦》(*Leviathan*,1651)是他的一部论述国家组织的书。

[7] 在西语中,"躯体"与"整体"同为一词,这里弗莱认为,基督的三位一体、弥尔顿的共和政体、霍布斯笔下的庞然大物,以及柏拉图的理想国的隐喻原型都是基于"具体共相"的"躯体"。

而实体这一概念表明逻辑为吸收消化隐喻所进行的斗争。《法律篇》开头业已表明，酒会对于柏拉图来说具有交际象征的意味。我们很难找到一个比圣餐更简单的或更生动的人类文明的意象，在这个文明世界中，人类试图包围自然界，并把它置入人的（社会的）躯体里。

在动物世界里，绵羊被赋予传统的荣耀，这一点为我们提供了神牧意象的中心原型，同样也提供了诸如宗教中"牧师"和"羊群"之类的隐喻。国王是其臣民的"牧羊人"这一隐喻可追溯到古代埃及。或许，这一特殊程式之运用，是由于愚昧、温柔、喜欢群居而且易受惊恐的羊所形成的社会与人类社会极为相似。当然，在诗歌中，如果诗人的读者或听众不太挑剔，任何其他的动物也可以构成这样的社会。例如在《吠陀经·奥义书》的开始部分对用于祭祀的、其躯体包容整个宇宙的马的处理，与一位基督教诗人对上帝的绵羊的处理一模一样。至于鸟类，鸽子在传统上一直代表宇宙的和谐或代表维纳斯和基督教圣灵的爱。[8] 把神与动物或植物视为同一以及把神与人类社会视为同一，构成图腾象征的基础。某些关于苦难原因的民间故事，即关于超自然的生物变为我们所知道的动物或植物的故事，实际上是同一类型的隐喻淡化了的形式，并且以从奥维德以来便以广为人熟知的"变形"原型幸存下来。

---

[8]　华莱士·史蒂文斯（Wallace Stevens）写的《腹中之鸽》（"The Dove in the Belly"）等几首诗是运用此类象征的。动物界中其他博得诗人青睐的尚有鱼和海豚，都属于基督教传统，其反面则是海上怪兽。在昆虫中，蜜蜂深受维吉尔喜爱，它飞行轻快，又酿造醇美的蜜，与贪婪吞食的蜘蛛形成对照。试比较伊迪丝·西特韦尔（Dame Edith Sitwell）的诗《蜜蜂的启迪》（"The Bee Oracles"）。许多国家中关于灵长类动物的古老理论，也都与这种具有代表性的象征主义手法有一定联系。——原注

植物意象也有类似的变易性。我们仍以《圣经》为例,生命之树的树叶和果实被用作交际的象征而取代了面包和酒。或者说具体共相不仅可以简单地用于一株树,而且也可用于一只果子或一朵花。在西方,玫瑰花在神启性的花卉传统中居于首位:在《天堂》[9]中把玫瑰花作为交际的象征,这一点已为人熟知。而在《仙后》第一卷中圣乔治的标志——白色底面上一朵红色玫瑰花——不仅与基督升入天堂的躯体以及伴随着基督的躯体的圣餐象征密切相关,而且与都铎王朝时期红白玫瑰两派携手联合不无联系。在东方,荷花或者中国的"菊花"常常取代玫瑰花,而在德国的浪漫主义运动中,蓝色的矢车菊曾风靡一时。

把人体与植物世界视为一体,使我们获得阿卡狄亚田园生活的意象、马维尔笔下绿色的世界、莎士比亚笔下森林中的喜剧、罗宾汉的绿林世界,以及出入于浪漫传奇之林的纯洁无邪的人们之原型。所有这些一直构成在浪漫传奇中相对于神话隐喻中森林之神故事的类似物,它延续至今。在马维尔的《花园》一诗中,我们看到把人的灵魂与栖落在生命之树的枝上的小鸟视为同一,这种同一化尽管微妙但仍没有越出传统之雷池。橄榄树以及橄榄油为我们提供了"涂了油的"统治者那样的另一种同一化关系。[10]

城市——无论称为耶路撒冷与否——在神启意义上与一座建筑物或庙宇等同。它是一座"由许多住处组成的家",个人只是其"有生命的石块",《新约》中这样说道。人化的无机物世界之运用,这种意象包括公路、车马小道以及街道纵横的城市,而且"路"(way)这一隐喻是

---

[9] 指但丁所著《神曲》的《天堂》篇。
[10] "涂了油的"意为"天意选定的",按基督教传统,受封的人,如国王、祭司等,要在其脸上抹上油以表示上帝选中了他。

与所有的文学中的追寻故事分不开的,不管它是否如在《天路历程》中明显地富有基督教色彩。属于这一类的还有几何学上的和建筑学上的意象:但丁和叶芝笔下的高塔和旋转的楼梯、雅各的梦中登天之梯、新柏拉图主义爱情诗人笔下的梯子、上升的螺旋状或羊角状的物品、忽必烈汗命令建造的"壮丽堂皇的行乐的圆顶宫阙"、布朗在艺术和自然界的每一个角落所寻找的那种十字形和梅花形图案、作为无限永恒的标志的圆、沃恩所谓的"纯粹的、永恒的光芒之环"等。[11]

在严格意义的原型的层面上,诗歌是人类文明的制成品,而自然是人类的容器。而在总解的层面上,人是自然的容器,而他所建造的城市和花园已不再是地球表面上的小小洞穴,而是人类宇宙的形体。因此在神启象征里,我们不能把人仅仅局限于他周围的大地和空气这两个自然成分之中。当象征从一个层面跃到另一个层面时,必须像《魔笛》[12]中的王子塔米诺一样穿过水和火的磨难。诗歌中的象征常常把火放于人在此世的生命之上,而把水置于生命之下。但丁必须穿过一个火环和伊甸园之河才能从炼狱之山(炼狱仍然处于我们这个世界的表面上)走向天堂或者说走向严格意义上的神启世界。《圣经》中环绕着天使的火和光、圣灵降临时的火舌、六翼天使放进以赛亚口中的火炭等意象,使火与处于人和神之间的精神世界或者说天使的世界联系起来。在古希腊神话中,普罗米修斯的故事说明了火的类似的起源,正如宙斯与雷霆闪电有千丝万缕的联系一样。简言之,在天空意义上的上苍——容纳着太阳、月亮、星球等炽烧的天体——一般与神启世界

---

[11] 托马斯·布朗(Thomas Browne,1605—1682),英国作家、医生。亨利·沃恩(Henry Vaughan,1622—1695),英国诗人。

[12] 《魔笛》(*Magic Flute*),莫扎特的著名歌剧。

里的天堂视为同一，或者被视为通往天堂的道路。

因此，我们的所有其他范畴也可以视为与火或者燃烧同一。犹太－基督教的神祇在火中出现，周围环绕着火的天使（天使长）和光的天使（天使次长），也值得我们提一下。祭神仪式中燃烧的动物，暗含神与人的世界的沟通是在动物的躯体中完成之意，它变成与圣坛上的火及烟雾、缭绕上升的焚香的烟等诸如此类联系在一起的意象。人的燃烧，[13]表现在圣者头上的火环以及国王头上的皇冠，这两者都是太阳神的类比物。我们可以比较一下索思韦尔[14]的圣诞诗《燃烧的婴儿》。燃烧的鸟的意象出现于关于凤凰的传奇中。生命之树也可以是一株燃烧的树，我们还有摩西手中不停地燃烧且永远烧不完的火把、犹太教仪式中的烛台、后来的神秘主义的"玫瑰十字"等。在炼金术中，植物世界、矿物世界和水是与玫瑰花、石块和炼金药液相等同的；鲜花与宝石的原型在佛教信奉者那里与"莲花宝石"相等同。[15]在火，令人醉的酒以及动物的红色的热血之间的联系，同样是屡见不鲜的。

把城市与火视为同一说明了为什么上帝之城在《启示录》中被表现为炽烧的金块和宝石，而且每块宝石都冒出蓝宝石一般的火苗。因为

---

[13] 说到人的燃烧，参阅大·赫·劳伦斯（D. H. Lawrence）的《伊特鲁亚名胜》（*Etruscan Places*）第3章关于朱红油漆的一番话。——原注

[14] 索思韦尔（Robert Southwell，约1561—1595），英国诗人，耶稣会会士，因其宗教信仰被囚禁，并被绞死。1929年为他举行了灵魂升天仪式。

[15] 关于炼金术中的象征体系，可参阅赫伯特·西尔伯勒（Herbert Silberer）的《神秘主义及其象征体系问题》（*Problems of Mysticism and its Symbolism*）和卡·古·荣格的《心理学与炼金术》（*Psychology and Alchemy*）。寓言秘法、炼金占星玄术、犹太神秘教义、共济会和算命纸牌，都是建立在类似本文所举事件基础之上预示论构想。对于文学批评家，这些都不过是参照系。在原型批评的某些形式中，不断听到关于它们的玄妙阔论，但往往都说不到点子上。——原注

在神启象征里，诸如太阳、月亮、星球之类燃烧的天体皆是存在于无所不有的神和人的躯体内部的。炼金术的象征属于同一类型的神启象征。自然界的中心——隐藏在地球里的金块和宝石——归根结底要与天空里的太阳、月亮和星球所包含的金和宝石的氛围融为一体；而精神世界的中心——人的灵魂——是与神的周围环境相统一的。因此，人的灵魂的净化与炼土成金的变化有密切联系。由土变成的金子并非一般意义上的金子，而是构成天体的金子之精华。《驶向拜占庭》[16]中那株栖落着机械鸟的金色的树，与植物世界和矿物世界具有一种同一关系，其形式与炼金术不差分毫。

另一方面，水在传统上属于人的生命之下的存在范畴，即死亡之后的混沌或消溶状态，或者说是向无机物状态的坠落。所以灵魂常常穿过大水或者是沉入水中丧生。在神启象征中，我们有"生命之水"，即两次出现于上帝之城中的伊甸园的朝四个方向流动的河水。宗教仪式中的洗礼用水就是它的代表。据《旧约·以西结书》这条河的重新出现使海水也变得新鲜了，显然这就是《启示录》的作者声称启示录里不再有海了的原因。因此，从神启的角度看，水在宇宙的躯体内循环流动，犹如血液在个人的躯体里循环流动一般。我们或许可以说，水是"被保持"在躯体内部，而不是在躯体内"循环流动"，这样可以避免把我们对血液循环的知识强加于《圣经》的主题而造成时代错误。诚然，几百年来血一直是构成我们性格的四种"体液"（humour）——即躯体内的液体——之一，是与生命之河在传统上朝四个方向流动这一说法翕然吻合的。

---

[16] 《驶向拜占庭》(*Sailing to Byzantium*)，叶芝的名诗。

原型意义理论（二）：魔怪意象

与神启象征相反的是人的愿望彻底被否定的世界之表现：这是梦魇和替罪羊的世界，痛苦、迷惘和奴役的世界；它是处于人的想象还未对之产生任何影响的世界，是诸如城市、花园等人的愿望的意象还未牢固地确定起来的世界；这里到处都有摧残人的刑具、愚昧的标记、废墟和坟墓、徒劳的和堕落的世界。正如诗歌中神启意象与宗教中的天堂有密切联系一样，其辩证的对立物与一个如但丁笔下的《地狱》一样存在的冥界联系在一起，或者说与人类在地球上建造的地狱联系在一起：例如在《一九八四》《禁闭》《中午的黑暗》等，后两部著作的标题足以说明问题。[1] 因此，魔怪意象（demonic imagery）的中心主题之一就是嘲仿（parody），即凭借含蓄地指出其对"真实生活"的模仿来讽嘲的艺术，其表现纷繁多彩。

魔怪式的神灵世界，在颇大的程度上使庞大而愚顽并且具有威胁性的自然力量拟人化，正如技术上不发达的社会所认为的那样。这个

---

[1] 《一九八四》，英国作家乔治·奥威尔（George Orwell，1903—1950）的反乌托邦小说。《禁闭》（又译为《没有出口》），法国存在主义作家萨特于1945年发表的独幕剧。《中午的黑暗》（1940）为英国作家阿瑟·库斯勒（Arthur Koestle，1905—1983）所作的小说。

世界里天堂的象征常常被看作不可企及的天空，而从这个天堂所提炼出来的中心观念是不可测度的命运或外在的必然性。命运之轮控制在一伙遥远的无影无踪的神祇手中。这些神祇的自由和欢乐往往富于反讽意味。因为他们完全把人类排斥在外，但是他们又粗暴地干涉人类的事情以维护他们的特权。他们要求贡物，惩罚僭越行为，把自然规律和道德戒律强加于人类，使人类为了遵守而遵守它们。在此，我们不打算对古希腊悲剧中的神祇做一番描述；我们仅仅试图分析人类对神的意志所抱有的一种疏远感和无可奈何感，而这种神意仅仅是最富悲剧色彩的生活观中的诸因素之一，尽管可以说是最基本的因素。近代的诗人对于神性的这一观点越发直言不讳：布莱克笔下的"乌有圣父"、雪莱笔下的朱庇特、史文朋所谓的"极恶的神"、哈代所谓的昏庸悖谬的意志，以及豪斯曼笔下的"畜牲和恶棍"等，皆可为证。[2]

人的魔怪式的世界是指由一种为自我之间分子般的张力所聚合在一起的社会，其特点是对团体或领袖的效忠，从而抹杀人的个性或者在最好的情况也是把人的欢乐与其职责和荣誉对立起来。这样的社会无疑是造成诸如哈姆雷特和安提戈涅处于左右为难的窘境之无休无止的悲剧的根源。在神启式的人生概念里，我们发现有三种完善方式：个人的、性别的和社会的。而在这邪恶的人类世界里，个人的极端之一是独裁领袖，他叫人难以捉摸、残忍无道、阴郁消沉而且欲壑难平，当他的自我中心意识足以表现其追随者的集体自我时，他就要求无条件地对他效忠。另一极端表现为"替罪羊"（pharmokos），或者说用作供奉的牺牲

---

[2] 布莱克在其预言书中为那些虚伪的神取了"乌有圣父"此名，实际上是指《旧约》中常恼羞成怒、爱报复世人的耶和华。史文朋（Algernon Charles Swinburne, 1837—1909），英国维多利亚时代后期的一位重要诗人，其部分诗作表现出对神持批判态度。

品,即那些只有成为刀下鬼才能叫别人显得强大的人。在魔怪式嘲仿的最集中的形式中,这两个极端融为一体。弗雷泽所描述的杀死神圣的国王以祭奉神灵的仪式,无论在人类学中如何解释,在文学批评中是悲剧的和反讽的结构之魔怪式的,或者说是非移用型的基本形式。

在宗教中,精神世界是与物质世界泾渭分明的。在诗歌中,物质的或者实际的世界并非与精神性存在的世界对立,而是与臆造的世界对立。在第一篇文章中,我们曾经谈到,行动朝着模仿方向转变,即从实际举行一种仪式到玩弄一种仪式的进步,是人类从野蛮状态发展到文明社会的重要标志之一。要在网球和足球比赛中看到对两方冲突的模仿是轻而易举的,但是正是由于这个原因,网球和足球运动员代表了一种比进行决斗和格斗的学生们的层次更高的文化。由实实在在的行动转变为玩耍,可谓是使生活自由化的根本形式。这意味着从实事中解放出来进入想象,作为文科知识的它属于更高的智力层面。神启世界里的圣餐象征——植物、动物、人和神的躯体之间的隐喻式的同一关系——应该说是与为魔怪式的嘲仿所采用的嗜食同类的意象相对应。从行动转变为玩耍是人类由野蛮状态进入文明社会的重要标志这一原则,与以上事例并行不悖。但丁最后所见到的人类地狱景象是乌戈利诺吞噬折磨他的那个人的头盖骨的场面;斯宾塞最后的富有寓意的幻象是塞丽娜被剥光了衣服以便供食人肉的宴席之用。嗜食同类的意象的范畴不仅仅包括对肉体的折磨和断指等意象,而且还包括所谓的"肢解"(sparagmos),或者说撕裂献祭者的躯体的意象,后者可见于俄西里斯、俄耳甫斯和彭透斯的神话。[3] 民间故事中的食人巨

---

[3] 俄西里斯(Osiris),古埃及冥界之神。他被其弟塞特(Seth)杀死,后又被其妻伊希斯(Isis)救活,象征自然世界每年的终而复始;俄耳甫斯(Orpheus),希腊神话中的诗人和歌手,善弹竖琴,琴声使猛兽俯首,顽石点头,妻死后他拒(转下页)

兽或食人妖以波吕斐摩斯[4]等名字进入文学，它们也属于这一类，从堤厄斯忒斯[5]的故事到夏洛克的契约所表现的一系列的血与肉的肮脏交易亦复如此。此类形式又被弗雷泽描述为历史的最初形式，在文学批评中它们是最基本的魔怪形式。福楼拜的《萨朗波》是一部关于魔怪意象的小说，这部小说当时被认为是考古学方面的，而结果却是预言式的。

魔怪式的两性关系成了一种违背忠贞原则并摧残当事人的强烈的破坏性情欲。它一般表现为妓女、女巫、女妖或其他蛊惑人的女性。她是一种为欲望所投射的肉体，被男性当成的占有物加以追求，并因此而永远不可能占有。对婚姻或一个肉体中两颗心灵的结合之魔怪式的嘲仿，可能再现为雌雄同体、乱伦（最常见的形式），或者同性恋。其社会关系表现为暴民，即本质上寻求"替罪羊"的人类社会，而暴民常常与某种邪恶的动物意象等同，例如九头蛇、维吉尔笔下的法玛，或斯宾塞笔下嚎叫的怪兽。

其他的世界可以简要地概述。动物世界被描述为弱肉强食的野兽或怪物的世界。绵羊的传统的死敌狼、虎、秃鹫，阴冷而且不离开地面的蛇，以及龙等都极为常见。在《圣经》中，埃及和巴比伦代表魔怪

（接上页）绝其他女性的爱情，故被女祭司杀死并加以肢解；彭透斯（Penheus），希腊神话中底比斯国王，因拒绝崇拜酒神狄俄尼索斯，被变为野兽，并被他的母亲及其妹妹撕成碎块。

[4] 波吕斐摩斯（Polyphemus），希腊神话中的独眼巨人。奥德修斯等人在海上漂流时，误入其洞穴，一部分人被他吃掉。

[5] 堤厄斯忒斯（Thyestes），希腊神话中迈锡尼（Mycenae）国王阿特柔斯（Atreus）的弟弟。堤厄斯忒斯诱奸阿特柔斯的妻子，阿特柔斯杀死了他的三个儿子，并用其肉宴请他。堤厄斯忒斯随之诅咒阿特柔斯，故而有阿特柔斯家族中下一代兄弟之间的互相残杀。

世界，其统治者与怪兽被视为一体。尼布甲尼撒在《但以理书》中变为一只野兽，法老被以西结称为河龙。龙格外适用，因为龙不但体大残暴，而且还是神话中之物，因此它作为道德事实和永恒的否定表现了罪恶的自相矛盾的本性。在《启示录》中，龙被称为"先前有，如今没有，但仍然会存在的兽"[6]。

植物世界是一个阴森可怖的森林，如我们在《科玛斯》以及《地狱篇》开始所见，或者是一片荆棘丛生之地，如在莎士比亚和哈代笔下与悲剧命运紧密联系在一起的荒野，或者是一片荒芜不毛之地，如在勃朗宁的《恰罗德·罗兰》和艾略特的《荒原》中。它还可能是一个鬼怪作祟的花园，如在《奥德赛》中的女魔瑟西以及她在文艺复兴时期塔索和斯宾塞笔下的后代。在《圣经》中，荒原以具体共相的形式表现为死亡之树、《创世记》中禁食的知识之树、《福音书》中不结果实的无花果树以及十字架等。被捆缚着、蒙住面孔的异教徒，男巫或女巫的火刑柱，是地狱里燃烧的树和躯体。断头台、绞刑架、枷锁、鞭子、桦条等，都是或者说可能是这种意象的变体。生命之树与死亡之树的鲜明对照，在叶芝的诗歌《两株树》中得到淋漓尽致的表现。

150　　无机物世界在未经过人类开发时永远以沙漠、岩石和荒原的形式再现出来。毁坏的城市和可怖的黑夜也属于此。从通天塔到奥齐曼蒂亚斯[7]的伟大工程这类为人类所骄傲的巨大废墟亦复如此。邪恶的工具之意象也属于这一类，引起苦难的刑具、战争中用的枪炮和甲胄、弃

---

[6] 据《新约·启示录》第十七章第八句，应为"先前有，如今没有，以后再有的兽"。现就作者引文译出。

[7] 奥齐曼蒂亚斯（Ozymandias），即公元前13世纪的埃及法老拉美西斯二世，生前好大喜功，大兴土木。雪莱有一首诗描写这位法老遗留在沙漠中的一座巨大的雕像，虽已残缺不全，但仍宏伟无比。

之不用的破机器等意象——因为它不能赋予自然界以人性，所以是无人性的也是非自然的。与神启世界里的庙宇或神殿建筑相反，这里有监狱或地牢，它像但丁的《地狱》里迪斯城一样烟蒸雾燎，毫无光明。在这个世界里还有几何意象之邪恶的对应物：邪恶的螺旋意象（急流漩涡、海中漩流、希腊神话中的卡律布狄斯大漩涡）、邪恶的十字架、邪恶的圆、命运之轮等。圆与蛇这一传统的魔怪式动物被视为一体，给我们提供了自噬自生蛇——蛇尾咬在蛇口里——的意象。与大先知以赛亚所指明的大沙漠里通向上帝的神启式的光明大道相对应的，是这个世界的迷宫——方向迷乱的意象，还有像弥诺陶洛斯[8]之类的庞然怪物缠绕作祟的意象，以色列人在沙漠中蜿蜒曲折的旅程，又由耶稣在魔鬼（《马可福音》中称之为"野兽"）的陪伴下重新走了一遍，这也属于这一模式。迷宫也可能是一片阴森可怕的森林，如在《科玛斯》中。在《玉石雕像》中，地下墓穴被置于同样的氛围中，而且产生了很好的效果。当然，倘若我们对隐喻进一步挖掘，迷宫将成为那个邪恶的庞然怪物的盘结蜷曲的肠子。

火的世界是一个恶毒的魔怪世界，如鬼火或者从地狱里冒出来的幽灵。它表现在这个世界里就是用火刑处死异教徒或者诸如焚烧所多玛城[9]之类，使城市毁于大火。与它相对立的是净火，例如《但以理书》中猛烈的火炉。水的世界则指死亡之水，常常与流出的血视为一体，例如耶稣在十字架上受难，以及但丁笔下富有象征意义的历史人物，而更重要的是"深不可没、咸不可饮、令人无可奈何的海

---

[8] 弥诺陶洛斯（Minotaur），希腊神话中半人半牛的怪物，藏于克里特（Crete）的迷宫中，后被忒修斯（Theseus）所杀。

[9] 所多玛城（Sodom），据《旧约·创世记》第十八章和第十九章，所多玛城位于巴勒斯坦约旦河下游，因其居民的邪恶，被上帝所毁灭。

水"，它尽纳这个世界上所有河流之污秽，而在神启世界里海却消失了，代之以新鲜纯净的水的循环流动。在《圣经》中，大海和怪物是与巨大海兽的形体联系在一起的，而海兽又与巴比伦和埃及的暴君统治相联系。

原型意义理论（三）：类比意象

诚然，诗歌中大多数意象表现的是介于永恒不变的天堂与地狱这两个极端世界之间的世界。神启意象适用于神话模式，魔怪意象适用于后来的反讽模式，此时它又返回到神话。在其他的三种模式中，这两个结构辩证地起着作用，将读者引向作品的未移用的隐喻和神话的核心。因此，我们认为有三种居间的意象结构，大体上与浪漫的、高模仿的和低模仿的模式相对应。我们在这里将不用过多的笔墨讨论高模仿意象，目的是使较简单的浪漫的和"现实主义"倾向的定式保持在本篇文章开始所限定的两种非移用性结构的范围之内。

这三种意象结构并没有严格的隐喻性，它们不如说是颇为重要的意象群，它们如果结合在一起，则构成所谓的——可能是因为没有更适当的词的缘故——"氛围"（atmosphere）。浪漫传奇模式表现了一个理想化了的世界，男主人公勇敢豪侠，女主人公美丽动人，反派人物阴险恶毒，而平凡生活中的挫折、窘迫，以及吉凶难卜则很少得以表现。因此，这种意象再现的是神启世界在人类世界的对应物，我们可以称之为"天真的类比"（analogy of innocence）。我们对这个意象世界了如指掌，但我们的了解不是来自浪漫传奇时代本身，而是来自后来浪漫化的作品：文艺复兴时期的《科玛斯》《暴风雨》《仙后》第三卷等；浪漫主义运动时期布莱克的天真之歌和"布拉"[1]的意象、济慈的《安狄弥翁》、雪莱的《心心相印》等。

在天真的类比中，神性或精神性人物往往像普洛斯珀罗一样慈爱、多谋，而且是拥有魔力的老人，或者是像亚当堕落之前的天使长拉斐尔一样友好宽厚的保护者。就凡人而言，孩提时期是最显著的类比，德行总是与幼年时期及其天真状态最密切地联系在一起：童贞往往在这一意象结构中指处女的贞节。在《科玛斯》中，贵妇的贞节像普洛斯珀罗的智慧一样是与魔法联系在一起的。而斯宾塞笔下的布里托玛特的不可侵犯的贞德亦复如此。把童贞与年轻的女性联系在一起，如但丁笔下的玛泰尔达和莎士比亚笔下的米兰达，是轻而易举的事，但男性的贞节也同样重要，例如在有关圣杯的浪漫传奇中就是这样。丁尼生笔下的人物加拉哈德爵士说，他自己纯洁的心灵给了他十倍的精力，[2]这与他所属的世界的意象是一致的。火在天真的世界中常常是一个净化的象征。这是一个只有纯洁得完美无瑕的人才能通过的火焰世界，例如斯宾塞笔下的布西雷恩城堡、但丁笔下炼狱的顶端的净火、阻止堕落的亚当和夏娃离开乐园的火剑等。在睡美人的故事里，火墙被利刺和荆棘取而代之；然而瓦格纳在《女武神》[3]中保留了火的场面，这使舞台导演感到颇为棘手。所有天体中最冷静、故而最纯洁的是月亮，它对于这一天真的世界是具有特殊意义的。

---

[1] "布拉"（Beulah）为《圣经》中以色列的别名，又指生命旅程终结与进入天国之城的中间地带。又意译为"安息地"。

[2] 见丁尼生的诗《圣杯》（1869）。

[3] 《女武神》（*Die Walküre*），瓦格纳的歌剧，女主人公为布伦希尔德，是北欧神话中神王沃坦的女儿。

在动物中，天真世界中最有代表性的是田园里的绵羊和羔羊，以及浪漫传奇中的战马和猎狗，它们表现出忠顺、温柔和献身的精神。独角兽这一体现处女的恋人和童贞的传统象征，在此占据了一个荣耀的位置。海豚亦复如此，它与阿里翁[4]的联系使之与贪婪的海中怪兽形成鲜明对比；另一个与此迥然不同的动物——驴——也属于这一类，因为它谦卑温顺。富有戏剧性的驴节，与童子主教日[5]一样，属于这一意象结构。而且，当莎士比亚在仙境里安排一个驴头时，他并非像罗宾逊的诗作所暗示的那样是蓄意别出心裁，而是追随了传统，是变通地引用阿普列尤斯作品中那个叫卢修斯的少年在听人讲述丘比特与普绪克的恋爱故事时变成了一头驴这一典故。[6]鸟、蝴蝶（蝴蝶属于普绪克的世界，因普绪克的形象是一个长着蝴蝶翅膀的少女）以及具有鸟和蝴蝶特征的精灵，像莎士比亚笔下的爱丽儿及哈德逊笔下的丽玛[7]一样，则是另一些从异域移植过来的象征自然的形象。

我们业已说明，乐园般的花园和生命之树属于神启式的结构，但是伊甸园本身毋宁说属于这一天真世界的范畴，如在《圣经》里和弥尔顿的笔下，而但丁把伊甸园放置于他的天堂的下方。斯宾塞笔下的阿多尼斯花园，是"迷人的地方"这一主题在中世纪发展的产物，而《科

---

[4] 阿里翁（Arion），古希腊的诗人和歌手（公元前7世纪）。传说他在乘船游历时，水手为劫取其财想谋害他。他请求刽子手们准许他唱最后一次歌。唱完，就投身入海。一只为他歌声所迷的海豚救他上岸（一说是阿波罗打发海豚去救他的）。

[5] 即十二月六日，童子主教是圣尼古拉斯之别称。

[6] 这里指美国诗人埃德温·阿林顿·罗宾逊（Edwin Arlington Robinson，1869—1935）。阿普列尤斯（Apuleius，124？—175？）为罗马作家，少年变驴的故事出自他的讽刺小说《金驴记》。

[7] 丽玛（Rima），哈德逊《绿屋》（*Green Mansions*）中半人半鸟的森林女神。

玛斯》中精灵侍者正是源于斯宾塞的阿多尼斯花园。富有特殊意义的是，圣母玛丽亚的躯体作为"世外桃源"（*Hortus conclusus*）的象征，它源自《圣经·旧约》中的《雅歌》。与生命之树相对应的是魔术师的魔杖，以及诸如《汤豪瑟》[8]中类似的象征物。

城市与这一世界的田园般的质朴宜人的情调格格不入，而楼塔和城堡，有时村庄和寺院，都是居民的主要象征物。水的象征主要是泉和湖泊、滋润的雨，以及偶尔出现的把男女分开的河流，从而使两者皆保持童贞这一品质，例如在但丁笔下忘河就是如此。《烧毁了的诺顿》[9]中的玫瑰园插曲，极其简明而又非常全面地概括了天真类比的象征物。就此我们还可以比较一下奥登的诗《卡罗斯与逻各斯》的第二章。[10]

天真的世界既不像神启世界那样到处充满活力，又不像我们这个世界一样满目皆是死亡。它是一个万物有灵的世界，到处都是自然的精灵。《科玛斯》中除贵妇及其兄弟们之外所有人物都是自然的精灵，而在莎士比亚的《暴风雨》中，爱丽儿与空气仙子，普克与火仙子（伯顿在谈到火仙子时说："我们一般称她们为普克。"）以及卡列班与地仙子的联系，更是昭然若揭。在斯宾塞的笔下，我们发现了弗洛里梅尔和玛丽纳尔，她们的名字暗示出她们分别是花仙子和水仙子，或者说是普罗塞庇娜和阿多尼斯。如在《科玛斯》和《基督诞生颂》[11]中，常常也表现出天真的或者说未堕落的自然状态是一个神性统治的秩序，它

---

[8] 《汤豪瑟》，汤豪瑟（Tannhauser）是德国抒情诗人（约1200—1270）。这里指瓦格纳的音乐剧《汤豪瑟》。

[9] 艾略特《四个四重奏》之一篇。

[10] 英国诗人奥登（Wystan Hugh Auden, 1907—1973）写于1940年的诗，卡罗斯（Kairos）、逻各斯（Logos）皆为希腊词，前者意为"重要时刻"，后者意为"理念"或"道"。

[11] 《基督诞生颂》（*Nativity Ode*），指弥尔顿于1629年发表的诗《基督诞生之晨》。

常常体现在天体所发出的听不见的和谐的音乐里。

正如浪漫传奇中起组织作用的思想是贞节和魔法一样,高模仿作品中起组织作用的思想是爱情和礼节。既然浪漫性意象域可以称为天真的类比,那么高模仿意象域可以称为"自然和理性的类比"(analogy of nature and reason)。在这一类比中,我们发现对众星拱月或者说众望所归的强调,即把作为神的世界和精神世界的代表者的人理想化之倾向,这是高模仿的显著特征。国王富于神性,宫廷里的情妇就是女神。两者之间的爱情是一种赋予生机和活力的力量,它使人与精神世界和神性世界结为一体。天使世界里的火在国王的皇冠上和贵妇的眸子里燃烧着。即使动物也都是高贵而美丽的象征,鹰和雄狮代表群臣眼中的皇室;马和隼代表"骑士"或者马背上的贵族;孔雀和天鹅是人们所追求的目标;凤凰或者奇特的火鸟则是常用的诗歌象征,尤其对于英国的伊丽莎白女王更是如此。花园象征,如浪漫传奇中的城市一样,退居到第二位。诚然,在高模仿作品中不乏与建筑物密切相连的花园,但花园世界的思想仍然是浪漫主义的。魔术师的魔杖变成了皇室的权杖,而魔树则成了猎猎飞扬的幡旗。城市成了举足轻重的首都,皇宫就坐落在首都的中心,皇宫内台台阶梯通向上方,顶端是"御驾"宝座。我们顺藤摸瓜去探讨这些模式,就会发现越来越多的诗歌意象是取自生活的实际社会环境。水的象征集中表现在井然有序的河流上,英国的泰晤士河静静地流过斯宾塞的诗句和德纳姆[12]的新古典主义诗文,它的最壮丽的装饰就是皇室的彩船。

在低模仿作品中,我们来到可以称之为"经验的类比"(analogy of

---

[12] 约翰·德纳姆(John Denhan,1615—1669),英国诗人,他写了一首关于泰晤士河的诗颇为著名。

experience）的世界。它与魔怪世界有千丝万缕的联系，正如浪漫传奇中天真的世界与神启世界的联系一样。除了这潜在的具有讽刺意味的联系之外，以及除了诸如霍桑笔下的红字和亨利·詹姆斯笔下的金碗和象牙塔之类具有宗教意义或具有特殊含义的象征之外，这个世界中的意象皆是普通的经验意象，而我们在此除了对它的一些特征略加讨论之外，无需进一步对它们解释说明。在低模仿中起作用的思想似乎是创造和劳作。神性和精灵人物在低模仿的虚构作品中几乎没有地位，而在主题型作品中，它们则常常被有意重新发掘出来，或者以美的代表来处理。《乌有乡》给未出生者提了一个忠告（显然是作者巴特勒的观点，因为他在《生命与习惯》中重述了这一观点），这就是，假如有一个精神世界存在的话，那么人应该背对它并在当前的劳作中重新发现它。通过劳动重新发现真理这一训导，同样可见于卡莱尔、罗斯金、莫里斯和萧伯纳的作品中。诗人，甚至描写神圣题材的诗人，也同样具有这一倾向性。从诸方面看，恐怕不会有比华兹华斯在廷川修道院所发现的"运动和精神"与霍布金斯在茶隼身上所发现的"骑士风度"之间的对比更鲜明、更强烈的了。然而，在经验主义的心理体验中安置一个精神形象这一倾向，却是这两位诗人共有的。

诚然，低模仿模式对待人类社会的方式，反映了华兹华斯的观念，即在诗人看来，人类的本质境况是普遍的和典型的。随之而来的是许许多多对浪漫传奇中生活理想化的嘲仿，而这种嘲仿甚至扩散到宗教的和审美的经验中。至于动物世界，托马斯·赫胥黎[13]关于人类与猿和虎共同具有某些特性的观点，无疑是低模仿的典型。猿一直被认为是最卓越的模仿动物，而且远在进化之前就是人的模仿者。然而进化

---

[13] 托马斯·赫胥黎（Thomas Henry Huxley, 1825—1895），英国生物学家。

论的兴起暗示着一个比例关系的类比,在这个比例关系中,现代人变成模仿未来人类的猿类,如尼采的《查拉图斯特拉如是说》所示。赫胥黎把猿与虎联系起来,使我们想起人们普遍相信猿和"穴居人"不可改变的野蛮与凶残,这一信念如同对独角兽和凤凰的信念一样都是毫无根据的,但它又表明人们从适当的诗歌隐喻的框架中看待自然界历史这一倾向。低模仿并非动物象征的广阔而富饶的领域,但是赫胥黎的猿与虎重新出现在吉卜林的《丛林故事》中,在这本书中,猴子像知识分子一样在树上毫无目的地喋喋不休地讲话,而人类这种动物却获得了在下面的丛林中豹子如何捕食其他动物的智慧和本领。

  花园在低模仿世界中让位于农场以及人们用锄头辛苦地劳作。在哈代笔下的农夫或花匠,是作为人类自身的形象出现的,他们"默默地忍受着所遭受的一切悲惨的命运"。城市无疑变为迷宫般的现代大都市,这里主要的感情危机是孤独感和缺乏交流。正如水的象征在天真世界中主要是泉和溪水一样,低模仿意象寻求的是康拉德所谓的"毁灭性的自然力量"——大海,一般伴随着人造的巨大海兽,大的如哈代笔下的泰坦尼克号巨轮,小的有雪莱爱用的极易倾覆的小舟(其反讽意味甚至在文学中也不常见)。《白鲸》把我们带回到更为传统的巨大海兽形式。在威尔斯的《托诺-邦盖》结尾部分出现的驱逐舰,是没有怎么受神话宗教象征影响的低模仿作家的显著特征。火的象征也常常是破坏性的,并且不乏反讽的意味,如在《波因顿的劫掠》[14]结尾部分的大火。然而,在工业时代,为人类盗取天火的普罗米修斯却是诗人所喜爱的——即便不是实际喜爱的——神话人物。

---

[14]《波因顿的劫掠》(*The Spoils of Poynton*),美国小说家亨利·詹姆斯(Henry James,1843—1916)发表于1897年的小说。

天真和经验的意象同神启式和魔怪式的意象之间的联系，表明了移用的一个方面，按照伦理道德方向移用。对于这一点我们至此尚未进行探讨。两种辩证的结构，基本上是悦人心意的和令人讨厌的两种结构。刑具和囚牢属于邪恶的意象，这并不是因为它们在道德上是被禁用的，而是因为不可能使它们变成悦人的事物。另一方面，性的满足尽管在道德上受到谴责，但它仍然是悦人的。文明试图使悦人的事物与合乎道德的规范协调一致。比较神话学的学者偶尔会在原始的或古代的迷信中发现一些无拘束的神话的时代的迹象，这使他们认识到，较高层次的宗教皆把它们的神启式形象局限于道德上可接受的领域内。在犹太神话、古希腊神话以及其他神话的背后，可以十分明显地看出删节的痕迹。正如维多利亚时代从事神话研究的学者们曾说的那样，一种逐渐增长的、符合伦理道德的文雅高尚，清除了令人反感的、荒谬奇怪的野蛮粗俗。埃及神话以一位用手淫的方式创造世界的神开始，这是一种象征世界创造过程的十分合乎逻辑的方式，但绝不是我们期待在荷马史诗中要发现的创造世界的方式，更不用说在《圣经·旧约》中了。只要诗歌遵循宗教的道德倾向，宗教的原型与诗歌的原型就会走到一起去，如但丁的《神曲》。在这一原则的影响下，性爱的神启意象就会变成夫妻情笃的或者处女般纯洁无瑕；乱伦的、同性恋的，以及通奸的意象只会产生于魔怪世界。亚里斯多德所谓的"行德"（*spoudaios*）这一艺术特性（马修·阿诺德译为"谨严整肃"）就源于宗教与诗歌在一个共同的道德框架之内的和睦关系。

然而，诗歌倾向于不断地矫正自身的平衡，回到悦人心意的定式，并背离传统和道德。诗歌凭借嘲讽来达到这一点。嘲讽这种文类极大地背离了"谨严整肃"的原则。当然也并非总是这样。道德原则和悦人原则有着重要的、千丝万缕的联系。然而无论如何，道德伦理是一回事，悦人心意是另一回事。前者与经验和必要性和睦相处；后者试图与必要性背道而驰。因此一般说来，文学比道德更易变、更有伸缩性，而且由于这一事实，文学才具有其自由艺术的地位。道德和宗教称之为猥亵、淫秽、腐败、下流和亵渎神灵的性质，在文学中却有其必要的地位，而且它们常常通过巧妙的移用技巧得以实现。

这些移用技巧中最简单的一种是我们可以称为"魔怪式的调整"(demonic modulation)，或者说对原型与传统的道德的联系这一趋向的蓄意违背。任何象征都是从其关联域中获取其最基本的意义的。龙在中世纪的传奇中可能是邪恶的，而在中国文学中又可以是友好的；一个岛屿可以是普洛斯珀罗所统治的岛屿，也可以是魔女瑟西所占据的岛屿。然而，由于文学中有如许多习得的和传统的象征，所以从属的和次要的联系便习以为常了。蛇由于在伊甸园的故事中所扮演的角色，它在西方文学中通常被分在我们的目录的邪恶一端；而雪莱所具有的革命的同情心促使他在《伊斯兰的反叛》中把蛇描绘为纯洁的形象。或许，一个自由的、平等的社会会得到歹徒、海盗和流浪者的同情；或许真正的爱情会引起视婚姻于不顾而与他人私通之人的共鸣，如在典型的三角关系喜剧中；或引起同性恋者的同感（假如它的确是真正的爱情，如维吉尔的第二首牧歌所赞颂）；或得到乱伦者的青睐，如在一些浪漫主义者笔下。在19世纪随着魔怪式神话咄咄迫近，这一类颠倒的象征被组织成为种种表现"浪漫痛苦"的定式，主要的有性虐待狂、魔鬼崇拜，以及还魂复生等，这些定式在一些"颓废派作家"笔下似乎并没有为揭示迷信之缺陷而阐明任何宗教之优越。然而魔鬼崇拜并不一定要发展到矫揉造作的地步，例如，哈克贝利·费恩宁肯与他那位遭搜捕的黑人朋友一同进地狱而不愿踏入白人奴隶主的神所统治的天堂，由此才获得我们的同情和尊敬。另一方面，传统上属于魔怪世界的意象也可能用作赎罪获救的起点，如《天路历程》中的毁灭城。炼金术的象征在这一赎罪的关联域中撷取了传统的富有浪漫色彩的龙以及自噬自生蛇（ouroboros）和两性人。

神启象征所表现的是一种无限地悦人心意的世界，在此，人的情欲和野心被改造为神，或与神融为一体，或投射到神的形象上。天真的类比之艺术，囊括大多数喜剧的（皆大欢喜的结局）、田园的、浪漫的、虔诚的、赞颂的、理想化的和魔法的等诸种题材，它试图从人性的、习以为常的、可达到的，以及道德上允许的角度表现悦人心意的世界。魔怪世界与经验的类比关系，基本上也是如此。例如，悲剧表现的是对所发生的而且不可改变的事实之看法。就此而言，悲剧可谓是人们对于阻碍满足的障碍所怀有的无比愤恨的感情之合乎道德的、合情合理的移用。无论我们认为雅典娜在索福克勒斯的《埃阿斯》中是多么凶恶，悲剧明显地提示我们，我们必须善意地理解雅典娜所拥有的力量，我们甚至在内心里亦应如此。一位认为古希腊诸神只不过是一批魔鬼的基督徒，假如他在评论索福克勒斯的悲剧，一定会为之做出一种非移用的或者魔怪式的解释。这种解释将会把索福克勒斯无意去表达的东西全部揭露在光天化日之下。正是因为如此，这种解释就可能成为对此类悲剧之潜在的魔怪式的结构所进行的洞幽烛微的批评。对于许多以上帝的愤怒为主题所作的基督教诗歌来说，这种解释也同样可行，因为这些诗歌所表现的魔怪式的内容常常是一位令人憎恶的父亲形象。我们在指出文学作品中潜在的神启式的或者魔怪式的结构时，不应该误解为这一潜在的内容是被说谎的审查者伪善地加以掩饰的真正内容。这仅仅是与全面的批评性分析有关的一个因素，然而，它又常常有助于把文学作品移置到单纯的历史范畴之外。

叙述结构[1]理论：导论

　　一首诗的意义、它的意象结构，是一个静态的定式。我们以上所列举的五种意义结构，是它们被写成并最终加以解决的"调式"（key，借用另一个音乐术语）；然而，叙述包含着从一种结构到另一种结构的运动。这一运动的主要区域，无疑是三个居间域。神启世界和魔怪世界，由于是纯隐喻性质的认同结构，所以暗示着永恒不变，并且时刻准备着从本质上投射为天堂和地狱，在这两个地方，生命连绵不断地存在着，但并没有生命的过程。天真的类比和经验的类比，表明了改造神话使之适应自然这一倾向；它们在我们面前所展现的不是成为人类幻想的最终目的的那种城市和花园，而是建筑和种植的过程。过程的最基本形式是循环运动、兴衰的嬗变、努力与休息、生命与死亡，这是过程的节奏。因此，我们为意象划分的七种范畴，同样可以看作旋转运动或循环运动的不同形式。故此：

　　一、在神性世界里，主要的过程或运动是神的死亡和复生，或者

---

[1] 原文为"密托斯"（mythos），按作者在前两篇的解释，"密托斯"即叙述，是一种叙述的结构组织原则，故在此标题中意译为"叙述结构"，以下诸小标题同此。参见书末所附术语表之"密托斯"条第二义。

是消失与复得，或者是化为人形与消除人形的运动。神的这一活动通常被或多或少视为自然事物的循环过程，或者说与之有密切联系。神可以是太阳神，他夜间死去白昼复生，或者在冬至时一年一度地复活；神也可以是一位植物之神，他秋天死去春天复生；神还可以是一位具有人形肉体的神（如在佛的诞生故事里），他身经一系列人的或动物的生命周期。由于神在定义上是永生的，死去的神以同一个形貌复活，这一情节几乎是所有神话的一个固定不变的特征。因此，循环之神话的或抽象的结构原则可描述为：同一物体在个别的生命从生到死的延续扩展为从死亡到复活的延续。同一个人的死亡和再生这一同一体复活的定式，同化吸收了所有其他循环定式。这种同化在东方文化中理所当然比在西方文化中更为谨严，因为在东方文化中灵魂转世的说法是被普遍接受了的。

二、天体的火的世界为我们再现出三种重要的循环节奏。其中最明显的是太阳神每天穿越天空的旅程，它常常被认为是在指引着航船或战车，接着便是想象为通过黑暗的下界、有时设想为通过一个贪婪的巨怪的腹腔，然后又返回到起点的这样一种神秘旅行。每年冬至的循环，使这一象征范围得以扩展，从而纳入了我们的圣诞文学之中。这里，着重强调的是新生的光明受到黑暗的力量之威胁这一主题。月亮的循环总的说来对西方有历史记载时期的诗歌的影响较小，且不说它在史前的作用如何。但是新旧月交接的关键时期——"无月期洞穴"——可能是我们复活象征中死亡、消失、复活这一种三天节奏的渊源，因为它们之间无疑是颇为相近的类比。

三、人类世界居于神灵世界和动物世界之间，并反映其循环节奏的两重性。与光明和黑暗的太阳循环并行的是苏醒和入梦这一富于想象的循环，这一循环是我们业已论述的天真想象和经验想象这一对立物的基础，因为人类节奏正是太阳节奏的对立物，当太阳沉睡时，人的巨大的"力比多"（libido）醒来；而白昼的光明常常是欲望的黑暗。再者，人与动物一样，显示出生与死的一般循环，在这一循环中，再生属于种的范畴，而不属于个人的范畴。

四、很少发现一只驯养的动物非常平静地度过一生达到最终的"寿终正寝"，这在文学中和生活中皆然。至于诸如奥德修斯养的狗之类的例外，那是为了适应循环运动的完整性这一主题而用的。同样受到自然规律制约的动物的生命和人的生命，常常显示了生命过程的悲剧性，[2] 生命的过程残酷地被偶然的事故、祭神时的牺牲、凶狠残暴的手段，或某种专制的需要所切断——悲剧的行为发生之后延续性却仍然滚滚向前、永不停息，似乎与生命本身是毫不相关的。

五、毋庸赘言，植物世界为我们展示了一年一次的四季循环，它常常以一位神的形象表现出来，或者等同于这样一位神：它在秋天死去，或者随着收割而被杀死，在冬天消失，而春天又得以复活。这位神可以是男性（阿多尼斯），也可以是女性（普罗塞庇娜），两者的象征结构却也因而稍有区别。

六、诗人同批评家一样，一般都是斯宾格勒[3]式的，因为在诗中正如在斯宾格勒笔下一样，文明的生活常常被视为同另一种个体形式所表现出来的生长、成熟、衰老、死亡，以及再生这一有机的循环是一样的。过去的黄金时代或英雄时代的主题、未来太平盛世的主题、面对废墟反省深思的主题、对于已经失去的淳朴的田园生活的缅怀眷恋

---

[2] 动物象征与循环阶段的关系之特征，在于选择动物的种类而非动物的年龄。在浪漫传奇中，会有鹿，而在《荒原》（*The Waste Land*）中仅有老鼠。——原注

[3] 斯宾格勒（Oswald Spengler, 1880—1936），德国学者，著有《西方的没落》，提出文明必然盛极而衰的观点。

的主题、社会事态中命运之轮的主题、缅怀前人（*ubi sunt*）[4]的悲歌挽辞的主题、对于王朝嬗替表示遗憾或欢腾的主题，这些都属于这一范畴。

七、水的象征也同样具有其循环的节奏：从下雨到泉水、从泉水到河流、从河流到江海或冬天的大雪，然后周而复始。

这些循环通常分为四个阶段：一年中的四季，一天的四部分（晨、午、晚、夜），水的循环的四个方面（雨、泉、河、海或雪），是生命的四个阶段（青年、成年、老年、死亡），诸如此类。我们在济慈的《安狄弥翁》一诗中发现源自第一和第二个阶段的许多象征，而在艾略特的《荒原》中，我们又可发现源自第三和第四个阶段的许多象征（在《荒原》中，我们还得加进西方文化的四个阶段：中世纪、文艺复兴、十八世纪和当代）。我们注意到，不存在着空气的循环节奏，风任意地吹，而涉及"灵魂"运动的意象似乎与万事莫测或者突如其来的危机有千丝万缕的联系。

在研究内容广阔、气势雄壮的诗歌时，例如《神曲》或《失乐园》，我们发现，必须花许多精力去研习有关宇宙的学问。这种宇宙哲学，当然非常确切地表现了该时代的科学，它是一种关于种种对应关系的纲要，这一纲要在为我们提供了一个不太有效的日历以及一些诸如"迟钝的"和"活泼的"之类的辞藻之后，同科学一样被人忘却。当然，也有其他一些诗歌容纳了同样过时的科学，例如《紫色岛》《植物之爱》《保持健康的艺术》等，[5]这些诗歌主要是作为古董得以留存。一位文学

---

[4] 中古拉丁语一种诗歌，主要哀叹生命和美的转瞬即逝。

[5] 《紫色岛》为英国诗人弗莱彻（Phineas Fletcher，1582—1650）写的哲理诗。《植物之爱》为英国作家达尔文（Erasmus Darwin，1731—1802）于1789年发表的长诗。《保持健康的艺术》为苏格兰作家阿姆斯特朗（Dr. John Armstrong，1709—1779）于1744年发表的长诗。

道士已经界定了悲剧一样。[7] 倘若有人告诉我们，说我们要读的是悲剧或喜剧，那么我们就会预想一种结构或情调，并不见得是某种体裁。浪漫传奇一语亦复如此，反讽和讽刺两语也是这样：它们一般地是作为经验文学的因素运用的，而在此我们用之以取代"现实主义"一词。因此，我们说文学有四种超越文类的（pregeneric）叙述成分，我们称它们为"叙述结构"（*mythoi*），或曰一般情节结构。

假如我们考虑一下自己对这些叙述结构（密托依）的体验，那么我们将会认识到，它们构成两对对立物。悲剧与喜剧悖反对立，而不能融为一体；浪漫传奇与反讽亦复如此，它们分别是理想世界和现实世界的战士。另一方面，喜剧不知不觉地从一个极端融入嘲讽，而在另一个极端又融入浪漫传奇；浪漫传奇既可以是悲剧的也可以是喜剧的；悲剧则从高度浪漫的传奇故事扩延至苦涩和反讽的现实主义。

---

[7] 乔叟在《坎特伯雷故事集》中说，"悲剧就是一首悼歌"，如身居高位的人，因自身的某种缺陷而最终陷入苦难。

春天的叙述结构：喜剧

戏剧的喜剧——虚构作品之喜剧因素的主要来源——在结构原则上和人物类型上具有显著的一贯性。萧伯纳曾说道：喜剧作家可以通过窃取莫里哀的手法和偷盗狄更斯的人物来赢得大胆创新的荣誉。如果我们在米南德和阿里斯托芬的剧作中寻找莫里哀和狄更斯，萧伯纳的这句话也不见得不真实，至少作为一条普遍的原则是这样的。现存的欧洲最早的喜剧作品——阿里斯托芬的《阿卡奈人》——中有吹牛的士兵或者说矜夸的士兵，而这位矜夸的士兵在卓别林的《大独裁者》中照样威风凛凛；奥凯西的《朱诺与孔雀》中的乔克塞·戴利具有同两千五百年前的寄生虫角色一样的性格和戏剧作用；[1] 而杂耍表演、连环漫画和电视节目的观众仍然对那些在阿里斯托芬的《蛙》的开场部分已经陈腐不堪的笑话和笑剧捧腹不止。

　　古希腊新喜剧的情节结构，就普劳图斯和泰伦斯对其译介来看，与其说是一种形式毋宁说是一种套式，这种情节结构构成迄今为止大

---

[1] 奥凯西（Sean O'Casey, 1880—1964），爱尔兰剧作家，其剧作《朱诺与孔雀》（*Juno and the Paycock*）发表于 1924 年。乔克塞·戴利（Joxer Daly）是该剧中的男主角杰克·博伊尔的一个酒肉朋友。

批评家，不应该忽视这类诗歌的存在，其本身就是对诗歌的赞颂。然而，如此这般的诗体科学作品，它们所保有的科学的描述结构，给诗歌强加了非诗的形式。为了使这类作品作为诗歌留传后世，需要极大的通变手段。然而那些依恋于这类主题的作者，却常常是毫无通变能力的诗人。但丁和弥尔顿毫无疑问是比达尔文及弗莱彻优秀得多的诗人。然而，或许这样说更为恰当，是他们更卓异的天性和洞察力把他们引向与科学的和描述的主题迥然不同的宇宙哲学的主题。

宇宙哲学的形式与诗歌的形式极为相近，而且对称的宇宙哲学可以是神话的分支这一看法就足以表明这一点。倘若如此，那么宇宙哲学像神话一样将会是诗歌的一条结构原则，而在科学中，对称的宇宙哲学仅仅是培根所谓的舞台上的木偶。或许，由三种精神、四种气质、五种元素、七大行星、九层天宇、十二宫黄道带等组成的这整个伪科学（pseudo-scientific）的宇宙哲学观，实际上如在实践中一样属于文学意象的规范。人们早已注意到，托勒密的宇宙观以其象征所需要的同一性、关联性以及对应性等提供了一个比哥白尼的宇宙观所提供的完美得多的象征框架。或许，它不仅提供了一个诗歌象征的框架，而且它自身就是一个象征框架，或者说在它失去科学的实用价值后变成了一个象征框架，正如古典神话在其神谕失去效应之后变为纯粹的诗歌一样。用同样原理可以解释，在过去的一两个世纪里诗人之所以醉心于神秘主义对应体系的原因，以及出现诸如叶芝的《幻景》和坡的《我找到了》之类的结构的原因。[6]

---

[6] 在《幻景》（*Vision*）一诗中，叶芝力图建立一种能沟通天人联系的神秘象征主义体系。《我找到了》（*Eureka*）是爱伦·坡发表于1848年的散文诗，旨在探讨一种无所不包的涉及宇宙起源、天体演化的理论。

上有天堂、下有地狱、中间有循环的宇宙或自然的秩序这一概念，形成了但丁和弥尔顿的最基本的构思——必然的变化（*mutatis mutandis*）。同一构思可见于关于末日审判的绘画作品，这里有一种旋转运动，得救的从右边升入天堂，被罚的在左边坠入地狱。我们可以把这一结构应用于我们所谓的叙述有两种基本运动这一原则，自然秩序内部的循环运动和从这一自然秩序上升到神启式世界的辩证运动。（下降到魔怪世界的运动极为罕见，因为自然秩序内部不断地循环旋转本身就是魔怪式的。）

自然界循环的上半部分是浪漫传奇的世界以及天真的类比；下半部分是"现实主义"的世界以及经验的类比。因此有四种主要的神话运动：在浪漫传奇内部、在经验内部、向上和向下。向下的运动是悲剧性的运动，命运之轮从天真降落到造成悲剧的错误（hamartia），从此种错误降落到毁灭。向上的运动是喜剧性运动，从危机四伏的困难局面上升到皆大欢喜的结局以及假定的姗姗来迟的天真（post-dated innocence）境界——到那时，人人都过着幸福的生活。在但丁笔下，上升的运动是通过炼狱得以完成的。

因此，我们已经回答了是否存在着比普通的文学体裁更宽阔、逻辑上更优先的文学叙述范畴这一问题。这类的范畴有四种：浪漫传奇、悲剧、喜剧和反讽或曰讽刺。如果我们对这些术语的普通意义稍加探赜，我们将会得到同样的答案。悲剧和喜剧最初可能是两类戏剧的名称，但我们仍然可以用这两个术语来描绘文学虚构作品的普遍特征而不涉及体裁问题。固执地认为喜剧只能指某一种舞台戏剧，从而决不能用来描述乔叟或简·奥斯汀的作品，那将是十分愚蠢的。乔叟本人无疑会在比舞台戏剧更为广阔的意义上来界定喜剧，正如他笔下的修多数喜剧的基础，尤其是那些严格的遵循传统程式的戏剧。主要依据戏剧并且偶尔参照一下虚构作品来阐述喜剧结构理论，似乎较为便利。我们经常看到的情节是一位少年追求一位淑女，而他的情欲受到某种反向因素——通常来自父母——的抵制，但在戏剧接近结束时，情节稍有曲折转换以致主人公的愿望得以满足。在这一简单的程式中有几个复杂的成分。首先，喜剧的运动常常是从一种社会环境到另一种社会环境的运动。开始时起阻碍作用的人物掌握着这个社会，观众心中明白他们是一些篡权僭位者。结尾时，通过那种使主人公与女主人公欢聚在一起的情节技巧产生了一种新型社会，它在主人公的周围结了晶。这种结晶现象发生的时刻，也就是行动"契机"（resolution），又叫喜剧的发现（comic discovery），或曰"承认"（*anagnorisis*）或"认可"（*cognitio*）。

新型社会的出现，常常以某种宴会或节日仪式为标志。这种宴会或节日仪式不是出现在戏剧的结尾就是假定此后不久就要发生。结婚是最习以为常的仪式，有时结婚如此之多——如在《皆大欢喜》结尾时有四对情侣喜结良缘——以致它们暗示了天下有情人皆成眷属；交谊舞中的成双成对也是如此。这种舞在16—17世纪盛行的宫廷歌舞剧中尤为常见，一般也以此为结尾。《驯悍记》结尾时的宴会，可以追溯到古希腊中期喜剧。在普劳图斯的喜剧中，观众有时被滑稽地邀请参加一个想象的宴会。旧喜剧同现代的圣诞哑剧一样，却更为慷慨，有时甚至会向观众抛洒食物。因为喜剧所达到的最终社会就是观众所认为的理想的、合宜的社会状态，所以就产生了与观众交流的行动。悲剧演员同喜剧演员一样，希望受到观众的欢迎。然而"喝彩"（plaudite）一词，是用来表示在古罗马喜剧结尾出现的邀请观众一起形成一种喜剧社会的，如果这种现象出现在悲剧的结尾，似乎不太近情理。据说，喜剧的契机来自舞台的观众；而在悲剧中，决定悲剧的因素却来自另一面的某个神秘的世界。在电影中，纵然黑暗允许观众朝色情方面设想，但情节通常仍朝向发生在舞台外面的一种行动发展，如同在古希腊悲剧中的死亡一样，还有用紧张的氛围来暗示什么等。

阻止主人公的愿望实现的障碍，也构成喜剧的行动，而清除这些障碍形成喜剧的契机。障碍往往来自父母，因此喜剧常常以父与子之间的意志冲突发端。所以喜剧作家一般是为观众中的年轻人而写作的，而几乎任何社会中的老年人都会觉得喜剧具有某些摧毁这一社会的因素。毫无疑问，这是社会上排斥迫害戏剧的一个重要原因，而清教徒甚至基督教徒在这方面也并不特殊，比如泰伦斯[2]在不信宗教的罗马同本·琼生在英国一样遭受到社会反对力量的迫害。在普劳图斯的喜剧中，有一个父亲和儿子与同一位宫廷娼妓做爱的场面，而且儿子毫不留情地质问父亲是否真心地爱母亲。我们必须将它放置到古罗马家庭生活的背景中去观看这一场面，以便理解其心理释放（psychological release）的意义。甚至在莎士比亚笔下，我们也可以看到折磨长辈的语言令人惊讶地爆发出来，而在当代电影中，年轻人的胜利是如此酷虐无情，以至于制片人发现把十七八岁的年轻人纳入观众的行列颇有困难。

主人公愿望的反对者，当不是父亲时，通常也是与父亲所处的已确立的社会有密切联系的人，也就是年事较长、财丰钱足的敌手。在普劳图斯和泰伦斯笔下，这位敌手不是掌控少女的老鸨或皮条客，便是身带现金周游四方的大兵。这些人物在舞台上所表现的狂暴的行为，说明他们是父亲的代理人，即非如此，他们也是篡位僭权者；而他们

---

[2] 泰伦斯（Terence），是泰伦提乌斯（Publius Terentius Afer，前190？—前159）的简称，罗马剧作家，出身于非洲奴隶，随主人到罗马受教育后才成为剧作家。

对少女的权力要求也往往被揭露为欺骗行为。总之，他们是骗子，而写他们的有权有势，也蕴涵着对赋予他们权力的社会的批判。在普劳图斯和泰伦斯的喜剧中，对社会的批判很少超越针对妓院和老鸨鸡头的缺德行径。但文艺复兴时期的剧作家，包括本·琼生，则已表现出他们对日益增长的金钱权力以及由金钱所建立起来的统治阶级的敏锐观察和批判。

喜剧的倾向，是把尽量多的观众引入它所呈现的最终社会：反派人物常常妥协让步，或变坏为好，而不是简单地受到惩罚。喜剧往往包括一个替罪羊仪式——逐出，即某个不能相容、不能和解的人物被清除。但揭露和羞辱会导向哀婉剧，甚至悲剧。《威尼斯商人》似乎是尽量打破喜剧平衡的尝试。倘若夏洛克的戏剧角色稍微夸张一些，如通常剧组的主要演员扮演此角色时那样，喜剧的平衡就被打破，《威尼斯商人》也就变成了带有喜剧结尾的威尼斯犹太人悲剧。本·琼生之《伏尔蓬》的结尾是一个接一个的劳役监禁和放逐海上，人们不禁会纳闷，社会的解放是否需要如此多的辛苦劳作。然而，《伏尔蓬》是对悲剧进行喜剧性模仿的一个例外，它仔细地展示了伏尔蓬的狂妄野心。[3]

转变的原则，在那些其主要作用是娱乐观众的人物身上，更是昭然若揭。普劳图斯笔下"吹牛的士兵"，是朱庇特和维纳斯的一个儿子，他用拳头打死一头大象，而且在一天的战斗中杀死了七千人。换言之，他试图给观众精彩地表演一场，他的大肆招摇，胡乱吹嘘，这样便有助于戏剧的结尾。按传统程式，吹牛皮的人必须被揭露出来，受到讽刺鞭笞。但是为什么一位专业戏剧作家，甚至所有的人，却都借此来指责一位表演精彩的人物呢？当我们发现《温莎的风流娘儿们》中福斯

---

[3] 见《伏尔蓬》(*Volpone*)第 5 幕第 2 场第 12—14 行。——原注

塔夫被邀请参加最后的盛宴、卡列班得到暂时解脱、已经做出安慰马尔沃里奥的努力、安哲罗和帕罗尔斯被允许洗心革面地生活以使人们忘记他们的耻辱，我们在这些地方所看到的无疑是喜剧的最基本的原则在起作用。[4] 喜剧性社会广纳而不是排斥各种各样的人这一倾向，是传统上寄生虫得以生存的原因，这些寄生虫没有理由去参加最终的盛宴，然而却的确参加了。"仁慈"（grace）一词，在文艺复兴时期披上了从卡斯蒂廖内笔下温文典雅的侍臣到基督教仁爱宽厚的上帝的种种色彩，它一直是莎士比亚喜剧中一个重要的主题词。

喜剧行动从一个社会的中心转向另一个社会的中心，这与刑事诉讼的行为不差累黍。在刑事诉讼中，原告和被告对同一情况做出迥然不同的解释，最终其一被判定为属实，另一个被判定为虚假的。在喜剧的修辞技能与法学的论辩术之间有类似之处，这在很早的时期就已被人认出。有一本小册子，书名叫《喜剧论纲》[5]与亚里斯多德的《诗学》极为近似，它用约一页半的篇幅记载了喜剧的所有要素，把喜剧的思想分为"观点"（pistis）和"证言"（gnosis）两部分。笼统地说，这两部分分别与篡位窃国的社会和尽如人意的社会相应。证言（即：产生幸福社会的手段）又被划分为誓言、契约、证人、考验（或磨难）以及法律，换句话说，也就是《修辞学》中所列举的在法律程序中作

---

[4] 卡列班（Caliban），莎剧《暴风雨》中的奴隶。马尔沃里奥（Malvolio），莎剧《第十二夜》中的管家。安哲罗（Angelo），莎剧《量罪记》（又译为《一报还一报》）中人物。帕罗尔斯（Parolles），《终成眷属》中的人物。

[5] 见莱恩·库柏（Lane Cooper）的《亚里斯多德式的喜剧理论》（An Aristotelian Theory of Comedy，1922）。——原注
《喜剧论纲》（Tractatus Coislinianus）或译为《柯瓦斯林书稿》，无名氏所著，成书于10世纪，内容涉及公元前1世纪。——译注

证的五种基本形式。我们注意到，莎士比亚的喜剧的行动常常以某种荒唐的、残忍的，或非理性的法律起始，例如在《错误的喜剧》中提到的来自叙拉古的人一律处死的法律、[6]《仲夏夜之梦》中的强制性婚姻法、批准夏洛克的契约的法律、安哲罗试图通过立法清正国风的努力等，诸如此类，而喜剧的行动却随后规避之或破除之。契约通常是由主人公的社会所造成的阴谋；诸如谈话的窃听者以及具有特殊智慧的人（例如对胎痣有独特记忆的主人公的老保姆）之类的证人，是产生喜剧性发现的极为常见的手法。考验（basanoi）通常是主人公的品行的试金石；希腊语中"考验"一词同样具有试金石之意，而且似乎与莎士比亚笔下的巴萨尼奥（Bassanio）遥相呼应，正是通过巴萨尼奥的考验才判定了哪个金属盒最有价值。

下面是喜剧形式展开的两个方法：其一是着重突出起阻碍作用的人物；其二是突出表现喜剧性发现和言归于好的场景。一种是喜剧反讽、讽刺、现实主义手法和风俗研究的一般倾向；另一种是莎士比亚喜剧以及其他类型的浪漫喜剧的倾向。在风俗喜剧中，主要的道德兴趣通常是在起阻碍作用的人物一面。技术上的男女主人公一般不是非常引人注目的人物：普劳图斯和泰伦斯笔下的年轻兄弟们极为相似，要区分他们如同在黑暗中区分狄米特里厄斯与雷桑德[7]一样困难，后者可谓前者的模仿。通常，主人公的人物性格属于中性；从而使他能够代表一种愿望的满足。他与吝啬的或残暴的父亲、夸夸其谈或浮华无实的对手以及其他阻止喜剧行动的人物有天壤之别。在莫里哀的喜

---

[6] 指以弗所（Ephesus，地处今土耳其西海岸的古城）当局对来自叙拉古（Syracuse，地处今西西里一港口）的人残酷的迫害行为。

[7] 狄米特里厄斯（Demetrius）和雷桑德（Lysander）是莎士比亚喜剧《仲夏夜之梦》中的人物，两人都爱上了赫尔米娅（Hermia）。

剧中，我们可发现一种简单而得到充分验证的公式，在那里，道德兴趣集中在一个单独地起阻碍作用的人物身上：一位严厉的父亲、一个守财奴、一个厌世者、一个伪君子，或一个疑心病患者。这些都是我们记忆中留存的人物，而且剧作常常以他们取名，然而我们却很少记住所有挣脱他们的毒手的圣瓦伦丁节里的情人们和安杰莉卡式的女性们。在《温莎的风流娘儿们》中，技术上的主人公是一位名叫芬顿的年轻人，他在剧中只有很少一部分戏，而这出戏从普劳图斯的《卡西娜》中获得一点启示，在普劳图斯的剧中，男女主人公甚至没有在舞台上露面。虚构作品中的喜剧，尤其是狄更斯的作品，常常遵循同样的做法，即围绕着一对呆钝木讷的技术主角来划分其有趣的人物。甚至汤姆·琼斯也蓄意与程式化和典型化有千丝万缕的联系，如他那非常普通的名字所示，尽管他不失为一位非常逼真、非常成功的人物。

喜剧通常走向一个愉快的结尾，而观众对愉快结尾的正常反应是："应该这样"，而且这种反应听起来似乎是一种道德评判，实际上也的确如此，只是它在严格意义上不是道德评判，而是社会价值评判。其反面并不是罪恶，而是荒诞。喜剧认为马尔沃里奥做好事与安哲罗干坏事同样荒唐。莫里哀笔下的厌世者[8]自以为忠诚老实（忠诚老实是一种德性），在道德上看来是健康的，但是观众很快会认识到他的朋友费南特更为忠诚老实，尽管他时刻准备爽快地撒谎以便使他人能够保持其自尊心。诚然，也可能有这样一种道德喜剧，其结果往往是情节剧类型的，我们说这种情节剧是毫无幽默的喜剧，而且它的欢乐的结尾是通过大多数喜剧所极力避免的那种自信正直的基调而获得的。设想一种没有冲突的戏剧是不可能的，而且设想一种没有敌对的冲突亦是

---

[8] 指莫里哀《恨世者》（*Le Misanthrope*）中的主人公阿尔塞斯特。

不可能的。然而正如爱——包括性爱——是一种与淫欲判然有别的东西,敌对也与仇恨失之千里。诚然,在悲剧中,敌对几乎总是与仇恨相联,但是喜剧则不然。我们会发现,社会价值对荒唐行为的裁决比之于道德价值对邪恶行动的裁决更接近喜剧的规范。

那么,随之产生的问题是:是什么使起阻碍作用的人物显得荒唐可笑呢?本·琼生用他的"气质"(humour)[9]论对此做了解释,即由蒲柏所谓的统治情绪所决定的品质。"气质"的戏剧作用是表现可谓仪式约束的一种心境。一个人总是摆脱不了他的气质的束缚,而他在戏剧中的作用基本上是再现这种束缚。一位病人并不是具有某种气质的人,但一个疑心病患者却是受一种气质所纠缠,因为他作为疑心病患者决不会获得身体健康,也不会做出任何与为自己预先安排好的角色不一致的事情。一个守财奴的所言所为,都与藏金和攒钱有瓜葛。在本·琼生的一出最接近莫里哀的戏剧结构的剧作《安静的女人》中,整个喜剧行为出之于主人公莫罗斯的怪僻气质,莫罗斯意欲从生活中清除噪声的决心产生了一种连续不断的喜剧行动。

气质的原则(或者说"幽默"的原则)出自不增量的重复——文学对仪式约束的模仿——是荒谬可笑的这一原则。在悲剧中,重复在逻辑上必导致悲剧结局,《俄狄浦斯王》是路人皆知的例子。重复,无论过度还是适当,属于喜剧的范畴,因笑在一定程度上是一种反复,而且像其他诸类反复一样,笑也会受到一个简单的重复定式的限定。在辛格的《骑马下海人》[10]中,母亲在失去丈夫和五个儿子之后最终又失

---

[9] humour 一般译为"幽默",在英语中,该词含义甚多,分别有"气质""怪僻",以及通常意义上的"幽默"诸义。本书根据上下文具体情况确定其译法。

[10]《骑马下海人》(*Riders to the Sea*),爱尔兰剧作家辛格(John Millington Synge)的独幕悲剧。

去了剩下的唯一儿子,然而结果表明这是一出十分优美和动人的剧作,倘若将这出戏改为标准长度的悲剧,巨细无遗、阴郁沉闷地描写七人溺死的经过,观众将会在它结束之前报之以冷冷一笑。重复作为气质(或"幽默")理论的基础这一原则,无论按本·琼生的观点还是在我们的意义上,均为连环漫画的作者所熟知。在连环漫画中,人物被确定为寄生虫、暴食者(掠食一盘菜肴)、泼妇等,他们在数月之内天天如此,从而显得滑稽可笑。连续喜剧广播剧对于经常听的人较之于偶尔听一两次的人更为饶有风趣。福斯塔夫大腹便便、以及堂吉诃德幻觉不断,皆基于同样的喜剧法则。爱·摩·福斯特先生在谈到狄更斯笔下的人物米考伯太太时,总是显出不屑一顾的样子,米考伯太太一张口就是说她永远不会抛弃米考伯先生,除此之外再也听不见从她嘴里吐出其他话来。[11] 由此我们不难察出对通俗套式过于讲究的精雅的作家与无情地揭露这种套式的重要作家之间的强烈对比。

喜剧中的"幽默"因素,通常是拥有颇大的社会威望和权力的人,他能够迫使戏剧社会进入自己所控制的轨道。因此,幽默因素与喜剧行动所力图打破的荒唐或无理性的法律主题有密切联系。颇有意义的是,我们最早的幽默喜剧《黄蜂》中的中心人物是被法律案件缠得难以分身的;[12] 夏洛克企求依法行事与其报复的气质也是融为一体的。荒诞

---

[11] 见福斯特(E. M. Forster)的《小说面面观》(*Aspects of the Novel*, 1927)第 1 章。最好对比一下虚构重复(如米考伯太太的话)和主题重复(如阿诺德那样令人厌烦地故意重复其对手的虚妄的话)。在福斯特自己这本书中,类似的主题重复也起了作用。见勃朗(E. K. Brown)的《小说的节奏》(*Rhythm in the Novel*, 1950)一书。——原注

[12] 阿里斯托芬在《黄蜂》一剧中讽刺雅典人的陪审法庭和审案办法,此剧写于公元前 422 年。

的法律常常表现为木讷惘然的暴君的一时的怪念头，实际上暴君的意志就是法律，例如莎士比亚笔下的里昂提斯或气质怪僻的弗里德里克公爵。[13] 暴君常常做出一些武断的决定或许下草率的诺言，在这里，法律被"誓言"取而代之。这在《喜剧论纲》一书中也曾提及。或者，荒唐的法律以虚伪的乌托邦形式出现，这是一个被由怪僻的气质或迂腐的意志所构成的仪式约束了的社会，与《爱的徒劳》中书生气十足的避难所一般无二。这一主题源远流长，可追溯到阿里斯托芬，他曾在嘲仿柏拉图式的社会结构的作品《鸟》和《公民大会妇女》中处理过该主题。

在喜剧结局时出现的社会则相反，它代表一种道德规范，或在实用意义上自由的社会。它的理想很少被确定下来或形成明确的公式。定义和公式是属于有某种怪僻气质的人和事，他们缺乏可以预知的行动。我们仅仅被允许知道，一对刚结婚的青年人将会幸福地生活下去，或者他们将在一种相对不那么怪僻的气氛里以明亮美好的方式生活下去。这是成功的主人公的性格之所以常常表现得平凡无趣的原因之一：他的真正生活在戏剧结束后方才开始，而我们必须相信他有可能是一个比外表看起来更为生动有趣的人物。在泰伦斯的《兄弟》中，狄米亚对儿子粗暴苛刻，这与他的兄弟、勤劳的米基奥溺爱儿子形成鲜明的对照。米基奥比较自由开明，他在喜剧冲突中率先达到契机，他改变了狄米亚，然而随后狄米亚却指出米基奥自由开明大半是由于懒惰造成的，并把他从一种相反相成的怪僻气质的约束中解脱出来。

因此，从观点到证言的移进，从一个由习俗、仪式约束、专断的

---

[13] 里昂提斯（Leontes）为莎剧《冬天的故事》中的西西里国王，弗里德里克公爵（Duke Frederick）为《皆大欢喜》中篡夺兄长爵位者。

法律以及老一辈人统治的社会向一个由青年和实际上自由的社会的移进，本质上是从假象向现实的移进，正如"观点"（pistis）和"证言"（gnosis）两个古希腊词所示。假象指已经定型了的或可以界定的事物，现实可理解为其对立面。无论现实为何，但绝不是前者。因此，我们得出喜剧中创造并消除假象这一主题的重要意义：假象由伪装、伪善、偏颇的成见或未知的出身门第所造成。

处理喜剧性结局，一般是凭借情节的意想不到的转折。在罗马喜剧中，女主人公往往是一个奴隶或宫女，结果却发现是某个相当有身份的人的女儿，这样男主人公可以与她结婚而不失尊贵。喜剧中的"喜剧发现"是沿袭至今基本上没有多大改变的特征之一。所谓喜剧的发现，是剧中的人物们发现了他们真正的亲属是谁，而那位异性却并非其亲属，所以可以婚配。《心腹职员》[14]一剧表明，喜剧发现现在仍然受到剧作家的青睐。《巴巴拉少校》的结局部分，有对喜剧发现杰出的嘲仿（剧中主人公是一位希腊语教授这一事实，或许暗示着该剧与欧里庇得斯和米南德有着不同寻常的师承关系）。在该剧中，安德谢夫不能破例指定他的女婿为继承人，因为女婿的生父在澳大利亚娶了安德谢夫患病的妻子的妹妹，因此他的女婿就是他的姻亲。[15]这看起来似乎复杂得很，然而喜剧的情节往往是相当复杂的，因为复杂性和荒唐往往是一脉相承的。由于喜剧中由人物引起的主要兴趣常常集中在失败的人物方面，所以由情节的任意性压倒了性格的连贯性就成了喜剧

---

[14] 《心腹职员》（*The Cocktail Party*），T. S. 艾略特 1954 年发表的喜剧。

[15] 在萧伯纳的《巴巴拉少校》（*Major Barbara*）一剧中，安德谢夫所有的军火公司，按公司惯例应收养一个私生子来做继承人，因其女婿的父母的婚姻在澳洲为合法，且安德谢夫本人与女婿本为姻亲，所以安德谢夫开始认为其女婿无法成为公司继承人。

的通常表现。因此,与悲剧迥然不同,就个别人的戏剧的行动而言,根本不存在什么绝对必然的喜剧。换言之,喜剧的程式会导致某些必然的圆满结局,然而对于每出戏,剧作家都必须推出独具特色的"噱头"(gimmick)或"包袱"(weenie),这两个不文雅的好莱坞俗语是希腊语"承认"(anagnorisis)的同义词。圆满的结局并不能给我们"真实"的印象,但却符合我们的愿望,而且,这种结局是由情节的处理所达成的。去观看死亡和悲剧的人,只是坐在那儿等待不可避免的结局的出现;然而在喜剧的结局中却产生了某些新的东西,而去观看新生事物的观众则等于是加入剧中那个热闹的社会之中。

情节的处理,并非总是涉及人物的变化,即使情节的处理与人物变化有联系时,喜剧规范也不会被践踏。不可思议的突转,奇迹般的变化,以及神灵的佑助,这些都是喜剧中司空见惯的现象。更有甚者,无论出现了什么,都被认为是好事;假如吝啬鬼变得可爱,那么我们就知道他不会立刻复萌故态。许多文明所强调的是所希冀的东西,而不是现实的东西,宗教则反对科学的洞察,从而把戏剧全当作喜剧来加以考虑。在印度古典戏剧中,悲剧的结尾被认为是不得体的。同样,热衷于反讽的现实主义的小说家,认为蓄意安排的喜剧结局也是不得体的,是缺乏审美情趣的。

喜剧的总体叙事结构(密托斯),有一定的规律,有如音乐中所谓的三重形式,只是仅有一小部分被表现得十分典型:主人公的社会反抗衰朽的老翁社会并取得了胜利,然而主人公的社会是像古罗马的农神节一般的纵情狂欢的社会,它与戏剧主要情节展开很久前的被称为黄金时代的社会准则背道而驰。随后固定的和和谐的秩序,被愚蠢的行为、偏颇之见、疏忽大意、"傲慢与偏见",或者为人物自身所不理解的事件所打乱，但是而后又得以恢复。常常有一位仁慈的祖父凌驾于由起阻碍作用的怪僻气质所支配的行动之上，这样，就把第一部分与第三部分联系起来。有一个典型的例子是《威克菲尔牧师传》中的伯契尔先生，他隐瞒了身份，结果却发现他是邪恶的乡绅的伯父。[16] 一个较长的戏剧，例如印度的《沙恭达罗》，可以展现所有的三个阶段；一个情节错综复杂的戏剧，例如米南德的许多剧作，或许会揭示出这三个阶段的轮廓。当然，经常出现的情况是，第一阶段略而不提，观众仅仅知道有一个比戏剧中所揭示的情况更理想的社会，而且观众认识到戏剧行动正是导向这个社会。这种三重行动，在仪式上像夏天与冬天的竞争，而冬天处于情节的中心；[17] 在心理上，它则像神经病或肿瘤块的消除，以及连续不断的精力和记忆之流的恢复。琼生式的假面剧中间插入一节滑稽穿插，可以说是三重行动的高度程式化了的或"抽象的"样板。

现在我们谈论喜剧的典型人物。在戏剧里，人物的性格刻画取决于人物的作用。一个人物是什么样子的，这是由他在戏剧里的行动所决定的。戏剧作用反过来又取决于戏剧结构。人物需要做某些事情，是因为戏剧具有这样或那样的形式。戏剧结构反过来又取决于戏剧的范畴；倘若是喜剧，其结构则需要构成喜剧的契机以及弥漫于全剧的

---

[16] 《威克菲尔牧师传》（*The Vicar of Wakefield*）是英国作家哥尔斯密于1766年创作的著名小说，伯契尔先生（Mr. Burchell）是书中一个人物，生性仁慈正直，帮助穷牧师普里姆罗斯博士一家度过难关。

[17] 因此喜剧中善于拆台的人物的原型便是"摄政王"。见西奥多·加斯特（Theodor H. Gaster）的著作《狄士比斯》（*Thespis*，1950）第34页。《量罪记》中的安哲罗是最鲜明的例子。——原注

喜剧情调。因此，当我们谈论典型人物时，我们并不是要把逼真于生活的人物简单地归并为现存的几种角色类型，尽管我们有意表明逼真的人物与现存的类型对立这一感伤的观念是一个庸俗的错误。所有栩栩如生的人物，无论是小说里还是戏剧里，其连贯一致性均取决于现存类型要塑造得合宜有分寸，符合其戏剧作用。然而，现存的类型并不是人物的性格，但是它对于人物性格是如此重要和必需，正如一架骷髅对于扮演骷髅的演员一样。

关于喜剧人物，《喜剧论纲》中列举三种喜剧人物：自欺欺人者（alazon）或曰骗子，反讽者（eiron）或曰自嘲者，还有小丑（bomolochoi）。这种说法与《伦理学》中有一段的提法极为相似。亚里斯多德在《伦理学》中把前两者对立起来，并且把小丑与他所谓的乡下人（agroikos）或曰粗汉对立起来。我们把乡下人当作第四种性格类型，也并非不合情理，这样我们就有两对相互对立的人物类型。反讽者与自欺欺人者的对立，构成喜剧情节的基础；而小丑与乡下人则使喜剧气氛向两极分化出去。

我们在前面曾讨论过反讽者和自欺欺人者这两个术语。喜剧中起阻碍作用的气质怪僻的人物几乎总是骗子，当然，他们常见的特征与其说是虚伪毋宁说是缺乏自知。一个人物得意扬扬地独白，而同时另一个人物向观众做出嘲讽的旁白，这种屡见不鲜的喜剧场面，以其最纯粹的形式表明了反讽者与自欺欺人者之间的冲突，并且说明观众的同情心是朝向反讽者的。自欺欺人者这一组性格的中心人物是老朽的长辈或者严厉的父亲，他暴躁易怒、偏执顽固、耳食轻信，动不动就威胁恐吓，似乎与浪漫传奇中某些魔怪式的人物——例如波吕斐摩斯——如出一辙。偶尔，一个人物或许具有这类的戏剧作用而不表现其性格特征，《汤姆·琼斯》中的乡绅奥尔华绥就是一例：就情节而言，他的行为举止看起来似乎与乡绅韦斯顿一样愚蠢。[18] 关于严厉的父亲的代理人,我们已经谈到吹牛的士兵:他的名望主要是由于他醉心于说大话而丝毫不付之行动这一事实,而且比沉默寡言的人物更适合于从事创作实践的剧作家所使用。学究(在文艺复兴时期的喜剧中常表现为神秘学科的研究者)、纨绔子弟,以及具有类似"气质"的人物,无需我们赘言详述。女性自欺欺人者极为罕见:泼妇凯特琳娜[19]在一定程度上代表吹牛的士兵,可笑的才女[20]代表女学究,然而为真正的女主人公设置障碍的"危险人物"或女妖,常常是情节剧或浪漫传奇中的邪恶人物,而不是喜剧中的荒唐可笑的形象。

　　反讽的人物值得我们多加关注。这一类型的中心人物是剧中的主人公。主人公是一位反讽者,这是因为,如前所述,剧作家意欲贬低他并使他在性格上不成熟而且没有特色。其次是女主人公,也常常被贬低。在旧喜剧中,当一位女性陪伴着一位凯旋的男主人公时,她通常仅起舞台道具的作用,即一位先前尚未提及的"无声的演员"(muta persona)。有时,女主人公把自己伪装起来或者凭借其他手段造成喜剧契机,从而发现主人公所追寻的人结果正是那位一直在寻找他的女郎,这时我们说达到了难度更大的喜剧发现。莎士比亚所偏爱的"她降尊俯就,为的是征服统治"这一主题,我们不必花许多笔墨赘述,因为把它划归浪漫传奇的叙事结构(密托斯)更合乎情理。

　　另一个重要的反讽形象是肩负着为主人公获胜出谋划策任务的类

---

[18] 在《汤姆・琼斯》中,奥尔华绥(Allworthy)收养了弃婴汤姆,将他抚养成人,但管教极严;其邻居韦斯顿(Western)因女儿索菲亚爱上了汤姆,派人捉回她,迫她嫁给一卑鄙的小人。

[19] 凯特琳娜,莎士比亚戏剧《驯悍记》中的悍妇。

[20] 可笑的才女(precieuse ridicule)指莫里哀同名喜剧中的人物。

型。这一人物在罗马喜剧中几乎总是诡计多端的奴隶（*dolosus servus*）；在文艺复兴时期的喜剧里，他成了出谋划策的仆从，这在欧洲大陆的戏剧中尤为常见，而在西班牙戏剧中被称为丑角（*gracioso*）。当代的观众所熟悉的这类人物是费加罗和《唐璜》中的勒波莱罗。[21] 通过诸如米考伯以及司各特的《圣罗南的井》中塔齐伍德等19世纪过渡型的人物形象（这些人物像西班牙戏剧中的丑角一样，同小丑有血缘关系），反讽者形象逐步发展成为现代虚构作品中的业余侦探。佩·格·沃德豪斯笔下的契弗斯可以说是一个直接后裔。[22] 同样的普通家庭中的知己女友，常常被引入剧情以便为制作良好的戏剧机械加上润滑油。伊丽莎白时期的喜剧里有另一种类型的专事恶作剧的人物，其代表是《拉尔夫·罗伊斯特·道伊斯特》[23]中的马修·梅里格利克。一般认为，这个人物是由道德剧中缺德和不义的象征发展而来的。与往常一样，无论历史学家认为它源来何处，这一类比都十分合情合理。缺德的形

---

[21] 《唐璜》指莫扎特于1787年演出的两幕歌剧，唐璜为14世纪西班牙的传奇人物，意大利人称之为唐乔瓦尼，故该剧也可译为《唐乔瓦尼》，勒波莱罗在该剧中是唐璜的仆从。

[22] 现代小说中的业余侦探是早先出谋划策的人物的素朴化身：在更为复杂的喜剧中，丑角的流行形式是悠闲的花花公子，他们把俗语颠倒一下作为警句，态度上是诙谐地挖苦多情善感，通常又都是保守分子，但是反对那些因为方向一致而自诩为进步的可笑人物。王尔德在《理想的丈夫》（*An Ideal Husband*）一剧中对这种花花公子做了生动的写照。20世纪以来，无论在虚构型或主题型作品中，花花公子又见复活，如《纽约客》等杂志上的弗班克（Ronald Firbank）、尼克博克（Knickerbocker）等人物。——原注

契弗斯（Jeeves）为英国作家沃德豪斯（Pelhain Grenville Wodehouse，1881—1975）的系列短篇小说中的人物。——译注

[23] 《拉尔夫·罗伊斯特·道伊斯特》（*Ralph Roister Doister*），英国作家N.尤德尔（Nicholas Udall，1506—1556）的喜剧。

象——权且用此名称——对于喜剧作家是非常有用的，因为这个人物完全凭其对恶作剧的酷爱而行事，而且可以凭借最小的动机去展开喜剧行动。缺德形象可以如普克一样轻松愉快、无忧无虑，也可以像《无事生非》中的唐·约翰一样居心叵测。然而，尽管其名声不好，但缺德人物的行为一般是善意的。普劳图斯笔下一个诡计多端的奴隶在独白中吹嘘自己是喜剧情节的"建筑师"，这样的人物表达了作者的意志以便达到圆满愉快的结局。其实，他就是喜剧的灵魂，而且莎士比亚笔下两个鲜明的典型普克和爱丽儿都是精灵。诡计多端的奴隶往往具有自由的思想，这是他努力奋斗的报酬。爱丽儿对解放的渴望亦属同一传统。

缺德角色还包括大量的伪装，而且这一类型常常由伪装确认出来。本·琼生的《个性互异》中的蛀脑虫便是一个很好的例子，他称戏剧行动为他变形的日子。同样，爱丽儿必须排除舞台指令"无形地上场"这一困难。每当主人公是一个厚颜无耻、毫无远见、居心叵测而且哄骗富有的父亲或伯父给他遗产，以及哄骗姑娘的年轻人时，这种缺德人物就与主人公合二为一。

另一类型的反讽人物至此尚未被注意。这类人物通常是老年人，他以从戏剧情节中退隐而开始其戏剧行为，而又以回归来宣告戏剧的结束。他常常是一位父亲，有着想看看儿子到底要干些什么的动机。《个性互异》的行动就是以这种方式由老诺威尔展开的。《炼金术士》中房产的所有者洛夫韦特的失踪和回来，具有同样的戏剧作用，尽管人物性格各有不同。莎士比亚戏剧中最鲜明的例子是《量罪记》中的公爵，这是莎士比亚更关心的人物类型，尽管初看上去并非如此。在莎士比亚笔下，缺德人物很少是"建筑师"，普克和爱丽儿两者都按照一个年岁较大的人的命令行事，倘若我们可以把奥伯龙看作人的话。莎士比亚在《暴风雨》中恢复了阿里斯托芬所确立的那一种喜剧情节，这就是，一位年岁较长的人物不是退居行动之外，而是在舞台上把情节串连起来。如果莎士比亚笔下的女主人公扮演出鬼点子的角色，她往往与她父亲有密切的联系，这当然绝非偶然。甚至她父亲根本没有出现于戏剧中时亦复如此，例如海丽娜的父亲或鲍西娅的父亲，前者教给海丽娜医术，后者为鲍西娅安排下首饰盒择婚一事。近代按传统程式处理的仁慈的普洛斯珀罗形象，是《鸡尾酒会》中的精神病医生。此外，我们还可以对比一下《这位少妇烧不得》[24]中女主人公的父亲——神秘的炼金术士。这一套式不仅仅局限于喜剧：揭示了书本教条的许多弊端的波洛尼厄斯[25]曾三次扮演这类反讽的退隐的父亲形象，看来是过了点头。《哈姆雷特》和《李尔王》均内含有一些次要的情节，那是对现成的喜剧主题之反讽型的翻版。格洛斯特的故事的喜剧主题是常见的，一个聪明伶俐、肆无忌惮的儿子欺骗了一个易受耍弄的衰朽的老人。

我们现在来看看小丑类型，这种类型的作用是增加欢庆气氛而不是丰富情节。文艺复兴时期喜剧与罗马喜剧不同，具有各种各样的此类人物：弄臣、丑角、侍从、歌手，有如用词错误或外国腔调等喜剧习性的即兴式的定型人物等。这类即兴式小丑的最古老的形式是寄生人物。有时也多少让这类人物做点事情，例如本·琼生在《伏尔蓬》中让莫斯卡扮演缺德角色，但是由于他是寄生的，所以常常什么也不做，只是以大谈特谈自己的胃口来取乐观众而已。这个人物主要源自古希

---

[24] 《这位少妇烧不得》（*The Lady's Not for Burning*），英国现代作家克里斯托弗·弗雷（Christopher Fry，1907—2005）所作之名剧。

[25] 波洛尼厄斯（Polonius），《哈姆雷特》一戏中的御前大臣，奥菲丽娅之父，他嫌子女缺乏社会经验多次开导，并多次躲起来偷听子女的谈话，最后被哈姆雷特王子挥剑误杀，故说他"过了点头"。

春天的叙述结构：喜剧

腊中期的喜剧,此时的喜剧里总是出现食物,而这种寄生人物自然地而且密切地与另一种已定型的丑角厨子联系在一起。厨子是一个程式化的形象,他冲进喜剧里吵吵嚷嚷、胡乱指挥、对烹调的秘密发表鸿篇长论。在扮演厨子这个角色时,小丑或逗乐者并不是像寄生人物一样是无缘无故的附加物,而是起着像司仪一样作用的形象,是喜剧气氛的中心。在莎士比亚的笔下没有厨子,但是在《错误的喜剧》中有对厨子的精彩描述,而且,同样的角色常常由一位兴高采烈的并且滔滔不绝讲个没完的主人来扮演,例如《温莎的风流娘儿们》中的"发疯的主人"以及《鞋匠的节日》[26]中的西蒙·埃尔。在米德尔顿的《一出捉弄老家伙的恶作剧》[27]里,发疯的主人与缺德人物融为一体,在福斯塔夫和托比·贝尔克爵士[28]身上,我们可以看到小丑或逗乐者与寄生人物和宴会的主人之间的亲密关系。倘若我们认真研究一下这种逗乐者或主人角色,我们便会发现这类角色其实不过是在阿里斯托芬的喜剧中的合唱队(chorus)的发展,而且这一角色反过来又回到纵情狂欢(Komos,或revel)中去,而喜剧据说正是从此繁衍产生。

最后,还有第四类人物,名为"乡下人",即我们所谓的粗汉或乡巴佬,侧重何意当视语境而定。这一类型的范围可以扩大,包括伊丽莎白时期喜剧中的容易上当受骗的人和轻歌舞剧中所谓的老实人——正襟危坐或不善言辞而古怪脾性突发的人物。这种乡下人比比皆是:如守财奴、势利眼、自命不凡的人等。他们所扮演的角色是拒绝节日

---

[26] 《鞋匠的节日》(*The Shoemaker's Holiday*),英国作家托马斯·德克尔(Thomas Dekker,1570?—1632)写的喜剧。

[27] 《一出捉弄老家伙的恶作剧》(*A Trick to Catch the Old One*),英国作家托马斯·米德尔顿(Thomas Middleton,1570—1627)写的讽刺喜剧。

[28] 托比·贝尔克爵士(Sir Toby Belch),莎士比亚剧作《第十二夜》中一位幽默的骑士。

欢乐的人，不说不笑令人扫兴的人，或者像马尔沃里奥一样宁肯叫食物发霉也不愿施舍予人之类的吝啬鬼。《皆大欢喜》中闷闷不乐地从最后的欢庆节日走出的雅克斯，与此也有密切联系。《终成眷属》中的怏怏不快以自我为中心的勃德拉姆，体现了这一类型与主人公这一角色非凡而巧妙的结合。然而更为常见的是，乡下人属于"自欺欺人者"群，喜剧中所有吝啬的老年人，包括夏洛克在内，都是乡下人。在《暴风雨》中，爱丽儿与缺德或诡计多端的奴隶有联系，而卡列班则与乡下人这一类型有同样的联系。当戏剧情调更为轻松愉快时，我们可以把"乡下人"简单地翻译为乡巴佬，例如不可胜数的乡绅以及类似的人物在戏剧的城市背景中为观众提供许多笑料。这类人物并不拒绝节日的欢乐气氛，但他们圈定了节日气氛的范围。在田园喜剧中，农村生活的理想化规范可以由代表理想的田园生活的简朴的人物表现出来，例如《皆大欢喜》中的柯林。柯林所扮演的"乡下人"角色同更为城市化的喜剧中的"土包子"或"乡下佬"一般无二，然而对于该角色的道德态度却是相反的。这里，我们又一次注意到这样一个原则：戏剧结构是在文学中的一种永恒的道德态度的一种易变因素。

在一个典型的反讽喜剧中，一种完全不同的人物可以扮演拒绝节日欢乐的角色。喜剧愈具有反讽色彩，其社会也就愈荒唐可笑，而且一个荒唐的社会可以受到光明磊落的人——即提倡一种能够获得观众共鸣的道德准则的发言人——的谴责，或者说至少与之形成鲜明的对比。威彻利笔下的曼利[29]，尽管其名称表示是该类人物但并不是其中最典型的，一个更出色的典型是《伪君子》里的克雷央特。这样的人物只有在戏剧的反讽基调十分强烈，足以使观众对于其社会准则的意义无

---

[29] 曼利（Manly）为威彻利（William Wycherley, 1640—1716）的剧作《光明磊落者》中的主人公，其名的含义为"勇敢坦率的""有男子气概的"。

法把握时才显得恰如其分，他大体上相当于悲剧中基于同样的理由而出现的合唱队。当基调从反讽变为辛辣的嘲讽时，光明磊落者可以成为不满于现状的人，或者对现状横加指责的人。他或许在道德上优于他所处的社会，例如在马斯顿剧作中的愤世者，[30] 或许与其他社会罪恶相比他更受到嫉妒心理的驱策，例如忒耳西忒斯[31]，或者在某种意义上的阿佩曼图斯[32]。

177 　　在悲剧中，道德吸引和道德排斥的心理感情——怜悯和恐惧——时而被唤醒时而被排除。在功能方面，喜剧似乎比悲剧更多地利用社会的甚至是道德的价值判断，但是喜剧似乎在于唤起观众相应的感情，即共鸣和嘲笑，并且以同样的方式使它们消失。喜剧范围广阔，从率直的反讽到如愿以偿的浪漫传奇应有尽有，然而其结构定式以及人物性格的塑造却十分相同。多种多样的戏剧态度中持有统一的喜剧结构这一原则，在阿里斯托芬的喜剧中已非常清楚。阿里斯托芬是一位最富个性的剧作家，他对诸事的观点皆在他的剧作中淋漓尽致地表达出来。我们知道，他意欲与斯巴达和睦相处，但是却对克勒翁记恨如仇，因此，当他的喜剧描绘和平的获得以及克勒翁的失败时，我们可以料到他希望观众赞同他对这一事件的观点。在《公民大会妇女》中，一群化了妆的妇女使财产公有的方案在嘲仿柏拉图式的理想国的议会上草率通过，并且进而提出女性掌权的共产主义以及一些令人震悚的改良方法。推测起来，阿里斯托芬是完全不会赞同这种观点的，然而这部喜剧却遵循同样的结构定式和同样的喜剧契机法则。在《鸟》里，珀斯忒泰洛斯向宙斯挑战并用他的"云中鹁鸪国"的幻境描绘出奥林匹斯山

---

[30] 指约翰·马斯顿（John Marston, 1575？—1634）的喜剧《愤愤不平者》（1604）。
[31] 忒耳西忒斯（Thersites），莎士比亚戏剧《特洛伊罗斯与克瑞西达》中的人物。
[32] 阿佩曼图斯（Apemantus），莎士比亚戏剧《雅典的泰门》中的人物。

的景象，他获得了与《和平》中飞进天堂并为雅典带来黄金时代的特路加奥斯所获取的同样胜利。

现在我们可以看一下在反讽与浪漫传奇这两个极端之间诸种喜剧结构。倘若喜剧结构中有不同的相位（phase）或类型（type），那么喜剧在一个极端上融进了反讽和讽刺，而在另一极端则化入了浪漫传奇，因此某些喜剧将与反讽和浪漫传奇的某些类型极为相似。在此，我们的论点中出现了严整的对称现象。文学对称似乎与音乐中五度音程的周期有一些类似之处。笔者发现，每一叙事结构（密托斯）有六个"相位"[33]，其中三个与一个接邻的叙事结构的相位有类似之处。喜剧的前三个相位与反讽和讽刺的前三个相位有类似之处，而喜剧的后三个相位与浪漫传奇的后三个相位有类似之处。一个反讽喜剧与一个喜剧性讽刺作品之间，或一个浪漫喜剧与一个喜剧性浪漫传奇之间的区别是十分微妙的，但是也并非全无差别的

喜剧的第一个或者说最富有反讽意味的相位，自然是脾性怪僻的社会仍然昌盛，或尚未崩溃。喜剧中这一类型的典型例子是《炼金术士》，这里返乡归来的反讽人物洛夫韦特与流氓沉瀣一气，而光明磊落的瑟利却受到愚弄。在《乞丐的歌剧》[34] 中，结局也是同样的转折：（从作品中所反映出来的）作者的原意是，最后主人公被绞死是一种喜剧结尾，但是舞台监督却对他说，观众心目中的喜剧规范要求缓期执行，不管麦吉阿斯的道德行为如何。喜剧的这一类型表现了文艺复兴

---

[33] phase 一词有方面、层面、阶段、侧面、相位诸义，此处仍译为"相位"。按上文作者自己的解释，这里的意思相当于"类型"（type）。参见书末术语表"相位"条第二义。

[34] 《乞丐的歌剧》（*The Beggar's Opera*），英国作家约翰·盖伊（John Cay，1685—1732）的歌剧。麦吉阿斯为剧中之强盗，又是情场老手。

时期批评家所谓的"世道常情的全面写照"。当怪僻社会本身分崩瓦解而没有被其他社会取代时，可以收到更强烈的反讽效果，例如《伤心之家》[35]以及契诃夫的许多剧作皆如此。

我们注意到，在反讽喜剧里魔怪世界总是形影不离的。罗马喜剧里老朽之辈的愤怒，主要是指向诡计多端的奴隶。后者受到磨坊里繁重劳动的威胁，受到鞭打致死的威胁，受到上十字架以及焦油涂面、焚火烧身等等凡想象得出来的用于奴隶的残酷刑罚的威胁。普劳图斯某篇剧作的收场白向我们指出：借念台词指桑骂槐的奴隶演员将要受到鞭挞。在米南德的一出剧作残本里，我们发现舞台上的一个奴隶被缚绑起来并要用火把他烧死。有时给我们的印象是，普劳图斯和泰伦斯的观众会激动得狂呼大笑。我们可以把这一切归咎于奴隶社会的残暴，可是我们会记得沸腾的油锅和把人活活埋葬（"这样地窒息而死"）也曾出现于《日本天皇》一剧中。当代舞台上上演的两部气氛浓郁的喜剧，是《鸡尾酒会》和《这位少妇烧不得》，在前一部的背景里出现了十字架而另一部安排了火刑柱。在莎士比亚笔下，也有夏洛克的尖刀和安哲罗的绞架；《量罪记》中每一位男性人物都不时地受到死亡的威胁。喜剧情节是朝着从那种如果说荒谬但也并非一律无害的状态中解脱出来这一方向发展的。我们还发现，喜剧作家还常常试图把戏剧行动与主人公的大灾大难尽可能紧密地接近，然后尽快地使情节朝相反的方向发展。[36]对无情的法律的逃避或违背，常常是一种十分危险的尝试。

---

[35]《伤心之家》（*Heartbreak House*），萧伯纳于 1917 年写的讽刺剧。

[36] 讽刺和"现实主义"作品促成的结局属于经验状态之内的事，而喜剧情节的发展则要从这种状态中解脱出来。一位作家究竟喜欢选择哪一种结局，往往用一两句话便可交代清楚。除了《乞丐的歌剧》外，狄更斯的《远大前程》（*Great Expectations*）和勃朗特的《维莱特》（*Vilette*）分别精心描绘了这两种不同的结局。前者是因袭喜剧传统的，后者显得更加暧昧不清。——原注

《伪君子》结尾部分国王的干预，是十分武断的，戏剧情节中并没有任何阻止答尔丢夫最后取得胜利的因素。汤姆·琼斯在最后一卷书中被控告犯有谋杀、乱伦、负债、阳奉阴违等罪过，并因此被朋友、监护人以及情人抛弃。这样，在这一切被澄清之前他的确是一个非常不幸的人。任何读者都可以想起，有许多喜剧里对死亡的恐惧，有时甚至是对惨不忍睹的死亡的恐惧，萦绕着中心人物直至结局，然而这种恐惧又很快被消除，速度之快使人有从噩梦中觉醒之感。

有时，这种拯救者实际上就是神，像《配力克利斯》中的戴安娜一样；在《伪君子》里，拯救者是国王，他被想象为观众的一部分，是观众意志的体现。许多喜剧故事——包括在戏剧和虚构作品中的——似乎都在接近结局时出现一种潜在的悲剧性的危机，笔者把这一特点姑且名之为"祭仪上的死点"（the point of ritual death）。这种表达相当粗陋，但愿有更恰当的词语替换之。这一点很少引起批评家的注意，然而当它出现时它毫无疑问是以赋格曲中的"紧急段"（stretto）的形式出现的。它在一定程度上与"紧急段"类似。在斯摩莱特的《韩富瑞·克林克》里（笔者这里以此为例，因为任何人都不会认为斯摩莱特会蓄意创造神话，而他只是因循传统程序而已，至少他笔下的情节如此），主要人物在一次马车倾覆事故中几乎被淹死；此后他们被带到附近的一家住宅里烤干衣服，这时"喜剧发现"发生了：他们的亲属关系得以澄清，出生的秘密被揭露出来，名字也改了过来。在所有诸如主人公被监禁或者女主人公患了大病而最终却是皆大欢喜的结局之类的故事中，同样的祭仪上的死点都是显而易见的。

有时，祭仪上的死点发育不全：它不是情节中的因素，而只是基调的变化。我们每一个人都会注意到，在喜剧情节里，甚至在微不足道的电影故事和为杂志撰写的小说里，接近结局时总会有一个基调陡然变为严肃、感伤或预示大祸临头的契机。在阿道斯·赫胥黎的《铬黄》里，主人公丹尼斯隐含着自杀的念头，正处于自我评价极为悲观的关头。[37]在赫胥黎的后期作品中，某种暴力行动——通常是自杀——出现于相应的时刻。在《达洛维夫人》[38]中，塞波蒂默斯的自杀成为女主人公在其宴会中的祭仪的死点。此外，这一手法还有一些有趣的莎士比亚式的变体：例如一个丑角会在结局时讲一席话，这时小丑的面具突然揭开，我们看到一个伤痕累累、备受侮辱的奴隶的面孔。我们在《错误的喜剧》的以弗所的德洛米奥的开场白"我们确是蠢驴"以及在《皆大欢喜》小丑的开场白"我是一个愚蠢的家伙"中可见一斑。

喜剧的第二相位，其最简单的形式是主人公并没有改变怪僻的社会而仅仅逃出这个社会使其结构按原样存在的喜剧。描写一个社会由主人公建立起来，或者围绕着主人公形成一个新的群体，但其影响力和牢固程度尚严重不足时，这就会成为这一喜剧相位中最错综复杂的反讽。在这种情况下，主人公自己通常在一定程度上是一个喜剧性的可笑人物，或精神上的逃跑者，我们所看到的不是占上风的现实挫败了主人公的幻想，就是两种幻想之间的冲突斗争。这是喜剧的堂吉诃德式的类型，它对于戏剧来说是较难达到的相位，尽管《野鸭》[39]可算得上很好的例子。在戏剧中，它通常呈现为另一相位的辅助性主题。在《炼金术士》中，埃皮立尔·马蒙爵士关于他将如何处理炼金术士的点金石的梦境，同堂吉诃德的梦境一样，只是一场梦而已，并且使他成为对浮士德（剧中曾提及浮士德）的反讽式嘲仿，与堂吉诃德对阿麦迪斯和兰斯洛特的反讽

---

[37] 阿道斯·赫胥黎（Aldous Huxley，1884—1963），英国现代小说家，以写讽刺小说著名。《铬黄》（1921）是他的早期作品。他是著名生物学家托·赫胥黎的后代。
[38] 《达洛维夫人》是弗吉尼亚·伍尔芙于1925年问世的意识流小说。
[39] 《野鸭》（The Wild Duck，1884），易卜生的剧作。

式嘲仿无甚两样。[40] 倘若基调更为轻松活泼，那么喜剧情节的契机是如此突出，足以扫尽一切堂吉诃德式的幻想。《哈克贝利·费恩历险记》的主题不失为喜剧中最古老的一个：赋予奴隶以自由。而喜剧的发现告诉我们，在因汤姆·索亚逞能而贻误了吉姆脱身逃离之前，吉姆早已获得了自由。由于这一类型提供无可比拟的意义双关的反讽机会，所以它受到亨利·詹姆斯的青睐，或许，他对其最深入的研究是小说《圣泉》，在这部小说里，主人公就是一位对普洛斯珀罗进行反讽嘲仿的人物，他力图从眼前的社会里创造出另一个社会。

喜剧的第三个相位就是我们在一直讨论的标准的类型，其中，一个衰朽老人或其他气质怪僻的人物对一位年轻人的愿望做出让步。喜剧的标准这个概念在莎士比亚的身上是如此强烈，以至于当他实验性地试图在《终成眷属》中背弃这一定式时，即当他让两位老者强迫勃德拉姆娶海丽娜时，结果却成了一出不受欢迎的"问题"剧，而且还显示出剧中邪恶的方面。我们已经注意到，喜剧的"发现"主要是要弄清新型社会的各种具体情况，如辨明姐妹中谁为新娘，澄清谁是生身父母与养父养母。父与子往往发生冲突这一事实是指他们常常是同一位女子的情敌，而且主人公的新娘与主人公的母亲在心理上的和谐或明或暗在剧中是得到肯定的。喜剧中偶然出现的"猥亵行为"，例如在王政复辟时期的某些喜剧里，不仅与婚姻中的不贞有密切关系，而且与所谓的喜剧性俄狄浦斯情境有关，在这种情境中，主人公作为情场得胜者取代其父亲。在康格里夫的《为爱而爱》中，有两个俄狄浦斯的主题

---

[40] 阿麦迪斯（Armadis）是古代传奇《高卢的阿麦迪斯》中的主人公。古本早已失传，现流行于欧洲的是15—16世纪间的重写本。兰斯洛特（Lancelot）为法国传奇作品《兰斯洛特》（13世纪）中的主人公。

互成对照：一是主人公欺骗了他的父亲以夺取女主人公，二是主人公的最要好的朋友奸污了一位患阳痿病的老人的妻子，而那老人是女主人公的监护人。威彻利在《乡妇》中所采用的一个主题，在实际生活中一般被看作返婴现象，即主人公假装成阳痿病人以便进入女人的圈子里，诚然这一主题取自泰伦斯的《宦官》。

形形色色的乱伦关系，形成喜剧次要的主题之一。主动提出与费加罗结婚的令人讨厌的老夫人，结果却是费加罗的母亲。害怕奸污母亲的恐惧心理同样出现在《汤姆·琼斯》中。当易卜生在《群鬼》和《小艾佑夫》中采用了一个陈旧的主题，描写主人公所爱慕的对象结果是妹妹时（这一主题远在米南德时早已运用过），为此而惊恐万状的听众们认为这是社会动乱的预兆。在莎士比亚笔下，时常出现的而且或多或少带有神秘色彩的父女关系，以乱伦的形式于《配力克利斯》伊始，这种关系到故事结局时构成了主人公与妻子和女儿两次团圆这种魔怪式的对照。喜剧的最主要的精灵是爱神厄洛斯[41]，而厄洛斯又得使自己适应于社会的道德现实。俄狄浦斯式的乱伦主题表明，两性依恋有其非移用的或神话的渊源，而且其来源是极其多样的。

既爱又恨的态度由此而自然而然地产生，而且这种矛盾心理显然是双重性格的奇怪特征的主要原因，这种双重性格贯穿整个喜剧历史。在罗马喜剧中，经常出现一对年轻人，因此也有一双年轻女郎，其中一位与一位年轻男子关系密切，却与另一位有异族通婚关系。衰朽人物的双重性有时表现为男女主人公的严厉的父亲，如在《冬天的故事》中，有时是严厉的父亲和仁慈的伯父，如在泰伦斯的《兄弟》中，以及在《伪君子》中，如此等等。喜剧的情节同基督教《圣经》的情节一样，

---

[41] 厄洛斯（Eros）为希腊神话中的爱神，又指性爱、本能。

是从戒律走向自由。戒律具有仪式约束因素，后来这种仪式约束被废除，而一种习惯或传统却付诸实现。衰朽者之不可容忍的特质代表前者，在喜剧规律的演进中与衰朽者妥协则代表了后者。

在喜剧的第四个相位，我们走出经验的世界，进入天真和浪漫的理想世界。我们曾经说过，喜剧结局时所建立的幸福社会仅为模糊的轮廓，这与对怪僻脾性的仪式约束成对比。然而，仍有可能使一个喜剧在两种社会层面上展开其情节，其中一个社会层面是人们所向往的，因而在某种程度上是理想的。在柏拉图的《理想国》开篇，我们看到自欺欺人者色拉西马库斯与反讽者苏格拉底的激烈争辩。像柏拉图的其他对话一样，这场对话本来可以在此终止，因为已经取得了对怪僻脾性的消极一方的胜利，并且提出了理想社会的构想。但是其他人包括色拉西马库斯在内，简直就像都钻进苏格拉底的大脑中一样，并在那儿静心观照这个正义的国家的模式。在阿里斯托芬笔下，喜剧情节常常含有反讽，然而在《阿卡奈人》，我们所见的喜剧是拥有狄凯奥波利斯（Dicaeopolis）这一意义深刻的名字（意为正直的城市或公民）的男主人公与斯巴达城邦私下里议和，并与其家庭成员一起庆祝酒神狄俄尼索斯的和平节日，在舞台上建立起一个温和的社会秩序的模式，这一社会秩序一直持续至喜剧的结局，狂热之徒、偏执之士，以及骗子和恶棍均被清除出这个社会。这种典型的喜剧情节之一在早期的喜剧中至少是相当明确地被勾画了出来，并且一直沿袭至今。

莎士比亚式的浪漫喜剧，沿袭由皮尔所确立并由李雷和格林所发展的喜剧传统。[42] 这一传统与中古时期的季节性仪式戏剧（seasonal ritual-play）的传统有姻亲关系。我们可以称之为绿色世界的戏剧，因

---

[42] 乔治·皮尔（George Peele, 1558？—1597），英国作家、演员。约翰·李雷（John Lily, 1554？—1606）、罗伯特·格林（Rebert Greene, 1560？—1592）皆为英国剧作家。

为其情节与生命和爱情战胜荒漠这一仪式性主题极为相似。在《维洛那二绅士》中，男主人公凡伦丁成为丛林中一伙强人的头领，所有其他人物都集中在这片丛林中并且归顺了他。因此，喜剧的情节从所谓正常的世界开始，转移到绿色世界之中，在那里进行了形体变化，由此达到喜剧的契机，然后又回到正常的世界中来。这一戏剧中的丛林是《仲夏夜之梦》中的仙境的雏形，亦是《皆大欢喜》中的阿尔登树林，《温莎的风流娘儿们》中温莎树林以及《冬天的故事》中神秘的海岸城市波希米亚这一田园世界的雏形。所有这些喜剧都有同样的从正常世界到绿色世界再回到正常世界这样一种有节奏的运动。在《威尼斯商人》中，绿色世界表现为位于贝尔蒙特林荫中的鲍西娅的神秘的房舍：房舍里的魔盒和第五幕中从这座房舍里发出的奇妙的宇宙谐音。我们仍然注意到，这绿色世界却与更富反讽色彩的喜剧《终成眷属》以及《量罪记》无缘。

　　绿色世界给这些喜剧赋予炎夏战胜寒冬的象征，如《爱的徒劳》，在这里，喜剧冲突表现为结局的阳春与严冬进行了一场类似中世纪的争论。《温莎的风流娘儿们》中有一个蓄意制造的仪式——冬天的失败。这就是民俗学者所谓的"执行死刑"（carrying out Death），福斯塔夫是其牺牲品；他被扔进水中、穿上巫师的衣服，受到人们的诅咒，被人连打带骂赶出住宅，最终被戴上兽头并被用烛火烧伤之后，才算完事，福斯塔夫一定会意识到，他是在替丰收精灵来完成其理所当然该做的事。

　　在仪式和神话中，创造再生的土地一般是一位女性形象，而在浪漫喜剧里，人物死亡和复活，或者消失和隐居，通常都与女主人公有关。女主人公常常伪装成一个男童，从而导致喜剧契机的出现，这是司空见惯的。《无事生非》中对希罗的处理、《终成眷属》中对海丽娜的处理、《配力克利斯》中对泰莎的处理、《辛柏林》中对斐苔尔（伊摩琴女扮男装时的化名）的处理，以及《冬天的故事》中对赫耳弥奥涅的处理，均表明在反复使用这样一种手法，即越来越少地顾及合理性，其结果是普罗塞庇娜形象的神话轮廓变得越来越清楚。这些是莎士比亚处理主要女性人物受仪式喜剧主题的强烈影响的例子——从米南德一直延续到当代连续广播剧也是这样的主题。米南德笔下许多戏剧都是以阴性分词命名，暗示女主人公所遭受的非常的侮辱，而连续广播剧的行之有效的套式据说是"将女主人公置于困境使她无法摆脱"[43]。对这一主题的处理可以是轻松愉快的，如《鬈发遇劫记》，也可以是顽固执着的，如在《帕米拉》中。[44] 然而就语境而言，再生的主题并非必须是一成不变的女性：我们不会忘记，在阿里斯托芬的《骑士》中老朽是返老还童了的，还有在以治愈患有难治之症的国王这一民间传说常见的母题为根据的《终成眷属》中，也有类似的主题，如此等等，随手便可举出不少。

绿色世界不仅与仪式中丰产的世界有联系，而且与我们根据自己的愿望所创造的梦境世界相类似。这种梦境世界与经验世界大相径庭，与忒修斯的雅典及其愚蠢荒谬的婚姻法、弗里德里克公爵及其阴险的暴政、里昂提斯及其失去理智的嫉妒、宫廷大臣及其阴谋诡计等罪恶行径南辕北辙，然而它却非常强大稳固，足以成为表现愿望的形式。因此，莎士比亚的喜剧与我们所知的任何叙事结构（密托斯）一样清晰明了地表明，文学在使理想世界形象化上所起的原型功能，它并不是对"现实"的逃避，而是人类生活企图效仿的世界的真正形式。

在喜剧的第五个相位中，我们进入一个更富于浪漫性的而较少乌

---

[43] 我已不记得在何处读到过这样的话，想必读者也不会去计较其出处。——原注
[44] 《鬈发遇劫记》(1714)，蒲柏的长诗。《帕米拉》(1740)，英国小说家理查生写的小说。

托邦式的田园风味，缺少节日欢庆的氛围而多一个凄清哀婉的世界，这里，喜剧的结局与其说是情节突转的结果，毋宁说是为观众提供一种思考的视角。如果我们拿莎士比亚笔下的第四相位的喜剧与后期的第五相位的"浪漫传奇"相比，我们会注意到更为严肃的戏剧情节是与后者相适应的：它们不是避免悲剧，而是包含着悲剧。戏剧情节的展开似乎不仅仅是从"冬天的故事"转向春天，而且还是从一个混乱的低级世界趋向一个有秩序的高级世界。《冬天的故事》的结局一幕，使我们不仅看到从悲剧和分离向幸福和团聚的循环运动，而且想到躯体的形变以及从一种生活到另一种生活的嬗变。《配力克利斯》或者《冬天的故事》的喜剧性发现的素材是如此陈旧，以致它们会得到观众的一片嘘声，然而，它们看起来却是既牵强又适当，在肆意践踏现实的同时又把我们引导到一个童真的世界——一个历来比现实更合情合理的世界。

在这一类型里，读者或观众觉得他们上升到高于剧中情节的境界。在这种情况下，克里斯托弗·斯赖[45]仅仅是反讽性质的嘲仿。我们会蔑视《配力克利斯》中克利翁和狄奥妮莎的阴谋或《暴风雨》中宫廷里的诡计，把它们视为世上司空见惯的劣迹；剧中情节的悲剧性暗示，我们可以从多方位去理解，犹如看戏中戏一样。简言之，我们是从一个更高级的、秩序更井然的世界的角度来看待剧情的。在莎士比亚笔下，森林是最常用的梦幻世界的象征，这是一个与经验世界相对立并把其形式强加于经验世界的世界。与此相同，低级世界或混沌世界的常见象征是大海，剧中诸角色或重要角色就是从大海中被救出来的。"大海"的喜剧包括《错误的喜剧》《第十二夜》《配力克利斯》以及《暴

---

[45] 克里斯托弗·斯赖（Christopher Sly），莎士比亚戏剧《驯悍记》中的补锅匠，醉酒后为一贵族所捉弄。

风雨》。《错误的喜剧》尽管是以普劳图斯的原作为基础的，但它在意象上更接近于阿普列尤斯笔下的世界而不类似于普劳图斯的世界。其主要情节是从船舶失事和妻离子散发展到重新团圆，它在比之晚得多的戏剧《配力克利斯》中再次重复。正如第二类世界与两个"问题"剧无缘一样，《第十二夜》和《暴风雨》这两个"大海"剧中的全部情节都是发生在第二类世界里。在《量罪记》中，公爵从戏剧情节中退出，而在结局时又重新回来；《暴风雨》的情节却倒了过来：全部角色跟随普洛斯珀罗到他隐退的场所，并在那里构成一个新的社会秩序。

喜剧的这五个相位，可以看作获得新生的社会生活的一种系列化的台阶。纯粹的反讽喜剧展示这个社会的婴儿时期，这个新生的婴儿被它要取代的社会包缠着几乎要窒息。堂吉诃德式的喜剧揭示这个社会的少年时期，这个时期的社会仍然对将要确立的社会的生活方式一无所知。第三个相位是这个社会走向成熟和胜利。它在第四个相位中已经完全成熟和确立。在第五个相位中，这个社会构成稳定的秩序。这个秩序从一开始就已出现，它日渐披上宗教色彩，似乎与整个人类经验疏远隔离。这时，未被移用的喜剧[46]——但丁在《天堂》中所见之景象——走出我们的情节围域进入了上方的神启式或者抽象的神话世界。我们在此亦认识到，普劳图斯的喜剧公式中最粗糙的喜剧——富有神性的儿子抚慰平息父亲的愤怒并重新获得一度曾归其所有的社会和新娘——也具有与典型的基督教神话本身完全相同的结构。

而且，正是在这里，喜剧恰恰进入了它最后的也就是第六个相位，即喜剧社会崩溃瓦解的阶段。在这一阶段，喜剧的社会群体变得

---

[46] 这里的"喜剧"，原文为 *commedia*，为意大利语词，原指形成于 16 世纪的意大利喜剧，分为"即兴喜剧"和"博学喜剧"两类。

渺小而玄秘，或者甚至局限于一个单独的个人身上。神秘的藏身的地方、月光下的树林、僻静的山谷，以及愉快的岛屿，皆变得更为突出，如同浪漫传奇中幽思的（penseroso）情调——对超自然事物和奇异之物的酷爱、个人超脱于庸碌生活的意向等。在这类喜剧中，我们最后摆脱了机趣（wit）的世界和觉醒了的批判性智性，进入与之截然相反的庄严的神启界，倘若我们毫无批判地拜服于它的脚下，那么它将提供令人震颤的心理快感。这是鬼魂故事的世界，是恐怖故事、哥特式浪漫传奇的世界，是于斯曼在其《逆流》中所描绘的那种更复杂的在想象中退隐的世界。德·塞森特[47]的环境庄严肃穆，与悲剧毫无关系；德·塞森特只不过是力图取悦自己的艺术爱好者。喜剧社会经历了从孩提到死亡的整个过程，并且在其最后阶段，在心理上将神话与一种向子宫回归的运动联系起来。

---

[47] 德·塞森特（Des Esseintes）为法国作家于斯曼的代表作《逆流》（1884）中的主人公，他认为文明的本质在于远离现实生活，为自己建造一个完全人为的神秘的精神世界。

夏天的叙述结构：浪漫传奇

浪漫传奇在所有文学形式中最接近于如愿以偿的梦幻。因此，从社会的角度来看，它具有奇特又矛盾的作用。每个时期的社会统治阶级或知识界都喜欢用某种浪漫传奇的形式表现其理想，因为浪漫传奇中德才兼备的男主人公和美丽漂亮的女主人公代表他们的理想人物，而反面人物代表对他们的支配地位的威胁因素。这一总的趋向表现在中世纪骑士浪漫传奇、文艺复兴时期贵族浪漫传奇、18世纪以后资产阶级浪漫传奇，以及当代俄国的革命浪漫传奇里。然而，浪漫传奇中还存在着真正的"无产阶级"因素，这个无产阶级从未对浪漫传奇的各种各样的变体感到满意，而事实上那些变体表明，无论社会里发生多么大的变化，浪漫传奇也会东山再起，与以往一样如饥似渴地追寻新的希望和愿望。浪漫传奇不断循环呈现的童真品格，表现为持续不断的怀旧情绪，以及对时间或空间里某种想象中的黄金时代的执著追求。就笔者所知，历史上从未有过哥特式英语文学时期，但是提倡复兴哥特风格之士的名单却贯穿于整个英语文学历史的长河——从《贝奥武甫》的作者伊始直至我们当今的作家。

浪漫传奇情节的基本因素是冒险，也就是说，浪漫传奇自然而然地采用一种连续性的和演进性的形式，因此，我们从虚构作品中比从戏剧中能更好地了解它。它最朴素的形式是没有结尾，一个从不发展又不衰老的中心人物经历一个连一个的冒险，一直到作者本人无力支撑下去为止。[1] 我们在喜剧性连环漫画中可见一斑：中心人物长生不老地年复一年地坚持下去。然而，没有任何一部书可以与报纸的延续性相抗衡，而且一旦浪漫传奇以文学形式出现，它就趋向于先描述一系列的次要冒险事件，最后导向一个主要的或高潮性的冒险，这一主要冒险通常在开始时业已声明，它的完成宣告故事的圆满结束。我们称这种重大的冒险为"追寻"（quest），它是文学形式赋予浪漫传奇的因素。

浪漫传奇的完整形式，无疑是成功的追寻，而这样的完整形式具有三个主要的阶段：危险的旅行和开端性冒险阶段；生死搏斗阶段，通常是主人公或者他的敌人或者两者必须死去的一场战斗；最后是主人公的欢庆阶段。我们可以用希腊术语分别称这三个阶段为"对抗"（agon）或冲突、"生死关头"（pathos）或殊死搏斗、"承认"（anagnorisis）或发现，[2] 即对主人公的承认——主人公明确证明他是一位英雄，即使他在冲突中战死亦复如此。从而，浪漫传奇更直接地表现了从搏斗通过祭仪上的死点到我们在喜剧中所发现的承认场景整个过程。三重结构

---

[1]　这种没有结尾的形式在文学中多有体现，如基于同一定式的系列故事，有乔叟的《修道士的故事》，利德盖德（John Lydgate）的比乔叟在机趣上略有逊色的故事，及《官吏之鉴戒》；又如处于特定境遇中的人数量可以随意决定，像《天方夜谭》中苏丹的新娘为了活命讲了一千零一个故事，更像紫式部的《源氏物语》那种非常平淡却合乎逻辑的收尾，它不至于妨碍作者从原处把故事继续讲下去。至于那种无穷尽形式在戏剧中的表现，见后面有关的注释。——原注

[2]　见简·哈里逊（Jane Harrison）编的《正义女神》（*Themis*，1927）。——原注

反复地表现在浪漫传奇的许多特征里，例如表现在频繁次数上，获得胜利的英雄是第三个儿子，或者是第三位承担"追寻"这一任务的人，或者通过第三次尝试才获成功。这种三重结构更直接地表现在死亡、消失和复活这种三日循环的节奏上，它可见于阿提斯[3]以及其他垂死的神祇的神话，而且还与我们的复活节相一致。

一个涉及冲突的追寻，需要两个主要人物：一位主人公（protagonist）或者英雄人物（hero），另一位是敌对人物（autagonist）或敌人（enemy）。（毫无疑问，为了方便读者，应该说明笔者读过福勒编著的《现代英语用法辞典》中 protagonist［主人公］这一条目。）敌对人物可以是普通人，但是如果浪漫传奇越接近神话，那么英雄人物就越富有神的特征，敌对人物也越具有魔怪式的神话特征。浪漫传奇的基本形式是辩证的：一切都围绕着英雄与其敌人的冲突进行，而且读者的所有评价都与英雄联系在一起。因此，浪漫传奇中的主人公与从上界降临的富有神话特征的弥赛亚或救世主十分相似，他的敌人则与下界的魔鬼一般无二。然而，冲突发生在我们这个世界，或者说根本上与我们这个世界有千丝万缕的联系，我们的世界位居中间，其主要特点是大自然的循环运动。因此，大自然循环中的诸对立面与英雄和敌人的对立相似。把敌人比作冬天、黑暗、混沌、贫瘠、衰老以及即将灭亡的生命；而英雄则与春天、黎明、秩序、富饶、青春以及朝气蓬勃的活力相联系。由于所有的循环现象可以联系在一起或视为一体，因此任何企图证明浪漫传奇是否类似一个太阳神话，或者其主人公是否类似一个太阳神的努力，很可能都是浪费时间。倘若是在这样一个普遍范围内的故事，那么循环意象就可能存在，而且太阳意象通常在循环意象中是最突出的意象。假如浪漫

---

[3] 阿提斯（Attis），希腊神话中的一位少年，因狩猎负伤而死，后又复活。

传奇中的一位主人公从追寻中乔装返回，然后甩掉身上的褴褛衣着，穿着王子的华丽的红色大氅，那么我们说这个主题不是必然地来自太阳神话；我们有"移用"这个文学手法。主人公的所作所为既可以与太阳在黎明时返回的神话联系起来，也可以不做这样的联系，全看我们意愿如何。如果我们像批评家一样阅读这个故事，眼睛瞄向结构原则，那么我们会把两者联系起来，这是因为太阳类比说明了为什么主人公的行为是一个符合传统常规、给人深刻印象的事件。假如我们阅读该故事只是为了取乐，我们就没有必要多费周折。也就是说，我们所做出的反应中的某种朦胧的"潜意识"的因素将会顾及到这种联系。[4]

我们曾经根据主人公行动的能力来区别神话与浪漫传奇：在名副其实的神话中主人公是神，在真正的浪漫传奇中主人公是人。这一差别在神学上比在诗学上更为明显，但是神话和浪漫传奇均属神话诗作（mythopoeic）这样一种文学的一般范畴。然而，把神性赋予神话的主要人物，易于更进一步地确定神话的一个特征，即我们曾提到的占据一个中心的"权威"（canonical）地位。多数文化在对待某些故事时更带有敬重情绪，这是因为它们被认为是具有历史真实的，或者它们在观念意义上具有更重的分量。因此，在我们的传统中，伊甸园里亚当和夏娃的故事在诗人的心目中占据着一个权威的地位，而无论他们是

---

[4] 应指出，原型批评能做到的，不过是进行抽象，加以典型化，并归纳为程式，所以在直接的文学经验中仅起到"潜意识"的作用，因为对直接经验来说，最重要的便是独一无二。在直接经验中，我们虽隐约地意识到某些熟悉的程式，但通常只有当对作品感到腻烦和失望时，我们才明确地意识程式，并感到作品并无新意。因此，凡混淆直接经验与文学批评的人，往往会认为原型批评不过是一种蹩脚的批评，正如温德姆·刘易斯先生（Mr. Wyndham Lewis）不止一次地指责的那样。——原注

否相信其具有历史真实性。这种权威的神话具有非常深刻性的原因，不仅在于传统，而且在于神话中可能存在的更大程度的隐喻性同一关系（metaphorical identification）。在文学批评中，神话通常是浪漫传奇移用活动的隐喻关键，因此，《圣经》的追寻性神话在以后的文学中具有重要意义。由于在权威的神话中存在道德说教和删节修订的倾向，在传奇和民间传说这一较少禁忌的领域却常常包含同样高度集中的神话意义。

追寻性浪漫传奇的基本形式，是前文在提到的圣乔治和珀耳修斯的故事中所表现的杀龙主题。一位老朽无用的国王所统治的土地受到一个海怪的骚扰，一个接一个的年轻人被这个怪物吞食了，直到最后命运之轮转到了国王的女儿，在这一关头男主人公出现了，他杀死了怪物，娶了公主，并继承王位。如同喜剧一样，浪漫传奇具有一个由许多复杂的成分构成的简单模式。神话与仪式的类似说明，怪物就是土地贫瘠，土地贫瘠就是国王年老无力的标志，而且国王像瓦格纳笔下的安福达斯一样有时身患不治之疾或身受致命之伤。国王的地位就像被冬天的野猪咬死的阿多尼斯所处的地位一样，而阿多尼斯的传说中的臀部伤口，在象征意义上同在解剖学上一样接近阉割。

《圣经》里也有一个海中怪兽名叫利维坦。这个海怪被描写为救世主的敌人，而且救世主注定要在"主日"杀死这个怪物。海中怪兽是社会荒瘠的根源，因为它被视为埃及和巴比伦的化身，是迫害以色列的压迫者的化身，并且在《约伯记》中被描写为"臣服天下所有骄子的国王"。海怪似乎还与堕落的世界里自然物的荒瘠、与充满争斗、贫穷和疾病的腐朽世界——约伯被撒旦、亚当被伊甸园里的蛇扔进了这个世界——紧密联系在一起。在《约伯记》中，上帝向约伯显灵，其中主要包括对海怪的描述，还有对陆上同类、罪孽稍次一点的巨兽的描述。因此，这两个怪物显然代表撒旦所统治的堕落的自然秩序。（笔者试图就现行版本解释《约伯记》，假定有人能对现行版本负责，该版本发行自有其一定理由。对于这部书的最初样子及意义的猜测是毫无意义的，因为现行版本是唯一对我们的文学有影响的版本。）在《启示录》中，海中怪兽、撒旦，以及伊甸园中的蛇属于同一类型。这种同一关系是基督教象征体系中刻意创造的杀龙隐喻的基础：其中，英雄是基督（在艺术中常表现为站立在匍匐于地的怪物身上），龙是撒旦；衰朽无力的国王是亚当，基督成为他的儿子，被拯救的新娘则是教会。

那么，倘若海中怪兽就是亚当堕落其中充满的罪恶、暴虐和死亡的整个堕落的世界，那么亚当的子孙们自然是在这个怪兽的腹中出生、生存、死亡的。救世主要杀死海兽来解救我们，他把我们释放了出来。在民间的杀龙故事中，我们注意到，龙原来的牺牲者们经常在巨龙被杀死之后得以复活。这又说明，如果我们是在龙的腹内，而且英雄来救助我们，那么所暗示出来的意象就是英雄沿大兽张着的喉咙冲下去，像约拿（基督认为约拿是他自己的一个原型）一样，并且凯旋而归，身后跟随着被拯救的人。地狱的磨难这一象征亦复如此。地狱在插图中常常表现为"一条年老的鲨鱼的满口利齿的咽喉"——转引自一句当代的比喻话语。在怪物腹内旅行的非宗教性翻版，从卢奇安[5]直到当代都有，甚至特洛伊木马最初也与这个主题有些联系。进入怪物腹内的黑暗弯曲的迷宫的意象，是一个常见的意象，也是经常出现于英雄追寻故事里的意象，其中著名的是忒修斯的故事。关于忒修斯的故事的移用程度较小的版本是，他率领一群雅典少男少女从克里特岛的迷宫中走出来，这些少男少女原先是送来给迷宫中的半人半牛的怪兽食用

---

[5] 卢奇安（Lucian，125？—200？），又译为琉善，古代著名希腊语讽刺散文作家。

的。同样在许多太阳的神话中,英雄人物在太阳落山到太阳升起这段时间里穿越一个到处是怪兽的黑暗的冥界迷宫。这个主题可以成为一种虚构作品的结构原则,其成熟复杂程度则各有不同。我们希望在童话里发现这个结构原则。实际上,我们如果离开《汤姆·索亚历险记》"往后站",我们会看到一个没有父母的少年与一个少女一起从一个迷宫洞穴里走出来,留下一个吞噬蝙蝠的魔怪仍囚禁在里面。亨利·詹姆斯晚期最复杂最令人难捉摸的一部小说《往昔的幽思》,也采用同一个主题,像迷宫一样的冥界在这里成为过去的一段时间,男主人公正是在这里靠一位阿里阿德涅[6]式的女主人公的献身才得以获救。如在许多民间故事中一样,这个故事里用了两兄弟被某种富有同情心的魔法联系在一起这一母题。

在《圣经·旧约》中,救世主式的人物摩西引导着他的人民走出埃及。埃及的法老被以西结[7]比作海中怪兽,而且,婴儿摩西被法老的女儿所救这一事实,其中法老扮演了一个试图杀死主人公的残忍的父亲的角色,这也是奇迹剧中狂暴的希律王所扮演的角色。摩西和以色列人长途跋涉穿过迷宫般的沙漠,此后,自然法则的支配告一段落,而且约书亚成功地征服了应许之地。约书亚与基督耶稣同名。因此,当天使加百列告诉圣母玛丽亚为她的儿子取名耶稣时,所预示的意义是自然法则的时代结束了,而夺取应许之地即要开始。故而,《圣经》中有两个围绕同一轴心的追寻神话:从创世到神启的神话,以及出埃及到太平盛世的神话。在前者,亚当被逐出伊甸园,丧失了生命之河和

---

[6] 阿里阿德涅(Ariadne):希腊神话中的一位女神,忒修斯在克里特岛进入迷宫,阿里阿德涅给忒修斯一团线,一端系于迷宫口,帮助他走出迷宫。
[7] 以西结(Ezekiel):《圣经》所记载的公元前6世纪时的希伯来先知。另外,下文提及的被剥夺继承权的以色列,原名雅各,天使令他改名,现今以色列由此得名。

生命之树,并在人类历史的迷宫中踯躅徘徊,一直到被救世主拯救而回到最初的状态。在后者,以色列被剥夺了继承权,并在埃及和巴比伦的迷宫般的土地上踯躅徘徊,一直到在应许之地被拯救而回到最初的状态。因此,伊甸园与应许之地在预示论意义上是一体,如同埃及和巴比伦的暴政与自然法则的野蛮为一体一样。《复乐园》描写的是基督受到撒旦的引诱。[8] 大天使米迦勒在《失乐园》中告诉我们,撒旦对基督的引诱实际上是把弑龙神话的形式转让给了救世主。基督就是在自然法则支配下的以色列,他在荒漠中跋涉着,他的胜利同时是对应许之地的征服,其代表就是他的同名人约书亚以及荒漠中伊甸园的复现。

出现的怪物通常是海中巨兽,在隐喻意义上说明怪物就是大海,而且以西结关于天主将钩住这只海中巨兽并把它送上陆地的预言,与《启示录》中关于未来将不会存在海洋的预言实为同一个预言。我们作为这只海兽腹中的居民,在隐喻意义上同样身处海下。因此《福音书》中使徒作为"人类的渔夫"往这个世界的海洋中抛下渔网,捕鱼的意义也在于从海洋中得救。在《荒原》中所暗喻的关于亚当或者软弱无力的国王作为一个捕不着鱼的"渔夫国王"的意义亦复如此。该诗还与《暴风雨》中普洛斯珀罗从大海中拯救社会做了恰当的联系。在其他喜剧中——范围之广从《沙恭达罗》到《鲁登斯》[9]——某种与戏剧情节或喜剧发现密切不可分的东西被从大海中捞了上来,而且有许多追寻的英雄人物——包括贝奥武甫在内——都是在水下建立了丰功伟业。坚持认为基督有能力控制大海的观点也属于同样的象征体系。正如海中巨兽作为堕落的世界容纳了被监禁于它的腹内的一切生命,它作为大海

---

[8] 见《〈复乐园〉的预示论》("The Typology of Paradise Regained")一文,刊于《现代语文学》(*Modern Philology*,1956)第 227 页。——原注

[9] 《鲁登斯》(*Rudens*)为普劳图斯的一出喜剧。

同样容纳着被监禁的给予生命的雨水,而雨水的到来标志着春天。那些吞食了世界上所有的水、然后被哄骗或被强迫又吐出水来的怪物,是民间故事中常见的东西。一个美索不达米亚的传说,与《创世记》中创世的故事极为近似。在许多太阳神话中,太阳神被表现为在我们这个世界表面扬帆行驶的船上的神。

最后,如果海中巨兽是死亡,而且英雄人物必须进入死亡的腹内,那么英雄人物就必须死去;如果英雄的追寻得以完成,那么最后一幕就是循环意义上的再生,以及辩证意义上的复活。在关于圣乔治的戏剧中,英雄人物在与龙搏斗时死去,而后被一位医生医治复活。这种象征可见于所有的关于垂死的神的神话中。因此,追寻神话不只是有三个而是有四个显著的方面。第一个方面是"对抗"或者冲突自身;第二个方面是"生死关头"或者死亡,常常是英雄和怪物全都死去;第三个方面,英雄人物消失不见不知去向,这一主题经常以"肢解"或者粉身碎骨的形式出现,有时英雄人物的躯体被他的追随者分成几块,如圣餐的象征;有时英雄人物的躯体被分开散布在自然界各处,如在俄耳甫斯中,尤其在冥王俄西里斯的故事中;第四个方面是英雄人物的重现和为人们所认知,在这里,重视圣餐的基督教也遵循隐喻的逻辑;那些在堕落的世界上曾享用他们的拯救者的被分开的躯体的人,将与其重新回归天堂的躯体融为一体。

我们现在讨论的四种叙述结构——喜剧、浪漫传奇、悲剧和反讽——可以视为居中心位置、起着统一作用的神话的四个方面。[10]"对

---

[10] 参阅约瑟夫·坎贝尔(Joseph Campbell)的《一千张脸的英雄》(*The Hero with a Thousand Faces*,1949)、洛德·拉格兰(Lord Ragland)的《英雄人物》(*The Hero*,1936)、荣格(C. G. Jung)的《力比多的变形与象征》(*Wandlungen und Symbole der Libido*)以及简·哈里逊(Jane Harrian)编的《正义女神》(*Themis*)中(转下页)

抗"或者冲突是浪漫传奇的基础，或者说是原型主题，其要素是一连串奇妙的冒险。"生死关头"或者灾难，无论在胜利者还是在失败者，都是悲剧的原型主题。"肢解"或者缺乏英雄气概和有效行动，分崩离析以及注定失败，混沌和无秩序笼罩整个世界，是反讽和讽刺的原型主题。"承认"或者对一个在胜利中围绕着略带神秘色彩的主人公和他的新娘冉冉升起的新生世界的认知，是喜剧的原型主题。

我们曾经谈到过作为社会拯救者的救世主弥赛亚式的英雄人物，然而在世俗的追寻浪漫传奇中，更为常见的却是其追寻有更为明显的动机和报偿。往往，巨龙守卫着一个藏有宝物的场所：对埋藏的珍宝探求从关于齐格弗里德[11]的作品到《诺斯特罗莫》[12]一直是浪漫传奇的中心主题。珍宝意味着财富，而财富在神话诗作的浪漫传奇中又意味着理想的财物、权力和智慧。在守护龙体内或背后的下层世界，常常居住着一个有预言能力的西比尔，而且还是诸如沃登不惜冒断肢之险而获得的神谕和秘密场所。[13]断肢或者残废把肢解和仪式死亡两个主题结合在一起，常常是为获得非凡的智慧或者力量所付出的代价。如跛脚铁匠韦兰德或者赫菲斯托斯的形象以及雅各祝福的故事所示。[14]

（接上页）关于"独一守护神"的介绍。此外，还可以参照笔者的《威严的对称》(*Fearful Symmetry*, 1947) 一书第 7 章关于布莱克 (Blake) 作品中奥克象征体系 (Orc symbolism) 的说明。——原注

[11] 齐格弗里德 (Siegfried)，德国传奇故事中的英雄人物。
[12] 《诺斯特罗莫》(*Nostromo*)，英国小说家康拉德的作品。
[13] 西比尔 (Sybil)，希腊神话中的女预言家。沃登 (Woden)，斯堪的纳维亚神话中司智慧、诗歌、战争及农耕之神。
[14] 韦兰德 (Weyland) 的故事，见《贝奥武甫》《埃达》及北欧其他传说。赫菲斯托斯 (Hephaistos)，希腊神话中火与锻冶之神。

在《天方夜谭》中，有关的断肢原因的故事是应有尽有的。我们曾经说过，追寻的回报往往是位新娘或者包括一位新娘。这位新娘的形象颇为含糊：她心理上与母亲的联系在俄狄浦斯幻想作品中比在喜剧中更牢固。她常常处于危险的、严防的，或者禁忌的场所，就像布隆希尔德的火墙或者睡美人的刺墙。[15]当然，她常常被人从另一位男人的怀抱中，一般是从年岁较大的男人的不受欢迎的怀抱中解脱出来，或者从巨人、土匪或者其他霸占者手中解救出来。洗刷女主人公形象的污名在浪漫传奇中同在喜剧中一样突出，其范围从乔叟的《巴斯妇的故事》中"可恶的女士"伸延至《何西阿书》中被宽恕的妓女。《雅歌》中"黑皮肤但标致"的新娘也属于同样的情结。

追寻式浪漫传奇既与仪式相同又与梦幻相似，而弗雷泽所观察到的仪式和荣格所研探的梦幻显示了其形式上的明显类似，我们不禁会设想这两种富有象征的结构实属同一种事。当追寻式浪漫传奇被迻译为梦幻的术语时，它就成为对力比多或者满怀愿望的自我之满足的追求，因为愿望的满足将会把力比多从对现实的忧虑中解救出来，但它仍然会包含现实本身。追寻的对抗者往往是邪恶的人物、巨人、吃人的妖魔、女巫、魔术师等，这些人物明显地起源于父母，然而也有被救赎和被解放的父亲，弗洛伊德和荣格分析人们的心理追寻中就有此例。当追寻式浪漫传奇被迻译为仪式术语时，它就成为丰产对荒原的胜利。丰产意味着食物和饮料、面包和美酒、躯体和血液，以及男性和女性的结合。通过追寻所见闻或所获得的宝物，有时使仪式与心理联想结为一体，例如圣杯与基督教圣餐的象征密切联系在一起。圣杯

---

[15] 布隆希尔德（Brunnhilde），《尼伯龙根之歌》中的一位公主，为英雄齐格里德所救。睡美人，法国作家夏尔·佩罗（Charles Perrault,1628—1703）同名的童话中的公主。后来德国格林兄弟的搜集整理的童话集中也有睡美人的故事。

与象征丰饶的羊角之类的神奇的食物容器有血统关系，而且它像其他的杯子及浅容器一样，具有女性的性器官的象征含义，它的男性的对应物据说是滴血的长矛。[16] 固体食物与液体饮料相伴成对，体现为《圣经·启示录》中可食之树与生命之水。

我们可以认为《仙后》的第一卷是英语文学中与《圣经》中追寻式浪漫传奇的主题最接近的故事：它甚至比《天路历程》更接近，而《天路历程》与《仙后》的第一卷相似是因为它们两者都与《圣经》相似。若不参照《圣经》，任何试图对班扬和斯宾塞进行比较，或者试图探求他们同世俗的浪漫传奇的一般起源上有类同之处，都会或多或少地走弯路。在斯宾塞对英国保护者圣乔治的追寻的描写中，主人公代表英国的基督教会，因此他的追寻是对基督的追寻的模仿。斯宾塞笔下的红十字骑士被乌娜（她面戴黑色面纱）引导到她父母的王国，而这个王国正在受到一条恶龙的蹂躏。这条龙异常巨大，至少这样说是含有寓意的。据说，乌娜的父母本来统治着"整个世界"，一直到这条龙"践踏了一切土地并把他们赶出家园"。乌娜的父母就是亚当和夏娃；他们的王国就是伊甸园，或者堕落前的世界；龙就是海洋中的巨兽、伊甸园里的蛇、撒旦、《启示录》中的怪兽，它就是堕落的世界。[17] 如此看来，圣乔治的使命就是杀死巨龙，在荒原中建起伊甸园，并使英国恢复到伊甸园的状态，这是基督的使命的重复。一个理想的英格兰与伊甸乐园的联系——包括西方海洋中幸福美好的小岛的传说以及金苹果园的故事与伊甸园的故事之间的类似——贯穿于至少从格林的《僧人培

---

[16] 见杰西·韦斯顿（Jessie Weston）的《从仪式到浪漫传奇》(*From Ritual to Romance*, 1920)。——原注

[17] 相同的提法见《圣经·启示录》12：9。《仙后》第10章首行中"那条老龙"一语即来源于此。——原注

根》到布莱克的长诗《耶路撒冷》的英国文学。圣乔治在或不在乌娜的陪伴下的游历，可以说就是搬运着盖着幔帐的约柜然而却准备膜拜一头金牛的以色列人在从埃及到应许之地之间的荒野中的浪游的再版。

诚然，与巨龙的搏斗持续三天之久：在前两天的搏斗结束时，圣乔治都被击退，然后由生命之水和生命之树赋予力量。此两物代表着改革后的教会所接受的圣餐中的面包和酒；它们就是在《启示录》中要重新给人类的伊甸乐园里的两个具有特征的事物，而且它们同圣餐有更普遍的联系。圣乔治的徽章是白底陪衬的红十字，这正是传统的圣像画中所表现的基督得胜离开在地狱里匍匐在地的巨龙返回天堂时所携带的旗帜的图案。红色和白色象征着升入天堂的躯体的两个主要方面——血和肉、酒和面包。在斯宾塞笔下，它们与教会的统治者中红白玫瑰两派的联合有历史的联系。在红色和白色象征中神圣方面和两性方面之间联系，在炼金术中暗示出来。斯宾塞对于炼金术显然十分了解，而且在长生不老的炼金药的炼制过程中关键的一环就是红色国王与白色王后的结合。

浪漫传奇中的性格刻画，是其一般的辩证结构的必然结果，这就是说，人物性格的细腻和复杂并不怎么受欢迎。人物不是站在追寻的一边就是站在敌对的一边。如果人物支持追寻，他们则被理想化为简单的勇敢和纯洁。倘若他们阻碍追寻，他们则被漫画化为简单的邪恶和怯懦的小人。因此，浪漫传奇中每个典型人物都有其道德上的反对者与之对立，就像棋局中的黑白两方。在浪漫传奇中，"白"方投身于追寻。它相当于喜剧中的反讽者群，虽然这一术语对于浪漫传奇已不甚合宜，因为反讽在其中没占多少分量。浪漫传奇中"年老的哲人"这一形象——荣格之语——与喜剧中仁慈的退位反讽者极为相似，例如普洛斯珀罗、梅林[18],或者斯宾塞的第二部追寻故事中的朝圣者,他常常是一位对他所注视着的行动施加影响的魔术师。《仙后》中的亚瑟尽管不是一位老人,但仍起着这一作用。亚瑟有一个与之对应的女性人物,以女巫一样机智多谋的母亲形象出现,或常常像《培尔·金特》里的索尔薇一样是一位未来的新娘,这位新娘耐心沉着地坐在闺房中等待着主人公完成他的游历后回到她的身边。这一形象常常是一位名门淑女,追寻正是为了她,或者是在她的命令下进行的:在斯宾塞笔下她由仙后代表,在珀耳修斯的故事中由雅典娜代表。这些是白方的国王和王后,纵然在实际的棋赛中双方的运行力量是颠倒过来的。除政治意义之外,王后成为主人公的情妇还有一个不利之处,这就是,她糟蹋了主人公与在其旅途中遇见的不幸少女之间的乐趣,这些少女常常赤裸着身体、哀婉动人地被绑缚在岩石上或大树上,例如安德洛墨达或阿里奥斯托笔下的安杰莉卡。因此,我们可以说富有责任心的女士和寻欢作乐的女人为相互对立的两极——我们业已谈到,在维多利亚时期浪漫传奇中的浅色皮肤和黑色皮肤女主人公,可谓两者在近代的发展。摆脱这一现象的简单方法之一,是使前者成为后者的婆母:最常出现的是在敌对和嫉妒之后妥协和好的主题,例如阿普列尤斯笔下普绪克和维纳斯的关系。不出现和好时,年老的女性人物就依然是邪恶的,即民间传说中心狠手辣的继母。

邪恶的魔术师和女巫——斯宾塞笔下的阿奇马格和杜埃萨——是黑暗方面的国王和王后。后者被荣格恰如其分地称为"可怕的母亲",而且荣格把它与对乱伦的恐惧联系起来,与诸如墨杜萨[19]之类似乎暗示着性变态的母夜叉联系起来。被赎救的人物,不仅新娘,其他人一般也是

---

[18] 梅林(Merlin),为亚瑟王系列故事中掌握魔法的预言家。
[19] 墨杜萨(Medusa),希腊神话中的女妖。

十分软弱的,以致不能形成鲜明的性格。有主人公忠诚的旅伴,或者有像影子一样不离左右的形象,也有诸如叛徒之类的对立面;女主人公的对立面是塞壬女妖或美貌的女巫;巨龙的对立面是浪漫传奇中令人瞩目的乐于助人的动物,其中以负载着主人公去追寻的马最为突出。我们在喜剧中所注意到的父子之间的冲突,亦发生于浪漫传奇里:在《圣经》中,第二个亚当[20]出来搭救第一个亚当;在圣杯故事中,纯洁无邪的加拉哈德完成了他那不检点的父亲兰斯洛特未完成的事业。

那些不受英雄和邪恶这两种道德规范约束的人物,一般是自然的精灵,或者暗示了自然的精灵。他们一半代表居于中间的自然世界的道德中性,一半象征若隐若现、永不现真形、近则退去、离则跟随的神秘世界。在这一类女性人物中,有古典传奇中羞怯的仙女,有类似少女形象的难以捉摸的半开化生灵,而且还包括斯宾塞笔下的弗洛里梅尔、霍桑笔下的珠尔、瓦格纳歌剧中的昆德丽、哈德逊笔下的丽玛等。与她们相对应的男性人物,更为丰富多彩些。吉卜林笔下的莫克利可谓具有野性的男孩子中最有名的一位;绿林中人出入于中世纪英国的绿林中,代表为罗宾汉和高文骑士的历险;以斯宾塞的萨蒂雷奈为代表的"海难救助员"是文艺复兴时期的宠儿;而头发蓬乱、呆头呆脑,但忠诚老实的巨人,则和蔼可亲地拖拖沓沓地走过几个世纪的浪漫传奇之中。[21]

---

[20] 第二个亚当,指基督。

[21] 弗洛里梅尔(Florimell),斯宾塞长诗《仙后》中的美少女。珠儿(Pearl),霍桑小说《红字》中女主人公白兰的女儿。昆德丽(Kundry),瓦格纳歌剧《帕西法尔》中人物。莫克利(Mowgli),又译为毛克利,吉卜林同名小说中在森林中被狼养大的男孩。萨蒂雷奈(Satyrane),《仙后》中的森林骑士。高文爵士(Sir Gawain),亚瑟王麾下的著名骑士。

这些人物或多或少是大自然的孩子，他们像鲁宾逊的星期五一样被召来为主人公服务，但仍保持着其出身的不可思议的色彩。他们作为主人公的仆人或朋友，体现了浪漫传奇所常见的中心人物与自然界之间神秘的密切关系。许多大自然的孩子是"超自然的"生灵，这种自相矛盾在浪漫传奇中并非像在逻辑上那样不合情理。助人为乐的仙女、感恩戴德的死人、足智多谋的仆从，皆富有主人公在危难时刻所需要的种种能力，他们都是民间故事中司空见惯的人物。他们是喜剧中诡计多端的奴隶——作者的"设计师"在浪漫传奇中的集中表现。这一类型的人物在詹姆士·瑟伯的《十三座钟》里被称为"好家伙"（Golux），而且没有道理说这个词不能用来当作批评的术语。[22]

浪漫传奇如喜剧一样，人物性格的刻画似乎有四个极相。主人公与敌对者的争斗，与喜剧中反讽者和自欺欺人者之间的冲突相对应。我们刚刚提到的浪漫传奇中的自然界精灵，与喜剧中庆典活动中的小丑或司仪一脉相承，这就是说，他们的作用是强化浪漫情调，或为浪漫情调提供一个中心焦点。浪漫传奇中是否有一类人物与喜剧中"乡下人"，即厌恶欢宴者或乡巴佬相对应，还需要拭目以待。

这后一类人物将把我们的注意力引向生活的现实方面。像身处危境而心惊胆战一样，现实生活的诸方面破坏浪漫情调的统一。斯宾塞的《仙后》中圣乔治和乌娜由一个侏儒陪伴着，他携带着一个装满"必需品"的袋子。他不是一个叛变者，因此他与另一位携带袋子者犹大不是一路人，然而他"胆小怕事"，并且在遇到困难时总劝说主人退缩

---

[22] 瑟伯（James Thurber, 1894—1961），美国现代幽默作家、漫画家。《十三座钟》（1950）是瑟伯为儿童创作的幻想小说，被评论界誉为"现代最成功的童话"之一。Golux本为人名。

回去。在浪漫传奇的梦幻世界中，携带着旅行必需品的侏儒代表着讲究实利的清醒现实的一种凋敗和枯萎的形式：故事越逼真，这类形象就越重要，直至他像《堂吉诃德》中桑丘·潘沙一样达到登峰造极的地步。在其他浪漫传奇中，我们看到傻瓜和弄臣，他们被允许表露自己的恐惧心理或对现实进行评头论足，他们为现实主义提供了一个集中的安全阀而不让它破坏浪漫传奇的种种程式。在马洛礼笔下，迪纳丹[23]爵士扮演着一个同样的角色，他既是一个侠义勇为的骑士，又是一位滑稽的弄臣；因而当他开起玩笑时，"国王和兰斯洛特就笑得前仰后合"，这句形容歇斯底里狂笑的话，就心理学角度看是恰如其分的。

同喜剧一样，浪漫传奇有六个可分离的相位（或类型），而且，随着浪漫传奇从悲剧领域移到喜剧领域，前三个相位与悲剧的前三个相位相通，后三个相位与喜剧的后三个相位相应。喜剧的后三个相位我们业已从喜剧的角度讨论过。各个相位构成了浪漫传奇中的主人公生活的周期性序列。

浪漫传奇的第一相位，是主人公出身的神话，其形态已有学者在民间故事领域进行了较为详细的研究。[24]这一神话涉及一场洪水——一个周期的开始和结束的通常象征。婴儿主人公往往被放置在一只木舟或木柜里在大海上漂流，如在珀耳修斯的故事里；他从大海漂浮到陆地，如在《贝奥武甫》的开端；或者被人从河岸边的芦苇和草丛中救起，如在摩西的故事里。但丁攀爬炼狱之山的旅行开始时，所见的是一片有绿水、渡船和芦苇的景色，而在《炼狱》里有许多处都指出灵魂在这一阶

---

[23] 迪纳丹（Sir Dinadan），为马洛礼《亚瑟王之死》中的骑士。

[24] 参见奥托·兰克（Otto Rank）的《英雄诞生的神话》（*The Myth of the Birth of the Hero*, 1910），并见荣格（Jung）与C.克伦尼（C. Kerenyi）合著的《论神话的科学》（*Essays toward a Science of Mythology*）。——原注

段中是一个新生的婴儿。在陆地上,婴儿主人公或者被动物救起,或者被人从动物口中救出,而且有许多英雄人物都是在未成年时由动物在树林中抚养成长的。当歌德笔下的浮士德开始寻找他的海伦时,他首先在彭纳渥斯河上的芦苇中搜寻,然后发现了一只半人半马的动物,在海伦还是个孩子时,这只动物曾把她驮到安全的地方去。

从心理学的角度看来,这一意象与子宫里的胚胎有关,未出生的世界常常被认为是液体的。从人类学的角度来看,这种形象可比拟为埋藏在冰雪或沼泽的死世界中的新生命的种子。巨龙的藏宝处与封闭在柜子里的这一神秘的婴儿的生命紧密相关。财富的真正渊源是作物丰收或人丁兴旺,这事实贯穿于从古代神话到罗斯金《金色河流中的国王》的整个浪漫传奇的历史,而且罗斯金在他经济学著作中对待财富的态度本质上是表现在对这一童话故事的评述里的。乔治·艾略特的《织工马南》中有同样的财富与婴儿生命的联系,但却是以更合乎情理的伪装形式出现的。从欧里庇得斯到狄更斯悠久的文学历史长河里关于神秘出身这一主题,我们在前面已经论述过了。

在《圣经》里,一个历史周期的结束和一个新的历史周期的开始,是由类似的象征物来标志的。首先,我们有世界性的洪水以及一只方舟,方舟漂浮在大水上,里面装着一切未来生命的希望;然后我们有埃及军队被红海淹没,以及以色列人获得了自由,他们抬着约柜穿越荒漠的故事,这一意象被但丁用作炼狱象征的基础。《圣经·新约》是从一个躺在马槽里的婴儿开始的:传统的描述是,当时的外部世界陷入纷飞大雪之中,这表明了耶稣诞辰与同样的原型相位的联系。春天返回意象接踵而至:诺亚故事中的彩虹、摩西从岩石中引水出来、基督的洗礼,均表明周期从冬天的死亡之水向复活的生命之水的轮回。神助的大鸟、诺亚故事里的乌鸦和鸽子、在荒漠中喂养以利亚的乌鸦、在耶稣头上盘旋的鸽子,皆属于同样一种情结(complex)。

同样,常常有寻找孩子的情节,那个孩子必须藏在一个秘密的场所。主人公来源不明,他的真正父母往往隐而不述,这时出现了一位假父亲,他的出现是要置这个孩子于死地。珀耳修斯故事中的阿克利西厄斯、赫西俄德神话中试图吞食自己孩子的巨神、《圣经·旧约》中杀害孩童的法老,以及《新约》中的希律王,都扮演着这一角色。在后来的虚构作品中,假父亲的形象演变为篡位的邪恶的叔父,这一角色在莎士比亚的剧作中曾出现多次。因此,母亲常常是嫉妒的牺牲品,她像珀耳修斯的母亲或《律师的故事》中康斯坦斯一样受到迫害和诬蔑。这一变体从心理学的角度看与叛逆的儿子和愤怒的父亲争夺对母亲的占有这一主题密切相关。受到诬陷的姑娘同其孩子一起被冷酷的父亲赶出家门——一般被驱逐到冰天雪地里——这一主题,在维多利亚时期的情节剧中仍然激发着观众的同情和怜悯心。而同一时期关于被追逐的母亲这一主题在文学的发展中亦属多见,《汤姆大伯的小屋》中伊丽萨跑过冰河,以及《亚当·彼得》和《远离尘嚣》的情节都属于这一类。冒牌的母亲——身居高位的继母——同样常见:受她迫害的人通常是女性,而且由此产生的冲突在许多灰姑娘之类的民谣和民间故事中得到描写。真正的父亲有时表现为一位睿智的老人或教师:普洛斯珀罗与费迪南的关系,以及名叫奇龙的半人半马动物与阿喀琉斯的关系就是这样。与真正母亲极为相似的人物是法老的女儿,她收养了摩西。在现实主义色彩较浓的故事里,残酷无情的父母代表了偏狭保守的社会舆论,或以这种舆论的口吻斥责子女。

第二相位把我们带到主人公天真烂漫的青少年时期,即我们所熟悉的亚当和夏娃在堕落之前住在伊甸园里的时期。在文学中,这种类型呈现一个田园般的和阿卡狄亚式的世界,通常为一片宜人的郁郁葱葱的景色，到处是林间绿地、荫蔽的山谷、潺潺的溪水、明亮的月光，以及其他与女性或母性有密切联系的意象。这个世界的先行色彩是绿色和金黄色——传统上逐渐消失的青春的颜色；我们会想到桑德堡[25]的诗《在两个世界之间》。它常常是一个魔幻的或尽如人意的世界，而且它倾向于集中表现一位年轻的主人公，这位主人公被一群青年人包围着，由于父母的存在尚未放出光彩。纯真的性爱的原型，与其说是普遍的婚姻，毋宁说是婚前"贞洁的"爱情；哥哥对妹妹的爱，或者两个男孩子彼此之间的爱等。因此，尽管在后边的各种类型常常要回忆起这个失去了的幸福时代或黄金时代，但是这种类型仍然往往受到道德禁忌的影响，伊甸园的故事本身就是如此。塞缪尔·约翰逊的《拉瑟拉斯》、爱伦·坡的《埃丽诺拉》，以及布莱克的《特尔之书》把我们引到一个监狱式的乐园或未出生的世界，中心人物渴望着从这个世界逃出而到下界。同样的身心不爽的感觉以及对进入行动的世界的渴望，出现在济慈的《安狄弥翁》之中，这部作品是英语文学中处于这一相位的最深刻的探索性作品。

  这一相位中性爱受到阻碍的主题以许多形式呈现出来：伊甸园故事里的蛇重新出现在《绿屋》之中，而火的障碍把斯宾塞笔下的阿摩雷特与她的情人斯库达摩尔分开。在《炼狱》的结尾，灵魂又回到它堕落前的孩提时代或失去的黄金时代，而且但丁发现自己到了伊甸园，与年轻的姑娘玛泰尔达被忘河分开。把人们分隔开的河流又出现在威廉·莫里斯[26]的奇特的小说《隔着一片洪水》中，其中，从洪水上方飞过的箭成为两性接触的象征。在《忽必烈汗》这首既与《失乐园》中的

---

[25] 桑德堡（Carl Sandburg，1879—1967），美国诗人。
[26] 威廉·莫里斯（William Morris，1834—1896），英国诗人、作家。

伊甸园故事又与约翰逊的《拉瑟拉斯》有密切联系的长诗里,"圣河"后边总是紧跟着一位歌唱的少女的遥遥幻象。麦尔维尔的《皮埃尔》以对这一类型的嘲仿开始:主人公仍然在其母亲的控制下,但他却称她为姐姐。我们可以在《仙后》的第六卷中发现这一世界的许多意象,尤其在特里斯特拉姆和帕斯托雷拉的故事中。

第三相位是我们一直在讨论的正常的追寻这一主题,对此不必再做进一步的解释。第四相位与喜剧的第四相位相对应,在这一相位中,较为幸福的社会或隐或显,贯穿于整个剧情中,而不是在最后某个时刻才浮现出来。在浪漫传奇中,这一相位的中心主题是维护天真世界的完整统一,抵抗经验世界的侵入。因而它往往采取道德寓意的形式,例如在弥尔顿的《科玛斯》、班扬的《圣战》,以及许多道德剧里,其中包括《不屈的城堡》。在《坎特伯雷故事集》中,唯一的冲突是反对争吵以保持一种节日的欢乐气氛,这种较为简单的结构由于某种原因似乎不太常见。

其整体性需加以保护,这可以指个人躯体,也可以指社会主体,或两者皆是。《仙后》的第二卷关于节制的寓言就是其个人方面的表现,在第一次追寻完成之后,这一卷所处理的是一个更为艰巨的主题:要在这个世界上把英雄人物的天真境界巩固起来,当然这第二卷是第一卷自然而然的延续。[27] 古荣——象征自我节制的骑士——的主要对手是极乐闺阁的少女阿克拉西娅和曼蒙。她们代表着"美貌和金钱",这

---

[27] 其原型是当英雄凯旋归来后,要为神建一个殿宇或为自己造一邸宅。参阅加斯特(H. Caster)的《狄斯比斯》(*Thespis*)第 163 页。"美貌与金钱"一语引自《仙后》卷 2 之 11。关于节制与自制的区别及自然界的二层次,见沃德豪斯(A. S. P. Woodhouse)的《〈仙后〉中的自然与天恩》(*Nature and Crace in the Faerie Queene*, 1949)。——原注

两者本是有用的善物，却被扭曲为一味追求的身外之物。有节制的头脑自身就蕴含着善行，自制是其先决条件，因此它属于我们所谓的天真世界。放纵无度的头脑则向经验世界的外在事物中寻找善行。自我节制与放纵无度都可以说是自然的，然而其中一个属于有秩序的自然，另一个属于堕落世界的自然。科玛斯对贞洁女子的引诱是基于对自然之意义缺乏明辨。浪漫传奇的这一相位中的一个中心意象是被围攻的城堡，在斯宾塞笔下表现为阿尔玛宅邸，斯宾塞运用了一些关于人体机构的术语对它进行了描述。

这一相位的社会方面在《仙后》的第五卷——关于正义的传说——中得以体现，在这里提到权力是正义的先决条件，与自制是节制的先决条件相对应。这里，我们在伊希斯和俄西里斯的幻象中见到了被贞女驯服并控制的怪物，[28] 这是第四种相位的意象，这一意象曾插曲式地出现于第一卷，它与乌娜颇有联系，乌娜曾驯服耽于淫欲的森林之神和一头雄狮。此怪物的古典原型是雅典娜盾牌上的蛇发女怪头像。不可战胜的天真或贞洁这一主题，与文学中一系列同类的形象密切相关，包括《以赛亚书》中牵引着食肉猛兽的孩子和《配力克利斯》中困在妓院里的玛丽娜。这一主题再次出现于后来的虚构作品，在这些作品中，凶猛好战的男主人公跪倒在女主人公的脚下。对同样主题之反讽性嘲仿，形成阿里斯托芬的《吕西斯忒拉忒》的基础。

浪漫传奇的第五相位与喜剧的第五相位相对应，而且与喜剧的第五相位一样，也是从上界对经验的一种反思的、田园诗般的观照，在其中，自然界的周期运动也居于显要位置。浪漫传奇的第五相位涉及

---

[28] 伊希斯（Isis），古埃及神话中冥府之神的妻子，为贤妻良母。俄西里斯（Osiris），古埃及的死而复生之神，为冥王，即伊希斯之夫。

的是与第二相位相似的世界，不同在于其情调不是朝气蓬勃地准备行动，而是静默地从行动中退隐或回味行动的余波。同第二相位一样，这是一个性爱的世界，然而它所表现的经验是易于理解的，而不是神秘的。这是莫里斯大多数浪漫传奇的世界，是霍桑的《福谷传奇》以及《自由民的故事》[29]中成熟的天真智慧，还有《仙后》第三卷大多数意象所表现的世界。在《仙后》以及后期莎士比亚的浪漫传奇，尤其是《配力克利斯》，甚至是《暴风雨》中，我们发现对人物进行道德分层的倾向。真正的情人们处于所谓性爱模仿的等级制度的顶端，从此以下，通过性欲和情欲的不同等级下降到堕落（斯宾塞笔下的阿根特和奥利芬特；《配力克利斯》中安条克和他的女儿）。对人物的这种安排，与这一相位所采取的对待社会的超脱而沉思冥想的观点正相吻合。

第六相位，或曰"幽思的"（penseroso）类型，也是浪漫传奇的最后阶段。在喜剧中，这一相位展现喜剧性社会分崩离析为微小的单位或个体；在浪漫传奇中，它标志着从主动的冒险到沉思冥想的冒险的活动的结束。这一相位的一个中心意象，就是叶芝所偏爱的，即生活在塔中的老人形象，专心致志于神秘研究或魔术研究的孤独的隐士。就一种更通俗的和社会的层面而言，这一类型还包括所谓的消闲的（cuddle）虚构作品：可供卧在炉火周围的舒适的床榻或椅子上，或者在一般的暖和惬意的地方阅读的浪漫传奇。这一类型的一个显著特征，其背景是一小群志趣相投的人围坐在一起，其中一人开始讲述以"据说......"为开端的真正的故事。在《螺丝在拧紧》[30]里，一大群

---

[29]《自由民的故事》，是《坎特伯雷故事集》中的一个故事。

[30]《螺丝在拧紧》（*The Turn of the Screw*），美国作家亨利·詹姆斯于 1898 年出版的一部小说。

聚会的人正在一座乡下宅邸里讲述鬼怪故事,后来,有一些人离去了,剩下一小伙更亲密的人讲述起关键性的故事。开始时让一些外行离开,是完全符合这一类型的精神和程式的。这一技巧的效果是使故事处于一种从容自如的和沉思冥想的气氛之中,这是一种使我们感到舒适愉快的东西,而不像悲剧那样使我们快然不悦。

像《十日谈》那样的座谈会式的故事集亦归属于此类。莫里斯的《俗世天堂》可谓这同一类型的十足典型:在这里,一些古希腊和北欧文化的真正的原型神话被赋予人的形象,成为一群老人,他们抛弃中世纪时期的这个世界,拒绝充当国王或神祇,而且他们现在聚集在一片不再灵验的梦幻土地上彼此讲述着神话。在这里,孤独的老人,这群亲密无间的朋友的主题,和他们所叙述的故事是联系在一起的。故事中的日历安排也与自然界循环联系了起来。这一类型的另一种十分集中的处理,是弗吉尼亚·伍尔芙的《幕间》,在这一作品中,表现英国生活历史的一出戏在一群人面前表演出来。历史并不仅仅是被构思为一个进程,而且还是一个轮回,观众就是这个轮回的结尾,并且正如作品的最后一页所言,同样也是轮回的开端。

从瓦格纳的歌剧《尼伯龙根的指环》到科幻小说,我们都可以发现洪水原型的广泛运用。这一原型通常是以一种宇宙间的灾难的形式呈现出来,它摧毁整个虚构的社会,仅仅一小部分人免遭不幸,这一部分人在某个避难场所开始新生。这一主题与试图将世界的其他部分拒之门外的那些悠闲自得的人之间的关系是再清楚不过了,而且这一原型再次把我们引向漂流在海上的神秘的新生婴儿这一意象。

诗歌象征体系中的一个重要细节还需我们探讨一下。未移用的神启式的世界与循环的自然世界在某一点上携手联合,而这个点之象征性地表现，就是我们要探讨的这一重要方面。我们称之为显灵点[31]其最常见的背景是山巅、海岛、楼塔、灯塔、梯子、台阶等。民间故事和神话中关于天与地或太阳与地球最初是连接在一起的故事，我们已司空见惯。我们有用箭搭成的通天的梯子、有拴住天与地的绳子被调皮的小鸟啄成两段，如此等等故事。这类的故事往往被看作《圣经》中关于人类堕落的故事的类似物，[32]它们在"杰克豆茎""莴苣的头发"，甚至在印度以恶作剧知名的稀奇古怪的民间传说里残存下来。[33]从神启世界到自然世界的转移，可以由从太阳降下的金火来象征，如黛内伊[34]的故事的神话基础，也可以由人类对金火的反应物——圣坛上点燃的火——来表示。爱伦·坡笔下的故事中的"金甲虫"（它提醒我们，古埃及人做护身符用的刻有金甲虫的宝石实际上是一种太阳的象征物），从穿过吊在树上的一个骷髅的眼窝的一条线的一端掉下来并落在一堆埋藏的宝物顶端；[35]这里的原型与我们一直讨论的意象复合体有

---

[31] 显灵点（point of epiphany），或译为"顿悟点"，本文中两种意义都有，视具体语境而定。在基督教文化背景下，"显灵"和"顿悟"本来就是一回事，有了神显才会有人的顿悟，而人的顿悟也就意味着神显灵。

[32] 参见阿波罗多勒斯（Apollodorus）《藏书目录》（*Bibliotheca*），弗雷泽（Frazer）编，洛布（Loeb）古典丛书，1921；弗雷泽的《旧约全书中的民间传说》（*Folk Lore in the Old Testament*，1918）卷1；利·弗罗本涅斯（Leo Frobenius）的《人类的童年》（*The Childhood of Man*，1909）。——原注

[33] "杰克豆茎"为西方幼儿故事，讲杰克用母亲的奶牛换回一把豆，豆长出的茎高通天庭，杰克爬上去窃得魔宫之宝。"莴苣的头发"，莴苣为神话中的少女，她从塔顶抛下金发，叫心上人去救她。印度民间传说，则指一僧人将神绳抛向空中，男童攀援而上，直到消失在顶端等如此之类的传说。

[34] 黛内伊（Danae），古希腊神话中珀耳修斯之母。

[35] 我举此例，无法取悦那些动辄喊"又是那一套！"的批评家。但我仍加以引用，因它阐明以下原理：在民间流行的故事中，合乎逻辑的结构都涉及将一些原型联系起来的问题。从是否可信而言，用金甲虫去发现财宝，是毫无必要的。——原注

千丝万缕的联系，尤其与某些炼金术说法相通。

在《圣经》中，我们有雅各的梯子，而它与《失乐园》中弥尔顿笔下的挂在天上且顶端有一孔的球形宇宙密切相关。《圣经》中有好几处在山巅上显灵的描绘，其中主显圣容（the transfiguration）尤为著称，而且毗斯迦山（Pisgah）上的景象——穿越荒漠（摩西曾在此看到远方的应许之地）的道路的尽头——从预示学的角度看也与之密切相关。只要诗人接受托勒密的宇宙观，那么显灵点的自然场所就是最低的天体月亮普照下的山巅。但丁笔下的炼狱是一座巨大的山峰，一条环山小路直通顶巅，这是伊甸乐园，而梦游者随着向上攀爬渐渐获得他失去的天真并洗刷他的原罪。正是在这一意义上，在《炼狱》的结尾篇章才达到奇异的神启式的顿悟。而且，人们已感到置身于上方的神启式世界与下边的自然循环世界之间，因为一切植物的种子是从伊甸园降落并回到这个世界上的，人类生活由此得以延续下去。

《仙后》的第一卷中也有毗斯迦山景象，这就是圣乔治爬上沉思冥想的山巅并从远处看到天堂的城市。既然圣乔治所杀死的龙代表着堕落的世界，由此就存在着一个寓意的层面，在此，龙便是阻碍他去到那远方的城市的空间距离。山巅与月亮之间的联系，在阿里奥斯托笔下类似的情节中最为明显。而斯宾塞对这一主题深入细致的处理，体现在其辉煌的玄学喜剧《无常诗章》之中，在其中，存在与变更、主神宙斯与"无常"女神、秩序与变化之间的冲突在月亮上得到解决。无常的证据包括自然的循环运动，但这一证据又反过来反对这位女神，因为循环本是自然界中秩序的原理，而不是仅仅变化而已。在这首长诗中，天体与神启世界的联系，并不是隐喻意义上的同一性，如它作为诗歌程式在但丁的《天堂》中那样，而只是类似：日月星辰仍然处于自然界之中，并且只有到该诗的最后一节时，真正的神启世界方才出现。

各个层面之间的差别表明，显灵点可以有类似的形式。例如，它可以表现为爱情中两性交欢的场所，当然这里没有神启式的景象可言，而只有达到自然经验的顶峰的感觉。显灵点的这一自然形式在斯宾塞笔下称为"阿多尼斯乐园"。它两次出现于济慈的《安狄弥翁》里，它还是雪莱的《伊斯兰的反叛》中的情人们最后进入的世界。"阿多尼斯乐园"像但丁笔下的伊甸园一样，是一个播种的场所，受轮回的自然秩序约束的一切事物在死亡时进入这个场所，而出生时又从这里萌发。像《无常诗章》一样，弥尔顿的早期诗歌也充溢着表现作为神圣秩序、飘荡着天籁音乐的自然界与作为堕落的、大部分混乱不堪的自然界之间差异的情调。前者在《科玛斯》中的象征是"阿多尼斯乐园"，从这里随从精灵下凡去看望那位贞洁女士。从现代意义上说，这一原型的中心意象——维纳斯瞩望阿多尼斯——就世人之情爱而言，是教会环境中圣母和圣子的精神之爱的类似物。

弥尔顿在《复乐园》中拣起了毗斯迦山上的景象这一主题。《复乐园》采用了圣经预示论的基本原则，表现基督所经历的生活事件是在重现以色列人的历史。以色列人来到埃及，约瑟战胜了埃及人，后来以色列人开始大逃亡以逃避埃及人对其无辜的大屠杀，在途中红海把他们与埃及人分隔开了，他们而后组织成十二个部落，在荒漠中游历了四十年，从西奈半岛接受了戒律，被盘踞在旗杆上的铜蛇相救，穿越了约旦，最后"在异教徒称之为耶稣的约书亚领导下"进入应许之地。耶稣在婴儿时期由约瑟领到埃及，在埃及人屠杀无辜时逃离，而后接受洗礼并被尊为救世主，他在荒漠中游荡了四十天，聚集了十二个门徒，在山上讲道布经，最后在十字架上殉难以拯救人类，从而他以真正的约书亚的身份征服了应许之地。在弥尔顿笔下，撒旦的引诱与摩西在毗斯迦山所见的景象相对应，只是目光转向相反的方向。它标志着耶稣对戒律的顺从到了极点，这恰恰在他刚刚开始积极地采取拯救堕落的世界的行动之前，而且，一系列的引诱把这个世界、众生和魔鬼筑成一个单一的形式——撒旦。这里，显灵点表现为寺庙的塔尖，撒旦从塔尖上跌落下来，而耶稣却稳坐其上。撒旦的跌落提醒我们，显灵点同样是命运之轮的顶端，也就是悲剧性主人公的跌落点。对显灵点的这种反讽意义的运用，出现在《圣经》中通天塔的故事里。

　　托勒密的宇宙最终消失得无踪无影了，然而显灵点却没有消失，而是在近代的文学中具有讽刺意味地反了过来，或者与对可信性有更大要求。考虑到这一点，我们仍可以在易卜生的《当死者觉醒之时》[36]最后的山顶一幕里发现同一原型，也可以在弗吉尼亚·伍尔芙的《到灯塔去》的主要意象中发现同一个原型。在叶芝和艾略特的晚期诗歌中，显灵点（或顿悟点）成为一个重要的起着统一作用的意象。诸如《塔》和《旋转的楼梯》之类的标题对于叶芝来说都暗示着它的意蕴，而且《塔》和《驶向拜占庭》两诗中的月亮象征和神启式意象，均贯穿全诗始终，前后呼应。在艾略特，显灵点（或顿悟点）是《荒原》的火诫中所燃烧的烈火，它与由水象征的自然循环形成鲜明对比。此外，显灵点还是《空心人》中的"多瓣玫瑰"。《圣灰星期三》又把我们带回到炼狱的旋转台阶，而《小吉丁》使我们想起燃烧的玫瑰：诗中描绘了一个由圣灵降临节里的火舌所象征的下降运动，以及一个由赫拉克勒斯自焚的柴堆和"火衫"所象征的上升的运动。

---

[36] 《当死者觉醒之时》（*When We Dead Awaken*），又译《当我们死而复苏时》。

秋天的叙述结构：悲剧

多亏了亚里斯多德，悲剧的理论比之于其他的三种叙述结构要完善得多。由于我们对悲剧的基础更为熟悉，所以可以简要述之。倘若没有悲剧，一切文学虚构作品都可以解释为感情的抒发，无论这种感情是愿望的满足还是厌恶反感；可是此说可谓不悖情理，悲剧性虚构作品保证了文学经验中的客观公正的特性。正是主要通过古希腊文化中的悲剧，关于人物性格需以真实自然为基础的意识得以进入文学领域。在浪漫传奇中，人物仍然大多是梦幻中的人物；在讽刺性作品中，人物趋向于漫画化；在喜剧中，他们的行动被扭曲以便适应大团圆结局的需要。在完美的悲剧中，主要人物被从梦幻中解放出来，这一解放同时又是一种束缚，因为存在着自然秩序。无论一出悲剧中点缀了多少幽灵、凶兆、女巫或预言者，我们明白，悲剧主人公都不可能简单地用点亮一盏灯并唤来一位神怪来把自己救出困境。

像喜剧一样，在戏剧中，悲剧得到了最透彻、最便当的研究，然而悲剧又不局限于戏剧，也不局限于以灾难结尾的情节。通常被称为悲剧或与悲剧划归一起的戏剧，常常以平静结尾，如《辛柏林》；甚至以欢喜结束，如《阿尔克提斯》[1]和拉辛的《爱丝苔尔》；或者以一种模

---

[1] 《阿尔克提斯》(*Alcestis*)，欧里庇得斯写于前438年的悲剧。

棱两可、不易界定的情调结尾，如《菲罗克忒忒斯》[2]。另一方面，当一种显然占主导的严肃情调形成悲剧结构的整体的一部分时，集中表现情调并不能加强悲剧的效果，否则《泰特斯·安德洛尼克斯》可谓莎士比亚最有力的悲剧了。悲剧效果的源泉，正如亚里斯多德所言，必须到悲剧的叙述结构或悲剧情节结构中去寻找。

所谓喜剧倾向于处理一个处于社会集团中的人物，而悲剧却更集中地表现一个单独人物的说法，在批评理论中已是老生常谈。我们在第一篇文章中已经叙述了典型的悲剧主人公介于神祇和"十足的凡人"之间的种种原因。这一点甚至对于濒临死亡的神祇也同样确切：普罗米修斯由于是神而不能死去，但他因为对"垂死的神"或"终有一死"的凡人的同情而遭受磨难，而且甚至磨难本身也具有某种亚神性。与我们相比，悲剧主人公是十分伟大的，然而在主人公另一面还存在着某些其他因素，某些与观众对立的因素，因此他又很渺小。这里的其他因素可以是上帝、神祇、命运、事故、幸运、危机、环境，或其中任何两项或数项的结合物，但是，无论是什么，主人公都处于我们与这些因素之间的中间地位。

悲剧主人公是处于命运之轮顶端的典型代表，即位于地面上人类社会与天堂中更美好的事物之间的中央。普罗米修斯、亚当和基督都是悬于天地之间，即自由的极乐世界与受束缚的自然世界之间。悲剧主人公处于人类境界的最高部位，因此他们似乎成了周围电能的必然的导体，大树比之于草丛更容易受到雷电的袭击。诚然，导体既可以是雷神的工具又可以是雷神的牺牲品：弥尔顿笔下的力士参孙摧毁了非利士人的庙宇，自己也同归于尽；哈姆雷特在自己倒下的同时几乎

---

[2] 《菲罗克忒忒斯》(*Phioctetes*)，索福克勒斯写于公元前 409 年的悲剧。

消灭了丹麦王朝。尼采所谓的某种超然不凡的山巅气氛紧紧地缠绕着悲剧主人公不放：尽管悲剧主人公像浮士德一样由于富有思想而被拖进地狱，但是他的思想并不比他的行动更为我们所理解。无论悲剧主人公具备什么样的雄辩才能以及和蔼可亲的性格，都有一个难以捉摸的限度始终隐藏其后。甚至有罪恶的主人公——帖木儿、麦克白、克勒翁[3]——也持有这一限度，而且我们明白，人们甘心忠诚地为了一个阴险的或残忍的人死去，而不愿意为一个性情温和的扶肩拍背之人牺牲。那些最能引诱别人献身的人，恰恰是那些最能以行为表明不需要别人为这献身的人。从哈姆雷特的温文有礼到埃阿斯[4]的暴躁残横，悲剧主人公都深深地陷入他们的某种神秘的超越于常人的信念之中，对此我们不通过他们是无法理解的，而这种信念正是他们的力量和厄运的同一根源。悲剧主人公留下他的仆人来是为了替他安排"生活"，这句话曾使叶芝大惑不解，而且悲剧的中心在于主人公的孤立，而不在于恶棍的叛变，甚至当主人公也参与恶行时——如通常那样——亦复如此。

至于那种超越的情况，其名称千变万化，但它呈现自身的形式却相当稳定。无论是在古希腊的还是在基督教的环境中，或者在任何其他环境中，悲剧似乎都是朝着规律——存在和必然——的顿悟方向发展。两次悲剧戏剧的巨大发展——前5世纪在雅典和17世纪在欧洲——分别伴随着爱奥尼亚文化和文艺复兴科学的崛起，[5]这并非偶然。

---

[3] 帖木儿（1336—1405），历史人物，这里指英国剧作家克里斯托弗·马洛写的同名悲剧中的主角。克勒翁（Creon），希腊神话中的人物，篡夺俄狄浦斯王位。

[4] 埃阿斯（Ajax），又译为埃杰克斯，希腊传说中的英雄，参加特洛伊战争。索福克勒斯写过同名悲剧，写埃阿斯因战功至伟却未得到公平对待，由此对希腊主将阿伽门农等恨之入骨，情绪失控，变得残暴无比，终因极度疯狂而自杀。

[5] 参阅 A. N. 怀特赫德（A. N. Whitehead）的《科学与近代世界》（*Science and the Modern World*, 1925）一书第1章。——原注

从这种世界观看来，自然是不以人的意志为转移的过程，而人类法律只是尽其所能模仿自然并理解其法则。人与自然规律的这一直接关系，始终处于显著的地位。古希腊悲剧中所表现的命运比神祇更强大这一意识，的确表明神的存在根本上是为了认可自然秩序，而且，假如某个人甚至神具有否定规律的真正力量，那么他也极不可能运用他的力量来这样做。在基督教中，基督的人格与圣父那不可思议的戒律之间的关系也是如此，同样，莎士比亚笔下的悲剧发展过程是顺乎自然，这只是在悲剧仅仅发生的意义上，且不论悲剧的原因怎样、关系如何，或对悲剧做何解释。人物的命运或由某位以杀人取乐的神祇来操弄，也不知何位神灵为我们安排下场。然而，悲剧的行动将不会容忍我们的疑问，这一事实常常转而归因于莎士比亚的人格。

就其最基本的形式而言，这种自然法则（*dike*）是通过"复仇"（*lex talionis*）或报仇显现出来的。主人公激起别人的敌对态度，或者继承一种敌对的境遇，而复仇者的反击造成了主人公的灾难。复仇的悲剧是一个简单的悲剧结构，然而同其他简单的结构一样可以是一个非常牢固的结构，因此常常是悲剧中最重要的主题，甚至最为复杂的悲剧亦复如此。这里激起对方复仇的最初行动，构成一个对立的或者抗衡的运动，而这一运动的完成就是悲剧的结局。这种情况如此之多，我们几乎可以说悲剧的整个叙述结构是双向的，它与喜剧中三部式农神节运动构成鲜明的对照。

然而，我们注意到常常采用这样的手法：复仇来自另一个世界，通过神或幽灵或预言者来完成。这一手法把自然的概念和法则的概念扩展到显而易见的和可感觉到的事物的范围之外。但是它并不是对这些概念的超越，因为它仍然是自然法则，只不过是由悲剧情节表现出来罢了。这里，我们看到悲剧主人公在搅乱自然的平衡：自然是贯穿于可见的和不可见的两个王国的秩序,平衡迟早会矫正自身。平衡的矫正就是古希腊人所谓的"报应"[6]:报应的动因或工具可以是人的复仇、鬼的复仇、神的复仇、神的伸张正义、偶然事故、命运安排,或者是事情发展的逻辑结果,然而最根本的还是报应发生了,而且不受人力的左右,不受所涉及的人的动机的道德性质的影响,正如《俄狄浦斯王》所示。在《俄瑞斯忒斯》[7]中,情节线索把我们从一系列的复仇活动引入自然法则的一个最终显现,引入一个宇宙契约,其中包括道德规范,而且它得到神祇——以智慧女神的身份——的认可。在这里,报应同其配对物基督教摩西戒律一样不是被废除了,反而是得以实现:它从由复仇女神所代表的机械的或武断的意义上恢复的秩序,发展到由雅典娜所解释的理性意义上的秩序。雅典娜的出现,并没有把《俄瑞斯忒斯》变成一个喜剧,而是使其悲剧的构思更为清晰。

常常用来解释悲剧的有两种归纳公式。两种都不是太完善的,但每一个又不能说不完善。由于它们相互矛盾,它们分别代表悲剧的两个极端或有限的观点。其中之一是这样的理论:一切悲剧皆表现外在的命运的无限威力。当然,绝大多数悲剧确实给我们留下自然力量的强大和人类努力的局限这样一个印象。但是,把悲剧归结为宿命是混淆了悲剧状态与悲剧过程:在悲剧中,命运一般仅仅在悲剧进程开始后才降临到主人公头上。古希腊语"必然"(*ananke*)[8]或"定规"(*moira*)就其正常的或悲剧前的意义而言,是指生活的内在平衡状态。它只有在作为生活的状态受到骚扰后才表现为外在的或对抗的必然,正如正

---

[6] "报应"(*nemesis*),此词为"正义的愤怒"的拟人化,泛指执行正义的报应。

[7] 《俄瑞斯忒斯》(*Oresteia*),埃斯库罗斯的悲剧三部曲,写阿伽门农从特洛伊战争胜利归来,为妻所杀,其子俄瑞斯忒斯为报父仇而弑母。

[8] *ananke*,此希腊词为"难逃劫数"的拟人化。

直是诚实之人的内在特性,而且是罪犯的外在对抗物一样。荷马使用了一个蕴意深邃的术语来描述悲剧理论:他使宙斯把埃癸斯托斯[9]说成是"在命运局限之外行动"。

把悲剧归纳为宿命论式的,并不能把悲剧与反讽区分开,而且我们常常谈到命运的反讽而很少谈到命运的悲剧,这也是富有意味的。反讽不需要出类拔萃的中心人物。一般说来,当反讽为其唯一目的时,主人公越平淡无奇,反讽色彩就越强烈。正是英雄主义的介入使得悲剧发出壮丽的令人振奋的特征。悲剧主人公通常具有非凡的、近乎神性的品格,命运似乎在其掌握之中,而且那原初的壮丽景象的光芒,从未从悲剧中彻底消失。悲剧需要浓墨铺垫,它需要最伟大的诗人笔下的最壮丽的辞藻。尽管灾难通常是悲剧的结局,但它被同样意义深远的原初的伟大——一个失去了的天堂——所弥补。

另一种悲剧理论把悲剧归纳为:导致悲剧过程展开的行动必须在起初是对道德规范的违反,无论这种道德规范是人的还是神的;简言之,即亚里斯多德所谓的"错误"(hamartia)或者说"缺陷",它必定与罪恶或过失有本质上的联系。的确,绝大多数悲剧主人公都是过分傲慢,即高傲、激昂、偏执或思想狂放不羁,正是这些导致了道德上可以理解的崩溃。正如喜剧中愉快结局的原因通常是由于奴隶或伪装卑微的女主人公的谦卑一样,这种傲慢通常是灾难的突出动因。在亚里斯多德看来,悲剧主人公的缺陷与他对"自择"(*proairesis*),即对结局的自由选择的伦理观念有关,而且亚里斯多德确实倾向于认为悲剧在道德上,几乎也在客观上,是可以理解的。诚然,我们曾经说过,亚里斯多德悲剧观点的中心命题是"净化"(catharsis),这一概念与他

---

[9]　埃癸斯托斯(Aegisthus),古希腊传说中人物,为阿伽门农之表弟,占其妻又篡其位。

把悲剧归结为道德的看法不那么一致。怜悯和恐惧是道德感情,它们与悲剧情境有关,但并不依附于悲剧情境。莎士比亚尤其喜爱在主人公的两边树起避雷针,以此来削弱怜悯和恐惧心理:我们曾提到奥赛罗的两边有伊阿古和苔斯德蒙娜,然而哈姆雷特两边却是克劳迪斯和奥菲丽娅,李尔两边是他的女儿们,甚至麦克白也被麦克白夫人和邓肯挟持左右。在所有这些悲剧中,都有一种深远的神秘感,在其间,道德上的可理解的过程仅是其一部分。主人公的行动打开了一架大机器上的电闸,这架机器比他的一生甚至比他所处的社会还庞大。

一切认为悲剧在道德上是可以说明的理论,迟早会碰到这样的问题:难道悲剧中天真无辜的受难者(如诗作中所描绘的那种"无辜"),例如伊菲革涅亚[10]、考地利亚、柏拉图的《申辩篇》中的苏格拉底、殉难时的基督等,不都是悲剧人物吗?要说这些人物有致命的道德缺陷不能令人信服。考地利亚拒绝奉承她的父亲,表现出一种崇高的精神境界,或许可以说是稍为固执,而且她最后死去。席勒笔下的圣女贞德曾一度钟情于一个英国士兵,而贞德却被活活烧死,或者说,假如席勒为了顾全他的道德理论的面子,那么他一定会把这些事实删去。这样,我们离悲剧越来越远了,而离神智不健全的劝善故事越来越近,诸如皮普欣夫人[11]的孩子因为问了不便问的问题而被公牛抵死之类的故事便属于此类劝善故事。总之,悲剧似乎要避免道德责任与专横命运之间的抗衡,正如它避免善与恶之间的矛盾一样。

弥尔顿在《失乐园》第三卷中表现上帝正据理以辩,说他创造了

---

[10] 伊菲革涅亚(Iphigeneia),希腊神话中阿伽门农之女,被当作祭品奉献给女神。欧里庇得斯写有《伊菲革涅亚在陶里斯》和《伊菲革涅亚在奥利斯》两出关于这位少女的悲剧。

[11] 皮普欣夫人(Mrs. Pipchin),为狄更斯小说《董贝父子》中的人物。

"尽管有自由去堕落，但是仍有能力站起来"的人。上帝知道亚当将会堕落，但并没有强迫他这样做，在这个基础上他否认负有法律责任。这种辩解是站不住脚的，因而弥尔顿是在逃避被反驳，为此他巧妙地把责任推诿给上帝。思想与行动不能完全分开，倘若上帝有先知能力，那么他在创造亚当时就已经知道他是在创造一个将会堕落的生物。尽管如此，这一段辩解仍是十分令人难以忘怀的，而且富有启示意义。原因是，《失乐园》并非仅仅是为了创作另一出悲剧，而是为了阐述弥尔顿所坚信的悲剧的原型神话。因此，这一段辩解可谓是存在的投影（existential projection）的又一实例：弥尔顿的上帝与亚当的关系的真正基础就是悲剧诗人与他的主人公的关系。悲剧诗人明白，他笔下的主人公将处于一个悲剧的环境中，但他竭尽全力以避免令人产生为适合自己的目的而布置这一悲剧环境的感觉。他，像上帝把亚当展示给天使一样，把他的主人公展示在我们面前。倘若主人公没有能力站起来，那么其模式就是纯粹的反讽的；倘若主人公没有堕落的自由，那么其模式就是纯粹浪漫的；只要故事把主人公描述为不可战胜的英雄，那么他必定会打败一切敌对者。现在，大多数悲剧理论都拿一个伟大的悲剧作为准则：亚里斯多德的理论基本上是以《俄狄浦斯王》为根据的，黑格尔的理论是以《安提戈涅》为基础的。弥尔顿在亚当的故事里发现了人类悲剧的原型，所以他理所当然地承袭了整个犹太－基督教文化传统，而且或许从亚当故事中汲取的论据在文学批评中要比某些题材更为幸运一些，那些题材出于无奈，不得不承认亚当的存在是一个事实，或承认至少是一个合乎情理的虚构。乔叟笔下的僧人从路西法[12]和亚当着手讲他的故事，他显然十分明白他在干些什么，我们

---

[12] 路西法（Lucifer）本为天国神灵，因无比傲慢而被逐出天国打入地狱，成为撒旦。此名旧译《失乐园》中译为"卢息佛"。

仿效他的榜样也不失为上策。

那么，亚当是处于人类的英雄境况之中的：他置身命运之轮的顶端，神的天命几乎伸手可取。神的天命与他擦肩而过，这在某种意义上对于一些人而言是道德责任，而对于另一些人而言则是命运的诡计。他所做的无非是用无限自由的命运换取了一场厄运，完全咎由自取，正如对于一个蓄意跳下悬崖的人来说，引力的规律决定了他的短暂生命难逃一劫。这种交换被弥尔顿表现为一个自由的行动或"自择"，即运用自由的手段以达到失去自由的目的。正像喜剧常常制定一套武断的法律，然后组织剧情去打破它或逃避它一样，悲剧则表现一个相反的主题：将相对自由的生活压制成为受制于因果关系的过程，麦克白接受了篡位的逻辑时就是如此，哈姆雷特接受了复仇的逻辑时，以及李尔王接受了退位的逻辑时，也是这样。出现在悲剧情节末尾时的发现或"承认"并不只是主人公明白他以及他的周围所发生的一切——《俄狄浦斯王》尽管享有典型悲剧的盛名，但仍然可以说是一个特殊的情况——而且还是他对为自己所创造的生活已无从改变之认识，私下里还比较一下他所抛弃的本可创造的美好生活。弥尔顿描述魔鬼堕落的诗句："这里与他们原来的所在是多么不同啊！"是取自维吉尔的诗句"这位名人如今是多么不同啊！"以及以赛亚的话"路西法，晨之子，你怎么从天堂堕落下来了"。在这里，弥尔顿把悲剧的古典原型与基督教原型融为一体：因为撒旦同亚当一样拥有原初的荣耀。在弥尔顿笔下，在描写亚当身置命运之轮的顶端以及随后堕落入轮回世界中的景象的时候，又补充了这样的景象：基督站在寺庙塔尖的顶端，撒旦劝说他落下去，但他毫不动摇地矗立在上边。

亚当的堕落便进入他为自己造成的生活之中，这种生活也是我们所知的自然秩序。因此，亚当的悲剧像其他悲剧一样在自然法则的表现中得到解决。他进入了这样一个世界，其中生存本身就是悲剧，而这不是由有目的的或无意识的行动所能更改的。仅仅是为了生存，就无疑扰乱了自然的平衡。每一位自然人都是一个黑格尔哲学的命题，并且暗示着一个反作用：每一个新生命的诞生都促使复仇的死神的回报。这一事实本身就是一个反讽，如今称之为"生之苦"（Angst），认识到原初的、更高级的命运已经失落时就变成了悲剧。那么，亚里斯多德所谓的悲剧的错误就是一种生存（being）的境况，而不是一个形成（becoming）的原因；弥尔顿之所以把他半信半疑的论证推诿给上帝，其原因就是他急于把上帝从预先决定的因果关系中排除出去。悲剧主人公的一边是自由的机会，另一边是不可避免地失去自由之结果，亚当所处境况的两边被弥尔顿分别表现为天使长拉斐尔和大天使米迦勒所讲的话。甚至对于天真无辜的主人公或殉难者也会出现同样的境况：在耶稣受难的故事里，它出现于基督在客西马尼园的祈祷。[13] 悲剧似乎走向一个关键的"瞬间"（augenblick），从这里可以同时看到通向过去和未来的道路。然而看到的只是观众，也就是说，如果主人公处于傲慢自负的境况，他将看不到通向过去和未来的道路，因为在这种情况下，关键的时刻对于主人公来说只是茫然的时刻，即命运之轮开始其不可避免的朝下的循环运动。

对亚当的境况有一种看法，它在基督教传统里至少可以追溯到圣奥古斯丁。这种看法就是：时间是随着坠落开始的，即从自由境界坠落到自然的循环之中，同时也开始了我们所知道的时间运动。在其他的悲剧中，我们同样可以察觉一种报应关系深深地隐伏在时间运动之

---

[13] 基督与众门徒在该园进行最后的晚餐，他在祷告时称自己将遭罪人出卖，果然圣餐未终，犹大便领兵将他捉拿。

中的意味，无论时间的运动是作为人间事务错过了机遇，还是作为对时代脱节的认识，还是作为时间吞噬生命的意识，曾几何时便令主人公意识到已陷入地狱之门，此时本来仅属可能的事已变为严酷的现实。或者像麦克白在极度恐惧时所感受到的那样，所谓时间的运动只是钟表一次接一次的嘀嗒响。在喜剧中，时间扮演着拯救的角色：它揭开并展示导致愉快结局的重要步骤。莎士比亚的《冬天的故事》来源于格林的《潘多斯托》，[14] 后一作品的副标题是《时光的胜利》，这句话可以很好地描述出莎士比亚笔下剧情的本质，在这出莎剧中的时间是以致辞者的身份被介绍给观众的。[15] 然而在悲剧中，"发现"通常是对在时间里因果关系的必然性的认识，而且围绕着不祥的先兆和无奈的预感，是以意识到循环运动中的回归报应为基础的。

在反讽作品中，与悲剧中不同，时间之轮完全封闭着行动，而且毫无原初与相对来说是永恒的世界的联系的意味。在《圣经》中，亚当悲剧性堕落之后，紧接着是其历史的重复，即以色列堕落入埃及的桎梏，这一堕落可谓亚当堕落的反讽性实证。只要乔弗里[16] 对英国历史的说法被接受，那么就会把特洛伊的陷落看成是英国历史上相对应的事件，而且，正如特洛伊的陷落是以对一只苹果偶像崇拜式的误用起始的，[17] 甚至在英国的历史上也有富于象征意义的类似事件。莎士

---

[14] 《潘多斯托》（*Pandosto*），指英国诗人、剧作家罗伯特·格林（Robert Greene，1560—1592）的传奇作品，写于1585年。
[15] 见莎士比亚戏剧《冬天的故事》第4幕第1景。
[16] 乔弗里（Geoffrey of Monmouth，1100？—1154？），英国编年史家。
[17] 见希腊神话中金苹果的故事：司纷争的女神扔出一个金苹果，其上写着"献给最美的女神"，引起赫拉、雅典娜和阿芙洛狄忒三女神的争吵；帕里斯将苹果判给阿芙洛狄忒，后者答应为他夺取美人海伦，结果引发特洛伊战争。

比亚最富反讽色彩的戏剧《特洛伊罗斯与克瑞西达》，借尤利西斯之口道出了俗世智慧的声音，十分雄辩地解释了堕落世界中悲剧性反讽的观点中两个基本范畴：时间以及生存的等级链条。尼采笔下的查拉图斯特拉对时间的悲剧性观念的非凡论述[18]——把英雄接受循环运动的轮回报应的观念，变成了啼笑皆非地接受同一事件的重复发生的宇宙观——标志着反讽时代的兴起。

任何习惯于从原型的角度思考文学的人，将会在悲剧中发现对牺牲的模仿。悲剧是对正义的恐惧感（让主人公必须堕落）和对失误的怜悯感（主人公的堕落太不应该）的自相矛盾的结合。牺牲的两个因素中也存在着同样的矛盾。其一是圣餐式共享（communion），即在一个群体内分割一个英雄的或神的躯体，而这一群体从而与被分割的躯体构成一个统一体。其二是赎罪感（propitiation），即尽管共享了牺牲者的躯体，但仍感觉到该躯体事实上仍属于另一个更伟大的、潜在地蕴含着愤怒狂暴的力量。仪式与悲剧的类同比心理上的类同更为显著，因为是反讽而不是悲剧展现梦魇或焦虑不安的梦境。然而，文学批评家发现弗洛伊德对于喜剧理论最有启示意义，而荣格则对于浪漫传奇的理论最有启示意义，与此相同，人们在探讨悲剧理论时自然而然地把目光抛向权力意志的心理现象，如阿德勒[19]和尼采所论述的。这里我们发现一个"酒神狄俄尼索斯式的"攻击意志，它沉醉于自己的全知

---

[18] 参阅《查拉图斯特拉如是说》（*Sprach Zarathustra*）卷3之57，查氏正处于顿悟之时，循环世界位于其下方；由于他主要有悲剧主人翁观念，故他认为自然是向下沦落为循环运动。此论证虽难令人信服，但能指出其存在的理由是十分充分的——这类似弥尔顿笔下上帝说过的话。又提供了一个颇有教益的类似例子。艾略特的《圣灰星期三》（*Ash Wednesday*）和叶芝的《自我与心灵对话》（*Dialogue of Self and Soul*），用相反的观点写同一原型，只是结构更为清晰。——原注

[19] 阿德勒（Alfred Adler，1870—1937），奥地利心理学家，曾师从弗洛伊德。

全能的梦境之中，冲击着外部世界不可摇撼的秩序这一"阿波罗式的"观念。悲剧主人公作为对祭献仪式的模仿物，不是实实在在地被杀死或吃掉，然而在艺术中相应的事情仍然发生了，这就是死亡把幸存者引向一个新的统一的观念。不可思议的悲剧主人公作为对梦幻的模仿物，像骄傲而缄默的天鹅一样，在死亡的关头变得能言善辩，而观众像《忽必烈汗》的诗人作者一样，内心对主人公的歌声产生共鸣。随着主人公的陨落，他的伟大的精神一直勾划的那个更伟大的世界一刹那间变得隐约可见，然而，那个世界的神秘和遥远感却仍然存在。

如果我们说浪漫传奇、悲剧、反讽和喜剧都是一个总的追寻神话中的插曲这话是正确的，那么我们就可以看清为什么喜剧中可以包含潜在的悲剧因素。在神话中，主人公是一个神，因此他不会死去，而是死而复活。在喜剧的感情宣泄之后隐藏的祭献仪式定式，是死后复生，即复活的主人公的显灵。在阿里斯托芬笔下，主人公常常经历一个祭献仪式上的死点，他被当作一位已经复活了的神来对待，被当作一个新的宙斯而受到欢呼，或被赋予奥林匹亚胜利者的半神的荣耀。在新喜剧中，新型的人既是一个英雄又是一个社会群体。埃斯库罗斯的三部曲都近似古希腊纪念森林之神的山羊剧[20]，据说同春天欢宴的节日有密切的关系。基督教也认为悲剧是神的喜剧这一赎罪和复活的大结构中的插曲。悲剧是喜剧的前奏曲的观念，似乎与基督教密不可分。《圣马太受难记》[21]最后的双重合唱之恬静是难以达到的，倘若作曲者和听众没有体会到故事的言外之音的话。力士参孙的死也不会导致"一切激情过后，心灵悠然沉静"的境界，倘若参孙不是复活的基督

---

[20] 山羊剧，又译为萨提尔剧（satyr-play），指古希腊的剧种之一，其合唱队都化妆成半人半兽的森林之神。

[21] 《圣马太受难记》（*St. Matthew Passion*，1729），德国作曲家巴赫的合唱曲。

的一个原型,并在适当的时刻与不死鸟凤凰密切相联的话。

这一实例是用神话解释隐藏在熟悉的文学事实之后的结构原则的方法。在这种情况下,使严肃的行动以欢乐做结局是极为容易的,然而,要使这一进程倒逆过来却是几乎不可能的。(当然,我们自然不喜欢愉快的情境以灾难为结局,然而如果诗人创作是以坚固的结构为基础的,那么我们的喜欢与不喜欢就无足轻重了。)甚至连无所不能的莎士比亚也从未如此做过。《李尔王》的行动似乎走向某种平静,但由于考地利亚的被杀而骤然扭向极度的痛苦,这一结局使得英国剧院近乎一百年中拒绝上演此剧。但是,莎士比亚的悲剧中没有一出能给我们有这样的印象,即把悲剧写成了一部失败了的喜剧。《罗密欧与朱丽叶》是暗示了这样一种结构的,但只是个暗示而已。因此,当悲剧包含有喜剧情节的时候,它只是以插曲的方式作为附属的对比或次要情节出现的。

悲剧的性格刻画,正好是喜剧的性格刻画的颠倒。报应的来源无论为何都是一个反讽者,而且可以以各种各样的人物形象出现,从愤怒的神祇到虚伪的歹徒应有尽有。在喜剧中,我们发现有三类主要的反讽者形象:一位仁慈的退隐以后又回来的人物,诡计多端的奴隶或缺德人物、以及男女主人公。隐退的反讽者在悲剧中的相对物就是主宰悲剧行动的神,例如《埃阿斯》中的雅典娜或《希波吕托斯》[22]中的阿芙罗狄忒;基督教中的典型是《失乐园》中的圣父。他也可以是一个鬼魂,例如哈姆雷特的父亲;或者根本不是一个人而仅仅是由其结果得知的无形的力量,例如死神在帖木儿死时无声无息地抓走了他。还有一种常见的现象,如在复仇悲剧中那样,它是行动之前的一次事件,

---

[22]《希波吕托斯》(*Hippolytus*),欧里庇得斯的一出早期悲剧。

而悲剧只是行动的后果而已。

缺德人物或诡计多端的奴隶在悲剧中的相对物是占卜者或预言者,他预见了不可避免的结局,或者比主人公对结局预见的多,例如泰勒西阿斯[23]。较近的例子是伊丽莎白时期戏剧中的不择手段的反派角色,他像喜剧中专干缺德事的人一样是戏剧情节的便当的催化剂,因为他是用心恶毒的,干缺德事乃出自本性,无论干什么伤天害理的事都无需诱发。同喜剧中专干缺德事的人一样,他还是所谓的"设计者",即作者意志的投射,只是其设计的结局是悲剧性的。"我勾划了这幅夜景",韦伯斯特[24]笔下的罗多维科说道:"它是我最优秀的作品。"伊阿古控制着奥赛罗的行动,几乎使他成为与浪漫传奇中邪恶的国王或罪恶的魔术师相对应的人物。不择手段的反派人物与恶魔般的人物之间的联系,自然是十分密切的。他可以像墨菲斯托菲里斯[25]一样是一个名符其实的魔鬼。但是属于灾难的代理人的那种可怕感,也可以使他成为更接近主持祭献牺牲品的祭司长之类的人物。韦伯斯特笔下的人物博索拉[26]就有这一特点。《李尔王》中的埃德蒙就是一个不择手段的反派人物,而且他又与埃德加构成鲜明的对照。[27]埃德加使用了各种各样的伪装使人们难以辨认其真面目,他扮演了从盲人到疯子等不同角色,常常在决斗的喇叭第三响时挺身而出,并且像古代喜剧中的灾

---

[23] 泰勒西阿斯(Teiresias),希腊传说中的庇比斯盲人,善占卜。

[24] 韦伯斯特(John Webster,1580—1625),英国悲剧作家,其代表作是《白魔》和《马尔菲公爵夫人》。

[25] 墨菲斯托菲里斯(Mephistopheles),德国传奇故事《浮士德》中的魔鬼。

[26] 博索拉(Bosola),韦伯斯特的《马尔菲公爵夫人》中的人物,迫害夫人致死,本人亦遭报应。

[27] 二人为同父异母兄弟,埃德蒙(Edmund)作恶多端,埃德加(Edgar)为保护李尔王及生父,与埃德蒙决斗并刺死了他。

难一样来得恰逢其时，似乎成了一种新的类型——一种悲剧的"德行"，假如我可以通过类比杜撰该词的话——的实验品，成了在自然秩序中与浪漫传奇中的守护天使或类似的随从人物相对应的人物。

诚然，悲剧主人公通常属于"自欺欺人者"一类，即自我欺骗或是在由于傲慢而忘乎所以的意义上的骗子。他在许多悲剧中以半神的形象开始，至少在他自己的眼光中是如此，然后一种不可抗拒的辩证法则开始起作用，揭穿其神的伪装，露出其凡人的真相。"他们对我说我就是一切"，李尔说道，"谎话，我可不是万灵药！"悲剧主人公通常披着至高无上的权力的外衣，但是常常处于一种其统治取决于自己的能力的国王所处的模棱两可的位置，而不是像邓肯[28]一样处于纯粹世袭的君主地位。后者是原初的君主观或生来就有的权力的更直接的象征。主人公还像理查二世[29]一样，甚至像阿伽门农一样，常常是一个可怜的牺牲品。悲剧中父母的形象，同在其他诸类型中的一样，具有同样的矛盾性。

我们发现，喜剧术语"小丑"（*bomolochos*），或滑稽丑角，并不局限于闹剧，而是可以扩展开来涵盖那些基本上是娱乐人的喜剧人物；他们还有增强或集中喜剧情调的作用。在悲剧中其相应的对照人物是恳求者，这种人物常常是女性，她表现出一副十足的无能为力的样子。这样的人物的确哀婉动人，而且悲怆不已，尽管看起来比悲剧本身的情调稍和缓、稍轻微，然而却更可怖。其基础是从一个群体中逐出一个人，因此它撞击我们所拥有的最深沉的恐惧心理——比对地狱中相对亲切友好的鬼怪更加恐惧的心理。在恳求者的形象身上，怜悯和恐惧被提高到可能出现的最高强度。恳求者无论如何终被弃绝这一可怕

---

[28]　邓肯（Duncan）为莎士比亚悲剧《麦克白》中的苏格兰国王。

[29]　理查二世（Richard II），英国国王，1399 年被推翻。

的结果，是古希腊悲剧的一个中心主题。恳求者的形象常常是受到死亡和强奸威胁的女性，或者儿童，例如《约翰王》中的王子亚瑟[30]。莎士比亚笔下的奥菲丽娅的脆弱性格标明她与恳求者类型的联系。还有一种常见的现象是，恳求者置身于失去高贵的地位这一结构意义上悲剧的境况：这就是《失乐园》第十卷中亚当和夏娃的处境，就是特洛伊城陷落后特洛伊妇女们的处境，以及科洛诺斯一剧[31]中的俄狄浦斯的处境等。起着集中悲剧气氛作用的一个次要人物，在古希腊悲剧中是不时地传报不幸消息的信使。在喜剧的最后一幕里，当作者试图让笔下所有的人物同时登台时，我们常常发现一个新人物的出场，他一般是一位信使，他带来喜剧发现过程中所失落的一环，例如《皆大欢喜》中雅克·德·博伊斯，或者《终成眷属》中温文尔雅的驯鹰师，这种人物代表上述悲剧信使在喜剧中的对应物。

最后，在喜剧中拒绝参加欢宴的人物，他在悲剧中的对应物是光明磊落的人。这一悲剧类型，可以是主人公的忠诚朋友，例如《哈姆雷特》中的霍拉旭，然而常见的是悲剧行动的坦率的评论者，例如《李尔王》中的肯特或者《安东尼与克利奥佩特拉》中的爱诺巴勃斯。这类人物处于拒绝的地位，或某种程度上的对抗的地位，抵制其悲剧运动朝向灾难。《失乐园》中的阿布迪尔在撒旦的悲剧故事里所扮演的角色就是如此。我们所熟悉的人物形象卡桑德拉[32]和泰勒西阿斯把这一角色与占卜者的角色结合为一体。这类形象出现在没有合唱队的悲剧里

---

[30] 王子亚瑟（Prince Arthur）为约翰王之侄，生性懦弱，受迫害致死。

[31] 科洛诺斯一剧指索福克勒斯的悲剧《俄狄浦斯在科洛诺斯》（*Oedipus at Colonus*）。

[32] 卡桑德拉（Cassandra），希腊神话中的女预言家，莎士比亚戏剧《特洛伊罗斯与克瑞西达》中她也出现过。

时，常常称为合唱队式的角色，这一称呼表明他在悲剧中起着合唱队的一个基本的作用。在喜剧中，有一个社会群体形成于主人公的周围。在悲剧中的合唱队无论多么诚实，他们通常代表的是社会，而主人公正逐渐孤立于这个社会之外。因此，合唱队所表达的是一种社会准则，它可以用来衡量主人公的傲慢。然而，合唱队在任何意义上也不是主人公良心的代言人，它也很少去助长主人公发展其傲慢自负的性格或推动他走向灾难性的行动。可以说，合唱队或合唱队式的人物是悲剧中的喜剧胚芽，正如拒绝欢宴者、忧郁不欢的贾奎斯或阿尔西斯特是喜剧中的悲剧萌芽一样。[33]

在喜剧中，主人公性爱的和社会的关系，归集并统一于最后一幕之中；在悲剧中，爱情和社会结构通常是不可调和的冲突力量，这一冲突把爱情降为激情，把社会行为降为令人生畏的强制性的责任。喜剧所涉及的主要是使家庭团聚完整，并使家庭适应整个社会；悲剧所涉及的主要是破坏家庭并使之与社会的其余部分相对立。就此，我们有安提戈涅这一悲剧原型，古典法国戏剧中爱情与荣誉的冲突、席勒笔下的偏爱与义务的冲突、詹姆士一世时期激情与权威的冲突，都是这一原型的道德化的简化形式。再者，正如喜剧中女主人公常常把剧情拴在一起一样，显然悲剧行动中中心的女性形象常常把悲剧冲突推向极端。夏娃、海伦、葛特鲁德，以及《骑士的故事》中的爱米丽等，[34] 是俯拾皆是的例子，而《伊利亚特》中布里塞斯在结构上的作用亦复如此。喜剧澄清其人物之间的真正关系，并阻止男主人公与其妹妹或母

---

[33] 贾奎斯（Jaques），莎士比亚喜剧《皆大欢喜》中的人物。阿尔西斯特（Alceste），莫里哀喜剧《恨世者》（1666）中的人物。

[34] 葛特鲁德（Gertrude），莎剧中的哈姆雷特之母。《骑士的故事》为乔叟《坎特伯雷故事集》中的一则。

亲结婚；悲剧表现俄狄浦斯式的灾难或齐格蒙德[35]式的乱伦。悲剧表现大量的种族骄傲和生而有之的权力等，然而它的一般倾向却是使一个统治者家庭或贵族家庭与社会的其余部分分离和孤立开来。

悲剧的诸相位从英雄式的移向反讽式的，前三个相位与浪漫传奇的前三个相位相对应，后三个与反讽的后三个相位相对应。悲剧的第一个相位是这样的：其中中心人物被赋予最大可能的尊严，他与其他人物构成鲜明的对比，因此我们所见到的是一只牡鹿被群狼围攻的景象。尊严的源泉是勇敢与天真。这一类型的男女主人公通常是天真无邪的。此种类型与浪漫传奇中主人公出身的神话相对应，这是一个偶尔合并为一个悲剧结构的主题，如拉辛的《阿达利》。由于很难把一个婴儿塑造成为一个丰富有趣的戏剧人物，这一类型的主要的和典型的形象是一个备受污辱的女人，常常是其孩子的合法性受到怀疑的母亲。基于格里希尔达[36]式形象的一系列的悲剧就是属于这一类，其范围之广包括从塞内加的《奥克塔维亚》到哈代的苔丝等众多的悲剧，[37]而且还包括《冬天的故事》中赫尔弥奥涅的悲剧。倘若我们把《阿尔克提斯》作为悲剧来读，我们必须视之为这一类型的悲剧，在这里，阿尔克提斯遭到死神的践踏，然后以复活来证实其忠诚清白。《辛柏林》也属于

---

[35] 齐格蒙德（Siegmund），条顿传说中国王弗尔桑格（Volsung）——奥丁神（Odin）的后裔——的最小的儿子，一说他与其姊乱伦生了儿子齐格弗里德（Siegfried）。

[36] 格里希尔达（Griselda），西方广为流传的忍受苦难的坚毅女子，薄伽丘的《十日谈》、乔叟的《坎特伯雷故事集》中皆有以她为题材的故事。

[37] 塞内加（Lucius Annaeus Seneca，约前4—公元65），古罗马政治家、哲学家、悲剧作家。《奥克塔维亚》（*Octavia*）曾被认为是塞内加创作的悲剧，但又被怀疑为无名氏冒名之作。

此类：在这个剧中，主人公出生这一主题是表现在舞台之外的，因为辛柏林在基督诞生时期是英国的国王，而戏剧结束时那种和平宁静的气氛已隐约地暗示了这一点。

一个更清晰的例子是英国文学中最伟大的悲剧之一《马尔菲公爵夫人》。公爵夫人处在一个病态的阴郁社会里，而她的生活优裕、天真无邪，她所有的"青春以及有几分姿色"却成为她受人白眼的原因。她还提醒我们，在殉难时天真无邪的本质特征之一是不情愿去死。当博索拉来谋杀她时，他竭尽全力说服她，让她知道死亡其实是一种解脱，让她多少能平静地接受死亡。博索拉此举的动机是一种抑制住的冷酷的怜悯，大体上相当于耶稣受难故事中蘸满醋的海绒。[38]公爵夫人背靠着墙说道："我现在仍然是马尔菲公爵夫人"，其中，"仍然"两字承担着"永远"两字的全部重量。我们了解到，甚至在她死后，她那无形无影的存在继续是剧中最关键的人物。《白魔》也是属于这一类型的以反讽性嘲仿方式处理的作品。

第二相位与浪漫传奇中的主人公的青年时期对应，而且在某种方式上是没有经验的意义上的天真之悲剧，它通常涉及年轻人。它可以简单地是被切断的年轻生命的悲剧，如伊菲革涅亚和耶弗他的女儿[39]、罗密欧与朱丽叶的故事，或在更为复杂的情况下是理想和自命不凡之混杂把希波吕托斯引向灾难的故事。萧伯纳笔下的圣女贞德的单纯以及她缺乏世故经验，把她也置于同样的处境之中。然而对于我们，这一类型占主导地位的是绿色和金色世界的悲剧原型，即亚当和夏娃的

---

[38] 《新约·约翰福音》第十九章：耶稣被钉上十字架，伤痛不已，说"我渴了"，人们用海绒蘸满醋送到他口中。耶稣尝了醋，便低头死去了。

[39] 耶弗他的女儿，事见《旧约·士师记》第11章。

天真之丧失——无论他们所必须承担的教义上的负载有多重,他们将永远戏剧性地停留在儿童第一次接触成人情境时的难堪处境里。在许多这一类悲剧中,中心人物都幸存了下来,到剧情结尾时,他们变得较为成熟以适应新的经历。"因此我获知服从是最好的",亚当在与夏娃手拉手走出乐园到他们面对世界时说道。当菲罗克忒忒斯[40]——他的蛇伤使我们在一定程度上想起亚当——从他的岛屿被叫走去参加特洛伊战争时,也出现了稍欠清晰但类似的悲剧解决方式。易卜生的《小艾佑夫》也是这一类型的悲剧,它具有同样发人深思的结尾,在这里,是年岁较长的人物通过一个孩子的死亡受到了教育。

第三相位与浪漫传奇的处于中心地位的追寻主题相对应,在悲剧中,重点是表现主人公业绩的完成或成功。耶稣受难故事属于这一类型,主人公的原型为耶稣或者是与耶稣有联系的悲剧全是如此,例如《力士参孙》。在悲剧中的胜利这种自相矛盾,可以由情节中的双重视角表现出来。参孙是非利士人节日欢庆中的丑角,同时还是以色列人眼中的悲剧英雄,然而悲剧是以胜利结束,而欢庆的节日则在灾难中告终。在耶稣受难故事中备受嘲弄的基督亦复如此。然而,正如第二相位常常以预示主人公进一步成熟而结束一样,第三相位常常是前边悲剧行动或英雄业绩的继续,而且发生在英雄生命结束之时。戏剧中最伟大的实例是《俄狄浦斯在科洛诺斯》,我们在这里发现了悲剧的一般双向形式,它受到先前的悲剧行动的限定,但不是以第二次灾难告终,而是远远超越命运摆布的境地,在一种完全的平静氛围中结束。在叙事文学作品中,我们有贝奥武甫最后与恶龙战斗这样的例子,这是他追寻去宰杀格伦德尔的续篇。莎士比亚的《亨利五世》,可以说是

---

[40] 菲罗克忒忒斯(Philoctetes),古希腊传说中的人物,为神箭手,因受伤被遗弃于荒岛;特洛伊战争第十年,他受召参战。索福克勒斯以此为题材写过悲剧。

一部成功的浪漫的追寻故事，因其隐去了前后关系而转化为悲剧：我们都知道国王亨利几乎是立刻死去的，而此后，六十年来，不断爆发的灾难随之骚扰英格兰。倘若莎士比亚的观众中有人不知道这些，至少可以肯定地说是他自己无知，而不是莎士比亚的过错。

第四相位是主人公由于我们业已谈到的那种傲慢和缺陷而导致堕落。在这一相位中，主人公跨过从天真到经验的边界线，这也是他走向堕落的方向。在第五相位中，反讽的因素增加了，英雄的成分减少了，而且人物看起来更遥远并且前景变得更小。《雅典的泰门》给我们的印象是比其他知名的悲剧更富于反讽色彩，而少些英雄本色。这并非简单地因为泰门是一个必须花钱去买权威的中产阶级主人公，而是因为泰门的自杀没有能充分地表现英雄的特征，而且这一感觉太强烈了。泰门被奇怪地从最后行动中孤立出去，而在最后剧情中，阿西巴第人与雅典人根本未与他商量便结束了冲突，握手言和，这与其他大多数悲剧的结尾相去甚远；通常，任何演员都不允许挤掉中心人物而突出自己所扮演的角色以吸引观众的注意力。

悲剧中反讽的视角，是以把人物放置于比观众的自由更低的状态中来获得的。对于一位基督徒观众，《旧约》或异教环境是这一意义上的反讽，因为它表现人物根据自然法则或犹太法律行事，而观众正是从这一法律和自然法则中被拯救出来，至少理论上是如此。《力士参孙》尽管在英国文学史上是独一无二的，但展现给我们的是古典形式与希伯来主题的完美结合，当时最伟大的悲剧作家拉辛在临终时所著的《阿达利》和《爱丝苔尔》[41]也同样达到了这一水平。同样在乔叟的《特洛伊罗斯与克瑞西达》的尾声中，把一个宫廷爱情悲剧置于与"异教徒

---

[41]《阿达利》(Athalie)和《爱丝苔尔》(Esther)，拉辛（Jean Racine，1639—1699）于1691年写的两部剧作。

咒骂这一陈旧的礼俗"的历史联系之中。乔弗里所著的英国历史中所记叙的事件，被假定是与《旧约》中的事件同时代发生的，而生活是在法律管束之下这一观念在《李尔王》中几乎处处有所表现。同一个结构原则可以说明为什么运用占星术、为什么运用如旋转的命运之轮之类的宿命器械。罗密欧与朱丽叶命运多舛，特洛伊罗斯失去了克瑞西达，这是因为木星和土星每隔五百年都在巨蟹宫会见新月，由此宣布需要一个牺牲者。第五相位的悲剧主要表现迷失方向和缺乏知识所导致的悲剧，与第二相位大体相似，只是悲剧的环境是成年人的经验世界。《俄狄浦斯王》属于这一类型，而且所有暗示宿命论的存在观的悲剧，以及像《约伯记》一样能引起形而上的或神学上的问题而不是社会的或道德的问题之悲剧，也属于这一类型。

然而，《俄狄浦斯王》已经移到悲剧的第六相位——一个令人震惊和恐惧的世界，在这里，主要的意象是"肢解"，即：同类相食、断肢截体，以及酷刑体罚。所谓震惊，是一种专对残酷或狂暴的情景的特殊心理反应。（由于感情用事或固执己见而引起的次等的或不当的震惊，如批评界对《无名的裘德》或《尤利西斯》的态度，则不在文学批评的范畴之内，因为虚假的震惊是对文化的自足观念的装模作样的抵制。）任何悲剧都可以具有一个或多个令人震惊的场景，但是第六种类型的悲剧却把震惊当成全部，它所产生的整个效果就是震惊。这一相位作为悲剧的辅助侧面比作为中心主题更为常见，因为无限制的恐惧和绝望所造成的格调是令人难堪的。《被缚的普罗米修斯》就是这一类型的悲剧，虽然它本来是三部曲，现存本把其一孤立起来，由此造成了这种悲剧幻觉。[42] 在这样的悲剧中，主人公痛苦难忍、备受屈辱，

---

[42] 埃斯库罗斯的普罗米修斯三部曲，如今传下来的只有第一部，而第二部《解放了的普罗米修斯》及第三部《盗火者》皆失传。

因而得不到英雄本色的特权，所以把他描写成恶棍式的主人公则更容易些，例如马洛笔下的犹太人巴拉巴斯[43]，甚至浮士德也可以说属于这一类型。塞内加喜写这一类型的悲剧，并且给伊丽莎白时期悲剧遗留了一种对毛骨悚然事物的特殊兴趣，其效果往往同肢解有某种联系，如费迪南主动与马尔菲公爵夫人握手却递给她一只死人的手等等。《泰特斯·安德洛尼克斯》可谓塞内加式的第六类型恐惧悲剧的实验品，其中大量运用断肢截体，并从第一幕开始就表现出对悲剧运用牺牲象征的强烈兴趣。

在这一类型的末端，是魔怪显灵点。我们可以看到未移用的魔怪式景象：《地狱》中的景象。其主要象征物除监牢和疯人院之外，还有把人折磨致死的刑具、太阳落山时的十字架，它是月光下的楼塔的对应物。悲剧和反讽神话，运用了当众的惩罚和暴民的欢庆等魔怪仪式的成分。在轮下粉身碎骨，变成李尔王的火把；犬熊相斗的意象，是为表现格洛斯特和麦克白的；而对于普罗米修斯，暴露躯体之羞辱、被人观看之恐惧，是比肉体痛苦更大的痛苦。"瞧我这惨状吧！"（"看看这个景象呀；把你的目光抛开吧"），是他悲痛之极的嚎叫。弥尔顿笔下双目失明的参孙不能回头一顾，这是最大的磨难，它迫使参孙对大利拉[44]狂呼道：假如她敢碰他一下，他将把她撕成碎片。这是所有悲剧中最令人震撼的段落之一。

---

[43] 巴拉巴斯（Barabas），马洛的悲剧《马耳他的犹太人》（The Jew of Malta，1590）中的主人公。

[44] 大利拉（Delilah），非利士美女，设计摸清参孙力大无比的秘密后出卖了他。事见《旧约·士师记》第 16 章。

冬天的叙述结构：反讽与讽刺

我们现在开始讨论关于现实经验的神话定式，试图探讨如何使非理想化的现实存在之漂浮不定的含混及复杂性获得表现的形式。我们仅仅在这类文学的模仿或表现方面无法找到这些定式，因为这一方面只是内容之一而不包括形式。作为结构，反讽神话的中心原则是以最佳方式去接近对浪漫传奇的嘲仿：把浪漫传奇的神话形式运用于更为现实的内容，使这类内容出乎预料地套上这些神话形式。堂吉诃德说道：在浪漫传奇中从来没有什么人问过有谁来支付主人公的膳食住宿的费用问题。

反讽与讽刺之间的区别主要在于：讽刺（satire）是激烈的反讽（irony），其道德准则相对而言是明确的，而它假定用这些标准可以去衡量什么是古怪和荒诞。纯粹的猛烈抨击或当面斥责是讽刺，它很少含有反讽；另一方面，当读者肯定不了作者的态度为何时，或读者自己的态度应该如何时，就是讽刺成分甚少的反讽了。菲尔丁的《大伟人江奈生·魏尔德传》可谓讽刺性的反讽：叙述者所做出的某些平板的道德评判（如第十二章里对巴格肖特的描述）符合与作品的基调得体合式（decorum）的要求，十分相称，然而若挪到《包法利夫人》中就会显得不太协调。反讽既与完全的现实主义内容相符，又与作者方面态度之含而不露相应。讽刺至少需要明显的奇想怪念，需要读者能看得出的荒谬的内容，以及隐含的道德标准，这种标准是对现实经历持激烈态度之根本。某些现象，例如疾病的残害，可以说是怪异的，然而拿它们开玩笑就不是非常有效的讽刺。讽刺作家必须筛选他笔下的荒唐材料，而筛选的行为就是一种道德行为。

斯威夫特的《一个温和的建议》[1]中的议论，有一种动人心魄的似乎可信性：叙述者娓娓道来，使人们相信他的话不仅合情合理，而且佛口佛心，但是任何一个神智正常的人的反应总离不开"几乎"一词；而且只要"几乎"存在，温和的建议就会显得既想入非非又不道德。斯威夫特在另一段落讨论爱尔兰的赤贫时，突然说道："可是我的心情太沉重，因而不能再继续这种反讽了"，这时他所讲的便是讽刺，而讽刺的内容真实得令人难以忍受，以至于不能再使那种想入非非和伪装的口吻继续下去，到这时它便停止了。因此，尖刻的讽刺在结构上近似于喜剧的反讽：两种社会——一个是正常的而另一个是荒唐的——之间的喜剧性斗争，被作品中的道德伦理与想入非非的双重焦点中反映出来。不太尖锐的讽刺是一般的嘲弄，是那种没有英雄的悲剧的残渣，它表现原因难以明察的失败这一主题。

那么，有两种因素对于讽刺是很重要的，一基于幻想或一种古怪感或荒唐感的机趣或幽默；二是要一个攻击的对象。没有幽默的攻击，或者说纯粹的谴责是构成讽刺的一个界限。它是一个非常模糊的界限，因为斥责是文学艺术中最容易读的形式之一，正如颂词是最枯燥的形

---

[1]《一个温和的建议》(*Modest Proplsal*)指斯威夫特于1729年写的一篇政论，尖刻讽刺和鞭挞当时英国的贫富不均现象。

式之一一样。它是文学的一个确定的证据，证明我们喜欢听见人们的诅咒，却不耐烦于听到别人对之赞扬，而且几乎任何谴责，倘若是强烈有力的，都会受到读者的青睐，使他们满怀喜悦，开颜而笑。要攻击任何事物，作者和读者必须对其不受欢迎之处看法一致，这就是说，大量讽刺作品的内容是建立于民族爱憎和对势利眼、偏执之见的不满基础之上的，而泄私愤则很快便会过时。

然而，在文学中的攻击，绝不会是纯粹的个人或者社会的愤恨的表现，无论其动机为何，因为表现愤恨——与敌意不同——的词汇十分有限。我们所有的寥寥无几的用语也是得之于动物世界，但是，骂某位男子为蠢猪或臭虫，骂一个女人为母狗，只能给人有限的一点满足，因为动物的大多数丑恶的特征是人们强加的。正如莎士比亚笔下的忒耳西忒斯说墨涅拉俄斯那样："像他这种家伙，智慧里掺了些奸恶，奸恶里拼了些智慧，还能够叫他变得比现在的样子更好些吗？变一头驴子，那也不算什么；他又是驴子又是牛。变一头牛，那也不算什么，他又是牛又是驴子。"[2] 为了有效的攻击，我们必须达到某种不牵涉个人的高度，为此，攻击者必须具有一种道德准则，哪怕仅仅是暗含的。讽刺者通常走一条更高的道德道路。蒲柏声称，他"只注重品德，而朋友们却只顾与她交友"，意思是说，即使那位女士抛弃了他，他依然认为连她的内衣也是干净的，如此思量方能显示出他自己是具有怎样风范的人。

幽默，与攻击一样，是建立在程式基础之上的。幽默的世界是一个严格的风格化的世界，在这里，慷慨的苏格兰男子、百依百顺的妻

---

[2] 见莎士比亚戏剧《特洛伊罗斯与克瑞西达》第5幕第1景。墨涅拉俄斯为斯巴达王，其妻海伦被特洛伊王子拐走，从而引发特洛伊战争。忒耳西忒斯为一残废希腊人，好骂人。

子、可爱的岳母,以及聚精会神的教授是不允许存在的。一切幽默都要求这样的共识,即某些事物在传统程序上是可笑的,例如老婆打老公的漫画叫人感到滑稽,但丈夫抽打妻子的漫画却使读者懊丧,因为它意味着要学会一种新的程序。纯粹的幻想的幽默,是讽刺的另一个界限,它属于浪漫传奇范围,尽管在那里它也有点格格不入,因为幽默所关心的是自相矛盾的事物,而浪漫传奇的程式却是理想化。多数幻想都被一种常常称为寓意的强有力的回头浪冲刷到讽刺中去,这可以描述为在观察矛盾事物时影射着现实经验。爱丽丝事故中的白色骑士可以说是纯粹的幻想的人物,他认为一个人应该防备任何东西,因此他给马腿绑上护踝来避免鲨鱼撕咬。但是当他继而蓄意嘲仿华兹华斯时,我们便嗅到讽刺的刺鼻的强烈气味,而当我们再看白色骑士一眼时,我们看到这是一个既与堂吉诃德又与喜剧中的学究有密切关系的人物类型。[3]

在这种密托斯(叙述结构)里,我们遇到了必须解决的两个术语的麻烦问题,当然,如果读者已经比较熟悉我们所说的六个相位的顺序,那么我们便可以从这些相位着手,依次进行讨论,而不是从其中抽象出一个典型的形式来谈论,这样就简单得多了。前三个讽刺的类型,它们与喜剧的前三种类型或喜剧的反讽类型相对应。

第一相位与反讽喜剧的第一相位相对应,在其中并没有怪僻社会的移用现象。这类喜剧的荒诞感是事后才能体味到的,或者说,在读者读完作品之后细加回味才产生的。一旦这种荒诞感侵袭我们,不毛的荒漠便从四面八方展开;尽管作品十分幽默,我们也会领略到一种梦魇般的和十分接近魔怪世界的感觉。甚至在非常轻松活泼的喜剧中,

---

[3] 见刘易斯·卡罗尔(Lewis Carroll,1832—1898)的《爱丽丝镜中奇遇记》(1872)。

我们也会有这种感觉：倘若《傲慢与偏见》的中心主题是柯林斯和夏洛蒂·卢卡斯的婚姻，我们就会纳闷柯林斯还能保持滑稽有趣多久。因此，甚至在基调非常轻松的讽刺中，例如蒲柏关于女人性格的道德论第二卷，[4] 读后感到作品的道德主张非常强烈以致令人望而却步，即使如此也算是得体合式的。

这一相位的典型讽刺，可以称为对低级准则的嘲讽。它想当然地认为有一个到处是畸形、愚昧、不公和罪恶的世界，这个世界又是永恒的、不可移置的。讽刺的原则是，任何人想要在这个世界中保持平衡，就必须首先学会大睁双眼并且紧闭嘴巴。劝人遇事慎重的忠告，即规劝读者尽量去充当反讽者的角色，这自古埃及时代以来就一直在文学中占有一个十分显著的位置。所推荐的只是最时兴的传统生活方式：洞察自己以及他人的人性的能力，避免幻想以及强迫性行为，善于观察、等待时机而不是唐突冒进，等等。这就是智慧，几经考验千古不变的生活方式，它决不对社会惯例的合理性提出质疑，而仅仅是遵循程序而行，这一程序也的确有利于一个人一天接一天地保持平衡。低级准则的反讽者，采取左右逢源的实用主义态度。他认为，社会如果有机会就会像勃朗宁的诗歌中卡列班的塞特波斯那样见机行事，[5] 于是他也就照此办理。一切可疑的行为，只要符合惯例，他便深信不疑。而且，无论传统的行为被认为是好的还是坏的，它都是所有被讽刺的行为方式中最不容易被讽刺的，相反，拥有一套新的行为理论的人则是最容易被嘲弄的怪人，甚至圣人和预言家亦复如此。

---

[4] 蒲柏于 1731—1735 年间以书信体发表《道德论》，共四卷。
[5] 勃朗宁于 1864 年出版诗作《卡列班所设想的塞特波斯》(*Caliban upon Setebos*)，卡列班设想神灵塞特波斯会把世界当玩物。

因此，讽刺家可以用一位平淡无奇、普普通通、循规蹈矩的人作为社会中各种各样自欺欺人者的陪衬人物。这样一个人可以是作者自己，也可以是故事的叙述者，而且他与喜剧中坦诚无诈之人以及悲剧中直率的劝告者相对应。当这一人物与作者区分开时，他常常成为富有田园色彩的乡间人，表明他与喜剧中"乡下人"这一角色有联系。有一种叫作民间幽默故事的美国讽刺作品，如比格罗书信，杜利先生，阿蒂姆斯·沃德、威尔·罗杰斯等人的作品，[6] 都大量运用这一角色，而且这一体裁与穷汉理查德的历书和山姆·斯利克的格言劝人谨慎节制之类有密切联系，[7] 后一类作品在北美有所发展。其他例子也极易找到，既有我们预料到会有这样人物的作品，例如克莱布的《庇护人》也属于劝人谨慎节制的体裁，也有我们没有预料到会有这样人物的作品，例如伊拉斯谟的《伊拉斯谟对话录》中食鱼者的对话。[8] 乔叟把自己表现为朝圣者中羞羞答答、坐怀不乱、又不引人注目的一员，十分有礼貌地赞同每一个人说的话（"我说过他的观点很正确"），也没有向任何一位朝圣者显示他向读者所显示的那种敏锐的洞察力。我们发现他"自

---

[6] "比格罗书信"，美国作家詹姆斯·拉塞尔·洛威尔（James Russell Lowell, 1819—1891）的两辑书信体诗集，反对墨西哥战争、支持南北战争中的北方。"杜利先生"（Mr. Dooley），美国记者邓恩（Finley Peter Dunne, 1867—1936）所写书中之人物，常抨击时弊。阿蒂姆斯·沃德（Artemus Ward, 1834—1867）美国幽默作家。威尔·罗杰斯（Will Rogers, 1879—1935），美国专栏作家，辛辣讽嘲美国时政。

[7] "穷汉理查德的历书"，本杰明·富兰克林（Benjamin Franklin, 1733—1758）搜集的民间格言和成语等。其书名可简译为《格言历书》。山姆·斯利克，是加拿大幽默作家哈利伯顿（Thomas Chandler Haliburton, 1796—1865）系列作品中的美国钟表推销商。

[8] 克莱布（George Crabbe, 1754—1836），英国幽默作家。伊拉斯谟（D. Erasmus, 1466—1536），荷兰著名人文主义者，《伊拉斯谟对话录》发表于1578年。后文提到的《愚人颂》，写于1509年。

己"的第一篇故事没有超出劝人谨慎节制的传统时，并没有感到吃惊。

低标准的讽刺的最精细的形式，是中世纪所崇尚的百科全书型，它一般以七大罪恶的百科全书型结构为基础，大有讲经布道的派头，这一形式甚至延续到伊丽莎白时期托马斯·纳什的《一文不名的皮尔斯》和托马斯·洛奇的《理智沦丧》。[9] 伊拉斯谟的《愚人颂》属于这一传统，其中与相应的喜剧类型的联系很明显，表现世界是由怪僻气质和激情所控制的是非颠倒的景象也很鲜明。低标准的手法一旦被布道者甚至思想家所采用，它就变成所暗示的更不容置疑的议论之一部分：倘若人们连最起码的常识也不懂，即俗话所说的"尚未入门"，那么将它们与任何其他较高级的标准相比较，都是毫无意义的。

这类讽刺中倘若轻快的格调占上风，我们就会发现一种从根本上接受社会惯例、强调在惯例允许范围内容忍和通变的态度。与惯例准则极为接近的是可爱的怪人：毫无异议地接受行为规范并使之多样化的托比大叔或贝特西·特罗特伍德等。[10] 这类人物多有孩子的特征，而孩子的行为通常被认为是向公认的标准靠拢而不是背弃它。在以攻击为主要倾向的作品中，一个不引人注目的、谦逊的反讽者的标准与支配着社会的自欺欺人者或设置障碍的怪僻人物形成鲜明对比。这一情况的原型是杀死怪物这一浪漫传奇主题的反讽性对应物。社会要想存在，必须有具有特权和对诸如教会、军队、职业集团以及政府这类形成组织的群体

---

[9] 托马斯·纳什（Thomas Nashe，1567—1601），英国作家，《一文不名的皮尔斯》（*Pierce Penilesse*，1592）为一篇讽刺文章。托马斯·洛奇（Thomas Lodge，1558—1625），英国作家，《理智沦丧》写于1596年。

[10] 托比大叔（Uncle Toby），是斯泰恩（Laurence Sterne，1713—1768）的小说《项狄传》中的上尉，生性古怪。贝特西·特罗特伍德（Betsey Trotwood），是狄更斯小说《大卫·科波菲尔》中主人公大卫的姨婆，也是个怪僻人物。

具有影响的代表人物，而这些群体都是由被他们所属的机构赋予更大的权力的个人所组成的。假如讽刺作者把一个牧师表现为一个傻瓜或伪君子，他作为一个讽刺者不是在攻击一个人，也不是攻击教会。前者没有文学的或假设的意义，后者把他带到讽刺的范围之外。他是在攻击受到教会庇护的一个罪人，这样的人是庞大的怪兽的化身：他是怪物，因为他不守本分；他是庞大的，因为他受到他所占地位以及牧师特权的保护。倘若不是为了讽刺，僧衣也可以当成僧人。

弥尔顿说道："森林之神萨蒂尔正是出自悲剧的，所以应该不辱其门第，应该志远心高，于最伟大的人物中间率先敢冒险去干滔天之罪恶。"除了词源的问题之外，这还需要一个重要的条件：一种滔天大罪并不需要一位惊天动地的人物来完成它。[11] 我们曾谈到过《炼金术士》中埃皮立尔·马蒙爵士宏大的梦幻；腐败的人类意志的整个秘密就在于此，然而在这里所讽刺的最根本的东西是梦幻者的彻底的无能为力。同样，我们只有严肃地把《大伟人江奈生·魏尔德传》的主人公看作对伟大品质的嘲仿，或对虚伪的社会准则的嘲仿时，才能抓住它的真正意义。总的看来，有一条创作讽刺作品的原则可以接受，这就是，作家笔下的反面人物越是装得了不起就越容易堕落。在低标准的讽刺作品中，自欺欺人者是一位歌利亚式的巨人，遇见了随身携带着猝不及防的恶毒石块的小巧的大卫，这个庞然大物就被一个冷静而敏锐的、几乎看不见的敌人砸瞎了双眼，他被激得狂怒不已，然而又安然地被杀死。这类场面贯穿于波吕斐摩斯和布伦德勃尔[12]的故事，到更富有

---

[11] 萨蒂尔（Satyr），希腊神话中形似山羊的森林之神，该词在希腊语中为 *saturos*，与"讽刺"为同一词。——译注

乔叟笔下的赦罪僧（pardoner）的例子也许更说明问题。——原注

[12] 布伦德勃尔（Blunderbore），英国童话中一个巨人。

反讽色彩的意义含混的卓别林电影等诸多讽刺作品。约翰·德莱顿把他笔下的牺牲品描写成为稀奇古怪的大肚子扁脑袋的恐龙，他似乎真的被奥格[13]那庞大的躯体以及诗人多伊格狂暴的劲头所震惊了。

低标准的反讽者形象是主人公的反讽代理人，若在讽刺作品中缺少此类人物，我们便能清楚地看到，反讽叙述结构的中心主题之一是英雄行为的消失。这是所谓的"翁法勒"[14]原型在虚构性讽刺作品中占有主导地位的主要原因。这种原型——被女人控制或受女人虐待的男人——一直在整个讽刺历史上占据重要位置，而且在当代大众幽默和精致成熟的幽默作品里也大有市场。同样，当把巨人或怪物剥离讽刺时，我们可以看到，原来它只是社会的一种神话形式：众舌乱舞的九头蛇（fama）、斯宾塞笔下喧嚣狂叫的野兽，这些形象至今在作品中依然存在。而且，尽管满脑子新念头的古怪人是讽刺的醒目靶子，社会惯例仍然是主要的僵死的教条，而且低标准讽刺所诉诸的准则依然是由已经死去的古怪人们所发明的陈规惯例。恪守惯例的人其力量并不在于惯例本身，而是在于他处理惯例那种合乎常情方式。因此，讽刺本身的逻辑驱使讽刺从第一相位时的用传统嘲讽非传统事物，转向对传统惯例的根源和价值进行嘲讽的第二相位。

喜剧的第二相位的最简单形式是逃跑的喜剧，即主人公逃向一个更宜人的社会而对他自己原来所处的社会不加任何改变。它在讽刺作品中的对应物是流浪汉小说，即成功的流浪汉的故事。这种流浪汉从诨名为

---

[13] 奥格（Og），犹太传说中的洪荒时代前的巨人。约·德莱顿在一首诗中，将一位胖作家比作奥格以挖苦之，又用诗人多伊格影射曾攻击过他的 E. 塞特尔。

[14] 翁法勒（Omhale），古希腊神话中吕底亚（Lydia）女王。她买赫拉克勒斯（Hercules）为奴，使之为她完成若干项艰巨的任务并爱上了他，为其生下拉穆斯（Lamus）等孩子。

列那狐开始至今,[15]一直使传统的社会显得愚蠢可笑,但并没有建立任何积极的社会准则。流浪汉小说,包括《堂吉诃德》在内,后来发展为一种更为理智化的讽刺,对这种讽刺的性质需要做进一步说明。

根据朱文纳尔[16]尽管陈旧却依然有用的公式,讽刺对人们所做的一切都甚感兴趣。与之相反,哲人贤士则倡导某种生活的方法或方式。他们强调某些事物而非议另一些事物;他们所推荐的是从人类生活的经验积累中精心筛选的事物;他们不断地用道德评判来衡量社会行为。他们的态度是教条主义的,而讽刺者的态度是实用主义的。因此,讽刺文学常常揭示出从经验中选取的准则为一方,而与认为经验本身比任何信念都更重要的观念为另一方之间的冲突。讽刺者表现人类行为的形形色色,而同时又表白,去规劝他们应该如何生活全属徒然,甚至想去概括一下世人所作所为的一般模式也是白费力气。生活哲学从生活中抽象而出;而抽象意味着排除不合适的资料。讽刺者突出这些不合适的资料,而且有时变化其形式使之成为同样合情合理的理论,正像《乌有乡》[17]对待犯罪和恶疾的论述,或者斯威夫特揭露用机械的方法控制精神活动一样。

讽刺的第二相位或堂吉诃德式的类型的中心主题,是把观念、理论、概念和说教放到生活的对立面上去,而它们本来是要对生活做解释的。这一主题在卢奇安的对话录《众生的销售》中被清楚地表现出来,在其中,长长的一排奴隶哲学家携带着他们的论点论据和保证书在一位考虑与他们生活在一起的买者面前走过,以接受他的检阅。的

---

[15] 《列那狐传奇》是流行于欧洲中世纪的民间故事,借一只狐狸讽刺世态。

[16] 朱文纳尔(Juvenal,60?—140?),罗马讽刺诗人。

[17] 《乌有乡》是英国小说家塞缪尔·巴特勒反乌托邦的讽刺小说,又音译为《埃瑞璜》(1872)。

确，他买下了几位，但不是作为大师或先生而是作为奴隶买下的。卢奇安对待古希腊哲学的这种态度，在以后的文学中曾多次重现，如伊拉斯谟和拉伯雷对待烦琐哲学家、斯威夫特和17世纪的塞缪尔·巴特勒对待笛卡尔和皇家学会、伏尔泰对待莱布尼兹学派、皮柯克对待浪漫主义者、19世纪的塞缪尔·巴特勒对待达尔文学派、阿道斯·赫胥黎对待行为主义者的态度便都是如此。我们注意到，低标准讽刺常常变成一种仅仅反对唯理论的情绪，这种倾向在克莱布（参见《博学的孩子》），甚至在斯威夫特身上都有所表现。低标准讽刺对美国文化的影响，导致了对高雅的艺术家和象牙塔等的普遍的蔑视态度；这类实例可以看成所谓的诗性投射（poetic projection）谬见，或者说是把文学程式视为生活实事的一个典型。然而，恰当的反对唯理论的嘲讽，是建立在对系统化思想比较朴质的理解之上的，不应用诸如怀疑主义者或愤世嫉俗者等这类现成的术语来贬损它。

怀疑主义本身可以变为一种教条主义的态度，即以喜剧性的幽默来怀疑明显的实事和确凿的根据。愤世嫉俗稍稍接近于讽刺的标准：梅尼普斯式讽刺的创立者梅尼普斯[18]就是一位愤世嫉俗者，而愤世嫉俗者通常与智力型的忒耳西忒斯之类角色有密切联系。在李雷的戏剧《坎巴斯帕》中出现了柏拉图、亚里斯多德和第欧根尼的形象，但前两人完全是令人厌烦的角色，而那位根本称不上哲学家而只不过是伊丽莎白时期的一个对政治现状不满的丑角的第欧根尼却异常地突出。然而，愤世嫉俗仍然可谓哲学，而且是可能促成外乡人（Peregrinus）的那种稀奇古怪的精神上的骄傲哲学。而卢奇安对外乡人做了入骨三分的分析。在《众生的销售》中，愤世嫉俗者和怀疑主义者接着也被拍

---

[18] 梅尼普斯（Menippus），公元前3世纪古希腊哲学家和讽刺学家。

卖，而后者是最后被卖出的一个，他被拉了下去让人们驳斥他的怀疑主义，但他不是被论据而是被生活所驳倒。伊拉斯谟和伯顿称他们自己为小德谟克利特[19]，即这位嘲笑人类的哲学家的追随者，但是卢奇安笔下的购买者认为德谟克利特同样过分地装腔作势。只要讽刺者有自己的"立场"，那么就有重实践轻理论、重经验轻形而上学的倾向。当卢奇安去请教他的老师梅尼普斯时，梅尼普斯告诉他，聪明的办法就是只做手边的事，这一忠告再次出现于伏尔泰的《老实人》[20]中，又出现于《乌有乡》里给未出生者的教诲中。因此，迂腐的哲学像每一种讽刺的对象一样，结果成为浪漫主义的一种形式，或把过于简单化的理想强加于实际经验之上，这正是它成为讽刺攻击对象的原因。

在这里讽刺的态度既不是富于哲理的，又不是反哲学的，而是艺术的假设形式之表现。对于各种观念的讽刺，仅仅是维护自己的创造性超脱（detachment）的艺术之特别类型。对于思维秩序的要求，产生了对知识体系的需求；其中一些体系吸引并改变了艺术家，但是因为同样伟大的诗人可能会同样有效地维护任何其他的体系，所以没有一个体系可以包容现存的一切艺术。倘若一位系统的伦理学家被授予权力，他就可能会在艺术中建立等级制度，或像柏拉图对待荷马一样大肆苛评和删改。对于伦理的体系的讽刺，尤其对于这类体系的社会作用的讽刺，是艺术防卫所有这类攻击的第一道防线。

在科学反对迷信的斗争中，讽刺家们的所作所为最令人肯首。讽刺似乎起始于古希腊语的"讥刺"（silloi），即对迷信进行一种前科学的

---

[19] 德谟克利特（Democritus，前460？—前370？），古希腊唯物主义哲学家。
[20] 《老实人》（Candide，1759），法国作家伏尔泰的哲理小说，写一位青年心地善良，老人告诉他世上"一切皆美好"，可是他的实际经历却告诉他现实生活充满邪恶和黑暗。全书以"要紧的还是种我们的园地"这句名言作结。

攻击。在英国文学中，乔叟和本·琼生用他们莫名其妙的话的交叉火力封锁炼金术士；纳什和斯威夫特把占星术士驱赶到早夭者的坟墓里；勃朗宁的《巫师斯卢奇》歼灭了招魂术士；而神秘主义者、数字卜命者、毕达哥拉斯信徒以及搞玄术的玫瑰十字会等乌合之众在《休迪布拉斯》[21]出现之后全都被打翻在地。讽刺不动声色地在《月球上的大象》[22]中取笑一本正经的天文学家，在《格列佛游记》中取笑实验室、在《乌有乡》中取笑达尔文和马尔萨斯的宇宙论、在《美丽新世界》[23]中取笑条件的反射、在《一九八四》[24]中取笑技术的效益，这些讽刺在科学家看来简直可以说是胡闹。查尔斯·福特可谓在20世纪内继承对理性讽刺传统的仅有的几人之一，[25]他嘲弄科学家全然抛弃迷信行为，使科学和迷信的关系全都颠倒了过来，这种态度同所有的对待理性态度一样，仍然是拒绝观察一切事实根据的。

宗教亦复如此。讽刺者会同卢奇安一样，认为消灭迷信行为意味着消灭宗教，或者同伊拉斯谟一样，认为消灭迷信行为会使宗教恢复健康。虽然宙斯存在与否仍然是一个问题。但凡认为宙斯恶毒而且愚蠢的人都坚信宙斯在主宰天气变化，这是一事既被嘲弄者接受又被虔诚者所承认。一位真正虔诚的人，将会把烧灼虚伪和迷信的讽刺作家当成真正宗教的同盟来着实地加以欢迎。然而一旦装得全像好人的伪君

---

[21] 《休迪布拉斯》(*Hudibras*) 为英国诗人塞缪尔·巴特勒（1612—1689）所写之讽刺诗。玫瑰十字会（Rosicrucians），17世纪在德国成立的一个秘密会社，主张搞神秘主义的玄术。

[22] 《月球上的大象》(*The Elephant in the Moon*)，上述同一位塞缪尔·巴特勒所写之讽刺诗。挖苦因一只老鼠钻进望远镜，天文学家于是发现月球上有头大象。

[23] 《美丽新世界》，英国作家赫胥黎（A. Huxley, 1894—1963）发表于1932年的小说。

[24] 《一九八四》，英国作家奥威尔（G. Orwell, 1903—1950）发表于1949年的小说。

[25] 见《查尔斯·福特的著作》(*The Books of Charles Fort*, 1941)，第435页。——原注

子被讽刺浑身上下抹满了黑，那么真正诚实的人也会受到牵连。那些与彭斯的《威利长老的祈祷》[26]中的理论持部分相同观点的人，看起来他们自己也虔诚得十分像威利长老。人们同样认为，尽管伊拉斯谟、拉伯雷、斯威夫特和伏尔泰对待形成制度的宗教的个人态度可能大相径庭，但是他们讽刺的效果却大致相同。对宗教的讽刺，包括从弥尔顿谈离婚的小册子到巴特勒的《众生之路》诸多作品中所反应的对英国清教中所谓圣洁生活方式的嘲仿；还包括尼采、叶芝、劳伦斯等基于把耶稣看成另一种浪漫的理想主义者这一观念而对基督教所持的反对态度。

《乌有乡》中的叙述者说道，乌有乡大多数臣民的真正宗教——无论他们说它为何——是接受低标准的传统习俗（即对女神伊特昂[Ydgnm]的崇拜），与此同时，仍然有一少部分"高级伊特昂信徒"，而这些人正是叙述者在乌有乡所发现的最优良的居民。这些人的态度使我们想起了蒙田：他们对于长期确立的而现在已经不能为害的传统惯例，持有反讽者的看法；他们对任何人——包括他们自己在内——足以把社会改造为更好的结构的能力抱有不信任的态度。他们与他们所生活于其中的社会习俗在理智上却持超脱立场，而且能够看清传统惯例顽固的保守性以及反常和荒谬之处。

在第二相位的讽刺中，"高级伊特昂主义"所产生的文学形式，我们可以称为"天真形式"（*ingenu* form），取自伏尔泰的同名对话录。[27]在这里，社会的局外人，即美国的印第安人，是其低标准：他没有自

---

[26] 《威利长老的祈祷》，罗伯特·彭斯（Robert Burns，1759—1796）所写的讽刺诗，讽刺一位道貌岸然、自命不凡的长老。

[27] 《天真汉》（*L'ingénu*，1767），也是法国作家、思想家伏尔泰一部哲理小说，其主人公曾长期生活在美洲印第安人中间，回到法国后，与社会格格不入，终于身陷囹圄。

己的教条主义观念，但也不提供任何依据，使那些对社会的荒谬现象已习以为常的人感到这些现象似乎合于逻辑。社会的局外人的确是田园式的人物，而且像牧歌这一与讽刺情趣相投的形式一样，他用一组简单纯朴的准则去与复杂社会的理性化进行比照。然而正如我们所见，讽刺作者所坚持的则正是经验事实的复杂性，而他所怀疑的却是简单纯朴的准则。因此说"天真汉"是一位局外人；他来自另一个世界，这个世界不是难以达到，便是另一些与令人不快的东西联系在一起。蒙田笔下同类相食的动物具有我们所没有的一切美德，倘若我们不介意自己也为同类相食的动物的话。莫尔笔下的乌托邦是一个理想的社会状态，我们要进入这个社会就必须放弃基督教世界的观念。慧骃国国民过着比我们更为理性和更自然的生活，然而格列佛发现自己生来就是一个耶胡，而耶胡的生活方式更接近于有智慧的动物，而不是接近人类的。[28] 每当"另一个世界"出现于讽刺中，那么它就是以我们这个世界的反讽相对物出现的，它是所公认的社会准则的反面。讽刺的这一形式，充分表现在卢奇安的《卡塔普卢斯》以及《卡隆》[29]之中：向另一个世界的旅行，其中这一世界中的显要人物都在做适当但令人看不惯的事情。这种讽刺形式融汇成拉伯雷的讽刺作品以及中世纪的"死亡舞蹈"（*danse macabre*）。在后者，死亡的简单平等与生命的复杂不平等形成鲜明对比。

　　理智的讽刺，维护在艺术中创造性的超脱，但艺术同样倾向于搜

---

[28] 见斯威夫特的《格列佛游记》。慧骃国为书中描写的一个国家，其民为有理智之马。耶胡则为人形的禽兽，残暴可恶。

[29] 卡塔普卢斯（*Kataplous*），希腊语中作"坠落"讲。"卡隆"（*Charon*）为希腊神话中的渡船工，他将人们的灵魂引渡到来世去。卢奇安以此两字为书名的两部作品，描述了一船死人通往地狱的航行，以及途中他们的表现和想法。

寻出被社会普遍接受的观念并加以采纳，以使自己在社会中处于稳固状态。我们曾经讨论过浪漫传奇中的理想化的艺术，它是特别适合于一个上升的阶级表现自己的形式，因此中世纪欧洲上升的中产阶级极自然地转向了模拟浪漫传奇的作品。讽刺的其他形式，无论其目的是否在此，具有同样的作用。死亡舞蹈以及《卡塔普卢斯》这类作品正是我们在另一世界所憧憬的那种浪漫主义之反讽的对应物。在但丁笔下，对另一个世界的判断通常进一步确定这一世界的准则，而在天堂，几乎所有座位都仅仅分配给长官。这种讽刺的文化效果，并不是诋毁浪漫文学，而是防止任何一套传统程式统治整个文学经验。第二相位的讽刺所显示的这样一种文学，它承担着一个特殊的使命，这就是分析并打破陈腐的观念、僵化的信条、迷信的恐怖、荒唐的理论、迂腐的教条、压抑的风尚，以及一切阻碍社会自由运动（当然未必是进步）的事物。这种讽刺就是所谓"归谬法"（reductio ad absurdum）的逻辑过程的完成，它的目的不是把人永远束缚在奴役状态，而是帮助他达到足以摆脱错误途径的境界。

认为完善的形式即是美的浪漫主义的不变俗套——无论在艺术还是在其他现象中——同样是讽刺理所当然的靶子。讽刺（satire）一词据说来自 *satura*，原义为"杂碎"，它作为一种嘲仿的形式似乎贯穿整个文学传统。从早期的讽刺作品中散文和韵文的混合物到拉伯雷笔下突如其来的似电影般多变的场景（我们说的是较古老的那种电影）应有尽有。《项狄传》和《唐璜》[30]清楚地表明，讽刺作品存在一种用语辞不断自我嘲仿的倾向，免得使写作自身变为一种过于简单的程式或空想。在《唐璜》中，我们在同一时刻读诗并观看着诗人紧张地写作：我

---

[30] 《唐璜》(*Don Juan*)，拜伦所作的一部著名长诗（1819—1924）。

们偷听到他的联想、他为韵律绞尽脑汁、他犹豫不决和弃绝计划、他组织决定他取舍情节的主题思想（例如，"她身材修长——我讨厌矮胖的女人"）、他意欲"严肃"但还是决定运用幽默面具，等等。所有这一切，甚至还有更多的特征，均可见于《项狄传》。蓄意离题到处漫游，是讽刺的叙述技巧所特有的，这在《一个桶子的故事》[31]中甚至达到用离题称赞离题的程度。精心安排的突降法或有意布下悬念的技巧也是讽刺的叙述所特有的，例如阿普列尤斯和拉伯雷笔下挖苦嘲弄预言者的结局，以及劳伦斯·斯泰恩滔滔不绝写了数百页仍不让他的主人公出场。相当多伟大的讽刺作品都是片断的、未完成的，或者匿名的。在反讽虚构作品中，许许多多使交流变得困难的手法，例如通过一个白痴的脑袋表现一个故事，都用于同一目的。弗吉尼亚·伍尔芙的《海浪》，其人物的谈话并没有从他们的嘴中说出，而全是由他们的行动和态度不由自主地流露出谈话的内容。

　　分解这一技巧把我们引到讽刺的第三相位，即高标准讽刺。第二相位的讽刺可以巧妙地为实用主义申辩而反对教条主义。但是在这里，我们甚至必须与作为准则的普通常识打交道。因为常识也具有某种隐含的教条，尤为显著的是，感觉经验的资料是可信的而且是一贯的，我们与各种事物习惯上的联想构成了解释现在和预示未来的坚实基础。讽刺家倘若怀疑这些假说而没有看到眼前发生的一切，那么他将不能探究他的艺术形式的一切可能性。这就是为什么讽刺家常常用一种合乎逻辑的、自成一体的视角变换去观察日常生活。他突然会在望远镜下把社会展现为故作姿态、显达尊贵的侏儒，或在显微镜下把社会展现为十恶不赦、臭气熏天的巨人，或者他把笔下的主人公变为一头蠢

---

[31]　《一个桶子的故事》(*A Tale of a Tub*)，斯威夫特发表于1696—1704年间的讽刺作品。

驴并告诉我们人类在一头蠢驴的眼界下会是什么样子。这种幻想突破了习惯上的联想,把所感觉到的经验降为许多可能的范畴之一,并且造成了我们思维的无把握性的基础。爱默生说道,这种视角的变换提供了"一种低级的崇高"[32],但是实际上它们所提供的是一种艺术上远为重要的东西,一种高级的荒唐。而且,讽刺的共同基础是嘲仿浪漫传奇,根据这一原理,视角变换故而常常被用来改编为浪漫主题:小人的仙境、巨人的故乡、着魔的动物世界,以及卢奇安的《真实历史》所嘲仿的幻境等。

当我们从信念和理性的外围回到感觉的实实在在的现实中来时,讽刺也接踵而至。视角的轻微转变、感情色彩的轻微调节,都会使人世社会变成不堪忍受的恐怖世界。《格列佛游记》向把我们人描绘成浑身上下分泌毒液的啮齿动物,是吵闹不休、笨拙木讷的厚皮动物,人的思想则如熊窝,人的肉体则污秽和残暴。然而斯威夫特只是任其讽刺的才华自行其是而已,而才华似乎实际上引导着每一位伟大的讽刺作家沦为这个尘世所谓的猥亵人物。社会惯例犹如人们盛装列队游行,为维持这种惯例要求,我们必须考虑到某些男子的尊严和某些女子的美丽,千万不要把他们同排泄、交媾以及诸如此类令人难堪的事情联系起来。上述种种令人难堪的事物经常叫人联想起会把我们贬入与死亡舞蹈中死亡平等相平行的一种肉体平等。斯威夫特与死亡舞蹈传统的关联表现在他对斯特拉尔德伯格部族[33]的描写中,而他的《给仆人的指示》一文以及他更不堪引用的诗歌,都没有脱离开中世纪用图画描绘贪食和纵欲的传道士的传统。这样便如同其他任何讽刺作品

---

[32] 见《论自然》(*Nature*)第 6 章。——原注
[33] 对斯特拉尔德伯格部族的描写见《格列佛游记》第三编,写到格列佛访问巫师岛时,发现了这个长生不老的部族,且发现长生不老并非天赐之福。

一样，有一个道德寓意：吃喝玩乐固然很好但并不能把死亡的日期推迟一天。

在拉伯雷、彼特隆纽斯和阿普列尤斯笔下混乱不堪的喧嚣中，讽刺冲破阻力战胜了凡俗获得最后的胜利。当我们读完他们关于放荡、梦幻、谵妄等以不可思议的逻辑构成的幻想之后，我们如梦初醒，但仍然不知道帕拉切尔苏斯[34]所谓在谵妄中所见的事物像白昼的星星一样确实存在而却没法看见这一说法是否正确。卢修斯[35]成为独辟蹊径的人物，正如圣奥古斯丁不无愤慨地所言，无论他说谎话还是讲实话，他都躲躲闪闪使人们难以捕捉。拉伯雷向我们许下了最后的预言，却使我们的眼睛盯住一只空瓶子；乔伊斯笔下的"平常人"[36]在好几页中一直奋力挣扎着要觉醒起来，但未能如愿，正像我们似乎就要抓住某种实在的东西时又被甩回到书的第一页一样。《萨蒂里卡》就是从看起来像是某种已消失在大海中却依然醉醺醺的怪物般的大西洋种族的历史上撕下来的一页片断。[37]

讽刺的第一相位，完全由能打败强大对手的形象所主导，但是在打破这一稳定不变的宇宙时，一个巨大的力量从讽刺本身培植起来。当非利士巨人歌利亚随黎明之诸子出来参加战斗时，他自然而然地希望找到一位与他身材相当的人来会他，这个人比任何以色列人都要高

---

[34] 帕拉切尔苏斯（Paracelsus，1493—1541），瑞典医生。

[35] 卢修斯（Lucius），阿普列尤斯的《金驴记》中变成驴的少年。

[36] "平常人"（HCE）是《芬尼根的守灵夜》中的主人公，是其名韩富瑞·金普顿·伊厄威克（Homphrey Chimpden Earwicker）的缩写。又可理解为 Here Comes Everybody，即指"平常人"。

[37] 《萨蒂里卡》（*Satyricon*），古罗马贵族作家该尤斯·彼特隆纽斯（Gaius Petronius，? —65）所写的一部流浪汉小说。大西洋种族为传说中大西洋神岛上之居民，该岛后沉于大海中。

出一头一肩。这样的一位泰坦将会仅凭语言的重量就能压倒他的对手,从而成为运用汹涌激烈的辱骂——即我们所谓的詈词——这一技巧的能手。在拉伯雷笔下的巨人形象、在《芬尼根的守灵夜》中,以及在《格列佛游记》开始时我们所遇见的被缚者或者睡觉的巨人的形象,皆是奔放的创造力之表现,其中最典型、最明显的标志是语言的暴风雨、奔腾而出的分好类的词语、詈骂的字句和博学的专门用语,这一切源自《以赛亚书》第三章(对女性装饰的讽刺)始一直是第三相位的讽刺的特征,甚至是其唯一的特征。它在英国文学中的黄金时代是伯顿、纳什、马斯顿和厄克特[38],这些人可以说是拉伯雷的肆无忌惮的翻译者,而拉伯雷则杜撰了《忧郁丑陋考》《庞多大事记与地狱舟子》《艾克斯库结结巴巴论》《罗马判决律法汇编丛考》[39] 等诸如此类的古怪书名,无愧为纳什所谓的"故弄玄虚的蛀书虫"。在现代英国文学中除乔伊斯之外别无他人不遗余力地发扬丰富有力的语言这一传统:从这一角度看,甚至卡莱尔若同在他之前的伯顿和厄克特相比,显然是在可悲地走下坡路。在美国文化中,它由民间吹牛皮者的"大话"所代表,而在惠特曼和《白鲸》这样的书籍与此也多少有些文学联系。

在第四相位,我们已接近悲剧的反讽方面,尖锐的讽刺开始退落。悲剧主人公的堕落——尤见于莎士比亚的悲剧——得以在感情上保持微妙的平衡,以致若对剧中任何一种因素过分注重,都会导致对它的夸张。这些因素之一是哀婉动人的挽歌氛围,这里反讽已是最小限度的存在:一种文雅而高贵的悲怆感,常常由音乐暗示出来,标志大力

---

[38] 托马斯·厄克特爵士(Sir Thomas Urquhart, 1611—1660),苏格兰东北的克罗马蒂地方之人。

[39] 四文之题目均为稀奇古怪拼凑起来的希腊词,没有实际意义。四文于1774—1834年间结集出版,内容庞杂,涉及数学、语言学等。

神赫拉克勒斯抛弃安东尼、《亨利八世》中被遗弃的王后凯特琳的梦、哈姆雷特的"汝斯须未受幸运之神的光顾",以及奥赛罗在阿勒颇的言辞。诚然,我们甚至可以在那里找出反讽的因素,正如艾略特先生在以上所列举的奥赛罗的话中所见,但是主要的感情力量还是放置其在对立的悲怆一面。但是我们仍然知道,哈姆雷特在一次疯狂得糊涂的复仇中丧命,而且这次复仇夺去了八个人的生命而不仅是一个人;克莉奥佩特拉经过仔细认真地寻求不痛苦的死亡方式后庄严地自尽;科里奥兰纳斯[40]被其母亲弄得蒙头转向并且极为反感被她称为孩子。这类的悲剧性反讽与讽刺不同,在于它丝毫不想拿这些人物开玩笑,而只是清楚地表现出悲剧的"太人性"的方面,以区别于悲剧的英雄方面。李尔王试图通过他作为国王和父亲的地位获得英雄式尊严,但是却在其人性备受磨难后醒悟:我们在《李尔王》中看到了所谓的"怪诞的喜剧"——悲剧情境之反讽性嘲仿——得到精微的发展。

讽刺的第四相位作为独立的相位,是从经验的道德和更现实视角自下而上看待悲剧。它强调主人公的人性,最小限度地表现悲剧中仪式一样的悲剧事件的不可避免性,为灾难提供一套社会的和心理的解释,使人间的悲苦尽量看起来似乎是——用梭罗的话说——"多余的而且可避免的"。这是最真诚、最明确的现实主义的相位:它是广义上的托尔斯泰的类型,也是颇大程度上哈代和康拉德的类型。其中心主题之一是斯泰恩为康拉德笔下"浪漫的"吉姆爷所遇到的难题所提供的答

---

[40] 见温德姆·刘易斯(Wyndham Lewis)的《狮子与狐狸》(*The Lion and the Fox*, 1927)。——原注
科里奥兰纳斯(Coriolanus),为莎士比亚同名悲剧中的主人公。这是一位高傲的古罗马将领,因备受冤屈而叛变,又因禁不住其母亲和妻儿的哀求而软化,终于失败而亡。——译注

案:"深深陷入毁灭中"。这句话尽管没有嘲弄吉姆,但仍然披露了吉姆本性中堂吉诃德式的和浪漫的因素,并且从现实经验的角度对它进行批评。麦尔维尔的《皮埃尔》中论述钟表和精密计时器的一章所采用的态度与此不差累黍。

讽刺的第五相位是与宿命的第五类型的悲剧相对应,其中着重强调自然的循环,即命运之轮平稳而且不间断地旋转。用我们的话说,这一类型只看到经验,而顿悟却闭而不开,其格言是勃朗宁的"或许存在着天堂,那么一定会有地狱"。像其悲剧中相对应的类型一样,它轻道德说教,重普遍一般和形而上学;轻社会改良,重节制禁欲和逆来顺受。在《战争与和平》中和哈代的《列国》[41]中,对拿破仑的处理可谓反讽的第四和第五类型的鲜明对比。古英语诗歌《德奥的抱怨》[42]中的叠句:"Thaes ofereode;thisses swa maeg"(大体上可译为"其他人成功;或许我也可以"),表现了一种禁欲主义的态度,但不是坚持浪漫主义的尊严的那种不食人间烟火类型的禁欲主义,而是含有这样的意义:实际的和目前的情境更值得重视,它比理论性的解释远为重要。这种意义在讽刺的第二相位也同样可以见到。

第六相位表现在难以置信的枷锁束缚下的人生,其背景多是监狱、疯人院、搞私刑的暴民、行刑地等。它与纯粹的地狱之所以不同,主要在于人生经验中的受难是以死亡宣告结束的。在我们这个时代里,这一类型的主要形式是社会暴政的梦魇,《一九八四》或许是我们最熟悉的。我们在罪孽场景(visio malefica)的边缘常常发现用嘲仿宗教的象征,暗示某种撒旦或反基督崇拜的形式。卡夫卡的《在苦役营》,对原

---

[41] 《列国》(*The Dynasts*),哈代于 1903—1908 年间发表的诗剧。
[42] 德奥(Deor)为吟游诗人,当朝廷以他人取代他后,他以诗歌抒怨并自慰。

罪的嘲仿出自一位军官之口："罪责是决不容置疑的。"在《一九八四》的最后场景中，对宗教的嘲仿是蓄意安排的：例如当主人公受不了折磨而请求给女主人公用刑时，就是对赎罪的嘲仿。在这个故事里做出了一个假说，这就是，统治阶级的施虐的欲望是如此强大，足以无休无止地持续下去，这正是人们为了接受地狱中正统的景象必须为魔鬼所做的假设。"电视屏幕"的手法给反讽带来了"瞧我这惨状"（derkou theama）[43]这一悲剧主题，即经常在一双怀有敌意的或者冷嘲热讽的目光监视之下的羞辱感。

诚然，在这一类型中的人物形象是悲苦或疯狂的形象，常常是对浪漫角色的嘲仿。因此，助人为善的仆人这一浪漫传奇形象在《毛猿》和《人鼠之间》中被嘲仿；浪漫传奇中乐善好施的人物或者普洛斯珀罗式的人物，在《喧嚣与骚动》中的班吉身上得以再现，这位白痴的脑子里装着整部小说的情节，但一点也不理解它。[44]阴险的父母形象自然比比皆是，因为这个世界充斥着吃人的妖魔和女巫、波德莱尔笔下黑衣女巨人和蒲柏笔下的愚钝的女神（她在很大程度上是对女神神性的嘲仿："在汝下令毁灭之前，光明已经逝去"）、头发蓬乱一副囚犯模样的塞壬，以及荡妇或龇牙咧嘴的邪恶女性（如佩特[45]所言："比她屁股下的岩石还古老"）等。

这又使人们回到魔怪世界的显灵点：到处是无休无止痛苦的黑暗塔楼和监狱，在荒漠中笼罩于可怕的黑夜中的城市，或者反讽意味更为

---

[43] 指普罗米修斯被秃鹫啄食其内脏时发出的惨叫声。

[44] 《毛猿》，美国剧作家尤金·奥尼尔（Eugene O'Neill）创作的悲剧。《人鼠之间》，美国作家斯坦贝克（John Steinbeck）的小说。《喧嚣与骚动》，美国作家福克纳（William Faulkner）的小说，班吉为康普生家的幼子，天生的白痴。

[45] 沃尔特·佩特（Walter Pater，1839—1894），英国作家。

深含的倾覆的楼阁（*tour abolie*），即根本不存在的追寻目标。然而，在这一肮脏和愚昧的枯萎世界的另一面，即毫无同情、毫无希望的世界的另一面，讽刺再次萌动。在但丁笔下的地狱的底层，也就是我们这个圆形地球的中心，但丁看到撒旦直立于冰环中间，他小心翼翼地跟着维吉尔走过罪恶的巨人的臀部和大腿，让自己顺着巨人的皮肤上丛生的长毛滑下来。但丁走过了中间部分后发现自己不再是往下去而是向上行，在世界的另一面爬上来，从而又看到了星辰。由此看来，魔鬼不再是直立着，而是头朝下倒立着，也就是说，魔鬼被从天堂掷落到地球的另一面。悲剧和悲剧性反讽把我们带进一个逐渐变窄的地狱圈里，最终的景象是作为一切罪恶的根源的一个人的形象。悲剧到此为止，但倘若我们坚持探究反讽和讽刺的密托斯（叙述结构），那么我们将通过一个死亡中心，最终看到绅士般的黑暗王子头朝下倒立着。

第四篇

修辞批评：文类理论

导　论

　　本书采用了自柏拉图以来一直沿用于诗学中的一种图式框架。这便是把"善"的东西划分为三个主要领域，其中处于中心位置的是艺术、美、感情及鉴赏力的世界。居于其两侧的另有两个世界：一个是社会行动和事件的世界，另一个为个人思想和观念的世界。这个三重性结构从左到右，把人的官能依次划分为意志、感情和理智，并把这些官能所形成的思维产物分为历史、艺术、科学和哲学。而且还把足以构成这些官能的理想划分为"美"和"真"。爱伦·坡将这一图式（从右向左）划分为"纯智力""审美鉴赏力"和"道德感"。他说："我之所以把审美观置于中心地位，是因为它在我们精神中正占着这样的位置。"除非有人能驳倒这种极妙的解释，否则我们便继续采纳这一传统的结构。诚然，我们曾提示过，还可能有另一种看待这问题的方法，即中间的世界并非仅属三个领域之一，而是三位一体，兼收并蓄的三个领域。但是，对我们说来上述更为简单的方法迄今依然还有其用途。

　　同样，我们曾把诗的象征描述为介于事件与观念、实例与训诫、仪式与梦幻之间的东西，并把它最终展现为亚里斯多德所说的 *ethos*（内在社会语境），也既指人物的性格又指人物的环境，它介于 *mythos*

（叙事情节）与 *dianoia*（要旨、思想）之间并由二者组成，而二者分别是由语词模仿的行动和思维。不过，这一图式还存在另一方面。社会行动与事件的世界、时间与过程的世界，与耳朵的听觉之间存在一种特别密切的联系。人们用耳倾听，耳朵便把所听到的东西转化为实际的行为。相应的是，个人思想和观念的世界与他的视觉之间也存在密切的联系，而且我们语言中关于思维的几乎所有表述，从希腊语的 *theoria*[1] 起，都与视觉的隐喻有关联。再说，不仅整个艺术对事件和观念说来似乎是最重要的，而且在一定意义上，文学在所有艺术中又是处于中心地位的。文学诉诸听觉，因此与音乐具有共同的性质，但是音乐又是一种涉及听觉并关于时间的富于想象的感受和凝缩得多的艺术。文学至少也诉诸心灵的眼睛，因此与造型艺术具有共同性质，然而造型艺术尤其绘画又更加集中在视觉和空间世界上。我们曾提到，亚里斯多德列举了诗歌具有六种成分，其中三种我们在上文一直在探讨，即情节（*mythos*）、社会语境（*ethos*）及思想（*dianoia*）；而另三种成分，即歌曲或韵律（*melos*）[2]、言词或辞藻（*lexis*）及场景（*opsis*）[3]则涉及同一图式的第二个方面。既然把文学视为一种言语结构，那么文学所展示的辞藻是将另两个成分韵律（这一成分类似于音乐，或与音乐有联系）和场景（这成分与造型艺术具有相似的联系）结合在一起了。辞藻（*lexis*）一词既可理解为作品的措词（diction），如果我们把它设想成由听觉所捕获的一系列叙事的声音，又可理解为作品的形象（imagery），只要我们设想它构成一种共时的意义定式，这种意义定

---

[1] *theoria*（理论）在希腊语中本作注视、视力讲。

[2] *melos* 指词语的节奏、运动及声音，源自亚里斯多德 *melopoiia* 一词。——原注

[3] *opsis* 指戏剧壮观的或可视的方面；又指其他文学中通过想象可见到的或形象如画的方面。——原注

式可为人们心智上的"视觉"行为所理解。我们在本文中，理应对文学的这第二个方面也即修辞方面进行一番考察。这个方面使我们又回到叙事和意义的"字面"层次；埃兹拉·庞德在谈到诗歌创作具有"韵律"（melopoeia）、"理念"（logopoeia）及"幻觉"（phanopotia）三种性质时，心目中所指的即是这一语境。[4] 音乐性和绘画性这两个术语经常作为比喻，运用于文学批评中，我们在下文中将专门考察一下它们作为批评术语究竟具有多少真实的含义。

"修辞"一词使我们想起另外一种三位一体，即以词语作为基础，把学问分为语法、修辞和逻辑三大学科的传统。[5] 尽管语法和逻辑已成为特定学科的名称，但它们依然与一切言语结构中的叙事方面和意义方面分别保持着某种更为广泛的联系。语法可以称作排列词语的艺术，所以在一定含义上（就字面意义而言），语法与叙事是同一码事；逻辑可以称为产生意义的艺术，所以言外之意是说逻辑与含义也属同一回事。这一句子的后半部分具有更悠久的传统，因而人们对它也更为熟悉。历史上无法为句子的前半部分提供正当的依据，因为历来把构筑叙事的艺术（"创新""布局"等等）视为构成修辞的一个部分。尽管如此，让我们不顾历史，从叙事与语法、逻辑与意义的联系来着手考察一番；这时我们把语法主要理解为句法，也即如何把词语纳入恰当的（叙事）顺序之中，同时又把逻辑主要理解为如何将词语排列成具有含义的定式。语法构成一篇文字结构的语言方面；逻辑则是构成翻译中固定公约数的"意义"。

---

[4] 见庞德《阅读初阶》（*ABC of Reading*）一书第四章。*melopoeia* 实际便是亚里斯多德使用的原词，我写成 *melos*，为求简短。——原注

[5] 中世纪欧洲学校中设置语法、修辞和逻辑这三大学科。

我们向来称之为论断性、描述性或写实性的文章，往往在于或力图做到把语法与逻辑直接结合起来。如果一个论证用词不正确，选词不贴切，又不能在词语间确立起一种恰当的句法关系，那么，该论证在逻辑上就是不正确的。同样，如果一段言语的叙述缺乏始终连贯的意义，那么，这段叙述就无法向读者传达任何信息。因此，在论断性文字中，似乎没有地方可容纳像修辞这样一个中介的术语；而且事实上，我们也经常发现，哲学家、科学家、法学家、评论家、史学家和神学家，都是以某种不信任的态度看待修辞的。

修辞学从一开头就指两件东西：修饰性的话语和劝说性的话语。这两件事从心理学上讲，似乎是互相对立的，因为修饰的愿望从本质上讲是无利害关系的，而力图说服人的愿望本质上恰恰相反。实际上，修饰性的修辞与文学本身是不可分的，文学也即我们所说的假设性言语结构，它有理由独自地存在。劝说性的修辞则是一种应用文学，也即用文学艺术来加强论证的力量。修饰性修辞只是静态地作用于其听众，开导他们去赞赏这种修辞本身的美或妙趣；而劝说性修辞则力图动态地把听众引导到行动的方向。前者是表达感情；后者是操纵感情。况且，不管我们对慷慨和华丽的言词在文学中最终具有什么地位做出怎样的定见，毫无疑问的是，修饰性的修辞便是 *lexis*，也即诗歌的言语肌质。亚里斯多德在《诗学》中提到 *lexis*（辞藻）时指出，更恰当的是把这一课题归入修辞学。由此，我们可以初步确定下列的原理：如果非文学性的言语结构的特征是把语法与逻辑直接结合在一起的话，那么文学就可以描述为从修辞上将语法和逻辑组织起来。文学形式的大多数特征，如尾韵、头韵、音步、对立平衡、范例的运用等，都属于修辞的手段。

文学创作的心理学不属于本书的探讨主题，但是一个作家在坐下来动笔创作时，对自己准备写作什么毫无想法，这种情况肯定是十分罕见的。因此，在诗人的头脑中，某种支配和协调的力量，也即柯勒律治所说的"创始力"（initiative）[6]，是很早就确定下来，然后逐渐地将一切素材吸引融会于其中，最后便显示为一部诗作的包容一切的形式。显然，这种创始力不是一个单一体，而是由各种因素组合的复合体。主题便是这样的因素之一；另一因素是基调的统一性，它使某些形象显得十分恰当而另一些形象则格格不入。如果写出来的东西是一首格律工整的诗的话，那么格律便是第三个因素；如果不是这样的诗，那么作品中总会存在另一种起整合作用的节奏的。我们在上文业已指出，诗人在创作一首诗时，其意图中通常包括诗歌这种文类，也即意欲创作一种特定的言语结构。因此，诗人会不断地断定，某些事物才属于他作品的结构，不管他本人能否用评论的眼光说明这些事物；也无法说明他在修改作品时所删去的内容不属于他的结构，尽管这些东西换了另一场合会十分有用。但鉴于结构是一种十分复杂的东西，所以诗人作出的裁决牵涉到不同的诗歌因素，或一系列的创始力。其中主题和形象的选择已在前一篇论文中探讨过；本论文所关注的将是文类和整合的节奏。

我们在引言中已抱怨过，说关于文类的理论是文学批评中一个尚未开拓的课题。我们所拥有的三个文类名称戏剧、史诗及抒情诗都来自古希腊人，可是后两个名称主要用作文人的行话，分别指篇幅长的和短的（或相对说来较短的）诗作。至于篇幅中等的诗歌，我们还找

---

[6] 引自柯勒律治（Samuel Taylor Coleridge）的《友人》（*The Friend*）一书第四章《论方法》（"Essay on Method"），但我并不认为自己正确地解释了他的这一术语，不过时至今日，在术语学上有必要冒一点险，已属合乎情理之事了。——原注

不到一个行业术语来称呼它；况且任何一部长诗都会被人们称作史诗，尤其当长诗分为十几章时，如勃朗宁的《戒指与书籍》[7]。这部长诗具有戏剧性结构，由妒忌的丈夫、耐心的妻子及侠义的情人形成三角关系，三人牵连到一桩谋杀案的审判中，法庭和死囚牢房等场景都做了描写，而且一切情节都是通过人物的独白表现出来的。这是一部惊世力作，可是只有当我们把该诗视为戏剧体裁中的一次实验时，我们方能充分地欣赏它，它俨然是把戏剧彻底翻了过来。同样，我们之所以称雪莱的《西风颂》为抒情诗，也许是因为它确是一首抒情诗；可是既然我们不敢称《心心相印》[8]是抒情诗，又不知叫它什么作品，我们总还可以称之为一部基本上具有抒情诗特征的作品。它比《伊利亚特》要短，全诗又有个结局。

但是，戏剧、史诗及抒情诗这几个名称的来源告诉我们，文类的中心原理是十分简单的。文学中区别文类的基础看来便是如何表达的基本方式。话语可以面对观众带着表演讲述出来；也可以直面听众说话；可以吟诵或歌唱，也可写下来供读者阅读。顺便提一句，我们无法指望在文学批评中找到一个词来指称一位作家的 audience（听众）中的个别成员，况且 audience 一词实际上也并不概括一切文类，因为要把一部书的读者们称作 audience 是有些不合逻辑的。[9] 不管怎么说，构成文学批评中的文类的基础是属于修辞性的，也就是说，文类乃是由诗人与公众之间所确立的种种条件来决定的。

---

[7] 勃朗宁在意大利书市偶尔买到一本关于古罗马谋杀案的书，据以写成《戒指与书籍》(*The Ring and the Book*) 一诗，于 1868—1869 年出版。

[8] 雪莱的《心心相印》(*Epipsichidion*)，于 1821 年出版。

[9] audience 一词源自拉丁语动词 audire（听取），本来只指听众，后兼指观众或读者，而且此词仅指群体，不指其中的个别成员。

在普遍使用印刷机时代，同一番话语可以带着表演讲述出来，可以直面听众谈话，还可以为见不着面的读者书写出来，如果这几种各有不同的话，那么，我们就应探究一下表达的基本方式。我们虽然可以印刷一首抒情诗或朗读一部小说，但是这类常见的变动本身不足以改变原来的文类。尽管我们理所当然，非常爱惜莎士比亚剧本的种种印刷文本，但它们基本上还仍然是供演出的脚本，属于戏剧这一文类。如果一位浪漫主义诗人赋予自己诗作以戏剧形式，他并不会期望甚至不愿意把诗搬到舞台上演出；他可能完全从印刷和读者方面考虑问题；甚至像许多浪漫主义作家那样，他还会认为舞台戏剧是一种不纯的形式，因为它对个人的表达限制甚多。可是这部诗作依然可追溯到某种戏剧，尽管它写得多么不可捉摸。小说是作家用笔写下来的，但康拉德常常叫其小说中的叙述者帮助他讲述故事，这时书面语的体裁正趋同于口语体裁了。

一部小说应如何归类的问题并不太重要，更加重要的是，要认识小说中存在着两种不同的基本表达方式这一事实。人们也许认为，更简便的方法是不用"基本表达方式"（radical）这一术语，而仅指出，不管现实可能性如何，文类的区别取决于以什么方式方能十分理想地表现一部文学作品。但是举弥尔顿为例吧，他心目中好像并没有为自己的《失乐园》设想一名理想的朗诵者和一群听众；实际上他仿佛满足于由人们按书本中的诗篇那样去阅读它。当他运用祈求的手法，从而使诗作具有口语的体裁时，这种手法的含义在于指明，他这部史诗主要归属于什么传统，它与什么文体最为接近。基于文类的文学批评，其目的与其说是如何分类，倒不如说要搞清楚这类传统和相互关系，从而揭示许许多多文学方面的关系；若不为这些文学关系确定语域，我们是不会注意到它们的。

248

英语中虽很难表述涉及口述和聆听的文类，希腊人所用 *ta epe* 一语却部分地说明了它，即是指供朗诵用的诗歌，但不一定指传统上篇幅巨大的史诗。这类"史诗"材料不一定非要运用韵律，就像散文故事和散文体演讲也都是重要的口述形式一样。十分明显，韵文与散文之间的区别，其本身并不构成文类的不同，这一点以戏剧为例已足以说明，尽管戏剧也有可能变成文类的区别。我在这篇论文中，用 *epos* （"口述作品"或"口述史诗"）一词来说明一些其表达的基本方式为口头的陈述，以确保 epic （史诗）一词仍按传统用法，指《伊利亚特》《奥德赛》《埃涅阿斯纪》及《失乐园》的形式。因此，*epos*[10] 包括一切以诗体或散文体构成的文学作品，它试图继承具有吟诵者与一群听众的传统。

古希腊人仅为我们所探讨的四种文类中的三种提供了名称，而没有命名通过书本诉诸读者的文类，当然我们自己也未想出一个名称。与之最接近的词是 history，但尽管《汤姆·琼斯》的书名中也用了这个词，它实际已超出了文学，[11] 而拉丁词 scripture[12] 在意义上又过于专门化。可是总得有一个名称，所以我只好任意选用 fiction[13] 一词来指印刷成书的文类。我明知自己在第一篇论文中，曾在另一不同语境中使用过 fiction 一词，可是与其引进太多的新术语来加深本身的难度，不如对当前术语的混乱现象迁就一番。音乐中的键盘与之十分类似，足以说明"虚构作品"与其他为实用目的印刷成书的体裁之间的区别。一部

---

[10] epos 这种文学体裁，其表现的根本方式是由作家或吟游诗人当着面前一群听众，口头吟诵故事。——原注

[11] history 作历史讲，但也指毕生经历，故 H. 菲尔丁的小说原名作 *History of Tom Jones, a Foundling* 《弃儿汤姆·琼斯的历史》。

[12] scripture，圣书，文稿，法律文本。

[13] fiction，虚构，又指小说等虚构的文学作品。

书跟一个键盘一样，也是一种机械装置，足以把整个艺术结构纳入某一作家的控制之下，听凭他去进行解释。但是，正如可能把名符其实的钢琴演奏与一部歌剧或交响乐的钢琴乐谱区别开来一样，我们也能把名符其实的"书本文学"与包含着可供朗诵或演出进一步发挥的作品的书本区别开来。

诗人口头吟诵与听众洗耳恭听，这二者间的联系在荷马或乔叟时代是实际存在的，但这种联系很快就变得日益脱离实际了；在此过程中，epos（口述作品）便不知不觉地转变成 fiction（虚构作品）了。我们甚至可以不十分当真地提出，既然有双目失明的吟游诗人这样的传说中的人物（而弥尔顿又十分出色地运用他），已足以说明文学作品中的观众很早就变成无形的了。尽管如此，只要相同的题材为两种文类服务，那么两种文类之间的差别立刻变得十分明显。其主要区别虽不仅仅在于篇幅之长短，却涉及以下事实，即 epos（口述史诗）是由片段的情节构成的，而 fiction（虚构作品）则由连续的较长的情节构成。狄更斯的小说印成书本是虚构作品；在刊物上连载供家庭阅读的基本上也属虚构作品，尽管更接近于供口述的东西。但是当狄更斯拿起小说朗诵给人们听时，其体裁便完全变成了口述作品，这时所强调的是要在一群可见的听众面前立时奏效。

在戏剧中，其故事中所假设或内在的人物直接面对着观众们，因此，戏剧的特点是不叫作家在观众前直接露面。在场面很壮观的戏剧中，一如在许多影片中那样，作者相对来说无关紧要。戏剧又像音乐，对观众来讲是一种集体的表演；在强烈地意识到自身是一个群体的社会中，如伊丽莎白时代的英国，戏剧和音乐是最易获得繁荣发展的。当社会趋向于突出个人并展开竞争，如维多利亚时代的英国那样时，音乐和戏剧也相应地有所逊色，书面作品几乎垄断了文学。在当众口述文学时，作者直接当着听众的面，其故事中设想的人物是被掩盖住的。当说书人或吟游诗人代替作者吟诵史诗时，作者从理论上讲还是在场的，因为这些说书、吟诵者是作为诗人而不作为诗中某个人物说话。在书面文学中，作者及其笔下的人物都与读者是不照面的。

第四种可能的安排表现在抒情诗中，即诗人是见不到自己的听众（读者）的。我们照例又缺乏一个词来指称抒情诗的接受者：我们所需要的是多少类似 chorus（宣读开场白和收场白的剧情解说员）这样的人，他既不与剧情同时存在，又不道明戏剧性语境。若再引用本书开头时密尔的警句，那么抒情诗显然便是偶尔被人们偷听到的话语。抒情诗人通常假定在自言自语或对另一人倾吐心绪：对着某个自然的精灵、诗神缪斯（注意与吟诵史诗之差别，因在后者中，缪斯是通过诗人讲话的），一位私交、情侣、某个神祇、某种拟人化的抽象，或大自然的一个物体。正如乔伊斯小说《一个青年艺术家的画像》中的人物斯蒂芬·德达路斯所说，抒情诗乃是诗人展现关于他自身的形象；从修辞上讲，它与吟诵的史诗的关系就如同祈祷之于布道一样。抒情诗表达的基本方式，便是宗教中称作"吾与汝"那种关系的假定形式。可以说，诗人仿佛是置其听众于不顾的，尽管他可能是为他们而说话，而听众也可能随之而重复他的一些话。

供口述的作品和虚构的作品构成了文学的中心领域，其左右两侧分别为戏剧和抒情诗。戏剧与祭仪有着一种特殊紧密的联系，而抒情诗则与梦境或幻觉相关联，也即个人与自己的交流。在本书开卷时，笔者曾指出：文学中不存在像面对面讲话这样的事，可是面对面讲话是十分自然的交流，文学可以模仿它，正像文学能模仿自然界任何其他东西一样。在口述诗歌中，诗人与其听众面对着面，这时是对当面直接讲话的模仿。口述文学与虚构文学所采取的形式，最初是圣典和神话，接着是口头传说的故事，然后为叙事和说教的诗（包括史诗本身）及散文体演说，最后是长篇小说及其他书面形式。如果我们按历史顺序，逐个考察这五种模式时，就会发现虚构作品不断地超过口述，在此过程中，对面对面的直接讲话的模仿也就变成对论断性文章的模仿了。模仿的论断性作品，遇到文献性或说教性散文极端的情况时，便进而变成了真正的论断，从而超出了文学的范围。

抒情诗是对声音和形象的内在模仿，与之相对立的是外在模仿，也即声音和形象的外向表现，这便是戏剧。两种形式都避免去模仿面对面的直接讲话。在一出剧中，人物之间互相谈话；从理论上讲，实际是以旁白或独白在向他们自己讲着话。即使他们意识到面前有听众，他们也并非在为诗人讲话；不过某些特殊情况属于例外，如旧喜剧中的合唱队主唱段[14]或洛可可戏剧[15]的开场白和收场白，这时真的出现由戏剧趋向吟诵的体裁变化。在萧伯纳的戏剧中，当剧情进行到一半时，一个喜剧人物突然出来大加评论，变成了一篇单独的散文体序言，这是一种由戏剧向虚构作品的转变。

在口述诗歌中，某种比较有规则的格律往往占主导地位；甚至散文体的演说，无论在其句法和标点上，也都具有许多格律方面的特征。在虚构作品中，散文趋于主导地位，因为唯有散文才具有适应作品长篇形式的持续性节奏。戏剧缺乏其本身所特有的支配性节奏[16]，但它在早期模式中与口述诗歌关系极为密切，到晚期模式中则与虚构作品密切关联。在抒情诗中，一种诗体的但不一定具有韵律的节奏趋向于

---

[14] 合唱队主唱段（Parabasis），这种主唱段常在古希腊喜剧演出时安插在剧情之间。
[15] 洛可可戏剧（Rococo theatre），18世纪末盛行于欧洲，表演以浮华、纤巧为特色。
[16] 戏剧尤其缺乏言语的节奏，即是说，戏剧的支配性节奏仅是它在舞台上演出的节奏。——原注

占主导地位。我们在下文中，将依次考察每一种文类，旨在发现什么是它的主要特征。鉴于我们紧接着将讨论的，主要涉及词语选用和其他语言成分，因此，我们必须把自己的观察局限在一种特定的语言中，那就是英语，意思是说，我们的不少意见仅就英语而言是正确的，但我们希望其中的主要原理同样能适用于其他的语言。

复叠节奏：口述史诗

历来人们总是用有规则的搏动的韵律将诗歌与散文区别开来，这种搏动的韵律往往便成为口述的史诗或长篇形式的演说的结构节奏。韵律是反复性的一个方面，而节奏和定式这两个形容反复出现的词足以说明，反复性乃是一切文学艺术的结构原理，不论其主要效果属时间还是属空间方面。除韵律外，音量和重读也都是诗歌中反复出现的成分；不过在现代英语中，音量已不是有规则地反复出现的成分，除非诗人在进行实验时，一边写作时一边定出自己的规则。至于重读与韵律之间的关系，恐怕需要另一种不同于往常的方法去加以解释了。

每一诗行含有四个重音，这似乎是英语结构中固有的现象。它是早期诗歌中的普遍节奏，尽管其定式到中世纪时由头韵变成了尾韵；它是各个时期流行诗歌、民谣及大多数儿歌的共同节奏。在民谣中，每一诗节中四行的音节数分别为八、六、八、六，其实每一诗行始终是四个节拍，并在隔行的结尾处有一"休止"（停顿）。这种关于休止也即在实际沉默时出现个节拍的原理，早在古英语时期已确定下来了。抑扬格五音步的诗行提供了一个出现切分音[1]的场所，这时重读和节拍在一定程度

---

[1] 切分音（syncopation），音乐术语，指改变重音出现的规律，使弱拍因时值延长而转化的重音，这种重音就叫做切分音。

上能够彼此抵消。如果我们"听其自然地"朗读许多抑扬格五音步诗行，按照英语口语中那样，只给予重要的词以明显重读，那么古老的含四重音的诗行便在其格律的基础上十分清楚地显示出来了。例如：

To bé, or nót to be：thát is the quéstion.
Whéther tis nóbler in the mínd to súffer
The slíngs and árrows of outrágeous fórtune,
Or táke up árms against a séa of tróubles...

生存还是毁灭，这是一个值得考虑的问题；默然忍受命运的暴虐的毒箭，或是挺身反抗人世无涯的苦难，通过斗争把它们扫清，这两种行为，哪一种更高贵？[2]

Of mán's fírst disobédience, and the frúit
Of that forbídden trée, whose mórtal táste
Brought déath into the wórld and áll our wóe,
With lóss of Eden, till one gréater Mán
Restóre us, and regáin the blíssful séat...[3]

人类首次违旨，那棵禁树上的果子，因致命的品尝给人世带来死亡及我们的一切

---

[2] 《哈姆雷特》幕三景一，朱生豪译文。
[3] 弥尔顿《失乐园》开头的诗行。

苦难，从此失去了伊甸园，直到一个更伟

大的人使我们恢复，重获那幸福的地方。

按我们的预料，德莱顿和蒲柏两行一节的诗中，带五个重音的诗行一定会占更高比例，可是任何奔放的节奏，例如非重读音节后的停顿[4]，都可能又回到古老的节拍：

Forgét their hátred, and consént to féar. （Waller）
忘却他们的仇恨，向恐惧让步。（沃勒）

Nor héll a fúry, like a wóman scóm'd. （Congreve）
也别像个受侮辱的女人，大为发作。（康格里夫）

A líttle leárning is a dángerous thíng. （Pope）
半瓶醋，害人匪浅。（蒲柏）

任何韵律不确定或过渡的时期都显示出每行四个重音的固有力量。从乔叟去世、中古英语转变为现代英语后，我们忽然发现面对着利德盖特[5]的奇异的韵律世界，便情不自禁地会把"死亡舞蹈"[6]中吟游诗人对死神所说的一席话也用到利德盖特本人的诗作上：

---

[4] 非重读音节后的停顿（Feminine caesura），是美式英语中的韵律学术语。

[5] 利德盖特（John Lydgate，1370？—1451？），英国诗人。1426或1427年，从法文将题为《死亡舞蹈》的诗译成英文。

[6] 死亡舞蹈（*Danse macabre*）：是欧洲中世纪一种有宗教色彩的艺术主题，表现凡人不可避免地走向死亡的种种惨状，以此敦促世人忏悔。在当时，与宗教多少有关的歌谣、戏剧和其他文学作品中，常常被采用，有的作品并以此为题。

This newe daunce / is to me so straunge

Wonder dyverse / and passyngli contrarie

The dredful fotynge / doth so ofte chaunge

And the mesures / so ofte sithes varie.

这种新舞蹈／对我如此陌生

各种怪相／又迥然互异

可怕的舞步／变化多端

而它的节拍／从不相同

尽管如此，这毕竟还是一种舞蹈：让我们再看看更前面的诗节，写死神对吟游诗人的那一番话：

O thow Minstral / that cannest so note & pipe
Un-to folkes / for to do plesaunce
By the right honde (anoone) I shal the gripe
With these other / to go vp-on my daunce
Ther is no scape / nowther a-voydaunce
On no side / to contrarie my sentence
For yn musik / be crafte & accordaunce
Who maister is / shew his science.

啊，吟游诗人 / 你能用音符和笛子

为老乡们 / 奏起欢乐曲子

我会（立刻）/ 抓住你的右手

与这些人一同 / 来跳起我的舞

既逃不掉 / 也躲不过

哪一面也 / 反对不了我的判决

因为音乐中 / 有技巧及和谐

谁掌握它 / 谁就显示本领

如果我们试图按照乔叟的 ABC 型五音步诗节来对上述诗节进行分析，那就会遇到困难了：例如，最后一行干脆就不是五个音步的。你若把它读成一行连续的四节拍的诗，那就十分简单了；这种读法会产生韵律分析永远达不到的效果，即死神那种怪诞的嗓音、骷髅跳跃时的欢快动作，都化为最后一行中那种从容的讽刺。我不敢妄称十分熟悉利德盖特运用韵律的规律，以及他在什么场合读出或省略 e，又对哪些外来借词标以不同重音。很有可能，无论利德盖特或者 15 世纪的读者在这些事情上都并非十分清楚；但是，在一行诗中选定四个主要重音，而每两个重音之间的音节数可不同，却是解决这类问题明显采用的手段，这样，就能由不同的读者去自由做出选择。总而言之，我并不是说，一节诗怎样才能最轻易地按格律读出，就应如此标读它：因为在音步的划分上，每个读者都会对这类定式作出修正的。[7]

---

[7] 我本人就应修正一下，从而防止在任何场合，节拍不以八分休止符开始。——原注

斯凯尔顿式诗行[8]通常也有四个节拍:《菲利普·斯帕罗》一诗的激昂前奏具有一种急行军般的节奏,我们发现,它比利德盖特的诗中含有更多的休止符,更多重读的节拍紧凑在一起:

我会愿意的,

谁在哪儿,是谁?

我曾经爱过,

玛格丽太太;

法,莱,咪,咪,

为了什么,为什么?

---

[8] 斯凯尔顿(John Skelton,1460?—1529),英国诗人,其诗行短促奔放,节奏快速,韵脚多变,又喜用对句,故而得"斯凯尔顿式诗行"一名。"Philip Sparowe"一诗是哀悼一麻雀为一猫咬死。

> 为了菲利普·斯帕罗的灵魂
>
> 他是不久前在卡罗被杀害的……

总之，柯勒律治据以安排《克丽斯塔贝尔》[9]结构的"新原理"，与文学中通常的其他原理差不多是一样新的。同样十分明显的是，《海华沙之歌》[10]中那种芬兰式灵感，从根本上说，也并不比类似的灵感更富于异域情调。《海华沙之歌》十分巧妙地运用了英语的四重音的诗行套式，也许这正说明了为什么这种诗行成了我们语言中最易于戏谑性仿作的东西了。梅瑞狄斯的《幽谷之恋》的诗行也很容易读成四个重音，其节奏的构成与利德盖特的诗行十分相似：

> 远处青草地上，有棵孤立的榉树，
>
> 树荫下躺着我年轻的恋人：
>
> 她用双臂枕着金色的头，
>
> 两膝交叉，绺绺柔发微微飘动。

---

[9] 《克丽斯塔贝尔》(*Christabel*)，柯勒律治此诗发表于1816年，全诗未写完。

[10] 《海华沙之歌》(*Hiawatha*)，这是亨利·华·朗费罗（Henry W. Longfellow）1855年发表的写印第安人首领的长篇叙事诗。

以上例子大概已多多少少说明，"音乐性"（musical）一词，或亚里斯多德的"韵律"（melos），作为现代文学批评中的一个术语实际意味着什么了。从利德盖特时以来，与当代英语诗歌同步出现的，是音乐中一种几乎十分划一的重音格式，重音标志着节奏单位（小节），每小节中允许有不同数量的音符。当诗歌中出现一种占主导地位的重音，而两个重音之间的音节数可多可少（通常为每行四个重音，相当于音乐中的"普通拍子"）时，这就成为音乐性诗歌，即是说，这种诗歌在结构上与同一时期的音乐相似。这时我们所谈到的便是 epos（口述史诗），也即用一种持续的韵律扩展的诗歌：与这种诗歌最为类似的音乐是其用乐器演奏的更为扩展的形式，其节奏的结构更直接地源自舞蹈而不是歌曲。

"音乐性"一词在技术上的用法，与只要诗歌听来悦耳，便称之为具有音乐性的仅按感情的时兴叫法，是截然不同的。实际上，技术上的用法与感情上的用法经常是全然相反的，因为这一感情的术语可以用以指例如丁尼生的诗作，而与勃朗宁的诗颇有距离。可是，如果我们提出下面这个间接却不无相关的问题：在这两位诗人中，谁更通晓音乐知识？据推测，谁可能受过音乐更多的影响？那么，回答肯定不是丁尼生。我们从丁尼生的《伊诺尼》[11]引用这样一节诗：

    O mother Ida, many-fountain'd Ida,
    Dear mother Ida, harken ere I die.
    I waited underneath the dawning hills,
    Aloft the mountain lawn was dewy-dark,

---

[11] 《伊诺尼》（*Oenone*），丁尼生于 1833 年发表的爱情叙事诗。

And dewy dark aloft the mountain pine:

Beaudful Paris, evil-hearted Paris,

Leading a jet-black goat white-horn'd, white-hooved,

Came up from reedy Simois all alone.

喔,多泉水的艾达山,我的母亲,

亲爱的母亲,听我死前的哭诉。

我等候在黎明时分的山坡下,

山中的草地还黑黑的沾满露水,

沾满露水的漆黑下有棵孤松;

英俊的帕里斯,狠心的帕里斯,

牵着一只乌黑发亮、白角白蹄的山羊,

独自从芦苇丛生的西莫伊走来。

以下诗行则引自勃朗宁的《公爵夫人的出逃》:

I could favour you with sundry touches

Of the paint-smutches with which the Duchess

Heightened the mellowness of her cheek's yellowness

(*To get on faster*) until at last her

Cheek grew to be one master-plaster

Of mucus and fucus from mere use of ceruse:

In short, she grew from scalp to udder

Just the object to make you shudder.

我可以让你饱览形形色色

斑驳的颜料，用了它们

公爵夫人才使杏黄脸蛋更丰润

（以下要加速），直到最后

双颊因为仅用铅粉、黏液

和水藻而变成一团团石膏：

一句话，她从脑袋到乳房

变成使你毛骨悚然的怪物。

在勃朗宁这一节诗中，速度是个积极的因素：我们读时感到有一种节拍器在敲击。丁尼生则在自己诗节中尽量降低这种运动感；我们读他上面所引的诗节时，应十分缓慢，并在元音上多加停留。两人的诗都明显在重复一些声音，但是丁尼生笔下的重复，旨在使思想的进度缓慢下来，促使同一节奏本身的反复，并刻意烘托出根本上叫作声音定式的东西。在勃朗宁的诗中，韵律强化了节拍的起伏，从而构成一种递增的节奏。勃朗宁诗歌中的速度和鲜明的重音，正是其音乐性的特色，而括弧内的几个字"加快速度"（to get on faster 是 più mosso[12] 的英译），若非音乐方面的说明，就很难猜到指什么而言了。

像"流畅的音符波动"或"刺耳的噪音用词"这类话，都不过是凭情绪在使用"音乐性"一词，其根源恐怕是由于在日常英语中，harmony（和谐）一词，除指音乐外，还指一种稳定又持久的关系。若按照"和谐"一词这一引申的含义去理解，音乐就丝毫不是一种和谐的序列，而是最终才达到和谐的一系列不和谐，因音乐中唯一稳定又持久的"和

---

[12] Più mosso，意大利语，作"加速"解。

谐"是最终转变成的主和音。在诗歌中，倒是那种粗犷、刺耳又不和谐的作品（当然，如诗人具有某种技巧本领）更能显示张力和音乐的重音动力。当我们发现一位诗人在其作品中精心地保持元音与辅音间的平衡，又塑造一种梦境的、引起美感的声音起伏旋律时，我们所遇到的多半是个缺乏音乐性的诗人。蒲柏、济慈及丁尼生都缺乏音乐性。"非音乐性"一语不必由我说明，它并非属于贬义的：《鬈发遇劫记》既是一首蹩脚的无韵诗，又缺乏音乐性，原因在于它完全属于另一类诗作。当我们读到尖厉吼叫的重音、晦涩难解的语言、满口的辅音，以及笨拙的多音节长词时，倒是很可能遇到了韵律（melos），这种诗歌即使不实际受到音乐的影响，也显示出与音乐的类似性。

富于音乐性的遣词造句，更适用于怪诞和恐怖，或责骂和诋毁的场合。它十分迎合一种所谓"玄学"型的节外生枝的智力活动。它在韵律上不规则（因为常用词中省略消除重音），大量依靠跨行的诗句，并且采用一种拖长的递增的节奏，把若干诗行汇合成更大的类似段落的节奏单位。莎士比亚在创作过程中，显示出越来越多地运用韵律，这一事实正表明了根据他作品内的证据，在足可确定他剧本写成的年代这项原理。弥尔顿曾说过，押韵的英雄诗体"并不给人以真正的音乐快感"，因为音乐型诗歌总会"给人以从一行诗中抽取点不同东西，塞入另一行的感觉"，他正是按技术含义运用"音乐性"这个词的。当塞缪尔·约翰逊谈到"将诗的含义很不优雅地从一行延伸到另一行的那种陈旧的方式"时，他正流露了自身一贯地反对音乐性的观点。《异教徒的悲剧》[13]是一首音乐型的诗歌；《泰俄西斯》[14]则不是。《快活的乞

---

[13] 《异教徒的悲剧》(*The Heretic's Tragedy*)，勃朗宁（Robert Browing）的诗作。
[14] 《泰俄西斯》(*Thyrsis*)，阿诺德（Arnold Mattew）1867年的悼念亡友的诗。

丐》[15]是音乐型诗篇；《希腊古瓮颂》[16]却不是。蒲柏的《弥赛亚》不是一首音乐型诗，而斯马特的《大卫之歌》因其掷地有声的主题词和结尾处最强音的爆破，成为音乐型诗歌中的一部力作。克拉肖的赞诗和考利[17]的品达[18]体诗作都属音乐型诗歌，其诗行一律含四重音，流畅、多变，果断有力地运用跨行诗句；赫伯特的分节诗和格雷的品达体诗作则不具音乐性。斯凯尔顿、怀亚特[19]及邓巴[20]的诗都具音乐性，加文·道格拉斯[21]和萨里[22]的诗则不属音乐型。头韵体诗歌通常突出音节抑扬，因而具有音乐性，而刻意追求的诗节形式通常缺乏音乐性。在诗作中运用韵律，当然不一定就意味着诗人具备关于音乐的专门知识，但是二者却经常伴随而存在。像克拉肖的《音乐的决斗》[23]（这是一首巴洛克式的咏叹调，用乐器伴奏）这样具有专门音乐特征的诗篇便是一个范例。

有时，我们至少可以设想，适当地接触音乐会促成诗歌创作中的韵律倾向。我们感到，像骚塞这样的诗人从不明确表明自己在供吟诵的节奏上进行着惊人的实验：倘若如此，那么我们将他在《泰勒巴》[24]一诗序

---

[15] 《快活的乞丐》（The Jolly Beggars），罗伯特·彭斯1785年的作品。
[16] 《希腊古瓮颂》（Ode on a Grecian Urn），济慈的诗作。
[17] 考利（Abraham Cowley, 1618—1667），英国诗人。
[18] 品达（Pindar, 前522—前442），是希腊诗人，其颂诗模仿戏剧的合唱曲，格律严谨，常供在大庭广众前朗诵。
[19] 怀亚特（Thomas Wyatt, 1503？—1542），英国诗人。
[20] 邓巴（William Dunbar, 1460？—1520？），苏格兰诗人。
[21] 加文·道格拉斯（Gavin Douglas, 1474？—1522），苏格兰诗人。
[22] 萨里（Earl of Surrey, 1517？—1547），英国诗人。
[23] 《音乐的决斗》（Musick's Duell），为英国玄学派诗人克拉肖（Robert Crashaw）写于1646年的诗，写一夜莺与一古琴手竞赛，夜莺最终失败而死去。
[24] 《泰勒巴》（Thalaba），骚塞（R. Southey, 1774—1843）于1801年发表的诗。

言中的结结巴巴和含糊其辞，与弥尔顿精辟地列举的诗歌之种种音乐特性做一对照，倒是颇有启迪的："我不寄望于即兴赋诗的调式——却期望某种足以揭示和谐感的东西，某种类似强烈感受的东西——就像任何诗人都必定会赋予其诗歌的那种基调。"关于韵律的观念还有助于说明华兹华斯在《彼得·贝尔》和《痴儿》二诗中所追求的是什么东西。华兹华斯关于韵律是诗歌中兴奋的源泉的话，尤其适用于重音，重音中体现了人在舞蹈时躯体的摆动。韵律本身所给予我们的，更确切地说是一种快感，即眼看到一种多少可以预知的定式中将填入精当的词语。如蒲柏所说："常有所思而难言其妙"的话，便表述了一种韵律观：当我们读他的英雄偶句诗时，总感到找到了我们所期待的与文字表面意思相反的东西。在邓恩的讽刺诗的形象中，含有更为猛烈的力量，这与他所构思的更强调重音的节奏要求有更充沛的活力是相适应的。

　　如果我们回过头来，再看一下我们称其为非音乐性的那批相反的诗人，如斯宾塞、蒲柏、济慈、丁尼生等，我们就会发现他们诗作中的节奏更为缓慢，更具共鸣性。四重音的诗行在《仙后》中要比《失乐园》中罕见得多，而因反复出现亚历山大体诗行[25]却构成其相反的倾向。约翰逊下面这个反对音乐性的著名论断，确切地反映了这批诗人的创作实践："英语中英雄体诗行的音乐诉诸听觉的力量因极其微弱而易于消失，除非使每一行诗的全部音节都调动起来；要这样调动的唯一办法只有确保每一诗行都成为独立的声音体系，不与另一诗行混杂起来。"约翰逊的言下之意是，由于音高和音量的消失，他认为的音乐中的唯一音乐成分也随之而丧失殆尽，这样一来，英语诗歌只应考虑其声音模式而不是递增的节奏了。

---

[25] 构成这一倾向的，还有一些六重音的五音步诗行；见《声音与诗歌》（*Sound and Poetry*）中关于"词汇与韵律"的说明。——原注

诗歌与视觉艺术的关系恐怕要比诗歌和音乐的关系更加显得牵强。非音乐型的诗人通常是作诗"如画"，即经常运用更富沉思的节奏来一点一滴地勾勒出一个静态的画面，就如同《伊诺尼》一诗中精心描述裸体的维纳斯，或《仙后》中对赛会盛况的犹如工巧的织毯那般修饰一样。但是，使我们的确获得类似"场景"（*opsis*）的某种印象的，仅仅是称作模仿谐音或曰拟声词（onomatopoeia）的修辞手段，正如蒲柏在《论批评》中所出色地论断一样：

> 'Tis not enough no harshness gives offence,
> The sound must seem an echo to the sense...
> When Ajax strives some rock's vast weight to throw,
> The line too labours, and the words move slow;
> Not so, when swift Camilla scours the plain,
> Flies o'er th' unbending corn, and skims along the main.

> 无嘈杂之音刺耳，犹嫌不足，
> 声音尚须成为含义的回声……
> 若写埃阿斯[26]投掷千钧巨石，
> 诗行就显得笨重，用语也缓慢；
> 全然不像写卡米拉[27]横扫平原，

---

[26] 据传说埃阿斯这位古希腊英雄，其身躯魁伟，臂力过人，曾在特洛亚战场上拾起巨石投向劲敌赫克托耳，将他打翻在地。

[27] 卡米拉（Camilla），罗马神话中伏西安族的女王。据维吉尔在《埃涅阿斯纪》中的描述，卡米拉是一位勇武的女猎手、女战士，身轻体健，在作战中动作矫捷，灵活多变。

> 飞越未倒伏的庄稼，飘掠海洋之上。

这种手法是易于识别的；自亚里斯多德在其《修辞学》[28]中引用荷马关于西绪福斯巨石的诗行来形容巨石滚下山的声音以来，一直有文人提到这一手法：

> αύτις έπειτα πέδονδε κυλίνδετο λααs αναιδής

蒲柏将这行希腊文译成"迅雷隆隆滚来，烟雾卷过地面"，曾一度博得约翰逊的赞扬，尽管约翰逊一般说来对摹拟谐声是颇持怀疑态度的。他在报纸《闲散者》(*Idler*)的一篇文章中，通过批评家迪克·米尼姆(Dick Minim)的嘴，挖苦过这一手法，那名批评家指出，像 bubble（冒泡，沸腾）和 trouble（烦扰，忧虑）这样的字眼仅是"为了保持呼吸，而暂时把两个腮帮鼓得大大的；这股气后来还得放掉，就像我们吹肥皂泡时一样"。不过，这番挖苦实际上却说明了，拟声词的使用既是诗歌的一种倾向，也是语言发展的倾向。诗人要充分利用其语言的优势，是理所当然的。英语中有许多极佳的声响效果，尽管有一些已经消失：古英语时的《流浪汉》[29]一诗能够以现代诗歌无法表达的办法来形容寒冷的天气：

---

[28] 见该书卷三第十一章；但是真正使用这一诗行（《奥德赛》xi, 598）作为课堂例子来说明摹拟谐声的，却是哈利加纳苏斯（小亚细亚西南的古城）的狄俄尼索斯（Dionysius of Halicarnassus）。——原注

[29] 《流浪汉》(*The Wanderer*)，萨维奇（R. Savage，？—1743）写的道德叙事诗，约翰逊颇为赏识，并曾替作者写过一部传记。

Hreosan hrim ond snaw hagle gemenged

霜、雪和冰雹一齐袭来

但由于这类手法不仅是文学的，也属语言的，所以民间口语中还不断对其进行再创造。口语中用得出色时，往往被人们誉为"生动如画"或"颇具色彩"，这两种说法都是以绘画作为隐喻的。《哈克贝利·费恩历险记》一书中的叙事段落所富有的模仿灵活性，却是像《汤姆·索亚历险记》等小说的叙事段落所达不到的：

... Then there was a racket of ripping and tearing and smashing, and down she goes, and the front wall of the crowd begins to roll in like a wave

……接着是一阵砸打、乱拆及捣毁的嘈杂声，于是栅栏倾倒，前面那一道墙似的群众便像巨浪般冲了进去。

英语中，最出色、有力地掌握用文字渲染"场景"（*opsis*）的，恐怕要数《仙后》中的例子了；我们读时必须格外注意，要能够通过声音去捕获视觉形象。例如，在下列诗行中：

The Eugh obedient to the bender's will,

树枝顺从地叫人扳了下来。

中间有几个弱读的音节，从而使整行诗像一把弓，两头垂了下来。当乌娜迷了路时，诗的节奏也随着她而离了谱：

> And Una wandring farre in woods and forrests...
> 于是乌娜迷了路，陷入密林深处……

这一行诗的部分效果，是由于 forrests（森林）一词与前一行的 guests（宾客）相比，韵脚较为微弱。当主题描写沉船时，节奏也随着同样的绝望尾韵而遭破坏：

> For else my feeble vessell crazd, and crackt
> Through thy strong buffets and outrageous blowes,
> Cannot endure, but needs it must be wrackt
> On the rough rocks, or on the sandy shallowes.

> 否则我这艘癫狂、破裂的轻舟
> 在你阵阵摧残及猛烈打击下
> 无法忍受，而必将粉碎于
> 嶙峋山岩或在多沙的浅滩上。

当弗洛里梅尔难以瞥见道路时，读者也颇有同感：

> Through the tops of high trees she did descry...
> 她越过高高的树颠果然遥望到……

当主题是写音乐中的和谐时，那么就可在少数恰当的词中，发现有一个用了相同的尾韵：

To th' instruments diuine respondence meet：
The siluer sounding instruments did meet...

神圣的反响总与乐器相契合：
银铃般的声响与乐器相呼应……

遇到主题是一座"危险的桥"时，便会出现这样的诗句：

Streight was the passage like a ploughed ridge,
That if two met, the one mote needes fall ouer the lidge.

桥上的通道直得像一条犁过的垄埂，
两人相遇，必有一人摔出栏外。

　　文艺复兴时期的读者们，因在学校攻读修辞学的影响，对这类效果十分警觉：例如，摘自斯宾塞诗篇《正月》中的一行看来无妨大雅的诗，便会立刻遭到 E. K.[30] 的驳斥，称之为"一种漂亮的表述偷换[31]……况且又是谐音双关"。上面引用蒲柏的那节诗，实际源自维达[32] 的《诗歌的艺术》，比斯宾塞还要早一些。继斯宾塞之后，对摹拟

---

[30]　E. K.，为斯宾塞《牧人月历》写序的人。
[31]　表述偷换（Epanorthosis），一种修辞手段，指对说出的事情加以纠正或评论。
[32]　维达（M. G. Vida, 1480？—1566），《诗歌的艺术》（*Art of Poetry*）出版于 1537 年。

谐声始终如一抱有浓厚兴趣的诗人，首推考利：他在《大卫王纪》[33]中，运用摹拟谐声非常自如，从而招致约翰逊出言不逊，指责毫无理由使同一棵松树在亚历山大体诗中比在五音步诗中显得更加高大。不过，考利运用谐音所产生的一些效果是足以引起我们兴趣的，譬如他爱采用神谕般的半行诗。例如，下面所引诗中，一行的五音步中有三个音步旨在激发人们的默默深思：

O who shall tell, who shall describe thy Throne,
Thou great Three-one?

哦，谁应说，谁应描述你的宝座，
你这伟大的三位一体？

与上文所引蒲柏的话（"无嘈杂之音刺耳，犹嫌不足"）相反，这里所引的第一行诗恰恰说明，创作中鲜明的不和谐或明显的拙劣文笔倒可以经常解释为十分得体的模仿。蒲柏本人在同一首诗中，当列举他不敢苟同的糟糕的创作实例时，也故意用了类似的不和谐；艾狄生（Joseph Addison）在《旁观者》（*The Spectator*）报第 253 期上对这几行诗的评论，也表明这类手法仍然会引起人们活跃的兴趣。例如，蒲柏便是这样来形容脑筋迟钝的诗才的：

And strains, from hard-bound brains, eight lines a year.
木头的脑瓜写诗，一年挤八行。

---

[33]《大卫王纪》（*Davideis*），考利（Abraham Cowley）1656 年发表的赞颂《圣经·旧约》中大卫王生平事迹的叙事诗。

斯宾塞也不在话下，经常运用这种手法。对头韵（alliteration）乏味地乱用一阵，足以表明正在讲话的勃拉加多奇奥[34]是一名说谎者和伪君子：

But minds of mortall men are muchell mard,
And mou'd amisse with massie mucks vnmeet regard.

但凡人的头脑都严重损伤，
因大量不当观点而运转失常。

而当写到杜艾萨[35]诱惑圣乔治时，使用的语法、节奏及韵脚是再糟糕不过的了。这位高贵的骑士听了，应警觉并非一切都平安无事：

Yet thus perforce he bids me do, or die.
Die is my dew; yet rew my wretched state
You...

他就这样强迫我去做，否则必死。
死我罪有应得，但对我的可怜结局
你应悔恨……

在每一种语言中，都有某些模仿手法变成了标准的定式；而英语中大多数此类手法已人尽皆知，此处无需笔者加以赘述，无非是缺乏

---

[34] 勃拉加多奇奥（Braggadocchio），《仙后》中的吹牛者，后遭揭露并感到屈辱。
[35] 杜艾萨（Duessa），《仙后》中人物，是欺骗、无耻、伪善的象征。

开头的诗行可以增速，扬抑格的节奏提示下降的运动，等等。英语中属本民族的词基本上都是单音节的，而单音节的词总要求有即使很微弱的单独重音。因此，很长的拉丁词倘若用得巧妙，会产生使韵律轻快的节奏功能，与之相反的情况，则是由于"一行乏味的诗中往往塞入了十个低音词"[36]而出现了无节奏的呆板的吼叫。英语中这后一种现象带来一种更加有用的副产品：所谓的中间带个扬扬格的截断诗行，这种诗行从古英语时代（当时它叫西弗斯 C 型[37]）以来，一直非常有效地暗示不祥的预兆：

>Thy wishes then dare not be told.（Wyatt）
>你的愿望当时不敢明言。（怀亚特）

>Depending from on high, dreadful to sight.（Spenser）
>从高处悬垂而下，景象可畏。（斯宾塞）

>Which tasted works knowledge of good and evil.（Milton）
>对之鉴别，即可获善恶知识。（弥尔顿）

摹拟谐声虽不在话下，也偶尔可用于任何形式的作品，但它作为一种产生持续效果的手段，似乎理所当然地附属于供口头吟诵的诗歌；在吟诵的诗歌中，它由一种稳定的规范模式发展成多种变体形式。剧作家和散文家很少运用谐声，在莎士比亚作品中，这种手法仅仅出现

---

[36] 十个低音词，见《论批评》（*Essay on Criticism*）第 347 行，这行的毛病当然不在于单音节词太多，而是重音过多。——原注
[37] 西弗斯 C 型（Sievers' type C），古英语时期的一种诗歌韵律。

在具有特定理由的场合，如李尔王在荒野中用暴风雨本身的音响对着暴风雨呼号[38]。在抒情诗中，如果运用仿声词，便会产生一部力作才有的效果，即吸引读者的极大注意，并使该诗变成一些警句和格言。14世纪杰出的短诗《铁匠们》便是个例子，诗行中运用头韵来形象地表现用铁锤打铁的声音：

> Swarte smekyd smethes smateryd wyth smoke
> Dryue me to deth wyth den of here dyntes...

> 烟熏火燎，黝黑的铁匠蓬头垢面，
> 铁锤的阵阵嘈杂声把我驱向死亡……

在修辞学的历史上，屡次三番地出现过某种理论，断言声音与意义之间存在"必然"的关系。这样必然的关系是不可能存在的，而是由于语言中本来就有拟声的成分，诗人们才显然对这类成分加以开发和利用。为求简便，倒不如把摹拟谐声解释成为一种修辞格的特殊运用，它类似古典诗歌中的音量，但最好说它是音质：由元音和辅音来构成各种半谐音[39]。我们不难将以下两种供吟诵的诗歌区别开来，一种是带有持续的"音质"或曰声音定式的，如《海坡里翁》；另一种不妨举《红睡帽之乡》[40]为例，该诗篇中的声音主要是为意义而存在的，因此使人感到它更接近于散文。有迹象使我们相信，当同一首诗的两种文本虽

---

[38] 见《李尔王》幕三景二。李尔对暴风雨呼号时，用了大量的仿声词，从而反映他的内心也在掀起一场风暴。

[39] 半谐音（Assonance），只押元音的韵，如 late 与 make。

[40] 《红睡帽之乡》（*Red Cotton Nightcap Country*），罗·勃朗宁1873年发表的诗作。

在"纹理"（texture）上有所不同，可是同样都令人感到满意时，就不存在始终如一的声音定式了，就像乔叟的《良妇列传》的序跋现有的两种文本一样。

文学批评界对"音乐性"一词的混乱使用，其主要原因在于，当批评家们在考虑诗歌中所含的音乐时，他们很少想到与他们所讨论的诗歌同时代的真正音乐，及其重音和舞蹈节奏，而仅仅想到古典音乐的（基本上鲜为人知的）结构，后者大概更接近歌曲和音调重音。我们一向重读摹拟谐声，是由于它说明了下列原理，即尽管在古典诗歌中，声音定式或音量因属反复出现的成分而构成诗歌"韵律"（melos）的一部分，但是它到了我们今日的诗歌中，则成为"场景"（opsis）的一部分了。

连续节奏：散文

263 在每一首诗中，我们至少能听到两种不同的节奏：一种是反复出现的节奏，我们已经说明它是一个由重音、韵律和声音定式组合的复合体；另一种是语义方面的节奏，也即我们通常所感到的散文节奏。在大声朗读诗歌时，如强调前一种节奏，就会产生唱歌的效果；若强调后一种，则会产生"浮夸透顶的散文"，这是萧伯纳在评论莎士比亚时代讲话风气时说的话。当反复出现的节奏是主要的或支配性节奏时，便出现供吟诵的诗篇；当语义的节奏占主要时，则成了散文。散文体文学作品之产生，是由于文学内部运用了推理或论断性文章的形式。而用韵文体写成的论文，不论其多么"缺乏诗意"，都毫无例外归入文学类中。

16世纪是个实验的阶段，主要进行口头吟诵作品（或按照霍布金斯的意见，称之为连续节奏）的实验。"韵律"（melos）的影响产生了无韵诗；"场景"（opsis）的影响产生了斯宾塞式的诗节和德雷顿的六音步作品（德雷顿的长诗《多福之邦》[1]是叙事的，这足以说明为什么

---

[1] 《多福之邦》（Polyolbion），德雷顿创作于1613—1622年间，描写由西向东行时英国各地的美丽风光。

他选用了这种格律）。正像所有实验阶段一样，16世纪有些实验相对说来是失败的，如蛋贩韵律[2]，时兴一阵后便无人问津了。口头吟诵的散文，即主要按演说形式构思而成的散文，则反映了口述文学受到了文化的支配，人们通常仅视其为口头表达的附属形式，因口头表达的最高形式仍是韵文。口述散文被列为低级或至多是中等的体裁，具有代表性的是像弥尔顿的下列比喻"屈居下方，享受散文的凉爽空气"。因此，任何人打算使散文成为体面的文学，往往都会赋予它某些韵文的特点。

杰里米·边沁[3]指出，在散文中，是一行接一行，直至一页的末端，世人据此便认为他把散文与诗歌区别开了。跟许多简单化的言论一样，他这番话也含有一种在知识方面目光短浅的人所易于忽略的真理。散文的节奏是连续的而不是反复出现的，其标志在于书本的每一页上，所有的行都是纯属生硬地断开的。诚然，每个散文作家都知道，写作散文并不像印刷它那样的呆板，在印刷时，可能把一个重读的词排在一行的末尾而不移到下一行的开头，有时一个要求重读的词，却用连字符进行移行，等等，从而损害甚至破坏了一句句子的节奏。但是，散文作家大多是命运的俘虏，除非他们情愿进行马拉美在《骰子一掷》[4]中所说明的那种反叛。文艺复兴时期的散文体演说在节奏上具有许多反复出现的特征，但诸如此类的特征往往由于印刷术连续的排字而被掩盖了。对唱颂歌（各种名人录用此形式写成）便属一例。

---

[2] 蛋贩韵律（Poulterer's measure），指尾韵相同的双行诗，前行12音节，后行14音节，旧时鸡蛋贩子卖鸡蛋，如你买了一打再买第二打，他额外添给你两个蛋，故得此谑名。这种诗体由于音节太多难以处理，故渐渐被淘汰了。
[3] 杰里米·边沁（Jeremy Bentham, 1748—1832），英国法学家、哲学家。
[4] 《骰子一掷》（Coup de Dés）是马拉美（S. Mallarmé, 1842—1898）的最后一首诗。

He distastes religion as a sad thing,

　　and is six years elder for a thought of heaven.

He scorns and fears, and yet hopes for old age,

　　but dare not imagine it with wrinkles...

He offers you his blood today in kindness,

　　and is ready to take yours tomorrow.

He does seldom anything which he wishes not to do again,

　　and is only wise after a misfortune...

他厌恶宗教，视之为坏事一桩，

　　可是一想到天堂便年长六岁。

他嘲笑、害怕，又盼望年岁增长，

　　可是不敢设想脸上满布皱纹……

他今朝一片善心愿为你献血，

　　明日却打算吸取你的血。

他很少做他不甘心再做的事情，

　　只有大难之后才变得聪明……

绮丽体（euphuism）的散文也采用修辞课本上所罗列的各种手段，包括尾韵、头韵及格律对称，其实这一些通常都被视为诗歌专有的权利。西塞罗式的散文是以间歇的节奏和从句的对称作为基础的，后者经常又是一种准格律对称。在诸如布朗的《瓮葬》[5]这样刻意运用修辞手段的散文作品中，我们能够挑出像西塞罗的"结语"[6]那样反复出现的

---

[5] 《瓮葬》（*Urn Buriad*）是托马斯·布朗（Thomas Browne, 1605—1682）的一篇散文。

[6] 结语（Clausulae），实指一个修辞的终结。

节奏单位，如：handsome enclosure in glasses（用玻璃器皿堆成的漂亮围栏）、revengeful contentions of Rome（罗马的报复性争论），这些都是运用抑抑扬格的例子。1611年版的《圣经》英译本把每首诗都排印成单独的段落，这无疑是为了照顾传教士的方便，但也说明该译本对散文节奏的认识要比通常印刷的文章更加清楚。培根的论说文尤其是早期更具格言式的文章，如把每个句子排印成独立的段落，也会更加清楚地烘托出其节奏。

到了17世纪，连续节奏的实验趋于尾声，继之而起的是实验散文的阶段。这个阶段以"塞内加式的漫步"[7]或雅典派散文开始，是针对西塞罗派那种很正式的半韵律修辞手法的反叛，以争取十分自然的说话风格。在德莱顿的文章中，一个既成的事实便是散文已从韵律的主宰下解放出来，从而获得散文所独具的语义节奏。因此，马修·阿诺德正确地把德莱顿和蒲柏的时期称作散文和理性的时期，这并非因为这一时期的诗歌变得平淡乏味[8]，而是因为当时的散文已成为地地道道的散文了。文学史上一桩奇妙的事情是，茹尔丹先生[9]的著名发现的确是一个发现，而且是一种文学在其发展十分迅速的时刻经常出现的发现。

我们在指出从德莱顿时期起，散文更加清楚地展现其独特的节奏时，当然并不想说明当时作家已写出上乘的散文，不过我们恐怕并无必要提醒读者要防止过早的价值判断。但是已十分明显的是，当时散文已

---

[7] 详见乔治·威廉逊（George Williamson）1951年出版的著作《塞内加式漫步》（*Senecan Amble*）。——原注
[8] 平淡乏味（prosaic），又译作"散文体的"，可见在过渡阶段人们对散文抱有的偏见。
[9] 茹尔丹（Jowrdain）是莫里哀的喜剧《布尔乔亚士绅》（1670）中一人物，百般效颦上层显贵的举止，以求置身于士绅阶层；当获悉自己已出口成章，平生谈吐皆成散文时，惊喜不已。

成为一种明白晓畅的文体。它处于炉火纯青的阶段——即是说，它已最大程度地摆脱口述诗歌及其他韵律的影响——最不装腔作势，把题材阐述得犹如商店橱窗的玻璃一样明达透彻。毋庸赘言，如此不偏不倚的清晰叙述是决不会令人感到乏味的，因为乏味必然是浑浊晦涩的。因此，尽管我们找不出文学上的理由来说明为什么散文作家不应该把文章写得辞藻华丽一点，但是当散文用于非文学性的目的时，讲究辞藻的散文经常变成一种不利的因素了。这种情况多少反映在下面这番话中，即有些人说，用麦考利的风格是不可能道出真理的，——但这话并非专门针对麦考利。一篇极其矫揉造作的散文是缺乏足够的灵活性去完成散文的纯属描述的任务的；它处理材料总是削足适履、简单了事。即使吉本也未能避免为强求对称而牺牲对某个事实的必要限定。同样的原理在文学内部也多少可以见到，例如，当我们研究绮丽体的传奇故事时，会意识到用绮丽体散文来讲述一个故事是何等困难。绮丽文体是从演讲的形式中产生的，至今还最适用于洋洋千言的慷慨陈词。绮丽体作家不放过任何机会，随时都要沉陷到他们的独白中去。

简言之，讲究修辞的散文理所当然地最适用于修辞的两个目的，即从事修饰和说服他人。但是，由于这两个目的在人们心理上构成反差，所以散文的说服性效果经常为这种修饰性所冲淡，后者仅给人以愉快之感。杰里米·泰勒[10]的虔诚的文章中所包含的美属于一种超脱的因素，使他永远囿于艺术的境界而不能投身到瞬息变化的劝说的激流中去。这种道理并非仅见于泰勒；即使在乌尔夫斯坦[11]所辖的教区

---

[10] 杰里米·泰勒（Jeremy Taylor，1613—1667），英国传教士、散文家。

[11] 乌尔夫斯坦（Wulfstan，？—1023）的《告英国人民书》（*Sermo Lupi ad Anglos*）另有一种文本，所列头韵对子比我此处援引的还多两个，说明这类修辞具有某种随意增删的性质。——原注（转下页）

中，也一定会有几名抱世俗思想的高雅博学之士并不感到自身有多少罪孽，相反，却更多注意到这个传教士在运用头韵节奏上颇为熟练：

> Her syndan mannslagan ond maegslagan ond maesserbanan ond mynsterhatan, ond her syndan manswaran ond morthorwyrhtan, ond her syndan myltestran ond bearnmyrthran ond fule forlegene horingas manege, ond her syndan wiccan ond waelcyrian, ond her syndan ryperas ond reaferas ond worolstruderas, ond, hraedest is to cwethenne, mana ond misdaeda ungerim ealra.

> 这里有杀人犯、灭亲者，有杀害牧师、仇恨寺院者；
> 这里有凭伪证害人者，有妓女、屠杀儿童者、卑鄙的通奸者，
> 还有抢劫犯，总而言之，存在大量的作孽和犯罪。[12]

我们在此处所讨论的是文学性散文。另有一段关于非文学性散文的节奏的说明，将见于这篇论文的下文。散文韵律的标志中，包括以下种种倾向：用一些短的词组和并列从句构成冗长的句子，将一种充满活力的单线直入的节奏与大力强调的重复结合起来，痛快的抨击，详尽地罗列事项，表述思想的过程和变动，而不是以合乎逻辑的语言顺序说明业已形成的思想，等等。拉伯雷堪称是熟练运用散文韵律的

（接上页）乌尔夫斯坦，英国约克郡大主教，写有许多布道书，包括这篇有名的《告英国人民书》，书中描绘了丹麦人入侵使英国沦于荒芜的景象，并谴责了当局英国。——译注

[12] 这段话引自乌尔夫斯坦的《告英国人民书》。

大师之一：在我看来，他第一部书[13]的第五章中所描写的美妙酒会从技巧上讲便是一首乐曲，并堪称是由尚纳坎[14]填词的。在英国散文方面则有伯顿，据说他曾顺艾西斯河而下，听船夫的诅咒以自娱，或许他的艾西斯河之行便是为了创作目的，因为他文章的风格基本上具有上乘诅咒的特色：一种摇荡的节奏、爱好咒骂和罗列事项，使用无尽的词汇，倾向于用短小的强调单位进行思考，并对与诅咒有关的两个科目神学和个人保健知识拥有百科全书式的广博学识。上述种种，除了最后一项外，都属于音乐的特征。

弥尔顿的散文一如他的诗歌，在发挥得最佳时，充满了"真正的音乐欢快之感"，当然，这属于另一种非常不同的快感。冗长的掉尾句中夹杂以短小的咆哮般的词组，这些句子中的速度变化多端，充满激情的定语汇聚成修辞手段，以及贝多芬式的怒吼的结束语，便是弥尔顿散文的若干特征。但是，当斯泰恩[15]成了运用散文韵律的主要大师之后，西方才发展起"意识流"技巧，从而使我们时代又恢复把思想描写成一个过程。在普鲁斯特[16]的作品中，这种技巧所采取的形式，是像瓦格纳那样把一些主导主题（leitmotifs）相互交织在一起。在格特鲁德·斯坦[17]的作品中，一种刻意追求的冗赘语言使她的遣词造句具有某种足以包容音乐才有的重复力量。但是毋庸置疑，在散文韵律方

---

[13] 拉伯雷的第一、第二部书均为《巨人传》。

[14] 尚纳坎（Clement Jannequin，约1474—1560），法国作曲家，擅长谱写长篇诗剧的乐曲。

[15] 斯泰恩（L. Sterne，1713—1768），英国作家，主要小说是九卷本的《项狄传》（1760—1767）。

[16] 普鲁斯特（Marcel Proust，1871—1922），法国意识流作家，名著《追忆似水年华》的作者。

[17] 格特鲁德·斯坦（Gertrude Stein，1874—1946），美国女作家。

面做了最无微不至的实验的，还应推乔伊斯；《尤利西斯》一书中所描写的酒吧间的情景（斯图尔特·吉尔伯特的评论中称之为"海妖"场景）尽管带点杂技色彩，却有力地证明，我们刚才所论述的散文技巧很类似纯属幻想的音乐。例如，温德姆·刘易斯就采纳了这种类似性，他创作《不懂艺术的人》，其意图显然是把这部书作为主张表现场景（*opsis*）的声明。我们处处都能见到追求韵律的创作倾向，即使在通常缺乏音乐性的作家笔下也不例外。譬如，在《旧衣新裁》行文中，我们读到这样一段话："那一堆堆杂乱的颂文和挽歌，其狂热的彼特拉克式和维特式[18]的货色胡乱地散布于形形色色毫不相干的东西之间"，这时我们就会明白，作者把绮丽体的某些手法用单线直下的强调，而不按真正绮丽文体中那样用来保持双双的平衡。

在散文方面，一如在诗歌中那样，那些经常被人们从多情善感的含义上称之为具有音乐性的作家，往往是远离真正的音乐的。我们不妨随便举德·昆西、佩特、罗斯金、莫里斯等少数例子，他们描写场景的创作倾向中经常还包括爱好细微如画的描写和具有装饰效果的长长的明喻，但是这种爱好不足以划分他们的倾向，我们不能根据作家选择什么题材来判断他们风格的特色。真正的差别倒是表现于对句子的概念之中。亨利·詹姆士晚期小说中的冗长的句子都是具有很大容纳力的句子，所有的修饰语和插入语都被纳入一种定式，而当论点一个又一个地交代后，涌现的并非单线直下的思想过程，而是一种共时性的理解。作者把自己所解释的事情转来转去，从不同的角度加以观察，但是可以说，事情的全貌从一开头就已存在了。同样，在康拉

---

[18] 所引的为英国作家卡莱尔（Thomas Carlyle）的散文《旧衣新裁》（*Sartor Resartus*）中的一段话，其中提到的"维特式"，指歌德笔下烦恼的少年维特那样的狂热劲头。

德的小说中，叙事过程中的脱位——用他自己的话说，便是前后移动——其目的在于使我们的注意力从听取故事转移到观看主要情景。他的名言"首要的是使你见到"中，包含着一个视觉的比喻，这比喻中还保留"看见"的相当多的原义。《项狄传》中的叙事脱位则产生相反的效果，它们使我们的注意力从观看外部情景转移到去倾听作者叙述这种情景在他脑海中如何形成的过程。

由于散文本身是一种明白晓畅的写作手法，所以较少散文作家表示出明显倾向于这一边或那一边。一般说来，当我们强烈意识到一种明确的"风格"，或文学结构的修辞特征时，我们就很可能接触到"韵律"或是"场景"了。布朗和杰里米·泰勒十分倾向于情景，而伯顿和弥尔顿则很倾向于韵律；欧·亨利的一篇小说中，有个人物对泰勒作如下的评论："为什么没有人就这一点写上几句话呢？"这番评论所指的，不是类似音乐的东西，而是近乎丁尼生式的声音模式。

我们也许可以大胆地概括，古典文学的影响主要侧重于"场景"，其理由是，高度屈折的语言比现代英语或法语在词序方面赋予人们更大的自由，因而人们往往认为句子是同时包含其所有部分的。即使在演说家西塞罗的作品中，我们也强烈地意识到"平衡"，而平衡则意味着冲淡单线直进的运动。在晚期拉丁语中，开始显露出一种新型的单线推动力，我们感到它更接近于诗行带头韵并已包含重音音乐萌芽的新型的条顿文明。例如，在卡西奥多鲁斯的著作中，主题词和重读头韵在十分浮夸的句子中频频出现，前呼后应：[19]

---

[19] 下面这段文字转引自 W. P. 克尔（W. P. Ker）的《黑暗时代》（*The Dark Ages*，1911）第 119 页。——原注

卡西奥多鲁斯（Cassiodorus，490？—585？），罗马史学家、政治家兼僧侣，著有《论宗教文学与世俗文学》等。——译注

Hinc etiam appellatam aestmamus chordam, quod facile corda moveat: ubi tenta vocum collecta est sub diversitate concordia, ut vicina chorda pulsata alteram faciat sponte contremiscere, quam nullam contigit attigisse.

琴弦从此不断诉说，因它们易于弹奏：切切细语处于参差的和谐之中，此时相邻的琴弦也会自动发出颤音，任何东西不会臻于如此典雅。

合式节奏：戏剧

在任何文学结构中，我们都能察觉到可以称作言语个性或叫话音的特征——它虽与面对面讲话有关，却又属不同的东西。当感觉到这种特征即是作者本人的话音时，我们就称之为风格：*le style c'est l'homme*[1]是为人们普遍接受的名言。风格这一概念是以下列事实为基础的，即每个作家都具有自己的节奏和偏爱的形象，前者同他的笔迹一样清晰，后者包括某些元音、辅音，以及二、三种原型。当然，风格虽存在于一切文学之中，但其最纯粹的形式却表现在主题型散文之中：事实上，风格是应用于一般列入非文学类散文作品的主要文学术语。维多利亚时代晚期是风格的重要时期，当时文学批评的一条基本原理便是主要探讨作品与作者个性之间的联系。

在小说中，我们察觉到更加复杂的问题：对话要出自书中人物的嘴巴，而不由作者来说；有时对话和叙事相去甚远，以至于小说中的语言可以区分为不同的两类。风格应适合于书中某个人物或某一主题，

---

[1] 风格如其人，这是法国作家乔治·布封（G.-L. L. de Buffon, 1707—1788）提出的原理。

这叫作"合式"(decorum，又可译为"得体"[2])，也即风格与内容必须相称。一般说来，"合式"便是作家的符合伦理准则的话音，即他自己的言语要改变一下，以符合书中某人一物的口吻或适应作品主题或基调所要求的腔调。正如风格在漫谈式散文中体现得最纯正一样，"合式"显然最纯正地反映在戏剧之中，在戏剧中，作家是不会亲自出面的。我们用现今的观点，不妨把戏剧描述成被"合式"兼并的口述或虚构的作品。

戏剧是模仿双方的对话，而对话所讲究的语言必须是十分流畅的。它所包括的，既有一席准备好的讲话，又有一种讥诮和搪塞，后者若是用韵文，则叫作"轮番抢白"(stichomythia)。戏剧对话存在双重的困难：既要表述说话人的性格和言语节奏，又要对它们做一点更改以适应环境和别人说话的心境。在伊丽莎白时代的戏剧中，可以说其重心定在吟诵韵文与散文之间的某个地方，这样，它就可以根据是否合式得体的要求轻易地由一种文体转移到另一种，而当时所谓讲话合式得体主要取决于人物的社会地位和戏剧的类型。喜剧和下层人物采用散文；在随后数百年中，随着吟诵的史诗让位于虚构作品，喜剧和散文便显示出一种适应于已变条件的能力，这种适应力却明显是悲剧和韵文史诗所缺乏的。

不过，即使在散文体的喜剧中，虽说统治阶级人物讲话所要求的高尚风格已基本消失，但依然存在一个技术问题，即如何用散文来体现诗剧中用韵文所表达的诸如威严、激情、机智形象（这也许是最重要的）及悲怆等特征。散文体喜剧经常靠发展一种矫揉造作的警句式

---

[2] 这个词通译为"得体"，但弗莱用此词并不是用来指礼节方面的问题，而是指"风格应适合于剧中某人物或某主题、某样式"，故译为"合式"较为妥当。

的散文风格来达到上述目的，在这种风格中，重又出现讲究修辞的散文的某些对句和重复的结构。从康格里夫到奥凯西，几乎所有杰出的英国喜剧作家都是爱尔兰人，这种修辞传统在爱尔兰也存在更久一点。辛格戏剧中的散文也被列为追求特殊的文学风格，[3] 尽管他仅是再现了爱尔兰农民说话的节奏。与此相反，像19世纪的勃朗宁的或20世纪艾略特和弗雷的韵文节奏似乎都更十分轻易地兼顾了吟诵史诗与散文两者。萧伯纳曾说过，用无韵诗写剧本实际上要比用散文写更为容易，对此说法难道文坛没有一点评论？在许多现代诗剧中出现的不自然和勉强的感觉，就其本身情况而言，应归因于妄图采用一种不适合的修辞，这种修辞与正常的对话节奏过分脱节；而伊丽莎白时代的戏剧不管多么刻意追求风格，也不会犯这种毛病的。

浪漫主义作家或维多利亚时代的作家中，很少人有兴趣去尝试为对话的节奏寻找韵文的形式。学校经常按浪漫主义的时尚敦促专修英语的学生要尽量多地使用盎格鲁－撒克逊词源的短小的词，其根据是，短小的词可使学生用词具体化，殊不知建立在短小本族词基础上的风格乃是最矫揉造作的风格。若与威廉·莫里斯的传奇相比，塞缪尔·约翰逊写得最结巴的文章也仍然属口语、对话体的。当今受过教育的人所说的标准英语，带有许多既长又抽象的专门术语，而在短小的词上却加上重音，变成一种多音节的喋喋不休之声，它用于散文较之用于韵文要容易得多。布莱克的《预言书》是用韵文处理对话节奏的屈指可数的成功作品之一，其成功之罕见竟令许多评论家至今还怀疑它是"真正的诗歌"。布莱克认为，需要用一种比五音步更长的诗行来

---

[3] 参见 T. S. 艾略特（T. S. Eliot）《诗歌与戏剧》（*Poetry and Drama*，1951）一书。

——原注

表达有教养者的讲话,我们不妨拿他的主张与克拉夫[4]和布里奇斯[5]在六音步诗行方面的实验做一番比较;克拉夫和布里奇斯的实验也旨在捕捉到同样的节奏,不过我们感到,至少在克拉夫的诗作中,由于过分拘泥于韵律而使重音变成游乐园中的过山车一样急转突变。《鸡尾酒会》[6]的韵文节奏也许十分清楚地预示着,在现代人的讲话中正在逐渐形成一种介乎诗歌与散文之间的新的节奏重心,实际上这种韵文节奏又回到一种十分近似古老的四重音诗行的节奏上去了。目前正在形成的也许是一种很长的带六、七个节拍的按抑扬作成的诗行,若分成两半,它最后便适宜于口头对话了。

在戏剧中,韵律和场景的问题是很容易对待的:韵律便是真正的音乐,而场景则是观众能见到的布景和服饰。

---

[4] 克拉夫(Arthur H. Clough,1819—1861),英国诗人。
[5] 布里奇斯(Robert Bridges,1844—1930),英国诗人。
[6] 《鸡尾酒会》(*The Cocktail Party*),T. S. 艾略特的三幕话剧,1949 年首演。

联想节奏：抒情诗

看来在文学模式的历史顺序中，每一种体裁都会依次上升到某种优势地位的。神话和传奇主要表现在口述的韵文中；到了高模仿作品中，一种新的民族意识抬头，而世俗修辞又获发展，才把固定剧院的戏剧推到引人注目的地位。低模仿带来了虚构文学，又促使人们更频繁运用散文，其节奏最后又开始影响诗歌。华兹华斯认为，把韵律除外，那么诗歌和散文在词汇上都是相同的；他的这种理论是一项关于低模仿的宣言。在抒情诗这样的体裁中，诗人跟讽刺作家一样，也是不理睬读者的。这种体裁还十分清楚地展现出文学假设的核心，即显示叙事和意义就其字面而言仅是词序和词语定式。看起来，仿佛抒情诗这种体裁与讽刺模式和意义的字面层之间存在特别密切的联系。

我们就随意举一诗行为例，譬如《量罪记》中克劳狄奥慷慨陈词的开头：[1]

    Ay, but to die, and go we know not where:
    是的，可是死了，人不知去向:

---

[1] 见该莎剧第三幕第一场。

诚然，我们能听到韵律的节奏，一个抑扬格五音步在实际台词中念成了四重音诗行。我们也能听到语义的也即散文的节奏，还听到台词得体的节奏，即一个面临死亡的人如何用言辞表达自己的恐惧感。但是，只要我们十分聚精会神去谛听这行诗，我们更能从中察觉另一种节奏，一种从声音定式的巧合中涌现的神谕似的、沉思的、不规则的、难以预卜的，基本上是不连续的节奏：

    Ay:
    But to die...
       and go
         we know
           not where...

    是呀：
    可是人死了……
       究竟去何处
         我们不得而知……

  就像语义节奏由散文创始、韵律节奏由口述史诗创始一样，这种神谕般的节奏看来便是主要由抒情诗创始的。散文的能动性通常是以有意识的思想作为自己的重心的，推理性作家写作时是深思熟虑的，而文学性散文的作家则模仿着一种深思熟虑的过程。在口述的韵文作品中，韵律的选择规定了如何组织修辞的形式：诗人养成了以这种韵律进行思考的无意识的习惯和本领，因而可以自由自在地去顾及其他方面，比如讲述故事、阐明观点，或进行为求合式得体所需要的种种修饰。但是，其中没有一项已认真做到我们所认定的典型的诗歌创造：诗歌创造是修辞的一种联想过程，其大部分隐伏在意识表层之下，是由一系列双关语、音响环链、含糊其辞的意义联系及颇似梦幻的依稀回忆构成的混沌之物。从这片混沌中，才涌现抒情诗这种声音与意义的特有的结合。和梦幻一样，词语联想也要受一种尺度检验，这种尺度可以叫作"可信性原理"（plausibility-principle），也即联想构成的形式必须为诗人本人及其读者的清醒意识所接受，还应该很好地适应于论断性语言的符号意义，足以与那种意识进行交流。但是联想节奏与梦幻所保持的联系，似乎相当于戏剧与仪式之间的联系。联想节奏在一切作品中均可见到，丝毫不亚于其他节奏：叶芝在印刷中对佩特作品做一番重新安排，说明从散文中也可获取联想节奏，叶芝本人正是由此才开始编选《牛津现代诗选》[2]的。

抒情诗的最为自然的单位是诗节这种短小的单位；在早期，大多数抒情诗往往具有相当正规的诗节套式，反映了当口述诗歌处于鼎盛时期。类似我们在中世纪传奇中所遇到的那种划分为诗节的口述作品，通常要远比仅分诗行的口述作品更接近于梦幻世界的气氛。随着浪漫主义运动的兴起，人们认为"感情的真正声音"[3]在节奏上无法预测和不规则的观点开始强化起来。爱伦·坡的《诗歌原理》[4]认为，诗歌从本质上讲便是神谕式和不连续的，所谓富有诗意即是指抒情的东西，而口述的叙事长诗其实仅是一些抒情的段落与诗化的散文交织而成的。

---

[2] 《牛津现代诗选》(*The Oxford Book of Modern Verse*)，叶芝于1936年出版这部诗选，并作序。

[3] 见赫伯特·里德（Herbert Read）的同名著作《感情的真正声音》(*True Voice of Feeling*, 1953)。——原注

[4] 《诗歌原理》(*The Poetic Principle*)，爱伦·坡1848—1849年在一些城市做的一次讲演。

爱伦·坡的这番话就像华兹华斯宣告低模仿的宣言一样，变成了讽刺时代的宣言，并宣称英语文学的技巧实验开始进入第三个阶段，其目标是要解放抒情诗的独特节奏。"自由"韵文的目标并非简单地反叛韵律和口述叙事诗的因袭程式，而是要明确宣布一种与韵律和散文都不相同的独立节奏。如果我们不能识别这第三种节奏，那么我们就无法答复如下的幼稚的反对意见，即认为只要诗歌中除去有规则的韵律后，它就变成了散文。

艾米莉·狄金森的诗品中押韵不严格，叶芝的作品中诗节结构比较随便，他们的意图并非想使韵律格式变得更加不规则，而是为了使抒情的节奏变得更为精确。霍布金斯的"跳跃节奏"一语也与抒情诗有着密切关系，一如连续节奏之与口述叙事诗密切相关。庞德从早期的意象主义到后来《诗章》（*Cantos*）那样零星地拼凑而成的作品（作为其先导的，是法国和英国在半个世纪中已就口述叙事诗的"肢解"也即抒情化进行过的实验），其理论和技巧都是以抒情化为中心的。新批评派建立在含混基础上的修辞分析同样是一种以抒情诗为中心的文学批评，它往往很明显地要从所有体裁中获取抒情的节奏。20世纪最受人钦佩的先进诗人主要都是充分掌握了被解放的抒情节奏的那种难以捉摸的、沉思的、足以引起共鸣的、向心的词语魔力的。在这一发展过程中，联想节奏已变得更加灵活，因而已从其浪漫主义的风格基础转移到了一种新的主观化的得体表达上来。

抒情诗在传统上主要与音乐存在联系。希腊人从前称抒情诗为 *ta mele*，通常译作"供歌唱的诗"；到文艺复兴时期，人们经常把抒情诗与竖琴和长笛联系起来。上面刚提及的爱伦·坡那篇文章则强调音乐在诗歌中的重要性，因音乐在诗歌中足以用力度弥补其在准确方面的欠缺。可是我们不应忘记，当一首诗被"唱"出来后，至少就现代音乐的含义而言，其节奏构成已为音乐所取代了。一首"可唱的"抒情诗的歌词通常都是无色彩的平常的词，而现代歌曲只具有音乐加重的重音，其中足以标志诗歌支配音乐的音高即使尚存在，也微不足道了。因此，如果把 ta mele 译成"可供吟诵的诗"，那么我们对抒情诗的理解就会更清楚一点，因为吟诵（chanting）或如叶芝所说的"吟唱"（cantillation）都是突出歌词的内容的。现代诗人中像叶芝那样希望自己的诗受到别人吟诵的，往往恰好是一些非常怀疑为诗歌配乐谱曲的人。

音乐在其发展史中，反复显示出一种要发展精巧的对位结构的倾向，这类结构到了声乐中几乎可取消歌词。另有一种反复出现的倾向则是要改造并简化音乐结构，从而赋予歌词更加显著的地位。后一种倾向有时是受到宗教的压力而形成的，但文学的影响也同样产生着作用。我们也许可把情歌（madrigal）视为在诗歌屈从于音乐方面趋于极限的东西。在情歌中，随着你一言我一语地轮唱歌词时，诗歌的节奏便消失了，而歌词中的形象就改由通常称作标题音乐的各种技巧来加以表达。有时很长的一段曲子填上毫无意义的歌词，或者整部乐曲都用副标题注明"适宜于多声部或六弦提琴演奏"，这说明歌词完全可以取消了。诗人们不喜欢自己的歌词这样被消解殆尽，这一事实充分反映在他们支持17世纪的风格，即把歌词单独纳入旋律优美的一行中，这一风格使歌剧的产生成为可能。这么一来，当然使我们更接近了诗歌，尽管音乐在节奏中依然处于主导地位。但是，作曲家越是强调诗歌的言辞节奏，他也就越接近于吟诵，吟诵才是抒情诗的真正节奏基础。亨利·劳斯[5]在这方面做过一些实验，曾赢得弥尔顿的赞赏；而如此众多的象征主义者之所以对瓦格纳无比钦佩，也显然基于如下的观

---

[5] 亨利·劳斯（Henry Lawes，1596—1662），英国作曲家。

念（如果这样谬误的观念竟可构成基础的话），即瓦格纳也是竭力在使音乐节奏与诗歌节奏等同起来，或至少在把二者紧密联系起来。

但是，既然我们已知抒情诗的一侧联系着音乐，而吟唱的纯属词语的强调处于中间，那么我们便可见到，抒情诗的另一侧还与绘画相联系，这种联系具有同样的重要性。当一首抒情诗印在一书页上时，便会多少出现这种情况，此时可以说，我们不仅耳闻而且目睹了这种与绘画的联系了。将一首抒情诗分成诗节排印，有的诗行头上还空格，这样就使该诗获得一个视觉的格式，这截然有别于口述的叙事诗（其诗行长度大致相同），当然也有别于散文作品。不管怎么说，数以千计的抒情诗都热衷于塑造视觉形象，我们因而可以说，它们是为了获得画意。寓意画（emblem）中包含着真正的绘画；诗人兼画家布莱克配上镂刻画的抒情诗都是继承寓意画传统的，他在抒情诗中所起的作用类似于诗人兼作曲家坎比恩[6]和道兰德[7]在诗歌的音乐方面所起的作用。号称为意象主义的那场运动在抒情诗中增添了大量的绘画成分，我们几乎可以把意象主义派的许多诗篇形容为替无形的图画配上的一组文字说明。

在诸如赫伯特的《圣坛》和《复活节的翅膀》等寓意画中，诗行的排列形状就使我们联想起其题材的画面形态，在这里，我们已接近抒情诗与绘画交融的界线了。绘画吸纳了词语，便变成了图画式的文字创作，这与情歌的歌词为音乐所吸收相对应，这种图画式文字创作即是我们在连环漫画、带字幕的动画、招贴画及其他寓意画形式中非常熟悉的东西。霍格思的《浪子回头》[8]，以及东方卷轴画或偶尔带有木刻

---

[6] 坎比恩（Thomas Campion，1567—1620），英国诗人。

[7] 道兰德（John Dowland，1563？—1626？），英国诗人。

[8] 《浪子回头》（*The Rake's Progress*），是英国画家、雕刻家霍格思（William Hogarth，1697—1764）的作品。

画的小说中那些类似的叙事的系列画面，则体现了绘画更进一步吸纳文字了。文学的视觉基础是用字母进行书写，将文字排列成图画，曾更为零星地出现过，如带插图的手稿中用一些大写字母，或像超现实主义作家那样在拼贴画方面做的实验，这一切在文学中并无多大的重要性。当然了，倘使我们的文字还停留在象形阶段，那么排列成画的做法在文学中会变得更加重要，因为在象形文字中，书写与画画在很大程度上属于同一种艺术。我们在上文曾简略地提到过，庞德把意象派的抒情诗比作中国的表意文字。

我们理应料到，诗歌一方面与音乐、另一方面与绘画的关系问题在19世纪即已受到人们很多的论述了。事实上，我们通常所称作的实验性创作，其主体便在于努力使词语尽可能接近更富反复、更有力的音乐节奏，或者接近绘画的更加集中的静态。如果把这些发展视为对修辞某一方面的侧面进行探索，而不是与科学荒谬类比，视之为预兆文学技巧各方面普遍进步的"新方向"，那就有助于我们更清楚地进行思考。如果将上述关于进步的谬论逆转一下，便又使我们每当谈论起"颓废派"时产生道德上的愤慨。另一个谈论得很少的问题[9]，是诗歌在多大程度上，会"消融"到绘画或音乐中，并在恢复自身时带上另一种不同的节奏。譬如，从中世纪音乐的反复演奏的乐句中产生"散文"（prosa）即是一例；另一种不同的情况是一首歌成为许多不同的抒情诗的节奏源泉。

人的潜意识联想中有两个成分，分别构成了抒情诗的"韵律"和"场景"的基础，可是这两个成分从未获得过命名。我们不妨称它们为"喋喋不休"（babble）和"乱写乱画"（doodle），如果这样命名还成点

---

[9] 但是请阅 F. W. 斯滕菲尔德（F. W. Sternfeld）在《歌德与音乐》（*Goethe and Music*，1954）一书中关于"戏谑仿作"的解释。——原注

体统的话。在喋喋不休时，从不同的声音联想中产生尾韵、半谐音、头韵和双关语。赋予联想以形态的东西，我们一直称为节奏的发端，可是在一首无韵体诗中，倒是某个领域内节奏的振荡感逐渐地定形为包容的形式。我们从诗人们对自己作品所做的修改中可以发现，在灵感上或就重要性而言，或两者兼顾的情况中，节奏通常总比选句填词先行一步。这种现象并非仅限于诗歌，在贝多芬的笔记本中，我们也经常见到，他明确知道在某条小节线上定一个终止，然后才为它谱写旋律。我们在儿童身上也发现类似的演变，他们总是以带有节奏的喋喋不休开始，随后才填入恰当的词儿。这一过程同样反映在一些儿歌、大学啦啦队的叫喊声、劳动号子等等之中，其中的节奏乃是近乎舞蹈的身体颤动，而填入的词往往是毫无意义的。节奏明显优先于含义，是民间诗歌的不变的特征；而每当韵文像音乐一样，犹如铁路卧车在平稳地奔驰那样产生起伏的节奏，我们便叫它是"轻松"的。

当喋喋不休无法升华到明确的意识时，它就停留在失去控制的联想的层面上。后者经常成为文学中表现疯狂的手段。斯马特[10]的诗《羊羔的欢乐》中，有些部分通常被认为是精神错乱的产物，但全诗却通过一个有趣的形成阶段来显示其创作的过程：

> For the power of some animal is predominant in every language.
> For the power and spirit of a CAT is in the Greek.
> For the sound of a cat is in the most useful preposition κατ' εὐχεν
> For the Mouse (Mus) prevails in the Latin.
> For edi-mus, bibi-mus, vivi-mus — ore-mus...

---

[10]《羊羔的欢乐》(*Jubilate Agno*)，斯马特（Christopher Smart, 1722—1771）的诗作，这位英国诗人，晚年发了疯。

For two creatures the Bull & the Dog prevail in the English,

For all the words ending in ble are in the creature.

Invisi-ble, Incomprehensi-ble, ineffa-ble, A-ble...

For there are many words under Bull...

For Brook is under Bull. God be gracious to Lord Bolingbroke.

有某种动物的力量支配着每一种语言。

CAT（猫）的力量和幽灵附着在希腊人身上，

因为它的声音见于最有用的介词 κατ' εύχεν 之中；

而老鼠（Mouse, Mus）盛行于拉丁语，

如 edi-mus、bibi-mus、vivi-mus—ore-mus……[11]

两百年来，Bull（公牛）和 Dog（犬）常见

　　于英国人身上，[12]

所有带 -ble 的词都被这帮家伙用上了：

Invisible（见不到的）、Incomprehensi-ble（无法

　　理解的）、ineffa-ble（擦不掉的）、A-ble

　　（能干的）……

词条 Bull 下列有许多的词，

连 Brook 也不例外，愿上帝对 Lord Bolingbroke[13]

　　大发慈悲。

---

[11] 在拉丁语中，Mus 既当老鼠讲，又是许多动词第一人称复数的屈折词尾，故 edi-mus、bibi-mus、vivi-mus 及 ore-mus 分别是表示"我们出生""我们饮水""我们活着""我们说话"的意思。

[12] 英语中，bulldog 作"硬汉"解，而且带 bull 和 dog 的成语和典故甚多。

[13] 波林勃洛克即英王亨利四世（1399—1413），Bolingbroke 一名中，含 Bull 和 Brook 的谐音，故戏称 Brook（溪流）列在 Bull 之下。

类似这样的噼噼啪啪，火花迸发，融汇多种才智的情况，在任何诗歌思维中都是可能出现的。以上所引诗行中的双关语给予读者留下既荒唐又幽默的印象，这与弗洛伊德的观点是吻合的，因为他认为机智（wit）便是冲动从抑制性潜意识中摆脱出来。在文学创作中，冲动就是创造力本身，而抑制性潜意识则是我上文所说的可信性原理。双关语虽是言语创作中的基本成分之一，但当两人对话时使用一个双关语，它便会置谈话的用意于不顾，而另行确立起词语的一种独立的声音－含义定式。

在双关语中，言语的机智与催人入眠的咒语之间存在着一种危险的均势。在爱伦·坡的诗行 the viol, the violet and the vine（六弦琴、紫罗兰及葡萄藤）中，可见到这两种相反的特征融为一体。机智使我们发笑，是诉诸清醒的理性的；咒语本身给人留下印象，却无幽默感。机智使读者超脱；神谕般的咒语却吸引着他们。在类似亚瑟·本森的《不死鸟》[14]这样的梦幻诗，或者在像中世纪的诗《珍珠》[15]及斯宾塞和丁尼生作品的许多描写梦幻或昏眠状态的段落中，我们都能发现这些诗人同样也执着地运用反复出现、催人入睡的声音定式。如果我们讥笑像爱伦·坡那一诗行中的机智的话，我们就会破除这首诗符咒般的魔力，不过那行诗还是富于机智的，就如同《芬尼根的守灵夜》是一本非常滑稽的书一样，尽管全书始终未摆脱梦幻世界的神谕般的肃穆气氛。当然，在乔伊斯这部小说中，弗洛伊德和荣格关于睡梦和机智的机理之研究成果已为作者广泛使用。书中还很可能隐埋着像 vinolent（沉醉）这样一个词，用以同时表达爱伦·坡诗行中的一切。在虚构的小说中，一般说

---

[14]《不死鸟》(*The Phoenix*)，或译为《凤凰》，作者为亚瑟·本森（Arthur Benson，1862—1925），英国诗人。

[15]《珍珠》(*Pearl*)，一首由英国无名氏大约写于1350—1380年间的短诗。

来，联想过程主要从作者为其人物所起的名字中显示出来，例如利立浦特人（Lilliputian，小人国人）和 Ebenezer Scrooge（埃比尼泽·斯克鲁奇，狄更斯小说《圣诞颂歌》中的主要人物）使读者分别联想起侏儒和吝啬鬼，因为前一个名字令人想起 little 和 puny（弱小的），后一个则想起 squeeze（勒索）、screw（拧紧），也许还有 geezer（古怪老汉）。斯宾塞这样提到他笔下有一人物名叫 Malfont（马尔丰特）：

Eyther for th' euill, which he did therein,
Or that he likened was to a welhed.

不是由于他是个作恶之泉，
便是因为他像个藏罪之井。[16]

这意味着 Malfont 一名的第二个音节是由 fons 和 facere[17] 二词得来的。我们不妨称这种联想过程为诗的词源学，并在下文中进一步探讨这个问题。

　　无聊的喋喋不休的特征也出现在打油诗中，这种诗虽也是个创作过程，只是由于缺乏技巧或耐心去臻于完善，不过它的心理状态与《羊羔的欢乐》属于相反的类型。打油诗不一定就是笨拙之作；这种诗虽开始于清醒的意识，却从未通过一个联想的过程。它发端于散文，但力图通过意志的行为使它具有联想性，它所揭示的困难，与成功的诗歌在潜意识层次上所克服的困难是相同的。我们能发现，在打油诗中，词语

---

[16] 见斯宾塞《仙后》第 5 卷第 9 章。
[17] 在拉丁语中，fons 作"泉水、根源"解，facere 作"做、作为"解，而 malefacere 则意为"加害于人"。

因为符合韵律和格律硬被塞了进去，理念由于得自押韵的词的提示而牵强地用于诗中，等等。正如同我们在《休迪布拉斯》或德国的"棍棒诗"[18]中所见到那样，精心创作的打油诗可以成为颇具文采的讽刺的源泉，而且这种讽刺包含着一种对诗创作本身的戏谑性仿作，就像malapropism（词语的可笑误用）是戏谑地模仿诗的词源学一样。在赋予散文以某种集中的诗歌联想的过程中，困难是很多的，散文体作家中，除福楼拜和乔伊斯等大师外，敢于始终坚定地面对它们的寥寥无几。

创作过程中，用言词为构思打个最初的十分粗略的草稿（也即上文所说的"乱写乱画"），这与富有联想性的无聊的喋喋不休几乎是不可分的。在笔记本上，潦草地记下一些词语供以后使用；第一个诗节是"突如其来"闯入脑海的，接着就得构想同样形式的其他诗节与之相配；在把词语纳入定式的过程中，需要运用弗洛伊德从睡梦中追溯到的所有微妙心机。各种传统的文学形式，如十四行诗和与之同类但变化较少的民谣、田园歌[19]、六节诗[20]等，还有个别抒情诗人为自己设计的所有其他程式，都过于苦心经营，足以说明：不管"心灵的呼唤"[21]应是什么样的，反正抒情诗的创造力与这种呼唤是相去十分遥远的。爱伦·坡论述自己诗作《乌鸦》的文章[22]非常确切地介绍了自己在该诗中完成了什么，不管文章中是否提到他是在有意识的层次上这么做，这

---

[18] 棍棒诗（knittelvers），德国15—16世纪时流行的八音节押韵双行诗，knittel作"棍棒"解，故含贬意。

[19] 田园歌（villanelle），五节三行诗，加一节四行诗。

[20] 六节诗（sestina），六节六行诗，再加三行的收尾诗节。

[21] "心灵的呼唤"（*Cri de coeur*），该词组原为法文，还有大声呐喊、强烈抗议，大发牢骚等含义。

[22] 《乌鸦》（*The Raven*）是爱伦·坡1845年出版的诗集，论述它的文章指《歌诗的原理》（1846）一文。

篇文章像《诗歌原理》一样，也为一种新模式的批评技巧开了先河。

我们可能注意到，任何时代的抒情诗都诉诸于耳，这是不在话下的，然而虚构小说的兴起和印刷术的推广，使通过双目来诉诸听觉的倾向日益加强。爱·埃·卡明斯诗篇的视觉定式便属明显的例子，但绝非仅限于他一人。玛丽安娜·穆尔有一首题为《白山茶》的诗，[23]用了一个八行的诗节，其中第一诗行和第八行的最后一词，与第七行的第三音节押同一韵。我很怀疑，即使最聚精会神的人仅凭听别人朗读此诗，是无法察觉最后那个韵的：人们只能首先从书页上见到这个韵，然后才把这种视觉的结构式传送到耳朵中。

到了这一步，我们才有可能为喋喋不休和乱写乱画找到更恰当的词，其实喋喋不休和乱写乱画分别构成抒情诗的"韵律"（melos）和"场景"（opsis）的基础。韵律的基础是"魅力"，即那种催人入眠的咒语，它通过自身搏动着的舞蹈节奏，诉诸人们不由自主的肉体反应，因而十分接近魔术，也即强迫肉体的用力的感觉。从词源学上追溯，charm（魅力）一词来自 carmen（歌曲）[24]，这是值得注意的。真正的魅力有一种特性，在通俗文学中受到各种劳动号子特别是催眠曲的模仿，其中重复的词语令人昏昏欲睡，这十分清楚地显示出那种潜在的玄奥或梦幻般的定式。责骂或互骂是文学中对迷惑性咒语的模仿，则是基于相反理由运用着相似的符咒技巧，如见于邓巴的《与肯尼迪对骂》[25]一诗中：

---

[23]《白山茶》（Camellia Sabina），见《玛丽安娜·穆尔诗选》（Marianne Moore, Selected Poems，1935），后来几个版本中，该诗结构有所变动。——原注
玛丽安娜·穆尔（Marianne Moore，1887—1972），美国女诗人。——译注
[24] carmen，拉丁文，意为歌、诗、咒语。
[25]《与肯尼迪对骂》（Flyting with Kennedy），苏格兰诗人邓巴的讽刺诗，发表年代不详。

Mauch mutton, byt buttoun, peilit gluttoun, air to Hilhous;

Rank beggar, ostir dregar, foule fleggar in the flet;

Chittirlilling, ruch rilling, like schilling in the milhous;

Baird rehator, theif of natour, fals tratour, feyindis gett...

生蛆的羊肉，你这馋鬼吃吧，希尔豪斯的继承人；

讨厌的乞丐、捞牡蛎的人，家中卑鄙的马屁精；

猪肠、破鞋，犹如磨坊中已脱壳的谷粒；

无赖的歌手、天生的贼、伪善的叛徒，通统叫魔鬼抓去。

从这几行诗，我们可以轻易地追溯到人的肉体深陷于声音和节奏的韵律，这种砰嘭击打的动作和叮当乱响的噪音，只有用非常强调重读的英语才有可能表达出来。林赛的《刚果河》和 T. S. 艾略特的《力士司温尼》两诗是反映现代英语诗歌中趋向于爵士乐那种节奏急速、拍子清楚倾向的例子，[26] 这种倾向可以经爱伦·坡的《钟和铃》和德莱顿的《亚历山大的欢宴》而追溯到斯凯尔顿的诗作和邓巴的《圣母之歌》。有些抒情诗把重音的反复与速度的变化结合起来，则显示了韵律的更为优雅的方面。怀亚特的十四行诗即是一例：

I abide and abide and better abide,

　And, after the olde proverbe, the happie daye:

And ever my ladye to me dothe saye,

---

[26] 林赛（Vachel Lindsay，1879—1931），美国诗人，《刚果河》(*The Congo*，1913) 是其代表作。《力士司温尼》(*Sweeney Agonisters*) 为艾略特作于 1932 的诗篇。

"Let me alone and I will provyde."

I abide and abide and tarrye the tyde

　　And with abiding spede well ye maye:

　　Thus do I abide I wott allwaye,

　　Nother obtayning nor yet denied.

Aye me! this long abidyng

　　Smithe to me as who sayethe

　　A prolonging of a dieng dethe,

Or a refusing of a desyred thing.

　　Moche ware it bettre for to be playne,

　　Then to saye abide and yet shall not obtayne.

我等待，等待，更好地等待，
按照古老谚语等待幸福的日子：
我的情人终于对我开了口，
"由我自主，我会做准备"。
我等待，等待，等待这时机，
　　你完全可以期望地等下去：
　　于是我就永久地等待着，
　　她却既不许诺，也不拒绝。
哎呀！如此漫长的等待
　　对于我，就像有人所说的
　　长期折磨，却求死而不得，
或者干脆回绝我的恳求。
　　与其再说等待而一无所获，

远不如直言相告，从此告吹。

这首动人的十四行诗在其构思中充满强烈的音乐性：掷地有声的 abide（等待）一再重复，第一行又继续出现在第五行，同样具有音乐性，尽管从写诗的角度看，脸皮太厚了一点。接着，由期待而产生希望，由希望而发生怀疑，由怀疑而陷入绝望，这时生动的节奏也逐渐缓慢下来，直到瓦解为止。与此相反，斯凯尔顿跟比他更晚的斯卡拉蒂[27]一样，对缓慢的节奏感到烦躁，而更倾向于加快速度。下面这一节诗引自《桂冠》，可将它视为在押韵的庄严诗行中逐渐加快速度的例子：

> That long tyme blew a full tymorous blaste,
> Like to the Boriall wyndes, whan they blowe,
> That towres and tounes and trees down cast,
> Drove clouds together like dryftes of snowe;
> The dredful dinne drove all the route on a row;
> Som trembled, som girned, som gasped, som gased,
> As people half pevissh or men that were mased.

> 那漫长的时间中刮起可怕的风，
> 就像北风之神降临的时刻
> 塔楼、城镇和树木哀声叹息，
> 将云朵赶到一起，像一堆堆积雪；

---

[27] 多梅尼科·斯卡拉蒂（Domenico Scarlatti, 1685—1757），意大利音乐家，其创作的奏鸣曲等，具有表现深刻、乐调快速的特点。

可怕的噪音使整条道路一片吵嚷；

有人颤抖、咆哮，有人喘息、激动，

像一群发怒者或惊恐的人。

在同一部诗中，我们还可见到一种与音乐之间奇妙又巧合的联系：其中致马杰里·温特沃思、玛格丽特·赫西和格特鲁德·斯泰瑟姆的几首诗都是 abaca 型的微型的悦耳回旋曲。

我们在上文中曾几次指出，诗歌中诉诸视觉的东西与概念的东西之间存在密切联系，而在抒情诗中，"场景"的基础则是"谜语"，即就特征而言属于一种感情与沉思的交融，也是用感官经验的一种对象来激发与之相关联的心智活动。谜语起初是阅读的认知对象，它看来是紧密涉及以下的整个过程的，即要把语言化为视觉的形式，而在此过程中贯穿着诸如象形和表意文学等谜语的伴随形式。在古英语时期的真正谜语诗中，包括一些最优秀的抒情诗，在那些谜语诗所属的文化中，人们最喜欢用的审美评语便是"织入奇妙花纹的"。正像魅力近似一种魔术般的逼迫感一样，奇妙地织入诗品的物体，不管是剑柄还是带有插画的手稿，也类似一种迷惑或魔术般地将你俘虏的东西。与古英语的谜语十分相当的，是一种叫隐喻表达或间接描述法的修饰格，如把人体叫作"骨堆室"，把大海叫作"鲸鱼之路"。

在任何时代的诗歌中，具体与抽象的融合、思想的空间面与观念方面的融合，始终是每一种体裁中诗意形象的主要特征，而这种隐喻表达法（kenning）[28] 已具有十分悠久的历史。早在 15 世纪，即已存在

---

[28]　kenning 的本义为"用另一物表达或描述某物"，古英语时期已习用，如用"戴头盔者"指"武士"。

"灿烂的辞藻"（aureate diction），即指在诗歌中采用抽象术语，当时人们视之为"文采"。当时这类词语十分新颖，所表达的思想也颇激动人心，所以"灿烂的辞藻"在人们听来，远不如今天我们普遍所感到的那样枯燥和笨拙，倒是像艾略特所说的"罪恶的便士"或奥登所言"聪明过了头的卡托"那样，使人感到从理智上讲更加确切。[29]17世纪为我们提供了"玄学派"诗歌的那种奇想或叫理智化的形象，它具有典型的巴洛克风格，足以表达一种丰满的构思之感，以及对作为这种构思之基础的重力和张力的一种富于机智和矛盾之感。18世纪在诗歌辞藻方面十分崇尚对抽象思维的分门别类，如把鱼形容为有鳍的部族。到了低模仿阶段，一种日益滋长的对传统程式的偏见使得诗人们不再意识到自己在使用词语的套式，可是涉及诗歌形象的技术问题并不由此而消失，程式化的修辞格也依然存在着。

与我们所讨论的问题有关的事情中，具体的与抽象的这二者的融合是值得注意的。19世纪作家的一项爱好，是在一个抽象名词的所有格后面接一个形容词和具体名词（如莎士比亚所用的"death's dateless night"/"死亡的没有日期的夜晚"便属一例）。在洛厄尔[30]1865年发表的《哈佛校庆颂》中，这类用法共出现了十九次之多，且举三例如下："life's best soil"（生命的最佳土壤）、"oblivion's subtle wrong"（健忘的微妙错误）以及"Fortune's fickle moon"（命运的反复无常的月亮）。到了20世纪，另一种类型的词组"形容词＋名词＋of＋名词"颇受青睐，其中第一个名词通常是具体的，而第二个名词则是抽象的，例如"the

---

[29] 引自奥登1947年的诗篇《罗马的陷落》。卡托（Cato，前234—前149）是罗马的政治家、演说家。

[30] 罗伯特·洛厄尔（J. R. Lowell, 1819—1891），美国诗人，1855年起任哈佛大学文学教授。

pale dawn of longing"(渴望的苍白黎明),"the broken collar-bone of silence"(沉寂折断的锁骨),"the massive eyelids of time"(时间的巨大眼睑)及"the crimson tree of love"(爱情的深红的树)等。上述例子是我自己提供的,凡是想要用这些词组的诗人都可自由选用;而当我翻阅一部 20 世纪的抒情诗集时,我在最前面的五首诗中便发现 38 个这种类型(包括所有不同形式在内)的词组。[31]

在已为评论界所揭示的 19 世纪技巧发展的普遍原理中,具体与抽象的融合虽属一种特殊情况,这一情况却是十分重要的。任何诗歌形象看来都是建立在隐喻之上的,但是在抒情诗中,由于其联想过程非常强烈,一般散文那些唾手可得的描述性词组又消失殆尽,因而使得那种叫作词语误用[32]的语出惊人或随心所欲的比喻获得特殊的重要性。比起其他任何体裁来,抒情诗总是更经常地依靠新颖或惊人的形象来产生主要的效果,这一事实往往导致人们的错觉,认为这类形象是崭新或一反俗套程式的。从纳什的"Brightness falls from the air"(光明从空中降落)到迪伦·托马斯的"A grief ago"(一阵悲伤以前),抒情诗的感情核心已越来越趋向于这种混杂比喻的"唐突的光彩"。

---

[31] 我所翻阅的是奥斯卡·威廉斯(Oscar Williams)的《向你走来的人》(*The Man Coming Toward You*, 1940);我这项统计的意义,仅在于说明:现代诗歌的遣词造句,其程式化并不亚于其他时代的语言。——原注

[32] 词语误用(catachresis),尤指隐喻中两个成分互不协调。

戏剧的特定形式

视角的这种扩展既然有助于思考"言词""辞藻"(*lexis*)、词语定式与音乐和场景的关系,那么下面我们就应考察一下,这种视角的扩展能否让我们对历来体裁的分类也产生新的理解。例如,把戏剧分为悲剧和喜剧的观念,完全是基于有台词的戏剧的,它并不包括也无法说明像歌剧或假面剧之类的戏剧种类,在这些剧种中,音乐和布景占有更加重要的地位。不过有台词的戏剧,无论悲剧还是喜剧,显然已从原始戏剧观念这一起点经历了漫长的发展道路,这种原始的戏剧观认为要为社会群体提供抒发强烈感情的场合。就这个意义而言,中世纪的圣迹剧便是原始的,圣迹剧向观众展现一个已为他们所熟知、对他们又具有重大意义的神话,其意图是要唤醒观众掌握这一神话。

圣迹剧属于场面壮观的戏剧体裁的一种形式,我们可以暂且称它为"神话剧"。它是一种略微有点消极的接受形式,以它所演出的神话的基调作为自己的基调。在汤利连台戏[1]中,十字架殉难剧是悲剧,因为耶稣被钉死于十字架是悲剧性事件;但是就《奥赛罗》也是一出悲剧

---

[1] 汤利连台戏(Towneley cycle),出现在15世纪英国的宗教奇迹剧系列,表演从路西法堕落到地狱直到最后审判日的各种《圣经》故事。

的意义上来说，那么十字架殉难剧就不是悲剧了。即是说，它并不表明一种对悲剧的看法，它仅仅因为该故事家喻户晓、含义又深远而把它表演一番。如果把过于自信自负等悲剧观念应用到十字架殉难剧中基督的形象身上，那就乱了套了；怜悯和恐惧即使激发，也仅依附于主题上，而不会出现感情的净化。神话剧特有的基调和冲突的解决是沉思性的，而在这一语境中，沉思仅意味着在想象上始终受到故事的支配。神话剧是用戏剧方式强调一个群体在精神上和肉体上休戚与共的象征。圣迹剧本身与基督圣体节（Corpus Christi）有联系；考尔德伦[2]所写的宗教戏剧都显然是 *autos sacramentales*[3] 或圣餐剧。神话剧吸引人的魅力在于把通俗性与玄奥性奇妙地混杂在一起；这种剧对于圈子内的观众说来，是了如指掌，但局外人却得费一点功夫方能欣赏它。这种剧总是在一种引起争论的氛围中不了了之，因为它无法解决争论的问题，除非选定一批特有的观众。鉴于 myth（神话）一词含义的模糊性，笔者在下文中将称这种体裁为 *auto*（神圣剧）。

当某个社会的神话体系中，神祇与英雄之间没有明显的区别，或该社会的贵族和僧侣在理想上无大差别时，那么神圣剧便成了既是世俗又是宗教的传说了。日本的"能剧"[4]即属一例，这种戏将豪侠的象征与来世的象征结合在一起，其梦幻般的基调既非悲剧性又非喜剧性，

---

[2]　考尔德伦（Pedro Calderon de la Barca，1600—1681），西班牙戏剧家。

[3]　*auto* 是一种戏剧形式，其主题是神圣的或神圣不可侵犯的传说，例如圣迹剧，其形式是肃穆并包含列队行进赞美诗的，但并非严格的悲剧。"圣餐剧"此名得自考尔德伦的 *Autos Sacramentales* 一书。——原注

[4]　能剧（No drama），弗莱在别处又译作 Noh drama。中译为"能剧"或"能乐"。这是日本的一种古典戏剧，利用传统故事作题材，布景简单，但讲究脸谱、服装，并伴以歌队的音乐舞蹈，表演则程式化。

曾十分强烈地吸引了叶芝。我们饶有兴趣地发现，叶芝是如何又回归到"共同躯体"（corporeal communion）这一古老的观念中去的，这一点既反映在他的关于"世界灵气"（anima mundi）的理论中，又反映在他竭力用戏剧逼近观众生理反应的意图上。在希腊戏剧中，作为主角的神祇或英雄，两者之间同样也无明显的界限。可是在基督教中，我们却间或能遇到一种世俗的神圣剧，这是一种展示英雄伟绩的传奇剧，它虽与悲剧紧密相关，其主人公最终难免一死，但是它本身既不是悲剧，也不是喜剧，主要着眼于场景的壮观惊人。

《帖木儿大帝》[5]便是这样一出剧：该剧中主人公的狂妄自大与其最终死亡之间的关系可说再偶然不过了。这种体裁是否走红在各地情况不一，譬如在西班牙就胜过法国，因为在法国，悲剧的确立构成了理性革命的一部分。《熙德》[6]和《欧那尼》[7]这两出法国剧，都力图将悲剧推回到英雄传奇去，并且都促进了一大步。与此相反，在德国，歌德和席勒所写的许多剧作，其实际体裁显然都属于英雄传奇，尽管它们曾受到享有威望的悲剧之极大影响。瓦格纳则将英雄形式又原原本本地恢复到一种关于神祇的圣餐剧，所以他作品中关于圣餐的象征重又占有显著地位，在《特里斯坦与伊索尔德》一剧中是消极的，而在《帕西法尔》中则是积极的。[8] 随着戏剧更加接近悲剧和更远离神圣剧（auto），相应地，戏剧也趋向于较少利用音乐了。如果我们观察一

---

[5] 《帖木儿大帝》（Tamburlaine），是莎士比亚同期人克里斯托弗·马洛写的悲剧，上下卷分别于1587、1588年出版。

[6] 《熙德》（Le Cid），高乃依1636年发表的悲剧。

[7] 《欧那尼》（Hernani），雨果1830年发表的悲剧。

[8] 瓦格纳的歌剧《特里斯坦与伊索尔德》作于1859年，发表于1865年；《帕西法尔》（1887）是瓦格纳最后一部歌剧。

下流传至今的埃斯库罗斯的最早的剧作《乞援人》，就能发现其背后有一个占支配地位的音乐结构，现代与之相对应的形式通常便是清唱剧（oratorio）——或许可以把瓦格纳的歌剧说成是激化了的清唱剧。

在文艺复兴时期的英国，观众的市民俗气十足，致使骑士豪侠剧难以牢固确立，而伊丽莎白时代的世俗神圣剧最终也变成了历史剧。随着历史剧的发展，戏剧从壮观的场面趋向于纯粹讲究台词的形式，而神圣剧的共同参与的象征尽管还存在，却已大大淡化了。伊丽莎白时期历史剧的中心议题是国家的统一，并使观众都坚信他们都是统一大业的承继者这一神话，以此来反对发动内战和削弱君权所带来的灾难。在红玫瑰和白玫瑰两个族徽[9]上，我们甚至能辨认出一种世俗的圣餐象征[10]，就像皮尔的《控告帕里斯》[11]一样，在那些结尾时指向伊丽莎白的戏剧中，我们也能发现，她成了现代世俗界地位相当于中世纪神秘剧中的圣母玛利亚那样的人物。但是历史剧所强调的，以及其解决戏剧冲突的特有方式是依靠连续性，剧本的结局既可以是一场悲剧性的灾难（如福斯塔夫的下场），也可能是喜剧性的欢庆。我们不妨拿萧伯纳的"纯史剧"《圣女贞德》做一番比较，该剧的结局是一场悲剧，但在接着的收场白中，反映出贞德之遭到背弃，一如福斯塔夫之受到唾弃，都属历史事实，这仅表明事态的连续，而不追求圆满的结局。

---

[9] 以红、白玫瑰为族徽的兰开斯特家族和约克家族为争王位交战30年，后者获胜。

[10] 关于世俗圣餐象征一事，我们顺便还可读一下《理查三世》剧终时的一段话（见幕五第四景31—32行）："然后，我们既已向神明发过誓，/从此就要使红、白玫瑰合为一家。"——原注

[11] 《控告帕里斯》(*Arrainment of Paris*)是皮尔（George Peele）1584年为伊丽莎白歌功颂德的剧本，并当此女王的面演出。

历史成分是逐渐地融入于悲剧之中的，我们因而经常无法断定观众的共同参与感在什么时候变成为心灵净化的。《理查二世》和《理查三世》都属悲剧，因它们的结局都是这两个国王的惨败；但是就两剧分别以波林勃洛克和里士满登基而收场来说，它们又是历史剧，或至少可说它们是偏重于历史剧。《哈姆雷特》和《麦克白》侧重于悲剧，但是继往开来的人物福丁布拉斯和马尔康之出现，又表明悲剧的结局中包含着历史成分。历史与喜剧之间的直接联系看来更少得多，历史剧中显得牵强的喜剧场面简直可以说具有破坏性。《亨利五世》虽以凯旋和婚礼结束，但是就处决福斯塔夫、绞死巴道夫及侮辱毕斯托尔而言，这一系列行动与喜剧的关系，要比《理查二世》之与悲剧的关系更为牵强。

这里，我们是仅仅把悲剧作为戏剧的一种来谈的。悲剧这一剧种从神圣剧中采用了其主要的英雄人物，但是英雄主义之所以能与溃败覆灭联系起来，还是因为同时存在着讽刺。悲剧越近似神圣剧，其主人公与神性的关系便越加紧密；悲剧越接近讽刺，其主人公就越富于人性，而降临的灾难也更显得是一种社会事件而非老天注定的事。伊丽莎白时代的悲剧，从马洛开始直到韦伯斯特，标志着一段发展的历史：马洛笔下的英雄多多少少像半神半人，驰骋于社会的舞台上，而韦伯斯特的悲剧几乎都已是对病态社会的临床诊断。希腊悲剧始终未彻底摆脱神圣剧，因此从未发展成为一种社会形式，尽管在欧里庇得斯的作品中曾显示出这类倾向。但是，不管英雄行为与讽刺成分之间存在怎样的比例，悲剧本身还是显示出它主要想表达事件或情节才属至高无上的观念。观众对悲剧的反应是"事态必然如此"，或说得更确切一点，"此类事件确会发生"。事件是首要的，对事件的解释则属于次要而且是变化不一的。

随着悲剧向讽刺方向发展，事件发生之不可避免的感觉开始减弱，而展现在人们眼前的便是产生灾祸的种种根源。在讽刺剧中，灾祸之降临是随意的，没有多大意义，仅是无意识的（或按感情误置说来是恶意的）世界对具有意识的人的冲击，或者是由某些多多少少可以说明的社会和心理力量所造成的。悲剧的"事态必然如此"，到了讽刺剧中变成"事态至少会如此"，即集中描述眼皮下的事实，摈弃超自然的神话结构。因此，讽刺剧所展现的，便是神学中称为堕落世界的东西，显示简朴的人性，把人描写为自然的人，与人性和非人性都处于冲突之中。19世纪戏剧的悲剧观经常等同于讽刺观，因此，19世纪的悲剧不是倾向于描写受命运任意作弄的"报应剧"[12]，便是研究外在的反动社会与内在的混乱心灵的双重压力如何挫败和扼杀人的活动（这一形式显然更为有益）。这种讽刺在剧院里是很难表演出来的，因为它趋向于行动的停滞。在契诃夫戏剧的某些场景，尤其《三姐妹》的最后一幕中，人物逐个地彼此疏远，陷入各自主观的禁锢之中，这时大致已接近舞台上所能表演的纯粹的讽刺了。

讽刺剧通过彻底现实主义的一个极点，变成一出表现人类生活的单纯滑稽剧，不加任何评论，除了简单地展示所要求的事情之外，不强加以任何其他的戏剧形式。模仿的这种受人推重的形式是十分罕见的，但是其传统可以依稀追溯到像希罗达斯[13]这样的古典时期的滑稽剧作家，以及晚至近代或多或少步他们后尘的作家。滑稽剧作为一种

---

[12] 报应剧（*Schicksal*），德语，作命运解。这是浪漫主义时期流行的戏剧，写由于过去的罪行，一家人全体或大部暴死于某一注定的日子。

[13] 希罗达斯（Herodas），公元前3世纪希腊滑稽剧作家。滑稽剧，原文为"*mime*"，原指古希腊、古罗马模拟真人真事的滑稽戏，是笑剧（farce）的起源。但在欧洲后来发展起来的笑剧并不局限于真人真事。

独个角色的表演更为常见；若不算舞台演出，那么勃朗宁的独白剧便属合理地发展了讽刺剧冲突中那些游离的及独白化的倾向了。在剧院里，我们往往感到描写"过分凡俗"的生活的场面不是叫人难以忍受便是荒唐可笑，而且往往由一种情况一下子变成了另一种情况。于是，随着讽刺剧之背离悲剧，它就开始融入喜剧中去了。

讽刺性喜剧向我们展现的，当然是"世道百态"，但是当我们在一出喜剧中发现可爱的或即使不偏不倚的人物时，我们便进入更加熟悉的喜剧情景，在那里，一批乖戾的人物因不够聪明就沦为其对手们的败将。就像在悲剧中，情节或已完成的行为最重要，又正像讽刺剧是展现社会语境（ethos），或不顾环境、我行我素的个别人物一样，喜剧则是体现一种思想（dianoia），一种归根结底具有社会重要性的意义，也即要建立一个理想的社会。戏剧作为对生活的一种模仿，就其情节而言是冲突；就社会语境而言是一种代表性的形象；就思想而言，是揭示叙事过程的音调的最后和弦，戏剧即是社会。喜剧离开讽刺越远，它所展现的不是"世道百态"，而是你所期望的东西，你理想中的生活。莎士比亚的主要兴趣在于摆脱讽刺性喜剧中父与子的冲突，而向往另一个宁静的社会群体，这种景象在《暴风雨》一剧中非常鲜明。在此剧中，情节围绕着和谐合作的一个年轻人与一个老人而展开，其中一个是恋人，另一个是慈爱的导师。

下一步我们将讨论社会喜剧的最极端的形式——对话会[14]，而且理应意料，对话会的结构在柏拉图的著作中表现得最为清楚了。在柏拉图的著作中，苏格拉底既是导师又是其所爱的人，而柏拉图的观点则

---

[14] 对话会（symposinm），在希腊语中，*symposinm* 是"在一起喝酒"的意思，是当时交流学术思想的酒会。一般译为"会饮"，作为文体可译为"杂谈录"。

趋向于使社会成为一个完整体,其形式就像对话会本身一样,在会饮时用问答方式进行论证,正如他在《法律篇》开卷时所解释的,这种问答论证正是把社会团结在一起的控制力。不难看出,柏拉图的对话方式是属于戏剧的,与喜剧和笑剧有亲缘关系;尽管在柏拉图的思想中,有不少东西与我们上文所略述的喜剧精神存在抵触之处,但值得注意的是,他直截了当地反驳了喜剧,俨然要把它劫走。柏拉图越是这样做,便几无例外地越加趋向于单纯的阐述或曰唯我独尊的独白,从而离开了戏剧。它的对话录中像《欧绪德谟篇》等最富戏剧性的,通常是他表述哲学"立场"最不确定的。

到了我们的时代,萧伯纳曾竭力要使戏剧中保留这种对话方式。他在早期宣言《易卜生主义的精华》中申述,每出剧都应是对某个严肃问题的一次明智的讨论;又在《新婚燕尔》的序言[15]中,十分赞赏地指出,该剧遵守了时间的一致和地点的一致。因为萧伯纳式的喜剧往往采用对话会的形式,其情节所占用的时间便是观众坐着看这场戏所花的时间。但是,萧伯纳在实践中发现,由戏剧中的对话会所产生的,并不是一种足以促成观众的行动方针或思想过程的论证,倒是一种把它们从行为准则的套式中解放出来的力量。这类喜剧的形态十分鲜明地反映在其出色的幽默短剧《在圣君查理的黄金时代》中,在该剧中,即使智慧最高度发达的人物,如圣徒般的福克斯和富有哲理的牛顿,与周围的其他人一对照,都沦为滑稽可笑之辈了。不过,在《人与超人》一剧中,那个作为对话会中心人物的高谈阔论的恋人却占着极其重要的地位;而在《回到麦修彻拉处》这部作品尾末,抛弃对数学的爱

---

[15] 更确切地说,见于该序言的一条单独的注释中。——原注
《新婚燕尔》(*Getting Married*)是萧伯纳1908年发表的剧本。——译注

好一节，同样是符合对话会的精神的。[16]

关于戏剧形式的这番讨论看来还涉及某种诗歌观，即认为诗歌是介乎历史与哲学之间的东西，诗的形象是把前者的瞬间事件与后者永恒的思想结合在一起。现在我们已能见到，模仿的也即用台词表演的戏剧构成一条由历史剧到哲理剧（分幕剧及分场剧）这一轴线，居于中间的则是滑稽剧，也即单纯的形象。这三种都是专门的形式，是戏剧的基本方位而不是体裁的分类。但是整个模仿的领域仅是全部戏剧的一部分，或可说是半个圆。场景戏剧的另半个圆属于未经探索的模糊区，在此模糊区中，我们又辨认出圆的第三个四分之一叫神圣剧，现在应该勾勒出位于神圣剧与喜剧之间的最后的四分之一的圆，并确定第四个基本方位，在这方位上，它又与神圣剧相交。当我们一想到属于这第四个领域的形式多种多样时，我们便会不由自主地称之为"杂类"而弃之不顾，殊不知正是这一领域需要我们进行新的体裁研究。

喜剧离开讽刺越远，越津津乐道其幸福人群的自由自在，那么喜剧便越加接近音乐和舞蹈了。随着音乐和布景重要性的增强，理想化喜剧便越出场景戏剧的界线而变成了假面剧。在莎士比亚的理想喜剧尤其是《仲夏夜之梦》和《暴风雨》中，我们不难看出它们与假面剧之间紧密的亲缘关系。假面剧——至少最接近喜剧的那一种，我们称之为理想假面剧——依然还属于思想（*dianoia*）的领域：它通常是对全体观众或其中一重要人物的恭维，从而把观众所代表的社会群体理想化起来。这种假面剧的情节和人物都属于俗套，因为他们之出现于舞

---

[16] 《在圣君查理的黄金时代》(*In Good King Charles's Golden Days'*)，是萧伯纳于1939年写成的剧作，"圣君查理"指查理二世。《人与超人》(*Man and Superman*)完成于1903年，而《回到麦修彻拉处》(*Back To Methuselah*)则写成于1923年，都是萧伯纳的重要剧作。

台，仅仅关系到这特定场合才具有的意义。

因此，假面剧不同于喜剧之处，在于它对观众的态度更加亲密：它更加强调台下观众与台上群体之间的联系。假面剧的演员通常都由几名观众化过妆充当的，而且最后做个姿态，露出原形，这时便卸下面具，加入观众行列共同起舞。事实上，理想的假面剧是一种很像神圣剧的神话剧，它与神圣剧的关系很类似喜剧与悲剧的关系。理想假面剧所想强调的，不是由戒律或信仰去实现的理想，而是人们所期待或认为业已获得的理想。它的舞台布景很少摆脱魔术和仙境、田园风光以及人间天堂等景色。它像神圣剧一样，大量运用神祇，但是在想象中掌握它们而不是屈从于它们。在西方戏剧中，从文艺复兴到18世纪末叶为止，假面剧和理想化喜剧都大量采用古希腊、古罗马的神话题材，观众没有必要信以为"真"。

假面剧虽有很大局限性，但它有助于说明其两个相邻剧种的结构和特征，这两个相邻剧种花样繁多，重要性要大得多。因为假面剧的一侧是具有音乐结构的戏剧，我们叫它为歌剧；另一侧则为用布景构成的戏剧，如今已在电影中安家落户。木偶戏和中国的大量传奇剧都是在照相机尚未发明以前的场景假面剧的例子，在这些戏中，正如在电影中一样，观众之介入和离去都是突如其来的。歌剧和电影又都像假面剧一样，其过分炫耀的场面是尽人皆知的；电影之所以追求这一套，部分原因在于许多影片实际上仅是资产阶级的神话剧，这是几年前有三、四位批评家几乎已不约而同地突然发现的事实。在许多影迷的想象中，演员的私生活之所以事关重大，也许多少类似于假面剧演员之有意地伪装一番。

与假面剧不同，歌剧和电影具有力量去为模仿性戏剧塑造壮观的场面。歌剧只能靠简化其音乐结构来做到这一点，不然的话，音乐结构的高度重复性所必然导致的表演失真会使歌剧的戏剧结构模糊不清。同样，电影必须简化其壮观场景。电影追求布景造型是十分自然的，但追求程度不同，分别显示出它与舞台假面剧的其他形式存在密切联系：卓别林等人的表演近似木偶戏，近年来意大利的影片有点像即兴喜剧，而音乐喜剧则类似芭蕾舞和哑剧。当电影成功地模仿一种模仿性戏剧时，这两种形式之间的区别就不值得一提了，可是却从其他方面显示出二者体裁上的不同。模仿性戏剧的结局由于与其开端间存在必然的联系，所以也进一步阐明了开端：于是乎，典型的五幕模仿剧的结构才呈现抛物线形状，戏剧中才具有我们称之为"发现"的目的论特性。与此相反，讲究场面壮观的戏剧就其本质而言便是展现进程的，趋向于通过片段情节和零星细节去获得发现，正如我们从所有单纯追求排场的表演形式（包括马戏团的队列到时事活报剧）中可见到的一样。在壮观场面戏剧的另一侧的神圣剧情况亦然，例如在莎士比亚历史剧和《圣经》题材的露天表演那一串串长长的故事中，都出现相同的展现过程的结构。我们在那些供巡回放映、观众又不固定的影片中，还有歌剧中用宣叙部硬把一系列唱段联系到戏剧结构的做法中，都能见到一种固有的强烈倾向，要用场景形式来实现单线发展[17]的进程。在莎士比亚最早的一部实验性传奇剧《配力克利斯》中，情节的安排趋向于进程的结构，把"在不同国家零散出现的"场景串联在一起，是十分明显的。

理想化的假面剧的基本特征是促使观众感到激奋，观众构成这一

---

[17] 关于这种很不受亚里斯多德欢迎的进程结构，请参阅笔者在本书中的有关注释。有人推测莎士比亚写《配力克利斯》是与人合作的，但此说并不影响我对该剧所发表的意见。——原注

剧种进程的目标。在神圣剧中,戏剧处于最客观的状态,观众的本分是接受戏中的故事,不加评论。在悲剧中虽存在评论,但悲剧的发现来自舞台的另外一边;而且不管是怎样的悲剧发现,它总比观众更加强有力。在讽刺剧中,观众与戏剧面对面地相互对质;到了喜剧中,则成了由观众自己来发现了。理想的假面剧把观众放在优于发现的位置。《费加罗》[18]的台词和情节是喜剧性的,《唐璜》[19]的台词及情节则属悲剧性;但是这两部假面剧都以悲剧和喜剧所达不到的音乐使观众感到兴奋,可是观众尽管深为感动,他们在情感上并不被情节或人物的发现所支配。在观众眼里,唐璜的垮台只是一次场面壮观的娱乐,就好像神祇便应目睹埃阿斯或大流士覆亡一样。这种通过欢乐壮观场面的迷雾来观赏戏剧模仿的感受,在电影中同样是极其重要的;而在木偶戏中,这一点甚至更加明显,其实电影主要便是从木偶戏演变而来的。我们由讽刺性喜剧经过对话会追溯到理想化喜剧,并发现柏拉图在《会饮篇》结尾时做过如下预言,即一位诗人应能既写悲剧又写喜剧,尽管业已成功地做到这一点的,是那些对壮观形式抱有浓厚兴趣的作家,如莎士比亚和莫扎特。

  我们下一步应回过头来谈谈严格意义上的假面剧。喜剧离开讽刺越远,赋予乖戾人物的社会力量就越少。在假面剧中,理想的社会群体还处于支配地位,而荒唐可笑的人物则受怠慢,沦为像琼生笔下幕间滑稽穿插中那种粗野的角色;这种粗野人物据说源自一种比其他假面剧古老得多的戏剧形式。[20] 笑剧(farce)是一种非模仿性的喜剧,

---

[18]　指《费加罗的婚礼》,法国作家博马舍的喜剧,1784年首次公演。
[19]　《唐璜》指莫扎特1787年首次公演的歌剧。
[20]　见伊妮德·韦尔斯福德(Enid Welsford)著《宫廷假面剧》(*The Court Masque*, 1927)。——原注

在假面剧中自然应占一席之地，但在理想的假面剧中，它的合理位置是在严加控制的幕间插曲中。《暴风雨》这样一出非常深刻的戏剧似乎吸收了全部的假面戏：剧中的斯丹法诺和特林鸠罗是可笑的坏蛋，卡列班是幕间插曲的滑稽人物，而对这三个人如何转变也交代得很清楚。假面剧的主题涉及众神祇、仙女和各种拟人化的美德；幕间滑稽插曲中的人物往往就变成恶棍，而全剧的人物刻画便开始分裂成相互对立的善与恶、神祇与恶魔、仙女与妖精。他们双双之间的紧张关系足以部分地说明为什么在假面剧中魔法主题如此重要。在喜剧收场时，这种魔法掌握在善良者的手中，如在《暴风雨》中那样；但是当我们离开喜剧更远一些时，冲突便变得日益严重，幕间穿插的滑稽人物也不太可笑而显得更加险恶，并依次由他们掌握妖术了。这便是由《科玛斯》一剧所体现的舞台，非常接近道德剧中善与恶之间的公开冲突。继道德剧之后，我们便进入假面剧的另一领域，这里可称之为原型假面剧，它是20世纪至少是欧洲大陆的多数知识阶层戏剧的盛行形式，同样流行于许多实验性歌剧和非大众化的影片之中。

理想的假面剧往往对准观众中的中心人物，从而使个别观众联系起自己来：甚至电影院的观众小范围地（通常是两个人）坐在一片漆黑之中，也多少感到有点孑然独处。当我们离开喜剧时，一种不断加深的孤独感变得十分明显。原型假面剧，就像所有形式的场景戏剧一样，也倾向于使其背景摆脱时空，但我们发现自己置身于其中的，不是理想假面剧的田园风光，倒经常是险恶的地狱边沿，就像《平常人》[21]一剧中死的门槛，梅特林克[22]笔下封闭的阴间地穴，或如表现主

---

[21]《平常人》(*Everyman*)，15世纪英国的一出道德剧，作者不详。
[22] 梅特林克（Maurice Maeterlink, 1862—1949），比利时剧作家。

义戏剧中噩梦般的未来一样。当我们进一步接触这种形式的基本原理后,我们就会见到神圣剧中那种共同躯体的象征重又出现,不过采取心理和主观的形式,没有神祇参与。原型假面剧的情节发生在某些类型人物的群体内,当体现得最浓缩的时候,这群体便变成人们思想的内部境界了。这一点即使在古老的道德剧中也十分明显,如《人类》和《不屈的城堡》,而且梅特林克、皮兰德娄[23]、安德烈耶夫[24]和斯特林堡[25]的许多剧本中,也至少可隐约地见到。

在这样的背景下,人物刻画自然而然便得把他们的个性化解为零星成分了。正因为如此,我才称这种形式为原型假面剧,原型一词在此语境中是用了荣格的原义,即指个性中能够投影到戏剧的一面。荣格的"人物面具"(persona)、"灵气"(anima)、"顾问"(counsellor)及"阴影"(shadow)等概念非常有助于说明现代的寓言剧、心理剧和表现主义的戏剧中的人物刻画,包括其中出现的马戏团招揽员、阴魂般的女人、莫测高深的圣贤以及走火入魔的恶棍。道德剧和俗套的即兴喜剧(后者是假面剧这一体裁最初始的根源之一)中的抽象本质都属类似的结构。

孤独感总是伴随以一种慌张和恐惧的感觉:梅特林克的早期剧本几乎都是写恐惧的,而且不断地抹杀幻觉与现实之间的差别,就像心灵的投影变成血肉之躯、血肉之躯化为心灵投影,便会把剧情分解为由许多照妖镜所构成的一片万花筒式的混乱。德国表现主义戏剧中的

---

[23] 皮兰德娄(Luigi Pirandello, 1867—1936),意大利作家。

[24] 安德烈耶夫(Leonid Andreyev, 1871—1919),俄国作家,《黑色假面人》(*The Black Maskers*)是其代表作。

[25] 斯特林堡(August Stindberg, 1849—1912),瑞典作家。

暴徒场景和恰佩克兄弟[26]剧本中的关于机械的幻想，说明在社会环境中也在发生同样的分解。从体裁的角度看，最有趣的一部原型戏剧应推安德烈耶夫的力作《黑色假面人》，作者在剧中反映的，不仅是个人的"崇高碉堡"遭到毁灭（这是该剧的明显主题），也是现代俄罗斯整个社会的崩溃。这出戏把人的性格区分为两组互不联系的成分：一组成分与自我谴责相联系，而另一组则与死亡的愿望联系起来；全剧把人的心灵表现为一个由大批恶魔占领的城堡。十分明显，原型假面剧离开理想假面剧越远，它就越加清楚地显示出自身属于一种解放了的幕间滑稽穿插，是一群摆脱控制的森林山羊神（satyrs）的狂欢作乐。高度发展的戏剧似乎是在逐渐地趋向于"承认"所有戏剧中最最原始的形式。

当原型假面剧发展到终端时，它便与神圣剧合为一体，这时就是尼采所指出的悲剧诞生的关头，于是森林山羊神的狂欢促成一个主宰万物的神祇出现，而酒神狄俄尼索斯也与阿波罗一致起来。我们不妨把戏剧中的这第四个基本方位称作对真谛顿悟的一刻（epiphany），是戏剧中的"启示"（apocalypse），也即将神圣的东西与魔怪的东西分离，这一点与滑稽剧恰好相反，因后者仅展示人性的混杂。这一刻便是顿悟真谛的关头在戏剧中反映的形式，我们非常熟悉的例子，是《约伯记》中描写了约伯如何受尽磨难，经历对话问答，最终结束故事的时刻。在这里，两头庞然大物——巨兽（behemoth）和海上恶兽（leviathan）——取代了更常出现的魔怪动物。

古希腊、古罗马的文学批评家，从亚里斯多德直到贺拉斯，都感

---

[26] 捷克的两位作家，其中弟弟卡雷尔·恰佩克（Karel Čapek，1890—1935）写了不少科幻戏剧，首创 Robot（机器人）一词，已为国际所通用。

到疑惑不解，为什么像山羊神剧（satyr-play）那样杂乱和猥亵的笑剧竟是悲剧的起源，尽管他们明知事实确是如此。中世纪戏剧中，从神祇的和英雄的神圣剧转变到悲剧的过程并不见得有多少缩短，所以戏剧发展的经过就更加清楚了。以《圣经》为题材的剧本中最明显采用顿悟的形式是写地狱折磨的剧，它描写一个拯救的神如何战胜恶魔的抵抗。这类戏剧中的魔鬼颇类似古希腊的森林山羊神，不过它们是以基督教人物的形式出现的；从类型上讲十分近似山羊神剧中的人物，与写《圣经》题材又直接描写基督的戏剧总是若即若离，不管这类人物像在《牧羊人剧之二》[27]中那样驯服和敬畏，还是像在耶稣殉难剧和关于希律王的戏剧中那般坏人当道、不可一世。正如同古希腊悲剧保留并发展了森林山羊神剧一样，伊丽莎白时代的悲剧也在其丑角场景、《浮士德》[28]的滑稽穿插以及许多后来的悲剧中，都还保留一个与山羊神相对应的人物。这种成分还提供了像《麦克白》一剧中的看门人、《哈姆雷特》中的掘墓人及《安东尼与克利奥佩特拉》中的养蛇人那样的重要细节，这使得那些虽热衷于古典文学，却已全然忘记山羊神剧的批评家感到困惑不解。如果我们不把《泰特斯·安德洛尼克斯》视为描写地狱中对人折磨，而是由一群猥亵和喧嚣的恶魔扮演的森林山羊神剧，也许我们就能从中获得更多戏剧方面的意义。

写《圣经》题材的戏剧有两个中心，即基督诞生和他的复活：后者描写神的胜利，前者则写恬静的圣母，围绕着她出现了关于列王和牧羊人的队列假面剧。圣母这一人物与理想假面剧中警觉的王后或贵妇恰好处在假面剧的两个相反的极端，而介乎中间的则是《科玛斯》一剧

---

[27] 《牧羊人剧之二》（*Secunda Pastorum*），英国中世纪一出奇迹剧。
[28] 《浮士德》，这里是指英国剧作家马洛 1604 年发表的悲剧。

中善良的、受惊的夫人。还有一种女性人物象征着以和解谋求团结和秩序,她隐约出现在大型假面剧《浮士德》和《培尔·金特》的结尾处,其中前一剧中的"永恒的女性"与传统存在一定的联系。现代戏剧中这种显灵、领悟形式的作品包括克洛岱尔那出天使报喜的剧[29]和叶芝的《伯爵夫人卡思琳》[30],后者中的主人公实际上是一位爱尔兰的女性耶稣,为国民而做出自我牺牲,然后以她纯真的天性骗过了众恶魔,十分类似安塞姆[31]以前的赎罪理论。正如叶芝在一条注释中指出的,这个故事是世界上最上乘的喻世故事(parable)之一。

---

[29] 克洛岱尔(Paul Claudel,1868—1955),法国作家,此处指他 1912 年的名剧《为圣母怀胎而报喜》。
[30] 《伯爵夫人卡思琳》(*The Countess Cathleen*),叶芝 1892 年发表的剧本。
[31] 安塞姆(Saint Anselm,1033?—1109),英国神学家、坎特伯雷大主教。

特定的主题形式（抒情诗和口述作品）

我们曾提到，戏剧是对声音和形象的一种外在的模仿，而抒情诗则是声音和形象的内在模仿，两种体裁都回避对观众直接陈述的模仿。再者，按照本书第一篇论文的说法，戏剧倾向于一种虚构型的模式，抒情诗则倾向于主题型模式。我们发现，最为方便的办法，是把戏剧的种种特定形式作为虚构的体系来加以考察，况且这样做也有助于我们对戏剧的类型进行虽粗略却可能有用的分类。现在，笔者建议考察一番相应的主题型体系，并将考察结果运用于抒情诗以及包括散文体演说在内的那些充分突出主题或十分接近抒情诗，足以列入本节的种种口述形式。[1] 单纯叙事的诗歌因为属于虚构，所以其中着重于片断情节的就相当于各种戏剧；重于连续性篇幅的，则相当于各种小说，容我们在下文加以考察。

尽管如此，抒情诗可以写任何题材，形态也可互异，这是显而易见的。它并不像戏剧那样，由于存在观众而加以程式化；也不像剧院

---

[1] 各种口述形式涉及介乎抒情诗与向观众口述的文学之间的体裁阶段，是一个极其复杂的问题，笔者只好不将其列入本书的讨论范围之中。——原注

中的戏剧，因为有一种固定的演出原理而需规定程式。因此，本节的考察不会也无意于对抒情诗的种种特定形式进行分类：我们仅试图说明抒情诗和口述文学主要的传统主题。再说，本节的目的不是"生硬地"把诗歌纳入不同类别，而是根据经验说明，因袭程式的原型是如何体现在传统的体裁中的。

让我们首先谈谈神谕式的联想过程，因为我们曾把它视为抒情诗的一种开端，而且这一过程又相当于我们所说的戏剧中的显灵或顿悟。这一联想过程的最直接的产物之一，是一种宗教诗歌，其特点是音响的凝聚和含义的模糊，现代诗歌中最为人们熟悉的典范是霍布金斯的作品。在《珍珠》和赫伯特的许多诗篇那样十分讲究诗节格式的宗教诗中，我们发觉，押韵并将用词纳入工巧形式的严格法则是符合于伴随这种形式的凝练的机智的，是一种"领悟的献祭"，这类工巧的行文格式可以追溯到英国诗歌早期奥尔德赫姆的离合诗，[2] 甚至最终追溯到希伯来的《旧约·诗篇》。

我们发觉，大量的宗教文学作品中充满了双关语和词语的前呼后应，在这种创作风格中，人们往往难以自始至终感受到韵文与散文在节奏方面的区别。各种《圣经》英译本，尤其是1611年的钦定本，绝妙地保留了这种神谕般的散文诗节奏；当然，其中的希伯来双关语是又作别论了。《古兰经》中奇妙的歌唱般的赞美诗便是十分纯粹的神谕风格的一个例子，而古典神谕中含义模糊的诗的语言也属于这同一种程式。这些特征始终残留在宗教诗之中：就英国而言，起自盎格鲁－撒

---

[2] "领悟的献祭"（Sacrificium interllectus）或译为"才智的献祭"，指一种十分工巧而机智的宗教诗。奥尔德赫姆（St. Aldhelm，640？—709），英国一主教、诗人。离合诗（Acrostics），指数行诗的头一个或最后一个字母可以构成一个词或词组的诗体。

克逊时代,一直存在到《圣灰星期三》[3]第五部分的开端。我们从以上所述,可以清楚见到,神谕还是演说的散文节奏的萌芽或生长点。其最明显的结果是祷词,祷词看来要求有一种排比的修辞,用一种十分近似自由诗的节奏把若干短语串联到一块。

在一些更加面向大众的宗教抒情诗中,如阿波罗赞歌、希伯来圣歌、基督教赞美诗或者印度的《吠陀经》,节奏变得更为庄严、简朴又高贵,诗中的"我"是某个可以察见的信徒群体的一分子,句法和措辞也变得含义更加明确。这类诗所强调的,通常是神的客观性和凌驾于一切的地位,抒情诗所反映的则是一种关于外在的社会戒律的意识。

与圣歌和赞美诗相对应的叙事的口述形式是一种关于神祇的更加连贯的描述。这种神话主要包括两部分:一是传说,详述神的身世经历及以前他如何对待其子民;二是描写神祇要求什么样的仪式。通常情况是,有前者才导致后者,而前者又是对后者的解释。荷马笔下的赞美诗基本上都涉及传说;《吠陀经》中的颂歌则倾向于使往昔的传说服从于现在的仪式。我们不妨拿《圣经》卷首的关于创世经过的叙事做一番比较:按创世的七天将这一叙述分为不同的节,就具备赞美诗的许多特点,这篇关于创世的叙述以规定安息日作为高潮。在赞歌或圣歌中,崇拜者的愿望与其说是要与神祇认同,毋宁说只想成为神的信徒,这与笔者下文将讨论的更为狂热的形式颇不相同。

与圣歌联系紧密的,是献给神祇在人世间的代理人(无论英雄还是国王)的颂词。在希伯来人的《旧约·诗篇》中,尤其是第45篇,都把国王写成个中间人物,大卫之子弥赛亚[4]就由国王转变成的,他

---

[3] 《圣灰星期三》,T. S. 艾略特1930年发表的长诗,当时他是英国国教教徒。
[4] 耶稣实际上是大卫王的第25世孙,见《新约·马太福音》第一章。

为了自己百姓而高兴和受难都达到了极点。在希腊文学中，品达体颂歌[5]主要描写体育竞技的胜利者：尽管他是一个凡人，但是他与体现在颂歌中的源自神话和传说的神祇之间存在仪式上的联系。到了罗马时代，人们对皇帝和国家的崇敬为神话般的颂词提供了另一个热点，这一热点始终贯穿于维吉尔的第四首牧歌、卡尔普纽斯[6]第一首牧歌及贺拉斯的《世纪之歌》之中。后来，颂词的主要形式变成了赞美典雅爱情中贵妇人的诗。颂词也是讲究修辞的散文形式之一，但当其主题写一个人时，它并未在文学中留下多么令人难忘的记载，倒是在并非写人的方面，具有相当的灵活性。关于美德或文化的不同方面（尤其是诗歌）的颂词也不时有所出现，经常见于带点法律性质的道歉和辩护之中。就诗歌本身而言，我们可列举圣西西利亚[7]赞歌和对音乐的颂扬。新婚贺喜歌、凯旋曲及节庆或游行时类似的诗歌也都属于颂词的种类。由于颂词十分自然具有大众化传统，所以其表现形式经常广泛化，把抒情诗与口述作品的特点结合为一体。

诗人以颂赞的形式，引导读者去与他一同注视另一些事物。如果这另外的事物并非在眼前可以见到，那便是社会诗，譬如各种各样的爱国诗。社会诗将我们带到抒情诗的下一个基本方位，笔者在上文中曾把它界说为对某种物质的或准物质的强制力——也许用推动力一词更加贴切——的陶醉或反应。一个人从儿歌时已开始接受这种教育了：大人按

---

[5] 品达体颂歌（Pindaric ode），在形式上分为三个诗节，其韵律及长度不等；向左、右舞动时分别唱第一、二个诗节，静立时唱最后的诗节。17世纪的古典主义文学把它奉为"崇高颂歌"的典范。

[6] 卡尔普纽斯（T. S. Calpurnius），公元1世纪罗马田园诗人，写过若干首牧歌。

[7] 圣西西利亚（St. Cecilia），罗马盲女，具有音乐天赋，据说发明手风琴，公元176年殉教。

照节奏来回摆布着幼儿,或在儿歌主题中包括某种足以从感情上触动孩子的形式。这种陶醉贯穿于大学生活,如啦啦队、哼小调及一些"狂热参与"的类似形式。国歌是另一种显示与社会诗存在密切联系的形式。在早期的社会中,和平时期的劳动号子和战争期间的战歌都具有相同的特征。在口述诗歌的发展形式中,最为人们熟悉的是民谣,其许多特点,如频繁的重复和往往一开头便吸引人们的注意,都是如此接近于社会诗,从而使得有些学者深信民谣起源于村社的乐曲。与这种诗歌的陶醉状态相对应的散文体演说的基本形式,是那种宣扬戒律或进行劝勉的文章,而在以劝勉为基础的篇幅较长的散文形式中,西方文学中最高度发展的应推布道书。尚有其他形式,容笔者在下文中提及。

"狂热参与"(*participation mystique*)基本上是阵发性的:在原始社会,用舞蹈可以激发这种参与达数小时之久;在衰败的社会中,用演说可以激起群愤良久;但在一个文明的国度里,狂热参与便处于隐退的地步。对于文学说来,颂词的可见性存在一旦消失,通常即意味着死亡的隐约存在。有了葬礼上的颂词,我们便由相应于神圣剧的程式发展到与悲剧相对应的程式。这里,我们首先接触到为某个英雄、朋友、领袖或情人而写的挽歌或悼诗。悼诗(threnody)还显示出神话扩展的强烈倾向:不但把人物理想化,而且常常将他奉为自然界一个精灵或垂亡之神。田园挽歌历来把其对象比作阿多尼斯,故这种挽歌构成了悼诗的程式基础。华兹华斯的组诗《露西》中,有几首说明即使一首很简短的挽歌也能容纳这么一些形象。在散文体演说方面的相应形式是悼词(*oraison funèbre*),它以某些形式的现代讣告流传至今:在悼词中,神话的扩展已较不明显,而取代它的常常是教义或观念方面的发挥,这对散文这种媒介来说是十分自然的。颂赞的悲歌是一种罕见又难写的口述诗体,把主人公写成既是无往不胜的英雄,又是个悲剧式人物，这方面的代表作有马维尔的《悼克伦威尔之歌》，及这种诗体的原型贺拉斯[8]的诗《悼雷古卢斯》。

接着，我们谈谈以墓志铭形式出现的一种范围更窄的挽歌，这种形式往往概述一个人的终生。墓志铭的基调从颂扬到猥亵，很不相同；但即使收入一部希腊作品的选集中，它们也都各自保留一点原来的功能，作为路旁标志，显然是为了吸引过往行人，促使他们驻足读一下。相应的口述文学形式是对一段历史的吊祭，是对已消逝的往昔的沉思，它与废墟的关系，一如墓志铭之与某人的墓碑的关系。在英国散文方面，布朗的《瓮葬》便是一篇颇具文采的抚今思昔的挽词。

倾诉怨恨的诗歌更接近于讽刺，都书写遭受放逐、冷遇或对残酷行径的抗议。在这类作品中，呼吁公众注意的是个能为自己声辩的活人而不像墓志铭只涉及一具尸体。典雅爱情诗中大多写此主题，其主要原型人物总是一名高傲无情的贵妇。这样的形象是颇具讽刺地将原始形式的田园挽歌颠倒了一下。哀悼阿多尼斯之死的最恰当的人物应是维纳斯，可是她在文学作品中很少充当这一角色，除非作品的主题用的便是那个特定的神话。[9]但是在多数典雅爱情的诗歌中，描写的却是贵妇一手造成她的恋人的所有痛苦甚至死亡。笔者在这篇论文的下文中将谈谈这种两面性的女子形象。倾诉怨恨的诗歌是很易发展成口述作品的形式的，包括写悲剧主题的叙事诗，诗中感情的焦点不在于灾祸，而在于灾祸之后的哀悼，如莎士比亚的两首叙事诗。[10]

---

[8] 贺拉斯（Horace，前65—前8），古罗马全盛时期的重要诗人和文艺批评家。《悼雷古卢斯》（*Regulus Ode*）是他为追悼一位罗马将军而作的诗，其著名的诗歌代表作是《世纪之歌》，其《诗艺》则是欧洲古代重要的文论。

[9] 希腊神话中，维纳斯热恋美貌的牧羊少年阿多尼斯，后者在狩猎时被一野猪咬死。

[10] 莎士比亚的两首叙事诗，是指《维纳斯与阿多尼斯》（1593）和《鲁克丽丝受辱记》（1594）。

悲剧的讽刺相位体现为以冷漠和倦怠的极端形式出现的忧郁感伤诗，写一个人备受冷落孤立，感到自己活着仅是行尸走肉。在波德莱尔的《女巨人》一诗中，那个摆出傲慢无情派头的贵夫人则更为阴险，诗中把死亡主题写成仅仅是肉体的消解，正如一首中世纪的诗所言，是"尘土复归于土"。这方面最恰当的口述形式便是"死亡舞蹈"（*danse macabre*），一种描写濒临死亡的群体的诗体。

我们面对的下一个基本方位很难予以命名，也许可以戏谑地沿用霍布金斯的术语，称之为"超脱"（outscape）的诗歌。抒情诗中的这种形式相当于我们在戏剧中称为滑稽剧（mime）的东西，其讽刺的核心是悲剧和喜剧所共有的。这是一种具象化的单纯超脱的创作手法，诗中在观察每种形象、情景和氛围时，全部想象力是由诗人远远地外加到上面去的。epigram（讽刺短诗）一词就其广义而言，表明了这种诗的某些特征，不过通常所用的讽刺短诗强烈地倾向于喜剧性和讽刺性。中国和日本的抒情诗似乎大致基于这种创作手法，这与西方诗歌形式鲜明对照，西方的讽刺短诗更为强烈地倾向于注入感情或构思一种修辞实例。堪称为例外的，是莎士比亚的某些十四行诗，如《糟蹋羞耻心，耗尽了精力》[11]。

散文中相对应的基本方位是谚语或格言，《圣经》中智慧文学的种种形式便是以它们作为起源的。它们十分接近旨在规劝世人谨慎的那类讽刺，与神谕恰好处于相反的一端。谚语是一种世俗的也即纯属人间的预言：它通常具有与神谕相同的修辞特征，如头韵、半谐音、排比等，但它是面向具有超脱意识和批评机智的人们的。谚语的权威性来源于经验，对于谚语说来，智慧便是经过种种检验的准则；只有蠢

---

[11] 见《莎士比亚十四行诗集》第129首，写尽了世人纵欲的危害。

人才一味追求时兴，因为根本的美德在于谨慎和适度。布莱克在《天堂与地狱的联姻》一诗中所用的谚语都是从神谕或显灵的角度用戏谑式模仿写成的。

当我们进一步探讨讽刺的创作手法时，就会发现不论哈代和豪斯曼的抒情诗形式，还是德莱顿和蒲柏的供口述的形式，都带有格言和谚语的特征。这几位诗人的作品富于文采、思路清晰，并不追求神秘或魔力；他们的写作技巧所关注的，是意识的专注。对这种技巧说来，有两个方面极其重要：一是要有一个十分严谨的韵律框架，按照鲜明的顺序来铺展词语；另一是清楚地陈述读者所期盼的声音定式，如押韵双行诗的丰满的风韵。额外的或非意料中的声音定式，如诗行中的头韵或半谐音，则应控制在最低量，这样，诗歌便遵循了华兹华斯的教导，即除非考虑韵律，否则诗在措辞方面就应很像非修辞性的散文。这一阶段的口述形式和散文形式，如书信和正式的讽刺，毋庸赘述是互相十分接近的。

在讽刺诗中，观察仍是首要的，但是当被观察的现象由险恶变得怪诞时，这些现象就成为虚幻和缥缈了。在口述诗歌中，我们发现有一种与"死亡舞蹈"相对应的喜剧形式，即"遗言诗"（testament poem），英语文学中最著名的例子便是斯威夫特为自己写的盖棺论定诗。[12] 与遗言诗手法密切关联的是邓恩的《周年祭诗》[13]，由一女郎之死扩展为一种普遍的讽刺或"剖析"（anatomy，这个名称笔者在下文将提及）。

我们在此处所述，属于与喜剧相当的领域，但仍未离开经验的视野。另一种略微偏离讽刺诗的创作程式叫"悖论诗"（poem of paradox），

---

[12] 斯威夫特1731年发表《对自己的悼亡诗》，写死后对自己生前阅历和事业的回顾。
[13]《周年祭诗》(*Anniversaries*)，是邓恩1613年前后的组诗，其中著名的是对少女E.德鲁里的一曲悼诗。

在这种诗中，某种形式的悖论成为主题，而并非仅仅写作技巧的附带特征。我们十分自然地在玄学派诗歌中发现许多这一类作品，它们总爱千方百计地运用一些牵强的因而十分幽默的奇异构思。邓恩和赫伯特的诗篇中有这样的例子，艾米莉·狄金森也一样。悖论诗的特点之一，在于经常是一种感情上的矛盾，因此有时我们感到疑虑，究竟应当一本正经看待它，还是仅仅付诸一笑。悖论诗可归入经验的喜剧，接近讽刺诗，因为诗歌中的似是而非通常是以讽刺口吻议论堂吉诃德式的爱情或宗教，就像彼特拉克的风格化的写诗规则，对此邓恩曾言"但愿不会生育的天使会喜欢它"，或者像在赫伯特的某些诗篇中那种不光彩的沦为人的天性的自我吹嘘的美德。另一种用悖论手法来处理典雅爱情程式的叫"辩难诗"[14]，或曰不分胜负的爱情对话。与此相近的口述诗形式是令人联想起法庭上的喜剧性辩论诗[15]，双方针对某个问题争论不已，便诉诸一名仲裁人，后者又经常迟迟不做裁决，这类作品的例子有《猫头鹰与夜莺》[16]、乔叟的《家禽议会》[17]及斯宾塞的《无常诗章》。

"行乐歌"[18]是一种含义较为明确的喜剧式抒情诗，它是以一时体验到的欢乐作为基础的。这类诗的基调不论在主观上还是客观上，都是超凡脱俗的。诗人即使在酒醉时也通常能完全控制自己的意识，而欢乐的一刻又是超脱于时间之上的。最彻底的行乐诗与某种天真无邪

---

[14] 辩难诗（pastourelle）是中世纪的叙事诗，常写一骑士与一牧羊女相遇和争论，难以开交。

[15] 辩论诗（Débat），这种形式流行于十二三世纪，是赛诗会的一种，可追溯到古希腊，内容涉及道德、政治或爱情问题的争论，对欧州戏剧产生过重大影响。

[16] 《猫头鹰与夜莺》（*Owl and Nightingale*），英国13世纪早期长诗，作者不详。

[17] 《家禽议会》（*Parliament of Fowls*），乔叟写于1372—1386年间。

[18] 行乐歌（*Carpe diem*），意为"抓住时日"，古希腊、罗马时已有这类诗歌，因"人生朝霞，及时行乐"是伊壁鸠鲁派的格言。

的观念联系在一起，如见于布莱克的作品；历来出色的享乐主义派诗人，起自贺拉斯直到赫里克[19]，都承认生活中感受到的欢乐十分局限，仅属面对"漫漫长夜"的深渊时的昙花一现。即使在赫里克的诗作中也有许多特点，如喜用民间传说，及对衣着、首饰和香水的描写，这足以说明这种诗体与假面剧而不是与喜剧存在亲缘关系。诗人要心境宁静，如"自贬者"（eiron）那样谦逊而稳操胜利之券。"知足常乐"，从容地适应经验并排除感情上的狂热，这样方能使读者最大限度地获得喜剧式抒情诗中的一般感受。华兹华斯关于平静地回忆的说法，表明他愿意始终处在这种感受状态的倾向，这与大多数浪漫主义作家是不同的。口述的诗歌通常是用描绘的形式来表现宁静，即写到诗人自己登高山而俯视脚下风光，这是在模仿《圣经》中显灵地点的一种感受。如果一首产生于宁静心境的诗，其主题不仅限于表述自身而还力图向读者传达一种执着的隐私之念，这样就会把我们带到另一个基本方位——谜语。

谜语的观念用描述牵制别人，即不是直截了当地描述主旨，而是一层层地限制它，也就是在它周围设下词语的圈套。在简单的谜语中，主旨是某个形象，并驱使读者去猜测，也即要将诗与诗中形象的名称或象征符号对上号。一种形式稍微复杂些的谜语是象征性幻象，仅举个例子就比一番描写更简洁，这也许是人类最古老的交流方式之一：

> And the Lord said unto me, Amos, what seest thou？ And I said, A plumbline. Then said the Lord, Behold, I will set a plumbline in the midst of my people Israel.

---

[19] 赫里克（Robert Herrick，1591—1674），英国诗人。

> 主对我说："阿摩司，你看见什么？"我说："一条准绳。"
>
> 于是主又说："你瞧，我要在我的以色列子民中
>
> 吊起一根准绳。"[20]

另有一些先知也被描写成手持象征性器物，如第欧根尼[21]提着灯笼，这成了一种修辞手法，直到伯克[22]还手握匕首。文学中这种形式的发展包括寓意本身，布莱克的老虎、向日葵和病玫瑰都属这一传统，还包括像赫伯特的《辘轳》那样构思奇特如画面的诗。不难发现，这种象征性视象与现代小说中预兆的形象是有联系的。在象征主义作品中，我们还遇到第三种形式的谜语，它通常是某种基调而不是所包含的物件。在这类诗作中，一如在复杂的发展中通常所见到那样，同一传统的较为简单的成分也会残存下来，马拉美的谜诗（ptyx）即是如此。

谜语和象征性视象与散文中相对应的基本方位联系紧密，这基本方位便是"喻世故事"（parable）和"寓言"（fable）[23]，二者当然又都属口述形式。两种形式中，寓言更为简短，更接近简单的谜语，它所提

---

[20] 见《旧约·阿摩司书》第七章。主手持准绳站在他所建墙上，在以色列人内吊起准绳的目的，是"我必不再宽恕他们"。

[21] 第欧根尼（Diogenes Laertius，前412？—前323），古希腊犬儒派哲学家，曾白昼提着灯笼寻找诚实的人。

[22] 伯克（Edmund Burke，1729—1797），爱尔兰政治家。

[23] parable 和 fable 一般均译作寓言，为表示区别，本文将前者译为"喻世故事"。据弗莱在《哈帕文学手册》中解释：parable 往往将抽象的观念，如"善""恶"等拟人化，包含明显的道德或宗教的教训，并举《马太福音》（xx, 1—16）关于葡萄园雇工的故事和《路加福音》（xv, 11—32）关于浪子的故事为例。至于 fable 则是经常将飞禽走兽拟人化，或用神祇的事迹作比喻的小故事，旨在阐明一个教训。两者都是寓意（allegory）最鲜明的文体。

供的寓意相当于谜语的谜底。喻世故事属于更高的发展形式，也更倾向于包含自己的道德寓意。在寓言中，神话风格（如会说话的动物等）的运用是它的叙事通常具有的特征；在喻世故事中，这种风格较不明显。在耶稣的喻世故事[24]中，只有关于绵羊和山羊的比喻大量使用了超出可信的现实主义范围的素材，因为这类比喻属于一种神的启示。

赫里克写的关于樱草花和水仙花的诗十分接近寓言和象征性视象的传统：由于非常接近，所以我们若把阅读这些诗比作听取樱草花的一番"训示"毫不牵强。但是赫里克不同于华兹华斯之处，在于他在诗中直接面对水仙花，这种与诗人面对面的形象很容易变成拟人化的东西。这时我们所处的领域相当于戏剧中的假面剧，泛灵论传奇故事中那种天真景象和仙境重又回来了。凡是写想象中面对面相视的诗，都是依靠对形象的拟人化来表现诗人的心境与该形象之间的紧密关系的，济慈的颂诗便属于这种体裁，其中《希腊古瓮颂》最接近印象性视象的诗。我们下一步应该讨论田园诗，在田园诗中，我们重又接触到本书第一篇论文中所提到的浪漫传奇模式，即怜悯和恐惧变成了快感的手段，一般说来，二者分别代表着美丽和崇高的东西。通常情况下，诗人都把这二者视为相互对立的，例如弥尔顿关于田园般心情与哀怨的沉思的出色的对照描写；不过偶尔也有另一种情况，我们感到诗篇使我们全神贯注，结果这两种心境合为一体了，如马维尔的几首写"绿色"的诗。

但是，当天真的景象化为单一后，与之相对称的现实经验的景象常常重又出现，这种程式我们不妨称为扩展了意识的诗，此时诗人在

---

[24] 耶稣的喻世故事共40则，均见四福音书。绵羊比喻高尚、善良者，山羊则指卑劣的恶人。

经验观念上的净化与他对某个不可见的想象中的精神世界的观念所产生的狂喜之间达到平衡的状态。这类诗和戏剧的一些相应的形式一样，不是在直接模仿生活，而是从壮观场面上模拟生活，善于居高临下地看待经验，原因在于同时还存在另一种景象。在戏剧中，是借助于音乐和场景实现这种壮观场面的模拟的。音乐和绘画是无法表达悲剧或喜剧的，因为后者都仅是语言方面的概念。只有当事前已掌握某种文学的规程后，我们才能把它们所表达的感情分别纳入悲剧或喜剧。当今时代给人印象最深的扩展意识的诗篇，应推艾略特的四重奏和里尔克的《杜伊诺哀歌》。艾略特的诗章观照音乐，里尔克作品侧重绘画般的形象，这足以说明这种体裁与远比诗歌更加明显地和不会说话的其他艺术之间存在紧密的联系。

下一类诗歌程式我们可以称为识别诗。这种诗把睡梦与清醒之间通常的联系颠倒过来，于是经历仿佛变成噩梦，而幻觉却好像是现实。这种诗体的口述形式包括中世纪的爱情形象，这里重又出现唯有置身于一个非凡世界中方能获得的涉及亲身经历般的奇特场面。在诸多抒情诗形式中，属于这一类型的十分典型的例子一般都认为是艾略特的《玛丽娜》，它很接近相应的戏剧形式。里尔克的诗集《俄耳甫斯》中的许多十四行诗也属这一形式；沃恩[25]和特拉赫恩[26]的诗作也都主要采用这种程式。同样的主题用散文节奏来处理十分罕见，也非易事，但《沉思的世纪》做到了这一点，尤其是书中的著名段落"玉米是东方不朽的小麦"。

---

[25] 沃恩（Henry Vaughan，1622—1695），英国诗人。

[26] 特拉赫恩（Thomas Traherne，1637—1674），英国宗教诗人。《沉思的世纪》（*Centuries of Meditation*，1608）是他的名作。

识别诗中十分重要的一支叫自我识别诗,记载诗人本人如何由经验中醒来而进入幻想的现实,这类作品有柯林斯[27]的《诗人性格颂》、柯勒律治的《忽必烈汗》及叶芝的《塔》和《驶向拜占庭》等。这种诗体已十分接近我们接着要讨论的最后一组主题的边缘,正是这最后一组主题重又回归到神谕。这便是一些酒神赞歌式或曰狂热的诗歌形式,诗人感到被某种内在的非个人的力量纠缠住。最接近识别诗的,是讽刺式反应的诗,克拉肖的某些颂诗属之;到了浪漫主义时期,盛行一种更倾向于主观和狂热的形式,例如雪莱的《西风颂》,史文朋、维克多·雨果及尼采(他奇怪地声称狂热是他发明的)的许多诗作,布莱克的预言诗,尤其是他的《四天神》中的第九夜,以及斯马特的两首杰出的诗。[28]这些诗篇大多属于口述的形式:其狂热性十分适应于重复出现的韵律。在抒情诗形式中,我们还可以见到"狂歌"(mad song)这一程式,例如《李尔王》一剧中爱德伽的几首插曲、叶芝关于"疯狂的珍妮"的组诗,以及包括司各特在内的其他一些诗人的零星作品。由于唱"狂歌"的通常都是流浪汉,所以他们比平常人显示出一种与神秘的生灵和力量(如大自然的精灵)更密切的关系。若就更为复杂的层面而言,我们不妨提一下兰波的题为《灵光集》[29]的诗集,诗中作者仿佛将自发的幻象化为自己的思想。

随着我们更接近一开始我们所提到的神谕的节奏,诗歌与散文的节奏便再一次合为一体。譬如在惠特曼的诗篇中,我们注意到每

---

[27] 柯林斯(William Collins,1721—1759),英国诗人,《诗人性格颂》(*Ode on the Poetical Character*)是其代表作。
[28] 指斯马特的《羊羔的欢乐》和《大卫之歌》。
[29] 兰波的《灵光集》(*Les Illuminations*),1874年出版。

一行的末尾都有一个很强的停顿——这是十分自然的事，因为如果节奏不规则，那么没有必要再续接诗行了。在这种节奏所接近的形式中，抒情诗的联想节奏、口述诗的诗行与散文句式几乎变成了同一个单位；这种倾向我们可以从狂热的诗歌中观察到，其中简朴的有莪相[30]的作品，复杂的有继《地狱一季》[31]之后这类作品在现代法国的发展。

---

[30] 莪相（Ossian），传说中爱尔兰的战士和说唱诗人，据说生活于第三世纪。
[31] 《地狱一季》（*Saison en Enfer*）是法国诗人兰波 1873 年出版的诗文集。

特定的连续形式(散文虚构作品)

将 fiction(虚构作品)一词用于以散文作为主导节奏的书面文学传裁,常常与视虚构的真正含义为虚假或不真实的观点发生抵触。例如,当图书馆采购到一部自传后,女馆员如相信作者,就把它编入 non-fiction(非虚构作品)类,如认为作者在撒谎,就将它列为 fiction(虚构作品)。实在不明白,这样来区别对文学批评家会有什么用处。fiction 一词,无疑和 poetry(诗歌)一样,从词源上讲,是指"为自身目的所创造的东西",[1]在文学批评中本可用于任何一部具有连续形式的文艺作品。但实际上它几乎永远指用散文体写的文艺作品了,也许这样的要求太过分,但至少可对历来把"虚构作品"等同于一种我们称为 novel(小说)的名符其实的虚构文学形式的马虎做法提出一点质疑。

让我们来谈谈几部处于"非虚构作品"与"文学作品"的边缘上的难以分类的书。《项狄传》是一部小说吗?几乎人人都会点头说是,尽管它满不在乎于"故事价值"。《格列佛游记》是一部小说吗?对此多数人就会表示异议,包括杜威的图书分类法,它是把这部游记列入"讽

---

[1] 在拉丁语词源中,*fictio* 指"编造、创造的东西",其动词为 *fingere*(捏造、创作)。

刺幽默"类作品的。但是毫无疑问,谁都会称此书为虚构作品;既然它是虚构作品,那么就会出现如下的区别,即把虚构作品视为一个大类(genus),而把小说视为该类下面的一个品种(species)。我们再从虚构的角度来问一下,《旧衣新裁》是一部虚构作品吗?如果不是,理由何在?如果是,那么《忧郁的剖析》[2]也属虚构吗?它属于一种文学形式,还仅是一部具有"风格"的非虚作品呢?博罗的《语文学家》[3]是一部虚构的书吗?《每人必读丛书》认为它是,而《世界经典丛书》则把它归为"旅游和地志"。

那些把虚构作品与小说等同起来的文学史家感到非常困惑不解,为什么人类可以没有小说而度过如此漫长的年月;他们的眼界受到难以忍受的束缚,直到笛福的小说问世,他们才如释重负。他们出于无奈,只好把都铎时代[4]的虚构作品说成是仅以小说形式写成的一系列散文试作,这么说虽可圆满解释德洛尼[5],但用以解释锡德尼的创作却对不上号了。他们认定17世纪是英国虚构作品一大段空白时期,其实那个世纪恰好是辞藻讲究的散文的黄金时代。这些文学史家最终才发现,原来在1900年前,小说这种形式不大被人们所承认;可是1900年以来,小说已变成一个装杂物的箱子,任何不属"论述"性散文体的作品都可塞入其内。十分明显,这种以小说为中心的散文体虚构文学观点就像托勒密的天动说一样,时至今日已复杂得不再行得通,必须用另

---

[2] 《忧郁的剖析》(*Anatomy of Melancholy*),伯顿(Robert Burton)1621年出版的作品。

[3] 《语文学家》(*Lavengro*),原文为吉卜赛语,作语文学家讲,是英国作家博罗(G. Borrow)1851年出版的书。

[4] 英国都铎王朝的统治始自1485年,于1603年结束。

[5] 德洛尼(Thomas Deloney, 1543?—1600?),英国作家,其三部小说分别写布商、织工和鞋匠的生活。

一种像哥白尼的地动说那样更为合适的观点取而代之。

当我们开始认真地思考小说，不把它等同于虚构作品，而仅视其为虚构作品形式之一时，我们就能察觉，小说的特点虽可有不同，但总是把像笛福、菲尔丁、奥斯汀及詹姆斯这样的作家列于小说传统的中心，而博罗、皮柯克、麦尔维尔和艾米丽·勃朗特的作品只能处在边缘上。这样做并不是在评价作品的优缺点；我们完全可以把《白鲸》视为比《利己主义者》更"杰出"，但总是感到梅瑞狄斯的这部书更接近于典型的小说。菲尔丁把小说视为用散文体写成的喜剧史诗，这一观点对他所努力确立的传统说来，似乎是至关重要的。在我们认为的典型小说中，譬如简·奥斯汀的几部作品，情节和对话都与民俗喜剧的传统程式存在紧密联系。《呼啸山庄》的创作程式则更多地与传说和民谣有联系。这种手法更接近悲剧，悲剧性的激情和愤怒用在《呼啸山庄》中显得很自然，但若用于简·奥斯汀的小说中，就会破坏其基调的平衡。超自然的东西，即使仅是少量的，也会起到这样的破坏作用，因而很难进入小说之中。情节的安排也不相同：艾米丽·勃朗特并不像简·奥斯汀那样围绕某个主要情境去铺展故事，而是用单线直进的腔调讲述自己的故事，看来就需依靠一名叙述者，若在奥斯汀小说中也加上这样的叙述者，就会显得很不相称，十分可笑。鉴于创作程式如此不同，我们有充分理由把《呼啸山庄》看成是一种其形式与小说不同的散文体虚构作品，这里我们称之为传奇（romance）。尽管下文中我们还是得按若干不同的语境来使用这一名称，但用传奇一词看来比用离奇故事（tale）更为可取，因故事仅适合于某种更短的形式。

小说与传奇的根本区别在于对人物刻画抱着不同观念。传奇的作者不去努力塑造"真实的人"，而是将其人物程式化使之扩展为心理原型。正是在传奇作品中，我们发现，荣格所说的"力比多""灵气"和

"阴影"分别反映在男主人公、女主人公及歹徒的身上。[6] 这就是为什么传奇作品经常散发出一种为小说所缺乏的强烈的主观意识，为什么其边缘时常潜伏着一些寓意的成分。传奇作品中，释放出作者性格的某些成分，自然而然就使这类作品具有一种比小说更重变革的形式。小说家则描写人物的性格，其笔下人物都是戴着社会面具的角色。小说家需要一个稳定的社会作为框架，我们的许多优秀小说家都因袭常规，几乎达到令人惊讶的地步。传奇作家则突出自己的个性，用沉思冥想把真空中的人物理想化；不论他们何等保守，他们作品的字里行间总会流露出某些虚无主义或桀骜不驯的东西。

因此，散文体传奇是一种独立的虚构作品形式，应将它区别于小说，并从小说这一名称如今所覆盖的一大堆混杂的散文作品中将它区分出来。甚至从另一大堆我们称为短篇小说的作品中，我们也能分离出爱伦·坡所采用的故事（tale）[7] 形式，这种故事形式与纯粹传奇之间的关系，就如同契诃夫或凯瑟琳·曼菲尔德的短篇小说与长篇小说的关系一样。传奇和小说都不会有"纯而又纯"的形式；我们可以发现，几乎任何一篇现代传奇同时又是小说，反过来情况也如此。散文体虚构作品的形式都是混杂的，就像人类中的种族一样，不能像性别那样可以截然区分为男和女。实际上，大家所需求的总是混杂形式的虚构文学：一部传奇式的小说一要有充分的传奇性，使读者能将自己的力比多投射到男主人公身上，又将自己的女性意向投射到女主人公身上；二是应该像一部十足的小说，足以把这些投射控制在读者所熟悉的世

---

[6] 按照荣格的心理学说，libido 是无往不胜的英勇自我；anima（灵气）是指（男性身上的）女性意向；而 shadow（阴影）则是一个人潜意识中受压抑或忽视的欲望，常常象征着"恶"。

[7] 英语中，tale 和 story 二词虽均可译作故事，但前者往往含有荒唐、无稽的意思。

界之内。因此，也许有人会问：做出上述区别有何用处呢？何况这一区别虽在文学批评界尚未获得足够的探索，但我们已是认识到的。怪不得人们都会说，特罗洛普写的是小说而威廉·莫里斯写的是传奇。

理由在于，我们应该根据一位杰出的传奇作家所选择的创作程式去考察他的一切。不能仅仅因为批评家尚未认真研究过传奇这种形式，就不把威廉·莫里斯的作品列到散文体虚构作品一边。同样，也不应当根据上文所谈及的传奇具重大变革的性质，而将他选择这一形式视为"掩盖"自己的社会态度。如果司各特有资格称为传奇作家的话，那么光是按小说家的要求去挑剔他作品中的毛病，就不是良好的文学批评了。《天路历程》一书也是如此，是它的传奇特色、原型人物的塑造及其对宗教感受的革命态度使这部书成为一种文学形式的完美实例：英国文学并不是不加思索地接受下来，使自己的餐桌上有一道涉及宗教的佳肴的。最后，霍桑在其作品《带七个尖角阁的房子》的前言中着重指出，读者应把他的这部作品当作传奇而不是当作小说去阅读，他这番话可能是由衷的，尽管他还提到，小说这种形式的竞争优势和名声促使传奇作家因未采用这一形式而感到抱歉。

传奇比小说更为古老，这一事实已引起一种历史的错觉，仿佛传奇是一种发育不全的幼稚形式，应有别的东西去超越它。传奇文学由于对英雄主义和纯洁忠贞高度理想化，故就其社会关系讲是与贵族存在密切关联的（这一事实与上文刚提及的传奇形式的革命性之间有明显互不相容的情况，请参阅本书论文之三中关于浪漫传奇叙述结构的评介）。到了我们称为浪漫主义的时期，传奇文学重又活跃起来，部分地构成了浪漫主义的如下倾向，即眷恋已过时的封建主义，狂热崇拜英雄也即理想化的力比多。在英国，司各特的传奇作品和一定程度上勃朗特姐妹的作品，构成了神秘的诺森伯兰文艺复兴的一部分，这是对英国中西部新工业主义的一次浪漫主义的反拨，它同时还产生了华兹华斯和彭斯的诗歌及卡莱尔的哲学。因此，戏谑地模仿传奇文学及其理想竟成为更为市民化的小说的一个重要主题，就不足为奇了。继承《堂吉诃德》一书所确立的传统的，是一种以自己的观点看待浪漫主义场面的小说，结果使这两种文学形式的传统程式合成为一种具有讽刺意味的化合物，而不是一种充满柔情的混合物，这方面的例子包括《诺桑觉寺》《包法利夫人》及《吉姆爷》。

传奇作品中含有寓意的倾向可以是有意识的，如《天路历程》，也可能是无意识的，这十分明显地反映在威廉·莫里斯作品的关于性的神话中。描写英雄的传奇是一种介乎小说与神话之间的形式，小说写世人，神话则写神祇。散文体传奇最初是作为古希腊、罗马神话晚期发展的形式出现的；散文体的冰岛古代传说《萨迦》也是紧跟在神话般的诗集《埃达》之后产生的。小说则更倾向于扩展为一种用虚构的方式去处理历史。菲尔丁本能地称《汤姆·琼斯》为一部历史，这是很稳妥的，足以确认这一点的是如下的普遍规律，即小说的框架规模越大，其历史特性也就越加明显地表现出来。不过，由于小说毕竟是关于历史的创作，所以作家们通常都更喜欢使自己的素材具有一定的可塑性，或与当时的现实大致相符，若以固定不变的历史格局要求他们，他们就会感到束手束脚。《威弗利》[8]这部小说注明是写六十年前的往事，《小杜丽》则写大约四十年前的事，但历史格局在传奇作品中是固定的，到了小说中则可有伸缩性，这就说明了大多数"历史小说"都属传奇这一普遍原理。同样道理，当一部小说所反映的生活已成为往事后，它就更富于传奇的魅力。所以，二次大战期间，人们都把特罗洛普的小

---

[8] 司各特这部1814年出版的小说，其书名便叫《威弗利，或关于六十年前的往事》。

说当成传奇作品阅读。也许正是由于与历史的纠葛，又涉及对时代背景的感受，才使小说受到相当的限制，与此形成鲜明对比的，则是在全世界不胫而走的浪漫传奇作品，这是时间与西方人的不解因缘。

自传是另一种经历过若干难以察觉的阶段方与小说融汇而成的文学形式。大多数自传都是作者在创作欲也即虚构冲动的激励之下，从自己一生中选择那些足以构成一个完整体系的事件和经历而写成的。这个体系也许超越他本人的实际经历，但他已将自己与之等同起来，或这仅是将他自己的性格与各种可能的看法融为一体。我们不妨援用圣奥古斯丁[9]和卢梭[10]的先例，称这种十分重要的散文体虚构作品为"忏悔录"（confession，或译为"自白体"）形式，这种形式看来是由圣奥古斯丁开的先河，而由卢梭确立其现代典范的。英国文学的早期传统中，除了一些为神秘主义者所喜爱的虽有联系却略微不同的忏悔录类型外，还出现了《医师的宗教》[11]《圣泽无央》[12]和纽曼的《关于我一生的辩白》[13]等书。

与在传奇作品中一样，从忏悔录中辨认出一种不同的散文形式是具有一定价值的。这样就能使一些散文体名著佳作在虚构文学中明确获得一席之地，而不至再搁置于难以归类的杂书堆里，因为它们属"思

---

[9]　圣奥古斯丁主教的忏悔录回顾了自己早年的生活。
[10]　卢梭著名的《忏悔录》写自己五十多年辛酸的生涯，死后才问世。
[11]　《医师的宗教》（Religio Medici），是曾经行过医的布朗爵士（Sir Thomas Browne）关于基督教信仰的忏悔录，1643 年发表。
[12]　《圣泽无央》（Grace Abounding）为班扬 1666 年发表的布道书式的叙述。
[13]　《关于我一生的辩白》（Apologia pro Vita sua），是纽曼（John Henry Newman）针对别人无辜指控他而于 1864 年发表的答辩书。

想"类而不能编入文学书目,又由于是"散文风格"的著作,编入宗教或哲学类同样很勉强。忏悔录及其他自我剖白的作品跟小说、传奇一样,也有篇幅短小的形式即我们熟悉的随笔,例如蒙田所自称的"真诚的书"[14]便是由许多随笔集成的,只不过没有篇幅较长的连续叙述罢了。蒙田随笔的结构之与大部头忏悔录、自白体的关系,就像由许多短篇小说构成的集子之与长篇小说或浪漫传奇一样,乔伊斯的《都柏林人》和薄伽丘的《十日谈》也都属于这类集子。

继卢梭之后(其实卢梭本人也不例外),自我剖白的体裁进入了小说,二者混为一体,便产生了虚构的自传,如 *Künstler-roman*[15] 及其他有关类型。至于为什么自白体作品的主人公总是作者本人,在文学中尚找不出理由;戏剧性的自我剖白,则至少从《摩尔·弗兰德斯》[16]以来已为小说中所采用了。"意识流"技巧有助于这两个形式更紧凑地融合在一起。但即使在这类小说中,自白体形式的特点还是十分明显地表现出来。在自白体作品中,占主导地位的几乎总是从理论上和心智上关注宗教、政治或艺术方面的问题。自白体作品的作者正是由于能使自己思想专注于这类课题上,才感到自己的一生值得一写。但是这种对观念和理论叙述的关注与写小说所需要的才华是难以形容的,因为创作小说的技巧是要把一切理论不着痕迹地渗透到对人际关系描写之中。就拿大家熟悉的简·奥斯汀为例,仅仅作为社会素材,她才去考察教会、国家及文化问题;而亨利·詹姆斯,据一些评论家描述,他的感受是如此细腻,以致任何观念也左右不了他。有些小说家既不

---

[14] 法国作家蒙田毕生写了三部随笔集,并在 1580 年版的卷首,称"这是一部真诚的书……我自己就是这部书的题材"。

[15] 德文,指艺术家写自己成长过程的小说。

[16] 《摩尔·弗兰德斯》(*Moll Flanders*),笛福 1722 年出版的一个女贼之女的自传。

习惯于观念,又缺乏耐心像詹姆斯那样把观念化解为自己的东西,于是便本能地求助于密尔[17]所说的个别人物的"思想史"。当我们发现,构成乔伊斯小说《一个青年艺术家的画像》中高潮的,是一次关于美学形态理论的专题讨论时,我们就会意识到,作者之所以能做到这一点,在于该小说中还存在另一种虚构散文作品的传统。

小说是倾向于外向的又具个人特征;它主要对社会生活中所展现的人物性格抱有兴趣。传奇作品则倾向于内向又个人化:它虽也描写人物,但所采用的是更为主观的手法。(这里所说的主观是指创作手法,不是指题材。传奇中的人物都是英雄,因而显得莫测高深;小说家则能更自由地进入人物的思想境界,因为他更为客观。)忏悔录等自我剖白的作品虽也内向,但其内容更具有理性。下一步显然应当去发现虚构文学的第四种既外向又属理性的形式。

前面我们曾谈到大多数人都把《格列佛游记》视为虚构作品而不是小说。那么它必定属于虚构文学的另一种形式,因为它总归会有个形式的;当我们从卢梭的《爱弥儿》转到伏尔泰的《老实人》,由巴特勒的《众生之路》转到关于乌有乡的两部作品[18],或在读了赫胥黎的《美丽新世界》后再读他的《旋律与对位》,都会感到无论如何,小说已转移到了这种形式。可见这种文学形式是有其自身的传统的,而且正如巴特勒和赫胥黎的作品所表明的,即使当小说已占文学中的优势时,这种形式仍然保持着某种完整性。它之存在是不难证明的,而且谁也不会

---

[17] 约翰·斯图亚特·密尔本人就写过关于边沁、W.汉密尔顿、康德等人哲学思想的文章。

[18] 指同一作者塞缪尔·巴特勒(1835—1902)的小说《乌有乡》(1892)和《重访乌有乡》(1901)。

对如下说法提出质疑，即《格列佛游记》和《老实人》从文学渊源上可追溯到拉伯雷、伊拉斯谟，甚至卢奇安。尽管如此，关于拉伯雷、斯威夫特及伏尔泰的风格和思想虽不乏评介，却很少研究涉及他们是以特定手段进行工作的艺术巨匠，这种疏忽是批评界研究小说家时决不会出现的。这一传统中的另一名杰出作家赫胥黎的导师皮柯克，处境就更为糟糕了，因为由于其形式不为人们所了解，于是引起评论界一种普遍的印象，认为他在散文体虚构文学发展史中所扮演的角色，仅是一个毛手毛脚的古怪汉子。实际上，他与简·奥斯汀只是创作技巧不同，但都是优美和地道的艺术家。

这类作家所运用的文艺形式属于梅尼普斯式的讽刺，偶尔也叫作瓦罗式讽刺，据说是由古希腊一个名叫梅尼普斯的犬儒派门徒首创的。他本人的作品已经失传，但是他有两大追随者，即希腊的卢奇安和罗马的瓦罗；瓦罗的作品仅零星留传下来，但他的传统则由彼特隆纽斯和阿普列尤斯继承下来。梅尼普斯的讽刺最初似乎是诗体的，后来在实践中加上散文体插话，但我们今天只知道它是一种散文形式，尽管这种讽刺的一个反复出现的特点（见皮柯克的作品）是间或也采用诗体。

梅尼普斯式讽刺更多地针对人们的思想态度而不是仅仅写他们的为人。作品中的迂腐文人、执迷不悟者、古怪汉、暴发户、古董收藏家、狂热分子以及各行各业的贪婪又滥竽充数的人，都是按照他们对职业生涯的态度而不是其社会行为来描写的。因此，梅尼普斯式讽刺在处理抽象观念和理论方面与忏悔录等自我剖白的文体十分相似，并在人物刻画上有别于小说，即不是写实，而是将人物程式化，使他们变成各自思想的传声筒。当然，二者之间不可能也不应该划出一条截然的界线，只要拿简·奥斯汀笔下一个人物与皮柯克作品相同人物做一番比较，我们便会立刻察觉到两种文艺形式的区别。乡绅韦斯顿属于小说中人物，而思瓦库姆和斯奎尔[19]二人身上含有梅尼普斯的血统。这一文学传统中常见的一个主题是嘲弄迷了心窍的哲学家[20]，这一点笔者已在上文论述过了。小说家把罪恶和愚行视为社会弊病，但梅尼普斯式讽刺作家则视之为智力苛疾，一种狂妄的卖弄玄虚，正如"自吹自擂的哲学家"这个名称所象征和阐明的。

彼特隆纽斯、阿普列尤斯、拉伯雷、斯威夫特和伏尔泰都运用一种结构松散、常易与传奇混淆的叙事形式。可是这种叙事形式与传奇有所不同（尽管拉伯雷作品中混杂以大量的传奇成分），因为它主要并不描写英雄们的伟业，而是有赖于充分施展智力的幻想，和进行足以产生漫画效果的幽默观察。它也不同于流浪汉小说，后者作为小说，对社会的实际结构抱有兴趣。最强烈的梅尼普斯式讽刺是用单一的智力模式向我们展示世界的景象的。故事所构筑的智力结构足以大大地搅乱叙述的通常逻辑，尽管由此而产生一种随心所欲的印象，但这种印象仅仅反映了读者的粗心大意，或由于读者在评判时总是倾向于把小说视为虚构文学的核心。

在罗马时代和文艺复兴时期，satire（讽刺）一词都是指这种文学的两种特定形式之一，一种是散文（即目前我们所讨论的），另一种是诗歌。现今它则是指一种结构原理或观念，也即我们所说的"叙述结构"（mythos）。在我们所讨论的梅尼普斯式的讽刺作品中，这个关于形式的术语也可用以指观念。我们已见到，讽刺作为一种观念的名称，实际上是幻想与道德的结合体。但是，讽刺一词作为一种形式的名称，尽管仅限于文学（因为作为叙述结构，讽刺可出现在任何艺术中，连环

---

[19] 韦斯顿等三人都是菲尔丁小说《弃儿汤姆·琼斯的历史》中的人物。
[20] 迷了心窍的哲学家（*Philosophus gloriosus*），原为拉丁文。

漫画便属一例),也是更加灵活,可以全然是幻想的,也可纯粹出于道德宗旨。因此,梅尼普斯式的冒险故事可以是纯粹的幻想,如见于童话故事。关于爱丽丝的两部书[21]是臻于完美的梅尼普斯式的讽刺作品,《水娃们》[22]也一样,后者曾受拉伯雷的影响。单纯宣扬道德的作品是把社会严肃地视为一种单一的智力典范,换言之,便是乌托邦。

梅尼普斯式讽刺作品的短小形式通常是一段对话或谈话形式的作品,引起人们戏剧性兴趣的是一些观念的冲突而不是性格的冲突。这是伊拉斯谟喜爱用的形式,在伏尔泰作品中也很常见。同样,这种形式论态度并非千篇一律都是讽刺的,有时反而变成纯属幻想或道德方面的讨论,例如兰多的《想象的对话》[23],也即"死人的对话"。有时这种文学形式的篇幅拖得很长,参加谈话的人物在两个以上:于是其场合通常是一顿罗马晚餐(cena)或一席希腊酒会,就如同彼特隆纽斯作品中大事描绘的那样。柏拉图运用这种形式虽比梅尼普斯要早得多,但他对这类作品影响极大,从而形成一种传统,不间断地贯穿于后来卡斯蒂廖内作品理想中的侍臣所有的高雅和悠闲的对话或沃尔顿[24]作品中关于垂钓原理和规则的论述。这种形式发展到现代,便产生了皮柯克、赫胥黎及步他们后尘的作家作品中关于在乡间农舍度过周末的情景,他们所流露的对观点、思想及文化的浓厚兴趣,论其重要性并不亚于男女间的谈情说爱。

小说家显示其充沛才华,或是像亨利·詹姆斯那样通过对人际关

---

[21] 指刘易斯·卡罗尔的作品《爱丽丝漫游奇境记》和《爱丽丝镜中奇遇记》。
[22] 《水娃们》(*The Water Babies*),英国作家金斯利(Charles Kingsley)1863年的作品。
[23] 兰多(Walter Savage Landor,1775—1864),英国作家,继《想象的对话》(*Imaginary Conversations*)一书后又出版《想象中的希腊、罗马人对话》,二书共收对话150篇。
[24] 沃尔顿(Izaak Walton,1593—1683),英国作家。

系的详尽分析，或者如托尔斯泰那样对社会万千现象做一览无遗的揭示。梅尼普斯型的讽刺作家由于是处理心智方面的主题及观点的，因此都运用理智的方式来显示其充沛活力。他们围绕着主题广征博引，或是以他们特有的渊博语言，像雪崩一样冲击那些迂腐成性的目标。这一文学形式有一个种或毋宁说亚种，便是百科全书式的大杂烩，其代表作品有阿特纳奥斯[25]的《欢宴的智者》和马克罗比乌斯[26]的《祭农神节》，都描写人们端坐于宴席间，就谈话中能设想到的任何题目侃侃而谈，大发宏论。这种炫耀博学大概是由瓦罗加到梅尼普斯的传统上去的；瓦罗学识之渊博即使不致使昆体良[27]瞠目结舌，也足以迫使他称他为"罗马的饱学才子"（*Vir Romanorum eruditissimus*）了。那种向百科全书式的大杂烩发展的趋势已明显反映在拉伯雷的作品中，尤其见诸他大量罗列各种大便纸、男人裤裆遮羞布及卜卦的不同方法。伊拉斯谟和伏尔泰义不容辞地写出那么多百科全书似的作品，足以说明像喜鹊一般喋喋不休地罗列事情的本能，与那种足以使他们成为闻名遐迩的艺术家的本领是不无联系的。福楼拜在其小说《布法和白居谢》[28]的结构上采用了百科全书式的方式，如果我们把这部作品解释为与梅尼普斯的文学传统存在着密切关系，那么对这种方式便可充分理解了。

在斯威夫特之前，伯顿的《忧郁的剖析》乃是英国文学中最杰出的梅尼普斯式讽刺作品了，它的结构原则便是创造性地、一览无遗地展示

---

[25] 阿特纳奥斯（Athenaeus），罗马作家。

[26] 马克罗比乌斯（Macrobius），罗马作家，这是他的一套共七卷的对话录，主要评论维吉尔的修辞造诣。

[27] 昆体良（Quintilian），罗马著名修辞学家。

[28] 布法和白居谢（Bauvard et Pecuchet）是该同名小说中两个只会心不在焉地誊抄的人物。

博学。作者在书中按照"忧郁"这个概念所提供的智力模式来研究人类社会，用博览群书的杂谈取代了对话，结果做到以一本书的篇幅对人类生活进行了最为全面的考察。乔叟是伯顿最喜爱的作家之一，伯顿这部著作也是乔叟之后英国文学中写这类题材的最杰出的书。我们偶尔注意到他在该书的导言及"离题的话"中所提到的乌托邦，但稍加分析，便发现这原来是他从学术上指出了梅尼普斯文学形式的精华：那些离题的话涉及空气、愉快的旅行；谈到情绪、具有讽刺意味地卖弄渊博学问；还论述了文人学士的穷困潦倒，以及对自吹自擂的哲学家的讽刺。伯顿书名中的"剖析"（anatomy，或译为"解剖"）一词，是指生理学的剖切和分析，它十分精确地表达了作者这一文学形式所采取的理智方法。我们同样可以采用"剖析"一词作为更方便的名称，用它去取代"梅尼普斯式讽刺"这一既拖泥带水在现代又易引起误解的叫法。

"剖析"这种形式理所当然会最终与小说融汇在一起，从而产生不同的混血儿，包括主题小说（roman à thèse）和以人物象征社会或其他思想等的小说，如20世纪30年代的无产阶级小说。不过把两种文学形式结合得最成功的，是步伯顿和拉伯雷后尘的斯泰恩。虽然正如笔者开头时所提到的，《项狄传》可以称作一部小说，但是书中叙述时的题外话、罗列事物的习惯、按照"脾性"刻画程式化人物、那大鼻子的不可思议的旅行、杂谈式的讨论，以及不时嘲弄哲学家和学究般的批评家，都是"剖析"这种体裁所具有的特点。

如果能对"剖析"的形式和传统了解得更清楚一些，那么我们便能把文学史上的许许多多成分纳入视野的焦点。波伊修斯的《哲学的慰藉》[29]采用对话形式，插进一些诗体段落，处处流露出沉思和讽刺的基

---

[29] 波伊修斯（A. M. S. Boethius, 470？—525），罗马官员，《哲学的慰藉》（Consolation of Philosophy）一书写于狱中，英语中有三种译本。

调，堪称是一部纯粹的"剖析"体裁的作品，这一事实对理解为什么该书会产生深远影响是十分重要的。《垂钓老手》[30]也属剖析文体，是因为该书中兼用散文和诗体，以乡间晚餐作为背景，采用对话形式，作者作为席间健谈者对菜肴有浓厚兴致，以及对在场的人进行了一番温和的梅尼普斯式的挖苦，这伙人虽认为任何事情都比钓鱼更为重要，可是又找不出更有意义的事可做。在文学史的几乎每一个阶段中，都出版过许多传奇、自白体和"剖析"体的作品，它们之所以被忽视，仅仅是由于它们所属的类型得不到人们的承认。比如从斯泰恩到皮柯克这段时间里，传奇作品就有《漫游者梅尔摩斯》[31]，自白体有霍格斯的《获释罪人的剖白》[32]，属"剖析"体裁的作品则有骚塞的《医生》[33]、阿摩里的《约翰·邦克尔传》[34]，还有《安勃罗斯酒店之夜》[35]。

我们且来归纳一下：如果从形式的角度来考察一下虚构文学，那么我们就能见到它是由小说、自白体、"剖析式"作品及传奇这四股主要的线搓成的绳子。这几种形式可能有六种结合的方式，都可找到代表作，

---

[30] 《垂钓老手》(*The Compleat Angler*)，沃尔顿（Izzak Walton）的论述垂钓的书。

[31] 《漫游者梅尔摩斯》(*Melmoth the Wanderer*)，马杜林（Charles Robert Maturin，1782—1824）的作品。

[32] 《获释罪人的剖白》(*Confessions of a Justified Sinner*)，霍格斯（J. Hoggs，1770—1835）于1824年出版。

[33] 《医生》(*The Doctor*)，骚塞（R. Southey）的互有联系的散文集（1834—1847）。

[34] 《约翰·邦克尔传》(*John Buncle*)，作者阿摩里（T. Amory，1691？—1788）于1756—1766年间出版。

[35] 《安勃罗斯酒店之夜》(*Noctes Ambrosianae*)，系1822—1835年间在英国《勃莱克伍德杂志》上连载的文章，内容涉及题材广泛的充满想象的对话，其作者为克里斯托弗·诺思（Christopher North）。

笔者便曾提到小说与其他三大形式中每一种是如何结合的。仅集中在单一形式的作品十分罕见：乔治·艾略特的早期小说受传奇文学的影响，后期作品则受"剖析"体裁的影响。传奇与自白体结合所产生的混血儿，十分自然便是具有浪漫气质的自传，其在英语方面的代表作有性格外向的乔治·博罗和性格内向的德·昆西[36]的作品。传奇与"剖析"合为一体，我们在拉伯雷的作品中业已发现；较晚的例子有《白鲸》，书中捕猎野性鲸鱼的浪漫主题扩展成了对鲸类的面面俱到的剖析。自白体与剖析合为一体的，见诸《旧衣新裁》以及克尔恺郭尔在散文体虚构形式方面颇具独创性的实验作品，其中包括《非此即彼》。构思更加广泛的虚构作品通常至少采用三种形式：在《帕米拉》中可见到小说、传奇与自白体三股线索，在《堂吉诃德》中见到小说、传奇及"剖析"三条线，在普鲁斯特的作品中，见到小说、"自白体"与"剖析"三者，而在阿普列尤斯作品中，则由传奇、"自白体"和"剖析"捻成一条绳子。

我竭力使上述分类听起来像图表一样条理分明，目的是想说明，对像《白鲸》或《项狄传》这类作品的形式如能提供一种简单又合乎逻辑的解释，是有好处的。历来评论界对这类作品形式所抱的态度，多少类似大人国里的医生：他们经过一番激烈争吵，最后宣布格列佛"生性诙谐"（*lusus naturae*）。"剖析"式作品使批评家尤其感到困惑，深受这种形式影响的作家中，几乎没有一人不被指控为行为妨害治安。读到这里，读者也许还记得，把乔伊斯的小说形容成洪水猛兽，曾一度变成一场神经质的恐慌。我从优秀评论家的文章中，发现不乏"魔王""怪兽"及"白象"[37]等攻讦之辞；平庸的评论家对他也许反而笔下

---

[36] 德·昆西（T. de Quincey，1785—1859），英国作家。
[37] 传说古代泰国国王赐赠白象给哪一个朝臣，就是准备要铲除那个朝臣的。所以，欧洲人用"白象"一词指含有凶兆的赠品。

留情。乔伊斯费尽心机构思《尤利西斯》和《芬尼根的守灵夜》，几乎达到走火入魔的地步，但由于两部小说的结构不符合大家所熟悉的散文体虚构作品的原理，所以才给人留下不成体统的印象。下面姑且让笔者用自己的方法来分析一下这位作家。

如果请一位读者把阅读《尤利西斯》后印象最深的事开一个单子，那么合乎情理的结果会如下述：第一，对都柏林的景象、喧嚣和扑鼻而来的气味都描写得活灵活现，人物刻画丰满，对话又很自然。第二，整个故事和人物刻画都是十分微妙地戏谑性模仿原型英雄的套式，尤其是《奥德赛》所提供的样板。第三，揭示人物性格和铺陈事件都严格运用"意识流"手法。第四，无论在技巧和题材上，都竭力做到既广博又透彻，并以高度智慧的眼光去看待这两方面。这样我们就不难看出，正是这四条说明了这部名著中分别与小说、传奇、自白体和剖析体四种体裁相关的成分。所以，《尤利西斯》是一部完备的散文体史诗，四种形式在书中不仅都采用了，而且实际上是同等重要，彼此缺一不可，从而使这部书成为一个有机的整体而不是杂乱的拼凑。

这一整体是建立在一系列比拟、对照的错综复杂的构思上的。哈姆雷特和尤利西斯这两个原型传奇人物犹如文学太空中遥远的星星，大惑不解地俯视着都柏林那些模样寒碜的众生如何亦步亦趋地仿效由他俩的影响而建立起来的模式。尤其在"独眼巨人"和"刻尔吉"（Circe，又译为"瑟西"）这两章[38]情节中，始终用浪漫主义手法戏谑地模仿现实主义，这使我们不禁想起《包法利夫人》，尽管其讽刺方向恰好相反。小说与自白体两种技巧之间的关系也一样：作者钻进作品人物的脑袋里，追踪他们的意识流，然后再跳出来对他们进行外部的描述。在"伊

---

[38] "独眼巨人"和"刻尔吉"分别为《尤利西斯》的第12和第15章。

大嘉"[39]一章中，还可找到小说与解剖体裁结合在一起，情景中人性与理智两方面之间隐约出现的对抗意识，足以说明为什么这一章笼罩着感伤的气氛。另外三种体裁的结合中，同样贯穿着比拟和对照的原理，"瑙西卡"和"潘奈洛佩"(Penelope，又译为"珀涅罗珀")[40]二章是传奇与自白体的结合，"普洛调"和"吃荙陀果的种族"[41]二章是自白体与剖析体结合在一起，而"赛仓"(Sirens，又译为"塞壬女妖")[42]和"刻尔吉"的一部分则把传奇与剖析体合为一体（这种结合虽属罕见，却用得恰到好处）。

《芬尼根的守灵夜》一书的整体性远远超过《尤利西斯》。这个邋遢故事中的呆头呆脑的伊厄威克[43]及其受煎熬的妻子并非是用以与特里斯坦[44]及神圣国王这两个原型作为对照的：伊厄威克本人便是特里斯坦和国王。由于小说的背景是一场梦，所以小说体与自白体之间、主人公脑子里的意识流与外界其他人物的表现之间都不可能形成对照。小说的经验世界同样也不能与剖析体中的理智世界截然分开。我们在虚构文学中一直想把不同形式区分开来，而且它们之得以存在，完全依赖于白昼人们清醒意识中那种常识性的二元对立，可是到了《芬尼根的守灵夜》这部书中，这些形式通统都消失，化为第五种也

---

[39] "伊大嘉"为《尤利西斯》的第 17 章。
[40] "瑙西卡"和"潘奈洛佩"分别为《尤利西斯》的第 13 和第 18 章。
[41] "普洛调"和"吃荙陀果的种族"分别为《尤利西斯》的第 3 和第 5 章。
[42] "赛仓"为《尤利西斯》的第 11 章。
[43] 伊厄威克这个人物即 HCE，可理解为 Here Comes Everybody 或 Haveth Childers Everywhere，因而泛指"平常人"，参见本书第 325 页注 [36]。
[44] 特里斯坦 (Tristram)，中世纪传奇中的英雄，圆桌骑士之一，其功绩构成亚瑟王故事的一部分。T. 马洛礼、M. 阿诺德、R. 瓦格纳都写过这一题材。

是最精华的形式。人们历来将这一形式与圣典及其他宗教书籍联系起来，这种形式是用人类灵魂的堕落与觉醒、创世与启示录的观念对待生活的。《圣经》就是其明显的例子；埃及的《死亡之书》[45]和冰岛的散文集《埃达》也属此类，后二书在《芬尼根的守灵夜》中留下深深的印记。

---

[45] 古代埃及一部宗教和巫术文集，劝导世人行为端正，得以安全通过冥府。

特定的百科全书型形式

在本书第一篇论文中，我们曾经接触到如下的原理，即在文学发展史的每个时期都倾向于出现某种主要的百科全书般的形式：在神话模式中，这通常便是一部圣典或经书；在其他模式中，则是我们所说的某种类似启示录的书。在我们西方文化中，最主要的经典便是基督教的《圣经》，它很可能还是世界上结构最具体系的一部圣典。说《圣经》"不仅"是一部文学作品，意思无非是说还可以用别的方法去研究这部书。没有一部本身不具备文学特征的书会对文学产生过影响，只要文学批评家还在不断研究《圣经》，《圣经》便是一部文学作品。

由于现代（近年来情况才有转变）缺乏对《圣经》的名符其实的文学评论，才使我们关于文学象征这个总的体系的知识中留下一个极大的空白，这个空白是我们拿全部新知识来对付它也无法填补的。我总感到，历史性的学术研究毫无例外都仅是一种"低级"的或曰考证式的批评，而"高级"批评就应是一项截然不同的活动。在我看来，后者才是纯粹的文学批评，它不是把《圣经》看成一本剪贴簿，如同考证批评家所揭示的那样充满了谬误、掩饰、校订、任意添加、不同版本的合刊、张冠李戴以及错误理解，而是看成所有这些成分一开始就旨在构筑一个预示论的统一整体。批评家如果固步自封，把《圣经》的文学形式看成多少像集邮行家的集邮簿，那就无法解释为什么《圣经》对文化会产生如此巨大的影响了。因此，对《圣经》的名符其实的高级评论应是一种综合的过程，其出发点是把这部书明确认定为神话，一种包括《创世记》到《启示录》的单一的原型结构。这种批评的启迪性原则应当如圣奥古斯丁的名言所指出的，《旧约》在《新约》中获得披露，而《新约》在《旧约》中已埋下伏笔；《新约》与《旧约》与其说是互见寓意，倒不如说二者在隐喻上是彼此等同的。我们即使从历史角度，也无法把《圣经》追溯到其材料尚未形成为预示论整体的年代；如果我们认为，从宗教或世俗的意义上讲，《圣经》是受神灵启迪的话，那么也同样必须认为其编纂和修订的过程也是受神灵启迪的。

我们只能按这种方式，把《圣经》看作是对文学象征体系产生过赋予活力的重大影响的，实际上它也的确赋予过这样的影响。不过，这样一种研究方法还会是一种保守的批评，恢复和重建一些传统的预示论，构成这些预示论的基础仅是认定《圣经》在象征上是个整体。例如，历史批评家在研究《旧约·雅歌》时，主要关注对繁殖力的膜拜和乡村的节庆；文化批评家研究它时，主要关心其象征体到了但丁、贝尔纳·德·克莱沃[1]及其他神秘主义者和诗人的作品中是如何发展的，对他们来说，《旧约·雅歌》代表了基督对教会的热爱。这后一种批评并不是硬贴到雅歌上去的一种寓意，而是以更广阔的原型的或文化的语境去阐释诗歌。我们没有必要在这两类批评中做什么选择；没有必要把雅歌在文学中的遭遇看成是由道貌岸然的歪曲或想入非非的错误所造成的；也没有必要把对雅歌的观点看成是一种东方的

---

[1] 贝尔纳·德·克莱沃（Bernard de Clairvaux, 1090—1153），法国西斯特寺院的改革家。

淫逸，看成是一种现代的、具有讽刺意味的发现。

一旦我们校正观察《圣经》时的焦距，那么从《十字架之梦》[2]直到《小吉丁》[3]等一系列作品中的大量文学象征便开始获得了意义。现在我们来谈谈名叫弥赛亚（救世主）的中心人物英勇历险的事。在《旧约》中，他与诸多王室人物都有联系；到《新约》中，他变成了基督。关于他这一历险过程的阶段和象征，笔者已在浪漫传奇文学的"叙述结构"一节中论述过了。弥赛亚的诞生十分神秘，接着是上帝显灵，也即承认他为上帝之子；随之而出现的是一系列象征：凌辱、出卖、殉难，即所说的受尽苦难的仆人的情结。依次而来的是另一些象征：弥赛亚成为新郎、征服怪兽的英雄，及作为领袖率领其部众进入合法的家园。最初的先知们的那些神谕看来基本上都是恐吓性的，但随后提供的却是一系列"遭受放逐以后"的事件，这些事情把整套否极泰来的循环论叙事结构注入《圣经》的全书中，也即大难之后必定会重见天日、遭受凌辱后必会腾达昌盛，我们在约伯和浪子的故事中就可见到这种循环论的缩影。

因此，从总体说来，《圣经》向我们展现了一个从《创世记》到《启示录》的巨大环状过程，在此过程中，弥赛亚经过了由道成肉身（incarnation）直到羽化成仙、受世人崇拜的英勇历程。这一过程中，还明确或隐约地包含着三种其他的循环运动：就个人而言，由诞生直到获得拯救；就性生活讲，由亚当与夏娃的结合发展到《启示录》中的婚礼；就社会过程讲，从宣布十诫到建立法治王国，即《旧约》中重建的圣城耶路撒冷[4]和《新约》中的千年王国。这些周期都是完全的或辩

---

[2] 《十字架之梦》(The Dream of Rood)，古英语时留传下来的诗，作者不详。

[3] 《小吉丁》(Little Gidding)，T. S. 艾略特的诗，收入诗集《四个四重奏》。

[4] 这里是意译，原文直译是"重建的锡安山"，"锡安山"(Zion)，耶路撒冷一地名，因有大卫墓等众多古迹，而被视为宗教圣地。这里用锡安山指代整个耶路撒冷。

证的，其轨迹为先是不断下降，然后才逐渐上升到一个获得永远拯救的世界。此外，还有一种具有讽刺意味或曰"过分世俗"的循环，也即人活了一辈子得不到神祇相助为其赎罪的循环，这种从生到死的生活，用布莱克的话说，便是"单调地兜圈子"。这种循环的最终结局不外是奴役、流放、连年的战争或遭大火毁灭（如所多玛、巴比伦城），或受灭顶之灾（大洪水）。这两种周而复始的循环形式为我们提供了两种史诗的框架[5]：有报答的史诗和遭到神谴的史诗。由生到死、死后又复生的周而复始的现象，就其象征意义而言，十分类似弥赛亚由投附躯体之前业已存在、虽死犹生到最后复活的循环，这一事实告诉我们还存在第三种类似史诗的形式。第四种史诗可称为对比史诗：一端为人类具有讽刺意味的处境，另一端则是神祇社会的起源或继续存在。

即使在神话中，完全像《启示录》式的结局也属罕见，尽管在北欧神话《埃达》和《摩斯毕利》[6]中出现过这种情况，而且《摩诃婆罗多》的最后一卷写升入天国。神话中，有讲封人物为神的，如关于赫拉克勒斯的传说；也有讲灵魂拯救的，如《死亡之书》中冥王俄西里斯的象征作用，但是多数宗教典籍所主要关切的，是规定种种法规，其中主要的当然是仪典的规则。其结果便形成一种对比史诗的萌芽形式：其中一面是说明法则（法律）起源的神话，包括创世过程在内，另一面则是处于法则支配下的人类社会。史诗《吉尔伽美什》[7]便是一部远古的对

---

[5] 利维（G. R. Levy）在《来自岩石中的剑》（*The Sword from the Rock*，1954）一书中，确认史诗结构共有三类，即神话史诗、英雄历险史诗及冲突史诗。若就史诗所采用的材料而言，这三类史诗大致相当于神话、传奇及高模仿百科全书等形式。——原注

[6] 在北欧神话中，摩斯毕利（Muspilli）意为光明之乡，位于 Niflheim（黑雾之乡）之南。

[7] 《吉尔伽美什》（*Gilgamesh*），是公元前三千年左右的苏美尔史诗，写国王吉尔伽美什追求荣耀，并寻找长生之树的经过。

比史诗，讲到主人公寻找长生不老，结果只听说宇宙轮回的终极，那便是如《圣经》中所象征的一场大洪水。由赫西俄德和奥维德汇集的神话都根据相同的形式，即写诗人作为不公正或流放的牺牲品，在人间却占有显赫的地位。这种结构由波伊修斯继承下来，他作品中对比的两端分别是失去的黄金时代和诗人以莫须有罪名身陷囹圄，这结构又延续到中世纪。

具有百科全书般广博内容的传奇形式则采用世人或神祇对弥赛亚神话的模仿，都写历尽艰险寻求目标的事迹，如但丁在《神曲》中关于其自身的经历、斯宾塞作品圣·乔治的功绩以及骑士们寻求圣杯的故事。其中《神曲》则将对比史诗通常的结构颠倒了过来，它以描写具有讽刺意味的人类处境开始，而以神圣的境界收尾。但丁对光明的追求具有凡人特点，这一事实反映在他开头时无力战胜、甚至不敢面对拦住他去路的猛兽：可见他在险遇一开始时便已回避历来传奇中豪侠骑士的角色了。在英国文学中，朗格兰的出色的幻象[8]堪称是第一部按对比史诗手法写成的重要作品。这部长诗一方面写基督升天、彼尔斯获得拯救，另一方面则写世人生活在惨淡景象，到全诗收尾处，这种景象颇像说明了伪基督获得了胜利。《仙后》本可以一首新婚颂歌收尾，那样这部作品就会充满《圣经》中关于新郎的形象，可是我们所读到的是，全诗结束时，那只诽谤的"吼叫之兽"依然为非作歹，而诗人则遭到它的坑害。

到了高模仿的作品中，其结构便已达到我们所确认的典型的史诗了，这种文学形式的代表是荷马、维吉尔和弥尔顿的作品。史诗不同

---

[8] 指威廉·朗格兰（William Langland，1332？—1400？）的重要作品《农夫彼尔斯的幻象》(*The Vision of Piers Plowman*)。

于叙事诗之处，在于它的主题从天堂到地狱，非常广阔，又如百科全书，囊括大量的传统知识。一位叙事诗作者，譬如骚塞或利德盖特，可以写出许多部叙事诗，然而一位史诗作者通常却只能完成一部史诗的结构，而且是在其一生的关键时刻决定它的主题的。

古典史诗的循环形式是以自然界的循环作为基础的，这是当时地中海一带居民所熟悉的世界，它处在一片海天苍茫（*apeiron*）的中央，上上下下都有神祇。这种循环具有两种节奏：一是个人的生老病死，另一是较为缓慢的社会节奏，随着岁月的流逝（荷马史诗中作 *periplomenon eniauton*，维吉尔作品中则作 *volvibus* 或 *labentibus annis*），这种节奏为城邦和帝国带来荣辱兴衰。后一种循环运动的不变景象唯有神祇才能见到。从中途发生的事件来开始铺展全部情节的这种创作程式，就好比在时间中打下一个结。《伊利亚特》背后的全部情节是由希腊各城邦开始的，经过对特洛伊的十年围攻，最后又回到了希腊。《奥德赛》的整个情节典型地说明了同样的运动，即主人公告别家园伊大嘉，最终又返回伊大嘉。《埃涅阿斯纪》的情节则是随着普赖厄姆[9]的家族守护神，从特洛伊又回到新建的特洛伊城的。

在《奥德赛》中，写到这部史诗的主要情节是从"某地"（*hamothen*）开始的；实际上，这个某地是极其慎重选定的。三部史诗都从各自的循环情节的最低点开始：《伊利亚特》开始于希腊军营陷于绝望的时刻；《奥德赛》开场时，奥德修斯和珀涅罗珀远隔重洋，各自均被一群求婚者纠缠着；《埃涅阿斯纪》开卷时，主人公因船舶失事而飘落到迦太基海岸，迦太基是神后朱诺的栖息地，与罗马势不两立。史诗的

---

[9] 普赖厄姆（Priam），特洛伊的国王，希腊人劫掠并用木马设计攻陷该城后，这个时已年迈的国王为希腊将军阿喀琉斯之子所杀。

特定的百科全书型形式　　457

情节从最低点开始,既向往昔又向未来做大幅度的铺展,足以勾勒出这种历史循环的总的轮廓。史诗契机的"发现",在于使读者感到全部情节之结束犹如其开端一样,因此,史诗从头到尾条理分明,前呼后应,保持平衡。这种前后呼应的秩序并非出于神祇的命令或是一种宿命论的因缘,而是显示由众神主宰的大自然具有一种稳定状态,如果为人类所接受,这种稳定状态也可扩展到人世间。对这种稳定秩序的感受不一定具有悲剧性,但正是这种感受使悲剧有可能发生。

比如《伊利亚特》的情况就是如此。可以赞扬《伊利亚特》的充分理由多得足可写一部比笔者此书大得多的书,但与我们此处话题有关的只有一条,即这部史诗的主题是"遭神谴之歌"(menis)。《伊利亚特》向我们展示,一个敌人的倒下和一个朋友或领袖倒下一样,也属一出悲剧而不是喜剧——这一点对西方文学所产生的重要意义是怎么估计也不会过高的。有了《伊利亚特》,诗人的人生观中从此永远产生了客观和公正的成分。如果缺乏这种成分,那么诗歌仅仅是服务于种种社会目的(宣传、娱乐、奉献、教诲)的工具;若有了这种成分,诗歌也会获得《伊利亚特》所从未丧失过的权威性,而这种权威性一如科学的权威性那样,也是建立在把自然视为一种不以个人意志为转移的秩序的观念上的。

《奥德赛》开创了另一类报答史诗的传统。这是个浪漫传奇,写一位英雄从九死一生的险遇中脱身,于关键时刻安全回到自己的爱妻身边,赶走了恶棍们,但是我们对这故事的主要感受要现实得多,其根本原因在于我们都理解自然、社会及法律,都接受府第的名正言顺的主人有权恢复其家室这一事实。《埃涅阿斯纪》则进一步发挥报答的主题,写成庆贺新生,因为史诗以新建特洛伊城收尾,构成了英雄在追求伟绩中弃旧图新的起点。基督教的史诗更将以上这些主题推进到一种更广阔的原型语境之中。从诗的角度来看，《圣经》的情节囊括了上述三大史诗的不同主题：《伊利亚特》中写一城市毁灭和陷落的主题，《奥德赛》写"回归家园"（noctos）的主题，以及《埃涅阿斯纪》中重建一新城市的主题。亚当和奥德修斯一样，也是一个遭到神谴的人，由于他超越了为人的界限（hyper moron）而触怒了上帝，才被逐出自己家园的。在这两则故事中，偷吃为神祇准备的食物都构成了引起激怒的行为。与奥德修斯的情况相同，亚当能否重返家园取决于神的智慧能否平息神的愤怒（在荷马史诗中，波塞冬与雅典娜之间的争端是由宙斯出面调解的；在基督教文学中，上帝与世人是通过赎罪而达到和解的）。以色列人把约柜从埃及一直抬到迦南乐土，就如同伊尼亚斯将全部家当从陷落的特洛伊城搬运到一劳永逸地建筑起来的新特洛伊城一样。

因此，从古希腊、古罗马史诗发展到基督教的史诗，其主题（并非指价值）经历一个逐步完整的过程，正如弥尔顿所指出，是"飞越了爱奥尼亚山峰"。[10] 在弥尔顿这部史诗中，主要情节也是写整个循环运动的最低点也即撒旦和亚当的堕落。以此为起点，通过天使长拉斐尔对人类历史回顾的一席话和大天使米迦勒关于人类未来的一番告诫，史诗的情节在时间上向前和向后推进，最后使整个故事的开端与结尾相互连接在一起。开端是上帝出现在众天使之间，当时耶稣还未显示在他们面前；结尾则在《启示录》之后，那时上帝还是"一切的一切"，但是开端和结尾都处在同一点上，即上帝的出现，并由基督因其英勇的追求使自身再生和重现。弥尔顿作为一名基督教徒，理应重新考虑

---

[10] 爱奥尼亚山峰（Aonian mount），希腊神话中缪斯诸女神的栖息地。弥尔顿在《失乐园》（卷1之15）所说的这句话，实际是指"在诗歌方面的飞越"。

这部史诗中关于英雄行动的主题，按照基督教教义断定何为英雄，何为行动。对于他来说，英雄主义体现为服从、忠诚，面临嘲笑和迫害而不屈不挠，这方面的典范便是忠实天使阿勃狄尔[11]。行动在他看来则是积极的或叫创造性的作为，基督对世界的创造及对人的再创造便是个范例。因而，撒旦就具备了尚武豪杰的传统特性：他既是秉性暴烈的阿喀琉斯，又是计谋深远的尤利西斯，更是一名出入一片混沌险境完成自己追求的游侠骑士；可是在上帝的眼光里，他仅是一个冒牌英雄，由于盲目崇拜王国、权力及荣耀而必然沦于堕落的人。

在低模仿阶段，百科全书般的结构不是趋向于主观和具有神话色彩，便是倾向于客观和具有历史性质。前一种倾向通常表现在口述史诗中，后者则体现为散文体虚构作品。多少出人意料的是，法国作家为将二者结合而做出了主要的努力，从谢尼埃[12]生前留下来的零星作品到维克多·雨果的《历代传说》[13]，都体现了这一事实。[14] 与低模仿的程式十分吻合的是，这些作品中英雄行动的主题由个别领袖人物身上转移到了整个人类。因此，作家把这种行动的实现主要设想为未来的社会改良。

在传统的史诗中，神祇无所不在，促成着这种行动：到了一定场合，雅典娜和维纳斯便显灵，及时启发或鼓励了英雄。为了获得关于

---

[11] 阿勃狄尔（Abdiel），当撒旦煽动众天使反叛时，阿勃狄尔进行了抵制，见《失乐园》卷5。

[12] 谢尼埃（André de Chénier，1762—1794），法国作家。

[13] 雨果的重要史诗《历代传说》（Légendes des Siècles）共分三卷，先后于1859年、1877年及1883年出版。

[14] 见亨特（H. J. Hunt）《十九世纪法国的史诗》（The Epic in Nineteenth-Century France，1941）一书。——原注

未来的情况，或了解生死循环的下半圈将是如何样子，就有必要到死后的冥界去走一趟，就如同《奥德赛》第十一章和《埃涅阿斯纪》第六章所描写的那样。同样，在但丁的史诗中，受到惩罚堕入地狱的人只知道未来而不知当前的事；在弥尔顿的史诗中，知识的禁果"把死亡带到人间"的事，是由米迦勒关于未来的预言中透露出来的。因此，当我们发现，在置希望于未来的低模仿阶段，人们关于救世主权力来自"下界"或通过奥妙莫测的传统出现的观念大见增强，就并不感到惊奇了。在英国文学中，《解放了的普罗米修斯》是我们最熟悉的例子。歌德在《浮士德》的第二部中，设法添加进一个"坠落下界"（katabasis）的情节，起先是发配"母亲们"下去，后来又把它描写成古典神话中"妖巫狂欢夜"[15]一样，显然，这一插曲成了这部史诗中最令人困惑的结构问题之一。不过，有时候，"坠落下界"与传统更悠久的显灵地点合二为一，而且二者能够相得益彰。济慈诗中的安狄弥翁[16]为寻求真理而"向下去"，寻求美而"向上升"，结果发现"真"与"美"是一回事，这对济慈来说不足为奇。又在他《赫坡里昂的阵亡》[17]一诗中，一个身处"下方"的酒神般的人物与一个身处"上方"的阿波罗式人物之间的结盟显然已属指日可待的事。艾略特的《焚毁的诺顿》是以"上天堂之路与下地狱之路是一样"的原理作为基础的，这样就用基督教的方式解决了这一矛盾。人世间的时间是一条横线，而上帝超越时间的存在构成一条竖线，并以直角与横线相交，那交叉点便是血肉之躯的化身。玫瑰园和地下甬道的情节勾勒出自然界循环的两个半圆：上方的半个圆是天

---

[15] 妖巫狂欢夜（Walpurgis Night），据西方传说，五一节前夕，妖巫们在首领魔王率领下，在高山上狂欢作乐。
[16] 见济慈的长诗《安狄弥翁》（*Endymion*, 1818）。
[17] 《赫坡里昂的阵亡》（*Hyperion*），济慈于1818—1819年写了两稿，两稿均未完成。

真浪漫具有神话色彩的幻想世界，下方的半圆便是经验的世界。但倘若我们越过玫瑰园再向上去或从地府甬道再走下去，我们会到达同一个地点。

喜剧和讽刺作品向我们提供了戏谑模仿的象征体系，例如，格列佛在小人国遭到捆绑之与普罗米修斯的关系，《芬尼根的守灵夜》中步子蹒跚的泥瓦小工与亚当的关系，普鲁斯特作品中的小甜饼与圣餐的关系，都是在严肃程度上有所不同的例子。《押沙龙与阿奇托菲尔》[18]利用原型结构的方式也属此类，该诗中作为微妙的巧合来处理自身故事与其《旧约》样板的一系列相似之处。百科全书式的戏谑模仿主题，在讽刺作品中具有地方和民族特征，而在散文体虚构作品中，则主要反映为"剖析"体裁，也即阿普列尤斯、拉伯雷及斯威夫特的传统。讽刺作品与小说之间的关系，相当于史诗与叙事作品间的关系：一位小说家写的小说越多，他的成就也越大，但是拉伯雷、伯顿和斯泰恩却都围绕一至高无上的目标安排自己的创作生涯的。因此，我们应当在讽刺作品中寻找延续的百科全书式传统，并且应考虑到，讽刺性史诗的包容形式纯属一个循环，其中每一次历险建业，不管多么成功或英勇，迟早还会要重新经历一遍。

布莱克在《遐想者》一诗中，为我们展现了由生到死、到再生的人生循环的景象。诗中一男一女两个人物向相反的方向走去，一人逐渐变老，另一人变得年轻，然后又反过来，老的变少，少的变老。这两人之间关系的循环要通过四个基本方位：母与子阶段、夫妻阶段、父女阶段，第四个阶段按布莱克所言，是幽灵与"放射"[19]的关系，大致

---

[18]《押沙龙与阿奇托菲尔》（*Absalom and Achitophel*）是德莱顿 1681 年出版的讽刺长诗。
[19]"放射"：Emanation，指人的美德、品质、精神力量。

相当于雪莱所说的"报应"和"外向心理"。[20] 这四个阶段都不太真实：母亲仅仅是个保姆，妻子的"规范"不过是博得丈夫的欢心，女儿是个靠不住的变卦者，而"放射"并不向外放，老是躲躲闪闪。男性人物代表人类，因而包括女人在内——布莱克诗中所说的"女性意志"，只有当女人生动表现或模仿人类生活的上述关系时，才与女人联系起来，就像她们在典雅爱情中所扮演的那样。女性人物则代表自然环境，男子只能部分地却永远不能彻底地征服它。这首诗中占支配地位的，是月亮的象征体系，正如上述四个阶段所揭示的。

由于百科全书型的文学形式旨在表现人生的周期，相应地，作品中便会出现一个心理十分矛盾的女子原型，她有时善良，有时阴险，但在通常情况下，她主宰着或确定了这一循环运动。有一类这样的女人，如伊西斯、珀涅罗珀或索尔薇[21]，她们构成故事的归宿点，整个情节到她们处收场。与此联系紧密的，是整个情节的循环往往由一女神开始和终结。这样的人物在《奥德赛》中是雅典娜，在《阿尼德》中是维纳斯；到了伊丽莎白时代文学中，由于政治原因，这样的女人往往变成戴安娜式的人，如见于斯宾塞的《仙后》。卢克莱修笔下的崇高的维纳斯是另一种形象，她处处出现在诗篇中关于以自然为陪衬的生活的伟大景象之中。但丁史诗中的贝雅特丽丝引导的不是一个循环，而是一次神圣的盘旋，直通到天堂；《浮士德》中的艾维希·威勃利希也属这样的女性，只不过写得很不具体。另一类完全相反的女人，则有荷马史诗中的卡吕普索或瑟西、维吉尔作品中的迪多、莎士比亚戏剧中的克莉奥佩特拉、斯宾塞诗篇中的杜艾萨——她们有时是"冷酷的

---

[20] "报应"和"外向心理"原文分别为 alastor 和 epipsyche。
[21] 索尔薇（Solveig），易卜生剧本《培尔·金特》中的善良少女。

母亲",但诗人们经常以同情态度描写她们;她们代表的方向与英雄们出入险境、建功立业恰好相反。弥尔顿作品中的夏娃则哄得男性晕头转向最后陷入堕落地步,与贝雅特丽丝正好形成鲜明对比。

进入讽刺文学时期,自然而然就出现了许多作品描写生活经历中的循环现象,主宰循环的经常是一个与月亮和"祸水精"(femme fatale)有关的女人。叶芝的《幻象》便是以这种象征体系作为基础的,他将自己的集子与《遐想者》联系在一起,不无道理。更晚近的,则有罗伯特·格雷夫斯先生的《白色女神》[22]以更深邃的学识更富独创性地解释了这种象征性。艾略特的《荒原》中的背景人物不过是阴阳人泰勒西阿斯,谈不上是位"左右局势的女士";诗篇中虽有一次关于火灾和一次关于雷击的讲道,且两次讲道都带点启示录的口吻,但是通篇的包容形式却是大自然中水的循环,即泰晤士河注入大海,通过阵阵春雨起死回生又变成河水。在乔伊斯的《尤利西斯》中,那个女性名字也叫珀涅罗珀,她既是母亲、妻子又是个淫荡女人,拥抱着任何一个追求她的男人,并随着困倦的地球的旋转而进入梦想,憧憬不断地化为泡影,就这样占去了全书的篇幅。

但是当时最重要的讽刺性史诗还应推《芬尼根的守灵夜》一书。这部小说的总体结构是循环的,因为全书的收尾使我们一下子又回到了开端。芬尼根从未真正醒来过,因为伊厄威克没有能在梦幻世界与清醒世界之间建立起一条连续的通道。小说的中心人物是伊厄威克之妻安娜,可是我们发现她身上不仅很少具备贝雅特丽丝或圣母玛利亚的气质,更缺乏"祸水精"的特征。她受尽折磨,但作为妻子和母亲,她

---

[22] 格雷夫斯(R. Graves,1895—1985),英国作家,《白色女神》(*The White Goddess*)是他 1948 年出版的诗歌理论著作。

无限忍耐又充满着渴望：她走完了生死的周期，本人未完成任何业绩，但十分明显，正是她这样的人才使别人创业成为可能。那么，在小说《芬尼根的守灵夜》中，究竟谁完成了不朽的功业呢？书中没有一人看来会够资格；可是我们又感到，写这部作品的目的并不仅限于对生死循环进行一番不负责任的挖苦。最后，我们才恍然大悟，原来找到答案的是读者：只要读者能够掌握这本"首尾衔接"[23]的书，那么他就会无视其中的循环，而是将该书的形式看成某种远甚于循环的东西。

在类似史诗及相似作品这样的百科全书般的文学形式中，我们发现，那些抒情诗常写的传统主题到了篇幅更长的故事中作为插曲重又出现了。例如，颂词又出现在英雄竞赛（klea andron）中，社会群体的诗歌出现在比赛的集会中，及挽歌出现在英雄之死中等。当一首写传统主题的抒情诗内容非常浓缩，足以扩展为一首小型史诗时，就出现相反的发展方向：若不能成为"小史诗"（epyllion）的话，至少从类型上讲也是十分相似的东西。譬如，《利西达斯》便是一首经典的史诗，它覆盖了《失乐园》的整个范围，即一个人死亡及基督对他的拯救。斯宾塞虽未写完他那部史诗的结束部分，[24]但它所可能覆盖的象征范围多半已浓缩地包含在抒情诗《祝婚曲》中了。到了现代，微形史诗已成为十分常见的形式，艾略特晚期的诗，伊迪丝·西特韦尔[25]的诗及庞德的许多诗章都属这种形式。

---

[23] 首尾衔接（Doublends Jined），见《芬尼根的守灵夜》一书第20页，这是乔伊斯这部小说中数千个双关语之一，可理解为 double ends, Dublin's, Joined 等。

[24] 多半指巨著《仙后》，已出版六卷，第七卷的残稿现还存在。原计划十二卷，一说佚失的几卷焚毁在1598年的火灾中。

[25] 伊迪丝·西特韦尔（Edith Louisa Sitwell, 1887—1964），英国女诗人、批评家。

同样十分常见的是，一首微型史诗实际上确是构成一部大型史诗的一部分，这正说明了我们指出的普遍原理。《失乐园》中米迦勒的预言以微型的对比史诗形式，展现了整部《圣经》，其中一端是启示录，另一端为大洪水。《约伯记》是《圣经》中的一部分，同时又是整个主题的一个缩影；弥尔顿正是用它作为"短小"史诗的样板的。

同样，演说式的散文发展成为篇幅更长的散文体虚构作品，而且我们不妨称作散文的生长点的东西，如戒律、喻世故事、警句及神谕，同样作为圣典形式的核心而重新出现。在许多种散文体传奇中，韵文（或韵文的一些特征）十分明显：古代爱尔兰史诗，伊丽莎白时代传奇中采用的绮丽文句、《天方夜谭》中押韵的散文，以及日本小说《源氏物语》中用诗歌来表达文雅的对话等，都是信手拈来的例子，足以说明上述倾向是何等的普遍。但是当口述诗歌发展成史诗后，这种口述形式也使史诗的韵律程式化并统一起来；然而散文却按自身不同的形式向前发展下去。到了低模仿阶段，主观的神话式史诗与客观的历史性史诗之间的差别变得更大了，原因在于前者因讲究合式得体而属于韵文，后者则属散文。尽管如此，我们发现在散文体讽刺作品中，散文又显示出要重新吸收韵文的强烈趋向。我们上文曾提到，在剖析体裁的传统中，诗体的插段多么频繁地出现，这种倾向到拉伯雷、斯泰恩和乔伊斯的讲究韵律节奏的作品中就更为明显了。但是在《圣经》等经文形式中，我们见到散文与韵文之间的差别很小，有时干脆就不存在。

这样一来，我们又回到本节开始时所讨论的《圣经》，这是足以将但丁的结构整体性与拉伯雷的零散性统一起来的唯一形式。从一个角度看，《圣经》呈现一种具有无法超越的范围、首尾呼应的一致性及体系完整的史诗结构；从另一角度看，它里面又是由许多杂乱的东西堆砌而成，与此相比，则《一个桶子的故事》《项狄传》和《旧衣新裁》看起来都杂质全无匀称得宛如无云彩的天空一样了。这里存在某种奥妙的东西，文学批评若对它进行一番细究，将会获益不少。

如果认真研究一下《圣经》，我们就会发现：作为一部跨越时空、囊括现实的有形和无形秩序的明确的神话，一种由创业、堕落、放逐、赎罪及新生五幕构成的具有喻世故事性的戏剧结构，《圣经》所具有的正是一种整体性和连续性的意义。我们对这部神话越加研究，它的描述的或实指的方面便仿佛越加不引人注目了。对于多数读者说来，在《圣经》中，神话、传说、历史回忆和真实历史都是不可分的；即使是真正的史实，它之所以存在并不是因为它"真实"，而是在神话中它意味深长。《旧约·历代志》中的宗谱可能属真实可信的历史；《约伯记》虽明显是一出想象的戏剧，但它更为重要，更接近基督通过喻世故事来启发百姓的一贯做法。神话优先于事实，不仅在宗教中，在文学中也是如此；在这两种语境中，关于远古洪水的故事之所以获得重大意义，是因为它作为一种原型，在人类想象中占据一席之地，这种地位是我们即使到苏美尔境内去挖出任何一个土层也是无法解释的。当我们将这个原理应用到四福音书后，尽管它们的故事互有差别，但它们在文字方面的描述也同样会渐渐隐退消失的。四福音书形式的基础并非就是耶稣的传记，就如同《旧约·出埃及记》的故事并不等于历史一样。[26]

到了此刻，分析《圣经》的观点便开始集中到它的主题方面来。随着连续不断的虚构神话开始显得虚幻不定，整个文本变成越来越小的片断，相应地，《圣经》便呈现出是一系列的显灵，一系列虽不连贯但排列有序的理解或梦幻的重要时刻。因此，我们可以从美学的或亚里

---

[26] 四福音书，指《圣经·新约》中由马太、约翰、马可和路加写的四部介绍耶稣生平事迹的书，即《马太福音》《马可福音》《路加福音》和《约翰福音》。

斯多德的观点来考察《圣经》,视其为一种单一的形式,一个完整的故事,这故事中怜悯和恐惧(就此语境而言,是指关于善与恶的知识)是此起彼伏的。我们也可以用朗吉努斯的观点[27]来考察,把《圣经》视为一系列狂喜时刻或顿悟的关头——事实上,这一观点正是每一篇布道选文所依据的前提。这里有一条原理可供我们回过头来用于文学领域的任何事情上,也即使柯勒律治所说的"整体论"(holism)与爱伦·坡、休姆和庞德等的非连续理论相互协调的一致原理[28]。可是《圣经》毕竟"不仅是"一部文学作品,所以上述原理的适用范围要超过文学。不过话又要说回来,我们在文学领域中的讨论已十分充分了,本书剩下的篇幅让我们来谈谈通常称作非文学性的言语结构的文学方面。

---

[27] 关于亚里斯多德审美上的净化说与朗吉努斯心理上的狂喜说可以相辅相成的这一观点(参考本书第 92 页),在《试论感性时代的定义》("Towards Defining an Age of Sensibility")一文中也许解释得更有条理,此文刊在《英国文学史》杂志(1956 号)第 144 页起关于 18 世纪英国文学的论述部分。——原注

[28] 这里提到的休姆是指托马斯·欧内斯特·休姆(Thomas Ernest Hulme, 1883—1917),是追随艾略特和庞德的英国象征主义诗人。

非文学性散文的修辞

散文与韵文的不同之处,在于散文还可用于各种非文学性的用途:其用途不仅能达到文学的边沿"韵律"(*melos*)和"场景"(*opsis*),而且还能扩展到外在世界的"实践"或行动(*praxis*)和"理论"(*theoria*)、社会活动以及个人的思想。文艺复兴时期的文学批评家曾经争论:诗歌的最伟大形式是什么,是史诗还是悲剧?对这样一个问题多半是不可能回答的,可是讨论它能使人们学到许多关于文学形式的知识。现在,我们不妨也可提问:散文的最伟大形式究竟是什么?这样的问题也不可能有答案,可是我们在提问的一刻,一大批作品如《圣经》、柏拉图对话录、帕斯卡[1]的沉思录——总之,所有通常被排斥在文学以外的"巨著"——突然都获得一种新的文学方面的意义。因此,此刻我们有必要考虑一番:在这类文学的或假设的意图不属主要目的的言语结构中,会包含什么样的文学成分呢?

让我们仍然把文学看成一方面面对社会行动的世界,另一方面面对个人思想的世界,这样一来,非文学性的散文的修辞在前一个领域

---

[1] 帕斯卡(Blaise Pascal,1623—1662),法国数学家、哲学家。

中便有助于强调感情，通过听觉去呼吁人们行动；在后一领域，则强调理智，呼吁人们主要依据视觉隐喻去开展沉思。我们且从散文的广阔外围开始，这主要涉及社会鼓动或用演说以理服人的技巧。

这方面反映最集中的例子便是一些小册子或演说，它们掌握住历史的脉搏，抓住某一重大事件或行动的阶段，阐明立场，旗帜鲜明地表达感情，或者适当地采用一种言语结构来控制和疏导历史的进程。我们转念之间便能想起的例子，就有《论出版自由》[2]、约翰逊致契斯特菲尔德的信、拉蒂默尔[3]和共同政体[4]期间的一些训诫、伯克的若干演说、林肯的《葛底斯堡演说》、万泽蒂[5]临终前的致辞、丘吉尔1940年的演说等。这些演讲文章中没有一篇是以文学目的为主来构思的；如果这样构思，它们就达不到原先的目的；可是如今，它们却具有文学性，成了供批评家研究的资料。况且这些演说文章都具有修辞性散文所独具的特色，即运用反复和首语重复（anaphora）作为强调的手段。

这些历史性预言的从容节奏意味着战略性地从行动撤退；它们逐一列举并审察人们那些熟悉却深藏内心的思想。鼓动人们投入行动的修辞术（这是散文由文学走向社会生活的下一步，容笔者下文再谈）通过其节奏获得极大的促进。这里，反复运用的词语起到催眠和符咒般的作用，目的是要打破观念与习惯性反应之间的通常联系，并排除

---

[2] 《论出版自由》（*Areopagitica*），弥尔顿1644年致英国议会书。

[3] 拉蒂默尔（Hugh Latimer，1485—1555），英国新教教长，遭火刑而死去。

[4] 共同政体（Commonwealth），指英国1649年处决查理一世到1653年克伦威尔开始摄政之间的历史。

[5] 万泽蒂（B. Vanzetti，1888—1927），美国的意大利移民工人，无辜被控杀人而判以死刑，引起各国强烈抗议。

任何可供选择的其他行动方针。这种修辞的最单纯的形式出现在儿童对一条狗说话的方式中，目的是叫狗坐起来，与小主人握手，或者教会它一点犬类平常办不到的事。当面对一群听众讲话时，这种修辞必须遵循修辞术的辩证法：它必须具有一个振奋人心的号召，或有个大力攻击的目标，或者二者兼而有之。攻击或苛责的修辞技巧十分规范地反映在牧师对罪孽的声讨和检察官在法庭上的总结发言中。后者产生一种派生的形式"痛斥"，如对社会公敌的抨击。颂赞的修辞术，也即古希腊古罗马所说的夸耀修辞，到了我们时代非常鲜明地反映在广告和宣传中，尽管颂词还具有一种叫"浮词丽句"（purple passage）的更加名符其实的文学形式，它通常都含有描述性的内容，力图传递某种难以表达的情感。

正如上述例子所说明的，我们正迅速地从文学转移到用言语直接表达能动的感情。我们朝此方向走得越远，作者本人越是可能或佯装成是从情感上深深关注自己的课题，结果他规劝我们去接受或躲避的东西恰好部分地折射了他自己的感情生活。随着这种情况的增长，文章里便掺进了某种自发的机制：作者从童年时所积聚起来的仇恨、恐惧、爱恋及钦佩的对象都用言语表达出来了。读读史文朋下面这段文字："我们时代可耻又无知的出版检查制度竟然纵容那些人面兽心的家伙不断叫嚣，在全国招摇撞骗，不予制止，不加鞭笞。"[6] 我们读到此处，尽管不知他指谁而言，但一看这类散文结构，习用头韵，成双的形容词，我们心中就明白，不管此话指的是什么，我们满可不必去认真对待它。这类作品反映了一种十分熟悉又极容易辨认的现象：这是

---

[6] 若认为这段话很重要，可参见史文朋为米德尔顿（Middleton）的剧作选写的导言。——原注

脾气发作时写的文章，带着维多利亚时代文学批评的浓厚色彩，是卡莱尔和罗斯金大量泡制的货色，类似教士们对异端邪说或世俗娱乐活动的谴责，属极权主义式的宣传，总之，包括所有使我们感到仿佛作者的笔已失去控制，机械的冲动取代想象的动力后写出来的东西。"沉醉入迷"这个比喻是人们经常用来作为写文章全然失去控制的写照。

  这种修辞越是东拉西扯，它就越加清楚地说明作者是在极力发泄感情，不顾理智或已丧失了理智。到了这一刻，我们便进入了感情支配语句的领域，这主要表现为偏执地重复一些词语套式。与此不无联系的一种庸俗的含糊其辞，即用来作为一个句子的全部修辞装饰的，仅仅是一个词，通常肮脏得无法印入书中，包括形容词、副词、外号甚至标点符号。最后，语言干脆都消失，归到原始先民的喊叫、手势及叹息去了。当然，在文学中，这整个系列都是可以模仿出来的，莎士比亚就为我们提供了一切，从亨利五世在哈弗娄城墙前的慷慨陈词[7]到奥赛罗关于山羊和猴子的一番话。[8] 在散文体文学作品中模仿感情激动的言语，是一种有助于加强散文中韵律（melos）的特征。与此同时，我们在文学中还偶尔遇到个别作家只能生吞活剥地采用这类修辞材料，从而出现病态的后果，即患上一种文学上的糖尿病，在阿曼达·罗斯[9]的小说中便可见到这一点。

  散文中思想观念的表达呈现出一种虽相同但运动方向相反的现象系列。哲学文章是论断性或命题性的，我们在哲学史上发现不断在努力要把命题的节奏分离出去。哲学是从谚语和格言开始的，它在不同

---

[7] 见《亨利五世》第三幕第一场。

[8] 用山羊和猴子比喻淫荡是奥赛罗的阴险旗官伊阿古说的（见《奥赛罗》，III, 3），而奥赛罗本人用作这方面比喻的是蛤蟆、苍蝇（V, 2）。

[9] 阿曼达·罗斯（Amanda Ros, 1860—1939），爱尔兰女作家。

时代产生了柏拉图的对话录、《奥义书》、圣·托马斯的与此密切关联的提问－反诘－答案的模式、斯宾诺莎对观念的拟数学方式的排列、培根的警句（据他说，警句乃是哲学生命力的一种象征），以及我们时代中维特根斯坦在《逻辑－哲学论》中把不同的命题编了号。[10] 十分清楚，上述种种至少都在设法使感情的修辞内容在语言的交流上获得净化；但是，在文学批评家看来，这一切不过都是修辞手段而已。

这种言外之意认为存在着一种概念修辞的说法，与说服性修辞一样，目的是要将感情与理智分离，但又试图抛弃那感情的一半。概念修辞物色书籍和个别的读者，说服性修辞则物色着听众；前者的目的是争取理解，后者的目的则是引起别人的行动或感情反应。教学的大部分策略只是修辞策略，十分精心地选用词句和形象，以便能激起人们如下反应："我以前从未那么考虑过"或者"你这么一说，我就能明白了。"帮助我们不仅将警句而且将深刻性本身与陈词滥调区分开来的，十分经常的仅是修辞上的机智。事实上，一种观念若不是在表达的机智上使我们喜欢的话，那么我们即使称它为深刻，也是值得怀疑的。教学就如同以理服人一样，采用了一种分裂性的修辞术，目的在于分散人们习惯性的反应：东方佛教经文中那种冗长得令人发火的行文便是由此产生的，《圣经·新约》中有些段落也几乎跟格特鲁德·斯坦的文章同样支离破碎：

> 论到从起初原有的生命之道，就是我们所听见、所看见、亲眼所见、亲手摸过的。（这生命已经显现出来，我们也看见过，现在又作见证，将原先与父同在、且显现给我们那永恒的生命传给你

---

[10] 这位英国哲学家早期主张图式说，在这部 1922 年出版的著作中，将各种命题与实在世界的种种事实逐条对应起来，并编了号。

们。）我们将所看见、所听见的传给你们……[11]

我们不必提出只有优秀作家才能成为优秀哲学家，也同样能观察到，哲学风格方面的大多困难从根源上讲都属修辞性的，其原因在于我们总感到有必要使理智摆脱感情，使二者分离开来。从詹姆斯·密尔[12]的《论政府》中引用以下这句话，就足以说明我的意思了：

> 首先，我们应铭记如下警告，即所有在政府中掌权却不把社会利益视为自己利益的人和所有靠滥用权力获得不义之财的人，以及所有深受上述两个阶层的行为表现的影响的人，都肯定会认为，作为社会的代表或与该社会利益一致的一部分人的代表，他们是做不到百分之百地按照社会的利益办事的；因此，问题十分清楚，只要我们能期待与社会利益一致的人来多多少少按社会利益办事，那么那些无视社会利益的人就不应再在政府中掌握权力。[13]

我们把这番像谜语一样的话整理出个头绪后，才终于发现它的含义是：凡是在某一种政府形式中有利害关系的人，总会抵制推行另一种政府形式的。如果上述詹姆斯·密尔的引文确是这番用意，那么他为什么不明言呢？批评家再三揣摩，终于发现，是对理智的一种坚定不移的态度促成了这一风格。密尔决不会屈尊地采用谆谆劝导的说服、甜言蜜语的解释或情谊至深的措辞等漂亮手段；他只会依赖理性的冷冰冰

---

[11] 见中译本《新约·约翰一书》第一章开头的几句话。
[12] 詹姆斯·密尔（James Mill, 1773—1836），英国哲学家、史学家、经济学家。
[13] 如此长的一番话，在英文中仅是一个复合句。

的逻辑——当然，加剧这种态度的，还有维多利亚时代的特有的观念，即认为文体越是艰涩，为它费尽脑汁而培养起来的道德和心智素质才越为坚定。

我们注意到，构成詹姆斯·密尔修辞术的基础是对法律文体的模仿，包括这种文体的种种细节。上文曾提到的亨利·詹姆斯晚期小说中常常使用的内容复杂的冗长句子，正是这种修辞手法在文学中的运用。在排除感情的修辞术中，还有几个中间阶段，最后才是完全属概念性的语言，或是称作"官样文章"的冗繁费解的用语。这种官样文章是对密尔愿望的进一步强化，因为密尔主张用理智的声音而不是具有个性的声音发表意见，政府报告、机关相互之间的公文以及军队的命令，都旨在做到尽量少掺杂个人情感，这样说话就能代表机构，或某个主宰着"事物常态"的无名的神祇。当然，这样说话的实际上仅是少数孤家寡人，他们急于要在外表上装作奉公守法。若借用医务界的术语，我们不妨称这种语言患了良性病症：它无疑是一种语言疾病，但（还）不是像政客煽动性演讲那样的致命癌症。报刊文章的许多方面都反映了这种毛病，还有大量专业著作，包括人文主义者的文章在内，也都一律披着这样的外衣。这种病症很可能变为恶性的，这一事实已由小说《一九八四》指明了：小说中把这种病态的进一步发展讽刺为"新式官腔"（newspeak），即是对语言的一种伪逻辑的简单化，它和情感支配的语言一样，目的是要推行彻底的自动化控制。我们毫不惊奇地发现，我们离开文学越远，或是越不能用语言来表达我们称作想象的那种绝对完整的感情意识状态，我们便越加接近于像生理反射一般地运用语言。无论是朝感情还是朝理智的方向发展下去，我们都会陷入十分相同的窘境，这个境界与文学风马牛不相干，在那里，语言不过是像松鼠的啁啾声一样，不断地对无意识的东西加以评述。

如果的确存在像概念修辞这样的东西（写推理性文章的人竭力想避免这种修辞，它相应地反而加剧了），那么它看来仿佛要把语法与逻辑直接结合起来了。笔者在本篇论文开头时已指出，这种结合虽为非文学性的言语结构所特有，但从长远讲是并不存在的。任何利用词语功能的东西，都会遇到词语的所有技术问题，包括修辞问题。且说从语法通向逻辑的唯一道路是必须穿越介乎中间的修辞领域的。

我们首先注意到，如果没有一个既广大又重要的非修辞性的共同因素，据此方可构建起非文学性文章的话，那么企图使语法变为逻辑或使逻辑变为语法，都不会获得应该获得的成功。长期以来，由于推理论证颇占上风，于是便滋长了人们如下的观念，即认定逻辑乃是语言的决定性因素，在逻辑原理上建立普遍语法是可能的，而且语法表达的所有手段都是可加以分类的。可是如今我们已更习惯于把推理看成是人类用语言能够办到的许多事情中的一件事，属于语言的某种专门化功能。看来找不出任何证据足以说明人类之学会讲话，主要是由于他们想按照逻辑讲话。

试图把逻辑归结为语法，是更属晚近的事，但并未取得多大成功。逻辑是由语法中衍生的，语言中存在固有的无意识的或潜在的逻辑，况且我们经常发觉，思维中包含概念的形式都具有语法方面的根源，现成的例子便是亚里斯多德逻辑中的主语与谓语。人类学家经常提到，原始人语言中的概念，如波利尼西亚人的"玛那"（mana）或易洛魁人的"奥伦达"（orenda），都是处于变动状态的，属于分词或动名词的概念；在他们所归属的世界里，能量与物质尚未明显地分开，不仅思维中如此，而且也未发展成为我们今天较少灵活性的语言结构中的动词和名词。由于能量和物质在核物理学中也未明显区分开来，我们遇到的情况也许比回顾几个"原始语言"的词更加糟糕。譬如，"原子"和

"光"这样的词用作名词未免太物质化、太静态化，不足以充当如今二词所指意思的恰当符号；而当它们从物理学家的等式中进入当代社会意识的语言体系中后，翻译时就明显遇到语法上的困难了。

但是，至今仍不乏有学者在证论要把逻辑与语法等同起来：他们的谬见在于断言我们是靠说明甲物起源于乙物来解释甲物的。逻辑虽可能产生于语法，但产生于某物在某种程度上也可能超过某物。因为语法同样可能成为一种阻碍逻辑发展的力量，因而变成逻辑混乱和虚假论证的重大根源。这类混乱之影响所及，要远远超过双关语等文字游戏所滋生的大量谬误；因为双关语和许多语言现象一样，在我们文学中是一种结构原理，可是到了推理论证的文章中却变成一种障碍了。例如，若把定冠词改为不定冠词、把表示等同的谓词改成描述动作的动词，诸如此类的语法变化就足以摧毁许许多多旷日持久的论证。说 reason is a function of the mind（理性是思维的一种功能）不至于引起争论；若是说 reason is the function of the mind（理性是思维的功能）就会使你陷入一场涉及本质排他性的无谓争论。如说 art communicates（艺术交流思想），同样是默认存在明显的多样性功能；但如果说 art is communication（艺术便是交流），那么我们就会因把隐喻当作断言而被卷入没完没了的争吵中去。因此，怪不得会有许多逻辑学家倾向于把语法看作是某种逻辑病症，其中有些人甚至认定，数学才是逻辑一致性的真正源泉。我对此没有意见，只是想再重复一遍，即任何对于词语有效运用都会陷入关于词语的所有问题中去的。

语法和逻辑看来都是通过内在的冲突才得以发展的。人文主义传统向来都十分（正确地）强调语言冲突在训练人们思想中的重要性：如果我们不懂得另一种语言，我们就错过了使我们思想摆脱本族语句法束缚的最好最简便的机会。同样，如果没有辩证法这一人类思想中的对立规律，逻辑也是不可能充分发展的。当操不同语言的人们彼此接触后，由于都要交流思想，于是便确立起一种表意的语言体系。"5"是一个表意符号，因为对称它为 five, cing, cinque, funf [14] 等的人们说来，都是指相同的数字。同样，英语的 time 和法语的 temps 单纯从语言上引起的联想尽管不同，但要将普鲁斯特或柏格森关于"时间"的论述译成英语却完全可以办到，不必冒多大误解原义的风险。如果两种语言属于不同的文化背景，比如英语和祖鲁语 [15]，相互间要确立起表意系统就比较困难，但多多少少还是可能的。任何英语词和概念都可在法语中找到相应的东西，可是我们显然不能走进波利尼西亚人或易洛魁人的社会中向他们提问："你们用什么词来表达'上帝''灵魂''现实''知识'呢？"他们很可能缺乏这类词或概念，而他们的"玛那"和"奥伦达"在我们英语中也找不出对应的词。可是十分明显，只要我们耐心地、抱着同情地研究一番，我们最终还是能搞清波利尼西亚人或易洛魁人脑子里在想些什么。甚至两个操同一语言的民族，在相互交流中还会遇到一些更大的问题，因为这些问题较难于察觉，但即使如此，困难迟早还是能克服的。人类把语言升华到理性思维的能力，正是从这种表意体系的内在结构中逐渐产生的，不管这种结构产生于两种不同的语言之间，还是产生于操同一语言的两个人的心理中。

两种语言之间或同一语言的两种因人而异的意义体系之间在表意的中间地带，必定是一套象征结构，而不会仅仅是一部双语对照的词典。因此，表意符号既不是纯属语法的，也不是纯属逻辑的，而是二者兼而有之；不仅如此，表意符号还是属修辞性的，因为它们跟修辞

---

[14] 分别为英、法、意大利及德语中的"5"这个数词。

[15] 非洲东南部属班图语族的一支。

术一样，首先要面对听众，然后用联想的语言来强化意识的语言。简言之，表意符号是一种隐喻，是两个保持各自形式却彼此等同的东西，要认识到在目前这个语境中，你所说的 X 与我所说的 Y 含义相同。这样的表意符号虽不同于诗歌中纯属假设性的隐喻，但其中还是包含了我们思想上因隐喻而引起的跳跃，摆脱仅把这种符号视为"X 的意思是 Y"的局限。

读者不论是否同意上述的一切，但至少会承认，语法与修辞之间以及修辞与逻辑之间，都是存在联系的，[16]这一点向来为人们所忽视，却是至关重要。让我们先来谈谈语法与修辞之间的联系。

我们还记得，许多文字创作起初仅是同时包括声音和含义的具有联想性的胡言乱语。其结果便产生诗歌的含义模糊，正如上文已指出，诗人并不明确认定其用词的含义，而是靠将它们置于许许多多不同的语境才赋予它们以力量的。因此，诗歌词源学，或叫把声音或含义相同的词语联系起来的倾向便属十分重要了。几百年来，这一倾向错误地充当了真正的词源学，学校里都教学生通过词语的联想去进行思考。他们学会把 snow（雪）这个词从词源学和物理学上理解为 from clouds（来自云雾，*nix a nubes*），并认为 dark groves（阴暗的树林）源自 sunlight（阳光）（做截然相反的引申，便产生 *lucus a non lucendo*[17]这样著名的话）。当真正的词源学形成后，人们便抛弃这种联想方法，视之为迷信的崇拜——这是从一个角度得出的结论，从另一方面讲，它在文学批评中仍然是个十分重要的因素。这里，我们又接触到如下

---

[16] 唐纳德·戴维（Donald Davie）在《充沛的活力》（*Articulate Energe*，1955）一书中，就我在此处所提出的一些观点进行了评论。——原注

[17] 拉丁文，意思是"树林"这个词因"照不到阳光"而得名。

原理，即 A 与 B（具体指我们的词）相似依然还是重要的，尽管我们不再提 A 是 B 的来源这一观点。不管把 Prometheus（普罗米修斯）一词与未雨绸缪、Odysseus（奥德修斯）一词与遭受神谴联系起来从词源学上讲是否正确，诗人们依然都接受这种联想，这种联想也成了文学批评家的研究资料。不管"新批评"派在对早期诗歌的肌质（texture）解释中是否有错误或把年代混淆，它所涉及的原理无论从心理学还是从历史学上都是经得起辩解的。

不仅如此，我们还立刻意识到，即使在理性思维中，词语的联想也仍然是个重要的因素。例如在翻译时，转达意义的最有成效的方法之一便是将一个重要的词空下不译，这样，读者就得从自己本族语中挑选出符合这个词在原文语境中的联想的词来。另外，我们在设法理解某个哲学家的思想时，经常从某一个词的全部涵义的范围来考虑该词，如亚里斯多德著作中的 nature（自然）、斯宾诺莎书中的 substance（实体）或柏格森笔下的 time（时间）等。我们经常感到，充分理解这样一个词便构成了理解整个体系的关键。如是这样，那么它就是隐喻性的关键，因为这意味着思想家在一系列事情上都与这个词相认同。有人总是想把这类具有内涵的术语视为一律都是谬误的，可是这种企图并没有使我们偏离自己的立场。大学生毕业时只知道埋怨，说什么教师总不把术语解释清楚，推理也不清晰，或者光会论证"自由"或"秩序"等字眼而缺乏向字眼中注入感情。也许更有助益的是将我们的注意力从"语言交流并非某物"转到"语言交流是什么"上来；况且交流的内容通常都是一种含糊并带感情成分的复合体。无论如何，那种认为语言都可能归结为符号语言，使一个词永远仅指一件事的观点，不过是幻想而已。当我们消除动词和名词在联想上的模糊性后，我们又会面临形容词和副词的问题，它们就性质讲都具有普遍性，最后还要碰到介词和连词，这两类词都纯属用来连接不同的事物，因而总是显示出一种令人们左右为难的语义多变性。随便翻阅一下《牛津大词典》中 to、for 和 in 三个条目，就足以使最大胆地任意使用词语的人都望而生畏了。

修辞与逻辑之间的联系则是一种"胡写乱画"或叫引起人们联系的图式，也即用空间的手段来表达概念性的内容。许多介词都是涉及空间的隐喻，其中多数又是从人体的朝向派生出来的。我们每一次使用 up（上）、down（下）、besides（除……外）、on the other hand（另一方面）、under（在……之下）时，不论我们在论述什么，它们都表示论述中存在一种潜意识的图式。如果有一作家说：

> But on the other hand there is a further consideration to be brought forward in support of the opposing argument.
> 但是另一方面，还需考虑另一种理由来支持相反的论点。

他的这个句子是属地道（未免太啰嗦）的英语，但他又非常像一位坐在沙发上的军事家在桌布上画着作战计划。在许多情况下，一种思想的 structure（结构）或 system（体系）都能归结为一种图表模式——事实上，这两个词在一定程度上都是 diagram（图形）的同义词。哲学家若能意识到存在着这样一种图形并将它具象化，一如柏拉图在讨论分隔线时所做那样，那么他对读者就提供了极大的帮助。如果不能意识到任何论证中都包含有某种图式，我们在该论证中就无法取得多大进展。一切划分和分类、用节章来区别、用"且来谈谈……"或"回到上文所提到之处"来表示"地域取向"（topotropism，但愿我新创的这个词是对的）、感到怎么说才 fits（适合于）论证，以及认为某一点 central

(是中心),另一点则属 peripheral(外围、枝节),诸如此类的东西都具有一定的几何图形的根据。

从前人们常常说,由于所有抽象的词起初都属具体的比喻,所以某种比喻的成分会永远附着在这些词上,并贯穿于其整个语义史中。这种观点如今虽不再为人所相信,但个中仍包含不少真理:我不禁要问,如果不设法把 B 贴在 A 上面,你能说"B 依赖 A"吗?又如不想法把"B 和 A"包在一起,你能说使"B 和 A 相互牵连"吗?我认为,其中的谬误仅仅在于如下前提,即比喻附着在一个词上,必须是该词的词源所指明的。毋庸赘述,作家完全可以赋予一个词以某种与该词词源之间找不出任何联系的意义,而抽象的词语和观念看上去又仿佛是从某种与该词词源之间找不出任何联系的意义。不过抽象的词语和观念看上去仿佛是从某种隐匿着的具体公式中"借用"来的,这种具体公式不是存在于该词语的历史中,而是存在于采用该词语的那项论证的结构之中。

人们一旦想到联想和图形在论证中所起的作用,就会马上意识到它们都是非常普遍的。有一回,我听一名牧师说,他提倡宗教的根据是,科学太"冷淡""干燥",不能用来指导生活,而革命的激情虽有"热度",依然使人还渴望一点其他的东西。这几个比喻虽十分平常,但已清楚表明,古人关于物质四要素"热""冷""湿""干"的图示构成了这名牧师的图解式;对他说来,宗教意味着"湿漉漉"的东西,它的滋润的水分可以"温暖"科学家、"冷却"激进分子。同样的图解式原理还反映在下列比喻之中:理智是"冷静"和清醒的,感情则"热烈"又沉醉;务实的意识是"行走",务虚的想象则在"跳跃";事实是固态("抹杀不了")的,假设属液态(可以"淹没"事实),而理论是气体;凡是头脑"里面"的东西都是昏暗的,脑子"外面"则一切都明亮,等等。在价值判断方面也如此：具体的东西胜过抽象的，积极胜过消极，动态胜过静态，统一胜过多样，简单胜过复杂。信奉宗教的人认定苍天在"上"；心理学家把潜意识设想成处在意识之"下"，上、下二字显然都是涉及空间的比喻。

我们本可以不断地扯下去，但到此刻为止，有一点已肯定十分明白了，即确认存在隐喻要比试图根除隐喻更加明智一点。如果分析隐喻的目的仅是为了驳倒一项论证，或为了指出这"不过"是个比喻，这样的做法是不宜提倡的。我们应该提倡的是分析本身这样一件事，我认为分析中包含着一种对文学批评家说来至关重大且日益变得重要的活动，详见本书的结论所做的说明。

在西方文化中，推理论证历来都处于很崇高的地位。在宗教中，除《圣经》外，其他诗歌是享受不了神学家命题这种权威地位的；在哲学中，理性俨然是现实的"祭司长"（除非像在谢林[18]那样具有特色的哲学中，赋予文学艺术以独特的重要性）；而在科学中，这种等级分明的图式就更加清楚了。因此，文学艺术历来被人们看成是"调节"的形式，它们的功能要在所设想的图式上，把理性与置于理性之下的一切如感情和意识联系起来。因此，在那些旨在激发感情或能动地说服别人的言语结构中，都能找到"调节"的作用，就不足为奇了。这种调节作用若干世纪以来已为人们所确认，因为它符合历来使修辞术从属于论辩术的做法的。关于概念修辞的观念提出一些新的问题，因为它认为，用词语构成的任何东西都无法超越词语的性质和条件；只要"推理"（ratio）是用言语的，那么推理的性质和条件就都包含在"言谈"（oratio）之中。

---

[18] 谢林（F. W. J. von Schelling，1775—1854），德国哲学家。

权宜的结论

本书涉及了各种各样的批评技巧和方法，其中多数是在当代学术领域中已经使用过的。笔者想要指出，在一种全面的文学批评视野中，原型批评或神话批评、美学形式批评、历史批评、中世纪四层面批评、文本－肌质批评，究竟处于何种地位。不论这种全面的观点正确与否，我希望同大家交流这样的看法：即企图将上述各种方法中的任何一种排挤出文学批评之外，都是不明智的。正如笔者一开始便说过的，本书并不打算为批评家提供一个新的纲领，仅是就现存的各种批评流派提供一种新视角，现有的各派批评都是卓有成效的。本书无意抨击任何一种批评方法，只要它的课题是明确的；本书所要推倒的是这些方法之间的围栅。这些门户之间的围栅，易于把批评家局限于某一种方法，这是大无必要的，并且它们倾向于同文学批评之外的各种学科去建立密切的关系，而不是同其他批评流派去加强这种联系。因此许多文论，搞神话批评的读起来像拙劣的比较宗教学，搞修辞批评的读起来像是劣等的语义学，而搞美学批评的读起来则像糟糕的玄学，如此之类的文章，数量可观，确实已经够多了。

在破除这些围栅的进程中，我认为原型批评起着中心的作用，应赋于它突出的位置。在我们的文化传统中，有一个因素是对神话的寓意（allegory）进行阐释[1]，这在中世纪和文艺复兴时期的批评中曾盛行一时，而直至今日也零星地时有所见（如罗斯金的《空中皇后》）。[2] 但此类批评常常被当作想入非非的胡说八道。因为有人误认为这种阐释就"等于"神话的"意义"，所以寓意阐释遇到了阻力。神话本是意义的一种向心结构，可以用来表示无限数量的事物，去研究一下前人事实上是如何阐释神话的，我们是会有很多收获的。

神话这个术语，在不同学科中具有不同的意义，这是明显的。从长远来看，这不同的意义无疑可以协调一致，但把它们协调起来的任务要放到将来去完成。在文学批评中，神话意指最基本的情节结构（*mythos*），即文学形式的有机结构原则。我们记得，凡评论都是用阐释寓意的方式进行，对任何一部伟大的作品都可以有无限数量的评论。这种情况往往使批评家沮丧，认为如果要对莎士比亚的《哈姆雷特》这样的作品再去发表什么意见，必定是别人早已说过多少遍的了。在对此剧的评论中，已有"甲"和"乙"发表过博学而精辟的见解，以后又出现了"丙""丁""戊"等那样博学又有见地的言论，这使得大家变得谨小慎微，也使作品的意义很多还未被发掘出来，或推诿给专家们去研究解决（拿文化来说，情况也大体相似）。因此，文学评论如若没有注意到作为整体的文学具有的原型的形态，那么，只好继续用传统的

---

[1] "对神话的寓意进行阐释"，此语见让·塞兹内克（Jean Seznec）的《异教神的复活》（*The Survival of the Pagan Gods*，1953）。——原注

[2] 《空中皇后》是一部研究古希腊神话的论著，其中罗斯金认为许多神话都隐含"寓意"，具有讽喻性；不难发现弗莱在本书中分析《圣经》等作品，也采用了同样的方法，当然有所发展。请注意本书前面哈罗德·布鲁姆为本书写的《序》中，就提到了《空中皇后》和《批评的剖析》两书的相似性，可见弗莱受罗斯金影响之深。

解析寓意的方法去阐释神话，沿袭这种传统的、虽见解不凡能别开生面、却仍徒然无效的特点。

这种状况的唯一出路是用原型批评去补充阐释寓意的批评。批评是从对文本的研究起步的，而以把文学结构作为一个总体形式的批评为终点，这样的认识纵然还嫌模糊，也使情况变得更有希望。文学批评仅局限于文本，那是不够的；不能用文本来牵制批评，如用绳索系住风筝那样。因为人们可以围绕其明显的意义来开展初步的评论，然后又就其无意识的意义来进行再次评论。随后还可以围绕着诗歌的程式和其外部关系来发展第三轮评论，如此以往，无以穷尽。这种实践并不限于现代批评家，因为维吉尔的第四篇牧歌既可以阐释为以救世主自居，也可以被解释为诗人"无意识地"预言了弥赛亚即救世主。不但如此，这位诗人无意识表现出来的东西，还包括对其诗可能做出的全部评论；说简单点，就是维吉尔和弥赛亚是用了同样类型的意象来描写英雄诞生的神话。正因为两者相似，所以弥尔顿的《基督诞生颂》才能把两者都用上。这样的过程有助于把评论层层深化，并可防止把每一首诗变成孤立的学术研究的单独中心。

这种文学批评理论就其教育方面而言，包括了全部"人文科学"，按照我们的原理，能够直接去教育的，或直接能学到的，是文学批评而非文学自身。因此，那种关于批评理论已陷入"困惑"中的说法，自然是对人文科学之"命运"和"困境"的忧虑的投影。破除批评领域内部的围栅会有深远的影响，这有助于批评家更加了解作为一个整体的批评与其他学科之间的关系。对这种外部关系，我最后还有一些话要说，因为在我看来，在讨论的几个更重要问题时，若采取全然回避退缩的状态，就是过于小心谨慎了，事实上也是不够真诚的。

艺术的生产常以有机体的"创造"这样的隐喻来描述。在人类生活中有一种有趣的倾向，即常常去模仿生命"较低级"形式的某些方面，像种种仪式就是模仿植物的生命与季节变换精确同步的节律。认为人类文化会无意识地采用一种有机体的节律，这并非无稽之谈。艺术家倾向于用更为老练复杂的方式来模仿其先行者，这样便造成文化传统逐步老化，这种过程持续下去直到被某种巨大变化所打断，于是它便重新开始。因此，历史批评所谓的包容性的形式，也可能指文化老化过程中的某种类似有机体的节律；我们时代的许多哲学历史家，特别明显的是斯宾格勒（Spengler），曾以这种或那种形式阐述过这一点。把中世纪看成是青年期，而把我们自己的时代看成是"西方"的晚期，正如罗马文化是古典文化的晚期一样，这种观念实际上已为今日的人们所认可，似乎已成为当代观点中不可避免的范畴之一。本书第一篇文章所追溯的文学模式的演进，看来同这样的文化历史观有某些类似之处。

这种观点一旦被采用，可能被添油加醋，说得玄而又玄以哗众取宠；但是没有理由说它是"宿命论的"，除非所谓宿命是说凡人每年都要长一岁；也没有理由让这种观点包含任何认为在历史上或在可预见的将来必定是循环的理论。可以肯定的是，不能把它歪曲为修辞批评的价值判断的基础。例如，我们在关于中世纪文化的怀旧观点中可以发现这种价值评判，此观点把中世纪文化视为集大成之综合体，随它之后的文化则日益瓦解，不断四分五裂，直到使我们置于今日难于摆脱的"困境"之中。从18世纪中叶以来，几乎每一代人都用这种那种形式在召唤一种运动，期望能在当代世界上恢复中世纪的文化整体性，或至少恢复其某些品质。在现代的人们中也存在同类的观念，如有些人听莫扎特（或他们所选择的其他终端）以后的任何音乐都感到兴致索然；还有马克思主义讲资本主义文化是颓废的文化，有些杞人忧天的人士讲新的"黑暗时代"即将轮回而至,如此等等。所有这些,其基础都是认为历史类似有机体的理论的混杂翻版。

认为艺术品既不进化也不改进,艺术生产的就应是典范或经典作品,这是艺术批评领域内的常识。至今仍可以买到一些叙述绘画从石器时代"发展"到毕加索的书,但它们并未说明如何发展,仅仅揭示其技巧上的一系列变异,因为毕加索同其欧洲旧石器时代的先行者在艺术上具有同样的价值。有时我们会在艺术中感受到明确的启示。如在听了帕勒斯特里纳[3]的多声部颂歌之后,或莫扎特的轻快的室内管弦乐(divertimento)之后,我们感到这才是真正的音乐之声,这才是音乐之为音乐所要表达的东西。这里有一种质朴的东西,使我们认识到质朴和平凡是截然相反的,使我们感到艺术所能表现的极限已经到达了。此种感受属于直接体验而不属于批评范围,可是它却提示了这样的批评原理:从艺术中获得的最深刻的体验是来自业已创作出来的艺术作品中。

对待艺术作品,有所改进的地方是对艺术的理解,其结果则是使社会完善起来。得益于文化的是其消费者而不是其生产者,消费者受到了人文教育并提高了文化修养。没有理由说明大诗人必须是聪慧善良的,或者仅仅是还过得去的人,但有充分的理由要求读者必须改善其人性,这是他读书的结果。因此当文化产品像仪式一样可能是对有机体的节律或过程的或多或少的自觉的模仿时,那么人们对文化的反应却像神话一样是一种意识内的革新行动,以绘画的复制、音乐的录音和现代图书馆为代表的当代研究艺术的技术能力的发展,形成文化革命的一部分,促使人文学科同自然科学一样,新的进展成果累累。革命不单在技术领域内发生,也出现在精神生产能力上。印刷术的发

---

[3] 帕勒斯特里纳(Palestrina,1526—1594),意大利圣乐作曲家。

明，使人文学科的传统本身也按现代的形式得以提升，这大大提高了其立竿见影的效果，而比起对新文化的激励来，在促进对历史遗产的整理方面其成效尤为明显。

以往的几乎每一件艺术品，在当时都有其社会功能，其中审美功能往往不属于其主要方面。把所有的绘画、雕塑、诗歌、乐曲包括在内的整个"艺术作品"的概念，相对而言是很现代的观念。秘鲁的织物、旧石器时代的岩画、西徐亚人[4]的马具饰物，或印第安人的面具，我们在观看所有这些作品时，都会引起一种审美冲动；与此同时，我们的思维又进行了复杂精细的抽象，而这是远远超出了生产此类产品的先民们的心理习惯的。某物"是"艺术作品或者不是，这问题并非由该物自身性质所规定的。它是由传统程式，由社会来决定的，是由最广义的对作品的评论来决定它是否属于艺术。某物最初是仅供实用而非为审美用的，本来远远地处于亚里斯多德关于一般艺术概念之外，但只要它现在的存在能为我们提供审美享受，那么"我们"就称它为艺术。

当任何事物用此种方法重新归类时，它就失去了其原初的多数功能。即使最狂热的历史批评家，也不得不把莎士比亚和荷马视为作家，我们有很多理由钦佩他们。而这些理由大多是他们自己难以理解的，更不必讲当时的社会了。如果研究艺术作品的方法仅是简单地去寻求其原初的功能，那是很难让人满意的。批评的任务之一是去发现作品的功能，当然不是去恢复其原初的功能，那也不是不可能的；而是要在新的语境中对其功能进行再创造。

克尔凯郭尔写过一本颇为迷人的小册子，题为《重复》（Repetition）。他在书中建议用这个术语来取代柏拉图用过的词"回想"（anamnesis）

---

[4]　西徐亚人（Scythians），里海西北部一古代游牧部落。

或"回忆"(recollection)。其用意是明显的：决不能简单地重复一种经验，而要对它重新创造，即去补充或唤醒它走向生活。他说，这种过程的结果，是启示录式的诺言："看，余令万物全新。"那些忘掉我们面对着过去的人，对人文学科关注过往历史这一点抱有成见而横加指责。历史可能像影子似的模糊不清，但它终究是客观的存在。柏拉图曾勾画出一幅阴暗的画面：人干瞅着映在客观世界的墙壁上闪烁不定的阴影，而像太阳一样的火光却在其背后。然而，如果那影子就是历史，而我们借以看到它的唯一光亮是我们自己体内的普罗米修斯之火时，那么上述类比就不成立了。这些影子的实体只会在我们身上，而正如我通过多次比喻所指出过的那样，历史批评的目标就是"自我复活"，把枯骨之谷的景象赋以我们自身景象的肉和血。过去的文化不仅是人类的记忆，而且是我们自己已埋葬了的生活，对它的研究会导致一种识别，一种发现，我们见到的不是过往的生活，而是我们当今生活的整个文化形态，不但是诗人，还有读者，都必须执行"令其新"的义务。

没有这种"重复"意识，历史批评就会趋于将文化产品从我们的兴趣范围内推移出去。一切真正的历史批评家，对过去的艺术都有一种当代的参照意识，这样才能保持平衡。但自然，这种对当代还有参照意义的意识，往往应该局限现今某个特定的问题上；不要把它看成是扩展了人们对现今生活的视界，而应当作现在某一事业和课题的参考和佐证。

如果我们把历史上任何一个点，包括我们这个时代切开，研究其横切面，我们就会看到一种阶级结构。文化可以为一种社会的或知识的阶层用来扩充其特权；风纪督察官、决定选择何种伟大传统的人士、宗教或政治的辩护人、美学家、激进分子、大部头著作的编纂者，诸如此类人，一般而言就是代表这类阶级张力的。我们研究他们的宣言，就会发现这一类称得上是始终如一的道德批评，是戴着全套社会革命哲学的笼头的。不仅是马克思主义，而且在尼采那里，在19世纪英国和20世纪美国的某些理性主义的寡头政治的价值取向那里，也是如此。在所有这些思潮中，文化被看成一种人类的生产力，它同其他生产力一样，过去被统治阶级所利用，而如今则应重新估价使之有利于一种更好的社会。但是由于理想的社会仅仅存在于将来，而在当前对文化的评价应同其暂时的革命效益联系起来考虑。

这类以革命方式看待文化的观念，也是古老的，是从柏拉图开始的。柏拉图对传统的选择是他在《理想国》里关于诗人的论争的某种再版。当我们把文化看作未来的可能达到的社会的明确形象时，就会着手去挑选和清洗某种传统，而只要是不合此标准的艺术家就被扔了出去（此进程越发展被抛弃的人也越多）。因此，正如偏颇的历史批评把文化仅仅同过去相联系，偏颇的伦理批评也只会把文化同未来相联系，与理想社会的文化相联系，认为只要我们花大力气去管好对我们青年人的教育，理想社会就会最终到来。所有如此这般的思路其终端都着眼于向下一代人的灌输，一如维多利亚时代的进步主义道德观念是着眼于教育青年文质彬彬一样。[5]

在社会中或文明中完成的成果的实体，既维护该社会的阶级结构，又侵蚀其基础。维护那种阶级结构的社会力量产生了偏颇的文化，它有三种主要的形式：全属上层阶级的文化，或曰浮华文化；全属中产阶级

---

[5] 此句为意译，原文直译为"维多利亚时代的道德观造就了波兹纳普（Podsnap）一类的人物，使青年们无地自容"。波兹纳普为狄更斯小说《我们共同的朋友》中的人物，以文质彬彬而自鸣得意。

的文化，或曰庸俗文化；全属下层阶级的文化，或曰平民文化。这三个阶级被马修·阿诺德分别称为蛮人、市侩和百姓。无论何种性质的革命行动，都会导致一个阶级的专政，而历史的记录表明，没有比这种办法对文化利益的损害更大的了。如果我们把我们的文化观念依附于统治阶级道德概念之下，那么我们得到的是蛮人文化；如果我们把它依附于一种无产阶级的概念，那么我们得到的是平民文化；如果我们把它依附于任何类型的资产阶级乌托邦，那么我们得到的是市侩文化。

不管人们把辩证唯物主义设想为什么样的哲学，有一点是确凿的，即人们作为血肉之躯去行动或佯装要行动时，其行为总是辩证的。如果英国同法国开战，那么英国人会无视英国方面的一切弱点和法国方面的一切优点；不但卖国贼的罪行不可饶恕，还会气愤地否认卖国贼会有什么真诚的动机。在战争中肉体和盲目崇拜取代了精神的真正辩证法，人们生活在片面真理之中。把形形色色的观点（points of view）当作武器所展开的语言战争或模拟战争也适用同样的原理，此类战争通常是某种社会冲突的阴魂。

最好是力图去清除所有这些冲突，让我们去遵循阿诺德的另一个公理："文化寻求摆脱阶级。"文科教育的合乎情理的目标是解放人们，这意味着使人把社会设想为自由的、无阶级的，而且是温文有礼的。这样的社会是不存在的，这就是为什么文科教育必须十分关心充满想象力的文学作品的原因之一。艺术作品中的想象成分能使人升华，让人能摆脱历史的羁绊。基于上述事实，凡是从文学批评的总体经验中涌现出来的、足以构成文科教育的环节的一切，都可以变成解放了的和高尚的人类共同财富的一部分，而不管其原初的社会背景如何。这样的文科教育解放了文化产品自身，也解放了文化产品所教育出来的人们的思想。文学艺术原本是在具有腐殖质的土壤中得以成长起来的，其腐朽的东西仍永远遗留在艺术之内，但艺术的凭其富于想象性质却在其腐朽过程中保留其价值，犹如保存了圣者的遗体一样。任何关于美学的讨论都不应局限于孤立的艺术作品的各种形式关系上，必须考虑将艺术纳入社会为之努力奋斗的目标当中，即参与到去追求完全的和无阶级的文明的理想之中。这种完全的文明的理想也隐含着道德标准，伦理批评总是要涉及此点的，不过它与其他任何片面的道德体系都大不相同罢了。

文化中所隐含的自由社会的观念，从来无法用文字表述出来，更不能把它像社会一样确立为实体。文化是当代的一种社会理想，我们凭借努力想去实现这种理想来教育自己，解放自己，可是却永远不会达到目标。这理想以书本的无限的耐心教导着我们，不论何时我们打开书本，总是出现同样的词语，但并不被占有，因为附着于其上的经验和意义永远是新鲜的。没有一种社会能筹划出只属于自己的文化，只能把文化限制在社会所能控制的标准中。伦理批评的目标是超价值化，要用超脱的眼光来看待当代的社会价值观，并敢于在某种程度上拿它们同文化所可能提供的无限广阔的远景去相比较。人们要是把握了这种超价值化的标准，就会处于心智的自由天地之中。反之，人们要是掌握不了这点，就会变为其首先遇到的社会价值观的傀儡，成为习惯势力、思想灌输和社会偏见的俘虏。当前出现一种流行的倾向，坚持认为人不能当自己生活的旁观者，而在我看来，这不过是那要命的片面真理之一，是迁就某种社会患疾的产物。多数伦理行为是一种习惯性的机械反射；要让这种心理反射获得自由，我们就需要某种行动的理论，需要在"理念"(*theoria*)意义上的理论，即一种从意义和行动的直接目的隐退的观念，或超然的态度，它不会使行动麻痹，反而因开启了更长远的目标而使行动更有意义。

在现代世界上有两部关于自由的伟大经典著作，一部是弥尔顿的《论出版自由》(*Areopagitica*)，另一部是密尔（Mill）的《论自由》[6]，当然两者所涉及的是不同社会背景中的自由。弥尔顿把文化看成潜在的预言，他抵制书刊审查制度，认为需经有关官员批准社会方可接受的做法是一种谬误；而密尔则把文化看成一种社会批判。纵然如此，两人都坚持认为，自由必须以立即保证文化自足自主权为开端。在密尔看来，无限制的思想自由和讨论自由是发展行动自由的最佳途径，而且正是控制自由最好的办法，自由是预防感情冲动和暴力行径的唯一方法。在弥尔顿看来，良知的自由不是那种自由，即人盲目地听从从儿童时期就被强迫接受东西（也就是我们平常说的良心），而是指能听取"上帝之道"的自由，这是从无限的智慧那里向有限的智慧送过来的信息，所以永远也无法为后者彻底理解。

文学批评理论到了这一步，就将稳妥地坐实到更大的人文主义的原则之中，即认定人的自由是同其接受文化遗产是密不可分地联系在一起的。作家当然相信这一点，那些读其书的人多数大概也相信这一点。但是认为文学批评是寄生于文学身上的谬见依然残存着，我们的所有论述还不足以把它全然清除。这种谬见认为，因为文学批评是基于文化产品之上的，那么批评家越是把自己的文章说得重要，就越是倾向于对有修养的读者从艺术中所获得的那种平常的欢乐加以夸大，使之变为骇人听闻的东西。这样就用审美迷信代替文化，用莎士比亚崇拜取代全部文学，纵然其说法精致而微妙。

艺术的审美的或沉思的方面最终将成为艺术或批评的最后归宿，

---

[6] 指约翰·斯图亚特·密尔（John Stuart Mill），詹姆斯·密尔之子，于1859年发表《论自由》(*Essay on Liberty*)。

这是确实的。在这里,原型批评又会出来帮助我们。我在第二篇文章中企图表明,我们从考察个别的艺术作品进而领会到艺术的整体形式的意义时,艺术就不再仅仅是美学沉思的对象,而立即转变为参与文明建设工作的一种伦理工具。批评也好、诗歌也好,都卷入了这种向伦理方向的转移,尽管其卷入的某些方式还没有被公认为也是属于文艺批评的某些方面的。例如,社会秩序的确立常得益于既定的词语模式,这是显而易见的。在宗教中,这种词语模式可能是一部圣书,一套礼拜仪式,或一种教义;在政治中,它可以是一部成文宪法,或一套意识形态指南。这样的词语模式可以经数世纪而不变;在此段时间内,附着于其上的意义会变得面目全非。但人们仍然认为,词语模式本身还是应该保持原样为好;为了相应地适应历史变化,则必须不断加以重新解释。这样,就使文学批评的活动纳入社会的中心。[7]

不过,我们不得不把所有的外部目的都从文学中排除出去,以便假设有一个自我包容、独立自足的文学宇宙,这样才能完成我们的论证。为了这么做,也许需要恢复一种从宏观角度看的美学观点,以作为总称的"诗歌"(poetry)取代一群诗作(poems),以美学神秘主义取代美学经验主义。虽然,我在最后一篇文章中已得出这样的原理:所有词语结构都部分地具有修辞性,因此也具有文学性,认为科学的或哲学的语辞结构能摆脱修辞因素的观念,不过是幻想而已。如果是这样,我们的文学宇宙就要扩展为一种语辞宇宙,只是没有独立自足的美学原理在起作用。

这样的论证每一步都会遇到复杂的哲学问题,对此我并非全无所

---

[7] "社会中心"一语,可以试着与庞德关于"不摇晃的轴"(unwobbling pivot)的观念进行比较。——原注

知，而且我在此也无力解决这些问题。但我多少还知道一点别的情况：那就是今日新的智力活动已形成一股纷乱的旋风，它已同诸如交流传播、象征体系、语义学、元语言学、语用学、控制论等名称纠结在一起，又涉及由卡西勒、库兹勃斯基[8]及其他数十位学者所提出或环绕其学说而产生的种种观念，这些学者在相去甚远（不久前还是如此）领域内开展研究，包括史前史和数学、逻辑和工程学、社会学和物理学等。许多这样的运动是由想要使现代思想摆脱感情用事的修辞的专制，摆脱滥用讽刺使思想扭曲为条件反射的宣传和广告。不少运动也向概念修辞方向发展，把许多论证的内容变成含混的或图解式的结构。笔者对多数此类涉及新课题的书籍的知识甚为有限，好似摩西面对山巅之上的上帝，不能望其项背。但有一点我是清楚的：文学批评在所有这些活动中可以找到中心位置，正是基于这种文学批评的观念，我提出了一套自认为是经过深思熟虑的建议。

我曾多次表示，文学和数学之间存在相似之处。数学是从计算和测量客体开始的，它是对外在世界一种数量上的评述。但是数学家对自己的学科并不是这样想的，对他们而言，数学是一种自给自足的语言，它立足于这样一点，即度量已变得独立于经验的一般领域，独立于我们所说的客观世界，或按照我们的心情称之为自然，或曰存在，或曰现实。数学的许多术语，如无理数，与一般的经验领域并无直接联系，其意义全依赖于该学科自身内部之间的相互关系。数学中的无理数，可以同日常语言中的介词做比较，其向心的特点是我们已经指出过的。当我们把纯数学与应用数学区分开来时，我们就把纯数学设想成为一种数量关系的不偏不倚的概念，它愈来愈关心其内在的完整

---

[8] 库兹勃斯基（A. H. Korzybsky，1879—1950），美国波兰裔哲学家，语义学创始人。

性，而对于外部标准的参照则愈来愈加以漠视。

我们同样把文学设想为首先是对外部"生活"或"现实"的评述。然而正如在数学中我们必须从三个苹果中抽象出"三"，从一块地方抽象出正方形，同样在阅读一部小说时我们也必须从文学反映生活中抽象出文学自足的语言。文学也是靠各种可能的假设才得以运行的，而且文学同数学一样是十分有用的（useful）——这个词意味着同经验的一般领域有一种持续不断的关系——纯粹的文学一如纯粹的数学，包容着它自身的意义。

文学和数学都是从假设出发的，而非由事实引起的；两者都可以运用于外部现实，而同时也存在于纯粹或自我包容独立自足的形式之中。再者，两者都在存在（being）和非存在（non-being）之间插进一个楔子，突破其二元对立之界限，这对于推理思维极为重要。象征并不是它所展示的现实，但也不是非现实。小孩初学几何学，是从接触"点"开始的，老师教他说第一，那是个点；第二，那不是个点。除非他同时接受这两种说法，否则其学业就难以有所进展。说没有数也是个数，这似乎是荒唐的；但正是接受这种荒唐性，才发现了"0"这个数。在文学中也存在同样的假设，哈姆雷特和福斯塔夫既不存在又并非不存在，看似空幻无所有，又确实有名有姓有处所。我们注意到修辞同逻辑判若有别，修辞一定会在一种否定的陈述中加进某些肯定性的内容。而逻辑则要计算一个陈述中否定的次数，单数否定为否定而偶数否定为肯定；但在交际中从来不会有人把"I havn't got no money"这样的一句话理解为讲话者是有钱的。[9] 文学也一样，伊阿古

---

[9] 这是英语口语中的说法，用了双重否定，但意思仍同一次否定一样，即"我一个钱也没有"。

再三提醒奥赛罗谨防妒忌，他是有意要在奥赛罗的心里激起妒忌；在《小老头》[10]的开头有诸多否定，从逻辑上说，意味着小老头不是英雄，但在修辞上，它构成了牺牲和忍耐的鲜明地不同的画面。如果要说诗人从不肯定，那么他同样也从不否定；从这方面看，亚里斯多德关于修辞的开宗明义的陈述，即修辞是论辩术的对应物[11]，就难以成立了。

在詹姆斯·琼斯爵士的《神秘宇宙》[12]的最后一章中，讲到19世纪物理宇宙观之失误在于把宇宙设想为极端机械的。但作者认为用数学方法去研究宇宙可能是一件极为幸运的事。宇宙不可能是机器，但可以是一套互相交错的数学公式。此言之意就是确乎有一个纯粹的数学存在于数学的宇宙里。数学已不再是对外在世界的评述，而是将世界包容于其自身之内。起初数学是理解客观世界的一种形式，视客观世界为自己的内容；然而到终了它把内容设想为自身的数学形式，一旦数学宇宙的概念形成后，形式和内容就变成同一个东西。数学同一般的经验领域保持着间接的关系，它并不回避经验领域，只是最终的意图是吞没它。在自然科学中，数学仿佛是数据处理或结构模式的原理：它源源不断地为自然科学提供形态和条理性，其自身却并不依赖外在的证明或证据，而到最后看来，物质的宇宙或数量的宇宙全为数学所包容。琼斯在这一章中虽说得十分玄奥和神秘，但必定表达出从至少

---

[10] 《小老头》（*Gerontion*，1920），艾略特的诗作。

[11] 对应物（*antistrophos*），原指古希腊悲剧中合唱队的辩论词，合唱队有时对剧情进行评论，有时作为剧中一个角色与其他人物应答和辩论。此词弗莱解释为"论辩时的答唱"，我国的罗念生教授译为"对应物"。

[12] 《神秘宇宙》（*The Mysterious Universe*，1930），英国天文学家詹姆斯·琼斯（Sir James Jeans，1877—1946）的著作。

毕达哥拉斯以来一直萦绕在数学家脑海中的一种梦想；而我们一旦能形成与之相应的文学的或词语的宇宙的概念后，也不得不采用那种宗教式的术语，因此不妨拿琼斯的玄妙说法与我们的这套术语相比较。

这种类似处的另外几点也很引人注目。例如，文学单位和数学的单位之间，在隐喻和等式之间，在形式上有惊人的相似之处。在隐喻和等式这两个方面，都被许多逻辑学家看成是广义的"同词语无谓重复"（tautology）。既然已把握了其间的相似性，那么就会出现这样的问题：文学之与数学相似，这在实质上是有用的呢，还仅仅是偶然的现象？我们最初已经假设过，在文学中是神话和隐喻为语辞结构提供成型或构成的模式，那么凡心理学、人类学、神学、史学、法学等的词语结构，凡一切词语结构，某些类似的神话和隐喻是否对它们也起着提供资料处理和结构模式同样的作用呢？

在我看来，这样的讨论为下面的论述提供了可能。论述性的语辞结构具有两个方面：其一为描述性的，另一为结构性的；前者为内容，后者为形式。其描述方面呈希腊字母 Σ 形的：即它为外在现象提供语言的复制品，其语辞的象征系统应被理解为一套表意符号。而在任何语辞结构就其构成方面而言，在我看来，毫无例外的都是隐喻[13]，或假设性的认同（hypothetical identification）。不论这种认同是在同一词语的不同意义间确立的，还是利用模式来表示。所采用的种种隐喻，在论述过程中又依次变成了神话的组合或论辩的构成原则。当我们阅读

---

[13] 文学批评家无疑应该区别显性的隐喻和隐喻性的语词结构之不同。如"为了 Y 的事，X 的脑袋里有一只蜜蜂在乱闯"（X has bee in his bonnet about Y）（此为英语成语，意为"X 为 Y 的事在苦苦思考"——译注）是明显的隐喻；而"X 的头脑中已经获得概念 Y"（X has the notion Y into his head）是上述隐喻的文字构架，但在一般的用途中，人们仅把它当作单纯的叙述。——原注

时，意识到隐喻式的一系列认同过程；当我们读完时，便会了解到一种有机的结构模式或概念化了的神话。

弗洛伊德关于俄狄浦斯情结的观点，是一种心理学概念。如今看来，它已为文学批评提供了某种理解之光。也许我们最后会断定，这样说是绕了一个不必要的圈子。因为事实上，正是俄狄浦斯的神话启迪了心理学去研究此类问题，并为其研究提供了结构模式。在此场合，弗洛伊德唯一高人之处，只在于能博览群书因而发现了这神话之源。现在看来，这种关于人们的意识"之下"还有一个神谕式心灵的发现，为我们提供了一种用阐释寓意方式去对待诗歌的原型，而诗歌的原型是从特罗伏尼厄斯洞穴[14]一直到当今时代，始终贯穿于整个文学之中的。恐怕正是这种原型启发了这一心理学的发现，因为原型毕竟古老得多。用这样的方法去解释，可以使我们少犯一些时代顺序上的错误。诗性神话或类似于诗性神话的种种联想和模式，对玄学和神学结构的启迪作用，就更为明显了。

我们没有必要把这样的方法曲解为诗学决定论，因为上文已指出过，试图用把一切全归之于修辞的观点去看待神学、玄学、法学、社会科学，或其中任何为我们所不喜欢的一种或一组学科，证明其基础全都"仅仅"建立在隐喻和神话的基础之上，那是愚蠢的。如果我没有搞错的话，任何这样的证明的本身就基于某种相同的基础之上。而正确的文学批评，或充分的批评主要是内容的而非形式的批评。卢梭说，原初质朴和理性的社会已被文明的种种腐败所淹没，必须有足够勇敢

---

[14] 特罗伏尼厄斯（Trophonius）是古希腊传说中的建筑师，据说曾建阿波罗神庙等。死后为神，在洞穴中传播神谕。因其状骇人，凡人见之则终生不笑。西语中称受惊吓者为"访问过特罗伏尼厄斯洞穴"之人。

的革命行动才能把它重建起来。在这里，只指出卢梭此语是受了睡美人神话的启发，那就对他的观点尚未置可否。在未充分理解卢梭的用意之前，我们对他的话也无法说同意或不同意；当然，即使不指明其话中的神话成分我们也能理解他，但是，只要这种神话事实上如我们所说构成了他论证的一贯性的来源的话，那么，指出其中的神话成分，就是大有助益了。用这样的观点来看待神话和论证的关系，就十分接近柏拉图的主张了。在他看来，理解的最终行为不是用数学方式就是神话方式进行的。[15]

文学同数学一样，也是一种语言；语言能提供手段来表达真理，但语言本身并非真理。诗人和批评家们历来都相信某种想象中的真理。就语言包含了它所能表达的东西而言，此类信念也自有道理。数学的宇宙和语言的宇宙无疑是用不同的方式来设想的同一个宇宙。客观世界已为经验的一体化提供了做好前期工作的手段，既然如此，我们去推动更高程度的一体化，便无可非议，这是在办一件合乎常情的善举。然而要找到任何一种语言足以表示这更高一层的智性宇宙却并非易事。玄学、神学、史学、法学等，都被人们使用过了，可是它们全是言语结构，我们对这些学科的理解越深刻，它们就越加鲜明地显示其隐喻和神话的轮廓。每当我们建立一种思想体系想要把天和地统一起来时，

---

[15] 若不承认数学具有创造成分，就很难看清美学理论会如何向前发展。如我们设想文学艺术构成一个圈，从音乐开始，通过文学、绘画、雕塑，直到建筑为止，而数学作为缺少的艺术环节足以填补在建筑和音乐之间的空隙之中，这样我们对文学艺术的理解就会更加清楚了。我们总感到数学属于科学而非艺术，这主要是因为只有当我们知道如何利用数学时，数学才能成为艺术。文学批评如能使其语词用途的理论获得完整的形式，那时数学和文学在这个问题上的差别会大大减少。——原注

那"通天塔"[16]的故事就重现了：我们发现，我们毕竟无力建成，因为我们始终要面临的，仍是无数多样的语言和语意。

若笔者对《芬尼根的守灵夜》的最后一章没有误读的话，那么，那里讲的是那位做梦者整夜都在同一大堆隐喻性人物和事件打交道，醒来后就去忙自己的事而把梦忘个精光。正如尼布甲尼撒[17]，虽然"梦界之钥匙"已在握却不会使用也不知使用一样。由此，他办不到的事便留给读者去做，一如乔伊斯所说，去叫"理想的读者受理想的失眠症折磨而痛苦不堪"，换言之，批评家也是读者。要把创造和知识、艺术和科学、神话和概念之间断裂了链条重新焊接起来，我把这样一些任务托付给文学批评去进行。再重申一遍，笔者没有讲要改变批评的方向或活动：我的意思仅是，如果批评家去从事分内的事，那么其劳动之社会和实践的成果总会呈现出来而且将日益明显。

---

[16] "通天塔"又音译为"巴别塔"。巴别（Babel），古巴比伦城市。据《旧约·创世记》第11章记载：该城拟建一塔使之高达天廷，上帝不悦该城人狂妄，使造塔之众操不同之语言，使彼此无法交谈，塔无以建成。

[17] 尼布甲尼撒(Nebuchadnezzar)，巴比伦王，约公元前605—前562年间在位。事见《旧约·列王记》。

术语表

（本书使用的以下术语出自亚里斯多德学派、修辞学和文学批评之常见专用语；小括号里内容为译者注释）

Alazon（自欺欺人者或吹牛行骗者）：虚构作品中的一种自欺欺人的人物，通常是喜剧或讽刺作品中的嘲笑对象，但往往也是悲剧中的主人公。在喜剧中他多以 miles gloriosus（可译为"骄兵"或"吹牛的士兵"）或 pedant（乖戾的学究）的形式出现。

Anagogic（总体解义或总体释义）：把文学（作品）同整个的词语秩序联系起来的释义。（anagogic 为 anagoge 之派生词，本为宗教术语，意为阐释宗教经典的神秘真谛，可译为"玄解""宏谕"或"天谕"，是中世纪四层面批评的四种解释意义方法的最高一种；但在本书中，作者另赋新意，故特译为"总体解义"或"总体释义"，简称"总解"或"总释"。在作者看来，正如自然科学是反映自然法则的，文学则应去展现整个的词语秩序。如果一部文学作品做到了这一点，就成为所有文学的缩影，可以对它进行"总体解释"。这样的作品体现了最高、最中心的文学原型，它汇集了人类全部的文学经验和最普遍的艺术想象。）

Anatomy（剖析、解剖、剖析体）：散文虚构作品的一种形式，在传统上以 Menippus（梅尼普斯，古希腊讽刺作家）式讽刺或 Varro（瓦罗，古罗马作家）式讽刺之称而为人所知，其代表作是 Burton（伯顿，英国作家）的《忧郁的剖析》，其特征为主题甚为多样，并对理念有颇强兴趣。其短小形式往往是以 cena（原指

"罗马晚餐",引申为"闲聊"或"杂谈")或 symposium(原指"希腊酒会",引申为"杂谈"或"对话")为主体间夹杂韵文插曲。

Apocalyptic(神谕式、神启式或神喻天启式):与虚构型文学中的"神话"相对应的主题型(形象或作品);它运用的是纯粹的隐喻,可能同所有事物相等同,并不顾及日常经验或看来是否可信。(参见正文第三篇《原型批评·引言》中原作者的阐述:神谕世界"本身便是完整的隐喻,其中任何事物皆可能等同于其他事物,似乎一切都处于一个无限的整体之中"。)

Archetype(原型):在文学中极为经常地复现的一种象征,通常是一种意象,足以被看成是人们的整体文学经验的一个因素。

Auto(神秘剧或神圣剧):戏剧的一种形式,其主要题材取自宗教的神圣传说,如 miracle plays(圣迹剧)之类,其形式是肃穆的、游行圣歌式的,但并非是严格的悲剧。此名出自考尔德伦(西班牙戏剧家)之《圣餐圣迹剧》(*Autos Sacramentales*)一书。

Confession(忏悔录、自白体作品):可以看成是散文虚构作品的一种形式的那类自传,或以自传形式出现的散文虚构作品。

Dianoia(思想、含义、要旨或意义):一部文学作品的意义,它可以指其(内部)诸象征之间总体布局(字面意义);可以指(作品)同一外部事实或实际命题之间的关系(描述意义);可以指其主题,或其形象的(表现)形式同一种隐含的评论之间的关系(形式意义);可以指一种文学传统程式或文类(体裁)的意义(原型意义);或可以指它与(人们的)总体的文学经验的关系(总体解释的意义)。

Displacement(移位、移用):变通地运用神话和隐喻,使之符合社会道德规范,或使之合乎情理。

Eiron(自贬者、反讽者):虚构作品中一种自我贬斥的或被人不恭地小看的人物,通常是喜剧中大团圆或悲剧中大灾难的一个体现者。(此词可意译为"自我贬低以求煞人威风者",或简称"自贬者""反讽者"。eiron 是与 alazon 相对应的人物形象类型。)

Encyclopaedic form(百科全书型形式):一种文学作品的类型,一种可对其象征体系作总体释义的形式的代表,诸如圣书或其他(文学)模式中的类似物;

包括《圣经》、但丁的《神曲》、各种大型的史诗以及乔伊斯和普鲁斯特的作品等。

Epos（口述作品、口述史诗）：一种文学类型，其主要代表是听众就在其跟前的口头演唱艺人和吟游诗人的作品。（在本书中，epos 和 epic 两者有严格区别，后者指通常的史诗，而前者的特点是作者必须直面观众讲话，是一种说唱文学。）

Ethos（人物及社会语境）：一部文学作品的内部的社会语境或社会关系，在虚构型作品中由人物和背景构成，在主题型文学中则指作者及其读者或听众的关系。（此词《诗学》罗念生译本译为"性格"。亦可译为"人物刻画"。根据弗莱的说法，则可意译为"人物及社会语境"，或音译为"依托斯"。）

Fiction（虚构作品）：即文学，其基本的代表是印出来或写出来的话语，如小说和散文等。（据此应译为"虚构作品"。在本书中，fiction 和 novel 有严格区别，后者指小说，前者的外延则大得多，泛指一切文学作品。仅就其主要部分散文虚构作品而言，除小说外，还包括自白体、剖析体、传奇体等文学类别。）

Fictional（虚构型作品或虚构文学）：同其中有内部人物的文学有关的作品，这种内部人物是同作者和读者相分离的，与 thematic（"主题型"作品或"主题文学"）相对。（请注意，此术语的此种用法十分遗憾地与上一术语即 fiction"虚构作品"的用法不太相符，参见本书第四篇《导论》中之说明。——作者原注）

High mimetic（高模仿）：一种文学作品的模式，其中心人物之权力或权威高于我们自己的水平，虽然仍处于自然秩序之内并服从社会之评判。如大多数史诗和悲剧即属于此种模式。

Image（形象、意象）：作为艺术作品的一种形式单位的象征的一个方面，这是带有以自然体为内容的一种象征。

Initiative（创始力、独创性）：支配创作过程的一种首创性的构思，如为一首诗选择（特定的）韵律；此词出自柯勒律治。

Ironic（讽刺模式、反讽模式）：一种文学作品的模式，其中之人物所显示出的行动力量低于读者或观众所假定的正常水平，或表现于其中的诗人的态度是超然客观的。

Irony（反讽）：一种文学作品的叙事结构方式，主要同日常经验"现实主义"水平相联系，经常采用 parody（"戏仿"或"嘲仿"）的形式，或者是与浪漫传奇相反的对应物。因其主要侧重点之不同可以是悲剧式的,也可以是喜剧式的;当它是喜剧式时,则与通常意义上之 satire(讽刺)相同。(irony 一词本义为"反语",作为文学理论术语通译为"反讽"。但弗莱把它当作一种作品的叙事结构方式的名称时,则与 satire 相同,都可以笼统地译为"讽刺"。若细分起来,则 satire 较冷峻严厉,irony 则较为温和一点;前者若译为"讽刺",后者可译为"嘲弄"或"反讽"以示区别。参见正文第三篇作者本人之解释。)

Lexis(言词或辞藻):指一部文学作品的语辞的 texture("纹理"或"肌质"),或其修辞方面,包括 diction(语辞)和 imagery("形象"或"意象")两术语的通常含义。

Low mimetic(低模仿):文学作品的一种模式,其中的人物所显示的行动力量大体上相当于我们自己的(一般)水平,如多数喜剧和现实主义虚构作品。

Lyric(抒情诗):一种文学作品的类型,其特点是假定观众已从诗人面前隐去,并突出一种联想性的节奏,此种节奏既与复叠的韵律有别,也与语义的或散文的节奏不同。

Masque(假面剧):戏剧的一种,其中音乐和(诉之于视觉的)场景起着重要作用,人物则倾向于或变成了人类人格某些方面的代表,而不是独立的性格。

Melos(韵律):词语的节奏、运动和声音,即文学作品中那些与音乐相似的方面,而且常常显示出同音乐真有实际的关系。此词出自亚里斯多德之"melopoiia"。(《诗学》中译本译为"歌曲")

Metaphor(隐喻):两种象征间的一种关系,可以是简单的并置(字面隐喻);可以是关于相似的或类同的(东西)的修辞性陈述(描述隐喻);可以是(比喻的)四项间的一种比例的类似(形式隐喻);可以是个体与其属类的认同(具体共相或原型隐喻);或可以是关于假设的同一性的陈述(总解隐喻)。

Mode(模式):在虚构型文学作品中(不同模式)赋予主要人物的一种(相应的)程式化的行动力量,或者在主题型文学作品中(不同模式则)赋予诗人对其观众以相应的态度。如此诸种文学模式倾向于形成一种前后相继的历史系列。

Monad(单元或单体):文学象征的一种,它展现了人们总体文学经验的一个中心,霍普金斯所用的术语 inscape("内景"或"内在特性")和乔伊斯的术语

epiphany("顿悟"或"显灵")即表达与此有关的之概念。(它指一部文学作品的象征系统达到能总体释义的境界,似乎成为所有文学作品的缩影,成为整个的词语秩序的单个展现。)

Motif(母题):指在文学艺术作品中作为一个语辞单位的象征的两个方面之一。(通译为"母题"。在本书中"母题"一词之义与平常的理解不尽相同。弗莱把文学作品中可以加以分解的最小单位叫作"象征",每个象征有两个方面:当它代表外部世界某一事物时,称为"符号";当它作为整个词语结构中相互关系的一个组成部分时,则为"母题"。)

Myth(神话):一种叙事文体,其中某些人物是超人,他们所作所为"只能出现在故事中";因此这是一种程式化的或风格化的叙事体,它无法被接受为真实的或"现实主义的"。

Mythos(叙述、情节或叙述结构、叙事结构,该词为希腊词,或音译为密托斯):(1)一部文学作品的叙述。它可以指词语的秩序或语法(文字叙述),可以指故事情节或"议论"(描写叙述),可以指对行动的第二性的模仿(形式叙述),还可以指对传统的文体或不断复现的行为或仪式的模仿(原型叙述),或可以指对全知全能的神或人类社会的总体可想象的行动的模仿(总解叙述)。(2)指四种叙事原型之一,即喜剧叙事体、浪漫传奇叙事体、悲剧叙事体和讽刺叙事体中的一种。

Naive(朴质的、素朴的):原始的或通俗的,指比起其他类型的文学作品来,用具有此种意义的术语所描述的作品,在空间和时间两个方面都较容易起到交流的作用。

Opsis(场景、扮相):戏剧中的景观或诉诸视觉的方面;其他文学作品中通过想象犹如可见或犹如画面的方面。(《诗学》中译本译为"扮相")

Pharmakos(替罪羊):讽刺性虚构作品中的人物,其作用是代人受过或被随意选去当作牺牲品。

Phase(层面、阶段或相位):(1)(文学作品的)五种 contexts(关系或关联域或语境)之一,可分为字面的、描述的、形式的、原型的和总解的五种;一部文学作品具有何种意义和叙述,必须放在一定的关系或语境中才能加以考虑。(此种意义上的 phase 相当于 level，即"层面"。）(2）意指 mythos（叙述结构）的六个可以区分开的阶段之一。（此种意义上的 phase 相当于 type，即"类型"。以上两种意义的 phase，在本译本中，或译为"阶段"，或译为"相位"，前者比较易懂，后者则含有圆弧状的意味，更符合弗莱把上述五种或六种 phase 合起来就看成是一个整圆的本义。）

Point of epiphany（顿悟点、显灵点或顿悟瞬间、显灵瞬间）：同时代表神谕天启世界和自然界的循环秩序的一种原型，或者有时只代表后者。其通常的象征是楼梯、山岳、灯塔、岛屿和塔楼。

Romance（传奇、浪漫传奇）：(1）一种主要同理想化的世界有关的文学 mythos（叙述结构）。（该词通译为"传奇"，或音译为"罗曼司"。但在本书中其用第一意义时，特别强调它同"浪漫主义"的语源联系，故译为"浪漫传奇"。）(2）一种散文虚构作品的形式，为司各特、霍桑、威斯·莫里斯等人所采用，与 novel（小说）显然有别。（采用此义时，译为"传奇"。）

Romantic（传奇式、浪漫主义式）：(1）一种虚构作品的模式，其中的主要人物生活在一个离奇的世界里（朴质的浪漫传奇），或是处于哀悼的或田园诗般的情调中，因此比起其他几种模仿（现实）的模式来，它对社会评判的服从要少一点。(2）在一种理想化的人类形态中表现神话和隐喻的一般倾向，它处于未移位的神话和"现实主义"两者的中间地位。

Sign（符号）：(文学）象征的方面之一，指对一种自然对象或观念的语辞表现。

Symbol（象征）：文学作品中任何可以被分离出来并为文学批评所注意的单位。其一般用法是限于指较小的单位，如词、语、意象等。

Thematic（主题型作品或主题文学）：此术语同如下类型的文学作品有关，这类作品其中除作者及其观众或读者外，没有（作品中的人物）介入其间，如多数抒情诗和散文随笔；或者是这样一种文学作品，其中内部人物是从属于作者所坚持的一个论点，如讽喻和喻世故事；它与"虚构型作品"或"虚构文学"（fictional）相对。

索 引

(在作者姓名后常附有其作品名称；索引页码为原著页码，即本书边码)

阿波罗和阿波罗精神 Apollo and the Apollonian 43, 214, 215, 292, 321
阿德勒（阿尔弗雷德·阿德勒）Adler, Alfred 214
阿多尼斯 Adonis 118, 121, 153, 160, 189, 205, 296—97
阿多尼斯花园 Gardens of Adonis 152, 205
阿尔杰（霍雷肖·阿尔杰）Alger, Horatio 19, 45
阿喀琉斯 Achilles 199
阿里奥斯托（卢多维科·阿里奥斯托）Ariosto, Lodovico 58, 90, 196, 204
  《疯狂的奥尔兰多》*Orlando Furioso* 58
阿里斯托芬 Aristophanes 43—46, 65, 163, 174, 177, 215
  《阿卡奈人》*The Acharnians* 163
  《公民大会妇女》*Ecclesiazusae* 169, 177
  《和平》*The Peace* 177
  《黄蜂》*The Wasps* 169
  《吕西斯忒拉忒》*Lysistrata* 202
  《鸟》*The Birds* 44, 169, 177
  《骑士》*The Knights* 183
  《蛙》*The Frogs* 21, 163
  《云》*The Clouds* 46
阿里翁 Arion 152
阿摩里（托马斯·阿摩里）Amory Thomas

《约翰·邦克尔传》*John Buncle* 312

阿摩司 Amos 300

阿姆斯特朗（约翰·阿姆斯特朗博士）Armstrong, Dr. John

 《保持健康的艺术》*The Art of Preserving Health* 161

阿诺德（马修·阿诺德）Arnold, Matthew 3, 8—10, 12, 21—23, 100, 127, 156, 168n, 264, 347

 《泰俄西斯》*Thyrsis* 100, 257

阿佩曼图斯 Apemantus 176

阿普列尤斯 Apuleius 152, 196, 234, 235, 309, 313, 322

阿特纳奥斯 Athenaeus

 《欢宴的智者》*The Deipnosophists* 311

阿提斯 Attis 187

哀歌 elegiac 36, 43, 296—97

哀婉剧 pathos 38—39, 217

埃达 Eddas 54, 56, 306, 314, 317

埃德加和埃德蒙 Edgar and Edmund 216, 217

埃及 Egypt 189, 190, 191, 194, 198, 205

埃及文学 Egyptian literature 135, 143, 156, 226, 314, 317

埃斯库罗斯 Aeschylus 215

 《阿伽门农》*Agamemnon* 217

 《被缚的普罗米修斯》*Prometheus Bound* 222—23

 《波斯人》*The Persians* 94, 289

 《俄瑞斯忒斯》*Oresteia* 209

 《乞援人》*The Suppliants* 283

埃斯拉 Esdras 91

艾狄生（约瑟夫·艾狄生）Addison, Joseph

 《旁观者》报 *The Spectator* 261

艾略特（乔治·艾略特）Eliot, George 312

 《亚当·彼得》*Adam Bede* 199

 《织工马南》*Silas Marner* 198

艾略特（T. S. 艾略特）Eliot, T. S. 18, 19, 63, 65, 67, 80, 92, 98, 102, 269, 280, 324

 《荒原》*The Waste Land* 61, 149, 160, 206, 323

 《圣灰星期三》*Ash Wednesday* 206, 214n, 294

《鸡尾酒会》 *The Cocktail Party*　136，174，178，270

　　《空心人》 *The Hollow Men*　206

　　《力士司温尼》 *Sweeney Agonisters*　279

　　《玛丽娜》 *Marina*　302

　　《批评的功能》 *The Function of Criticism*　18—19

　　《四个四重奏》 *Four Quartets*　122，153，206，301，316，321

　　《小老头》 *Gerontion*　351

　　《心腹职员》 *The Confidential Clerk*　136，170

　　《夜莺中的司温尼》 *Sweeney among the Nightingales*　102

爱尔兰文学 Irish literature　269，324

爱丽儿 Ariel　152，174

爱默生（拉尔夫·华尔多·爱默生） Emerson, Ralph Waldo　235

安德烈耶夫（列昂尼德·安德烈耶夫） Andreyev, Leonid

　　《黑色假面人》 *The Black Maskers*　291

安德洛墨达 Andromeda　36，196

安哲罗 Angelo　165—67，171n，178

暗喻（隐语） kenning　81，280

傲慢 hybris　36，210，213，218，282

奥伯龙 Oberon，174

奥登（威·休·奥登） Auden, W. H.　280

　　《卡罗斯与逻各斯》 *Kairos and Logos*　153

奥尔德赫姆 Aldhelm　294

奥菲丽娅 Ophelia　217

奥古斯丁（圣奥古斯丁） Augustine, St.　213，235，307，315

奥凯西（肖恩·奥凯西） O'Casey, Sean　269

　　《朱诺与孔雀》 *Juno and the Paycock*　163

《奥克塔维亚》 *Octavia*　219

奥尼尔（尤金·奥尼尔） O'Neill, Eugene

　　《毛猿》 *The Hairy Ape*　238

奥斯汀（简·奥斯汀） Austen, Jane　53，84，114，162，304，308，309

　　《骄傲与偏见》 *Pride and Prejudice*　49，226

　　《理智和感情》 *Sense and Sensibility*　53

　　《诺桑觉寺》 *Northanger Abbey*　306

奥威尔（乔治·奥威尔） Orwell, George

《一九八四》 *1984* 238, 331

奥维德 Ovid 54, 63, 98, 317

奥义书 Upanishads 124, 143, 329

巴比伦 Babylon 189, 191, 317

巴比松画派 Barbizon school 132

巴别塔（通天塔）Babel, Tower of 206, 354

巴尔德 Balder 36

巴尔扎克（奥诺雷·德·巴尔扎克）Balzac, Honoré de 39, 45

巴赫（约·塞·巴赫）Bach, J. S. 104

 《圣马太受难记》*St. Matthew Passion* 215

巴萨尼奥 Bassanio 166

巴特勒（塞缪尔·巴特勒，1612—1689）Butler, Samuel 71n, 230

 《休迪布拉斯》*Hudibras* 231, 277

 《月球上的大象》*The Elephant in the Moon* 231

巴特勒（塞缪尔·巴特勒，1835—1902）Butler, Samuel 89, 154, 230, 308

 《纯净的港口》*The Fair Haven* 135

 《生命与习惯》*Life and Habit* 154

 《乌有乡》*Erewhon* 154, 229, 231—32, 308

 《众生之路》*The Way of All Flesh* 232, 308

百科全书型形式 encyclopaedic form 55—58, 60—61, 120, 227, 311, 313, 315—26

柏格森（亨利·柏格森）Bergson, Henri 333, 335

柏拉图 Plato 108, 111, 182, 231, 243, 286, 310, 326, 329, 345, 346, 354

 柏拉图主义 Platonism 59, 64, 113, 127

 《法律篇》*Laws* 286

 《斐德罗篇》*Phaedrus* 65

 《会饮篇》*Symposium* 63, 65, 289

 《克拉底鲁篇》*Cratylus* 65

 《理想国》*Republic* 65, 113, 143, 182, 346

 《欧绪德谟篇》*Euthydemus* 286

 《申辩篇》*Apology* 46, 211

 《伊安篇》*Ion* 65

拜伦（乔治·戈登·拜伦爵勋）Byron, George Gordon, Lord 60
　　《唐璜》*Don Juan* 234
班扬（约翰·班扬）Bunyan, John 90，114
　　《圣泽无央》*Grace Abounding* 307
　　《圣战》*The Holy War* 201
　　《天路历程》*The Pilgrim's Progress* 53，58，90，91，144，157，194，305，306
薄伽丘（乔万尼·薄伽丘）Boccaccio, Giovanni 103
　　《十日谈》*Decameron* 307
保罗（圣保罗）Paul, St. 125
报应 nemesis 209，213，216
鲍西娅 Portia 174，182
悲剧错误 hamartia 36，38，41，162，210，213
悲剧（戏剧的一种）tragedy (drama) 13，37，75，94—95，117，147，164—65，176，269，282，283—85，289，292，297，326
悲剧（一种情节结构）tragedy (*mythos*) 22，35—42，54，64—65，95，105，148—50，157，160，192，198，206—23，236—37，239，304
贝多芬（路德维希·凡·贝多芬）Beethoven, Ludwig van 133，266，275
　　《第五交响乐》*Fifth Symphony* 133
贝尔纳·德·克莱沃 Bernard of Clairvaux 316
《贝尔武甫》*Beowulf* 36，37，186，191，198，221
本森（亚瑟·本森）Benson, Arthur
　　《不死鸟》*The Phoenix* 277
比尔博姆（马克斯·比尔博姆）Beerbohm, Max
　　《朱莱卡·多布森》*Zuleika Dobson* 87
彼特拉克（弗兰齐斯科·彼特拉克）Petrarch, Francesco 299
彼特隆纽斯 Petronius 235，309—10
　　《萨蒂里卡》*Satyricon* 236
必然 ananke 210
毕达哥拉斯 Pythagoras 352
毕加索（巴勃罗·毕加索）Picasso, Pablo 344
边沁（杰里米·边沁）Bentham, Jeremy 263
编年史 Chronicles 325
变形 metamorphosis 144

辩难诗 *pastourelle* 299

辩证法 dialectic 24—25, 286, 327, 329, 352

表意文字 ideogram 123, 275, 333

波德莱尔（夏尔·波德莱尔）Baudelaire, Charles 238, 297

　　《恶之花》*Fleurs du Mal* 66

波洛尼厄斯 Polonius 174—75

波吕斐摩斯 Polyphemus 148, 172, 228

波伊修斯 Boethius 317

　　《哲学的慰藉》*Consolation of Philosophy* 312

波兹纳普 Podsnap 347

伯顿（罗伯特·伯顿）Burton, Robert 153, 230, 236, 266—67, 311—12, 322

　　《忧郁的剖析》*Anatomy of Melancholy* 311

伯克（埃德蒙·伯克）Burke, Edmund 300

勃德拉姆 Bertram 176, 180

勃朗宁（罗伯特·勃朗宁）Browning, Robert 40, 226, 237, 255, 256, 269, 285

　　《公爵夫人的出逃》*The Flight of the Duchess* 255

　　《红睡帽之乡》*Red Cotton Nightcap Country* 262

　　《戒指与书籍》*The Ring and the Book* 246

　　《卡列班所设想的塞特波斯》*Caliban upon Setebos* 226

　　《恰罗德·罗兰》*Childe Roland* 149

　　《巫师斯卢奇》*Sludge the Medium* 231

　　《异教徒的悲剧》*The Heretic's Tragedy* 257

勃朗特（艾米丽·勃朗特）Bronte, Emily 304, 306

　　《呼啸山庄》*Wuthering Heights* 39, 50, 101, 304

勃朗特（夏洛蒂·勃朗特）Bronte, Charlotte 178n, 306

博罗（乔治·博罗）Borrow, George 304, 313

　　《语文学家》*Lavengro* 303

《不屈的城堡》*Castell of Perseveraunce* 201, 291

不择手段的恶棍 Machiavellian villain 216

布道书 sermon 249, 296, 326

布拉德雷（安德鲁·塞西尔·布拉德雷）Bradley, A. C. 8

布拉克（乔治·布拉克）Braque, Georges 136

布莱克莫尔（理查德·布莱克莫尔爵士）Blackmore, Sir Richard 25
布莱克莫尔（理查德·多德里奇·布莱克莫尔）Blackmore, Richard Doddridge
 《洛娜·杜恩》*Lorna Doone* 138
布莱克（威廉·布莱克）Blake, William vii, 46, 60, 65, 77, 94, 119, 147, 151, 194, 270, 274, 299
 《四天神》*The Four Zoas* 302
 《特尔之书》*The Book of Thel* 200
 《天堂和地狱的联姻》*The Marriage of Heaven and Hell* 298
 《遐想者》*The Mental Traveller* 322—23
布朗（托马斯·布朗爵士）Browne, Sir Thomas 145, 267
 《瓮葬》*Urn Burial* 264, 297
 《医师的宗教》*Religio Medici* 307
布里顿（本杰明·布里顿）Britten, Benjamin 136
布里奇斯（罗伯特·布里奇斯）Bridges, Robert 270
布里托玛特 Britomart 151
布隆希尔德火墙 Brunnhilde 193
布伦德勃尔 Blunderbore 228
布西雷恩城堡 Busirane 152

灿烂的辞藻 aureate diction 280
插曲型形式 episodic forms 55—57, 60—61, 293—303, 324
场景（扮相）*opsis* 244, 258—59, 262—63, 267—68, 270, 275, 278, 280, 326
嘲仿（戏拟）parody 103, 147—50, 157, 177, 184, 202, 223, 233—35, 238, 277, 313, 321—24
承认、发现 anagnorisis (*cognitio*, recognition, discovery) 41, 52, 163, 170, 180, 184, 186n, 187, 192, 212, 214, 218, 289, 291, 301—02, 316, 346
 又见：顿悟 *see also* epiphany
程式 convention 76, 95—105, 132, 134, 181, 202, 225, 247, 278, 281, 293
重读 accent and stress 251—58, 261, 270, 279
重复 repetition 168, 168n, 327—31, 345—46
丑角 *gracioso* 173, 173n

出埃及记 Exodus 191, 325

传奇（散文虚构作品的一种文体）romance (prose fiction) 304—07, 308—09, 324

创世纪 Genesis 42, 125, 145, 149, 191, 192

吹牛的士兵 miles gloriosus 39, 40, 165, 172

词语误用 catachresis 281

辞采 topoi 103

辞藻 lexis 244—45, 271, 282

粗汉 churl 172, 175—76, 197, 218, 227

存在的投影 existential projection 63—65, 139, 211

措辞 diction 244, 251

达达主义 Dadaism 92

达尔文（伊拉兹马斯·达尔文）Darwin, Erasmus
 《植物之爱》The Loves of the Plants 161

打油诗 doggerel 5, 277

大卫 David 228, 295

单元 单体 monad 121

但丁 Dante 5, 10, 57, 64, 72, 76, 77, 85, 88, 90, 100, 116, 117, 121, 145, 152—53, 156, 161—62, 199, 205, 233, 316—17, 323
 《地狱篇》Inferno 58, 147—48, 150, 223, 239, 321
 《炼狱篇》Purgatorio 117, 145, 198—200, 204
 《神曲》Commedia 43, 57, 77, 160, 317
 《天堂篇》Paradiso 45, 94, 124, 144, 185, 204

但以理书 Daniel 149, 150

蛋贩韵律 poulterer's measure 263

当面斥责 flyting 223, 278—79

道德剧 morality play 13, 90, 290—91

道格拉斯（加文·道格拉斯）Douglas, Gavin 257

道兰德（约翰·道兰德）Dowland, John 274

《德奥的抱怨》Deor, Complaint of 237

德加（赫·格·爱德加·德加）Dégas, H. G. E. 114, 136

德克尔（托马斯·德克尔）Dekker, Thomas
 《鞋匠的节日》The Shoemaker's Holiday 175

德·昆西（托马斯·德·昆西）De Quincey, Thomas　267，313

德莱顿（约翰·德莱顿）Dryden, John　10，228，252，264，265，298

　　《押沙龙与阿奇托菲尔》Absalom and Achitophel　322

　　《亚历山大的欢宴》Alexander's Feast　279

德莱塞（西奥多·德莱塞）Dreiser, Theodore　79

　　《美国的悲剧》An American Tragedy　49

德雷顿（迈克尔·德雷顿）Drayton, Michael　66

　　《多福之邦》Polyolbion　263

德洛尼（托马斯·德洛尼）Deloney, Thomas　303

德谟克利特 Democritus　230

德纳姆（约翰·德纳姆）Denham, John　154

邓巴（威廉·邓巴）Dunbar, William　257

　　《圣母之歌》Ballat of our Lady　279

　　《与肯尼迪对骂》Flyting with Kennedy　279

邓恩（约翰·邓恩）Donne, John　12，18，258，299

　　《出神》The Extasie　143

　　《周年祭诗》Anniversaries　298

邓肯 Duncan　217

低模仿 low mimetic　34，38，42，44—45，49—52，58—60，63，65，96，110，116，124，137—38，151，154—55，270，272，281，320—21，324

狄俄尼索斯和狄俄尼索斯式的故事 Dionysos and the Dionysiac　36，43，214，292，321

狄更斯（查尔斯·狄更斯）Dickens, Charles　36，37，49，50，116，134，163，167，168，198，249

　　《奥立弗·退斯特》Oliver Twist　51

　　《董贝父子》Dombey and Son　211

　　《荒凉山庄》Bleak House　138

　　《小杜丽》Little Dorrit　306

　　《远大前程》Great Expectations　178n

狄金森（艾米莉·狄金森）Dickinson, Emily　27，272，299

狄米特里厄斯和雷桑德 Demetrius and Lysander　167

迪纳丹爵士 Dinadan, Sir　197

笛福（丹尼尔·笛福）Defoe, Daniel　34，41，50，135，304

　　《大疫年日记》Journal of the Plague Year　135

索　引　517

《摩尔·弗兰德斯》 Moll Flanders 307
第欧根尼 Diogenes 230, 300
典雅爱情 Courtly Love 63, 153, 297
电影 movie 13, 107, 164, 179, 288—89
喋喋不休 babble 275—78, 334
丁尼生（艾尔弗雷德·丁尼生勋爵） Tennyson, Alfred Lord 18, 37, 112, 114, 152, 255, 256, 268, 277
 《亚瑟王之死》 The Passing of Arthur 37
 《伊诺尼》 Oenone 255, 258
定规 moira 210
独创性 创始力 initiative 246, 271, 275, 277—78, 293
杜利先生 Dooley, Mr. 227
对抗 agon 187, 192
顿悟 显灵 epiphany 61, 121—22, 208, 215, 292—93, 298, 316, 321, 326
 顿悟点 point of epiphany 203—06, 214n, 237, 299, 321, 324
 魔怪显灵点 point of demonic epiphany 223, 238, 239

俄狄浦斯 Oedipus 107, 137, 181, 193, 353
 见索福克勒斯 see Sophocles,
俄耳甫斯 Orpheus 36, 55, 121, 148, 192
俄西里斯 Osiris 192, 317
莪相 Ossian 303
厄克特（托马斯·厄克特爵士） Urquhart, Sir Thomas 236
厄洛斯 Eros 181, 205

法国象征主义 symbolisme 60, 63, 80, 81, 92, 116, 274, 300
反讽模式 ironic mode 34, 40—49, 52, 60—66, 81, 116, 134—35, 138, 148, 151, 154, 162, 271—72, 321—24
反讽（一种密托斯，一种叙事结构） irony (mythos) 105, 140, 176—77, 192, 210—25, 219, 221, 223—39, 285—89, 297
反讽者、自贬者 eiron 40, 172—75, 178, 195, 216, 226—28, 232, 299
反角 恶徒 vice 173—76, 216
菲尔丁（亨利·菲尔丁） Fielding, Henry 48, 50, 53, 304

《大伟人江奈生·魏尔德传》*Jonathan Wild* 223，228

《汤姆·琼斯》*Tom Jones* 51，53，71，167，172，178，179，181，248，306，309

《吠陀》赞美诗 Vedic hymns 87，294

费边社 Fabian Society 63

愤世者、愤世嫉俗的人 malcontent 176，230

风格 style 75，93，115，267—69，273，303，330—31

讽刺 satire 22，54，56，63，127，156，162，166，177，192，206，223—39，297—98，309—14，322

佛 Buddha 159

弗班克（罗纳德·弗班克）Firbank, Ronald 173n

弗莱彻（菲尼亚斯·弗莱彻）Fletcher, Phineas

    《紫色岛》*The Purple Island* 161

弗雷（克利斯托弗·弗雷）Fry, Christopher 269

    《这位少妇烧不得》*The Lady's Not for Burning* 174，178

弗雷泽（詹姆斯·弗雷泽爵士）Frazer, Sir James 10，108—09，148，193，203n

    《金枝》*The Golden Bough* 108—09

弗洛里梅尔和玛丽纳尔 Florimell and Marinell 153，196

弗洛伊德（西格蒙德·弗洛伊德）和弗洛伊德主义批评 Freud, Sigmund, and Freudian criticism 6，10，72，111，193，214，276—78，353

伏尔泰 Voltaire 230，309—11

    《老实人》*Candide* 231，308

    《天真汉》*L'Ingenu* 232

符号 sign 73，78—79，102，300，335，353

福克纳（威廉·福克纳）Faulkner, William

    《喧嚣与骚动》*The Sound and the Fury* 98，238

福勒（托马斯·福勒）Fuller, Thomas 75

福楼拜（居斯达夫·福楼拜）Flaubert, Gustave 61，278

    《包法利夫人》*Madame Bovary* 39，224，314

    《布法和白居榭》*Bouvard et Pecuchet* 311

    《萨朗波》*Salammbo* 149—50

福斯塔夫 Falstaff 19，45，165，175，183，284，351

福斯特（爱·摩·福斯特）Forster, E. M. 168

福特（查尔斯·福特）Fort, Charles 231

福音书 Gospels 27, 149
复活节 Easter 159, 187, 292
富兰克林（本杰明·福兰克林）Franklin, Benjamin
 《格言历书》Poor Richard's Almanac 227

盖伦 Galen 13
盖伊（约翰·盖伊）Gay, John
 《乞丐的歌剧》The Beggar's Opera 178, 178n
"感伤的" "sentimental" 35, 37
高厄（约翰·高厄）Gower, John 57
高模仿 high mimetic 34, 37—38, 43—44, 50—51, 58—59, 62—65, 116, 138, 151, 153, 270, 318—19
高乃依（皮埃尔·高乃依）Corneille, Pierre
 《熙德》Le Cid 283
高文爵士 Gawain, Sir 196
戈雅（弗朗西斯科·戈雅）Goya, Francisco 132
哥尔斯密（奥利弗·哥尔斯密）Goldsmith, Oliver 48, 88
 《威克菲尔牧师传》The Vicar of Wakefield 171
哥特式传奇 Gothic romances 40, 185, 186
歌德（约·沃·冯·歌德）Goethe, J. W. von 65, 90, 283
 《浮士德》Faust 60, 117, 120, 127, 198, 293, 321, 323
歌剧 opera 13, 107, 282—83, 288—89
歌利亚 Goliath 228, 236
格雷夫斯（罗伯特·格雷夫斯）Graves, Robert
 《白色女神》The White Goddess 323
格雷（托马斯·格雷）Gray, Thomas 257
格里希尔达 Griselda 219
格林（格雷厄姆·格林）Greene, Graham 48
格林（罗伯特·格林）Greene, Robert 182
 《潘多斯托》Pandosto 214
 《僧人培根》Friar Bacon 194
格洛斯特 Gloucester 175, 223
公共批评家 public critic 8, 10—11
古典神话 Classical mythology 10, 19, 34, 35, 43, 54, 57, 83, 101, 120,

131，133，161，212，268

古兰经 Koran 55，56，294

古罗马农神节 Saturnalia 171

《官吏之鉴戒》 Mirror for Magistrates 38，186n

光明磊落的角色 plain dealer 176，178，218

归纳法 induction 7，15—16

棍棒诗 knittelvers 277

哈代（托马斯·哈代） Hardy, Thomas 19，64，100，125，140，147，155，237，298

 《德伯家的苔丝》 Tess of the D'Urbervilles 38，41，219

 《列国》 The Dynasts 237

 《无名的裘德》 Jude the Obscure 222

 《远离尘嚣》 Far from the Madding Crowd 199

哈德逊（威·亨·哈德逊） Hudson, W. H. 196

 《绿屋》 Green Mansions 101，200

哈谢克（雅洛斯拉夫·哈谢克） Hasek, Jaroslav

 《好兵帅克》 The Good Soldier Schweik 48

海丽娜 Helena 180，183

海明威（厄内斯特·海明威） Hemingway, Ernest

 《丧钟为谁而鸣》 For Whom the Bell Tolls 98

含混与联想 ambiguity and association 65，72，83，272，273，275—78，293—94，334—35

豪斯曼（阿·爱·豪斯曼） Housman, A. E. 125，147，298

合唱队 chorus 175，218

合式 得体 decorum 223，268—71，273

何西阿 Hosea 193

荷马 Homer 52，53，56，57，63，96，156，210，231，248，259，318，320，345

 《奥德赛》 Odyssey 52，159，248，313，318，319，321，322

 《伊利亚特》 Iliad 142，219，246，248，318，319

 《赞美诗》 Hymns 294

贺拉斯 Horace 65，292，299

 《悼雷古卢斯》 Regulus ode 296

《世纪之歌》Carmen Saeculare 295

赫伯特（乔治·赫伯特）Herbert, George 59, 257, 294, 299

 《复活节的翅膀》Easter Wings 274

 《辘轳》The Pulley 300

 《圣坛》The Altar 274

赫耳弥奥涅 Hermione 138, 183, 219

赫菲斯托斯 Hephaistos 193

赫拉克勒斯 Hercules 36, 43, 206, 317

赫里克（罗伯特·赫里克）Herrick, Robert 299—301

赫西俄德 Hesiod 57, 317

赫胥黎（阿道斯·赫胥黎）Huxley, Aldous 173n, 230, 308, 310

 《铬黄》Chrome Yellow 179

 《美丽新世界》Brave New World 231, 308

 《旋律与对位》Point Counterpoint 308

赫胥黎（托马斯·亨利·赫胥黎）Huxley, Thomas Henry 18, 154, 155

赫兹里特（威廉·赫兹里特）Hazlitt, William 8

黑格尔（格·威·弗·黑格尔）Hegel, G. W. F. 15n, 18, 212, 213

亨利（欧·亨利）O. Henry 268

胡克（理查德·胡克）Hooker, Richard 119

胡写乱画 doodle 275, 278, 335

华兹华斯（威廉·华兹华斯）Wordsworth, William 5, 39, 60, 61, 85, 94, 124, 154, 225, 257, 271, 296, 298, 299, 301, 306

 《彼得·贝尔》Peter Bell 257

 《痴儿》The Idiot Boy 257

 《序曲》The Prelude 60

滑稽穿插 antimasque 171, 290

滑稽剧 mime 285—86, 297

怀尔德（桑顿·怀尔德）Wilder, Thornton

 《天堂是我的归宿》Heaven's My Destination 48

怀亚特（托马斯·怀亚特爵士）Wyatt, Sir Thomas 257, 261, 279

灰姑娘原型 Cinderella archetype 44

惠特曼（华尔特·惠特曼）Whitman, Walt 100—03, 236, 302

 《从永远摇着的摇篮里往外望》Out of the Cradle 123—24

 《当紫丁香最近在庭院中开放的时候》When Lilacs Last 102

霍布金斯（吉拉德·曼莱·霍布金斯）Hopkins, Gerard Manley 151, 154, 263, 272, 294, 297

霍格思（威廉·霍格思）Hogarth, William
 《浪子回头》*The Rake's Progress* 274

霍格斯（詹姆斯·霍格斯）Hoggs, James
 《获释罪人的剖白》*Confessions of a Justified Sinner* 312

霍桑（纳萨尼尔·霍桑）Hawthorne, Nathaniel 19, 90, 117, 138, 140, 154, 196, 305
 《带七个尖角阁的房子》*The House of the Seven Gables* 306
 《福谷传奇》*The Blithedale Romance* 202
 《红字》*The Scarlet Letter* 41, 92
 《玉石雕像》*The Marble Faun* 101, 137—39, 150

机趣 wit 276—77, 281, 294, 298, 329

肌质、纹理 texture 72, 82, 334, 341

基督教 Christianity 12, 34, 35, 43, 64, 120, 126—27, 133, 142, 208—09, 212—13

吉本（爱德华·吉本）Gibbon, Edward 75, 85, 265

吉卜林（拉迪亚德·吉卜林）Kipling, Rudyard
 《丛林故事》*The Jungle Book* 155

吉尔伯特（斯图尔特·吉尔伯特）Gilbert, Stuart 266

吉尔伯特（威廉·施文克·吉尔伯特）Gilbert, William Schwenck
 《日本天皇》*The Mikado* 46, 109

吉尔伽美什史诗 Gilgamesh epic 317

济慈（约翰·济慈）Keats, John 4, 60, 256
 《安狄弥翁》*Endymion* 151, 160, 200, 205, 321
 《希腊古瓮颂》*Ode on a Grecian Urn* 257, 301
 《许佩里翁》*Hyperion* 59, 262, 321

寄生虫 寄生人物 parasite 166, 168, 175

加拉哈德爵士 Galahad, Sir 151, 196

假面剧 masque 13, 107, 164, 171, 282, 287—93, 301

价值判断 value-judgements 18—29, 265, 336, 343—44

街头说唱讽刺诗人 Goliardic satirists 57

金斯利（查尔斯·金斯利）Kingsley, Charles 36

《水娃们》 The Water-Babies 310
净化 catharsis 66—67, 93—94, 210, 215, 282, 284, 301, 326, 326n
旧喜剧 Old Comedy 43—45, 164, 250
隽语 epigram 54, 262, 269, 297—98, 329
决定论 determinism 6

卡尔普纽斯 Calpurnius 295
卡夫卡（弗朗兹·卡夫卡）Kafka, Franz 42, 138
　　《审判》 The Trial 42
　　《在苦役营》 In the Penal Colony 238
卡莱尔（托马斯·卡莱尔）Carlyle, Thomas 21, 92, 154, 236, 306, 328
　　《旧衣新裁》 Sartor Resartus 88, 267, 303, 313, 325
《卡勒瓦拉》 Kalevala 56
卡里（乔伊斯·卡里）Cary, Joyce
　　《马嘴》 The Horse's Mouth 48
卡列班 Caliban 153, 165, 176
卡罗尔（刘易斯·卡罗尔）Carroll, Lewis
　　两部主角为爱丽丝的童话 Alice books 225, 310
卡明斯（爱·埃·卡明斯）Cummings, E. E. 278
卡默恩斯（卢斯·德·卡默恩斯）Camoens, Luis de
　　《路西亚特》 Lusiad 58
卡桑德拉 Cassandra 218
卡斯蒂廖内（巴尔达萨雷·卡斯蒂廖内）Castiglione, Baldassare 93, 166, 310
《卡塔普卢斯》 kataplous 233
卡西奥多鲁斯 Cassiodorus 268
卡西勒（恩内斯特·卡西勒）Cassirer, Ernst 10, 350
凯尔特文学 Celtic literature 34, 55, 57, 58
凯特琳娜 Katharina 172
坎比恩（托马斯·坎比恩）Campion, Thomas 274
康德（伊曼努尔·康德）Kant, Immanuel 15n, 122n
康格里夫（威廉·康格里夫）Congreve, William 48, 252, 269
　　《为爱而爱》 Love for Love 181
康拉德（约瑟夫·康拉德）Conrad, Joseph 100, 140, 155, 237, 247, 267
　　《黑暗的心》 Heart of Darkness 40

《吉姆爷》 Lord Jim 39，40，237，306

《诺斯特罗莫》 Nostromo 193

考地利亚 Cordelia 38，211，216

考尔德伦（德·拉·巴尔卡·彼德罗·考尔德伦） Calderon de la Barca, Pedro 282

考利（亚伯拉罕·考利） Cowley, Abraham 257，260

《大卫王纪》 Davideis 260

柯勒律治（塞缪尔·泰勒·柯勒律治） Coleridge, Samuel Taylor 8，41，72，103，125—27，235，326

《忽必烈汗》 Kubla Khan 145，215，302

《克丽斯塔贝尔》 Christabel 254

柯林 Corin 176

柯林斯（威尔基·柯林斯） Collins, Wilkie

《白衣女人》 The Woman in White 101

柯林斯（威廉·柯林斯） Collins, William

《诗人性格颂》 Ode on the Poetical Character 302

科幻小说 science fiction 49，203

科克托（让·科克托） Cocteau, Jean 138

科学 science 7，8，15—17，19，231，243，277，337，354

克尔凯郭尔（索伦·克尔凯郭尔） Kierkegaard, Søren 115

《重复》 Repetition 345

《非此即彼》 Either/Or 115，313

克拉夫（亚瑟·休·克拉夫） Clough, Arthur Hugh 270

克拉肖（理查德·克拉肖） Crashaw, Richard 59，257，302

《音乐的决斗》 Musick's Duell 257

克莱布（乔治·克莱布） Crabbe, George

《博学的孩子》 The Learned Boy 230

《庇护人》 The Patron 227

克劳狄安 Claudian

《普罗塞尔皮娜被劫》 de Raptu Proserpinae 49

克莉奥佩特拉 Cleopatra 237，323

克洛岱尔（保罗·克洛岱尔） Claudel, Paul 293

客西马尼园 Gethsemane 213

恳求者 suppliant 217

口述史诗 epos 248—50, 251—62, 263, 265, 269—72, 274, 293—303, 320, 324

库兹勃斯基（艾尔弗莱德·库兹勃斯基）Korzybsky, Alfred 350

狂热 dithyramb 295, 302—03

狂喜 ecstasis 67, 93—94, 301, 326, 326n

奎尔普（丹尼尔·奎尔普）Quilp, Daniel 134

昆体良 Quintilian 311

拉伯雷（弗朗索瓦·拉伯雷）Rabelais, François 230, 232—36, 266, 308—13, 322, 325

拉蒂默尔（休·拉蒂默尔）Latimer, Hugh 327

拉斐尔 Raphael 151, 213, 320

拉辛（让·拉辛）Racine, Jean 37, 95
　　《阿达利》Athalie 219, 221
　　《爱丝苔尔》Esther 207, 222

兰波（让·阿蒂尔·兰波）Rimbaud, Jean Arthur 61, 62, 80, 302
　　《地狱一季》Saison en Enfer 303

兰多（沃尔特·萨维奇·兰多）Landor, Walter Savage
　　《想象的对话》Imaginary Conversations 310

兰姆（查尔斯·兰姆）Lamb, Charles 8

兰斯洛特爵士 Lancelot, Sir 180, 196, 197

朗费罗（亨利·华·朗费罗）Longfellow, Henry W.
　　《海华沙之歌》Hiawatha 254

朗格兰（威廉·朗格兰）Langland, William 318

朗吉努斯 Longinus 66—67, 326, 326n

浪漫传奇（一种模式）romance (mode) 33, 36—37, 43, 49—51, 58, 64—65, 116, 136—37, 151, 154, 211, 270, 272, 301

浪漫传奇（一种叙事结构）romance (mythos) 107—08, 117, 162, 177, 182, 185, 186—203, 206, 214—16, 219, 223, 225, 235, 237, 306, 316—18

浪漫风格化 romantic stylizing 49, 137, 139—40, 144, 151—53, 157, 162, 283, 321

浪漫痛苦 Romantic agony 60, 157

浪漫主义 Romanticism 4, 23, 25, 35, 56, 60, 63, 80, 89, 96, 110, 114, 157, 247, 272, 306

劳伦斯（大·赫·劳伦斯）Lawrence, D. H.　145n，232

劳斯（亨利·劳斯）Lawes, Henry　274

李雷（约翰·李雷）Lyly, John　182

　　《坎巴斯帕》 Campaspe　230

里昂提斯　Leontes　184

里尔克（赖内·马利亚·里尔克）Rilke, Rainer Maria　61，61n，62，63，80，122，301，302

理查生（塞缪尔·理查生）Richardson, Samuel　116

　　《克莱丽莎》 Clarissa　39

　　《帕米拉》 Pamela　44，183，313

历史剧　history-play　283—84，289

历史批评　historical criticism　24，343—46

利德盖特（约翰·利德盖特）Lydgate, John　186n，252—55，318

　　《死亡舞蹈》 Danse Macabre　252

利立浦特（小人国人）Lilliputians　277

利维坦（海怪）leviathan　144n，189—92，194，292

炼金术　alchemy　146，146n，157，195

《列那狐传奇》 Reynard the Fox　229

林肯（亚伯拉罕·林肯）Lincoln, Abraham　327

林赛（维切尔·林赛）Lindsay, Vachel

　　《刚果河》 The Congo　279

刘易斯(克莱夫·斯特普尔·刘易斯) Lewis, C. S.　117

刘易斯（温德姆·刘易斯）Lewis, Wyndham　188n，267

　　《不懂艺术的人》 Men Without Art　267

《流浪汉》 Wanderer, The　259

流浪汉小说　picaresque novel　45，310

卢克莱修　Lucretius　85，323

卢奇安（琉善）Lucian　230，231，308，309

　　《卡塔普卢斯》 Kataplous　233

　　《真实历史》 True History　235

　　《众生的销售》 Sale of Lives　230

卢梭（让·雅克·卢梭）Rousseau, Jean Jacques　60，307，353—54

　　《爱弥儿》 Emile　308

路西法　Lucifer　212

罗宾汉 Robin Hood 196

罗宾逊（埃德温·阿林顿·罗宾逊）Robinson, E. A. 152

罗杰斯（威尔·罗杰斯）Rogers, Will 227

罗兰 Roland 36

《罗摩衍那》*Ramayana* 56

罗切斯特勋爵 Rochester, Lord 114

罗斯（阿曼达·罗斯）Ros, Amanda 329

罗斯金（约翰·罗斯金）Ruskin, John 9，10，36，93，114，154，267，328
 《金色河流中的国王》*The King of the Golden River* 198
 《空中皇后》*The Queen of the Air* 341

逻各斯 Logos 120—21，126，134

逻辑 logic 244—45，329，331—37，350—51

洛基 Loki 36

洛奇（托马斯·洛奇）Lodge, Thomas
 《理智沦丧》*Wits Miserie* 227

洛威尔（詹姆斯·拉塞尔·洛威尔）Lowell, James Russell 281
 《比格罗书信》*Biglow Papers* 227

马杜林（查尔斯·罗伯特·马杜林）Maturin, Charles Robert
 《漫游者梅尔摩斯》*Melmoth the Wanderer* 312

马尔沃里奥 Malvolio 165，167，176

马克罗比乌斯 Macrobius
 《祭农神节》*Saturnalia* 311

马克思（卡尔·马克思）和马克思主义批评 Marx, Karl, and Marxist criticism
 6，12，72，113，127，343，346

马克·吐温 Twain, Mark
 《哈克贝利·费恩历险记》*Huckleberry Finn* 157，180，259
 《汤姆·索亚历险记》*Tom Sawyer* 190，259

马拉美（斯特凡·马拉美）Mallarmé, Stephane 61，63，80，87，92，122
 《骰子一掷》*Coup de Dés* 264

马洛（克里斯托弗·马洛）Marlowe, Christopher 284
 《浮士德》*Faustus* 39，222，292
 《马耳他的犹太人》*The Jew of Malta* 222
 《帖木儿大帝》*Tamburlaine* 39，208，216，283

马洛礼（托马斯·马洛礼爵士）Malory, Sir Thomas 57，197

马蒙（埃皮立尔·马蒙爵士）Mammon, Sir Epicure 180，228

马奈（爱德华·马奈）Manet, Edouard 132，136

马萨乔 Masaccio 132

马斯顿（约翰·马斯顿）Marston, John 176，236

马维尔（安德鲁·马维尔）Marvell, Andrew 144，301

 《悼克伦威尔之歌》Ode on Cromwell 296

 《花园》The Garden 85，144

玛泰尔达 Matelda 151

麦尔维尔（赫尔曼·麦尔维尔）Melville, Herman 19，117，304

 《白鲸》Moby Dick 92，100，155，236，304，313

 《比利·巴德》Billy Budd 41

 《皮埃尔》Pierre 39，200，237

麦考利（托马斯·巴宾顿·麦考利）Macaulay, Thomas Babington 85，265

麦克利什（阿奇尔德·麦克利什）MacLeish, Archibald

 《诗艺》Ars Poetica 5

曼斯菲尔德（凯瑟琳·曼斯菲尔德）Mansfield, Katharine 305

曼（托马斯·曼）Mann, Thomas 110

《猫头鹰和夜莺》Owl and the Nightingale, The 299

茂丘西奥 Mercutio 37

《玫瑰传奇》Romaunt of the Rose 56

梅林 Merlin 195

梅尼普斯 Menippus 230，309，310

 见剖析体 see anatomy

 梅尼普斯式讽刺 Menippean satire 14，309—12

梅瑞狄斯（乔治·梅瑞狄斯）Meredith, George 304

 《利己主义者》The Egoist 304

 《幽谷之恋》Love in the Valley 254

梅特林克（莫里斯·梅特林克）Maeterlinck, Maurice 290—91

美学 aesthetics 15，15n，26，114—16，308，326，341，344—45，349—50，354n

美洲印第安人 American Indians 55，332—33

魅力 charm 278，280，295

蒙哥马利（罗伯特·蒙哥马利）Montgomery, Robert 4

索引 529

蒙田（米歇尔·德·蒙田）Montaigne, Michel Eyquem de 53, 232, 307

梦 dream 57, 105—12, 105n, 118, 120, 137, 183—86, 193, 206, 215, 243, 250, 272, 277—78, 354

弥尔顿（约翰·弥尔顿）Milton, John 18, 23—25, 83, 91, 94—98, 101, 121, 152, 161, 211—13, 228, 232, 247, 248, 257, 261, 263, 274, 318, 320, 323, 324

 《复乐园》 Paradise Regained 96, 191, 205

 《基督诞生颂》 Nativity Ode 153, 342

 《科玛斯》 Comus 64, 149—53, 201, 295, 290, 292

 《快乐的人》和《幽思的人》 L'Allegro and Il Penseroso 66, 81, 301

 《力士参孙》 Samson Agonistes 67, 207, 215, 220, 221, 223

 《利西达斯》 Lycidas 67, 97, 100—02, 121—22, 324

 《论出版自由》 Areopagitica 327, 348—49

 其散文作品 prose works 142, 266, 267

 《失乐园》 Paradise Lost 58, 160, 191, 200, 204, 211, 216—18, 247—48, 320—21, 324

弥诺陶洛斯 Minotaur 150

弥赛亚（救世主）Messiah 55, 189—92, 205, 295, 316—17, 321, 342

谜语 riddle 81, 280, 300

米德尔顿（托马斯·米德尔顿）Middleton, Thomas

 《一出捉弄老家伙的恶作剧》 A Trick to Catch the Old One 175

米迦勒 Michael 191, 213, 320, 321, 324

米考伯（威尔肯斯·米考伯）Micawber, Wilkins 168, 169, 173

米兰达 Miranda 151

米南德 Menander 43, 51, 163, 170, 171, 178, 181, 183

密尔，或译为穆勒（约翰·斯图亚特·密尔）Mill, John Stuart 5, 249, 308

 《论自由》 Essay on Liberty 348—49

密尔，或译为穆勒（詹姆斯·密尔）Mill, James

 《论政府》 Essay on Government 330

密托斯（情节、叙事结构等）mythos (plot, narrative, etc.) 52—53, 73, 77, 79, 82—83, 104—07, 136, 171, 243—44, 271, 285—86, 310, 316, 341

密托依（情节套式）mythoi (generic narratives) 140, 162—239

面对面直接讲话 direct address 4, 250

描述意义 descriptive meaning 73—82, 87, 92, 97, 116, 119, 123

民谣 ballad 57, 251, 296

模仿 mimesis (imitation) 82—84, 93, 95, 97, 113, 119, 131, 148, 214—15, 250, 269, 285, 289, 301

《摩诃婆罗多》 Mahabharata 56, 317

《摩斯毕利》 Muspilli 317

摩西 Moses 51, 146, 190—91, 198—99, 204—05, 350

魔怪式调整 demonic modulation 156—57

魔怪象征 demonic symbolism 139—40, 147—51, 154—58, 162, 178, 187, 226, 290

莫尔（托马斯·莫尔爵士）More, St. Thomas
 《乌托邦》 Utopia 233

莫里哀 Molière 48, 112, 163, 167—68
 《恨世者》 Le Misanthrope 167, 218
 《伪君子》 Tartuffe 40, 45, 176, 179, 181
 《无病呻吟》 Le Malade Imaginaire 112, 114

莫里斯（威廉·莫里斯）Morris, William 154, 202, 267, 270, 305, 306
 《隔着一片洪水》 The Sundering Flood 200
 《世俗天堂》 The Earthly Paradise 203

莫扎特（沃·阿·莫扎特）Mozart, W. A. 290, 343, 344
 《费加罗》 Figaro 173, 181, 289
 《魔笛》 The Magic Flute 145
 《唐璜》 Don Giovanni 173, 289
 《朱庇特交响曲》 Jupiter Symphony 133

墨杜萨 Medusa 196

墨丘利 Mercury 43

默里（米德尔顿·默里）Murry, Middleton 19

母题 motif 74, 77, 82

牧歌 pastoral 43, 99—101, 143—44, 152, 176, 296—97, 301

墓志铭 epitaph 296—97

穆尔（玛丽安娜·穆尔）Moore, Marianne
 《白山茶》 Camellia Sabina 278

穆尔（斯特奇·穆尔）Moore, Sturge 93

穆罕默德教义 Mohammedanism 35

拿破伦 Napoleon 110, 237
纳什（托马斯·纳什）Nashe, Thomas 227, 231, 236, 281
　　《一文不名的皮尔斯》Pierce Penilesse 227
内景 inscape 121
尼布甲尼撒 Nebuchadnezzar 149, 354
尼采（弗里德里希·尼采）Nietzsche, Friedrich 62, 99, 207, 214, 232, 302, 346
　　《查拉图斯特拉如是说》Also Sprach Zarathustra 155, 214, 214n
　　《瞧！这个人》Ecce Homo 99
拟声词 onomatopoeia 258—62
纽曼（约翰·亨利·卡迪纳尔·纽曼）Newman, John Henry Cardinal 10
　　《关于我一生的辩白》Apologia 307
《纽约客》杂志 New Yorker 87, 173n
诺思（克里斯托弗·诺思）North, Christopher
　　《安勃罗斯酒店之夜》Noctes Ambrosianae 312

欧里庇得斯 Euripides 51, 170, 198, 284
　　《阿尔克提斯》Alcestis 136, 219
　　《希波吕托斯》Hippolytus 216
　　《伊菲革涅亚在奥利斯》Iphigeneia in Aulis 220
　　《伊菲革涅亚在陶里斯》Iphigeneia in Tauris 109
　　《伊翁》Ion 51, 136

帕拉切尔苏斯 Paracelsus 235
帕勒斯特里纳 Palestrina 344
帕罗尔斯 Parolles 165
帕斯卡（布莱士·帕斯卡）Pascal, Blaise 326
庞德（埃兹拉·庞德）Pound, Ezra 80, 123, 136, 244, 272, 275, 326, 349n
　　《诗章》Cantos 61, 272, 324
培根（弗朗西斯·培根爵士）Bacon, Sir Francis 15, 125, 161, 329
　　《文集》Essays 264
佩特（沃尔特·佩特）Pater, Walter 238, 267, 272
彭斯（罗伯特·彭斯）Burns, Robert 22, 306
　　《快活的乞丐》The Jolly Beggars 257

《威利长老的祈祷》 *Holy Willie's Prayer* 232

皮尔（乔治·皮尔）Peele, George 182

 《控告帕里斯》 *The Arraignment of Paris* 284

皮格玛利翁 Pygmalion 138

皮柯克（托马斯·洛夫·皮柯克）Peacock, Thomas Love 230, 309, 310, 312

皮兰德娄（路伊结·皮兰德娄）Pirandello, Luigi 291

品达体颂歌 Pindaric ode 257, 295

《平常人》 *Everyman* 290

评注 commentary 86—91, 116, 125, 341—42, 350

坡（爱伦·坡）Poe, Edgar Allan 116, 139, 140, 243, 276, 277, 305, 326

 《埃丽诺拉》 *Eleanora* 200

 《金甲虫》 *The Gold Bug* 204, 204n

 《莉盖娅》 *Ligeia* 139

 《诗歌原理》 *The Poetic Principle* 243, 272, 273, 278

 《我找到了》 *Eureka* 161

 《乌鸦》 *The Raven* 278

 《钟和铃》 *The Bells* 279

珀耳修斯 Perseus 51, 137, 189, 195, 198, 199

珀涅罗珀（又译为"潘奈洛佩"）Penelope 318, 322, 323

剖析、解剖 anatomy 298, 308—14, 322, 325

蒲柏（亚历山大·蒲柏）Pope, Alexander 96, 168, 225, 226, 252, 256, 258—61, 298

 《论批评》 *Essay on Criticism* 78, 258, 261n

 《弥赛亚》 *The Messiah* 257

 《鬈发遇劫记》 *The Rape of the Lock* 183, 256

 《人论》 *Essay on Man* 85

 《愚人记》 *The Dunciad* 238

普克 Puck 153, 173, 174

普劳图斯 Plautus 43, 163—65, 174, 178

 《卡西娜》 *Casina* 167

 《鲁登斯》 *Rudens* 191

普鲁斯特（马塞尔·普鲁斯特）Proust, Marcel 61, 122n, 266, 313, 321, 333

普罗米修斯 Prometheus 42, 62, 145, 155, 157, 207, 321, 334

 见埃斯库罗斯 *see* Aeschylus

索引 533

普罗塞庇娜 Proserpine 138, 153, 160, 183

普洛斯珀罗 Prospero 44, 151, 157, 174, 180, 195, 199, 238

普塞尔（亨利·普塞尔）Purcell, Henry 136

齐格弗里德和齐格蒙德 Siegfried and Siegmund 193, 219

祈祷 prayer 249, 294

《启示录》Revelation, Book of 108, 141, 144, 146, 149—50, 189

绮丽体 euphuism 264—65, 267

契诃夫（安东·契诃夫）Chekhov, Anton 178, 305

 《三姊妹》The Three Sisters 285

契斯特菲尔德勋爵 Chesterfield, Lord 327

恰佩克兄弟 Capek, the brothers 297

乔弗里（蒙默斯·乔弗里）Geoffrey of Monmouth 214, 222

乔叟（杰弗里·乔叟）Chaucer, Geoffrey 22, 51, 96, 103, 162, 227, 228n, 231, 248, 252, 311

 《巴斯妇的故事》The Wife of Bath's Tale 193

 《第二个修女的故事》The Second Nun's Tale 114

 《家禽议会》The Parliament of Fowls 299

 《坎特伯雷故事集》Canterbury Tales 51, 201

 《良妇列传》The Legend of Good Women 262

 《律师的故事》The Man of Law's Tale 49, 199

 《磨坊主的故事》The Miller's Tale 114

 《骑士的故事》The Knight's Tale 103, 219

 《修道士的故事》The Monk's Tale 162, 186n, 212

 《自由民的故事》The Franklin's Tale 202

乔伊斯（詹姆斯·乔伊斯）Joyce, James 42, 48, 61, 62, 117, 121, 122, 236, 266, 278, 313, 323, 325, 354

 《都柏林人》Dubliners 307

 《芬尼根的守灵夜》Finnegans Wake 61, 62, 236, 277, 313—14, 321, 323, 354

 《一个青年艺术家的画像》Portrait 77, 249, 308

 《尤利西斯》Ulysses 222, 266, 313—14, 323

乔治（斯蒂芬·乔治）George, Stefan 63

清唱剧 oratorio 283

情歌 madrigal 273—74

情节剧 melodrama 40, 47, 167

琼生（本·琼生）Jonson, Ben 48, 58, 84, 164, 168, 231, 290

 《安静的女人》 *The Silent Woman* 168

 《伏尔蓬》 *Volpone* 45, 165, 175

 《个性互异》 *Every Man in His Humour* 174

 《炼金术士》 *The Alchemist* 174, 178, 180, 228

琼斯（詹姆斯·琼斯）Jeans, Sir James

 《神秘宇宙》 *The Mysterious Universe* 352

丘比特与普绪克 Cupid and Psyche 152.

丘吉尔（温斯顿·丘吉尔爵士）Churchill, Sir Winston 327

《人类》 *Mankynd* 291

人文研究 humanities, study of 3, 126, 333, 342, 349

日本戏剧和抒情诗 Japanese drama and lyric 283, 297

荣格（卡·古·荣格）和荣格学派批评 Jung, C. G., and Jungian criticism 6, 72, 108, 111, 146n, 192n, 193, 198n, 214, 277, 291

撒旦 Satan 189, 191, 205, 206, 212, 218, 238, 239, 320

萨德（德·萨德侯爵）Sade, Marquis de 114

萨迦 Sagas 58, 306

萨克雷（威廉·梅·萨克雷）Thackeray, William M.

 《名利场》 *Vanity Fair* 34

萨里（萨里伯爵）Surrey, Earl of 257

萨瑟兰（格雷厄姆·萨瑟兰）Sutherland, Graham 136

塞内加 Seneca 222

塞尚（保罗·塞尚）Cézanne, Paul 132, 134

塞万提斯（米格尔·德·塞万提斯·萨维德拉）Cervantes Saavedra, Miguel de

 《堂吉诃德》 *Don Quixote* 163, 180, 197, 223, 225, 229, 306, 313

三位一体 Trinity 36, 142

散文 prose 13, 71, 79—80, 123, 250, 263—68, 269—72, 277—78, 293—303, 303—314, 324—35, 326—37

桑德堡（卡尔·桑德堡）Sandburg, Carl 200

骚塞（罗伯特·骚塞）Southey, Robert 257, 318

索引 535

《泰勒巴》Thalaba　257

《医生》The Doctor　312

瑟伯（詹姆士·瑟伯）Thurber, James

　　《十三座钟》The Thirteen Clocks　193

瑟西（又译为"刻尔吉"）Circe　149，157，323

《沙恭达罗》Sakuntala　171，191

莎士比亚（威廉·莎士比亚）Shakespeare, William　4，5，8，20，21，23，24，37，44，52，58，86—88，91，94—96，100，108，111，116—17，144，149，152，164，166，169，173，174，208，210，236，247，257，262，263，286，290，297，323，328，345

　　《爱的徒劳》Love's Labor's Lost　169，183

　　《安东尼与克利奥佩特拉》Antony and Cleopatra　51，218，236，237，292

　　《奥赛罗》Othello　9，38，39，210，211，216，236，237，328，351

　　《暴风雨》The Tempest　21，44，64，117，151，174，176，184，185，191，202，286，287，290

　　《错误的喜剧》Comedy of Errors　166，175，179，184，185

　　《第十二夜》Twelfth Night　184，185

　　《冬天的故事》The Winter's Tale　117，138，181，182，183，184，214，219

　　《凤凰与乌龟》The Phoenix and the Turtle　143

　　《哈姆雷特》Hamlet　6，9，10，39，67，76，84，87，89，140，148，175，207，208，211，212，218，236，237，284，292，342，351

　　《亨利八世》Henry VIII　236

　　《亨利五世》Henry V　221，284，328

　　《皆大欢喜》As You Like it　163，176，182，218

　　《科里奥兰纳斯》Coriolanus　237

　　《李尔王》King Lear　38，88，94，175，211，212，215，216，218，222，223，237，262，302

　　《理查二世》Richard II　217，284

　　《理查三世》Richard III　284

　　《量罪记》（又译《一报还一报》）Measure for Measure　174，178，183，185，271

　　《罗密欧与朱丽叶》Romeo and Juliet　37，216，220，222

　　《麦克白》Macbeth　85，88，94，208，211，212，213，223，284，292

《配力克利斯》 Pericles 179，183，184，185，201，202，289

《裘力斯·凯撒》 Julius Caesar 45

《十四行诗集》 Sonnets 98，281，298

《泰特斯·安德洛尼克斯》 Titus Andronicus 207，222，223，292

《特洛伊罗斯与克瑞西达》 Troilus and Cressida 214，225

《威尼斯商人》 The Merchant of Venice 45，165，182

《维洛那二绅士》 The Two Gentlemen of Verona 117，182

《维纳斯和阿多尼斯》 Venus and Adonis 36

《温莎的风流娘儿们》 The Merry Wives of Windsor 165，167，175，182，183

《无事生非》 Much Ado 49，138，173，183

《辛白林》 Cymbeline 138，183，207，219

《驯悍记》 The Taming of the Shrew 164，172，173

《雅典的泰门》 Timon of Athens 221

《约翰王》 King John 217

《终成眷属》 All's Well 176，179，180，183，218

《仲夏夜之梦》 A Midsummer Night's Dream 66，166，182，287

山姆·斯利克 Sam Slick 227

尚纳坎（克莱门特·尚纳坎） Jannequin, Clement 266

设计者 architectus 174，197，216

神话和神话模式 myth and the mythical mode vii，33，35—36，42—43，48—49，52，54，62，64—65，72，75，106—10，116—18，120—21，134—239，270，282，294—96，300，306，315，317，325—26，341，352—54

神启和神启象征 apocalypse and apocalyptic symbolism 119，125，139—46，148，151，154—55，157—58，162，185，191，194—95，203—06，292，300，315—17，319—20，323—24

神圣剧 auto 282—84，287—92

神谕和神谕式诗歌 oracles and oracular poetry 55—56，81，260，271—72，277—78，293—94，298，302，316，324，353

生死关头 pathos 187，192

圣杯传奇 Grail romances 58，151，194，196，317

圣伯夫（查尔斯·奥古斯汀·圣伯夫） Sainte-Beuve, Charles Augustin 8

圣诞节 Christmas 159，292

圣歌（赞美诗） hymn 257，294—95

圣经 Bible 14, 34, 43, 54, 56, 76, 87, 96, 101, 108, 116, 125, 140, 141—46, 152, 181, 188—89, 194, 198, 214, 264, 294, 298, 314, 315—26

 见有关章节 *see separate books*

 旧约 Old Testament 35, 55, 56, 156, 190, 199, 221, 315, 316, 322

 新约 New Testament 149, 150, 199, 315, 316, 329

圣母玛丽亚 Virgin Mary 152, 191, 205, 284, 323

圣乔治 George, St. 137, 189, 192, 194, 195, 317

圣书形式 scriptural form 56, 120, 248, 314, 315—26

圣西西利亚赞歌 Cecilia ode, St. 295

诗歌词源学 poetic etymology 277, 334

《诗篇》（指《旧约》中的《诗篇》）*Psalms* 76, 99, 294, 295

诗学 poetics 14, 22, 71, 132

《十字架之梦》*Dream of the Rood* 36, 316

史蒂文斯（华莱士·史蒂文斯）Stevens, Wallace 144n

史诗 epic 12, 22, 54, 56, 246, 248, 304, 314, 315—26, 317n

史文朋（阿尔杰农·查·史文朋）Swinburne, Algernon C. 147, 302, 328

抒情诗 lyric 246—47, 249—50, 262, 270—81, 293—303

术语 jargon 328, 330—31

数学 mathematics 16, 76, 93, 287, 329, 333, 350—54, 354n

双关语 paronomasia 65, 276, 332

瞬间 *Augenblick* 61, 213

司各特（沃尔特·司各特爵士）Scott, Sir Walter 302, 305, 306

 《艾凡赫》*Ivanhoe* 101

 《圣罗南的井》*St. Ronan's Well* 173

 《威弗利》*Waverley* 306

司汤达 Stendhal 45

斯宾格勒（奥斯瓦德·斯宾格勒）Spengler, Oswald 160, 343

斯宾诺莎（巴鲁赫·斯宾诺莎）Spinoza, Baruch 329, 335

斯宾塞（埃德蒙·斯宾塞）Spenser, Edmund 10, 90, 117, 149, 151—54, 194—97, 229, 258, 261, 263, 277, 317, 323

 《牧人月历》*Shepheards Calender* 62, 99, 260

 《无常诗章》*Mutabilitie Cantoes* 140, 204, 299

 《仙后》*The Faerie Queene* vii, 58, 64, 90—91, 100—101, 138, 144,

148，149，151，194，195，200—05，258—61，318，324
 《祝婚曲》*Epithalamion* 324

斯卡拉蒂（多·斯卡拉蒂）Scarlatti, D. 279

斯凯尔顿（约翰·斯凯尔顿）Skelton, John 257，279
 《菲利普·斯帕罗》（或意译为《麻雀》）*Philip Sparowe* 253
 《桂冠》*The Garland of Laurell* 279，280

斯克鲁奇（埃比尼泽·斯克鲁奇）Scrooge, Ebenezer 277

斯赖(克里斯托弗·斯赖) Sly, Christopher 184

斯马特（克利斯托弗·斯马特）Smart, Christopher 302
 《大卫之歌》*Song to David* 257
 《羊羔的欢乐》*Jubilate Agno* 276

斯迈尔斯（塞缪尔·斯迈尔斯）Smiles, Samuel 45

斯摩莱特（托拜厄斯·斯摩莱特）Smollett, Tobias
 《韩富瑞·克林克》*Humphry Clinker* 179

斯泰恩（劳伦斯·斯泰恩）Sterne, Laurence 266，312，322
 《项狄传》*Tristram Shandy* 234，267，303，312，313，325

斯坦贝克（约翰·斯坦贝克）Steinbeck, John
 《愤怒的葡萄》*The Grapes of Wrath* 53，98
 《人鼠之间》*Of Mice and Men* 238

斯坦（格特鲁德·斯坦）Stein, Gertrude 266，329

斯特拉尔德伯格部族 Struldbrugs 235

斯特林堡（奥古斯特·斯特林堡）Strindberg, August 291

斯托（哈利耶特·比彻·斯托）Stowe, Harriet Beecher
 《汤姆大伯的小屋》*Uncle Tom's Cabin* 38，39，53，199

斯威夫特（乔纳森·斯威夫特）Swift, Jonathan 39，229—32，235，309，311，322
 《格列佛游记》*Gulliver's Travels* 14，87，231，233，235，236，303，308，313，321
 《诗集》*poems* 298
 《一个桶子的故事》*A Tale of a Tub* 234，325
 《一个温和的建议》*A Modest Proposal* 224

死亡舞蹈 *danse macabre* 233，297—98

颂词 *panegyric* 295—96，327

苏格拉底 Socrates 40，46，286

素朴的、质朴的 naive　35，37—38，103—04，107，109，186

随笔 essay　3，53，54，307

梭罗（亨利·戴维·梭罗）Thoreau, Henry David　237

所多玛城 Sodom　317

索尔薇 Solveig　195，322

索福克勒斯 Sophocles　95，111，139，158

　　《埃阿斯》*Ajax*　157，208，216，289

　　《安提戈涅》*Antigone*　148，212，218

　　《俄狄浦斯王》*Oedipus Tyrannus*　95，111，168，209，212，219，222

　　《俄狄浦斯在科洛诺斯》*Oedipus at Colonus*　218，221

　　《菲罗克忒忒斯》，*Philoctetes*　207，220

索思韦尔（罗伯特·索思韦尔）Southwell, Robert　145，146

塔索（托尔夸托·塔索）Tasso, Torquato　90，149

　　《被解放的耶路撒冷》*Jerusalem Delivered*　58

泰勒（杰里米·泰勒）Taylor, Jeremy　265，267，268

泰勒西阿斯 Teiresias　216，218，323

泰伦斯 Terence　43，163—67，178

　　《宦官》*Eunuchus*　181

　　《兄弟》*Adelphoi*　169，181

泰晤士河 Thames　154，323

汤利连台戏 Towneley cycle　282，292

忒奥克里托斯 Theocritus　99，101，121

忒耳西忒斯 Thersites　176，225，230

忒修斯 Theseus　183，190

特拉赫恩（托马斯·特拉赫恩）Traherne, Thomas

　　《沉思的世纪》*Centuries of Meditation*　302

特罗伏尼厄斯的洞穴 Trophonius, Cave of　353

特罗洛普（安东尼·特罗洛普）Trollope, Anthony　305，307

特罗特伍德（贝特西·特罗特伍德）Trotwood, Betsey　227

特洛伊 Troy　214，218，318

替罪羊 *pharmakos*　41，45，148—49

《天方夜谭》又译为《一千零一夜》Arabian Nights　35，186n，193，324

天真、无邪 *ingenu*　232

田园诗 idyllic 43

《铁匠们》 Blacksmiths, The 262

廷川修道院 Tintern Abbey 154

通俗艺术和文学 popular art and literature 4，104，108，116—17，251，276

童子主教日 Boy Bishop 152

痛苦、焦虑 Angst 37，66，213

托比·贝尔克爵士 Belch, Sir Toby 175

托比大叔 Toby, Uncle 227

托尔斯泰（列夫·托尔斯泰）Tolstoy, Leo 4，237，311
  《安娜·卡列尼娜》Anna Karenina 139
  《复活》Resurrection 140
  《战争与和平》War and Peace 237

托勒密宇宙观 Ptolemaic universe 161，204，206

托马斯（圣·托马斯·阿奎那）和托马斯主义批评 Thomas Aquinas, St., and Thomist criticism 6，72，85，329

陀思妥耶夫斯基（费奥多尔·陀思妥耶夫斯基）Dostoievsky, Feodor
  《白痴》The Idiot 48
  《罪与罚》Crime and Punishment 46

瓦格纳（理查德·瓦格纳）Wagner, Richard 189，196，203，266，274，283
  《女武神》Die Walküre 152
  《帕西法尔》Parsifal 189，283
  《汤豪瑟》Tannhäuser 152
  《特里斯坦与伊索尔德》Tristan 283

瓦雷里（保尔·瓦雷里）Valéry, Paul 80，122

瓦罗 Varro 309，311

万泽蒂（巴托洛梅奥·万泽蒂）Vanzetti, Bartolomeo 327

王尔德（奥斯卡·王尔德）Wilde, Oscar 25，48，173n

忘河 忘川 Lethe 153，200

忘情 sprezzatura 93—94

威彻利（威廉·威彻利）Wycherley, William 176
  《乡妇》The Country Wife 181

《威狄斯》Widsith 57

威尔伯福斯，塞缪尔主教 Wilberforce, Bishop Samuel 18

威尔斯（赫·乔·威尔斯）Wells, H. G.
　　《托诺—邦盖》*Tono-Bungay* 155
威廉斯（奥斯卡·威廉斯）Williams, Oscar 281n
威廉斯（查斯·威廉斯）Williams, Charles 117
韦伯斯特（约翰·韦伯斯特）Webster, John 4, 284
　　《白魔》*The White Devil* 216, 220
　　《马尔菲公爵夫人》*The Duchess of Malfi* 219—20, 222
韦兰德 Weyland 193
维达（马尔科·吉罗拉莫·维达）Vida, Marco Girolamo
　　《诗歌的艺术》*Art of Poetry* 260
维多利亚时期的人 Victorians 63, 134, 156, 249, 328
维吉尔 Virgil 63, 96, 99—101, 142, 149, 157, 212, 239, 318, 323, 342
　　《埃涅阿斯纪》*Aeneid* 248, 318—22
　　《牧歌》*Eclogues* 295, 342
维纳斯 Venus 137, 144, 205, 258, 297, 321—23
维特根斯坦（路德维希·维特根斯坦）Wittgenstein, Ludwig 122, 329
委拉斯开兹（迭戈·委拉斯开兹）Velasquez, Diego 132
文化 culture 3, 12, 115, 127, 344—49
文科知识 liberal education 3, 15, 114, 121, 148, 156, 347—49
文类 genre 13, 95—99, 111, 246—326
文学 literature 8, 13, 17—19, 62, 74, 79, 350—51
文艺复兴 Renaissance 13, 16, 34, 44, 58, 59, 84, 92, 101, 116, 131, 160, 165, 166, 172, 175, 186, 196, 208, 273, 283, 288, 310, 341
翁法勒 Omphale 228
沃德（阿蒂姆斯·沃德）Ward, Artemus 227
沃德豪斯（佩·格·沃德豪斯）Wodehouse, P. G. 173
沃登 Woden 193
沃恩（亨利·沃恩）Vaughan, Henry 145, 302
沃尔顿（伊扎克·沃尔顿）Walton, Izaak 310
　　《垂钓老手》*The Compleat Angler* 312
沃勒（埃德蒙·沃勒）Waller, Edmund 252
沃（伊夫林·沃）Waugh, Evelyn 48, 173n
乌尔夫斯坦 Wulfstan 265, 265n
乌娜 Una 194

542　批评的剖析

伍尔芙（弗吉尼亚·伍尔芙）Woolf, Virginia 140
　《达洛维夫人》Mrs. Dalloway 41，179
　《到灯塔去》To the Lighthouse 92，206
　《海浪》The Waves 234
　《幕间》Between the Acts 61，203

西部故事 Western story 43
西塞罗 Cicero 264，268
西特韦尔（伊迪丝·西特韦尔女爵士）Sitwell, Dame Edith 144n，324
西绪福斯 Sisyphus 259
希腊作品选 Greek Anthology 296
希罗达斯 Herodas 285
希律王 Herod 191，199
希普（厄利阿·希普）Heep, Uriah 134
锡安山（在耶路撒冷）Zion 317
锡德尼（菲立普·锡德尼爵士）Sidney, Sir Philip 59，62，303
　《阿卡狄亚》Arcadia 100
　《诗辩》Apology 59，62，76
席勒（弗里德里希·席勒）Schiller, Friedrich 35，211，218，283
喜剧（广义：一种密托斯，即一种叙事结构）comedy (mythos) 22，35，43—48，54，64—65，105，157，162，163—86，193—94，198，202，206—07，210，212—14，218—19，224，226—27，304
《喜剧论纲》（《柯瓦斯林书稿》）Tractatus Coislinianus 166，169
喜剧（狭义：一种戏剧）comedy (drama) 13，40，75，112，114，117，269，282，284—87，289—90，297—98
戏剧 drama 13，107—09，246—50，262，268—70，272，282—93
　见喜剧，悲剧等 see tragedy, comedy, etc.
下界（坠入阴府）katabasis (nekyia) 321
夏尔丹（让·西美翁·夏尔丹）Chardin, Jean Siméon 132
夏洛克 Shylock 45，148，166，169，176，178
现实主义 realism 42，49，80，131，134—40，162，166，197，285，314
象征和象征主义 symbol and symbolism vii，71—122，243，300，316，333
　见意象，原型等 see image, archetype, etc.
萧伯纳（乔治·伯纳·萧）Shaw, George Bernard 23，48，63，64，135，154，

  163，250，263，269，286
  《巴巴拉少校》*Major Barbara* 170
  《回到麦修彻拉处》*Back to Methuselah* 287
  《人和超人》*Man and Superman* 287
  《伤心之家》*Heartbreak House* 178
  《圣女贞德》*Saint Joan* 220，284
  《新婚燕尔》*Getting Married* 286
  《易卜生主义的精华》*The Quintessence of Ibsenism* 286
  《在圣君查理的黄金时代》*King Charles* 287

小丑 buffoon 172—73，175，179，197，217，220

小史诗 epyllion 324

小说 novel 13，247，303—14，322

笑剧 farce 107，290，292

谢林（弗·威·约·封·谢林）Schelling, F. W. J. von 337

谢尼埃 Chénier, André de（安德烈·德·谢尼埃） 320

辛格（约翰·米林顿·辛格）Synge, John Millington 269
  《骑马下海人》*Riders to the Sea* 168
  《西方的花花公子》*The Playboy of the Western World* 40

新古典主义艺术和批评 neo-Classical art and criticism 83，116，154

新婚贺喜歌 epithalamium 295，318，324

新批评 new criticism 66，82，82n，86，116，140，273，334

新喜剧 New Comedy 43—45，163，215

形式 form 82—94，82n，95—98，111，115—16，119，131，341

休谟（大卫·休谟）Hume, David 85

休姆（托·欧·休姆）Hulme, T. E. 326

修辞 rhetoric 21—22，24，61，71n，72，95，166，244—47，258—60，262，264—67，269，271，277，280，294，326—37，350—52

虚构型文学 fictional literature 33—52，53，63，75，107，134，136，138，154，277，293，325

虚构作品（一种文类）fiction (genre) 248—50，269，278
  散文虚构作品 prose fiction 13—14，40，80，303—14，320

玄学诗 metaphysical poetry 59，91—92，204，257，281，299

雪莱（波西·比希·雪莱）Shelley, Percy Bysshe 12，18，18n，23，24，26，60，65，100，147，155，157，322

《阿多尼斯》Adonais　121

　　《奥齐曼蒂亚斯》Ozymandias　150

　　《解放了的普罗米修斯》Prometheus Unbound　321

　　《西风颂》Ode to the West Wind　246，302

　　《心心相印》Epipsychidion　151，246

　　《伊斯兰的反叛》The Revolt of Islam　157，205

《巡游世界》Cursor Mundi　57

循环象征 cyclical symbolism　158—62，316—24，343

雅典娜 Athene　157，195，201，209，320—22

《雅歌》Song of Songs　152，193，316

雅各 Jacob　193，204

亚当和夏娃 Adam and Eve　42，151，152，188—90，194，196，199，207，211—13，217，220，316，319—21

亚里斯多德 Aristotle　13，14，34，38，40，41，44，65—67，71，72，95，123，131，156，172，206，207，210，212，243，244，255，259，292，326，326n，332，335，345，352

　　《伦理学》Ethics　40，172

　　《诗学》Poetics　14，15，15n，33，51，52，82，124，166，245

　　《物理学》Physics　126

　　《修辞学》Rhetoric　166，352

亚瑟王 Arthur　145

谚语 箴言（格言 警句）proverb (aphorism)　56，298，324

耶弗他的女儿 Jephthah's daughter　220

耶稣会诗歌 Jesuit poetry　59

耶稣基督 Jesus Christ　36，42，102，121，122，126，141，189—91，194—95，199，205—08，211，213，215，232，282，292，293，300，316，318，320，325

　　见弥赛亚 see Messiah

耶稣受难 Passion　36，178，220，221

叶芝（威廉·巴特勒·叶芝）Yeats, William Butler　61—64，66，93，102，103，124，125，145，202，208，214n，232，272，273，283，302

　　《伯爵夫人卡思琳》The Countess Cathleen　293

　　《幻景》A Vision　161，323

《丽达与天鹅》 Leda 102

《两株树》 The Two Trees 149

《驶向拜占庭》 Sailing to Byzantium 66，146，206，302

《塔》 The Tower 122，206，302

《旋转的楼梯》 The Winding Stair 206

伊阿古 Iago 216，351

伊甸园 Eden 152，157，188，189，191，194，200，204，205

伊菲革涅亚 Iphigeneia 211，220

伊拉斯谟（德西德里乌斯·伊拉斯谟） Erasmus, Desiderius 227，230—32，308，310—11

伊丽莎白一世 Elizabeth I 153，284

伊莫琴（女扮男装时化名裴苔尔） Imogen (Fidele) 138，183

伊希斯 Isis 201，322

依托斯（人物及社会语境） ethos 52，73，120，243—44，269，286

仪式 ritual vii，55，72，105—09，112，117—20，148，163，165，171，183，189，193，215，243，250，272，343

移位 移用 displacement 136—38，155—56，188，190

以赛亚 Isaiah 56，145，201，236，342

以西结 Ezekiel 146，149，191

艺术趣味的历史 history of taste 9，18，25

易卜生（亨利克·易卜生） Ibsen, Henrik 5，90，135

《培尔·金特》 Peer Gynt 5，117，195，293

《布兰德》 Brand 39

《当死者觉醒之时》 When We Dead Awaken 206

《皇帝和伽利利人》 Emperor and Galilean 5

《群鬼》 Ghosts 181

《小艾佑夫》 Little Eyolf 181，220

《野鸭》 The Wild Duck 180

意识中的图式 diagrams in thought 335—37，353

意图 intention 86—87，86n，89，112—13，246

意象和形象 image and imagery 84—86，91—92，99，103，123，158，244，246，274，281

意象派 imagism 274

音步 metre 56，246，248，251—62，263—64，269—72，324

音量 quantity 251, 258, 262

吟诵、吟唱 chanting 273—74

隐喻 metaphor 72, 89, 91, 123—25, 136—39, 141—44, 150—51, 158, 188—89, 191, 267, 281, 332, 334—37, 352—54, 353n

应许之地 Promised Land 191, 194, 204

幽默 气质 humors 168—69, 226—27, 285, 287, 290, 312

尤德尔（尼古拉斯·尤德尔）Udall, Nicholas
 《拉尔夫·罗伊斯特·道伊斯特》 *Ralph Roister Doister* 173

尤利西斯（奥德赛）Ulysses (Odysseus) 214, 319, 320, 334

于斯曼（诺利斯·卡尔·于斯曼）Huysmans, Joris Karl
 《逆流》 *A Rebours* 63, 186

宇宙哲学 cosmology 160—62, 204, 214

雨果（维克多·雨果）Hugo, Victor 65, 302
 《历代传说》 *Légendes des Siècles* 320
 《欧那尼》 *Hernani* 283

语法 grammar 244—45, 331—35

语言 language 74, 331—37

预示学 typology vii, 14, 191, 204, 315—16

预兆 omens 139

喻世故事 parable 53, 56, 300, 324—25

寓意 allegory 53, 54, 72, 89—91, 103, 116, 138, 201, 304, 306, 316, 341—42

寓意画 emblem 274, 300—01

原始艺术和文学 primitive art and literature 17, 104, 108, 116—17, 135, 282

原型和原型批评 archetypes and archetypal criticism vii, 72, 95n, 99—112, 115—19, 121, 124, 134—35, 136—62, 184, 188n, 200, 203—04, 211—14, 220, 227, 293, 297, 304—05, 314—16, 321—22, 325, 341—42, 349, 353—54
 原型假面剧 archetypal masque 290—93

约伯记 Job, Book of 42, 140, 142, 189, 292, 316, 324, 325

约翰逊（塞缪尔·约翰逊）Johnson, Samuel 8, 67, 257—60, 270, 327
 《拉瑟拉斯》 *Rasselas* 200

约拿 Jonah 190

约书亚 Joshua 191, 205

韵律 melos 244, 255—57, 262—63, 266—67, 270, 275, 278—79, 325—26, 328

杂谈录 symposium 59, 63, 143, 286—87, 310—12

詹姆斯（亨利·詹姆斯） James, Henry 19, 50, 92, 117, 154, 267, 304, 308, 311, 330

 《别的屋》 The Other House 101

 《波因顿的劫掠》 The Spoils of Poynton 155

 《黛西·米勒》 Daisy Miller 38

 《螺丝在拧紧》 The Turn of the Screw 202

 《圣泉》 The Sacred Fount 180

 《死者的祭坛》 The Altar of the Dead 42—43

 《往昔的幽思》 The Sense of the Past 190

哲学 philosophy 329—31, 337

 迷了心窍的哲学家 philosophus gloriosus 39, 173, 229—31, 309

《珍珠》 Pearl, The 277, 294

肢解 sparagmos 148, 192—93, 222

直接经验 direct experience 27—28, 188n, 344

中国文学 Chinese literature 144, 156, 288, 297

中期喜剧 Middle Comedy 164, 175

中世纪艺术和批评 medieval art and criticism 34—35, 51, 57, 62—63, 72, 100, 115—16, 142, 152, 160, 203, 227, 282, 341, 343

宙斯 Zeus 35, 145, 210, 231, 320

朱诺 Juno 142

朱文纳尔 Juvenal 229

主题型文学 thematic literature 52—62, 66—67, 107, 110, 116, 136, 138, 154, 293, 325—26

主题、意义 dianoia (theme, meaning) 52, 64, 73, 77—79, 83, 104—05, 107, 111, 111n, 120, 136, 140, 158, 166, 243—44, 246, 271, 280, 286—87

追寻 quest 187—90, 192—96, 200, 215, 220, 316—24

卓别林（查尔斯·卓别林） Chaplin, Charles 42, 163, 228, 288

 《大独裁者》 The Great Dictator 163

紫式部 Murasaki, Lady

《源氏物语》 *Tale of Genji* 186n, 324
自白体 忏悔录 confession 307—08, 312—14
自欺欺人者 *alazon* 39, 40, 172, 176, 182, 217, 226—28
自然主义 naturalism 42, 49, 79, 80, 116, 136
自噬自生的蛇 ouroboros 150, 157
自择 *proairesis* 210, 212
字面意义 literal meaning 76—82, 92, 97, 116, 123
宗教 religion 19, 24, 125—28, 231—32, 337
总解意义 anagogic meaning 72, 116—38, 122n, 134, 145
左拉（爱米尔·左拉）Zola, Émile 49, 80, 92
　《萌芽》*Germinal* 140